薛永年 主编

中国传统相声精品集

作家出版社

目录

单口相声

飞笔点太原

这段相声，说的是书法家的故事。什么叫书法呀？就是写字。过去读书人都写毛笔字，写得好的，就是艺术品，可以刻成碑帖，流传后代，让大家学。说起写字，有的人学问蛮高，字写出来可实在不怎么样；有的人书没念过几本，连封平安家信都写不通，可是他的字写出来还看得过去。据说这写字一半是天才，一半是功夫。"字无百日功"，这句话不错。字写不好，架不住天天写，天分差点儿的也能写出好字来。

大家都说我的字写得就不错。嘿嘿，这可不是跟您吹，我写得还是真不错。近代的书法家敢说写不过我，何以见得呢？他们写的字只能卖，我的字不但能卖，还能当。由这一点您就知道我的书法如何啦！

解放前我时常当字，没钱花就当，找张白纸，唰唰唰写好喽拿到当铺往柜上一放："当这个。"站柜的拿过去一看："当多少？""十块。"连价儿都不还就写十块。您就知道我这字写得怎么样啦！您可听清楚，是我这张字纸包着二钱重的金戒指一块儿当才当十块哪！哈哈！笑话，我的字要写得好，我就卖对子去啦！

真正写好字的，称为"书法家"，这可不容易，得大家都公认那才行哪！您看颜、柳、欧、赵、苏、黄、米、蔡，这都是大书法家，各成一派，独具一格。各人的字有各人的风格，要不怎么后来学字都学这几位呢？

有的人说这几位的字写得倒都很好，可是比不过"二王"，就是王羲之、王献之父子。这话可不错，不但现在人说王羲之字写得好，就是当年的人，也没有说王右军字不好的。他怎么能成这么大的名呢？

这里有个窍门，一来是写得真好；二来是他的字不外传，写完就烧。物以稀为贵，所以他的字越难得，就越成名。两毛钱写副春联，外送仨小福字儿，连纸钱都有啦，写得再好也成不了名呀！

王右军的真迹，别说现在找不到，就是当时也不容易呀！现在我们想看王羲之的字，就是那份碑帖《大唐三藏圣教序》。这还不是王羲之写的，是唐朝一位和尚集的。据说这位和尚给了王羲之后辈不少钱，在他家里翻，什么账本呀，对联呀，批的书呀，到处找，有一个算一个，就这么把这份碑帖凑起来的。您想，这些字能可靠吗？有些是王羲之写的，有些就不是他写的。您想：账本上那些字，有些是大师傅写的也说不定。您看看，想见王羲之的字多难呀！

现在难呀，当初也不容易。任凭给多少钱他也不写呀！那些财主们，想个王羲之的单条都想疯啦！随便托谁去说，要多少钱给多少钱，王羲之就是不写。这些人一商量，怎么办呢？人多主意多，大家想出个办法来：花钱雇小偷，专门去偷王羲之的鹅。因为王羲之最爱养鹅啦，"羲之放鹅"嘛！他喂了几十头鹅，一头赛一头地那么好。天天自己喂，自己刷洗，晚上自己清数，往笼子里一关。嗜好嘛！雇小偷偷他两头好的，王羲之一定得找。怎么找呢？就得写告白条。那时没报纸呀！没法儿登报呀！

嘿！这个法儿还真灵，偷了他两头鹅，果不然的第二天街上告白条就出来啦：

"本人昨晚偶然不慎，走失白鹅两头，如有仁人君子送回者酬银五两。闻风送信找到者，酬二两，决不食言。王羲之启。"

告白条这么一贴出来，大家派人撕下来分；雇小偷的钱出得多的分两张，钱出得少的分一张。拿到裱糊铺用上宣贡绫一裱，拿回家去往客厅一挂。王羲之的亲笔中堂嘛！据说，当时这么个中堂值一千两银子。您想要是搁到现在，嚯，那就值远去啦！

王羲之写了找鹅告白条的第二天，鹅就自己回来啦，也没人要钱。过了几天又丢了两头，王羲之又写告白条找鹅。就这样三四次，王羲之明白啦。"唔！这不是偷我的鹅哪，这是偷我的字哪！我不写啦！"他不是不写了嘛，这鹅也不丢啦！您就知道王羲之这字写得怎么样啦！

王羲之字写得好不但凡间公认，就是上界天庭也公认。何以见得呢？有一回，上界修南天门，门楼子修好啦，玉皇大帝想写块匾，就问太白金星：

"咱们上界谁字写得好呀？"

"启奏吾皇，上界没有写好字的。"

"一个都没有吗？不是吕洞宾写得不错吗？"

"差得远！"

"曹国舅写得怎么样呀？"

"更不行啦！"

"照你这么说'南天门'这三个字就没人写啦！"

"上界没有，凡间倒是有一位写好字的。"

"谁呀？"

"王羲之。"

"快点派人去跟他说，要多少钱给多少钱！"

"您给多少钱他也不写。"

"那怎么办呀？"

"必须如此这般，这般如此……"——合着要王羲之的字都得用计。

太白金星当时叫过来鹤鹿二童："你们两人变俩小孩儿，带一对好鹅，到王羲之那儿去卖鹅，他要问你，你们就这样说……"

鹤鹿二童奉命，当时就下凡啦！在上界挑了一对好鹅，一公一母，到王羲之那儿来啦！到了门口就喊："卖鹅，卖鹅！"

王羲之正在书房喝茶哪，听到大门外边有人喊卖鹅，这倒得出去看看，他喜好这玩意儿嘛！

到了大门口一看是俩小孩儿，长得还真乖，每人穿了一身蓝布裤褂，一个人手里抓着一头鹅。

王羲之一看这对鹅："嘿！难得，真没见过这么好的种。再说怎么喂得这么好啊？冲头上这'包'，这没处找去，红的，比鹤顶还要红哪！"——当然啦！神仙喂的那还错得了吗？

"怎么卖呀？"

"不卖！"

"不卖你喊什么呀？"

"送的。"

"送？"

"对啦！谁要管我们哥儿俩的饭，我们就把鹅送给谁。我们父母双亡，无家无业，我爸爸就给我们留下这两头鹅。鹅就是我们的命，我们的命就是鹅。"

王羲之一听,管饭,这不算什么。

"进来吧!"

俩小孩儿跟着就进去啦。

从这天起,这俩小孩儿就算王羲之的书童啦。除了伺候王羲之以外,就是喂鹅。

自从他们俩来了以后,不但他们带来的那两头鹅长得好,连原来的鹅都变样啦!越长越肥,毛越长越亮,包越长越大。王羲之高兴啦!由物爱人,对这俩小孩儿也是另眼看待。

过了半个多月,王羲之正在书房看书哪,就听前边吵起来啦:

"你写得不好!"

"废话!你写得才不好哪!"

"你不行!"

"你不行!"

"我揍你!"

王羲之一听:"怎么啦!谁跟谁呀?"

出来一看:"噢,是你们俩呀!什么事呀?"

"先生!您不知道,我们俩在这儿写字,比谁写得好。我说我比他写得好,他不服气,还要揍我。"

"本来我就比他写得好嘛!先生您不信,您看看。"

"拿过来我看看。"

俩小孩儿把刚才写的字拿过来啦!王羲之一看,是个"南北"的"南"字。

"哟!这还能说好哪,比螃蟹爬的强不了多少。"

"先生!那这个字怎么写呀?"

"我写给你们看看。"

当时到书房找了张白纸,唰唰唰写了个"南"字。

"拿去吧!照我这样写。"——这也就是他们俩,别人别说想要,连看也看不着。那会儿这俩小孩儿真要把这"南"字拿出去卖呀,少说得值一万两银子——告白条还值一千两哪!何况一个大"南"字呢?

过了半个多月,俩小孩儿又吵起来啦!王羲之一问又是比字。比什么字呀?"门"字。王羲之又给写了一个。

没一个月又吵起来啦!不用问,还是比字,比"天"字。当然王羲之又写了一个喽！

"天"字不也写完了吗，俩小孩儿也找不到啦！王羲之还以为是拐物潜逃哪！一检查，什么都没丢。"怪事呀，怎么什么也没拿就走啦？"后来一琢磨：唔，他们不是送鹅来啦，是骗字来啦！"南天门"，这不用说一定是上界派下来的，想让我写"南天门"这三个字，怕我不写，才出了这么个主意。

这事王羲之一直没对人说过，只有我才知道。我怎么会知道呢？若要人不知，除非己莫为嘛！

王羲之的字就有这么好，没人不服。不过也不能一概而论。其中有个人，与王羲之同朝为官。这个人叫伯喜，字写得也不错。见人就跟人讲，碰到人就跟人夸：

"我这字比王羲之也差不了多少。"

大家都说："差多啦！给你一百年的工夫也比不上王羲之。"

"一百年？笑话，只要三年，保险跟王羲之写得一样。说不定比他写得还好！"

"别吹啦！"

"干吗吹呀？要不然明儿请桌客！连王羲之也请上，请他写个字，我看着练！三年保险一样，写得不一样，我的姓倒着写！"

"对！就这么办。"

"写得一样我们拜你为师。"

第二天果不其然，伯喜请了一桌客，王羲之也来啦。

大伙儿就说："王先生，今儿可不是求你的字。我们跟伯喜打赌，他说请你写一个字，他拿去练三年，要是写得跟你不一样，他的姓倒写；要是一样，我们拜他为师。这个人情你可不能不做。"

王羲之一想：众情难却。一个字，写吧。当时拿起笔来唰唰唰写了个"师傅"的"傅"字。写完了就交给伯喜啦！

吃完了饭大家各自回家。嗐！伯喜可忙上啦，天天没别的，除了吃饭睡觉，就是写这个"傅"字。一天到晚写，写完了就往屋里一扔，究竟写了多少张？那就没数儿啦！反正为写这个"傅"字，磨墨用的水用了十水缸，还不是小号儿的，是头号儿的。

三年期满啦，伯喜又把上次打赌的人，连王羲之都请来啦。

"列位年兄，今儿是整三年，咱们该看看字啦！"

大家说："对！您把字拿出来我们瞧瞧。"

伯喜顺手就在堆字的屋子里拿出一张来，自己也没看，就打开了！

"你们看吧！像不像？"

大伙儿一看："噗！"都笑啦！

"怎么啦？不像也不至于笑呀！"

"您自己看看。"

伯喜一看："唷！"脸都红啦！——怎么啦？天天写，写溜了手啦！把这"傅"字上边那一点儿忘了点啦！"这……这是怎么话说的？"

王羲之一看，当着这么些人，这多不合适呀！我来吧！王羲之拿起笔，笃！就给点了一点儿。

伯喜笑啦："大伙儿看看！怎么样，像不像？"

大伙儿异口同声说："像。"

"哪点儿像？"

"就是那点儿像。"——废话！王羲之点的嘛，那还不像？

这就叫：磨墨用尽十缸水，只有一点像羲之。

王羲之的字写得好，后来叫皇上知道啦！正赶上那会儿皇上重修太原府。当时下了一道圣旨叫王羲之亲自到太原府去写这三个字。

您别看玉皇大帝想叫王羲之写"南天门"得用计，皇上想叫王羲之写"太原府"就不用使计啦，赏个话就行啦！不写？他真砍脑袋呀！您想，要把脑袋砍了去，那不跟厨房请了长假了吗？

王羲之不敢不去呀！带了个小书童，骑了匹马，就奔太原府来啦。

中途路上走到一个小乡村，看见一个老太太烙饼哪，烙饼有什么稀奇呀？她这烙饼就稀奇。一张桌子，上边放着白面，和好了的。香油、花椒盐，在旁边放着。一边擀，一边放油盐，可是炉子没在桌子旁边。在哪儿哪？离着桌子足有七八尺远，铛烧得热热的。在炉子前边尺把远，放着一个笸箩。老太太把饼擀好喽，往铛上一丢，啪，贴上啦！跟着擀第二张，放油盐。等第二张擀好喽，往第一张饼上一顶，啪。嘿！有意思，第一张饼翻了个个儿，又落在铛上啦！等第三张擀好喽，往第二张饼上一顶。第二张饼翻了个个儿，把第一张饼给顶出来啦！不歪不斜，刚刚落在前边笸箩里。跟着又擀第四张。

王羲之一看："嘿！新鲜，真有这种事呀！"当时下马就过去啦！

"老太太您好啊！"

"托您福，您有什么事呀？"

"没别的，我看您烙饼太新鲜啦！怎么这么烙呀？"

"这么烙快当呀？"

"怎么这么熟呀？"

"嗳！这不算什么！铁打房梁磨成针，功到自然成。还不是跟你们读书人写字一样，功夫到喽就成啦！"

王羲之把这事就记在心里啦！仍然上马奔太原府。到了太原府，知府当然出城相迎，接到府衙客厅招待。

"王大人！圣旨大概您也知道啦！"

"知道啦！"

"那就写吧！"

"好吧！"

"来人呀！"

"是！"

"预备文房四宝。"

"是！"

时候不大，笔纸砚墨都预备好啦！

知府说："请王大人大笔一挥吧！我们瞻仰瞻仰王大人的墨宝。"

王羲之一肚子的气。怎么呢？他不愿意写呀！拿起笔来，也没打格子，也没看高矮，唰唰唰，就把"太原府"三个字写完啦。

"您拿去吧！"

"是是！"知府也没看就交给听差的啦！"叫石匠马上刻，我陪王大人饮酒，还要留王大人多住几天哪！"

听差的拿下去就吩咐石匠快刻。三个石匠早就把架子搭好啦，就等字啦。字来啦，赶紧把字在城门上一贴，拿起锤头石錾就刻上啦。还真是快，当天就刻好啦。交工请大人看匾。

知府一听刻好啦："王大人，匾刻好啦，一块儿去看看吧？"

"就那么办吧！"

俩人骑上马，后边跟着兵丁就出城啦。

到城门那儿一看，大家都说好。好——好是好，就是少了一个点儿，"大原府"成了"人原府"啦！

王羲之一看：唷！我怎么这么慌呀，"大原府"，给皇上改地名，这有杀头之罪呀！

王羲之写的时候一肚子气，不愿意写呀，没留神少点了个点儿。知府也没看，这三个石匠又不识字，几下一耽误就刻上啦！搬下来重刻来不及啦，不重刻又得掉脑袋。怎么办呢？急中生智，王羲之把老太太烙饼那个茬儿想起来啦！一回身向后边跟来的兵丁说："你们把弓箭拿一份来。"跟手有人把弓箭递过来啦，王羲之在马鞍子边上撕了点棉花，往箭头上一绑，叫书童把墨盒打开——那会儿念书人都随身带得有毛笔墨盒。王羲之把棉花团往墨盒里一蘸，把箭往弓上一搭，看准地方，"嗖"的一箭，刚刚好（用手比大字），正射在大字的底下："太原府"！

怎么射得这么准呀？那是得射得准呀，要是不准射在这儿（指左肩头上），那就成了"犬原府"啦！

（叶利中述　叶利中　张继楼整理）

纪晓岚

　　说笑话离不开唐、宋、元、明、清，在清朝乾隆年间有个进士纪昀，字晓岚，官拜礼部尚书，协办大学士。他当过《四库全书》的"总纂"，就是主编。

　　《四库全书》汇集了我国三千年的典籍，分经、史、子、集四部分。用四色彩绢作书皮儿，经部绿色，史部红色，子部蓝色，集部灰色，象征着春、夏、秋、冬四季。收书三千五百零三种，共七万九千三百三十七卷，抄成三万六千三百册，分装在六千一百四十四个楠木匣内，有九百九十七万多字，一律用毛笔蝇头小楷抄写。什么叫蝇头小楷呢？就是把毛笔字儿写得跟苍蝇脑袋那么大。这套书抄了多少日子呢？要说也不算多，才十年！

　　啊？还不多哪！

　　纪晓岚这个人哪，有才学，好诙谐，博古通今，能言善辩。他呀，最怕天儿热，怎么？因为他长得特别胖，一般瘦人怕冷，胖人都怕热。

　　有一天，各位学士都在"修书馆"抄书哪。时至三伏，又闷又热，人人汗流浃背。汗还不能滴在纸上，纸上掉一个汗珠儿，那叫"黵卷"，脏啦！别人还好办，弄块手巾勤擦着点儿就行了。纪晓岚可不行，他太胖啊，汗出得连擦都来不及。干脆把衣服一脱，小辫儿一盘，来个光板儿脊梁。哎，这回他可凉快啦。凉快倒是凉快了，凉快大发啦！怎么？他正低着头趴案子上抄书哪，乾隆来了。现穿衣服来不及了，这下儿可抓瞎啦。光着脊梁见皇上，赤膊接驾有失仪之罪，按律当斩，这可不是闹着玩儿的！纪晓岚急中生智，嗖溜！钻案子底下啦。

　　乾隆来，怎么不事先传旨接驾呢？乾隆这个人哪，好文，还爱作个诗。一辈子作了九千多首诗，可一首也没流传开，您就知道他这诗作得怎么样了！还特别爱写字，走到哪儿写到哪儿。您逛故宫、北海留神看，挂的匾差不多都是乾隆写的。皇上写的字，谁敢不说好哇，大伙儿这么一夸他，哎，他写上没完啦！

这天散朝之后，没传旨摆驾修书馆，怕一传旨，兴师动众，耽误抄书，嗯，溜达着就来啦。进门儿一看纪晓岚钻案子底下去了。乾隆一想：噢，你这儿跟我藏闷儿玩儿哪？！随即一摆手，让各位学士不必离座接驾，继续伏案抄书。乾隆哪，来到纪晓岚的书案前头，一屁股就坐在那儿啦。

纪晓岚在外头坐着还热呢，往案子底下一趴，哈着腰，窝着脖子，连气儿都喘不上来啦。乾隆再往案子前面一坐，得！连风儿全挡住了。嗬，这份儿罪！

纪晓岚心想：谁这么缺德呀，挡得连点儿风儿都不透哇！噢……这是成心挡着我，怕皇上瞧见。怎么半天也听不见动静啊？皇上没走啊？走了，倒告诉我一声啊，照这么着再闷一会儿，用不着午门斩首示众，就案子底下憋死活人啦！

纪晓岚实在绷不住啦，小声儿问了一句：

（小声）"哎，老头子走了吗？"

众人都没敢说话，乾隆搭茬儿啦：

"朕躬在此。"

纪晓岚一听：得！还是没躲过去！

赶紧由案子底下钻出来，跪在近前，口称：

"臣接驾来迟，罪该万死。"

乾隆一看纪晓岚这模样儿，愣气乐啦。怎么？他光着脊梁满头大汗，脑袋憋得跟紫茄子似的！

要换别人哪，二话甭说，推出去砍啦。对纪晓岚不能这样，乾隆也爱才呀，《四库全书》还指着他编哪。

旁边儿的人一看，全吓傻啦。心都忽的一下提到嗓子眼儿啦！

乾隆说："纪昀。"

"臣在。"

"你叫我'老头子'是何道理？讲出来则生，讲不出来则死！"

别人替纪晓岚捏着一把汗哪，"老头子"怎么讲啊？

纪晓岚说："启奏万岁，'老'，乃长寿之意，万年长寿为老也；'头'，为万物之首，天下万物的首领即头矣；'子'，是圣贤之称，孔子、孟子，均称子焉。连在一起——老头子！"

嗯，他愣给讲上来啦！

乾隆一听都是好词儿，气儿也消了。人称纪昀能言善辩，果不虚传。

"好，恕你无罪。"

嘿，没事儿啦！

"臣谢主隆恩。"

叩头谢恩，穿上衣服。乾隆又说了：

"纪爱卿，朕有御扇一把，你给题唐诗一首如何？"

"臣领旨。"

立刻展开扇子，拿笔在上边儿写了一首唐诗。哪首啊？王之涣的《凉州词》，原诗是这样：

> 黄河远上白云间，
> 一片孤城万仞山。
> 羌笛何须怨杨柳，
> 春风不度玉门关。

纪晓岚才躲过杀头之罪，心里还没踏实哪。本来他对这首唐诗挺熟，心里一慌，少写了一个字儿。把"黄河远上白云间"的"间"字儿给落下啦。

乾隆等他写完，拿过来一看：嗬，这字写得笔走龙蛇，太好啦。再一念：

"黄河远上白云……嗯？"

乾隆对唐诗也不生啊。噢，成心落一个字儿，想考考我，这是欺君之罪呀！当时一绷脸儿：

"纪昀，你为何少写一字，欺瞒寡人？"

旁边儿的人刚把心放下，听皇上这么一问，呼！又都把心提起来了。心说：纪晓岚哪，今天你是倒霉催的。少写个字儿，看你怎么说？

纪晓岚一看，说了：

"启奏万岁，臣没少写，这不是诗，是词。题目就是《凉州词》嘛。"

嘿，乾隆一听差点儿没把鼻子气歪喽。噢，到你这儿连唐诗都给改啦。

"好，既然是词，词乃长短句，你能念出来，寡人恕你无罪。"

"臣领旨。"

还领旨哪！怎么念哪？只见纪晓岚手捧御扇，高声朗诵：

> 黄河远上，白云一片，孤城万仞山。
> 羌笛何须怨？
> 杨柳春风，不度玉门关。

嗯，他给念上来啦！反正那年月诗、词都不点标点符号；要点标点符号啊，纪晓岚的脑袋非搬家不可。乾隆一听，心说：好小子，你真有两下子。再一看纪晓岚满头大汗，嘴唇都干了。天气这么热，又出那么多汗，嘴唇能不干吗？

"好，恕你无罪，赐茶一碗！"

"臣……"

刚要说"谢主隆恩"，还没说出来哪。乾隆说：

"且慢！"

纪晓岚一哆嗦，心说：你又出什么馊主意呀？

乾隆说：

"我说一句话，你对一句诗。对上来再喝，对不上来两罪俱罚。"

纪晓岚一听：噢，喝碗水还这么费劲哪？

乾隆说：

"昨天晚上娘娘生小孩儿了。"

纪晓岚张嘴就来：

"昨夜后宫降真龙。"

生太子是真龙啊，说完端碗就喝。乾隆道：

"别忙，生了个女孩儿。"

纪晓岚马上就改了：

"月中嫦娥下九重。"

女孩儿是位公主啊，一定有嫦娥之貌。其实准那么美吗？他也没瞧见，反正拣好听的说吧。刚又要喝，乾隆说：

"放下！"

"唉……"

"生下来就死啦！"

"哟，死啦！"

乾隆心说：看你还怎么对诗。纪晓岚略加思索，嗯，有了：

"神仙人间留不住。"

那意思——这位是神仙，在人间待不住。不是死了，是回天宫去了。纪晓岚心想：这回该让喝了吧？刚要端碗，乾隆说：

"别动！"

"啊？！"

"你知道怎么死的吗？"

"微臣不知。"

"掉尿盆里淹死的。"

嗬！这回可怎么说呢？纪晓岚眼珠儿一转，脱口而出，连乾隆都听愣啦。他说：

"翻身跳入水晶宫！"[①]

一端茶碗。哎，他喝啦！

（刘宝瑞述）

---

① 此诗传为明解缙应对之作。

君臣斗智

十冬腊月大雪降，
老两口子争热炕，
老头儿要在炕头睡，
老婆儿就不让，不让，偏不让。
老头儿说："是我拾的柴。"
老婆儿说："是我烧的炕。"
老头儿拿起来掏灰耙，
老婆儿抄起擀面杖，
老两口子乒当乓当打到大天亮，
结果谁也没有捞着睡热炕。

——《争热炕》诗一首

　　在清代乾隆年间有个刘墉刘石庵，这个人当过左都御史、右都御史、汉中堂文华殿大学士，您瞧他就有学问。那位说："你甭说了，我知道。刘墉不就是刘罗锅儿吗？"您这一说可就错了，这刘墉并非是罗锅儿。因为清朝的制度是六根不全的人不能当官，他那么大的官儿，哪能是罗锅儿呀？

　　那么，为什么都管他叫"刘罗锅儿"呢？因为皇上封他为"罗锅儿"。封官有封"罗锅儿"的吗？也不是真正封的，是他跟皇上讨的。你说了半天，到底是怎么回事呢？因为刘墉念书念得有点儿水蛇腰，有一天他上殿见皇上，在品级台上一跪，皇上一瞧，顺嘴说了一句："刘墉，你这么一跪着，不就成了'罗锅儿'了吗？"刘墉磕头："谢主隆恩。""你谢什么恩哪？""谢万岁封我为'罗锅儿'。"皇上说："封你'罗锅儿'有什么用？""有用，臣我每年多得两万两银子的俸禄。"这是怎么回事呢？清代有规矩，皇上亲口封谁一个字，谁每年多得一万两银子。刘墉那时候没人能赶上，光绪年间西太后那时候，上年岁的人赶上了。听说西太后每年要拿十六万两胭粉银。那么多银子的粉，还不把人埋起来？没办法，这是清代的制度，已经封她十六个字了，就是"慈禧端佑康颐昭豫庄诚寿恭钦献崇熙"，一个字一万，十六个字，十六万两银子。

刘墉有"罗锅儿"这两个字，每年也能多得两万两银子。皇上一听是这么回事啊，心说：我有钱也犯不上这么花呀！皇上要跟他争辩："刘墉，朕并非封你罗锅儿，我就这么一比方，说着玩儿。"刘墉说："万岁，君无戏言，您说的话不能不算，如果这句不算，以后您说的话全不算。"皇上说："算！"你想皇上说了话不算，那不就反了吗？算是算了，皇上每年得多花两万两银子，心里挺别扭。可巧这时候是个热天，下午皇上要到北海纳凉——就是现在供人游览的北海公园，那时候是皇家的禁地——皇上上哪儿去都带着刘墉，因为他有学问，问一答十，对答如流。到了北海，皇上就在漪澜堂长廊子底下凉快，望着太液池澄清的碧水，又回头一看刘墉，想起早晨那两万两银子的事儿来了。心说：无论如何也得想个办法，把"罗锅儿"这俩字取消，不然，一年两万，十年二十万，他要活百八十岁，我得花多少钱哪！回头就叫刘墉："刘墉。""臣在。""君叫臣死，臣要是不死视为什么？"刘墉说："那为不忠。""父要子亡，子要是不亡呢？""那为不孝。""既然如此，我是君，你是臣，我叫你死，你死去吧！"

你说这怎么办？那时候叫你死，你要是不死，那归抗旨不遵，是死罪；你要遵旨，也活不了。刘墉真有两下子，眼珠一转说："臣，候旨。"皇上说："你候什么旨？我叫你死，你就死去得啦！"刘墉说："万岁，您说让我死了，可您还没说让我怎么死呢！"——他让皇上给出主意。

皇上一想：既然叫你死了，出主意就出主意，说："前面就是太液池，一丈多深的水哪，跳下去就死了，你跳下去吧！""臣领旨！"刘墉说完这句话，就奔太液池去了。皇上瞧着，心说：你要真跳下去，我赶紧派人打捞上来，我就说：朕传旨叫你死，你没死了，这就是抗旨，得了，现在你也甭死了，干脆把"罗锅儿"俩字取消吧！刘墉心里明白皇上的心眼儿，得，两万银子没了。慢慢地朝太液池那边磨蹭，干吗呀？他这儿想主意哪。

刘墉到了太液池边没有跳，直眉瞪眼地冲池水鞠了三躬，他又回来了。来到皇上跟前说："臣刘墉交旨。"皇上差点儿把鼻子气歪了。"你交什么旨啊？我让你死，死了才算交旨哪，没往水里跳，你又回来了，这怎么算交旨呢？""万岁！"刘墉说，"臣我刚要跳。水里有一个人把我给拦住了，跟我说了两句话，让我来问问您，问完了我再跳去。"

皇上直奇怪，说："水里会有一个人？是谁呀？"刘墉说："是屈原。"——这屈原是战国时候的人，他是楚国大夫，让无道昏君逼迫得跳汨罗江死了。乾隆当然知道这件事情。他说："屈原跟你说什么来着？""他跟臣说了这么两句话：'我遇昏君该当死；尔逢明主应当回。'屈原遇见无道昏君，逼得他跳水死了，说我刘墉遇到您是位明主，我不应当死，我还是应当回来。我主万岁，臣我还死不死啦？"

皇上说："……那你就别死了！"我叫你死了，我成昏君啦！好，你活着气我吧！皇上心里想：嘿！为了"罗锅儿"两个字，每年花两万两银子，我还差点儿落个昏君。一定得想个办法，把这两万两银子取消。

皇上从漪澜堂上龙舟渡到了对面的五龙亭，看过了小西天，然后到万佛楼上进御膳。一进门，看见院子里摆着两桶马蔺，皇上心里一动，想拿这个找刘墉的毛病，用手一指："刘爱卿，这两桶是什么草？"刘墉要是顺口搭音儿一说是"马蔺"，皇上就找上碴儿了：什么叫马蔺哪？做这么大的官，说话这么俗气，降级罚俸，先把"罗锅儿"俩字取消，两万两银子又吹了。刘墉也机灵，用手指着一桶马蔺说："万岁若问，此乃一桶万年青，冬夏老是那个颜色。""卿家，何为一桶万年青？"刘墉说："我主大清江山一统，这就叫一桶（统）万年青。"

皇上一听这句话就高兴，这马屁把他拍舒服了。皇上说："好！"一伸大拇指——皇上的大拇指上戴着一个扳指，这是西洋进贡来的，价值连城。这个扳指是真绿，比如说，桌子上铺着一块红毡子，把扳指摘下来放在上面，这毡子能变成绿的！这么说吧，皇上戴着这个扳指站在北京前门楼子上，一挑大拇指，能绿到上海去。也没那么绿！反正是够绿的就是了。

皇上说："好个一统万年青！刘墉，朕当赏你一个扳指戴。"皇上说着，把扳指摘下来就给刘墉。其实皇上哪儿那么好心眼儿，他是拿这扳指找碴儿。刘墉要是接过来顺手一戴，就有欺君之罪——我是君，你是臣，我的东西刚摘下来，你就戴上？欺君之罪！虽然不杀，"罗锅儿"俩字也得取消——刘墉也明白呀，他说："臣谢主隆恩。""甭谢恩了，你戴上吧！"

刘墉说："臣我不敢戴。"皇上说："不戴！你是不要啊？"君臣斗智嘛，你要是说不要，打你个抗旨不遵，两万两银子还得没了。刘墉也说得好："万岁既赏给微臣，微臣焉敢不要。""要，你不戴上？""戴上，我为欺君之罪；可是不要，又为抗旨不遵。"皇上心说：他比我还明白！"那你怎么着好哪？""万岁赐予微臣的扳指，臣我不敢戴，我交给我手下的从人，捧回原籍山东省青州府诸城县，供在我们祖先堂内。"

皇上一听：得！这扳指完啦！没法子，往里走吧！一进佛殿，正面供着一尊佛像，就是那个大肚子弥陀佛。皇上心里头一动，用手一指这佛像："刘爱卿，上面供着的是什么佛？"刘墉要是顺嘴说是大肚子弥陀佛，皇上就算找着碴儿啦！佛爷就佛爷得了，干吗还大肚子？做这么大的官，说话这么俗气，降级罚俸，"罗锅儿"俩字取消，两万两银子不给了，干脆扳指也拿回来吧！得！这下子全完了！

刘墉心里有数，赶紧回答："万岁若问，此乃一尊喜佛像。"这话说得对，弥陀佛那个像老是那么笑眯眯的。皇上一听他说的这词儿好，又问了一句："为何他见朕笑？""此乃佛见佛笑。"这马屁一拍就把皇上拍喜欢了。怎么呢？在清代，皇上都称"佛爷"，康熙佛爷、乾隆佛爷，一直到光绪年间，西太后还称西佛爷哪！这时他说乾隆也是佛爷，供着的佛像也是佛爷，佛爷见佛爷笑，他那儿接驾欢迎您哪。那皇上还不高兴嘛！"好！好一个佛见佛笑，好！"皇上一挑大拇指，"哟！扳指没啦！那什么……刘爱卿，朕当赏你一个马褂穿。"八团龙的马褂现打身上脱下来，就递给刘墉了，刘墉还是"捧回山东供在祖先堂内"。

刘墉刚把马褂收下，皇上真够损的，往旁边一斜身，让刘墉跟那个佛像对了面啦，皇上用手一指："刘爱卿，为何他见你也笑？"

这回可麻烦了。刘墉随口再一答"佛见佛笑"，啊！你也成皇上啦？欺君之罪，东西都收回来，推出午门开刀问斩，连"罗锅儿"俩字都甭取消了，人都死了，当然也就不给钱了。刘墉眼珠一转，赶紧回答："万岁，他笑微臣不修道。他见您笑，是佛爷见佛爷笑，接驾哪；他见我笑，他说人家是皇上，你在旁边算干吗的？难道说你不害羞吗？他笑微臣不修道，就是他在那儿嘲笑我哪。"

皇上一听：好哇！只顾他嘲笑你了，我这扳指没回来，马褂又进去了。往里走吧！

皇上要到万佛楼上进御膳，刚一迈步上楼梯，刘墉说："万岁上楼，臣念句吉祥话儿:念您'步步登高'。"皇上一听，你还绕惑我哪！"好！好一个'步步登高'，刘墉，朕当赏你个夹袍穿。"当时把夹袍脱下来递给刘墉了。刘墉还是"捧回山东原籍，供在祖先堂内"——把夹袍也收下了。

皇上到楼上没吃饭，绕了个弯儿又下来了，来到楼梯这儿不往下走。回头问刘墉："刘爱卿，现在朕下楼，你再给我念句吉祥话儿。"

这回可麻烦了，上楼你念"步步登高"，下楼你怎么说啊？"步步登矮""步步落空""步步下溜""一步不如一步"，说哪句也活不了，刘墉脑筋也真快。"是，念您'后背倒比前背高'。"皇上高兴了："哎呀！现在我就是皇上，我的后辈儿孙比我还要高！"其实皇上想错了，刘墉没说皇上的后辈儿孙比他高，是说皇上下楼的时候，他的后背比前背高。那意思就是这"罗锅儿"呀，你也有那么点儿啦！皇上没明白这意思，还高兴哪。"好！好一个后辈倒比前辈高！刘爱卿，朕当赏你一个小褂儿穿。"把小褂儿脱下来给他了。等给完这小褂儿，乾隆也后悔了。怎么？皇上光着膀子啦！

（刘宝瑞述　殷文硕整理）

邵康节测字

　　在我们北京，哈德门——就是现在的崇文门外，有条花市大街。过去，那可是个繁华的地方。街道两边净是些大买卖，街边上小摊小贩也很多，可最多的要算看相、测字的啦！

　　明末清初，那儿有个测字先生姓邵，叫邵康节①。大家都说他测的字灵呀！因此他的生意就特别好，别的卦摊一天难得看仨俩的，有的还能两三天不开张。为什么呢？满嘴的江湖话，净骗人。可邵康节先生就不一样啦！出口成章，按字义断事。首先大伙儿听着就不讨厌。至于是不是个个都灵，那可不能那么说。因为他名声大，即便算得不准，大伙儿也都说"差不离"。用现在的话来说，有点儿个人崇拜。

　　他为什么有这么大的名声呢？因为他给皇上测过字。大伙儿想：皇上都找他测字，那还能没本事吗？所以上他那儿测字的就多，生意就比别的那些卦摊都好。

　　他给哪个皇上测过字呀？明朝的末代皇帝明思宗——崇祯。嘻！这也是个倒霉的皇上。过去有句俗话"倒霉上卦摊"嘛！要不是倒霉，能去测字吗？

　　崇祯不是住在宫里头嘛，他怎么跑到花市大街去了呢？因为闯王李自成、大西王张献忠还有十三家造反啦，闯王的起义军已经快要打到北京城啦！城里可透着有点儿乱。他微服私访，打算悄悄打听打听老百姓对朝廷有什么议论。再说天天打败仗，他在宫里也烦呀！

---

　　① 邵康节（1011—1077），北宋哲学家，名雍，字尧夫，谥号康节。范阳人。后移居共城（今河南辉县），屡授官不赴，隐居苏门山百源之上。后人称为"百源先生"。邵康节研究阴阳八卦，融入道教思想。过去看相、测字等迷信职业者，都把邵康节看作祖师爷。这段相声说邵康节是明末清初人，并出现在北京，显然是附会之说。

他一个人，连贴身太监都没带，脱下龙袍换上一身老百姓的衣裳，带了点儿散碎银子，就出了皇城啦，溜溜达达地就来到花市大街啦。见甬路边上围着好多人，崇祯踮起脚跟往里一看，原来是个测字摊。只见一人刚测完了字，对测字先生说："邵先生，您多受累了！我回去照您的话去找，准保能找到。"说完这话，付了卦金，转身就走啦。看热闹的也散啦。崇祯心想：原来这位就是邵康节，怪不得这么多人围着看哪！——连住在深宫的皇上都知道邵康节的名字，您想，他的名声有多大？人一散，邵康节的卦摊就亮出来啦。

崇祯一看这个邵康节长得倒像个念书的人儿，六十来岁，花白的胡须。身上穿的也挺干净。面前摆了个桌子。桌子上放着一块小石板，半截石笔；一个木头匣子，里面放着很多的字卷儿。要是测字呀，就抓个字卷儿。不抓字卷儿，在石板上写个字也行。不会写字的呀，嘴说个字儿也可以。

崇祯一想：我这皇帝已经到了山穷水尽啦，不如测个字问问，我这江山还保得住保不住呀？

"先生，请您也给我测个字儿。"

"您拿个字卷儿吧。"

崇祯心想：他那字卷儿不能拿。写那些字卷儿都是他自己选的，哪个字他都编得有词。"我甭抓啦！"

"那您写个字也行。"

崇祯又想：我也别写了。"干脆我说个字吧！"

"那也好。"

"我说什么呢？"崇祯想。正这么个时候，从背后过来两个过路的，一边走一边说："兄弟！你开玩笑怎么没完没了的，还有没有完啦？"

崇祯一听：有完没有？嗯，我就测个"有"字吧。"先生！我说个'有'字吧！"

"哪个'有'呀？"

"就是'有无'的'有'。"

"噢！"邵康节拿起石笔，在小石板上写了个"有"字，"您问什么事儿呀？"

"我是为国担忧呀！我打算问问大明江山还保得住保不住呀？"

邵康节一听，心里打了个顿：面前站着这位是谁呀？一不问婚丧嫁娶，二不问丢财失物，单单问这大明江山保得住保不住呀？一定不是平民百姓。他回头看了看，卦摊周围有没有看热闹的人。他干吗看呀？他看看要是有人他就不敢说啦。怎么啦？因为那年头是"莫谈国事"呀！万一看热闹的人里头掺杂着一两个东西厂、锦衣卫的人听去了，那邵康节就麻烦啦！什么是东西厂、锦衣卫呀？就是专门替皇上打听消息的，谁说了对朝廷不满意的话，当场就能给抓走。

邵康节一看，幸好，卦摊周围一个人都没有，他小声跟崇祯说："老乡！这个字您问别的什么事都好。"

"怎么呢？"

"'有'嘛，没米有米，没钱有钱。您问大明江山保得住保不住呀，可不老太好的。"

"你不是说'有'嘛，没什么都有哇，怎么问到江山这儿就不好了呢？"

"您问的是大明江山呀！这个'有'字就不能那么解释啦！您看这个'有'字，上头一横一撇是'大'字的一半；下头'月'字是'明'字的一半。大明江山上下都剩下一半啦，您想那还好得了嘛！"

崇祯一听，心里吓了一跳：解释得有道理呀！可脸上不能带出来。"先生，我刚才说的不是有无的'有'，是朋友的'友'。"

邵康节在石板上又写了个"友"字。"这个字您问什么事呀？"

"还是问大明江山呀！"

邵康节说："您这个'友'字还不如刚才那个'有'字哪！"

"怎么回事？"

"您这个字形是'反'字出头哇，'反'字出头就念'友'呀。反叛都出头啦，大明江山可就危险啦！"

崇祯心里又咯噔了一下。马上改口说："先生！刚才那两个'有（友）'字我都说错啦，我是要说子、丑、寅、卯、辰、巳、午、未、申、酉、戌、亥那个'酉'。"

"噢！您说的是申酉戌亥那个'酉'呀？"

"对啦！"

"还是问大明江山吗？"

"哎！"

"那可就更糟啦！"

"怎么更糟啦？"

"啊！这个'酉'字还不如刚才那两个哪！不但大明江山保不住，

连皇上都得不到善终。"

崇祯一听，脸都白啦！"怎么皇上还不得善终呀？"

"您想嘛：天下数皇上为'尊'呀！皇上是至尊天子呀！这个'酉'字就是'尊'字中间那箍节儿[1]。您说这个'尊'上边没头，下边没腿，这皇上还活得了嘛！连皇上都缺腿少脑袋，这大明江山还保得住吗？"

崇祯一听：这话有理呀！这江山是保不住啦。我连脑袋跟腿都没啦，还活什么劲儿呀？为了保住全尸，连皇宫都没回就上煤山啦——就是现在的景山公园，找一棵歪脖树就吊死啦！

历史上说，崇祯是在李国桢棋盘街坠马[2]，闯王李自成进了北京城后，才带着太监王承恩上煤山上的吊嘛——那是史书误记。那阵崇祯已吊死半个月啦！王承恩才去凑个热闹，想在历史上留个忠君尽义的好名声——沽名钓誉嘛！他找皇上找了十四五天都没找到，后来才在煤山看见崇祯在那棵歪脖树上吊死啦，怕回去不好交差，心想：干脆我也在这儿将就吧！太监王承恩这才在崇祯脚底下吊死的。他们俩上吊前后相差半个月哪！历史上说两人一块儿死的，那是小道儿。我这才是正根儿哪！

闯王进了北京啦，市面上也平静啦，邵康节上景山遛弯儿去啦。一看，歪脖树上挂着一个。"我认识呀！噢！不就是那天我测仨（有、友、酉）字的那位嘛！"再一看，下边吊着个太监。"噢！这甭问啦，肯定是崇祯皇上呀！哈哈，我说皇上不得善终，怎么样？上吊了吧？我字儿测得灵呀！"从这儿邵康节逢人便说，见人就讲，他给崇祯皇上测过字，灵极啦！这一宣传呀，就有那么些人爱传话，一传十，十传百，邵康节更出名啦！

这话传来传去就传到九门提督耳朵里去啦！这个九门提督是满人呀！闯王手下哪来满人呀？因为李自成进了北京城，骄傲啦！腐化啦！铜棍打死吴兵部，占了陈圆圆，把在山海关的吴三桂可给气坏啦，"冲冠一怒为红颜"嘛！吴三桂这才下沈阳搬清兵，当了汉奸啦。九王爷多尔衮带兵进关，李自成战死湖北九宫山。江山易鼎，改国号为清。我刚才说的那位九门提督换了满人啦。

当时的九门提督权力可不小，相当于现在的卫戍司令呀！内九门

---

① 箍节儿：北京土话，"一段"的意思。

② 李国桢：崇祯手下名将，被闯王在棋盘街刺伤坠马身亡。

就是：前、哈、齐、东、安、德、西、平、顺，九门提督衙门就设在哈德门里头。内城那八座城门都挂的云牌——"点"，唯独哈德门挂的是钟。九门八点一口钟嘛！因为九门提督衙门设在哈德门那儿哪！他那儿一敲钟，其他的八个城门跟着敲点："关城喽！"——您说他权力大不大？

这个九门提督不但是满人，还是正黄旗，黄带子，铁帽子王爷呀！街面上传说邵康节字测得灵呀，给崇祯测过字，说皇上不得善终，崇祯真上吊啦！这话可就传到九门提督耳朵里头去啦。怎么那么快呀？九门提督衙门就在哈德门里头，邵康节就在哈德门外头花市大街摆卦摊儿，没多远呀，那传得还不快嘛！

九门提督听到这话儿，说是妖言惑众：世间有这事儿，测个字就能知道生死呀？这都邪啦！我就不信有这样的事。找他去，看看他究竟有多大本事！提督大人换上便服，出了辕门，跨上骏马，后边跟了八个亲兵小队子，保护大人。就出了哈德门啦。到了花市大街，大人一看，曘，卦摊儿还真不少，哪个卦摊儿是邵康节的呢？问问。当时翻身下马，这会儿来了个过道儿的。九门提督怎么问呀？他一挽袖子，眼睛一瞪，冲着这个过道儿的："站住！"

把这位吓了一跳。"干吗呀这是？凶神附体啦！……"

"我问问你，邵康节在哪里算卦？"

这位一想：有你这么问道儿的吗？我该告诉你呀！刚想发作，仔细这么一瞧呀，又吓回去啦！怎么？他看见这位屁股后头还跟着八个弁兵哪！其中一位拉着马。他不敢发作啦，这位小不了。他说："您问邵康节的卦摊呀，这儿不是嘛！"

说着他手往马路下一指。怎么往下指呀？在明、清那会儿，马路叫甬道，路面比便道高。提督大人顺着他手往便道一瞧，果不然有个卦摊儿。他就奔这卦摊儿来啦！

"你叫邵康节吗？"

"啊！"刚才他问道儿的时候，邵康节听得清清楚楚，看得明明白白。心想：甭问，这位来头不小呀！

"我听人说你测字灵呀？"

"那也不敢这么说，反正八九不离十呀！"

大人一听，曘！口气不小呀！"你给崇祯测过字呀？"

"啊！"

"你说他不得善终？"

"他煤山上吊啦！"

"那我问问你：我能不能善终？……嘻！我问这干吗呀？你也给我测个字。算对喽我拿一两银子给你。算不准我可砸你的卦摊儿。".

艺高人胆大，邵康节并没心虚："您拿个字卷儿吧！要不说个字，写个字也行。"

"那我就拿个字吧！"大人一伸手，就在小木匣里拿了个字卷儿。邵康节接过去一看，是个"人"字。

"此字念'人'。您问什么事呀？"

大人一想：我问什么事呀？我没事儿。我赌气来啦，心里这么想呀，嘴里可没这么说。"我呀？……我是让你给我算算我是什么人？"

邵康节一听，心想：有你这么测字的吗？你是什么人，你自己还不知道吗？你还用得着测字吗？噢，这是考我呀，找我赌气呀！

邵康节抬头把九门提督上下打量了几眼。看这位六十多岁，长得五大三粗，穿得好：宝蓝横罗的大褂，琵琶襟的坎肩；头上戴了顶纱帽头儿，正中一块帽正是碧玺的；一伸手，大拇指戴了一个翡翠的扳指儿，水头儿好，是真正的祖母绿呀！再说他说话那派头儿，显着他财大气粗。嗯！甭问，八成是个当官的。"您要问您是什么人呀？您是一位当官的老爷，是位大人。"

"嗯！"他心想：怎么知道我是当官的呢，认识我呀？不能呀！也许是从我的衣着打扮看出来的。既然他看出我是当官的啦，我再问问他我是文官武官？这他就看不出啦。

"不错！我是个当官的。你再给我算算，我是文官还是武官？"

邵康节一听：这，我怎么知道你是文官武官呀？有这么测字的吗！可是，再仔细一想呀，大人是骑马来的。武官骑马，文官坐轿嘛！大拇指上还戴了个扳指儿，那是拉弓射箭用的东西，噢！八成是武职官："大人！您要问您是文职官武职官呀？"

"啊！''

"您是武职官。"

大人一听：哎呀！他还真有两下子哪。"对！我是武职官。你再给我算算我是几品官？什么官衔？"

"这？"邵康节心想：这我没法算。武职官多啦：提、镇、副、参、游、都、守、千、把、外委。我知道你是什么职位呀？又一想：算不准都要砸我卦摊儿，要不算还不得给我发^①了啊！"您是什么官衔呀？……"邵康节说话怎么拉长声呀？他想词儿哪！他一想：这位是穿便服来的呀，要是穿官服来的就好啦！那还用说吗？官服上前后有补子：文禽武兽。大帽上有顶子：红、蓝、白、金。他一看就知道啦！这位穿的是便服，看不出来呀！"您……您……是几品呀？"邵康节一眼看见大人身背后那八个亲兵小队子啦！大人穿的是便服，可他们穿的都是号衣呀！头上打着包头。号褂子外边套着大红坎肩，青布镶边儿，前后心白月亮光儿，有字：后背心是个"勇"字，前心是"南司"。邵康节笑啦！知道啦！南司是提督衙门呀，北司是顺天府——好嘛！大人身上虽然看不出来呀，可他小队子给他戴着记号哪！"回大人的话，您是当朝一品呀！"

"什么官衔？"

"您是九门提督兼五城兵马司——军门大人。"

"啊，神仙呀！我就不信你测字这么灵，三天之内我非砸你的卦摊儿不可。"一赌气就要走。

邵康节说："启禀大人，您还没给卦金哪！"

"啊！差点儿把我气死，你还要钱哪？"

"军中无戏言嘛！"

九门提督往他摊儿上丢了块银子，约摸有一两多重。带着人就回衙门啦！——合着闹了一肚子气，还花了一两多银子。"花钱买生气"就是那年头儿留下的。

大人回到提督衙门连饭都没吃。晚上气得睡不着觉。干吗呀？他想主意哪！打算想个主意把邵康节的卦摊儿给砸了！"我说三天之内砸他的卦摊儿，我非砸不可。军中无戏言嘛！"

要说在那种社会，甭说身为九门提督，就是一个弁兵，砸个卦摊儿还不容易嘛？就是剐了测字的也没什么了不起，随便加个罪名就办了。可是堂堂九门提督为了表示自己有能耐，不想随便砸摊儿抓人。他还真想试试邵康节，如果真会神机妙算，还想保荐他当军师哪！

大人一宿没合眼，想了一宿想出个主意来，这个主意可损点儿。天一亮就起来啦，要搁着往天还睡哪。今天他憋着砸邵康节的卦摊儿哪！到了房把伺候他的给喊起来啦，这跟班儿的叫来喜，四十来岁，

---

① 发：古时刑罚的一种，即充军发配。

细高挑儿，有点儿水蛇腰，外带是个八字脚。这个样子是好的呀！大人往那儿一坐，他往旁边一站，甭弯腰，那毕恭毕敬的样子就出来啦！

"来喜呀？"

"哎，伺候大人。"

"今儿你也别在家里伺候我啦，你把我的官服换上，带着八个亲兵小队子，上花市大街找邵康节那儿测个字。什么事你都甭问，就问他你是什么人？他只要说你是当官的，回来跟我说，我就赏你五两银子，带人去砸他卦摊儿。"

"哎，是大人。"

老妈子从后面把大人的官服拿出来啦，来喜把官服一换就往外走。

"回来。"

"大人您还有什么吩咐？"

"你到那儿千万别拿他那儿写的字卷儿呀，那儿有毛病，你自己写个字吧。"

"回大人的话，小人没念过书，不会写字呀！"

"浑蛋！连简单的都不会写吗？你就写个'人'字儿就行啦，一撇一捺，这还不会吗？"

"是，是！"

跟班儿的来喜出了辕门。大人早吩咐下来啦，八个亲兵小队子拉着马在那儿等着哪。来喜骗腿儿上马，小队后边跟着，来喜心里这个美呀：想不到我这半辈子还当了这么会儿九门提督。到了花市大街甭找啦，小队子昨天来过呀，认识。拉着马就到了卦摊儿啦，来喜翻身下马。邵康节一看：怎么？九门提督又来啦，砸我卦摊儿来啦。再仔细一看呀：怎么今儿这位九门提督不是昨天那位啦？北京城有几个九门提督呀？不就一个嘛！睡了一宿长个儿啦。又一看：没错！是九门提督，后头那八个亲兵小队子还是昨儿那八个呀！再一看来人身穿袍褂；前后麒麟补子；头上戴着凉帽枣红顶子——从一品，双眼花翎，冲这套官服准是九门提督呀！——多新鲜呀，这套衣服本来就是他的嘛。可是他再仔细一瞧这人呀，砸啦！体不称衣呀，人瘦衣裳肥。穿在身上就像竹竿挑着这套衣服似的：耸肩膀，水蛇腰。脑袋不大，眼睛倒还机灵，望着邵康节滴溜溜转。下巴颏有几根虾米胡子，凉帽往他脑袋一扣，差不多底下就没什么啦！邵康节一下就看出个七八成啦——

冒牌儿货！

"邵康节给我测个字。"

邵康节一听：怎么着？认识我呀！"您是写字呀，还是拿字卷儿呢？"

"我自己写吧！"

邵康节把石板石笔递给他啦！来喜拿笔就像拿旱烟袋一样，五个手指头一把抓。好不容易才画了个"人"字，把汗都憋出来啦！您想，他又没念过书，那字写出来能好看嘛？一撇一捺拉得老长，两笔挨得挺紧。这个"人"字就跟他那长相差不多：细高挑儿。"字随人变"嘛！

邵康节把石板接过来一看："此字念人。您问什么事呀？"

"我没别的事，你给我算算我是什么人？"

邵康节一听：今儿这个怎么跟昨儿那个问的一样呀？甭说，一定是昨儿那个九门提督派来考我的。我说得不对他好砸我卦摊子呀！他派衙门里谁来啦？是幕府师爷呢还是听差的呀？嗯，不是师爷，师爷能写这样的字吗？再仔细一看，这人往卦摊儿前一站，手就耷拉下来啦，水蛇腰儿，耸肩膀，俩眼睛净往地下看（比划）。站在老爷身边伺候惯了，那样子就出来啦。对，不是师爷，是跟班儿的。

"要问您是什么人呀？"

"啊！我是什么人呀？"

"说出来您别生气。您是别人坐着你站着，别人吃饭你看着。你是个站人。甭转文说白话儿，你是个跟班儿的，伺候人的！"

"啊！他真算出来啦！"——哪儿是算出来啦，是看出来啦。

来喜赶紧就走。邵康节说："你还没给卦礼哪！"

来喜正想发脾气，可是见街上人多，怕丢"大人"的面子，只好乖乖地在身上摸了几个制钱，往桌上一丢，就回衙门啦。

邵康节一看，笑啦："没错！就冲他给这卦礼就是个跟班儿的——舍不得花钱嘛！"

来喜回到衙门，到了上房。"跟老爷回话，我回来啦。"

"邵康节跟你说你是什么人呀？"

"他说小的是别人坐着我站着，别人吃饭我看着，是个站人。甭转文说白话儿，我是个跟班儿的。"

老爷一听，把鼻子都气歪啦！"浑蛋，他愣会算出来啦！你叫什么来喜，干脆明儿你改名叫报丧吧！"——这个九门提督算计不过邵康节，对底下人出气啦。

大人越想越气，一转脸见太太进来啦！"太太，您辛苦一趟，上花市找邵康节去测个字，写个'人'字儿就行啦！别的也甭问，就让他算算你是什么人？"

"哟！老爷我行吗？"

"行，行！太太出马，一个顶俩嘛！"——这叫什么词儿呀？"他要算错了我带人去砸他的摊子。"——他憋准喽要砸邵康节的卦摊啦。

太太说："既然老爷这么吩咐，我就去一趟吧！"

"别忙！你穿这身儿去不行，那他还看不出来吗？换换，换换。把老妈子那身儿换上。把首饰，什么镯子、戒指、耳环子都给摘下来。头发也梳梳，梳个苏州髻。"又吩咐丫头："去，上厨房弄点锅烟子来，给太太脸上抹抹，让他看不出来。"——您说这位太太是招谁惹谁啦，图什么许的呢？"你还别坐轿，坐骡车去。到了哈德门就下车，别让他看见。你记清楚喽！出城门左手第三个卦摊就是。"——好嘛，这位老爷可真用心呀！

这位太太还真听话呀！打扮好喽坐着骡车就奔哈德门来啦。在城门洞就下了车啦，数到第三个卦摊儿一看，没人测字。

"哟！您是邵康节老先生吗？"

"是是。您测字吗？"

"对啦！"

"您拿个字卷儿吧？"

"不价。我写个字吧！"

邵康节把小青石板、石笔递给太太。她就在石板上写了个"人"字。写完了把石板往桌上一放。顺手把半截石笔就搁在石板上啦。说来也凑巧，她那石笔正好搁在"人"字的上半截啦！这样猛一瞧"人"字头上加一横，就成了个"大"字啦！邵康节问："您问什么事呀？"

"没别的事，您给我算算我是个什么人？"邵康节一听：这是一个模子刻出来的呀，怎么都问是什么人呀？我看呀你们都不是人，吃饱了没事跟我测字的捣什么乱呀！邵康节一看这"人"字头上搁着石笔，嗯，人字头上加一横不是念大字嘛！再仔细一看。嘿！真有这么凑巧的事，刚才来喜写的那个"人"字没擦干净，留下了一点儿。这一点儿不歪不斜正留在"大"字的下边，三下里这么一凑合呀，这个"人"字就念"太"字啦！"八成是位太太呀！这？不像呀，这份儿穿着打扮，一脸的滋泥，有太太不洗脸的吗？又仔细一想：刚才她写的时候手伸出来可白白净净、胖胖嘟嘟的跟白莲藕似的。要说这个人怎么长的呢？这不是姜子牙的坐骑四不像嘛！嗯，刚才我看她那手腕子上跟手指头上还有印子，那是戴首饰留下的呀！甭问刚摘下去。要是老妈子能戴得起吗？莫不是九门提督故意叫他的太太取掉首饰，打扮成这样考我来啦？要砸我的卦摊儿呀！嗯，错不了。一定是九门提督的太太。

"您要问您是什么人呀？……"

"我是什么人呀？"

"您是位太太。"

哟，我这扮相都唬不住他呀！赶紧给了卦礼回衙门啦。到了上房，还没容老爷问哪，她就说啦："老爷！邵康节字可测得真灵呀！他说我是太太。"这句话刚说完，气得老爷汗都下来啦——你说这是何苦呢！

老爷一看张妈站在太太旁边哪！"张妈！你赶紧换上太太的衣服，把太太的首饰都戴上。带着另外四个老妈子伺候着你，就坐着太太平时坐的那乘八人绿呢大轿，上花市大街找邵康节测字去。就写个'人'字儿就行啦！'人'字儿会写吗？这么一撇，这么一捺，瞧清楚了没有？问他你是什么人？他绝算不出来你是老妈子。他看你这打扮，一定说你是太太，还是大官的太太。他只要说你是太太你就回来跟我说，我重重有赏。赏你五两银子，我带着人去砸他卦摊儿。"——他是不砸邵康节的卦摊儿不死心呀！

张妈照着老爷的吩咐把太太的衣裳换上啦！戴上首饰。老爷一看："不行不行！把头梳一下，梳成两把头，脸上再擦上点儿胭脂粉，头上也得戴首饰，插点儿花。鞋不行呀！换上花盆底儿。"——老爷用心呀！从头到脚下都是亲自设计，亲自检查，亲自指挥。一点儿破绽都没有啦，才说："去吧！带点儿零钱给卦礼。"——想得周到呀！

张妈出来，坐上太太的八人绿呢大轿。后边跟着一辆骡车，坐着四个老妈子就上花市来啦！到了邵康节卦摊儿那儿，轿子打住。四个老妈子赶紧掀轿帘儿把张妈搀下来——嘿，老妈儿搀老妈儿呀！

邵康节一看，来了位太太。还没说话哪，张妈就先开腔啦（三河县口音）："先生！您老给我测个字吧！我不拿字卷儿，我自个儿写。"

邵康节一听：哟！太太说话怎么这味儿呀？三河县的县知事的夫人来啦！赶紧把石板递过去啦，不是太太刚走一会儿嘛，她刚才写的那个"人"字还没擦哪！按说张妈把太太刚才写的那个擦了再写多好哇！她没擦，她想：这块石板别说再写一个"人"字，就是再写十个也有地方呀！她拿起石笔就写了个"人"字，正好写在太太那个"人"字旁边啦！

邵康节接过石板一看，是个"人"字。"此字念人，您八成是要问您是什么人吧？"

"对啦，先生您太灵啦！俺还没有说话哪您就知道俺要问啥啦！"

邵康节心想：这还用问嘛，这两天来了好几个写"人"字的啦！凡是写"人"字的都问自己是什么人呀，这不明摆着是串通了来的嘛，成心要砸我的卦摊儿呀！"您要问您是什么人呀？……"

"哎！"

邵康节一想：看她这阵势，穿着打扮，一定是位官太太。还小不了。坐的是绿呢大轿嘛！一二品大员的夫人呀！八成又是提督衙门来的，九门提督的夫人呀！不对！九门提督能要她当夫人吗？什么模样儿呀！不擦胭脂粉还好看点儿，这一擦上就跟牛屎堆上下层霜似的。您看这满脸褶子，就跟老榆树皮差不离啦！虽然手上戴满了金首饰，可她这手跟刚才那位的手就不一样啦！那位的手跟白莲藕似的。她这手跟黄瓜似的，一手的口子。甭问，粗活儿做多啦！再说也是巧劲儿，她写的"人"字正好写在刚才那位太太那"人"字儿的旁边啦！她不是太太，是太太身边的人。哪些人是太太身边的人呀？小姐。有这样的小姐吗？不是小姐。丫头？岁数不对啦，四十好几啦。绝不能是丫头。嗯，老妈子？对啦！她一定是老妈子。怪不得她说话是三河县的口音呢？三河县出老妈儿嘛！"你是个老妈子呀！"——他又研究出来啦。

张妈一听：得！我那五两银子没啦！给了卦礼转头就走。

四个老妈儿过来啦！刚要搀张妈上轿，张妈说："还搀个啥劲呀，人家都算出来啦！坐啥轿呀，咱们自个儿走回去吧。"她这一说呀，连邵康节都给逗笑啦！

张妈回到衙门，跟老爷一回禀呀，把九门提督给气得直咬牙！"邵康节，我不砸你卦摊儿，我这九门提督不当啦！"——干脆说，不砸卦摊儿，死不瞑目啊！

"来人呀！"

"嗻！"

"去到监狱提个犯人来。要提判死刑的，判徒刑的不要。"干吗要判死刑的呀？他跟邵康节拼上啦！难邵康节呀！邵康节万万也想不到死刑犯人还可以上街测字呀！

差人在监狱里提了个死刑犯人。九门提督提犯人狱官还敢不给嘛，是个秋决犯。

在前清死刑有两种：一种是斩立决，就是宣判后就给宰啦。另一种叫秋决，就是秋后处决。每年秋分刑部把当年要杀的犯人名单造皇表，皇上还要上天坛祭天，焚了表后集中一块儿杀。前一种是"零卖"，后一种是"批发"——买主都是阎王爷啊。

带来的这个死刑犯叫该死，是个江洋大盗。差人把该死带到后院，往那儿一放。

老爷说："你判的什么刑呀？"

"回大人，小的判的秋决。"

"你想不想活呀？"

"大人！蝼蚁尚且贪生，何况人乎！"——还转文哪。

"唔，我给你条活路。给你打扮打扮，你上邵康节那儿去测字，让他算算你是什么人？他要算不出你是死刑犯，回来就放了你。万一他要算对了，那也是你命该如此。"

该死一听：管他呢！碰碰运气吧！"我谢谢大人。"

"来人呀！"

"嗻！"

"把他的脚镣手铐给下喽！找剃头的给他刮脸打辫子。洗干净啦给他换身儿干净衣裳，让他上邵康节那儿去测字。我就不信邵康节能算得出来他是死刑犯。判了死刑还能上街测字吗？"——他这招儿可厉害呀！时候不大就把这死刑犯给打扮好啦。

"来呀。派四个人跟着他。"干吗要派四个人跟着呀？一来怕他开溜；二来万一邵康节要算出来他是死刑犯，拉回来不是还得宰嘛！"你们四个离他稍远点儿，别让邵康节看出来。别穿号衣啦，都换上便服；带着点儿家伙。听见了没有？"

"是！老爷。"

他心里还是不踏实，怕邵康节算出来呀！

四个小队子押着该死上花市来啦！到了邵康节那儿，该死说："先生！您这字儿测得灵不灵呀？"

"我这儿测字断事如神。"

"啊，灵呀！"

"灵极啦！"

"哎呀！这不要命嘛！"

邵康节一听：怎么？我算得灵怎么会要他的命呀？这个人语无伦次呀。"您是拿字卷儿呀还是写字呀？"

"我说吧！"

"您说个字也行。"

该死一想：我说什么字儿呀？说什么字也不保险，这可是性命交关呀！干脆我就问他我是什么人？只要他一出口错喽，我撒腿就跑。我这官司就算完啦。"先生，字儿我也甭说啦，干脆您就算算我是什么人吧？"

邵康节一听：噢！他也是算这事儿。八成他们是一事儿吧！这又是提督衙门派来考我的，要砸我的卦摊儿呀！"你要问你是什么人呀？……"

"对呀！"

邵康节又一想：我是什么人？人从口出，也就是口字里边加个人字。这字念囚。噢，囚犯呀！有门儿！连囚犯都给我派来啦，你损不损呀！这？不能呀！囚犯能随便上街测字吗？哎，这是九门提督让他来的呀！九门提督支使囚犯，他正管呀。邵康节又上下打量该死，看他一脸的横肉，走路罗圈腿：这是趟镣趟的呀！罪小不了，都趟上镣啦嘛！又一眼见那四个小队子啦。虽然都换了便服，可长相早认识啦。这两天来了三回了嘛！

"你是什么人呀？……"

"是呀！您快说呀！"

"你是个犯人。"

"啊！算出来啦，完啦！我这脑袋要搬家。你缺了德啦！你呀……"

"你不但是个犯人，你这罪还不轻。你呀，活不了！非宰了你不可。"

该死一听："我可不是活不了嘛，你算灵啦我还活得了哇！"

其实邵康节也没看出他是死刑犯——他怎么看得出来他判的什么刑呀！邵康节说：你活不了，非宰了你不可，是句气话。心里说：你个犯人跟着咋呼什么呀，起哄呀！我还不骂你两句嘛——邵康节那两句本来是骂该死哪，该死认为邵康节算准了自己是死刑犯哪，要不怎么叫该死呢!

四个亲兵过来啦,锁链往该死脖子上一套。"走!押回去。"

邵康节一看:"怎么样?是个囚犯吧!你们那几手儿还瞒得过我吗?"

小队子回去跟九门提督一回禀。把他给气得呀:"来人呀!"

"喳!"

"把该死给我宰喽,甭等秋后啦!"——得!等不得"批发",就给"零卖"啦!

大人还想主意呀,他不认输呀!天儿都黑啦,有什么事明儿再说吧。气得他一宿没合眼。虽然他一夜没睡可想起个绝招儿来。什么绝招呀?他往日在院子里乘凉呀,看到房檐下有个燕子窝。他打算就在燕子身上出点主意。第二天一早他叫人搬梯子上房给他掏燕子。当差的一听:我们这老爷是什么毛病呀?要玩儿燕子呀!大人吩咐下来啦,不敢不听呀,赶紧搬梯子上房掏燕子。您想人一上梯子那燕子还不飞嘛,大燕子全飞啦!可小燕子飞不动呀,才长毛儿呀,当差的掏了个小燕子下来啦。大人往手里一攥,叫了二十几个亲兵小队子:"你们每人带根檀木棍儿,走!上花市。"他要砸邵康节的卦摊儿啦!他想:就算你邵康节是神仙,这回你也算不出来啦。

他带着人到了花市,邵康节一看:九门提督又来啦!后边还跟着二十几口子,每人手里提溜着根檀木棍儿,甭问是要砸我卦摊儿呀!我得留神点儿。

"邵康节,我又来啦!我甭说干什么你也知道。前天我说:不出三天你只要有一回没算准,我就砸你卦摊儿。咱们说的是三天为限,今儿是第三天啦!这就叫'军中无戏言'。昨天那些什么太太、老妈子、死囚犯都是我派来的,就是要……"我都告诉他啦!——"告诉你啦你也得给我算。算算我手里拿的是什么东西?"

邵康节一听:这叫人话吗?你手里拿什么东西我怎么算呀?你这是以势欺人呀,不给他算!不算?他今天就得砸我的卦摊儿。算,我怎么算呀?邵康节心里着急呀。嘴上可不能带出来。

"大人,这回我要给您算准喽,您还砸不砸我的卦摊儿了呢?"

"这回你要算准我手里拿的什么东西,不但不砸你的卦摊儿,我还启奏皇上封你当神机妙算的军师哪!"——嘴上这么说,心里可想的是:这回可砸定啦!

"好吧，那您写个字吧！"

"我不写。每回写字你都能算出来。"

"那您说个字也行。"

"我也不说。说字你连死囚犯都能算出来。"

"那我根据什么算呀？"

大人一想：这话有道理。他手里正拿着把扇子，他顺口说："就以这扇为题吧！"

邵康常一听，扇子。再一看：不错！九门提督右手拿着把扇子，左手褪在袖子里。就是让我给他算左手里拿的是什么东西呀？扇子。扇字乃是"户"字下面一个羽毛的"羽"字。户下之羽是什么呀？就是房檐底下的雀鸟呀！房檐底下的雀鸟不是鸽子就是燕子，没别的。鸽子个儿大他手里攥不住。嗯！一定是燕子。热景天儿，燕子还没回南边哪！对！是燕子。

"大人手里拿的是……"

"是什么呀？"

"八成是个燕子。"

九门提督一听：啊，燕子在我袖子里他都算出来呀！八成儿他这卦摊儿我砸不成啦，看来只有认输啦。可是他眼珠子一转，又想了个绝招来。

"不错，是个燕子。"他嘴上说手可不伸出来，还在袖口里褪着哪！"燕子倒是个燕子，你给算一下它是活的还是死的呀？"

邵康节一听，心说：你这份儿缺德呀，我怎么说呀？我说是死的？你一伸手它叽叽叫。我说它活的，你一使劲把它捏死啦。你这叫两头儿占着呀，好嘞！你两头儿占呀，我给你来个小胡同逮猪——两头儿堵。

"大人！您问什么？"

"我是问你我手里这燕子是活的还是死的？"

"大人！您官居一品，身为九门提督，执掌生杀之大权，要它生它则生，你要让它死呀，它是一会儿也活不了哇！"——九门提督一听："得，满完！"

（叶利中述　叶利中　张继楼整理）

神童解缙

这是在明朝时候发生的事。

在南京水西门大街，有一座豆腐坊。掌柜的姓解，叫沛然，山东人，五十多岁。只有一个老伴儿，没儿没女。

有一天，这老两口子全病了。也没人推磨了，也不能做买卖了。老解就跟他老婆说（山东方言，下同）：

"你看看，有个闺女就有半子之劳，咱们俩都五十多了，还没儿没女，往后可怎么办呢？你不会赌气养一个吗？"

这事儿哪有赌气的？

赶到老解五十五岁，居然得了个又白又胖的儿子。老两口子这份儿高兴就不用说了，对这孩子爱如掌上明珠。时间过得快，一晃儿就到了六岁。孩子倒是透着机灵，看见人家念书他就看，看见人家写信他也瞧。可有一桩，这孩子不会说话。老解可烦了。心想：好容易盼着有了儿子，又是哑巴。

这天，老解请人帮着算豆腐账，这孩子照例过来看个没完，老解急了，给了这孩子一巴掌，啪！

"瞧什么呀？"

孩子一着急，张了嘴了：

"我瞧人家写字儿。"

老解一听：怪哉，怪哉，孩子说话了。

"嗯，好！你喜欢念书，我给你买书，送你上学去！"

一高兴，账也不算了，挑起两个豆腐桶就走。怎么？送孩子上学带卖豆腐。路上买了三本书，《三字经》《千字文》《百家姓》，直奔书房去了，书房的老师姓罗。

到罗老师的门口，老解就叫门，可又怕耽误做买卖，他一边儿吆喝，一边儿叫门：

"豆腐老师，豆腐老师……"

老师一听：怎么，我成了豆腐老师了。开开门一看是老解。

"老解，我短你的豆腐钱哪？"

"不短。我送孩子上学来了。"

老师一看这孩子，五官清秀，看样子还挺聪明，就很爱惜。

"好吧，进来吧！"

老解把豆腐桶挑到院里头放下，跟着也进了书房。

老师说："这孩子叫什么名字？"

"叫哑巴。"

"人名有叫哑巴的？"

"他不会说话，可不就叫哑巴。"

"这不是起哄吗？哑巴能念书吗？你快领走。"本来嘛，那时候又没有聋哑学校。

"他现在会说话了。"

"好！我问问。你叫什么名字？"

"我爸爸没念过书，没给起名字。"

老师一听这孩子不但不哑，说话还挺合情理，就高兴了："我给你起个名字，叫解缙，大号叫鸿魁。"[①]

老解在旁边急了："先生，别让这孩子泄了劲哪！"

"什么呀？你走你的吧！到月头儿你给送两吊束脩钱来。""先生，咱是个穷人，交不起这么多的学钱。""那么，我就白教吧。"老师还是真喜欢这孩子，愿意白教。"那也不能叫您白教，这孩子在您这儿念一天书，我给您送两块豆腐来。"

老师一听：我这教学都换豆腐吃了。"你呀，别在这儿捣乱了，我什么也不要，三节两寿你来看看我，就全有啦。"老解高高兴兴地走了。

老师叫小孩儿："解缙，你过来，我给你上书。"

头一本念《百家姓》。老师说："上三行。是'赵钱孙李，周吴郑王，冯陈褚卫，蒋沈韩杨，朱秦尤许，何吕施张'。念去吧！"

---

① 解缙（1369—1415），明洪武进士，字大绅。

解缙说："您给上三趟，我不念。""那上两趟吧！""两趟我也不念。""上一趟啊？！"

"一趟我也不念。""那你甭上学了，回家去吧！""老师，让我在您这儿上学，为什么又让我走哇？""是呀！一趟才八个字你都不肯学，难道说你还上半趟？""不！老师，您给上得太少了，多了我才念呢。"

老师一听：我教了这些年的书，还没遇到这样儿一开头就嫌少的呢。"少？好办，我给你上四趟。""四趟我也不念。""那就上半篇儿，八趟！""半篇儿我也不念。""依你呢？"老师有点儿纳闷儿。"一本儿。""一本儿？！回头你还得背哪！"

那时候念书就是念，背，打。念完了背，也不讲，背不上来就打。老师怕小孩儿不知道，还直给提醒。小孩儿说："背不上来，老师打我，我不埋怨。""好，给你上一本儿！过来：赵钱孙李，周吴郑王……司徒司空，百家姓终。念去吧。"

那位说，怎么这么快呀？不快？我在这儿背一本儿《百家姓》，大家全睡着了。

这孩子拿着书本儿，回到自己书桌那儿把书本儿往桌儿上一放。那时候小孩儿念书，上身儿得晃，这叫"忙其身，忘其累"。怎么呢？那时候念书不知道怎么讲，一个劲儿死背。念的时候，上身儿要不动，俩眼睛死盯着书，念着念着就听不见了。怎么？睡着了。解缙这孩子他不念，拿个手指头蘸点儿水在桌子上写。先写赵，后写钱，就这么一个字一个字往下写。

旁边儿的小学生一看，嗯？这家伙怎么不念呢？就偷偷叫他："解缙，快念，背不下来，一会儿老师可打你。"

解缙也不理他。这个小学生就叫那个小学生："哎！师哥，你瞧，他不念。""哎！师弟，你瞧，他不念。"

这个叫那个瞧，那个叫这个看。不一会儿，书房里六十多学生全不念了，都瞧他一个人儿了。老师正在那儿看《诗经》，看着看着，一听书房里鸦雀无声，抬头一看，怎么？全不念了！好，不管你们念不念，到时候背书，背不下来，就打。过了一会儿，小学生们还在瞧解缙，老师把戒尺往桌子上一拍："背书！"

小孩们吓了一跳，背什么？一句还没念会哪。老师不管，叫："王文儒，过来背书。"

这孩子已经念《三字经》了。就上了三行。是："人之初，性本善，性相近，习相远，苟不教，性乃迁。"他呀，净顾了看解缙了。就记住了头两句，往下全忘了。他想了个主意：书不合上，就放在老师面前，露着他念的那个地方，背不下来，好偷着回头看。哪知道，他一转身儿，老师就把书给合上了。他还不知道哪，就背："人之初，性本善……"刚一回头，老师就喊："往下背！""人之初，性本善。翻过去，看不见。""往下背。""翻过去，看不见，不能背，没有念。"

　　他这儿找辙来了！

　　老师这个气呀："去！跪那儿念去！""苟不教，性乃迁……"早干吗来着？

　　简短截说，六十来个小孩子，全都没背下来。老师想：今天解缙一来，大伙儿都没背下书来，他要是再背不下来——罪魁祸首，我就重重打他。"解缙，过来背书！"

　　小孩儿拿着书本，冲老师一作揖，把书本往桌上一放，转过身去："赵钱孙李……百家姓终。"他背下来了。

　　老师说："你这孩子要是不说实话，我打你，你在别处念过书吧？""老师，我刚会说话，实在没念过。"

　　天下爷娘爱好的，老师一看这孩子那么聪明，特别高兴："你们大伙儿净看他了，全没背下书来，他可背下来了。都回家吃饭去吧，下午好好儿念，再背不上来，我可要挨个儿打。"

　　到下午上学以后，解缙把《千字文》拿过来了，到老师跟前："老师，您给我上这本儿。""啊！一天念两本呀！我没法儿教。念得多忘得快，贪多嚼不烂。你还背你上午学的吧。"

　　打这儿起，老师教这孩子念书总比教别的孩子细致，上的书比别人多。这孩子不知道怎么讲就来问，念到一年，这孩子就念《诗经》了。到第二年这孩子就开笔做文章，能作诗，对对子了。

　　他作诗净惹祸。有一天下雨，他下学回家，正走到曹丞相的府门口，他想上门洞去避避雨，一上台阶，滑了个大跟头。府门洞里两边懒凳上坐着丞相府的家丁、用人，大伙儿一看全笑了。小孩儿一想：我摔倒了，你们怎么还笑？上台阶冲大伙儿一作揖："众位叔叔大爷，你们都在这儿凉快哪。""可不是嘛。""那你们笑什么呢？"

　　大伙儿一听，这话没法儿回答。怎么说呢？你摔倒了，我们笑了，不像话。就说："你摔倒了，没哭，我们笑了。"其实这也不像话。

“各位叔叔大爷，你们闷得慌吗？”“闷得慌怎么样呢？”“我给你们作一首诗，好不好？”“这么大孩子能作诗？好，你说说！”

小孩儿张嘴就来：

春雨贵如油，
下得满街流，
跌倒解学士，
笑杀一群牛。

“这孩子骂咱们大伙儿哪！”“这是谁家的孩子？”“咱们后花园对过豆腐坊老解家的。”“走，找他们家大人去！”

揪着这孩子到了豆腐坊：“老解，你们这孩子骂人。”

老解出来一瞧，丞相府的，不敢惹——宰相门前七品官。就问这孩子：“你为什么骂人哪？”“爹，我没骂。”“你没骂？！把你刚才作的那首诗，念出来让你爹爹听听！”

刚才我作的是：

春雨贵如油，
下得满街流，
跌倒我学生。
笑坏众朋友。

“嘿！你这孩子，真能编瞎话，你不是说‘笑杀一群牛’吗？”“爹，我说‘笑坏众朋友’，我是拿他们当朋友。他们自己愿意当牛，咱们管不着。”“我们怎么那么倒霉呀！老解，这孩子你要是不管，明儿可要惹大祸。”

老解到家，就说这孩子：“我再听说你作诗，我可打你。”

可是这孩子习惯了，张嘴就来。老解让这孩子扫地：“你把这地扫扫。”小孩儿说：“慢扫庭前地。”“你把鸡罩上，鸡都跑了。”小孩儿说：“轻罩笼内鸡。”“怎么回事，你又来劲儿？又作上啦！”“分明是说话，又道我吟诗。”好！一句也没少说呀。

这孩子念书念到了九岁。这年到了腊月二十三这一天，老师说：“放学了，明年初六开学。”

神童解缙

041

解缙说："老师，我明年初二来吧。"老师说："都来，你别来了。""老师，您怎么不让我来了？""废话，明年来了，是我教给你呀，是你教我呀？""您教我呀。""我教你什么呀？凡是我念过的书你都念了。我就问你这么一句吧，你如有发达之日，把为师我放在什么地方？"

这孩子多会说话："老师，弟子倘然发迹，绝不忘我师教养之恩。""好！明年你愿意什么时候来什么时候来，没事咱们爷儿俩就吟个诗答个对儿的。给你两吊钱，回家过年去吧。"白念三年书，还拿两吊钱。

这孩子夹着书包，拿着书桌儿就回家去了（这书桌子就是三块板儿，用合页一钉，比小板凳大不了多少。那时候上学，自己就带这么个小桌儿）。到家一瞧，正在炸豆腐呢，因为到年下了，做素菜的多，就添上炸豆腐卖。小孩儿进门就叫了一声："爹，我帮您烧火吧。"

老解一瞧："你怎么把书桌子拿回来啦？""放年假了。""明年还得去，拿书桌子干吗？""明年，老师不让我去了。""为什么？""老师说，明年去了，是他教给我呀，我教他呀。"

"别胡扯了，只要你会写两块豆腐账就得了。等着，咱把豆腐炸得了，我领你上街，给你妈买两朵花，给你买点儿炮放，再买点儿鱼买点儿肉，好好地过个年。再买两副对子贴上，像个过年的样儿。""贴对子，不用买了。""不买怎么着？""您买纸来，孩儿我写得了。""怎么着？你都会写对子了！哎呀！咱们家里头，连我这辈子已经是八辈子没有认字的了。轮到小子你这儿会写对子了。小儿呀，小儿呀！你简直是开水浇坟——你欺（沏）了祖了。"

他还净是俏皮话儿。"好！我买纸去。你写得好好的，贴到大门上让人看着，我有光彩，也是你的脸面。"

不一会儿就买回来了。

"小儿，你写吧，我去买菜去。"

这孩子一想：我要写，得写一副像样儿的对子，不能又写什么"汉瓦当文延年益寿，周铜盘铭富贵吉祥"，什么"洪范九畴先言富，大学十章半理财"的，这多俗气，对，出去找个题去。

出了大门一看，对过儿是曹丞相府的后花园，丞相好养竹子，一片青竹茂盛，长得挺高，由墙外边看，真好看。小孩儿一瞧，这个题挺好哇。回到屋里，提笔就写：上联是"门对千棵竹"，下联是"家藏万卷书"。横批是"大块文章"。字写得苍老有劲。写完了就打糨子，到门外边就贴上了。回到屋里，坐那儿又写屋门对儿、财神对儿、灶王对儿、福字儿、佛字儿、横批、斗方、出门见喜、抬头见喜、春条儿……这孩子可就折腾上了。

他哪儿知道，贴上大门对子惹了祸了。

他刚贴上对子，正赶上曹丞相下朝回家。坐着个八抬轿，他的管家曹安在前边当引马轰散闲人。丞相让曹安把轿帘儿打开，要看看街上过年的热闹景象，特意绕到后街来看看两边儿买卖铺的匾额、对子。一看这副对子是"生意兴隆通四海，财源茂盛达三江"，哦，油盐店，俗气！再看另一副对子，是"苏季子当金钗六国封相，张公义还宝带五世其昌"，横批是"裕国便民"，哦，当铺，俗气！再看："进门来乌衣秀士，出户去白面书生"，这是剃头棚，俗气！再看："驮山宝换国宝宝归宝地，以乌金卖黄金金满金门"，这是煤铺哇，老套子！

丞相为什么注意这个呢？因为他是南书房的御老师（南书房就是皇上念书的地方，这朝的皇上就是跟他念的书），很有学问，所以他要瞧匾看对子，瞧人家写得好坏。

瞧着瞧着，就到豆腐坊这儿了。因为豆腐坊这副对子是五言的门心对儿，字儿大，所以丞相老远就看见豆腐坊贴了对子了。他还没瞧见什么词儿就乐了，心里说：怎么豆腐坊贴上对子了？听说豆腐坊八辈子没有认识一个字的，还年年要贴对子。那年贴那对子多叫人乐呀，上联是"生意兴隆通四海"，人家写对子的知道他不认识字，下联就给他写了个"财源茂盛打三枪"，他也不知道，就给贴上了，而且是上联贴到下首了，下联贴到上首了，横批倒着就贴上啦！今年又这么早就贴上了，不知道又成什么笑话啦。

轿子到豆腐坊门口不远，丞相将着胡须就预备乐，可是字也看清楚了。上联是"门对千棵竹"，哟！改词儿了。将着胡须一看下联"家藏万卷书"。啊？！一着急，胡子揪下四根儿来。豆腐坊出了能人了！"门对千棵竹"，是拿我府中竹子为题，这下联儿可不像话，"家藏万卷书"。小小的豆腐坊敢说家藏万卷书！我是南书房御老帅，当今万岁跟我念书，这么大的丞相府也没敢写家藏万卷书哇！岂有此理！再一看横批，更火儿了。"大块文章"？胡说！豆腐坊应当写"大块豆腐"。

丞相越想越生气，就叫管家：

"曹安，去问问豆腐坊，这副对子是何人所写，把他抓来见我！"

"是！"

曹安刚一转身儿要走，丞相心里一想：不对，我要是把人抓来，把他对子给撕下来，人家说我以大压小，倚官欺民。也罢，回家再说。

"曹安，回来，打道回府。"

丞相回了家，坐在自己书房里一想：有了，这对子他怎么写的，怎么贴的，我让他怎么撕下来。上联不是"门对千棵竹"吗，我让你"门对墙头儿"。"曹安，来呀！到花园子，找着花把式王三，挑水的赵四，门房的老刘，加上你，你们四个人，把后花园的竹子削下半截去，光留下半截，竹子帽儿给我隔墙头儿扔出去，要让墙外边一棵竹子都看不见，快去！""是！"

曹安到后花园找到了王三、赵四、老刘，四个人就削竹子。曹安这个不愿意呀，大年下的歇会儿多好，没事儿给竹子剃头玩儿。都削完了，稀里哗啦就往墙外扔，都扔完了，到书房回复丞相："跟爷回，竹子帽儿都扔出去了。""墙外边一点儿都看不见啦？""看不见了。""去，到豆腐坊看看去，看门上那副对子撕了没有？"

丞相是想这个：你"门对千棵竹"才好说"家藏万卷书"的话呀，你这门对的是墙头儿，还要"家藏万卷书"，就对不上了。他一定会把这副对子撕了。

曹安出了相府，直奔豆腐坊。快到豆腐坊啦，老远一看，对子还在那儿贴着哪。临近了一瞧：嗯？相爷说是五言对，怎么这副对子是六言的啦？

这是怎么回子事情呢？

小孩儿不是还在屋里写着嘛，写着写着一想：我那副大门对子多好，现在外头一定有很多人看，外头瞧瞧去。到门口儿一看，一个人儿都没有；再抬头往外面一看：哟！竹子都哪儿去了？正在这儿纳闷儿，就听稀里哗啦，稀里哗啦，从墙里头往外扔竹子帽儿哪。这么好的竹子怎么给削下半截来？多可惜！这是怎么回事？小孩儿一转眼珠儿，明白了，心说：哦！为我这副对子呀，常言道"宰相肚内能撑船"，可是这个宰相的肚子呀，甭说撑船，连扎个猛子也不行。一琢磨，一准儿是为我这下联生气了。本来嘛，我这么个豆腐坊敢写"家藏万卷书"，那他那丞相府多难看哪。他把我这对子撕了呢，怕落个倚官欺民，所以把竹子削下半截儿，让我这对子不落实地，我就得把对子撕了。好，你度量小，不怨我，气气你。对子呀，不但不撕，再添俩字。

丞相，我要是不让你这竹子连根刨那才怪呢！这孩子回到屋里裁了两块纸，写了个"短"字，写了个"长"字，刷上糨子，到外边就贴上了。

贴完了一看，地上扔着好些竹子，到里头叫他爸爸："爹爹，丞相知道咱们年下做的豆腐多，怕咱们柴火不够用，把竹子帽儿都削下来给咱们当柴火烧，赶紧往里捡吧。""别胡说了，丞相家那么好的竹子，他舍得给人吗？""不信您跟我看看去。"

老解到外边一瞧："真给咱们啦！"爷儿俩往院儿里就抱，堆了小半院子。老解说："丞相对咱们可太好了。"小孩儿心说：您也不知道我这祸惹得多大啦。捡完了把门关上，曹安可就来了。

曹安一瞧：呦，没撕！好嘞。抹头往回就跑，跑回相府书房。"跟爷回，小人奉命到豆腐坊看对子……""对子没了吧？""有，不但有，好像又长出一块来。""胡说，对子有往外长的吗？""可不是，六言了。""什么词儿？""上联是'门对千棵竹短'，下联是'家藏万卷书长'。"

"上联多了个'短'字，下联多了个'长'字。好嘞！我这竹子短了，他那书倒长了，实在可气！曹安，到后花园，找上王三他们，还是你们四个人，把竹子连根刨了，隔墙给我扔出去。""是！"

曹安他们四个人到花园里就刨竹子，一边刨一边埋怨："大年下的，刚给竹子剃完头，又给竹子修脚来了。"把竹子刨完了，都扔到墙外去了。

曹安跑到书房："跟爷回，竹子可连根儿刨了。""一点儿没剩吗？""一棵没剩。""那好，你到豆腐坊瞧瞧去吧，那副对子也许没了。""是。"

曹安出了丞相府，来到了豆腐坊门口一瞧：哟，怎么又多出俩字来？心说：丞相，看你这回怎么办？竹子你是连根儿刨了，对子没撕下去。再要跟他怄气，就该拆房了。

这又是怎么回事呢？

小孩儿不是跟老解把竹子帽捡进去了吗，就又回屋写福字什么的去了。这孩子正写着，就听街上稀里哗啦，稀里哗啦，小孩儿就明白了。就叫老解："爹爹，丞相怕咱们柴火还不够烧的，竹子连根儿刨了又扔出来了。"

"不能吧？"

"不信您瞧瞧去。"

爷儿俩出来一看，可不是嘛。小孩儿连他妈也叫出来，仨人就往院子里抱竹子，小院儿都堆满了。老解说：

"相爷心眼儿真好，从来没这么大方过。"小孩儿心说：这回祸更大了，现在要是把对子撕下去，也就什么事没有了；不撕，就是一场是非。又一想：这么大人跟我斗，偏不撕。小孩儿斗上气儿了。回到屋里，又裁了两块纸，写了一个"无"字，一个"有"字，写完了就贴到大门对儿底下。刚贴完，曹安正来，一瞧：嘿！有意思。抹过头来往回就跑，进相府来到书房：

"跟爷回，豆腐坊那副对子呀……""撕啦？""还贴着哪。""没撕？""不但没撕，又长出一块来。是'门对千棵竹短无，家藏万卷书长有'。"

"好哇！我这竹子短了，没了，他这书还长有，实在可气！这可不能怪我倚官欺民。曹安！赶紧到豆腐坊，先撕对子，然后把写对子的人拿锁链子锁来见我！""是！"

宰相门前七品官，主人多大，奴才多大。曹安也火儿了：大年底下的，因为一副对子我跑了八趟豆腐坊。倒要问问这副对子是谁写的，我一定得出出气。到豆腐坊门口，叭叭一叫门，老解出来开门，一瞧："我当谁呢，原来是相府管家大人，管家到此，一定有事。"

"当然有事。""我猜着了，年下了，相爷要做点素菜，打算照顾照顾我。您说吧，来多少块豆腐，多少块豆腐干儿，多少豆腐丝儿，您来多少炸豆腐？""你全卖给我啦！我问你，这门口儿这副对子是谁写的？"

"我儿子写的。""好！""管家大人太夸奖了。""谁夸了？你知道他写这副对子惹了多大的祸吗？我家丞相因为这副对子连去青竹两次，要他撕对子，他不但不撕，反而三番两次地添字，耍笑我家相爷。我家相爷恼了，让我来撕对子，锁写对子的人！明白了吗？叫他去！"

老解一听吓得直哆嗦："管家大人您受点累，回去跟相爷说，就提他没在家。""不行，没在家他上哪儿去了？""在屋里写对子哪。""废话，别麻烦，赶快叫他出来。""是。"

老解进了大门，把大门"咣当"关上了，一插，又把门闩也上上了。跑到了屋里一瞧这孩子还写呢。老解这个急呀，又急又气，过来就给这孩子一巴掌："你还写哪！我说的相爷哪能这么好心眼呢！挺好的竹子给咱们烧火！闹了半天，是你写对子写的。丞相恼了，让管家上这儿锁人来了，你赶紧跳墙吧。""爹爹不用害怕，他发来多少人马？""净人，没马！就来一个管家咱们也受不了哇！""您甭管了，我把他打发回去。""怎么着？你一打发，他就回去！我看你怎么打发！"

小孩儿往外就走。外头曹安因为老解插上了门，气更大了，一个劲儿砸门："快开！快开！"小孩儿不慌不忙："门外何人喧闹？"曹安一听：怎么这么酸哪？"快开门，是我。"

小孩儿把门开开，见了曹安，深打一躬："我当何人，原来是相府管家大人驾到，学生未曾远迎，还请恕罪。"

"我家丞相因为你这副对子，连去青竹两次，你不但不撕，反倒一再添字要笑我家相爷，我家相爷恼了，派我用锁链子锁你来了。来，上锁！"

"哇！不得无理！下去！"

曹安叫小孩儿这么一喊，给唬住了："啊……怎么回事？"

"管家大人，我来问你，我学生可是杀人的凶犯？""不是呀。""可是响马强盗？""也不是。""还是的！别说我学生不是杀人凶犯。即便是杀人凶犯、响马强盗，还有本地父母官，碍不着你家相爷。你家相爷要看我这副对子词句佳，字体妙，想跟我讨教，可以拿拜匣，下请帖，我学生以文会友，可以过府一谈。怎么，锁我？你这大胆的奴才，可恶的东西，在我这豆腐坊门前，大声喧哗，无理取闹，真是可恶之至！你怎么来的？"

"我走着来的。""走来的，滚回去，什么东西！"

曹安叫他骂得晕了，赌气回头就跑。心想：好哇，我让豆腐渣骂了我一顿。一进书房："跟爷回。什么东西！"

"你骂谁呢？""不！人家骂我呢！""说明白着点，谁骂你来着？""豆腐渣。""豆腐渣会骂人吗？"

"豆腐坊少掌柜的不就是豆腐渣吗？""该！人家是豆腐坊少掌柜的，你愿意叫他少掌柜的就叫一声，不愿叫他少掌柜，叫他声学生，无缘无故叫人家豆腐渣，那还不挨骂。"

"嘻！真倒霉！您听我说。我不是一见面就管他叫豆腐渣。我到豆腐坊一叫门，老解先出来跟我要一套贫嘴，问我买多少豆腐干儿，豆腐丝儿。我照您的话说了，他回头就关上门了，我又一叫门，就听里面有人问：'门外何人喧闹？'我说：'你开门吧，是我。'开门一瞧，出来个孩子，他说：'我当何人，原来是相府管家大人驾到，学生未曾远迎，还请恕罪。'……"

"这是骂你呀？""您听着，骂我的话在后面呢！""别啰唆，快讲！"

曹安把小孩儿的问话和要丞相下帖请的话都照说了一遍，丞相一听：这孩子够厉害！不善，好！"曹安，拿我的拜匣，写一张请帖，请他去！"

曹安一听鼻子都气歪了："跟爷回，您要吃豆腐，咱到油盐店去也赊得出来……"

"谁赊豆腐？""不赊，干吗拿请帖请豆腐渣呀？""你知道什么！他是一个白丁，我是当朝一品，拿请帖请他，他要收下，就叫以下犯上，轻者是'发'罪，重一重就活不了，懂吗？"

"哦，这么回事！我去。"曹安赶紧拿拜匣，写好了一张请帖装上，就奔豆腐坊了，老远看见豆腐坊，心里就直哆嗦。心说：这回我可得留点儿神了，别再挨顿骂。到门口不敢叫门，两手捧着拜匣，喊"回事"："回事！回事！"

"回事"是官府互拜的礼节。过路人一看，这家伙是疯子吧？官府门外有喊"回事"的，豆腐坊门外你喊的什么？老解在屋里一听也急了："怎么啦！吃饱了撑的！拿我们豆腐坊开什么心哪？"

小孩儿一听就明白了："爹爹，这是相府管家下请帖请我来了。""你别胡说了，那么大的丞相会拿请帖请你。""不信您跟我看看去。"

爷儿俩开开大门一看，果然，曹安托着拜匣在那儿站着哪。小孩儿过去说："管家为何去而复返？""哎呀，学生！不对，豆腐坊少掌柜的。我都吓出毛病来了。跟您回，刚才我去回复相爷，相爷申斥了我一顿，说我不会讲话，把您招惹了，我家相爷要我给您赔礼来了，一来是赔礼，二来我家相爷爱惜您的文才，命我下拜帖来请您，您可以赏脸过府一谈吗？""拿来我看。"

曹安把拜匣递了过去，心里这个乐呀：我说点儿好话，你接，不杀也得发。哪知道小孩儿打开拜匣看了看又给了曹安。他只怕是用空拜匣来冤他，一看有，就说："多谢管家，跟丞相回，就说我学生原帖璧还，现在我衣帽不整，即时更衣过府拜会。"

"学生，你把帖子留下吧，不然丞相说我没来。""管家，你家丞相乃是当朝一品大员，我学生是身无寸职，岂敢留他的请帖，以下犯上，那我不就发了吗！"

曹安一听，白说了半天好话，这回发不了啦，他全懂。只好说："学生，您可快点儿来呀！"

曹安赌气往回就走，回到相府书房把拜匣往桌上一扔："发不了人家！""怎么？"

"回相爷，他全懂呀。他说了，'原帖璧还，衣帽不整，即时更衣过府拜会。'我再让他留请帖，他说他怕以小犯上。我没主意了，只好回来了。"丞相一听：这孩子可真是什么都懂。"好！你到门口等他去吧，回头来了，就把他领进来。"

曹安来到大门洞，一屁股坐在懒凳上：我可歇会儿了，半天的工夫，豆腐坊就跑了足够八趟。等着吧！哎！左等也不来，右等还没来，唉！还不如来回跑哪，这么待着冻脚哇。站起来直溜达。刚下台阶，往东一看，这孩子来了。临近了一瞧，曹安这个乐呀。这孩子这个穿着打扮太可笑了：绿裤子，绿袍子，绿靴子，绿帽子。这不成蛤蟆崽子了嘛。不过可不敢笑出来，赶紧上前迎接："学生，您来了。相爷叫您进去，您跟我去吧！"

曹安头里就走，到二门口这儿回头一看，嗯？人没了。赶紧又出来，一看这孩子正往回走哪。曹安就嚷："学生！不对，豆腐坊少掌柜的，您怎么又走啦？"

小孩儿一回头："管家，你家丞相叫我进去吗？""是啊！""你家丞相既然拿拜匣下请帖把我学生请来，就该大敞仪门，吹三通，打三通，出府迎接。就这么一叫就算了，我学生不那么听说，咱们再见吧。""您先别走，我再给您问一声去行不行？您等会儿。"

曹安跑到书房："跟爷回，他来了。""叫他进来。""他又要走了。""为什么？""挑眼了。他说'既然用帖请了，就该出府迎接'，要不是我挡他，他就走了，现在他在那儿等着呢，爷，您说怎么办呢？"

"哦！这孩子多大了？""也就是八九岁。"

丞相正在看《春秋》，书中夹着一张纸条儿。他抽出来交给曹安："曹安，你把这张纸条拿出去，这是个对子上联，如果他能对上下联，我就出府迎接。他要是对不上来，叫他自己走进来。"

丞相这个上联是早上写的。看见书童扫地弄了一屋子土，信手写了上联，可下联没想出来，等上朝回来就忘了，这会儿想起它来，想难难小孩儿。

曹安拿着纸条往外就跑，把丞相的话告诉小孩儿，又把纸条递了过去。小孩儿接过一看，上头写着七个字：是"小孩儿扬土土飞空"。小孩儿一想，哦，拿我当抓土扬烟儿的小毛孩儿，好，让你知道我是怎么回事儿。"管家，笔墨伺候！"

"这……忘了拿了。"赶紧往回跑，到书房拿了笔墨，往外就跑："给您。""纸哪？"

"哟，再跑一趟。"曹安又回去把纸拿出来："您不用别的了吧？"

小孩儿也不理他，拿笔就写，三笔两笔，写完了交给曹安："管家，拿进去，让你家相爷呷着滋味看。"

曹安心想：看对子呷滋味干吗？跑到书房："爷，对上了，还叫您呷着滋味看。""这都是新鲜事儿，干吗呷着滋味儿看？拿来！"接过来一瞧，写的是"大人有气气难生"。

"嗯，我这气是没法生。曹安，他怎么个穿着打扮？""哈！您别提了，穿了件绿棉袄，还戴顶绿帽子，您说多可乐。"

相爷一听，提笔就写，写完了交给曹安："曹安，拿出去，再对上这个下联，马上出府迎接。可有一节，到他那儿可别多说话，他要问我穿什么衣裳，更不许说，如果要说了的话，回头我把你的狗腿给砸折了。"

曹安直嘟囔："人嘛，狗腿。"到了外边，"学生，这儿还有个上联，您要对上来，丞相马上出府迎接。"

小孩儿接过来一看："管家，你怎么那么爱多说话呀！""我哪儿多说话啦？"

"你家相爷没问我的穿戴吗？""问了。我说你穿的是绿袄，戴一顶绿帽子。""你这不是多说话吗！你瞧这上联：'出水蛤蟆穿绿袄'。""那我不知道。""你家丞相穿什么衣服？""我家丞相穿……嗯，不知道。""你说吧，不要紧。""你不要紧，我狗腿要紧。告诉了你，丞相把我的狗腿砸折！"

"管家大人……""甭'大人'了。告诉你，我不知道。"

小孩儿一笑："其实呀，你不说，我学生早已知道。""知道？你说，我家丞相穿什么？""他是当朝宰相，不就是一品官儿吗，还不就是穿个金镶边儿呀，花裤腿呀……""别胡说了，那是女的穿的。""要不就是凤冠霞帔石榴裙……""那也是女人穿的！你不懂，相爷是穿大红袍!"

"是喽,下联有了。"马上就写,写完了交给曹安:"管家,让你家相爷出府迎接,我这下联儿可对上了。"曹安心想,这回我可没多说话。

他还没多说话哪!

一进书房:"给您下联。"

丞相接过来一瞧:"大胆的奴才,你这么爱多说话!""我没多说话呀?"

"没多说?!他怎么对上这下联的!""不知道。"

"胡说,他问你什么了?""他……问我您穿什么衣服,我不说。后来他说:'你不说,我学生早已知道。你家丞相官居一品,也就是金镶边儿,花裤腿儿,要不就是凤冠霞帔,石榴裙。'我说:'你还是学生呢?什么都不懂,宰相都穿大红袍。'爷,我就说了这么一句,没多说。"

"无用的奴才!你还没多说话哪?!让他给骗了去了。你看!这下联写得多厉害!'落汤螃蟹披红袍'!我拿他比蛤蟆,它倒是活的呀!他拿我当螃蟹,还给煮了!"

"那……那怎么办呢?""废话!出府迎接吧!"

曹安往外就跑,到大门洞儿这儿:"学生,我家相爷出府迎接你来了。"解缙一看,丞相真出来了,眼珠一转,憋了个坏主意。想着,赶紧往前走了一步,说:"哎呀,学生有何德能,敢劳动老相爷出府迎接。"

相爷心说:废话!我不迎接行吗!你挤对的!事已至此,只好说:"不知学生驾到,未曾远迎,还请原谅。""老相爷这样重看学生,岂不折煞小人,待我大礼参拜。"

说着话,一撩袍,那个意思是要跪下磕头。丞相一想:他要是磕头,我还得往起搀,可是搀吧,还得跪一条腿。不搀吧,显得我堂堂宰相不懂礼节,唉,搀吧!一边搀,一边嘴里说:"免!"话说完,腿也跪了,可是没搀着。就听小孩儿那儿说:"相爷,免礼。"

嘿!把我给冤了!我倒给他跪了一下。

"啊!这……学生到此,学生请。"

"不!相爷请。""学生先行。""还是相爷先行。""如此说,我不恭了。""好,头前带路。"

丞相一听：好，我成了丫鬟了。

走到二门，一看，四扇屏风就开了一扇，小孩儿抹头就走，曹安在后面赶紧拦住："哎，学生，您怎么又走哇？""既蒙相请，想是大敞仪门，为何这屏风门只开一扇？"

曹安一听：得，又挑了眼了。丞相也听见了，赶紧叫曹安："曹安，为何不大敞仪门？"

曹安一听，心想：你多咱让我敞啦？丞相说："学生请。""相爷请。""如此说，不恭了！"

"好，头前带路。"

丞相一听，合着我非当丫鬟不可。可恶。令人生气。哎！有了："学生，我这儿有个对子上联儿，请你对个下联儿。是'小犬乍行嫌路窄'。"

小孩儿一听，这是说我哪！我让他敞屏风这就拿我当小狗了。好，不是嫌路窄，我还嫌天低哪！"有下联儿，我对'大鹏展翅恨天低'。"

丞相没话，往里走。走穿廊，过游廊。丞相府能不漂亮嘛，小孩儿直抬头看檐子上花卉图。丞相一看说："我这儿还有个上联，是'童子看椽，一二三四五六七八九十'。"

"我对：'先生讲命，甲乙丙丁戊己庚辛壬癸'。"

"我这儿还有个对子上联儿：'童子打桐子，桐子落，童子乐'。"

"我对：'丫头啃鸭头，鸭头咸，丫头嫌'。"

丞相一听：真行啊！

"这儿还有个上联，是：'蒲叶桃叶葡萄叶，草本木本'。"

曹安在旁边搭了茬儿："爷，我对这个下联儿吧！"相爷一听，这份儿高兴啊。心想：曹安说得是时候。小孩儿你甭逞能，连我的用人都能对出来下联儿。"好！你说，你说。"

"相爷，小人对'干箭水箭泔水箭，您倒我倒'，好不好？""胡说！快滚！""嘚！""岂有此理，让我跟你倒泔水箭去！岂有此理。学生。还是你对吧！"

"我对：'梅花桂花玫瑰花，春香秋香'。"

说着话，过了大厅，来到书房里边，小孩儿一看：迎面摆着丈八的架几案。案前摆着一张紫檀的八仙桌子，镶石心，配螺钿。左右两把花梨太师椅。架几案上摆着碧玺的九陶，珊瑚的盆景，风磨铜的金钟，翡翠的玉磬，旁边多宝槅上摆着周鼎、商彝、秦砖、汉瓦等等。

桌上摆着文房四宝——纸笔墨砚，是宣纸、端砚、湖笔、徽墨。墙上挂着许多名人字画：当中是宋朝宣和年间的御笔鹰，两边配了一副对联，是岳飞亲笔所写；还有四扇屏，一幅挑山；还有什么《夏景图》，画的是雨打荷叶，很清秀；《行更图》画的两个更夫，也是惟妙惟肖。

正看着，就听丞相说："学生请坐。""相府里哪有学生的座位。""不必客气。"

二人落座，曹安献茶。茶罢，相爷说："学生，你很聪明。有这么个上联，是'书童磨墨，墨抹书童一脉墨'。这就是前天的事，我让书童磨墨，墨溅到他胳膊腕儿上了。"

小孩儿这回可为了难了，正没词儿哪。曹安叫丫鬟添煤："梅香，炉子不旺了，该添煤了！"

梅香端了一簸箕煤来，往火里一倒。小孩儿一看，说："有了！我对的下联是'梅香添煤，煤爆梅香两眉煤'。"嘿！巧劲儿。

"我这儿还有上联儿，是'铜盆冻冰金镶玉'。"小孩儿现找词儿，看墙上的名人字画，看到《夏景图》，就说了："我对下联'荷叶洒雨翠叠珠'。"

"我还有上联，是'一盏灯四个字，酒酒酒酒'，酒铺的幌子不是四面都有个酒字嘛。"小孩儿还是现找题，看画儿。看到《行更图》，就说："下联对'二更鼓两面锣，哐哐哐哐'。"

丞相难不住他，又有点儿急了，下不了台阶，怎么好叫他走。想了半天：噢，你看东西找词儿，好吧！"曹安，找王三、赵四、老刘，再叫几个丫鬟，把客厅里这些东西全给我搬出去！"这不是吃饱了撑的吗？"快！墙上的画儿也都摘了。不过，西墙上那四扇屏和挑山留下不动。不许剩一点儿别的东西！学生，请这边儿坐。"

两个人坐到屋子当中两把小椅子上，中间留了个小茶几儿。曹安和几个人忙着抬东西，东西都搬完了。丞相一指留下的画儿：

"学生，你看这四张小画儿好不好？是风、雷、雨、雪。你再看这挑山，是刘海戏金蟾。这就是一副对子上联儿，是'风不摇，雨不扫，蟾不叫，钱不掉，一大仙张嘴笑'。对吧！"

小孩儿要对下联儿，得找词儿呀！刚才有《夏景图》《行更图》可抓，这回，屋里东西全搬光了，就剩下这四扇屏和一幅挑山啦，又叫丞相都说了。可急出汗来了。你说，这曹安也是倒霉催的，他忽然看见茶几底下有个棋盘，想起丞相说不许剩一点儿东西，赶紧过去拿了就走。小孩儿一看，说："有啦！我对'车无轮，马无鞍，相无杈，炮无烟，二人走红占先'。"

丞相这个气呀！心说：曹安哪曹安，这阵儿你可显的什么魂哪！一气又想起来了："还有上联：'墙头芦苇，头重脚轻根底浅'。""我对'山中竹笋，嘴尖皮厚腹中空'。"

丞相一听：哦，我说他人小不懂事，他倒骂我腹中空，合着我是草包。"好！听这上联：'二猿断木深山中，这小猴子也敢对锯'。"那意思是你小小年纪也敢和我这老丞相对句，锯是句的谐音。解缙一想：噢，拿我比小猴子啦，眼珠一转："老相爷，我有下联了。""请讲。""您上联是……""'二猿断木深山中，这小猴子也敢对锯'。""我对'一马失足淤泥内，看老畜生怎样出蹄'！"曹丞相一听："哇……我不出题（蹄）啦！"

（刘宝瑞述）

康熙私访月明楼

　　清王朝康熙四十三年，北京前三门外出了四个土匪，人称"四霸天"。"北霸天"安三太是明王府的管家，"西霸天"净街阎王幌杆吕，在门头沟开煤窑，"东霸天"花斑豹李四是开宝局的，后来又出了个"南霸天"宋金刚。这四个人倚仗明王府的势力，在前三门外横行霸道，抢男霸女，无恶不作。顺天府，都察院，大、宛两县的官人也都是睁一眼儿闭一眼儿，都害怕明王府的势力。也是这四个小子恶贯满盈，这事叫康熙皇上知道啦。

　　就在康熙四十三年六月二十二日的这天晚上，康熙皇上在寝宫睡觉。夜里子时，皇上偶得一兆，也就是做了个梦。梦见金銮殿失火。这把火这个旺啊，皇上率领满朝文武救火。就见从火中出来四个小孩儿在火中打闹着玩儿，有的起金砖，有的拿大顶。皇上一见气往上撞，说："哪里来的顽童，不与朕救火，反倒拆毁朕的金殿。来呀，卫士们予我拿下！"四个小孩儿一害怕，跳进火中烧死啦。皇上一着急出了一身冷汗，惊醒啦，原来是南柯一梦。他就问值更太监什么时间？太监回奏夜间子时三刻。皇上想：子午梦必有应验。翻来覆去地睡不着了。天亮升殿办理国家大事，皇上传旨满朝文武上殿议事。文武百官来到金殿见驾已毕，各自归班，文东武西。皇上一看文武百官都来啦，就说："众位爱卿，朕昨夜三更时分偶得一兆，梦见金殿失火，从火中出来四个顽童打闹，起金砖拿大顶。朕一时恼怒，叫卫士捉拿，没想到这四个顽童跳进火中烧死了。朕醒来正交子时，此梦主何吉凶？"满朝文武听完了是你瞧我，我看你，谁也不敢多说话。那个时候跟皇上说话，一句话说错了就许掉脑袋。其中有位侯爷姓施叫施仕纶。施侯爷一想，借这个机会我把四霸天告下来吧。想到这儿他赶紧跪倒，口尊："万岁，施仕纶见驾。"皇上问道："施爱卿，有何话讲？"施侯爷奏道："万岁！您这个梦我给您圆上了。您梦见着火，火应南方，南方丙丁火。四个小孩儿也就是四个小人；起金砖拿大顶，也就是四个小人在南方搅乱地面不靖。"皇上一听心说南方？没有南方各省的奏折呀！"施爱卿，你说南方哪省有人搅乱地方不安？""启奏万岁！不是南方各省，就是前三门外出了四个土匪，匪号'四霸天'，搅乱地方不靖。"皇上问道："地方官就不管吗？"施侯爷奏道："地方官不敢管，因为有人给他们主谋。"皇上说："难道说就罢了不成？"施侯爷赶紧奏道："我主万岁，圣驾一到，四土匪必然消灭！"他那意思是叫皇上私访去。皇上也听出来啦！"朕准奏。散朝后，朕改扮私行，私访前三门外。正午还朝，那时已将'四霸天'拿获；如若正午朕不还朝，满朝文武改扮私行，到前三门外接驾。"皇上散朝啦。

皇上回到宫里叫大总管梁九公把驴鞴好。这驴可不是一般的驴，是一匹宝驴，日行一千，夜行八百。皇上把朝服换成便服，头戴纱帽，当中钉了一颗珍珠的帽正。身穿两截的截褃，腰系凉带儿，一手拿着折扇，一手提着打驴的鞭。四十八处都总管梁九公带领小太监把皇上送出午门。一出城门就是皇上一个人啦。城门也关啦，皇上骑着驴往前走了没多远儿，就走不了啦，在甬路上边横着两块辖管木挡着路过不去。皇上想：来个人把这木头挪开我好过去呀。从那边跑过来一个看街的，手里提着一条黑蟒皮的鞭子，一边跑着嘴里一边喊。"嗨，老头儿，回去！"他来到皇上面前往那儿一站，用手一指皇上说："谁叫你打这儿走的？回去！"皇上一瞧，来的这个人跟要饭的差不多，用鞭子一指说："你是什么东西，敢来管我！"看街的一听那个气大啦："人嘛，有叫什么东西的？你问我是干什么的，告诉你……"说到这儿，用手一指自己的鼻梁儿说："我就是此地的一品……"皇上一听，这一品都没有条整裤子呀？"一品什么？""看街的。"皇上不懂。看街的这个名词是个俗称。皇上问："你每月吃多少钱粮？"看街的说："蒙圣恩，每月一两五。"皇上一听就知道他是个兵。皇上想：跟我说话大小得是个当官的。就问他："有管你的没有？"看街的说："没管我的，我就反啦。"皇上一听，没管的就反哪！看街的用手往那边一指："瞧！厅儿上的那个人就管我。"皇上问："他是什么官？""他是委部军校。"皇上一听是个当兵的头儿，就问道："他属谁管？""他属额外管。""额外属谁管？""额外属把总管。"皇上还问："把总属谁管？""把总属千总管。""千总属谁管？""千总属守备管。""守备属谁管？"看街的一听烦啦："噢！我不叫你过去，跟我这儿蘑菇，守备属都司管。""那么都司属谁管？""还问哪！都司属游击管。""游击属谁管？""属参将管。""参将属谁管？""属副将管。""副将属谁管？""副将属三堂管，右堂属左堂管，左堂属正堂管。""正堂属谁管？""属兵部尚书管。""那兵部尚书属谁管？""属当今万岁康熙老佛爷他老人家管！你知道吗？"康熙皇上听到这儿乐啦，心说问了半天都属我管。想到这儿用手一指自己，说："你知道兵部尚书属康熙皇上管，来来来，你看看我属谁管？"看街的没词儿啦，"你呀……你得属我管！"看街的管皇上。康熙皇上把脸一沉说："你敢管我？"看街的说："不是我敢管你，这个地方属我管，从辖管木到城门口这一段地方是禁地。我每天早晨都扫得干干净净，谁也不能从这儿走。我要是叫你过去，厅儿上的老爷知道啦，我这叫失察，得挨二十鞭子。"皇上也得讲理，人家就管这个地方，说得有理。皇上想，我又不能跟他说明我是皇上，怎么办哪？皇上想起个办法来，说："我问一问你，是你管的这个地方紧哪，还是城门里边紧哪？""当然是里边紧啦，那是紫禁城啊。""你想想我从里边出来他们都没拦我，你这不是多管吗！"看街的要是一个明白人哪，也就知道来的这个人能从里边出来，外边也就不用管啦。谁知道这个看街的死心眼儿，脾气特别犟，他以为皇上是拿大帽子吓唬他哪，他倒来气啦："你说什么？里边叫你出来，我管不着！这地方属我管，我就不能叫你过去，好说不行，来这个呀？你给我回去！"皇上一听这个气呀，一想：我先对付过去，等我回来再说："我说的不是那个意思，你是给皇上当差，我也是给皇上办事，因为我有要紧的事，所以从这儿出来。我要是再叫城回去，从别处走就误了公事。要是误了事不用说你，就是你们老爷也担不起。你把辖管木挪一挪，叫我过去，办完事回来不从你这儿走还不行吗？"看街的是个顺毛驴，一听这话高兴啦："哎！这么说嘛还差不多。我把木头搬开叫你过去，这可是咱们哥儿俩的私情。"皇上一听，哥儿俩啦。

看街的把辖臂木挪开，皇上一催驴就过去啦。往南走出了前门，来到前门外桥头儿上。皇上又走不了啦，叉住车过不去啦。那时走路不分上下道，车一多就爱叉住。有时一叉车就是半天，皇上走不过去啦，可是皇上一想，施仕纶奏事不明，只说前三门外，这前三门外地方大啦，我上哪儿去找"四霸天"哪。再者"四霸天"姓什么叫什么全都不知道，这可怎么办呢？皇上心里正在为难，在皇上的驴前头有两个人说闲话，把"四霸天"给告下来啦。这两个人是卖菜的，卖完菜回家。盛菜的箩子摞在一起用扁担一窝，肩上扛着。就听两个人说起来啦："嗨！今天早晨咱们卖菜的时候，有个小伙子净顾那个小媳妇啦，掉了个手巾包，叫你捡起来啦，里边儿包的是什么？""还提哪，要不是我捡那个手巾包，我也不能卖完菜等你一块儿走哇。""我说为什么今天你非得等我一块儿走哪？""当然啦，那手巾包儿里包着十吊钱票，俗话说见面分一半儿，咱俩一人五吊。""你捡的，我不要。""你不要可不行，我说出来啦还能收回去吗？""这么办吧，把我分的那五吊钱咱们哥儿俩把它花了。""怎么个花法儿哪？""咱们先找个饭馆喝酒吃饭，吃饱喝足了再听一天戏，剩下的钱买点儿点心，给家里的孩子们拿回去，怎么样？""好！就这么办啦，咱们上哪儿吃去？""有钱啦，咱们得找个大饭馆，你看咱们上月明楼怎么样？""你去我不去，今儿是几儿？""二十三哪。""还是的，前三门都嚷嚷动啦，二十三、二十四、二十五三天，'四霸天'在月明楼请客把楼包啦。"皇上一听，"四霸天"在月明楼请客，这回好找啦。就用心听他们俩说话。就听刚才那个人接着说："你忘啦，那回'四霸天'请客不知道为了什么打起来啦，刀子攮子满天飞，一把刀子从楼上飞下来，正赶上一个小伙子从楼下走，这刀正落在那个小伙子的脑袋上，当时就死啦。这人家里寡母孤儿，他妈来了哭死过去好几回呀。""那个人就白死了吗？""不白死怎么着？别说，'南霸天'给了一百两银子算完事啦。""那地面官就不管吗？""还提地面官哪，不但不管，还帮着'四霸天'，说不应当从楼下走。你说这还讲理不？咱们上别处去吧。"皇上一听地面官帮助"四霸天"草菅人命，还朝我就先办地面官！连地面官也告啦！这时皇上再找那两个人没有啦。原来这两个人从人缝里挤过去走啦，皇上后悔没问一问月明楼在哪儿。其实不远，在肉市口里头就是月明楼。可是皇上不认识，在皇上驴的旁边站着个认识月明楼的，谁呀，土地爷。土地爷想：月明楼我倒是认识，可是皇上你不能去呀。"四霸天"要是打起来，我一个是保护你还是去叫人呢，怎么办哪？土地一想有办法啦，前门里头有关帝庙，我找关老爷去，叫他保驾。对，就这么办。土地爷跟那个驴说："老黑！在这儿等我一会儿，我找人去。"土地爷奔关帝庙啦。来到关帝庙朝里走，正赶上周仓从里边出来。原来关羽没在家，周仓吃完饭出来走走。神仙也分官大官小，土地爷的官最小啦，见着周仓得客客气气的："周二爷，关老爷在家吗？"周仓一看是土地，不值得跟他说话，朝着土地摆了摆手。土地一看，噢！关老爷没在家，我找谁去哪？离城隍庙不算远，我找城隍去。不行啊，来回的工夫就大啦，我呀！给城隍打个电话。那会儿有电话吗？是老电话。城隍也没在家，昨天上王母娘娘那儿跳舞去没回来。判官接的电话，一听是叫城隍保驾去，可为难啦（学打电话）："不行啊，昨天就出去啦。我！我可去不了。我这么胖，这几天又血压高，天又这么热。什么？叫小鬼去！好吧，前门桥头，马上去，回见。"把电话挂上啦。把小鬼打发来啦。小鬼来到前门桥头看见土地就问："您给我们那儿打电话来着？"土地说："你来得正好，随我保驾上月明楼。"小鬼说："遵命。"土地牵着驴嚼环，小鬼推驴的屁股。这驴嗒嗒嗒地往前走。

进肉市口没多远，就来到了月明楼。土地爷一揪驴的嚼环，"吁！到啦。"小鬼儿一揪驴尾巴："别走啦！"驴说："我知道啦。"这驴好好地不走啦，皇上以为这驴犯性哪，用鞭子在驴的后胯上打了一下，啪！那驴心说：皇上你不讲理，不是我不走，前边揪着腮帮子，后头拽尾巴，我走得了吗？皇上打了一鞭子驴还是不走，皇上可生气啦："你这畜生！"说着话把鞭子往起一扬，那意思是狠狠地抽它一鞭子。可是皇上的眼睛随着鞭子往上一扬，就看见楼前面挂的匾啦，上写"月明楼"。皇上一看，对着驴说："噢！你认识月明楼哇。"土地一听，心说：这差使我白当啦，它认识月明楼？我要不领它来，它早把你驮到永定门外头去啦。皇上下了驴，拉驴往里就走。一看门口贴着一张黄纸，上写"本铺二十三、二十四、二十五三天楼上概不卖座，'四霸天'请客包楼"。这时从铺子里出来个小孩儿，有十二三岁，穿着一身破衣裳，长了一脑袋秃疮，把皇上给拦住啦："老大爷！您把驴给我吧！"皇上一听："你为什么要我的牲口？"小孩儿说："我是这铺子里头遛牲口的，您不是上里头吃饭吗？里边不能拴牲口，您把它交给我，我给您遛一遛。您吃完饭告诉伙计，他就把我找来啦，我再把牲口给您，您哪赏我几个钱，我好吃饭。"皇上一想：这人有用，我到正午不能还朝，满朝文武都来前三门外接驾，他们知道我在哪儿？有他遛牲口，文武百官都认识我这驴，一进门就知道我在月明楼啦。想到这儿说："你遛我这牲口可不能走远了，也不能再遛别的牲口，因为它独槽惯啦，遛好了，我赏你十两银子。"小孩儿一听，一撇嘴说："老爷子，您这驴卖了也不值十两啊。别跟我开玩笑啦。"皇上说："我还跟你说瞎话吗？可有一样，你要再遛别的牲口，它俩一打架，要是蹭掉一根驴毛儿，我可罚你十两。""您赶紧数数这驴身上有多少根驴毛儿，一打滚不定掉多少哪。""你好好地遛就是啦。"皇上往里走，小孩儿拉驴往外走。那驴心说：你这小秃子闹着啦，遛遛我来十两，我在宫里是大总管遛我，在外边是九门提督遛我，你遛我还挣十两银子，我跟你开个玩笑。这驴伸出舌头来舔小秃子的后脑勺儿。这小秃子拉着驴往前走，就觉得脑袋后边冰凉，一回头，这驴舌头正在小秃子的脑门儿上，"啪"的就是一下，把小秃子吓得直嚷："老头儿！你这驴有毛病，用舌头舔人！"皇上回过头来冲着驴说："你好好地跟他去，别闹！"这驴点了点头。小秃子一看，心说，这老头儿会妖术邪法，驴懂他的话。

不说小秃子去遛驴，单说皇上进了月明楼，楼上概不卖座，楼下都坐满啦。吃饭的，喝酒的，说闲话的，喝茶的。说说笑笑，人声鼎沸。土地爷一看不高兴啦，他说这个：往常皇上出朝，老百姓都跪在路两旁，围幕拦严了，想看也看不见。今天皇上来到这儿，你们还大声说话，土地站在犄角，手搭凉棚一看，有五百零一个人，土地当时手里掐诀，嘴里念咒，拘来五百零一个小鬼，跪那儿一片："呼唤我等，有何法旨？"土地说："众鬼卒！""呜！""把吃饭的喝茶的喝酒的说话的，一个一个的都给我拧起来！""遵法旨！"从哪儿拧啊？有二位说话，一位年轻，一位上了年纪，俩人说不到一起，那个年轻的说："老大爷，您上那边坐着去不行吗？您跟我说不到一块儿去，您老说过日子的事，听着怪烦人的，您说说哪儿好玩，哪儿热闹……"刚说到这儿小鬼进来啦，你爱热闹，一会儿就热闹啦。小鬼把手一伸照准了这位的屁股蛋上使劲一拧。"起来！"这位真听话，一捂屁股："噢！伙计换换凳子！这凳子拧人！"那个老头儿一听，说："什么？我还没听说过凳子会拧人的，这是有人跟你开玩笑，拧完了就躲开啦。来，咱俩换换座，你上我这边来。"老头儿换到小伙子这边来啦，往那儿一坐，小鬼还没走哪，一伸手："你也起来！"老头儿也站起来啦："是拧人！"一个两个的没什么，皇上从这儿一走，这五百多人都捂着屁股"哟嗬"，把皇上吓一跳：这地方是出土匪，人都有毛病。皇上一看楼下人多，顺着楼梯就上楼啦。来到楼上一看，一个人也没有，靠着一头摆着一张桌子，后边一把太师椅，桌前两旁八字排开两溜桌，每张桌后边是一把椅子。皇上就在当中那张桌子后边的太师椅上坐下了。怎么没有人哪？楼上有个人皇上没看见，这个人靠着楼窗趴在那儿睡觉，他就是月明楼跑堂儿的刘三，外号叫"画眉刘三"。因为他能说会道，不管你够多么不好说话的人，他也能把你说喜欢了。谁也伺候不了"四霸天"，唯有他不但能伺候得了，完了事儿"四霸天"还得单给他几两银子的酒钱。他早晨起来把楼上收拾得干净利索，用瓷缸沏了一缸酸梅汤。他就趴在窗户台儿那儿睡觉。"四霸天"中午才来哪，他想养足精神好伺候"四霸天"。他哪里知道，"四霸天"没来，皇上就来啦。土地爷一看刘三在那儿睡觉，心说：你这人没福气，你把"四霸天"伺候好了不就是给你几两银子吗，你要是把皇上伺候好了，一喜欢给你个官做做，不比你跑堂儿强得多吗？我叫你一声。土地爷就对着刘三的耳朵叫了一声："刘三！"别人听不见，刘三在睡梦中就觉着有人叫他，声音很大，他睁开眼往楼窗外边一看太阳，也就是早上十点多钟。他想天还早，"四霸天"来不了，我这是做梦吧？他又趴下睡啦。土地爷的气可大啦。我叫醒了你又睡呀。土地一生气给了刘三一个大嘴巴："你怎么这么困！""啪！"就这一下，把刘三打醒啦，用手一捂腮帮子。"啊！谁呀！"一看没人他冲着楼下喊："这是谁！打完了就跑哇，我招你啦？有这么开玩笑的吗？甭说我也知道是谁，准是掌柜的小舅子。"土地一听：我是掌柜的小舅子？楼下边的人往上瞧。有的说："你看刘三疯啦。"刘三一听："我疯啦！腮帮子都快肿啦！"有人说："上去座儿啦。"刘三这才回头，一看皇上在那儿坐着，刘三心说：这个老头儿打的我，不能吧？看这老头儿不像这样的人。看样子像是请客吃饭的，伺候好了准能单给我三两二两的。可惜今儿不行啊，"四霸天"包楼不能卖呀，我过去跟他说说吧。他想到这儿，迈步奔皇上坐的这儿来，土地怕他把皇上吓着，冲他的腿一指，就把刘三的腿给拘住啦。刘三迈不动步啦，一点儿一点儿地往前蹭。刘三想：我这是怎么啦？好容易才蹭到皇上跟前，张嘴要说话，土地怕他声儿大，一指他的嘴，刘三连话也说不出来啦。只能"吱……哇……吱……哇"的。他心里又着急又生气，转身往回走，也边开步啦。他来到家伙阁子这儿自己对着自己说："老先生，您是喝茶呀，还是喝酒吃饭哪？您请楼下吧。今天是'四霸天'请客包楼，楼上概不卖座。"我会说话呀。他又回来啦。来到皇上面前一张嘴，"吱……哇……吱……哇……"嘿！他又回去啦。来回弄了三四趟，这趟又来到皇上跟前，还没张嘴哪，皇上用手一指他："你要跟我说话呀？"土地一听，皇上问他啦，就把法术撤了。刘三答应："嘿！"刘三心说：邪门儿，他不说话我就说不出来。"老爷子！您是请客吃饭吧？"皇上点了点头。"您今天来得不凑巧，因为'四霸天'请客包楼……"皇上说："'四霸天'，这四个奴才把楼包啦！"刘三吓一跳："是四位太爷！""四个奴才！"刘三说："奴才也好，太爷也罢，反正得有个先来后到吧。要是您把楼包啦，我要是给卖了座，您也是不愿意。所以，他们包了楼我们也不能卖呀！您还是请到楼下吧。"皇上也得讲理呀，刘三这么一说，康熙皇上倒喜欢啦："好吧！我原本想在这儿请客，既然有人包了楼，这个客我就不请啦。我歇一会儿就走。可是我怪渴的，你给我沏壶茶，喝完了我就走。"皇上的意思是耗时间，只要"四霸天"一来就好办啦。刘三一听："好，我给您沏茶去。"转身就走。来到放茶壶茶碗的家伙阁子这儿，伸手刚要拿茶壶，一想：不行，这茶我不能卖。我卖给他茶，他说他饿啦再来盘点心吧，我卖不卖？怎么卖给茶来着？一卖点心，他再喝酒，我还得卖。他再来俩朋友，那就一块儿喝吧。时间一长，"四霸天"来了怎么办？我别给掌柜的找麻烦，干脆这茶我还是不能卖。他想到这儿，一转身又回来啦："老爷子，不是我不给您沏茶，我怕您一喝茶再要点心，吃上点心再要喝酒，一喝时间就长啦。所以这茶呀我还是……"下边他要说不卖，可是今天刘三这个嘴呀它不当家，得听土地爷的。土地爷站在那边一听，心说：怎么着！你敢说不卖？土地爷一指刘三的嘴，"所以说这个茶呀我还是……卖！"皇上说："卖，快沏去！"刘三说："嘿，邪门儿，我的嘴怎么不当家呀？"他来到家伙阁子这儿，拿了把茶壶，打开茶叶罐儿的盖儿，他瞧着皇上往茶壶里抓茶叶，嘴里还直劲儿唠叨（做抓茶叶的动作，连续地抓）："瞧这位老爷子，准是做大官的。看样子最小也得是个知府，准是进京晋见来的。看！长得多好哇，哟！都满啦！"又把茶叶倒出去了不少，然后沏上茶，端过来放在桌上。皇上说："倒上！"刘三说："我们跑堂儿的管沏不管倒。"皇上把眼一瞪："倒上！"刘三说："哎！倒上。"跑堂的刘三爱说话，倒上茶他跟皇上说话儿："您老好久没上我们这儿来啦？"皇上想：我多会儿来过呀？"你认识我吗？"刘三说了一句套近便的话，把皇上吓一跳。"我要不认识您，就不认识皇上啦。"康熙皇上心说，坏啦，他要是认识我，一说出去皇上在这儿喝茶哪，"四霸天"就不敢来啦。皇上就问刘三："你认识我，我姓什么？"刘三本来不认识皇上，他那么说着显着近乎，皇上一问"我姓什么"，刘三没词啦："您姓什么……那……个……反正您来过。我记得上回您来，一顿就吃了两个炒肉片。"皇上心想：我怎么那么馋哪。"说真的，老爷子您贵姓啊？"倒把刘三的话给招出来啦。可是皇上为难啦，一想：我怎么跟他说？清朝的皇上姓爱新觉罗。皇上说："我姓金。"刘三一听，说："对，对！姓金，金二大爷嘛。"也不知是谁给他引见的。"家里的二大娘好！"皇上说："好！好！"心说：他还真能拉近乎。刘三说："您在旗吧？""在旗。""您贵旗哪一旗？"皇上说："我是正黄旗。满洲头扎连，瑞错。左领上。"刘三不懂。刘三要是懂，他马上磕头见驾就知道是皇上来啦。因为满旅八旗官兵都是在左领下，就是皇上一人左领上。刘三不懂啊。"噢！您是当军的吧？"皇上说："对啦，是当'君'的。"皇上说的是"君臣"的"君"，皇上为什么愿意跟刘三说话儿呢？有两个原因，一是皇上喜欢刘三这个人；二是为了等"四霸天"来。就在刘三跟皇上说话的这时候，就听楼梯响，噔！噔！噔！有人上楼，脚步很重，每上一磴，楼梯"噔"的一声，震得上面往下掉土。离上边还有三四磴儿往上一蹿，"噌"的一声就上来啦。跑堂儿的刘三一看撒腿就跑。上来的这个人，平顶身高有一丈二，抹了一脸的锅烟子，六月三伏天穿了一件老羊皮的皮袄，反穿着毛朝外。腰里系着一根火绳，上挂着火药葫芦铁砂子袋。头上戴一顶旧毡帽，脚底下穿一只棉鞋，穿一只毡窝儿。往那儿一站，半截黑塔似的。刘三吓得跑到皇上身后头直哆嗦，嘴里一个劲地喊："好大个儿！关老爷没在家，周仓出来啦！"皇上也吓了一跳。皇上一害怕说了一句满洲话："啊都啦。"要是说汉话就是"哟"。皇上一说"啊都啦"，跑堂的不懂啊！刘三这个嚷啊："老爷子！您要吓得拉，上楼下边拉去，这楼上我刚擦干净。"

上来的这个人是谁？不是别人，正是神力王达摩苏沁。他怎么这个打扮哪？这里有个原因。皇上出朝前传旨，满朝文武到前三门外接驾都要改扮私行。神力王回府后把他手下几个有本领的人叫到了书房，都有谁呀？有金大力、孙起尤、马寿，这都是王爷最喜欢的人。王爷跟他们仨人说："今天皇上出朝私访前三门外，中午前咱们要到前三门外接驾，要咱们改扮私行，你们看我怎么改扮改扮好？"孙起龙和马寿没说话，金大力说："王爷，我给您改扮改扮吧。"说完了他走啦，来到抬轿的屋里找了一件老羊皮袄、一顶旧毡帽、一只棉鞋、一只毡窝儿，他把东西拿到书房跟王爷说："您把这套儿穿上吧。"王爷一看这个气呀："大力，六月三伏有穿皮袄的吗？""王爷您不是有功夫，寒暑不侵吗？穿上也没什么。""那不行，要是有人问我怎么说？""您就说发疟子，今天是冷班儿。""那戴毡帽哪？""您说头痛怕受风。""穿棉鞋？""您说冻脚还没好哪。"王爷说："六月啦冻脚还没好？"金大力给王爷换了衣裳，又给找来鸟枪，腰里扎上一根火绳，给抹了一脸锅烟子。王爷一照镜子，把自己都吓了一跳。"我这是什么样啊？"金大力说："您坐在轿子里谁也看不见。"王爷只好听他的，坐轿离了王府奔前三门外接驾。可是来到前三门外，不知道皇上在哪儿。刚过前门桥头儿，王爷在轿里一眼就看见皇上骑的那头驴啦。那驴正跟小秃子那儿捣麻烦哪，它不正经走，不是用舌头舔小秃子的脑袋，就是用脑袋拱小秃子的后腰。这小秃子两手攥着缰绳对着脸瞧着驴，心说，怪不得遛这驴给十两银子哪，这驴有毛病。王爷叫金大力："大力呀！你瞧万岁离这儿不远，那是万岁的坐骑，你去问一问。"金大力来到小秃子的身后一伸手，把小秃子的脖子攥住啦："你拉的谁的驴？"小秃子说："撒手！我脖子受不了。""我问你拉的谁的驴？""一个吃饭的老头儿的。""这位老爷子在哪儿？""在月明楼吃饭哪。"金大力说："去吧！"小秃子说："你什么毛病，有这么打听事情的吗？"金大力回来禀报王爷，说万岁在月明楼哪，神力王这才奔月明楼。到肉市口外头就下了轿。王爷扛着鸟枪一进月明楼，把吃饭的吓得全躲开了。"噢！灶王爷显圣啊。是周仓出来啦？"王爷一看楼下没有皇上，就奔楼上来啦。来到楼梯口，这王爷一指堵着楼梯口的一张桌子，压低声音跟金大力、孙起龙、马寿说："你们在这儿，我上楼。'四霸天'来了上楼你们别管，要是下楼给我堵住，不准跑掉一个。要是从楼下跑了，我拿你们是问。"说完王爷上楼啦。

　　神力王来到楼上，看见皇上在那儿坐着，皇上一说"啊都啦"，可把王爷吓坏啦，心说：这都是金大力这个王八蛋叫我穿的这样，把皇上吓着啦，有惊驾之罪。王爷就要磕头请罪，这时皇上也认出是神力王来啦，心说：我叫你们改扮私行，也不能这个样呀！皇上一看神力王要跪下磕头，皇上想：你要一磕头就坏啦，你磕头请罪，我说恕你无罪，你说谢主隆恩，跑堂儿的一听知道皇上在这儿哪，"四霸天"就不敢来啦。皇上冲着神力王使了个眼色，不叫他磕头，王爷一瞧可为难啦，不磕头怎么办？作揖？不像话，急得王爷直抖搂老羊皮袄。刘三直嚷："别抖啦！毛儿都掉啦！"王爷一想干脆鞠躬吧，冲着皇上三点头。刘三一瞧："噢！你们二位认识！我说老爷子，您怎么认识这个憨包哇？"神力王可不敢坐下，就往旁边一站，叫跑堂儿的："跑堂儿的！小子！过来！"刘三说："不过去，看你就害怕！有话说吧。""沏茶去！""楼上不卖茶。"王爷用手一指皇上："为什么卖给这个老爷子？"刘三说："这位老爷子说啦，喝两碗就走。"王爷说："我喝一碗就走！"刘三没办法，只好给王爷沏了一壶茶，拿了一个茶碗往那儿一放。过去大饭馆的家具一堂都是一样的，王爷这壶茶碗跟皇上用的是一样的，王爷不敢用。那时跟皇上用一样的东西有欺君之罪。王爷一瞧茶壶茶碗跟皇上用的一样，王爷的脾气又大，拿起来给摔到楼板上啦。"壶哇！不要。"啪！碎啦。刘三一看说："不要就摔呀？喝茶不用壶怎么喝呀？""盖碗！"刘三这回扳着理啦："对不起，楼上卖壶不卖碗儿。"王爷说："你敢说三声不卖碗？"刘三说："干吗三声啊？三百声也敢说，不卖！不卖！就是不卖！"王爷一回手把鸟枪拿起来啦，装上火药往里按铁砂子，端起枪来冲着刘三瞄准，一晃火绳："你敢说不卖？"刘三说："卖！不卖就开枪啦！"赶紧到楼下拿了盖碗沏上茶放在神力王面前。刘三瞧着神力王说："六月三伏您穿皮袄不热吗？"神力王想多亏金大力教给我，要不然还真没词儿，"噢！你问这个。"说着话用手一抖搂皮袄。刘三说："您别抖搂好不好？"王爷说："我发疟子，今天是冷班。""为什么还戴毡帽哇？""头痛怕受风！""还穿棉鞋？""冻脚还没好哪。""都到六月啦，冻脚还没好！您扛鸟枪干吗？"神力王说："我打围呀？""您上哪儿去打围？""口上。""噢，古北口？""口上！""喜峰口？""口上！""张家口？""口上！""哪个口上？"王爷用手一指："楼口上。""噢！您就在这儿开枪？"刘三冲楼下就喊："哎！把小鸡子都给圈好了！楼上有打围的！"

　　正在说话的工夫，就听楼梯响，噔，唰啦，是一噔一唰啦，离楼上还有三五层楼梯，噔！唰啦，上来一人。跑堂的刘三一看，嗬！又上来个大个儿，此人平顶身高一丈二，穿一件白大褂，黑坎肩。这大褂是用高丽纸糊的，在上边用锅烟子画了一个坎肩。这人上来一瞧，往那儿一站，冲皇上三点头，刘三一看："噢！这位您也认识。"这人是谁？是站殿将军白克坦。又冲着神力王一点头，跟神力王站了个对脸儿，在皇上一左一右。白将军叫跑堂儿的："跑堂儿的！小子！"刘三心说，怎么都这个口气呀："干什么，高丽纸大褂？""沏茶！""楼上不卖茶。""为什么卖给这位老爷子？"刘三心说：倒霉吧，都是这壶茶招出来的。"这位老爷子说啦，喝两碗就走。""你为什么卖给这穿皮袄的哇？""他说啦，喝一碗就走。""噢！你沏上来，我看看就走！"沏来一壶茶放那儿啦，楼上的茶壶都一样，神力王不敢使，白将军也不敢用，白将军拿起来也给摔地下啦。"壶哇，不要！"啪！碎啦。刘三一看："您们都这脾气呀，不要就摔，不使壶使什么？""盖碗！""楼上卖壶不卖碗。""为什么卖给穿皮袄的呀？"刘三想：我怎么说？我说不卖给他他要开枪，他要跟他借过枪来我怎么办？刘三的话来得也快："你不能跟他比，他不是外人，他是我们这儿遛牲口的。"白将军跟神力王还有个小玩笑，听刘三一说，他问神力王："我说皮袄！"神力王心说，白将军你怎么当着皇上面开玩笑哇。"干吗呀，纸人？"白将军一听，噢！我是纸人。"你是遛牲口的？""啊，我遛驴。"他那意思是说我给皇上遛驴，跑堂儿的刘三可抓着理啦："怎么样！不但遛骡子遛马遛驴，到晚上还给我提溜夜壶哪！"神力王把眼一瞪，回手把鸟枪端起来冲着跑堂儿的一端枪说："沏茶去！"刘三吓得撒腿就跑，说："我给沏茶去！"

他来到楼下抱了一摞盖碗上来啦。给白大将军沏上一碗，刚放下就听楼下有人说话："贤弟请！""兄长请！"就听噔噔噔上楼的声音，还有四五磴楼梯不走啦，两个人对让。"兄长先请！""贤弟先请！""弟不欺兄！""兄不蔑弟！""兄则友！""弟则恭。"刘三一听，说："长幼序，友与朋。你们跑这儿念《三字经》来啦？上来吧！"上来两个做官的，都戴着红缨帽，朝珠，补褂，足蹬官靴，可是他们俩的穿戴都有特点，前边那个人穿的袍子周身上下都是窟窿，戴着一挂朝珠紫红颜色，土黄色的四个佛头，原来是一挂脆枣（到北京叫"挂拉枣"），安了四个核桃，后边那个人比前边的那个人年轻一点儿，穿的袍子也是窟窿，都用线把窟窿扎起来啦。一身的疙瘩揪儿，戴着一挂朝珠，是黑中透紫水汪汪的，四个佛头是白的，原来是一挂荸荠安了四个慈姑。这两人是谁呀？前边上来的是彭朋彭大人，后边跟的是施仕纶施大人。这是两个文官。上楼来一看皇上在这儿坐着，赶紧冲着皇上三点头，又对着神力王一点头，往一边一站开口叫道："跑堂儿的！小子！"刘三一听心说：怎么都这口气呀？"二位喝茶呀？""是的。""不要壶沏，盖碗对吧？""是爹（的）。""你是谁爹呀？"刘三给沏上茶，往那儿一放。他回过头来往外边瞧了瞧太阳，快到正午啦，刘三心说：要坏，"四霸天"快来啦。

他刚想到这儿就听楼下有人高声呐喊："走哇！走！"就听楼梯响，噔噔噔噔噔噔！噌！噌！上来两个人。刘三心说：得，"四霸天"来啦。再看上来的人都是短衣襟，小打扮，紧衬利落。前边这个人有三十多岁不到四十的样子，紫红脸膛，一双浓眉斜插入鬓，两只大眼黑白分明，狮子鼻，四方口，微长须，辫子在脑袋上盘着。穿一身蓝宁绸裤褂，大褂在腰里围着，脚下蹬一双薄底快靴，背后背一把金背砍山刀。后边上来的那个人有三十刚出头的样子，白脸膛，一对剑眉，一双朗目。鼻直口阔，辫子盘在头顶，穿一身白纺绸裤褂，白纺绸大褂围在腰间，脚下穿的是抓地虎快靴，背一把翘把雁翎刀，肋下斜挎镖囊内有三支金镖，身缠甩头一支。跑堂儿的刘三一瞧，得！这准是"四霸天"请来的人，这回非打起来不可。可是这两个人上来得很猛，一瞧楼上的这些人当时变了样，赶紧把辫子放下来啦，刀也摘下来，挂在腰里，把朝后。这叫"太平刀"。大褂穿上啦，冲着当中三点头，又冲着左右一点头，然后来到彭大人、施大人身后一站，小折扇拿出来扇自己的袖口，是一语不发。跑堂儿的不认识这两个人，这两个人一个是保护彭大人的关泰关小西，一个是保护施大人的黄天霸。因为他们俩都见过皇上，所以上来一看见皇上在这儿，都怕担惊驾之罪。跑堂儿的刘三可不知道哇，他一瞧心里怪纳闷的：这俩人上来时像两只虎，这么一会儿变成猫啦。他赶紧过来问："二位吃饭哪？"关、黄二人摇头小声回答："不。""喝酒？""不。""喝茶？""不。""您二位？""洗澡。""啊！楼上洗澡？""我们跟班。""跟班？跟谁呀？"关泰用手一指彭大人："跟他。"刘三一看，说："您先把大褂给你们老爷穿好不好？甭问这位是跟这一身疙瘩汤啦？"天霸点了点头说："我们大人身上有宝。""有宝？"刘三看了半天也没有看出施大人身上有什么宝。"这宝在哪儿哪，袍子？不是，靴子？不像，顶子？唉！对！朝珠。哼，看这挂朝珠黑中透紫，墨玉？不像。炭胆？不是！海底藤……"刘三仔细一看："噢！荸荠！"施大人怕他不信，一回头嗒嗒嗒又吃了仨。刘三一看，"是荸荠！不用问那位的朝珠是脆枣，他们都怎么凑合来着？"

刘三正看着的时候，从楼下又上来二位，这两个人长得一般高，都是高人一头，乍人一背，都穿着摔跤的褡裢衣。下身穿青洋绉的裤子、刀螂肚的靴子，腰扎骆驼毛绳，前边的人夹着一条狗，后边的人架着一只鹰。那狗都给夹死啦，鹰也用一根绳子拴着脖子，别人架鹰是在胳膊上架着，他是在手里提溜着。再看这只鹰也翻白眼儿啦。这只手里还拿着一大块羊肠子。六月天儿热，羊肠子都长了蛆啦。这俩人是谁呀？是两位亲王，康熙皇上的两个兄弟，红王和白王。两位王爷上来一看，冲着皇上三点头。跑堂儿的刘三一瞧说："老爷子，这都跟您认识？"这时红王把那条死狗往楼板上一摔，白王喊："跑堂儿的！架鹰！""不管！楼上不卖养鸟的。"白王一转身，就看见接手桌那儿有个手巾杆："就放在这儿吧！"把鹰拴在手巾杆上啦："跑堂儿的，来碗水。洗一洗这块肠子，好喂鹰。"刘三说："楼上没水，下边洗去。"这会儿白王就瞧见那一缸酸梅汤啦："得啦，就在这儿洗吧！"说着话就把那块臭肠子在酸梅汤里一涮，刘三一瞧："得！这酸梅汤甭喝啦，你是谁家的？"二位王爷把眼一瞪："沏茶去！"刘三说："唉！今儿这楼上热闹啦。"赶紧沏了两碗茶，每人面前一碗。

他刚把茶放好，就听楼下有人喊："这么早就黑天啦！"随着声音走上一个人来，大白天他打着个气死风的灯笼。这个人也就有三十多岁，往脸上看黄焦焦的脸膛，面带病容，身穿灰布大褂、青坎肩。腰扎凉带，脚穿官靴。这人是谁呀？他是九门提督陶至连，有病才好。他请病假很长时间啦，有人给他送信说皇上私访前三门外，他带着病前来保驾。他来到楼上冲着皇上三点头，皇上狠狠地瞪了他一眼，那意思是，你是九门提督，怎么给我管理的地面儿？陶至连知道皇上恼啦，把气死风的灯笼支在楼上，没要茶，往那儿一蹲。心说：这回我的前程完啦。

刘三一瞧这个阵势，心说："四霸天"一来，非打起来不可。这些人伺候不了，干脆我找掌柜的去。他顺手拿起开水壶给大家兑了兑水。假装提开水去就下了楼。来到柜房，掌柜的正在柜房坐着哪，刘三一进门把开水壶往那儿一放，围裙一解，代手往桌上一放，说："掌柜的，这一马三箭都给您，我不干啦。您给我算账，我欠您的还您，您欠我的我不要啦。您另请高明吧！"掌柜的一听，说："刘三，你想拆我的台？这三天是'四霸天'请客包楼。今天是头一天，你成心拿我一把儿，别人都伺候不了'四霸天'，只有你能伺候得了。到这时候你不干啦，成心要我的好看。我哪一点对不起你？"刘三说："掌柜的，'四霸天'我倒不怕。你上楼去看看，都成了五霸强啦。"他把今天经过的事说了一遍，掌柜的说："我去看看。"于是他把围裙系上，代手往肩上一搭，一提开水壶直奔楼梯，登楼梯往上走。这时神力王已把住楼口，楼下冲着楼口的一张桌子那儿坐着仨人，是孙起龙、马寿、金大力。掌柜的刚往楼上一走，就听上边问："是谁上楼？不答话，我就开枪啦！""别开枪！我是掌柜的。"他来到楼上，神力王问道："跑堂儿的哪？""他这就来，我先给续续开水。"说着话他挨着兑开水，可是谁也没喝，掌柜的用眼瞟了一遍，然后对神力王说："我给您唤跑堂儿的去。"神力王说："快去！你不准再来。我不喜欢你，喜欢他！""是啦！"掌柜的赶紧下楼，来到柜房开水壶放下，围裙一解，冲着刘三深深地作了个揖，说："三哥！今天你得帮帮我的忙。兄弟我十几岁学徒，到现在干这个买卖，什么事我都经过不少，可是今天这事大有来头，我上楼看了看，别的不用说，就说楼上这些人，其中有一个人我认识。就是打灯笼的那个人，在他的灯笼上有个陶字，那就是九门提督陶大人。虽然我没见过陶大人，可是我听说过。你想想陶大人都在那儿蹲着，你想在那儿站的那几位的官小得了吗？站着的那几位官比起坐着的那个老头儿来，也小点儿吧？我看'四霸天'恶贯满盈啦。这准是来拿'四霸天'的。当中坐着的那位至小也是个王爷。"他就没想到皇上会出来私访。他说到这儿声音都变啦。有点儿哭味啦，说："刘三哥！我这买卖开也在你，不开也在你。"刘三本来跟掌柜的就不错，听掌柜的这么一说，也没办法啦，把围裙一系，说："掌柜的，我这条命活也在你，死也在你呀。"伸手把开水壶一拿出了柜房，奔楼上去了。来到楼上，他挨着给兑了兑水，一看都没喝，他把水壶放到接手桌上，往那儿一站，嘴里不住地嘟哝："这事儿都新鲜。有椅子可不坐，叫沏茶可不喝，得喽！咱这儿歇会儿吧！"神力王一听，心说：你这个王八蛋的！我早想坐下歇会儿啦，喝点儿茶，皇上在这儿，谁敢坐呀？可是皇上听刘三这么一说，心说：对呀！多亏跑堂儿的刘三提醒我，我是私访啊，看来刘三这个人有用，等事办完了，我得赏他个官做。我得传旨叫大家坐下喝茶，可是我怎么说呢？明着说，大家坐下喝茶，朕不怪。大家来个谢主隆恩，都知道皇上在这儿，"四霸天"还敢来吗？一想：有主意啦，我用满洲话说，跑堂儿的不懂满洲话。皇上想到这儿冲着神力王说了一大套满洲话，意思是大家坐下喝茶，随随便便，朕不怪。神力王替皇上传旨他不好说明，来了个含糊其词："众位呀。"刘三一听：怎么着！叫齐儿啦？"椅子随便坐，茶随便喝，他老人家不怪呀！"大家一听，呼啦一下全坐下啦。端起茶来就喝。刘三一看，心说：这个大个儿是头儿。他叫坐全都坐，他叫喝全都喝，他要说开枪是全开枪。刘三一害怕，这泡尿全尿裤子里啦。

这时天已到了中午，"四霸天"所请的人都奔月明楼来啦。第一个来的是"东霸天"手下的大打手，也是"东霸天"的大管家，这人名叫坐地炮。身高不过三尺，宽里下也有二尺七，他先到月明楼来看看准备好没有。这小子穿了一身青洋绉的裤褂，腰系大汗巾，脚下是薄底快靴，手里拿着桑皮纸的大扇子，上画梁山一百单八将。他进了月明楼直奔柜房，进门把嘴一撇："嗨！掌柜的！今天我们四位大太爷请客包楼，你们楼上卖座了没有？"掌柜的一看是坐地炮，赶紧回答说："炮大爷，您问楼上卖了没有？没有！一个没卖，都卖满啦！""你这是怎么说话哪？倒是卖了没有？"掌柜的说："炮大爷，您先别着急，是这么回事。早晨来了个喝茶的，接着又来了几个就是不走啦，您说我怎么办？"坐地炮一听气往上撞，把眼一瞪："你去对他们说，赶紧把楼给我腾出来，不然的话，我上楼去提溜着往下扔！"掌柜的说："炮大爷，您在这儿等一会儿，我上楼去说。"掌柜的来到楼梯，先冲着上边喊了一声："上边的，别开枪，我是掌柜的，上楼有事。"神力王问："你有什么事？""'四霸天'来啦。"大家全都精神一振，神力王问："都来啦？""还没都来！来的是'东霸天'的大管家。叫你们众位给腾楼，要是腾晚了，他上来提溜着腿往下扔。"神力王的气大啦："掌柜的，你去告诉他，我们是不扔不下去。""唉！"掌柜的下楼啦。掌柜的心说：坐地炮哇，坐地炮，我非叫你挨顿揍不可。省得你没事找事儿。他来到柜房，冲着坐地炮作了个揖说："炮大爷！你赶紧跑吧，楼上的人不好惹，我上去一说，他们就恼啦，说您不扔不下来。您是'东霸天'的大管家，能栽这个跟头吗？再说你要是上去，真惹不起他们，往后你还怎么在这儿混哪？不如跑了好。"他拿话一激坐地炮，这小子是个亡命徒，一听这话把眼一瞪："什么？敢在太岁头上动土，我非得扔下两个来。"说着话，离了柜房奔楼口，来到楼下，冲着楼上先骂了一句："上边听着，别装他妈的王八蛋！"就这一句，就剐啦。皇上在上边哪。"今天太爷请客包楼，你们敢不腾楼？炮大爷不管你是谁，我可不客气！"他一边骂着，一边上楼，楼上鸦雀无声，坐地炮纳闷，怎么没动静？心说：我可别吃亏呀？他把话又拉回来啦，"楼上要是自己人，可别挑眼，要是跟我们四爷有交情，也别过意。我可不知哪位是自己爷们儿。"他一听上边还没动静，他放心啦，以为叫他给唬住啦。"告诉你，我坐地炮可不是好惹的。你去打听打听，炮大爷怕过谁？"他一边骂着，一边往上走，可就来到楼上啦。一看，把这个小子吓得差一点儿没趴下，心说：掌柜的你阴着了我啦。可是他嘴里有的说，想找个台阶好跑："你们不腾楼没关系，也不关我的事儿，我去给我们当家的送个信儿，是好汉在这儿等着。"说完话转身就要走，他能走得了吗？神力王早把楼口堵住啦。神力王身高一丈，他才三尺，王爷一猫腰伸手就把这小子的前胸抓住了，往上一提，这小子的两腿就离地啦。往上一举，坐地炮直嚷，王爷一顺手就把坐地炮从楼口扔下去啦。王爷的意思是叫他给"四霸天"送信儿去，可是楼口下边还有三位哪，孙起龙、马寿、金大力。王爷上楼时说得明白，在楼上要是跑了人有王爷哪，要是在楼下跑了人拿你们三个是问。王爷把坐地炮往下一扔，金大力伸手给接住了。他举着坐地炮仰脸看王爷，神力王冲金大力摆了摆手，那意思是不要他。可是金大力不明白是怎么一回事儿，心想：我要放了他，王爷怪罪下来怎么办？不放他，可他是王爷扔下来的。他一想：干脆，放不放由王爷去，我把他扔上去。金大力一抖手又把坐地炮给扔上去啦。王爷说了一句："不要他！"用脚一踢又把坐地炮给踢下来啦。坐地炮成皮球啦。这回金大力可没接他，要是摔还真摔不轻，坐地炮掉的这个地方太好啦，掉哪儿啦？离楼不远就是白案，过去饭馆的厨房都是在楼下靠楼口不远的地方，要是上楼吃饭都从厨房这个地方路过，白案就是厨房里做面食的案子。月明楼的面案最有名儿，因为有一位厨师叫"抻面王"，姓王，专做北京抻面。他一把能抻二十斤，抻出来的面真能跟挂面比粗细，并且在抻面时还有花活儿，真比现在杂技团的演员还好。每当中午卖抻面，总有几十人站在这儿看他抻面。今天王师傅高兴，手里拿着一块面溜开啦，这把面左一扣右一扣越抻越细，到最后两扣啦，要来个花活儿，把面抻开，人从面上跳过去，最后这一扣在身背后抻，还有个名堂，叫"苏秦背剑"，把面扔到开水锅里去。今天王师傅把面抻好啦，一只手还没扔哪，坐地炮叫王爷给踢下来啦。面没下锅，坐地炮下去啦。

这时，康熙皇帝冲九门提督陶全连下令："把'四霸天'都给我抓起来！"

（张春奎述）

巧嘴媒婆

六月炉边铁匠，
腊月江上渔翁，
干什么说什么，
卖什么吆喝什么。

就拿这个月份儿说，打铁的如何？他也得工作，"六月炉边铁匠"嘛！"腊月江上渔翁"，腊月多冷啊，江上打鱼的也得起五更睡半夜打鱼！拿我们说吧，说相声，站在这儿说，老拿把扇子，夏景天拿扇子为了扇风啊，可冬景天我们也拿着！老拿着干吗呀？手里有抓挠呀！说书哇也离不开这把扇子，拿着它什么都是。说书说到写信那儿啦，这就是笔，提笔修书；说到打仗那儿啦，刀、枪、剑、戟、斧、钺、钩、叉……全是它。

同是一把扇子，扇法儿不一样，分什么人："文胸、武肚，僧道领、媒肩"。不信您瞧，这扇子，文人哪扇胸，练武的扇肚子，和尚老道扇大领子，这叫"文胸、武肚、僧道领"。有那念书的老学究，这扇子闭一半儿扇一半儿，走道儿迈方步儿，说话离不开"之乎者也矣焉哉"。要是见人一说话，先把扇子闭着。

"哎呀，久违得很。"

那位："您哪里去？"

"我见几个诗友谈谈诗。"把扇子一打，扇两下儿胸口。

"您这扇子好哇，我得领教领教，瞻仰瞻仰。"

这位呀赶紧地双手递，一哈腰。伸手拿过来不恭敬，得双手接。

那位接过来先瞧下款儿：

"好，好，刘春霖哪，状元。这骨儿是真正子安的！"

你夸他扇子比请他吃饭都痛快。就怕呀来一位愣爹：

"我瞧瞧你这扇子，"接过来，猛放猛闭，"不错！"

他一心疼能吐口血！——"文胸"。

"武肚"哪，您瞧那练武的人呀，扇肚子。原先在我小时候儿北京有相扑营，相扑就是摔跤啊。您瞧个个儿都是直着胳膊，穿小衣裳，系骆驼毛绳，穿单口靴子，那扇子全是大桑皮纸，红面儿，没有画儿，即便有画儿，也是"五鬼捉刘氏"。见面儿一请安是"茶汤壶"。"好您哪！"我比那个人吧：这就是壶身儿（指自己的身子），这就是壶嘴儿（指右手），这就是壶把儿（指叉在腰间的左手），一见面儿："好您哪！"（打千）这不是"冲一碗"吗？

"这天儿热呀！"

"可不是嘛！"

"您练啦吗？"

"没练，浑身僵得慌！这天儿太热呀！"一扇肚子。——"武肚"。

"僧道领"——和尚老道扇大领子。他们管念经叫佛事，和尚见和尚：

"嗬，师兄，您上哪儿？"一边说，一边儿冲大领子里头扇风。

"白天没事，您有佛事吗？"也扇着哪。

"我这些日子没有佛事，昨天有接三，去早点儿又回来啦！"

"怎么？"

"东家没死哪！"

没死你去干吗呀？

"文胸、武肚、僧道领"，再说"媒肩"——媒婆子扇肩膀儿。这号人都拿鸡毛扇儿，串百家门儿，哪儿都去。一扇肩膀儿：

"老太太吃饭啦？大少爷放暑假啦？大少爷年纪不小了吧，定下了吗？"

有一搭没一搭瞎聊，鸡毛扇儿扇肩膀儿！

说媒的嘴可能说，见什么人说什么话，死汉子能说翻了身，媒婆儿的嘴呀，嗬，天花乱坠呀！张家长李家短，仨和尚五只眼！说得你点头咂嘴儿！现如今不行啦，这行儿没饭啦！现如今哪都自己找对象，媒人是一点儿辙没有。老年间是包办婚姻哪，讲究"父母之命，媒妁之言"！媒婆儿呀，满市街一串，就凭两片嘴，到时候又吃又喝：说成了能白说吗？到我们那儿——北京——的规矩，说停当之后，送四对猪腿四对羊腿，都这么顶！往后天一凉一涮羊肉多美呀！吃得媒婆儿一个个都肥头大耳的！干吗谢猪腿羊腿呀？有个理由哇：当媒人的说亲事来回一跑，把腿都跑细啦，谢这猪腿羊腿哪，让她吃这个腿补她的腿！

当媒婆儿的一年能肥肥实实吃十个多月！有一个多月差点儿，哪个月呀？就是由打腊月一进门呀直到正月十六，没事！为什么呢？旧社会有这么个讲法："正不娶，腊不定。"那么这一个多月没地方说媒去就挨饿吗？不！这一个多月吃得更肥实。人家家里有几个儿媳妇哇，有几个闺女呀，那个媒婆儿呀全仗这一个多月的收入换季呢。怎么？这媒婆呀，就下这么一块来钱的本儿买点儿东西就得。买什么呢？买条红带子，剪成一箍节儿一箍节儿的，再买点儿花生、栗子、小枣，一过腊月二十三她就出来啦，直到正月十六。哪儿去哪？哪儿都去！穿着新蓝布褂儿，没有新蓝布褂儿，把旧的洗洗。不管认得不认得就上人家院儿里去，愣拉门，愣往屋里去，进屋抓把红带子，花生、小枣、栗子往炕上一撒！干吗呀？找吉庆啊！花生、小枣、栗子，搁在一块儿好听啊！枣儿跟栗子叫"早立子"，早养儿子早得济呀！花生哪？更好啦，净得儿子想姑娘，净得姑娘啊想小子，她这一把全扔出来啦——花生、枣儿、栗子，花搭着生，姑娘小子全养。兜这么一兜，进门就唱：

"给你个栗子，给你个枣儿哇，明年来一个大胖小儿哇！"唱完往炕上撒这么一把花生、枣儿、栗子。

一进门儿呀，一瞧，嗬！男的没在家，就一个少妇，一看屋里：红炕围子，红窗户帘儿，得啦，逮着啦！新婚。这位太太结婚不到半年就腊月底过年啦！扔这么一炕枣儿、栗子、花生，明年来个大胖小儿，多好听啊！给两块现洋。归里包堆扔这一把不值仨子儿，那阵儿两块钱一袋儿面！要再争竞争竞哪，又来一块，三块。这屋出来，那屋进去。一个大杂院儿好几家儿，到哪一家儿都赚钱！这屋出来那屋进去，也"给栗子给你枣儿，明年来个大胖小儿"。这位太太给媒婆儿俩嘴巴，临完踹出来啦！怎么回事？这位太太是寡妇！要命，倒霉啦！巧嘴呀也有瞧错了的时候！

当媒婆儿没有不骗人的。她怎么骗人哪？嗬！她要受谁贿赂哇就帮着谁骗人！我怎么知道哪？我有家儿街坊——逢这特别的事都出在我们街坊——我们街坊有个媒婆儿，姓酸哪叫酸梅，那两片子嘴跟小刀子似的！我们那儿有个大地主儿，家里财产挺厚，这老太太呀六十来岁，没有儿子，就一个闺女，这姑娘二十一岁。这姑娘要嫁谁呀，这份财产就跟着过来啦！打十来岁就给这位姑娘说亲，直到二十一岁没人要。为什么？姑娘有残疾，什么残疾呀？偏缝——到北京叫"豁嘴儿"，南边叫"花嘴子"。这姑娘这豁嘴儿打鼻子里就豁，连牙床子都豁出来啦，通天到底！这还不算，双的，一边儿一个！这姑娘把手搁鼻子底下，您瞧，一百八十分人才；这手一抬开，您刚吃完饭全吐出来啦！老太太疼姑娘，给说主儿啊，年纪得相当，相貌得好，有一点儿毛病啊她还不给！让媒婆儿给说去，说停当了哇，谢媒婆儿一所四合房儿，五千块现洋。这媒婆儿贪这个就满市街说去，跟谁说谁摇头，说了半年多没一个成的！后来遇见一个小伙儿呀，这小伙儿也让媒婆儿给说门子亲事，说停当了也有重谢。这小伙儿要漂亮人，有残疾的不要。这小伙儿可也有残疾——没鼻子，这儿一个大坑。两边儿都是这个条件：这头儿有残疾的不给，那头儿有残疾的不要。可两头儿都有残疾，哎！这媒婆儿还真给说停当了！要不怎么管媒婆儿叫"撮合山"哪——两个山头儿她都能给捏合到一块儿去！搬山倒海的能耐！她把这两档子还真给说成啦。说成是说成啦，她得把这豁嘴儿、没鼻子说到头里，瞒着盖着不成。怎么说呢？跟男的说这个：

"大爷，这门亲事说停当了，往后后半辈子什么也不用干啦。您娶的这位大奶奶，这位老太太就这一位姑娘，明儿这份儿财产您赊受，银行存多少多少，趁六个房产公司，那都不用说，就这姑娘本人儿的储蓄呀您四辈子也花不完！"

这小伙儿说话哪，没有鼻子，这个味儿：

"我告诉你，她六个金山我不爱，别看我没有鼻子，这姑娘有点儿毛病，不要，你千万给说到头里！"

"要不要在你呀，我瞧着都好。要瞒你，往后不是落埋怨吗？这姑娘没别的毛病，就是嘴不好！"

这小伙子以为什么哪？口敝？嘴不好是好说好笑。

"噢，那倒不在乎！嘴不好不算毛病，慢慢儿劝说她吧！"

怎么劝说呀？这毛病劝说不好哇！

这头儿说成了，上那头儿说去。

"老太太，跑了半年多这才相当啊！这小伙儿比您小姐大一岁，身

巧嘴媒婆

量儿、长相儿哪儿都好，这个亲事要是还不停当啊，您小姐后半辈子甭出阁啦！"

老太太说："可是这么着，你也别瞒着，我们姑娘可是有残疾，这男的有一点儿残疾我不给，你别瞒着，别盖着！"

她还得把没鼻子说在头里：

"老太太，甭说您还谢我那么些钱，还有房子；这是您小姐一辈子大事，我不能缺德，您就一个钱不花，我也不能做那种缺德事。小伙子哪，都挺好，就是眼下没有什么！"

告诉你啦，没有鼻子！"眼下没有什么"嘛，就是没有鼻子。这老太太呀，也想左啦，以为没有产业哪！

"那不算毛病啊，眼下没有什么怕什么啊，我陪送得多呀，再说往后过着过着不就过有啦？"

他怎么有哇？有不了哇！

"我这儿富裕，我添补。"

你添补？你拿什么添补哇！你不也就有一个吗？把你的挖下来搁他那儿？不合适呀！

停当啦！停当可停当啦，要糟！怎么？要相相。要命啦！这一相不吹了吗！媒婆儿主意高，她跟男的说这个：

"你相可不好，人家老家庭，头门不出，二门不迈；你瞧瞧相片儿，我把相片给你拿来。合适呀你把相片留下，不合适退给人家，别耽误人家事。往后娶过来不是本人儿，算我骗你，你到法院告我去！"

跟那头儿也是这话：

"男的没在本地，在外省哪！事由儿忙，人家不能告假，人家来了要不成哪，就耽误人家事啦。您瞧瞧相片儿得啦！"

瞧相片儿吧！两头儿都有残疾，这相片儿怎么照哇？照相片儿五官挡不住哇！可是照半截身儿，半截身儿是照上半截儿，没有照下半截儿的呀！哎呀，这媒婆儿主意太高哇！男的照相，女的照相，她带着照去，到那儿她给摆弄。男的不是没鼻子吗？他要一堂花园儿的布景——远景、近景，假山石头上头搁花盆儿，花盆儿里有芍药花儿，这尺寸哪跟小伙身量拉好了，让他呀站在花盆旁边儿，拿着那花头闻花儿；就仿佛逛花园儿瞧见芍药啦，香！他一闻，照，照得了看看，不好重新另来！不是没鼻子吗？没鼻子，这花儿不就盖上了吗？照得了挺俏皮。女的哪，豁嘴儿怎么办？她叫她打电话！站在这儿把耳机子往这儿一搁，就挡住了！这媒人哪，好缺德啦！

说这是看相片儿容易受骗，要面对面地对相对看大概没有事啦！谁说的？听媒人说对相对看，受骗受得更厉害！这也是酸梅的事——酸梅这一辈子办的缺德事多啦！

这档子更新鲜！也是两边有残疾，有残疾的不要，有残疾的不嫁，还是对相对看，她愣给说停当啦！男的是什么残疾？男的是瘸子。您别瞧他瘸，他要说漂亮人，有点儿毛病不要！女的哪？女的是一只眼。瞧什么得吊线，也要漂亮人！嗯，她把两边儿说停当啦！说停当是说停当啦，最末对相啦，这怎么相啊？定规好啦：姑娘啊站在门口儿跟媒人说闲话儿，好像串门儿送人，留这儿说两句闲话儿似的；男的呀打女的门口走一趟，男的哪不认得女的，瞧谁跟媒人在一块儿站着谁就是，女的不认得男的，媒婆儿跟她嘀咕：

"瞧，来啦，进口儿啦，穿什么衣裳，戴什么帽子，瞧瞧成不成，不成作为罢论，成就放定。"

那位说：她枉费心机呀，成不了！男的打女的门口儿走，瘸子！女的瞧不上；女的在门口儿瞧人这么瞧，吊线，男的瞧不上。两边儿都不愿意，那不就吹啦！

媒婆儿这主意高哇！她叫男的骑着马，男的不是瘸子吗？他骑着马哪！手里拿着马鞭儿，打门口儿一过，一瞧媒婆儿跟谁站在一块儿谁就是：

"嗯，行！"

女的哪，在门口儿里头哇，开一扇门关一扇门，使门掩上点儿脸，把这点儿毛病就满挡上啦！

一相相停当啦！放定。老年间哪，放定，过礼，不见面儿，什么事儿没有。拜天地的时候盖着盖头，新娘也瞧不见他是瘸子，新郎也瞧不见新娘是一只眼。一入洞房，打起来啦！怎么？入洞房以后盖头掀啦！新郎一走道儿，"哟！"俩人都吓一跳：

"哟！你怎么是瘸子？你骗人是怎么着？我相的时候不瘸，这会儿怎么瘸啦？说实话！"

男的会解释——媒婆儿早教给他啦：

"是呀，相的时候不瘸呀！不是骑着马呢嘛，刚出你们胡同，洋车放炮，声音挺大，马惊啦，跑出十几里地把我摔下来啦，腿也摔瘸啦！先不瘸，这腿是摔瘸的！你这一只眼怎么回事？说实话！"

女的也会遮说：

"是呀，我听说你摔瘸啦，我一着急把这只眼也哭瞎啦！"

多巧！

巧是巧，这媒婆儿的腰包可装满啦！

（张寿臣述　何迟整理　张奇墀记）

贾行家

今天我给您说这么个笑话。在我小的时候，北京鼓楼后头有个馒头胡同，里头住着一位满大爷，他的名字好听，他叫——不懂，大伙儿都叫他满不懂。别的事儿他不懂，吃呀，喝呀，花钱哪，他可都懂，仗着祖上留下的几个糟钱儿。父母都去世了，家里就剩三口人了：他，满大奶奶，还有一个儿子才六岁，名字叫继承，爸爸满不懂，儿子满继承，一个不懂，一个继承，总算没失门风儿。满大爷整天游手好闲，出茶馆，进饭馆，家里那俩钱儿越花越少，想要干点儿嘛儿又不行，怎么哪？他不懂啊！可巧那天在茶馆里有人给他介绍一个朋友，这位能说会道，先说天，后说山，说完大塔说旗杆，什么大他说什么。满大爷是满不懂，这位是什么全懂。他家住在贾家胡同，姓贾叫贾行家。一个满不懂，一个贾行家，俩人凑合到一块儿了。俩人一见如故，贾行家也能神聊，俩人呼兄唤弟。满大爷说：

"兄弟，咱们别净待着，帮我想个买卖干。"

贾行家说：

"没错儿，您回家想想，我也回家想想，明儿个咱们还这儿见。"

转天，俩人到茶馆一见面，贾行家就说了：

"大哥，该着的事儿，昨天晚上我一宿没睡，我就想让您开个买卖好，到天亮我才想出主意来。我琢磨着，什么买卖也没开药铺合适。"

"怎么哪？"

"您想呀，药铺是大秤买，小秤卖，收货的时候，一麻包二百斤，回头用戥子一钱一钱往外戥，这得赚多少钱啊？再说给多给少还没有争嘴的。"

贾行家这句话说得倒对，您看这药铺还真没争嘴的。过去老太太买东西最麻烦了。（学老太太说话）"掌柜的，来半斤韭菜。这哪儿够半斤哪，再添点儿。"卖菜的又给抓一把，老太太还说哪："还不够，再给点儿！"她又拿了四根儿。

您看上药铺抓药的没这事儿。

"您给来一钱泻叶。"泻叶是什么呢？是打肚子的泻药，药店掌柜的给约好了，买主一瞧："这哪儿够一钱哪，再添点儿！"又抓了两把，这回倒不少了，喝下去受不了。

贾行家这一提醒，满大爷一听：

"嘿！对！药铺真是个赚钱的玩意儿，兄弟，咱们采个地方去。"

俩人走到西安门大街，可巧，路北有个小药铺，两间门脸儿，字号是"济仁堂"，就是济世活人的意思，门口儿贴着一个小条儿，写着"此铺出倒"。贾行家用手一指：

"大哥，怎么样？"

满大爷说：

"正好。"

俩人就进药铺了。

"掌柜的，您这买卖出倒啊？"

掌柜的赶紧往柜房里让：

"您二位里边请。跟二位说：我这买卖不是不赚钱，我是祁州人，我家里有要紧的事儿，叫我回去，所以我才想把这买卖倒出去。"

贾行家说：

"打算倒多少钱哪？"

"两千块钱。"

"太贵啦！给二百吧！"

您听这像话吗？见十出一，掌柜的说：

"您别开玩笑了，两间门脸儿，后头还有两间东房，三间北房，货架上虽然品种不全，可是还存着不少货哪！您倒过去，马上开门儿就赚钱。"

贾行家还要磨叨，满不懂沉不住气了，说：

"那什么，我先给您十块钱定钱，剩下的三天交齐。"

药铺的掌柜说：

"您贵姓？"

"我姓满，我叫满不懂。"

"满大爷，我还得跟您商量点儿事儿。我们柜上有个小徒弟，是我外甥，因为他家里没人了，我这买卖一倒出去，我一回家，不能把他带走，我想您这儿也得用个小徒弟，您看能不能把他留下，管吃管喝就得。"

贾行家说：

"他今年多大了？"

"他今年十六岁。"

"他叫什么名字啊？"

"姓窝叫窝囊废。"

满大爷说：

"留下！留下！"冲这个名字就得把他留下，东家满不懂，掌柜的贾行家，就短这块窝囊废啦！

俩人出了药铺，贾行家就说：

"大哥，三天之内您把钱交齐了，第四天咱们可就开张了。"

满大爷说：

"后头也有房子，我把家也搬来得啦。你每天愿意回家就回家，想柜上睡，就柜上睡。"

贾行家说：

"您弟妹明天就住娘家去了，我暂时就在前边搭铺得啦。"

说完话两人就分手了。到了第三天，钱也交齐了，字号也换了，由"济仁堂"改为"盟仁堂"（蒙人堂）啦！满大爷家也搬来了，人口也很简单，满大奶奶，还有一个六岁的儿子满继承，一共就三口人儿。贾行家也暂住在柜上了。

第四天药铺就开张了。天也就四点来钟，还没亮哪，贾行家就叫徒弟窝囊废下板儿，还烧了股香，放了挂鞭炮就算开市大吉啦。只顾他开张了，把街坊邻居都吵醒了。您想呀，四点多钟天还没亮哪，弄挂鞭这么一通儿放，噼啪……噼啪……把街坊都吵醒了。

贾行家说：

"大哥，咱们这头卖一定能赚钱，您看这股杳，这杳火多旺呦。"

"兄弟，这买卖全仗着你啦。药铺的买卖我没干过，我是满不懂。"

"嗐！大哥放心吧，我行家呀。"

他可不想他是假行家！跟小徒弟仁人瞪着六只眼睛，净等抓药的啦，一直等到大天亮，也没有开张。贾行家直打呵欠，窝囊废坐那儿直打盹儿，满大爷也睡着啦。太阳出来啦，这时候，外头进来一个人：

"辛苦您哪，辛苦掌柜！开市大吉，万事亨通，给您道喜来啦！"

说着就送上一副对子来，贾行家赶紧站起来，满大爷也醒啦，虽然不认识，一看人家送了一副对子，赶紧道谢，心想：甭问一定是街坊。满大爷赶紧就说：

"您是东隔壁德兴永油盐店的吗？"

"不，不是。"

"噢，您是西边海泉居饺子馆儿的？"

"也不是。"

"那贵宝号在……"

"就在您这门口儿。"

"啊？"

"告诉您，我就在您这门口儿摆了个皮匠摊儿，我姓陈，在这门口儿摆摊四五年啦，房前左右您一打听皮匠老陈没有不知道的。前两天听这儿掌柜说这买卖倒出去啦，倒给满大爷满不懂了。今天开张，我给您道喜来啦，哪位是满大爷啊？"

满大爷说：

"我就是满不懂。"

"没别的，求您多帮忙，我还得在您这门口儿摆摊，您放心，准不给您添麻烦，早晨来了之后把门口打扫干净了，晚上收了摊还是给您打扫干净了。您看怎么样？"

满大爷一看，人家给送了副对子来，说话还这么客气，就说了：

"没关系，没关系，您尽管摆您的，还告诉您，渴了您到屋里来喝茶，千万别客气，陈师傅，有个阴天下雨的，您就搬到屋里来做活。"

"谢谢您，您忙吧，我摆摊儿去了。"

皮匠出去了。进来一个买药的：

"掌柜的，您给我来俩子儿的银朱。"

满大爷当然不能拿了——他满不懂啊。这就得瞧贾行家的啦，贾行家拉抽屉找药，东找没有，西找没有。不是没有，有他也不认识，这银朱就是朱砂。找了半天没找着，他还很着急：

"哎呀！柜上就剩货底了，货不全啦。大哥，掏两块钱，咱们得添货去。"

满大爷拿了两块钱，贾行家接过去，交给小徒弟窝囊废，小声说：

“到对过首饰楼打个银珠子来，越快越好。”

小徒弟出去了，等了有小俩钟头，买药的这位真急啦：

“掌柜的，怎么这么慢哪？”

贾行家说：

“那什么，柜上没货了，上堆房给您取货去了。”

还没听说过首饰楼是药铺货栈的哪！又等了一会儿，小徒弟回来了，手里托着俩银珠子，递给贾行家了：

“掌柜的给您，这是一个五钱的，一个四钱的，加上手工钱整两块钱。”

贾行家赶紧拿来一张药方单，是牛黄清心丸。贾行家不管这些，拿起来就把两个银珠子包上递给抓药的了。那位接过来，挺沉，不敢拿走哇，就说：

“掌柜的，我要的是银朱！”

“没错儿，就是银珠，错了管换，不信您回去拿夹剪夹开来瞧，管保是银子的，要是锡镴的、白铜的，您回来把招牌给我们砸了。”

这位一想：这药铺是什么毛病，俩铜子儿给俩大银珠子。站在那儿直发愣。

贾行家直说：

“别麻烦啦！快拿走吧！保证货真价实！”

这位一想：俩铜子儿来俩大银珠子，拿走拿走吧！这位是走啦，满大爷可急啦：

“掌柜的，咱们这买卖没法干了，怎么俩铜儿子你就给他那么俩大银珠子？两块钱换俩铜子儿，这买卖还不由姥姥家赔到舅舅家去！”

贾行家脸往下一沉说：

“东家，您这叫什么话呀？买卖是先赔后赚哪，咱们这儿刚开张，不得先把名誉卖出来吗？同仁堂、达仁堂，哪儿不是这么开起来的！”

其实哪个也不是这样开起来的。

满大爷一听还觉着有理哪，就赶紧说：

“兄弟，别着急，找个是满不懂嘛！”

“不懂？你听行家的呀！”

“对！对！我就听你贾行家的。”

正说着话儿，外边又进来一位：

“掌柜的，您给我来仁子儿的白芨。”

满不懂还是不能拿呀，他不懂啊。贾行家赶紧拉抽屉，找了半天还是没有，赶紧又跟满大爷说：

"大哥，掏三块钱添货！"

满大爷一听：

"还添货哪？"

"大哥，先赔后赚。"

"我这儿就快转晕了，摔跟头了！"

气哼哼地掏出三块钱来，贾行家赶紧叫小徒弟窝囊废：

"去！赶紧到菜市上买一只白鸡来，听明白喽，要白鸡！有杂毛的可不行。"

这孩子拿着三块钱就走了，东家满不懂气得直翻白眼儿。买药的人还直催：

"掌柜的，您倒快点儿拿呀！"

"您候一候，今天我们柜上新开张，货不全，到堆房给您取去了，您坐这儿先歇会儿吧。"

说着话贾行家给那位倒了碗茶，递过一根"炮台"烟卷儿来，那位有心走，一想这么好的茶，这么好的烟卷儿，得了！等会儿就等会儿吧，等工夫大啦，他还得给我倒茶点烟。

满不懂气得直往后叫贾行家：

"掌柜的！掌柜的！"

贾行家赶紧过去了：

"什么事啊？东家。"

"您让小徒弟买小鸡子干吗呀？"

"您没听见人家买白鸡吗？"

"买多少钱的？"

"仨子儿的。"

"仨子儿的，咱们拿三块钱进货？这样咱们得赔多少钱哪？"

贾行家一掉脸儿：

"不告诉您了吗，买卖是先赔后赚哪！"

满不懂说：

"话是不错呀，刚才人家买了俩子儿的银朱，您找我要两块钱进货，现在人家买仨子儿白芨，您找我要三块钱进货，进一个子儿出一块钱。回头再来两位抓药的、一服药一百四十子儿，俩人抓药，您让我掏二百八十块钱，我受得了吗？"

贾行家也火了：

"大哥！您要这么不信任我，老是三心二意的，干脆您找别人干吧！"

转脸儿就要走，满不懂赶紧给拦住了：

"兄弟，别着急呀！我是说咱们该赔的还得赔，不过咱们顾着点儿本钱就是了。"

正说着话儿，窝囊废回来啦：

"掌柜的，买来了，三斤四两，整三块钱。"

贾行家接过这只鸡一瞧，倒是一只白鸡，可是脖子上有两根黑翎儿，贾行家给小徒弟一个嘴巴：

"学徒你一点儿都不用心哪！嗯？让你买一只白鸡，这两根黑翎儿是怎么回事儿？"

"您别着急，市上没有哇。"

"像话吗？人家买白鸡给带黑翎的，嚷嚷出去说咱们这柜上货不真，往后咱们这买卖还干不干啦？"这都是哪儿的事啊！

贾行家抱着白鸡一转脸儿，奔儿，奔儿！把两根黑翎给拽下来了，赶紧递给那位买药的：

"给您。"

那位不敢接呀，仨子儿弄这么个大白鸡。

"掌柜的，您拿错了吧？我要白芨！"

"是白鸡呀！您没瞧见吗？有两根黑翎都给拽下去了。没错儿，您快拿走吧！"

一个劲儿往这位手里头送。这位一想：拿走拿走吧！仨子儿来只大白鸡，药也甭买了，干脆我回家炖鸡吃去吧！这位刚走，又进来一位：

"掌柜的，您给我来五个子儿的附子。"

人家买"附子、肉桂、甘姜"那个附子，这都是热药，贾行家哪儿懂呀，一听人家买附子，接过五个子儿站在那儿直发愣。那位说：

"掌柜的，您倒是给我拿呀！"

贾行家没办法啦，回过头来就跟满大爷说：

"大哥，跟您商量点儿事儿。当然是您拿的钱开的买卖了，您是东家，我是掌柜的，有什么为难的事儿，我得跑到头里才行。人家这位来买'父子'，我有俩儿子，当然应该先尽着我的卖，不过您知道，您弟妹带着俩儿子回山东住娘家去了，人家又等着抓药这么急，没别的，那就先把你们爷儿俩卖了得了！您快领孩子去吧！卖了！"

满不懂一听：

"怎么着？我这买卖干得倒不错，连人一块儿都卖了！"

贾行家说：

"没办法，谁让人家抓这服药哪！"

满不懂心说：我真倒霉，我哪儿知道哇，闹了半天敢情我们爷儿俩全是药材呀！没法子，垂头丧气就往后头走。到了后院儿进了北屋，一看大奶奶正在炕上做活儿，六岁的小儿子正在地下玩儿着哪。满大爷过来一拍这孩子肩膀就哭了（哭腔）：

"小子，爸爸对不起你，我把你给卖了！"

领着孩子就往外走，大奶奶一听就急了：

"什么事你把孩子就卖了？"

"那有什么办法，谁让他是药材哪！"

大奶奶说：

"你个倒霉老鬼，今儿想干买卖，明儿想干买卖，干别的也好哇，干吗偏开药铺，把我孩子都给卖了，今儿我非跟你拼了不可！"

说着话哭哭啼啼地下地就追，满大爷回过头来带着哭音说：

"别吵了，孩子卖了。再告诉你一个不幸的消息吧，连我一块儿全卖了！"

"啊？"

到了前边。孩子也哭，满大爷也哭。贾行家一瞧：

"别哭了，赶紧跟人家走吧！"就冲着这位买药的说："那什么，您把这俩都领走吧！"

那位敢领吗？

"掌柜的，我要附子。"

"是父子，没错儿。这是亲父子，领走吧！您到外头打听去，如果这孩子是干的，是抱的，您拿回来管换。"

这位一听，这都是什么乱七八糟的！正在这个时候，外头又进来一位买药的，买砂仁儿；砂仁儿、豆蔻都是开胃的，那位是天津人，管砂仁儿叫"仁人儿"。

（学天津话）"掌柜的，来一毛钱'仁人儿'。"

贾行家一听：

"哎呀！仁人儿可没有啦。我们已经全卖了，就剩下我跟小徒弟俩人啦！看起来这买卖要干不成啦。"

正在这时候满大奶奶从后头追出来了，指着贾行家说：

"这都是你做的好事儿，让我们做这样的买卖，把他们爷儿俩都卖了，我跟你没完！"

贾行家一瞧：

"哎！您买仁人儿，现在够了。甭闹啦，连你也卖啦。得了，咱们全跟人家走吧！"

孩子也哭，大奶奶也哭，满大爷直跺脚。抓药的二位也愣住了。铺子里一吵一闹，外头皮匠老陈进来了：

"啊，掌柜的，怎么了？新张之喜，怎么大吵大闹哇？有什么话待会儿再说，这样一来不让街坊、邻居笑话吗？"

这时候满不懂才把牢骚发出来：

"告诉您陈师傅，我算倒了霉了，花了两千多块钱，干了这么个买卖，请了这么一位好掌柜的。一开门儿，来了一位买俩子儿的银朱，他让我花两块钱到首饰楼给人家打了俩大银珠子；又来了一位买仁子儿的白芨，他让小徒弟花三块钱买一只白鸡来。赔俩钱儿倒没什么关系呀，这不是嘛，这位来买附子，他把我们爷儿俩给卖了。这还不算，这位来买'仁人儿'，连他带这小徒弟和我老婆又全卖了！您说我们这买卖还怎么干哪？我们全得跟人家走，干脆我这买卖归您得了！"

皮匠一听，抹头往外就跑。满大爷说：

"陈师傅，你跑什么呀？"

皮匠说：

"我还不跑哇？回头来个买陈皮的，把我也卖啦！"

（刘宝瑞述）

化蜡扦儿

　　现在我来说一段单口相声，这是我们街坊的一档子事情。那位说，你们街坊？哎！我们街坊。你们在哪儿住啊？那您就甭问了。怎么不能说准地方呢？说准了就麻烦了。我就这么一说，您就这么一听，反正是这种特别的事情都在我们街坊那儿。您要问我在哪儿住呢？那我也不用说，不是现在的事情，五十年前的一档子事儿；虽然说不是现在的事情，现在也不能发生这样的事情，不过类似这样的事情也可能发生。

　　有这么一家子，是个大财主，家里富裕，嗬！站着房，躺着地，银行里存着多少多少钱，人旺财旺。这家姓什么呢？姓狠。这狠……《百家姓》上没有这姓啊？哎，对，没这个姓顶好；有这姓呢，回头同姓的人听着别扭，所以没有更好。其实啊，跟他也不是一家，也不是一事，啊，听着就别扭。人都是这样，拿我来说吧，走到哪儿，一看有几位说闲话哪，一听，说三国的刘备，我就凑过去了；哪儿提刘邦，哎，我就听见了，过去听听。我姓刘，我叫刘宝瑞嘛！那边儿要是提《法门寺》的刘媒婆，我就躲开了，那刘媒婆和我有什么关系呀？听着就别扭了。

　　这狠家有这些个钱还不算，人口也不少，老两口子跟仨儿子，一个姑娘。合着是狠大、狠二、狠三、狠老头、狠老太太和狠家的老姑娘，一家子全狠到一块儿了！仨儿子都娶了媳妇了，老姑娘也出阁了。嗬，在姑娘出阁的时候，正赶上他们家日月兴旺，办喜事很像个样儿。老姑娘出阁光嫁妆陪送了六十四抬。八只樟木箱子，单、夹、皮、棉、纱，顶盖儿肥，随手的家伙陪送两堂，一堂瓷器，一堂锡器。瓷器是什么呢？没别的，您琢磨，五十多年前也就是陪送什么茶叶罐哪，掸瓶啊，帽筒啊，果盘啊，茶壶、茶碗啊，以及使的这个饭碗哪，这是瓷器。锡器都有什么呢？锡器有茶叶缸儿、茶壶，还有那个锡灯，就是入洞房时点那个碗油灯，里头有点儿蜜，取吉祥话叫"蜜里调油"。还有一对锡镶的蜡扦儿，另外还有锡壶。干脆说吧，光这锡器陪送了就有四十多斤，还是完完全全都是真正的道口锡。什么叫道口锡啊？哎，到现在也还是，您买了锡器，翻过来看底上有这么一个红戳记，上头两个字："点铜"，您拿手指头这么一弹，当当的，这就是道口锡。据说这种锡最好。老姑娘出阁的时候日子很好过，可是没有二三年的工夫，家里头不行了，怎么？狠老头死了。老头死了家里还有很多钱呢，当然得搭棚办事，这棚白事办得也很漂亮。办完了白事以后，这老太太就受罪了！怎么受罪的？这个当家主事过日子的人哪，你得拿得起来，拿不起来不行。这老太太觉得这仨儿子、儿媳妇都是亲的，得了，自己不用当家主事吃碗松心饭就完了，把这钥匙就交出来了。

这里边就出了问题了。交你得交一个准人儿啊，也没提让谁当家过日子。坏了！这下子仨儿子、仨儿媳妇全当家了！乱了！

先说这个吃饭，没有一天吃到一块儿的。厨房那个大灶啊一年四季昼夜不停，老生着火，干吗呀？做饭！他们吃饭不统一啊！老大早晨起来，想吃炸酱面；二爷哪，吃烙饼；三爷想吃米饭氽丸子；大奶奶吃花卷；二奶奶吃馒头；三奶奶想吃包馄饨。那怎么做呀？！一个大灶，一天到晚忙。这妯娌仨又不和美，吃饱了，喝足了，老实待着吧，不价！妯娌仨坐在屋里甩闲话，骂着玩儿，有孩子骂孩子，没孩子的骂猫。您说猫招谁惹谁了？天天就这样儿。先前街坊邻居还过去劝，后来呀，司空见惯，人家就不劝了。老太太给劝，后来老太太也劝不了啦。得啦，过不到一块儿了，干脆，分家单过。过去那个时候分家，要吃一顿饭，叫"散伙饭"！亲友们来了，老姑娘也来了，都在这儿哪，哥儿仨分吧！分房子。老大分的就是这个老宅子，老二、老三呢，家里有的是房子啊！每人分了一处，房子有小的呀，小的也没关系，找人估价，估价以后，从银行取回钱来，往上补。分完房子分地，每人一份。家具、木器每人一份。分来分去，剩卜两筐煤球，怎么着？分！老二说："得了，这个煤球别分了，怪麻烦的，拿个小筐这么量得了。"老大说："别价，量哪儿有准儿啊？多了少了的，干脆，数个儿吧！"数着个儿分！

甭说煤球了，直顶到最后剩一根筷子，把它剁三截，每人一截，还剩一个大铜子儿，归谁？就没有一个说这么句话：得了，这个你们哥儿俩一人一小子儿，我不要了！

没这句话。愣了半天，没法儿分哪，这工夫亲戚朋友也不敢搭茬儿，后来还是老三出了个主意：

"干脆，买一个大铜子儿的铁蚕豆得了！"买来铁蚕豆数着分，分来分去，剩下两个，老二出了个主意：

"干脆，这铁蚕豆谁也别要，扔出去给有造化的捡着吃去！"

捡俩蚕豆还有"造化"哪！

分完东西，"散伙饭"也吃了，老二、老三站起来了：

"各位高亲贵友，多受累，多受累，老妹妹你也多受累了。我们这是新安家，有什么对不对的，大家多担待。大爷呢，就住这个老宅子是没说的啦，我们呢，得回家里安置安置去，我们哥儿俩走了！不陪大家了！"

站起来就要走。

这个老姑娘呢，打进门来是一句话都没说，和颜悦色，瞧他们分煤球儿，剁筷子啊，就在旁边笑，一声没言语，听到现在。这哥儿俩要走，老姑娘站起来了：

"啊，二哥、三哥，你们这就走吗？"

"啊，老妹妹，都分完了，我们还得那边安置一下，新安家不容易，对不对？那个……什么，过两天再接你上我们那儿住几天去！"

"不是！你们都分完了吗？"

"都分完了！"

"不对吧？你们想想，还有一样儿没分吧？"

"还有没分的吗？"

哥儿仨一听全愣住了：

"嗬，还是老妹妹心眼儿多，我们都忘了，你提个醒儿吧！"

"还有什么？哼！这妈怎么办哪？还是活着剁三截儿呀怎么着？要不就勒死剁三截儿！"

那谁敢呀！

说完这句话，绷着脸就坐下了。亲友们一听：罢了！老姑娘说话有劲。嗨，老太太这姑娘没白养活！亲友们也都站起来了：

"对，这妈怎么办哪？你们都分完了，老太太吃哪方啊？"

哥儿仨全闷了，都没词儿啦。闷了半天，老大先说了：

"大家坐下，大家坐下。我想到这儿啦，我不过是没把这意思说明白。当然这个分家应当分四份，为什么呢？有妈一份养老金，我想到这儿了。可是我想呢，妈现在都这么大岁数了，有个百年之后，剩下的东西也得我们哥儿仨分，我这个意思是省得再分它第二回了，这一下子就都把它分下来得了。都分下来妈吃哪方呢？我有这么个主意：反正我们哥儿仨单住，每月啊，让妈在我们三家一家住十天，你看怎么样？……哎，今天正是初一，前十天妈就住我这儿，到十一哪，到老二家，二十一到老三家，都是她的儿子、儿媳妇、孙男娣女，全是亲的，她到哪儿咱能不孝顺她吗？能不疼她吗？能让她心里不痛快吗？这么办了，一家住十天！哎，咱们哥儿仨今儿可是商量好了，十一到老二家，二十一到老三家，咱们三家是谁家该接，到时候可得去接老太太，要送，到时候就送，怎么样？前有车，后有辙，老爷子这棚事，这个谱儿，大家可全看见了，倘若老太太有个百年之后，到时候我们照这样一发送。各位高亲贵友，怎么样？"

大伙儿一听：哎，这也不错。老太太也点头，没说什么。亲友们当然也不会说别的了，老姑娘也不言语了。

"好好好，就这样了，啊！"

亲戚朋友全走了。当天没的说，早晨起来吃的是分家"散伙饭"，晚上吃剩下的"折箩"。到了第二天了，应该老太太吃老大的饭了。一早起来，老太太漱完口，洗完脸，往太师椅上一坐，儿媳妇过来装烟倒茶，老大，嘀，就这位大爷，笔管条直在老太太旁边一站。

老太太一瞧：怎么啦，每天没这举动，今儿干吗呀？

"孩子，坐下！"

"妈，有妈在这儿，我们哪儿能坐呀。"

"哎，家无常礼啊，老这儿天天站着，怎么算哪，坐下吧！"

"不，妈，还是妈疼我，我知道，不过，我也不敢坐。妈您想我坐在这儿，您也坐在这儿，倘若进来个亲戚朋友看见，知道的老太太疼儿子，不知道的呢，说我们没教养，您没家规。我们做小的面子上也不好看。站着吧。"

老太太说：

"嗨，这是没有的事情，亲戚朋友谁来呀？来了你再站起来。"

"坐着站着倒没什么。哎，妈，我有两句话想跟您说说，不知道您今儿高兴不高兴？您要是高兴呢，我就说，您要是不高兴呢，过几天说也成。”

老太太说：

“我有什么不高兴的？你老说半截话，这玩意儿让人听着别扭啊，我挺高兴的，有话你说吧！”

“哎，妈让我说，我就说，您可别生气呀，妈，您是愿意您的儿子露脸呢，还是愿意您的儿子要饭呢？”

老太太一听：

“这是什么话呀，做妈的没有盼着儿子要饭的，当然是盼着你露脸啊！”

“对，妈疼我，我知道，妈您愿意让您儿子露脸。我们呢，也愿意露脸。不过，这个脸可不好露啊！”

老太太说：

“怎么啊？”

“怎么？您想啊，没分家的时候，大伙儿在一块儿，众人拾柴火焰高，不洒汤，不漏水，日子维持得这么好。可是这一分家，就‘八仙过海，各显其能’了，谁有能耐谁露脸，谁没能耐谁要饭。老二、老三，您是知道的，现在他们哥儿俩都有事由儿，我没事做。不错，是分了点儿房子分了点儿地，有俩钱儿，可这是一股死水呀，和弄完了就完了，完了不得要饭啊？那么怎么办呢？谁让小子我没能耐呢，我们就得口勒肚攒，顺牙齿上往下刮，吃点儿不好的吧！可是妈您放心，您想吃什么尽管说，别管我们，哎，您吃，您想吃什么，我们就做什么，跟您说明白了，做可是做，就做够您一个人吃的。您的孙子、孙女进屋去，一点儿别给，您往外轰，往外打，给了，您没得吃可别怪我们，对不对？哎，就您一人吃，孩子吃没吃您别理他。我们两口子呢，吃半顿挨半顿您也甭管，我们……我们是怕要饭！哎，妈今天您想吃什么您就吩咐吧！”

老太太一听，愣了半天：

“这叫什么话呀？我想吃什么给我一个人做。我这么大岁数啦，让孙子瞧着吃，还让往外轰，往外打，那像话吗？再说，明儿你们的日子过得不好了，噢，让妈吃的！我老婆子不落这个。你们做什么我吃什么，随便做去吧！”

“不，妈，那一定拣您喜欢吃的做，您喜欢吃哪样儿，我们做哪样儿，您不吩咐，我们不做去，您到底想吃什么？”

老太太说：

"我呀，爱吃棒子面！"

"噢，爱吃棒子面。是啊是啊，行了，您爱吃嘛！您爱吃哪样儿我们就给您做哪样儿。哎，大奶奶听见了吗？老太太爱吃棒子面，去，做饭去！"

做去了，棒子面。棒子面也没关系呀，和得暄腾腾的，细着点儿，蒸点儿窝头，沙楞楞甜丝丝的，也好吃啊。不价，面和得挺硬，不蒸窝头，贴饼子。大柴锅，多烧火，把这饼子嘎巴儿烧得有半寸厚，上头只有这么薄薄的一层软的，连点儿萝卜头腌咸菜也没有，白嘴儿吃。让老太太怎么吃呀？牙口不好啊，把嘎巴儿揭下去，吃上边的一层，干巴呲咧，也没菜，吃了两口，实在吃不下去了。这可不是老太太馋，《四书》上有这么两句话，"五十非帛不暖，七十非肉不饱"。人哪，一过五十五岁，就有这种现象，甭管怎么着，得有一点儿肉吃，不然他不饱。老太太哪，咬着饼子，又没咸菜，啃又啃不动，只吃了饼子上头那四分之一，晚上再说吧！心想：晚上怎么着也来碗面汤吧，片儿汤，余几个丸子，或是有点儿羊肉，啊，一泡这贴饼子也行啊。心里这么想，想错了！

晚上做什么吃呀？甭做饭啦，还有贴饼子哪，接茬儿吃，还是这个。老太太吃着凉，没关系，搁火上烤烤。老太太说了：

"别烤了，再烤更咬不动了，就这样吧！"

他们呢？他们也吃这个呀。也吃这个！孩子大人一人拿一块贴饼子在老太太跟前晃悠，咬两口扔到篮子里不吃了，回头大爷领着孩子出去绕了个弯儿，听戏去了。晚上在饭馆吃饱了回来了。大奶奶呢？大奶奶领着姑娘，抱着小子串门去了，哪儿串门去了？街坊家斗牌去了！斗饿了，掏出钱让孩子买了大饼、酱肉一卷，吃饱了，他们也回来了。合着这贴饼子就是给老太太预备的，明儿也不用做饭了，贴了那么一大锅，大半篮子呢，老太太哪儿吃得了啊！

简短截说，老太太吃了四天这样的贴饼子，实在受不了，饿得直咳嗽，一咳嗽眼泪都卜来了。到了第五天，老太太一想：这样受不了，在这儿待十天，看意思有这篮子贴饼子，再有六天也甭做饭了，没别的吃啊。干脆，走！上老二那儿去得了，好在离得不远。老太太出门的时候，儿子和儿媳妇都没问一句"妈，您上哪儿去"，装着没看见。

到了老二家。一进屋，您瞧这二爷，一看老太太来了，规矩倒挺大，当时站起来了：

"妈，您来了，今儿个几儿啦？十一了吗？"

二奶奶说了，"你糊涂了，怎么会十一哪，今儿不是初五吗？"

"噢，初五啊，您干吗来啦？怎么意思？噢，打算在我这儿住半个月，吃半个月？吃半个月也没关系呀，分家的时候，您怎么不说明白了呢？当着亲戚朋友说出来多好哪！您这为什么许的，这不是挤对人吗？我们分出来了，八仙过海，各显其能嘛。怎么着？非得挤对得我们要了饭啊？十一才到日子哪，早啦！"

老太太一听，眼泪下来了。

"唉，孩子，我不是那个意思！"

"什么意思啊？"

"我告诉你呀，我在你大哥那儿，他给我吃了四天贴饼子，贴的那饼子，挺厚的嘎巴儿我咬不动啊，连点儿咸菜都没有，我饿得实在难受，我找你来了！"

"贴饼子都不爱吃了，我们这儿想吃贴饼子还没有呢，别瞅我们分俩钱儿，还人家账了，我们短人家账，您知道吗？这是怎么说的！甭管我们怎么短账，妈来了，我们能不养活着？妈妈嘛，谁让您占着辈数哪。妈，贴饼子不行，太干！太干……有办法，熬稀的，二奶奶，买一斤棒子面，熬粥！"嗬，一斤棒子面熬了一大锅粥。一个老太太哪儿喝得了哇？第二天哪，还是这锅粥，接茬儿喝，天天热粥。这倒不错，那儿吃完贴饼子，这儿溜缝儿来啦！

喝了两天，老太太一瞧，还剩下多半锅哪！一琢磨：干脆，找三儿子去，别在这儿受罪了！

到老三那儿，一进门，嘿！就见这三儿更厉害：

"哎哟，嘿，还没死哪？你死了不就完了吗？！这不吃累人吗？你死了，我们弄个白大褂子穿穿就得了。这不是挤对人吗？这是让人死还是让人活呀，啊？今儿才几儿你就来了，二十一才到我的日子哪？"

"三儿，不是那么回事。嘻！我告诉你啊，你大哥家里头给我贴了一锅饼子，我吃了四天，那么厚的嘎巴儿，我嚼不动啊，连点儿咸菜都没有；我到你二哥家了，你二哥呀，嘻，更难了，给我熬了一锅棒子面粥，我喝了两天。实在饿得受不了啦，才找你来了！"

"就这么着嘛！他们都有房子，有地，有产业，有钱，有钱不养活妈妈，多有良心哪！您找我来了，您知道我在外边短多少债吗？唉，

单口相声

瞅这房子没有，典三卖四，典出去了，这就要搬家了，我们家都两天没揭锅了，什么都没吃。甭难过，甭难过，装模作样干吗？虽然我们不吃，也得给您吃，谁让您是妈哪！三奶奶，身上有钱吗？"

"我哪儿有啊？"

"你没有钱，我也没有。孩子们，哪个孩子身上有钱？"

问来问去，有一个孩子说了：

"我这儿有！"

拿出一个大铜子儿来，一个子儿买什么呀？他也会出主意：

"一个子儿，行行，别让奶奶饿着，奶奶来了，去买一包铁蚕豆去！"

买回一包铁蚕豆来，叫老太太过来吃。嘿，这倒不错，那儿吃贴饼子，那儿溜缝儿，这儿来一包铁蚕豆磨牙。白天吃了仨，晚上睡觉多含一个，差点儿给噎死。到了第二天，老太太一想：只有一条路——上老姑娘那儿去！那儿要是再待不下去，干脆，跳河！甭麻烦！

拄着拐棍走了。哪儿走得动啊？雇了辆车，什么什么胡同，门牌多少号，到那儿一下车，赶紧让拉车的去叫门，把孩子叫出来，告诉说姥姥来了。拉车的叫了门，小孩进去一说，老姑娘出来了一看，妈来了，怎么都这模样了？吓了一跳。好嘛！腮帮子也陷了，太阳穴也瘪了，眼角也耷拉下来了，鼻翅儿也扇了，耳朵也干了，要死，下巴颏儿都抖上了！过去一搀老太太就哭了：

"哎哎哎……"

老姑娘明白了：

"别哭别哭，让街坊多笑话！"

一手搀老太太，一手掏钱，干吗？把车钱给了。"妈妈，您别哭别哭，走，里头说话去！"

到了屋里头，老太太往那儿一坐，又哭，还要说话，让姑娘拦了，把嘴捂上了。

"妈，您别说了，您心里的话我全知道了，是您那仨儿子对不起您，我知道了！"

赶紧给老太太冲点藕粉，来点儿热汤面。

"为什么给您做这个吃呢？我知道，您没病，就是饿的，现在要给您大鱼大肉，肠子都饿细了，一下儿撑死那还了得，我这仨哥哥算计上我了，我受不了！您放心，我慢慢将养您老，您别说话，别着急。"

头天给老太太吃藕粉、热汤面；第二天牛奶里卧上俩鸡蛋；第三天包点儿小馄饨；第四天哪，挂面里头煮了几个小饺子，对付着老太太。过了一个星期呢，给老太太熬了点儿鱼，盛了多半碗饭；过两个星期，就给炖点儿肉。这么说吧，一个来月，老太太恢复元气啦！天天吃饱了喝足了没事，娘儿俩说话儿，叼着烟袋一抽。这工夫，老太太铁了心了，哪儿也不去，就住老姑娘这儿啦！过了些日子，姑老爷到外面办事情，走了，就剩下娘儿俩，晌午天，孩子们睡了，老姑娘就说了：

"妈，您姑爷也没在家，我有两句话要跟您说，可您听了心里别难过。"

老太太一想：姑娘对我这么好……

"哎，姑娘你说吧！我不难过，什么事儿呀？"

"妈，我跟您说个道理啊。当然了，养儿得济，养女也得济。妈妈吃姑娘，应当的；吃姑爷，也是应当的。应当可是应当，不过，有这么一节，您要是没有儿子，吃姑娘吃姑爷可以的；要是儿子没辙，家里没饭吃，您吃姑娘、姑爷也是可以的。妈，您可不是，仨儿子都有产业，站着房子躺着地，银行里都存着多少钱，他们都不养活您，说不下去。再有一节，当然了，我们两口子感情好得很，您在这儿住一辈子，他也说不出来别的；不过，居家大小过日子没有盆碗不碰的，万一我们两口子有个抬杠拌嘴，您姑爷嘟嘟囔囔说一套'儿子不养活住我这儿'，打这儿他卡我一辈子，您说我怎么办？我翻不过嘴来！"

老太太听到这儿要哭。

"啊，妈，您先别哭，不是我不管您，我还管您，我呀，有个主意。"

"你有什么主意？你说！别让我饿着就行！"

"我告诉您，他们这哥儿仨太难了，有钱不养活妈妈，这不能怪我狠，我给您出个主意，我这儿有个戏法儿，这戏法儿得我变，您呢，得帮忙，好比拿着挖单给我蒙着，"变戏法的那块布叫挖单，"只要您这挖单不打开，变不露，告诉您，他们哥儿仨您随便到谁家，想吃什么吃什么，想喝什么喝什么，想玩就玩儿，要斗牌他们拿钱，要看戏，他们去买票，孙男娣女围着您转悠，您有个百年之后，还得好好发送您老。"

"有这主意？"

"哎，可这戏法儿千万别变露了，如果露了底，得，儿子拿您不当人，儿媳妇骂大街，孙男娣女躲着您，到那时候，您病在街上，要了饭，您可别怨我，谁让您这戏法儿没变好，挖单您给揭了呢！"

老太太说：

"你说的我不明白。有这办法？到底怎么办呢？"

"就这么这么办，我告诉您！"

那位说了：到底怎么办呢？您慢慢听，因为我现在别把这戏法儿变露了，到时候您一听就明白了，就把这挖单打开了。

"是吗？行吗？"

"没错儿，行！"

娘儿俩商量好了，白天买了五十斤劈柴，就把厨房那个大灶点上了，到了晚上，姑爷不在家，孩子也全睡了。

"妈，咱们往过拿吧！"

往厨房拿。拿什么呀？娘家陪送的那些锡器，茶瓶、茶叶罐、锡灯、蜡扦、锡壶，都弄到厨房去了，灶也捅旺了，就把这些个锡器扔到锅里了，烧火。烧来烧去，那锡都化成水儿了。老姑娘就在地上刨一个坑，什么样呢？刨这么宽，这么长，一个坑一个坑的，刨了好多这样的坑，也有圆的，也有方的，然后呢，就用勺舀着锡汁往里倒。到天快亮，这四十多斤锡器全化完了，变了样儿，有条子，有方的，有圆的，饼子的，起出来，都晾到簸箕里头，拿回屋往炕上一倒，嗯，娘儿俩就把它全纳在板带子里头了，纳好了，给老太太往腰里一围，系好了，还不放心，恐怕老太太弄掉了，再弄两根儿带子，十字披红。这干吗呀？老太太在腰里围着沉哪，这样一来肩膀上搭点儿分量，哎，就好一点儿了！把带子拴好了还不放心，又拿布给缠上了，拿针线缝结实了，这回，解都解不开了。过了一宿，一清早儿老姑娘就说：

"妈，您就听我的，戏法儿不露，您吃什么喝什么全有了。啊，露了，您到时候要了饭，可别怪闺女。"

给老太太热了点儿牛奶，拿两块蛋糕，让老太太吃饱了，喝足了，拿了十块钱——那时候花银圆——十块现洋还不算，又拿了一块钱毛票，一块钱的铜子儿，给老太太拿手绢儿一包。

"妈，您就先上老大那儿去吧，到那儿您就这么这么办啊，车钱给您，到时候您就这么这么这么办！"

"没错儿啊？"

"没错儿！您去您的吧！"

老太太雇了辆人力车，到老大家去了。

到那儿一下车呀，大奶奶正在门口买鱼哪，看见婆婆来了，看了一眼，又这儿挑鱼，连理都没理。老太太一下车：

"哎，给你车钱！"

一拿这手绢包啊，用大拇哥一顶，当当！顶出两块钱来，掉在地上了。洋钱掉在地上，当当这么一响，谁都得瞧瞧，洋钱响嘛！这玩意儿谁都得看，大奶奶当然也得看了。一看掉地下两块大洋，拉车的赶紧给捡起来了：

"老太太，老太太您掉钱啦！"

老太太接过来：

"啊，谢谢，谢谢。哎呀，你看看哪儿都有好人哪，你要是不言语，我没看见，也没听见，不就没了吗？亏得你告诉我了，哪行都有好人。那什么，车子多少钱雇的？"

"老太太您忘了，不是二十个子儿吗？"

"二十个子儿啊，得了，谁让你是好人哪，给你两毛，甭找了！"

那会儿一毛钱换四十六个子儿。这一多给，加三倍还多哪，拉车的当然高兴。

"啊，谢谢您啊，谢谢您啊！老太太，来，我搀着您！"

拉车的刚要搀，大奶奶把鱼扔下了，过来一把拽住拉车的：

"躲开，我搀着！"

哎，她搀了！

她干吗搀哪？她想：哟，这老婆儿哪儿发了洋财了？啊，二十个子儿给两毛，一拿车钱，叮当叮当掉洋钱？这就多心了，过来搀，过来拿手一搀，可就摸着老太太的腰了。

嘿，那位说了：你这话没道理，她就知道老太太腰里有东西吗？当然她不知道，那她干吗往那儿摸哪？是啊，老姑奶奶的主意：老太太下车之后，直往上颠，直推。夏景天穿着单衣服那还瞅不出来这儿鼓鼓囊囊的。大奶奶过来一搀，一摸，嗬！硬邦邦一条一条，有圆的，有方的，好家伙！

"哟，妈呀，您看您这是上哪儿去啦，把我们都急坏啦，您也不说一声，我们这就要接您去哪！"

往院里搀。一进院里就嚷嚷上啦：

"大爷，大爷，妈回来了，咱们不是要接她去吗？"

递话儿哪！

老大一听：

"怎么着？妈回来了！"心想：打我爹死了，她还没说过这句话哪，今儿干吗妈长妈短的？准是有事！

大爷正在炕上躺着哪，噌嘣一下就跳到地上了，光着袜底儿就跑出来了。

"哟，妈您回来啦，您上哪儿去了。我们正着急……"

"别废话了，老太太怪累得慌的，搀着！"

冲大爷一努嘴，大爷过来就搀。

"啊，老太太，我搀着您。哎呀，妈您快坐下，快坐下，走了您倒是说一声啊，这不是让我们着急吗？我们正想接您去哪！"

"接我？接我干吗呀？你不接我也得来呀！我的家嘛，凭什么不来呀？告诉你，老大，人哪，就得有心，知道吗？没心，就得受罪，我呀，留了个心眼儿。"稍微一撩这小褂儿，"要不是你爸爸活着的时候我留了这么个心眼儿，我就完了！你这儿嘛贴饼子，连点儿咸菜都没有，唉，我不怨。为什么呢？你没能耐嘛！到老二那儿给我熬粥喝，一锅粥喝了一天半，唉，好赖这棒子面糊还是粮食呀；到三儿那儿，给我买铁蚕豆吃，唉，一天吃仨，晚上多含一个，差点儿把我噎死，这叫什么事呀？我老婆子要是不留这么点儿后手，我就完啦！总归说，我还先找你来了，谁对我好，我找谁。那个给粥喝，那个给铁蚕豆，你呢，给我贴饼子。谁对我好呢？当然你对我好，我就找你来啦。也不白吃你，我也不瞒着掖着，我这点儿东西，在别处存着来着，今儿我拿来了，你把这间北房，哎，甭管哪间了，给我腾出来，我住着，别害怕，妈我给房钱，不白住，一个月该多少给多少。你呢，给我雇一个老妈子来，让她伺候我，听见没有？我想吃什么，给我做什么。我这么大岁数了，这点儿东西要了命我也吃不完哪！怎么折腾也折腾不完，反正住在你家里，临死一闭眼我就不管了。现在可得属我管，听见没有？你去把老妈子找来，我给钱，做得了饭，孩子们上我这儿吃，随便吃，我不往外轰，不来，我也绝不叫，明白吗？腾房，雇老妈子去！"

嗬！

老太太说完这些话，这老大，左右开弓，抡圆了给自己四个大嘴巴！啪啪啪啪！打完了：

"妈妈妈，您别说了，您千万别说了，让街坊、邻居、亲戚、朋友听见了，人家还拿我当人吗？我不是人啦，您怎么说这样的话呢？怎么住房让您给钱哪，这不是胡来吗？房子是您的，祖产嘛！甭说房子，连我们也是妈您身上掉下来的肉啊！您要雇老妈子伺候您？老妈子有儿媳妇近吗？这儿有您儿媳妇，您想吃什么吃什么，想喝什么喝什么。老太太，您，您……我呀，我招您生气了，我不好，啊，算我浑蛋。我跪在这儿，您打我吧！您不打，我还打！"啪！又给自己一大嘴巴！"您千万别这么说了，爱吃棒子面是您说的呀！我们不知道您说的是反话，不爱吃棒子面您说话呀，还愣着干吗？去，给老太太炖肉去！"

这就炖肉去了！吃饱了，喝足了，领着老太太听戏去了。大爷总搀着，走到哪儿搀到哪儿，听完戏，晚上不回家吃饭，陪老太太下馆子去啦。老太太一天过得挺痛快，回到家里，大爷赶紧倒茶，让老太太喝。

"妈，您喝吧，您快喝呀！"

让老太太快喝，老太太说：

"这茶热呀！"

"我给您折折。"

拿茶碗折了折，老太太把茶喝了。

"妈，您歇着吧！"

"嗯，铺床！"

"哎，好。"

大奶奶这就把被卧铺好了。

"妈，您睡吧！"

"哎，这么早我睡觉干吗呀？"

"早睡早起，您得休息！"

大奶奶这就要过来给老太太解扣子，老太太一瞅，没拄拐棍儿，噌嘣就坐起来了。

"等会儿，给我脱衣服？儿媳妇孝，好心，我感激，可有一节，现在不能脱。非脱不可，我就叫警察，可别说我翻脸，不脱！"

大爷一瞧：

"嗨，老太太想错了，您不脱更好，省得受夜寒，您睡您的，您睡您的！"

老太太躺下睡了，把被子盖上。大爷、大奶奶这一宿可没睡，干吗？给老太太盖被子，一宿给盖了七回，明着是盖，其实是掀，一会儿掖掖被，这是掖吗？当间儿可给掏开了！干吗？往腰里摸，这还不放心，拿手电往里照，一摸长的，一条一条的，摸完了回到屋里两口子就嘀咕上了：

"我摸出来了，长的五十两一条，没错儿，黄的。白的？白的不能论条啊！方的，圆的，这是锭子和锞子。看这意思黄的多，白的少。可是这么着哇，大奶奶，老太太交给你啦，想吃什么，喝什么，你可得顺着她，如果你要是把老太太气跑了，我可跟你玩儿命！"

"看你说的，我能那么傻吗？"

"哎，不傻更好，咱们懂，可这几个孩子不行啊，孩子不知道大人心烦心喜啊？以后要是这几个孩子把奶奶气走了，这怎么办呀？把他们叫醒了嘱咐嘱咐，两个小的别叫了，说也不懂，叫大个的。"

"快起来，快起来！"

十五岁的大小子玩儿了一天了，沾枕头就着，叫不醒啊！那也得叫！叫不醒抓脚心，把孩子抓醒了。

"起来，起来。"

孩子起来也不行啊，他困哪，坐着还冲盹儿。

"嘿，这不是要命嘛。哎哟，怎么还不醒呀！"

到外头水缸里舀了口凉水，过来，噗！往孩子脸上一喷，这孩子一激灵。

"醒不醒？再不醒外边过过风！"

黑更半夜的，孩子受得了吗？总算醒了。

"告诉你，现在你奶奶身上带着金子，带着钱来在咱们这儿住着，你管着他们两个点儿，奶奶高兴的时候，你们就在奶奶跟前玩儿，如果奶奶一轰，一不愿意，赶紧把他们俩领走，听见没有？如果你要是把奶奶得罪走了，我把你们几个猴崽子撕巴撕巴喂鹰吃，知道吗？"

孩子睡昏了：

"哎。什么？"

"什么，还没听明白？奶奶身上有金子，别把她得罪走了！"

"我们躲着点儿就是了！"

"睡睡。睡觉吧！"

第二天怎么样？还是那样儿，老太太想吃什么，甭说话，熬鱼、炖肉，反正让老太太吃美了，孙男娣女围着老太太转，老太太一绷脸，大伙儿赶紧躲开。嗬，这下可行了。老太太在这儿住了没有几天，老二知道信儿了。怎么知道的？大孙子跑那儿说去了：

"嘿，我奶奶走了一个多月，身上围了好些个金子回来啦。我爸爸说了，让我们好好孝顺她，别招奶奶生气！"

转天，老二来了，一进门儿：

"妈！"叫完一句，坐在老太太对面了，"哼，妈，您好啊，妈，哼……"

老太太一瞧：

"哎，怎么啦？什么毛病啊？你和谁怄气了？"

"我跟谁怄气呀？我跟我怄气啊！我不欺负人家，人家也不欺负我。我是恨我自己呀！"

"恨自己什么呀？"

"恨什么呀？恨我落了个骂名呀。街坊、邻居、亲戚、朋友谁不骂我呀？同是您的儿女，您怎么就在他家住着，不上我家住啊？"

老太太一听：

"我不去呀？孩子，你那儿连贴饼子都没有哇。嗯，你们还给我熬粥？"

"那是那些日子，现在缓起来啦，走吧您。"

把老太太抢了去啦。抢去才两天，大爷这边又雇车把老太太往回抢，到了二爷家里头一瞧，老太太没了。怎么，让三爷又抢走了！嗬，简短截说，你也抢，我也抢，他也抢，今儿这儿住两天，明儿那儿抢了，好吃好喝好待承，孙男娣女团团转。就这么抢来抢去，溜溜抢了两年半。

这一天，老大找老二、老三商量：

"咱们别这么抢了，让街坊、邻居、亲戚、朋友笑话呀！抢什么呀，咱不就为老太太腰里那点儿东西吗？干脆，开门见山，咱们这样吧，老太太愿意在谁家住就在谁家住，谁家对老太太好，老太太当然明白，即使现在不提，老太太有个百年之后，快死的时候老太太准提。说谁不孝，那些东西就不分给他；谁对老太太孝，不招出话来，老太太一句话不说，那就是咱们仁都好，这东西咱们是三一三十一，分三股。这主意怎么样？"

"对对对，就这样吧，看谁对老太太不孝吧！"

打这儿起，老太太更得劲了，谁敢不孝啊？嗬，这儿吃这个，那儿吃那个，一会儿买蜜橘，一会儿买萝卜，老太太不能吃就给榨汁挤水，特别周到，尽孝，大伙儿都尽孝。可就有一样，哥儿仨妯娌仨虽然这么孝，他们这六个人心气儿一致，盼着老太太——死，还是希望老太太早死。死了一分了事。可是老太太呀，不死，不但不死，身体倒结实了。怎么结实了？这里头有三大原因。头一样儿，七十来岁的人了，想吃什么吃什么，想喝什么喝什么，想吃的东西就能到口，这是结实的头一个原因；第二个原因，儿子、儿媳妇、孙男娣女，围着老太太团团转，说什么是什么，老太太高兴；第三呢？第三更好了，您想想，身上带着四十多斤锡饼子，日子长了也是功夫啊！更结实了！倒不死了。

不死可是不死啊，究竟是老怕春寒秋后暖，过七十岁的人了，处处得注意。老太太那天多吃了点儿肉，吃完了，就觉得心里堵得慌，又喝了两口温吞水，糟了，夜里上了三趟茅房，老太太心里明白：七十多岁的人了，搁不住啦。一会儿我一趴下，照顾不过来，他们把这东西解下来，拆开一看，得，我死在街上都没人管！

第二天一早起来，强挣扎着拄着棍子出去了，干吗？找着街坊的一个小孩儿，给了他一块钱。

"你到什么什么胡同，门牌多少号，叫开了门就说找谁谁谁……"

干吗呀？接老姑娘去了，好让老姑娘想主意啊！

老姑娘不到十点钟就来啦。进来一瞧，好嘛，大爷正往外送医生呢，二爷这儿又接进来两位。大爷请中医，二爷请中、西医，老三呢，老三更甭提了，他请了仨人：中医、西医，额外还有一个"瞧香"的。

这不是倒霉催的吗？

个个都瞧完了。二爷说了：

"嗬，老妹妹也来啦，正好正好。那什么，老妹妹、大爷、老三，你们哥儿仨研究研究吧，给老太太按中医方子抓药，还是按西医方子取药？我马上就去！"

"别别别，先别去，我有儿句话要说，哎，老妹妹你来得正好。"大爷说，"你不来我正要派人接你去哪。今儿个我说几句话，别看我们哥儿仨已经分家另过！可有一节，咱们是亲哥们儿，一父之子，一母所生，一奶同胞，脚蹬肩膀下来的，连老妹妹你也不例外，你们哥儿仨可得帮我点儿忙，别让我落个骂名，我怕落这个。为什么呢？家

化蜡扦儿

103

有长子，国有大臣，我是长门儿子，住家那是老宅子，祖产，住了好几辈儿了。哎，当然老太太在谁家住也没关系，不过有一节，如果老太太有个百年之后，要是落不在我家，我这个长门儿子的骂名担不起呀！没别的，我雇辆汽车去，把妈背到汽车上拉到我家去，听见没有，你们哥儿仨一定得帮我这个忙，你们呢，愿意一块儿去，就去，她们妯娌姐儿仨愿意去呢，也去。我先雇车去了。"

说完，大爷就往外走。嗬，这位二爷稳当，坐在那儿，捋着小胡子，咂着滋味听大爷这些话。大爷说完了刚要走，二爷站起来了：

"嗬，大哥，好！哈哈哈……这话太光明了，太磊落了，好。哈……不行！告诉你，变戏法可别瞒打锣的，甭来这套！接回去？好东西吃进去好消化，再往外吐可就不容易啦！干吗呀？老太太病在我这儿了，这是我小子走运！想弄走哇？休想！就住这儿了！"

老三也急了：

"二哥，那不行啊！我，我们怎么着哇？"

哥儿仨这么一嚷，老妹妹说话了：

"哎，别嚷，听我说，听我说呀！"

"对对对，听听老妹妹的！"

"我说呀，你们不怕人家街坊、邻居笑话吗？你们这么嚷嚷，不就为老太太腰里那点儿东西吗？"

"不能！"

"那……不能！"

"不能什么呀？瞒得了我吗？实话告诉你们，老太太那点儿东西在哪儿存着来的，怎么弄过去的，我都知道。跟你们说实话吧，那是跟着我的嫁妆一块儿过去的！"

这句话倒不错，四十多斤的锡器可不是跟嫁妆一块儿过去的吗？

"老太太留着一手儿，跟着我的嫁妆过去的。这回，老太太非要拿走，我不能留呀，显得我爱财是怎么的？老太太她就给围回来了。你们不就为这个吗？干脆，我出个主意。当然了，儿分家，女有份，是不是啊？应当每人一份儿，我这闺女也得赇受一份儿。哎，甭瞪眼。可是我呢，不要，分厘毫丝我也不要。听明白了，怎么分？我可是要主这个权，我出个主意。你们现在要把老太太接走啊，她病得这样，又这么大岁数，一折腾就完啦。你们是孝啊还是不孝？这么办吧，老太太就在二哥这儿养病。二哥，你去找个箱子，看看四外有毛病没有，如果没毛病，就把老太太的东西解下来搁到箱子里，锁好了，钥匙我拿着，你们哥儿仨贴上封条，就在老太太屋里摆着。老太太要是过几天好了呢？愿意围再给围上……"

干吗说这话呢？还留着活口儿哪，恐怕回头不让围了。那不行，好了还得围上，反正戏法儿就得这么变。

"好了她愿意围再围上。如果她有个百年之后，死了的话，这东西我给分。我怎么分呢？你们谁对老太太多尽孝，谁对老太太好，我是公平交易，应当分大家多少就分多少。我是不要。你们看怎么样？"

大爷一听：

"哎，既是老妹妹不要，这个主意就好。那么找箱子吧！"

二爷说：

"好啦，我这儿有个保险箱子。"

铁的，保险柜，打开。钥匙呢，老姑娘当时就拿过来了，装在腰里衣服贴肉的地方，缝上了。

"行了，行了，就这样吧。哎，你们动手可不行，我给老太太解。"

解不开呀！又怕戏法漏了。

"哎，拿剪子来，铰！"

拿剪子"嘎噔嘎噔"铰开了。

"来来，帮我搭！"

搭着不要紧，搭着露不了。老大、老二谁不想抓一把呀，好掂掂多沉呀。四个人搭起来，咣！往箱子里一扔，好几十斤重。喀嚓一下，锁了。

"哎，老二老三，不是要写封条吗？"

"你们哥儿仨都得写！"

"好好，全写！"

一只箱子，仨封条，一人写一个。写好了，叭！一贴。

"哎，就是这话了，谁给老太太尽孝多，尽孝大，谁就多分，我来主这个权！"

这么一句话不要紧，这哥儿仨接着给老太太治病，看了中医看西医，什么贵重药都用。哎，糟了，怎么？她胡吃啊，不该吃的也吃啊！牛黄清心丸，牛黄安宫丸，全吃，本来就受寒了，再往下一打，干脆说吧，四十多天，老太太死了！这才开始办理后事。

先说老大。大爷怎么样？给老太太置办了一口棺材，什么棺材？

金丝楠挂茵陈里子，盖的是陀罗经被，底下是铺金盖银，光是身子底下就压着这么大七个大金钱，还有这么大七颗珠子。凭他那点儿家当，弄不起了，怎么？这几年花得够瞧的了。这回，他把房子典出去了，典房子发送妈，能说不孝吗？孝！

老二呢，老二也不含糊。当然他不能也买口棺材跟着比了，没这个道理呀！在老二家里办事，搭棚啊。老二家里搭起脊大棚，过街牌坊，钟、鼓二楼，门口立了三根白杉篙，过街牌坊上写仨大字，"当大事"，要搁七七四十九天，隔一天念一棚经，僧道番尼全有，烧的楼库都是纸人穿真衣服，绮霞缎，怎么？老妹妹在这儿瞧着呢！回头怕落个不孝，东西怎么分哪！纸人穿真衣服，孝！没那么多钱，把房子也卖了，卖房子发送老太太！

三爷也可以，三爷讲的是六十四人的杠，换三班，一律剃头穿靴子，对尺穿孝，头里有三丈六的明镜幡，还有骖马、鹰、狗、鸟枪、骆驼、松狮子、松亭子、松鹤、松鹿、松八仙人儿、四堂雪柳、二十四对儿檀香炉，后头有家庙，嗬，阔！老三的房子早卖了，这回怎么办的？借了两千块钱，加一的利，一个月得给二百利钱。您想想，使这么大利的钱发送妈妈，那能说不孝吗？可真够孝的了！

哎，孝可是孝，可就一样，白事办得叫街坊、邻居看着纳闷儿。不是孝吗？哥儿仨、妯娌仨——小孩子甭提了，小孩子不懂——不知道哭！妯娌是外姓人，不哭也没关系；可是这哥儿仨也没有一个哭的，这么大一棚白事没哭的人。哎，除了烧纸上供的时候，那老姑娘哭两声，剩下，没哭的了。这哥儿仨不但不哭啊，反倒是走路腆胸叠肚，和颜悦色，嘴里哼哼唧唧，街坊过去一听，好嘛，《马寡妇开店》，唱上了，谁也不哭。街坊、邻居有多事的：

"咱们问问，也别全问，问一个就是问哥儿仨的了。"一问二爷，"嗬，二爷，这棚事办得露脸啊！"

二爷捋着小胡子：

"哎呀，谈不到露脸，妈妈死了是我们小辈的罪孽深重。"

说着话还若有所思，捋着胡子。

"二爷，听说您钱不富余，把房子卖了，发送妈妈了？"

"房子卖了算什么呀？那是祖产呀，发送妈妈，应该的，尽孝啊！"

"嗯，好好，像您这样尽孝的还真少。有句话我要是说了，您可别不爱听。您，您怎么不哭呀？"

得！这句话一问，二爷当时就掉脸了：

"嗯？哭？什么叫哭哇？我哭什么呀？"

"不是，妈死了？……"

"妈死了，我能哭得活吗？如果我哭死了，老太太哭活了，我就哭。哭不活，哭也没用啊。"

"那也不对呀，您不哭，您怎么每天还这么乐呀？"

"废话，乐？妈死了我……我当然要乐呀，你得说老太太多大岁数了，七十几岁，这叫老喜丧你懂不懂啊？人都奔八十了，死了，这叫喜丧。这是没这规矩，如果有这规矩，我还搭台唱戏呢！这是怎么话说的，跑这儿挑眼来了！明儿你妈死了，也照这样发送算你露脸，算你对！哪儿的事呀！"

得，把街坊给顶回去了，不敢问了。问谁也是这套，都说老喜丧就不哭。要问真不哭吗？没哭。倒头的时候没哭，入殓时候没哭，到出殡那天，请丧盆子了，盆子一摔，无论怎么着也得"哈哈"两声，哎，都没人"哈哈"，根本没哭。盆儿也摔了，棺材也出去了，直到了坟地，下葬以后，入土为安，还没哭！埋好以后，哥儿仨摘下帽子脱孝袍子，连妯娌仨也脱了。大爷这就过来了。老姑娘哪，还挨着坟头坐着呢。

"老妹妹，老妹妹，走了走了，快上车快上车，回家回家！"

老姑娘稳当，坐在那儿说：

"嗯？回家，回我们家了！我这几个月身体也够瞧的了，我得回家休息休息，回我们家了！"

"哎，老妹妹，那哪儿行啊？不能不能，无论如何，也得跟我们回去一趟，有点事儿，办完了你再走，过两天，我们给你道乏。"

"甭说了甭说了，你们不就为那点儿事情吗？去，派个人瞧瞧去，那封条动没动？"

"没动，来的时候我看了，那封条没动过。"

"没动啊，封条没动，那就没我的责任了，钥匙在这儿呢，我给你们钥匙，你们分。我有话得说明白了啊。我说过你们谁对妈妈孝尽得大，那东西谁多分。现在我这么一看，你们仨都孝啊。你琢磨琢磨，卖房子发送妈妈，能说不孝？借加一钱发送妈妈，能说不孝吗？我能向着谁？谁也不向着，你们哥儿仨都孝，你们哥儿仨三一三十一，一人一份。虽说是'儿分家，女有份儿'，但我绝对不要。只要那封条没动，没我事了。钥匙给你们，你们哥儿仨全有份，我一个子儿不要，你们好好分，别打起来！"

大爷一听：

"嗬，老妹妹，女英雄，好人哪好人，高人高人。哎，得得，我们什么话也不说了，我们上车，走了，过两天给您道谢。"

一直回家了。到家，哥儿仨、妯娌仨，眼都直了。到这儿一看这箱子：

"没动，没动！"

封条撕开，拿钥匙开锁，打箱子里往外搭，咕咚往炕上一扔，拆多麻烦呀？哥儿仨，妯娌仨，有拿剪子的，有拿刀子的，喊里咔嚓！往外一倒。大爷一瞧就傻了：哟，一点儿黄的也没有，全是白的。哎，得了，白的也能打点儿饥荒。

"哟，这是银子吗？"

这一说"是银子吗"，三爷机灵："银子，银子！没错儿，银子拿牙咬不动。"

一说"拿牙咬不动"啊，六个人一人抓起一块搁嘴里就是一口，拿出来一瞧：

"哟，四个牙印儿。哎，锡饼子呀？！妈呀妈，缺了德喽。妈，您损透喽！是谁出的这缺德主意噢？要了命喽，活不了喽！"

哥儿仨、妯娌仨哭上没完了。

街坊、邻居一听，这家子什么毛病啊？倒头不哭，入殓不哭，摔盆也没哭，入了土了，回家来倒哭了！这是怎么回事呀？过来劝劝吧！

"哎，你们现在哭什么呀？妈已经死了！"

"哎哟，知道噢，活不了喽，活不了喽！"

"什么活不了啦？您不是说'老喜丧'吗？"

"是呀，老喜丧啊，我们这账怎么还哪？"

噢，哭账哪！

（刘宝瑞述）

珍珠翡翠白玉汤

　　想当初，在元朝末年，朱元璋领着常遇春、胡大海这哥儿几个大闹武科场，后来弟兄失散，他单身独马逃出都城。一路上又冷又饿，人困马乏，好容易找到一座破庙，翻身下马，只觉得头晕眼花，昏倒在地。

　　过了好长时间，从那边来了俩人，这俩人的打扮太惨啦：

头发通年没梳——支棱巴杈，

脸蛋经常不洗——泥儿巴唧，

衣服缺襟短袖——补补巴巴，

腰里系着绳子——疙里疙瘩，

脚下穿双旧鞋——破露碎花，

走起道来带响——踢里踏拉！

嘿，瞧这模样儿！

　　是俩要饭的。前边儿这个姓常叫先弟儿，挎着个破筐子，里边有几块干饽饽、剩饼子。后边儿这个姓郭叫郭莱，夹着半拉破砂锅，里边盛了些杂合菜、剩菜汤子。到庙门口一看，地下躺着一个人，一摸还有气儿，就给搭到庙里去了。找了点儿碎枝乱草，点着了暖暖屋子，驱驱寒气。然后把朱元璋扶起来，盘着腿，让他好缓过这口气儿来。工夫不大，朱元璋迷迷糊糊地被烟熏得苏醒过来了。

　　他还以为跟常遇春这哥儿儿个在一块儿哪，就叫：

　　"常贤弟！"

　　他是叫常遇春哪，这要饭的一听：嗯？我不认识他呀，他怎么知道我姓常叫先弟呢？朱元璋又喊：

　　"过来！"

那个要饭的更纳闷儿啦！咦？我叫郭莱，他也知道！

嘿！看这巧劲儿。

这时候朱元璋一指嘴：

"我饿！"

这俩要饭的一看，这人没病，就是饿。心说：这饿的滋味儿可不好受，我们哥儿俩经常跟它打交道。得啦，只当咱们哥儿俩今天要得少，匀给他点儿吃吧。当时就把砂锅搁在柴火堆儿上，热了热递给了朱元璋，朱元璋是饥不择食，端起来咚咚咚全喝下去了。没想到这半锅剩菜汤子灌下去，出了一身汗，好啦！

朱元璋缓过气儿来，睁眼一看，面前站着俩要饭的，不认识啊。赶紧过去深打一躬：

"二位贵姓啊？"

这俩要饭的一听：嗯？怎么刚吃完了就不认识我们啦！

"我不是就叫常先弟儿嘛！"

朱元璋一看，这不是常遇春哪，就换了个话题，就问：

"二位，刚才给我喝的那叫什么汤啊？"

俩要饭的心说：什么汤啊？杂合菜、剩菜汤儿！俩人一嘀咕："他要问，咱们就给它起个名儿叫'珍珠翡翠白玉汤'，怎么呢？你看这里头有白菜帮子、菠菜叶儿，不是像翡翠吗？这馊豆腐不是像白玉吗？剩锅巴碎米粒儿就是珍珠。"

"对！我们这个叫'珍珠翡翠白玉汤'。"

"好，谢谢你们。"

朱元璋拉马就走了。

过了几年，朱元璋真把元朝推翻了，在南京城他做起皇上来啦，他和其他统治者没什么区别，照样地剥削老百姓。住的金銮宝殿，穿的绫罗绸缎，吃的海味山珍，娶的三宫六院。真是天子一意孤行，臣子百顺百从。他要说煤是白的，谁也不敢说是黑的，他要说傻子好，得！打这儿傻子就连升三级！皇上说话就是金口玉言，谁敢不遵？

朱元璋当了几年皇上，吃喝玩乐老是这么一套，也腻了。有一天，心里憋得慌，老不得劲儿，浑身懒洋洋的，就跟当年在破庙里那个滋味儿似的。随即传旨：

"来呀，叫御膳房给我做一碗珍珠翡翠白玉汤！"

哎，他把那个剩菜汤想起来啦！

太监一传旨，御膳房的大师傅可吓坏了，张师傅问王师傅：

"您知道这汤怎么做吗？"

"不知道。"

"李师傅呢？"

"我也没听说过。我倒知道珍珠上笼蒸，工夫大了能蒸软了。可这白玉和翡翠，怎么下刀切呀？"

这个说：

"叫做咱们就得做，要是不做，那叫抗旨不遵，活得了吗？"

结果几个厨师傅一合计，好死不如赖活着，想法子搪过去得了，挑了几颗大个儿的珍珠，上笼蒸了足有多半天儿，又找了几块儿薄薄的翡翠和白玉，兑了点儿高汤，搁了点儿香菜。央告小太监在皇上面前多给说好话。小太监把这碗汤端上去，朱元璋一看，高兴了，怎么？粉白翠绿特别的漂亮，不但漂亮，用勺儿一碰还叮叮当当乱响哪！

一喝味儿不对，当时就火儿啦：

"这是什么呀？"

"珍珠翡翠白玉汤。"

"胡说！珍珠翡翠白玉汤朕曾喝过，不是这味儿，端回去重做！"

嗬！可把小太监吓坏了，急忙跑回御膳房：

"这下儿可捅娄子了！"

大伙儿赶紧问：

"怎么啦？"

"怎么啦！万岁爷说他喝过珍珠翡翠白玉汤，这个汤不对。"

大伙儿一听：

"得，玩儿完！"

这回不但是抗旨不遵，还得加个欺君之罪，左右活不了。几个人一商量，干脆实话实说，不会做，请万岁另找能人。小太监把这番话回奏上去，朱元璋一想：这些人都是做山珍海味的，也难怪他们不会做，嗯，就不再降罪给他们了！可找这汤总得喝呀！不但自己喝，也得让三宫六院、文武百官都尝尝啊。于是传下圣旨，全国各州城府县、村庄镇店，到处张贴皇榜，找一个叫常先弟的，那个人不知姓什么——两个会做"珍珠翡翠白玉汤"的人。

单说朱元璋当年落难的那个县城里，也贴了好几张。那两个要饭的依然在大街上沿门乞讨。看见衙门口儿对过儿影壁墙上贴了一张告示，围着好些人在那儿看。过去一打听：

"怎么着？哟！在庙里喝剩菜汤儿那家伙做了皇上啦，正找咱们哪，这可得去！"

上前就把皇榜给揭了，看榜的俩公差一看要饭的把皇榜撕了，抓住就要锁。这哥儿俩一叉腰：

"怎么着？难道说给皇上做汤还得锁着去吗？"

嗬，这下儿可把俩公差吓着了：

"哎呀，小人不知，多有得罪，二位……"

二位什么呀？怎么称呼啊？二位要饭的。这不像话呀？二位老爷。什么老爷呀？噢，做汤的，对。

"二位汤老爷！……"

汤老爷！

"……往衙门里请吧。"

俩要饭的说：

"车哪？"

"车……车？您看……这就是县衙门，实在不行，我们哥儿俩把二位背进去得了！"

嘿！

老百姓一瞧：

"哟！怎么大天白日往衙门里背要饭的呀？"

公差把俩要饭的背到班房：

"二位老爷稍候，我们回禀县太爷去。"

这俩要饭的不爱听了：

"什么？管我们叫老爷，管他叫太爷！他是谁的太爷呀？"

"不……这……我们的，是我们的，您二位是老太爷！"

嘿！又长两辈儿！

县官一听：嗬，在我这个地面上把做汤的人找着了，这回可该我升官发财换纱帽啦！赶紧换上新官衣，撩袍端带毕恭毕敬在二堂相迎，抬眼一瞧，哎？怎么给领进俩要饭的来呀？等走近了一看：这俩要饭的，满脸油泥，一身破烂，光俩大脚丫子。公差还那儿指引哪：.

"回禀县太爷，二位老太爷驾到！"

县官一听：啊？谁让你给排的辈儿啊！噢，管我叫县太爷，管他们叫老太爷，合着我爸爸来啦？

就听俩要饭的问：

"咱们几时进京面圣啊？"

啊！还面圣哪！

县官这火儿大了，心说：这俩小子跟我开的玩笑可够劲儿，就冲这模样会做珍珠翡翠白玉汤？到那儿他说不会，得！我是欺君之罪；如果不带他俩去见驾，皇上要是知道了，我是隐瞒不报，唉，也活不了。这怎么办哪？干脆这俩罪名我全不担：

"来呀！把他俩给我锁上，押解进京面圣。"

哎，给锁进南京去了！

这一天，朱元璋接到了奏本，心说：还真找来了！随即传旨召见。县官锁着这俩要饭的来到金殿，知县跪在丹墀三呼万岁，他官职太小，这地方轮不到他来，吓得他浑身颤抖，体似筛糠，净剩哆嗦啦。偷眼一看：这俩要饭的冲着皇上笑嘻嘻地在那儿直点头儿。心说：这是怎么回事啊？朱元璋一瞧，正是当年在破庙里救自己的那俩人。心里暗暗埋怨县官：你真糊涂啊，怎么不给他俩换件衣服再来见我呀！让文武百官一看，我当初跟要饭的在一块儿混！那多寒碜哪？于是就说：

"两位爱卿，为何装作如此打扮呢？"

问为什么装这样哪？

这俩要饭的也回答得好：

"我们什么模样啊，不是老这样吗？"

哎，老这样！

接着又说：

"不过现在多混上了一挂铁锁链子。"

朱元璋赶紧借题发挥喝骂县官：

"哇！糊涂的东西，竟敢把朕聘请来做汤的人给上了刑具，真是胆大妄为，推出去，斩了！"

俩要饭的一想：别这么便宜他呀！就跟皇上说：

"万岁开恩，饶他一死，把他留在我们哥儿俩手底下，当个做汤买作料的小伙计得了。"

嘿！他俩把他留下啦！

朱元璋一听就答应了。拨银五百两，另设御膳房，制作"珍珠翡翠白玉汤"二百份，三天后要大宴群臣。

三人领旨下殿，来到新布置的御膳房。县官赶紧就跪下了：

"谢谢两位老太爷的救命之恩。"

"得了，甭谢了，拿钱买作料去吧！"

"是，请您二位吩咐，遵奉着圣上的旨意，凭借二位老太爷的神威，下官这点儿小小的才能，无论买什么东西，我都能够买到精而又精、好而又好的绝妙上品。当好了这份差事，还望能得到主子的隆恩和二位老太爷的栽培，把下官往上升这么个四级五级的就行了。"

"啊！"俩要饭的一听就乐了：好嘛！刚顾过命来又想升官发财呀！

"别废话了，赶紧买东西去！"

"是是。"

"去，买它五百斤糙米，四百块儿豆腐，三百斤白菜帮子，二百斤烂菠菜，十斤大盐，五斤沙土，半斤锅烟子，二十挑儿刷锅水！"

"啊？这……您买这些玩意儿干吗呀？"

"少说废话，让你买什么，就买什么，少买一样皇上喝着不对口味，拿你是问。滚！"

哎，给轰下去啦！

没半天儿工夫都预备齐了，可就是白菜帮子跟刷锅水它……买不着啊！后来县官儿没办法，就挑着挑子，背着个筐子，到各个饭馆儿、菜铺儿去捡白菜帮子，倒刷锅水！

两天，都办齐了。俩要饭的一瞧："这哪儿行啊！菠菜不烂，豆腐也不馊，皇上吃了要是不合口味，怪罪下来可唯你是问。"县官一听吓坏了，赶紧跪下磕头：

"二位老太爷，您给想个办法吧！"

俩要饭的说：

"明天皇上就要大宴群臣了，你买这材料不适用，咱们人手又少怎么办呢？"

县官说：

"不要紧，打原来的御膳房调过三个厨师傅来不就得了吗？"

这三位厨师傅一听是调去做"珍珠翡翠白玉汤"，嗬，这份儿高兴啊！

这个说：

"这回咱们得好好跟人家学一学。"

那个说：

"对，别让这个手艺失传喽！"

哎，还怕失传了哪！

俩要饭的一看人都来了，说：

"咱们一块儿做'珍珠翡翠白玉汤'吧！来，你们俩焖饭，记住！米可别洗，一洗就走了原味了！焖得了，上头的饭不要，就要底下的糊锅巴。"

这个厨师傅纳闷了；

"这干什么用啊！"

那个说：

"少说话，咱们不是学能耐来了嘛！"

"哎，哎！"

又指着县官：

"你也别闲着，把这豆腐倒在刷锅水里泡，然后下手抓！……"

"抓？……"

"都抓碎了，再把它搬到太阳底下晒，晒冒了泡儿为止。"

"是。"

御膳房还有一个厨师傅呢！

"你过来帮我们哥儿俩择菠菜，把那好的全扔了，把那烂的都留下！"

嗯？这么一吩咐，大伙儿全糊涂了！

干吧，连夜地加工啊，天也快亮了，这县官跟三个厨师傅冲着这些个烂菠菜、糊锅巴、白菜帮子、馊豆腐——发愣！等太阳一出来晒得这几桶刷锅水直泛味儿，三个厨师傅就问县官：

"这位大人，咱们什么时候做这'珍珠翡翠白玉汤'啊？"

县官没好气儿地说：

"别问我，问那二位老太爷去！"

俩要饭的一听就接过茬儿来了，一指这桶：

"'珍珠翡翠白玉汤'不就在这儿吗，十成已经完成了七成半啦，就等着皇上吃完了咱们领赏吧！"

大伙儿一听：还领赏哪！不发配出去就是好事儿。就这烂菜糊饭臭汤还大宴群臣呢！好家伙，等着吧！碰巧了就许抄了家。

就瞧这要饭的从桶里舀了点儿汤，尝了尝：

"嗯，行，还差不离！"

那个由桶底下捞了点儿碎豆腐，搁嘴里一吧嗒：

"好！够味儿！"

够味儿？

过来一拍县官的肩膀：

"这豆腐是你的手艺，我们哥儿俩一定启奏皇上说这汤是你做的，让你升官发财！"

县官一听：

"老……老太爷您饶了我吧！"

御宴时候将到，俩要饭的叫厨师跟县官把几桶菜重新回锅，一人拿一根儿擀面杖在锅里和弄，把盐倒在锅里头，又掺上几把沙土，尝尝不够牙碜，再来点儿！

这个说：

"颜色不够深哪？"

那个说：

"锅烟子哪？"

哗！一大包锅烟子倒到锅里头了。两人随添作料随着尝，随着搅和。等到作料添齐了，锅也烧开了，汤也搅匀了，这屋里也待不住啦！

怎么？又酸又臭啊！就听俩要饭的说：

"好啦，赶紧盛！往上端！"

嗬！

这天，皇宫内院悬灯结彩，布置得富丽堂皇。皇亲国戚、文武百官早在三更多天就来在午朝门外，净等着喝万岁爷赏赐的这碗"珍珠翡翠白玉汤"啦！

这个说：

"年兄，据小弟所知，此汤用龙肝凤髓，山珍海味，穷天下之奇珍异宝，九熏九炼，方能制成，实在其妙无比呀！"

那个说：

"这'珍珠翡翠白玉汤'非同小可啊！想当年家父受皇恩曾尝此味，回家时连连夸赞，今日我等蒙此隆恩，真乃福分非浅，祖上有德呀！"

还有德哪！

有一个说得更有意思啦：

"各位，实不相瞒哪，为这碗儿'珍珠翡翠白玉汤'，从昨天早上我就开始绝食啦！"

嗻！

御宴开始，小太监是一字长蛇阵排成一行，每人手里全捧着个描金朱盒儿，里边都是官窑定烧的盘龙小碗儿，碗里头盛的就是这个珍珠翡翠白玉汤！

大伙儿一瞧，这小太监真规矩极了，一个个都斜着身儿，扭着脸儿（学），不敢看这个汤。

头一碗先端到皇上面前，朱元璋一闻：嗯？怎么又酸又臭啊？

那能不酸臭吗？！

熏得他一劲儿恶心。哎。当年在破庙里喝这个汤的时候，怎么那么舒服呀！所以老惦记着再尝一次，今天怎么会觉着是这种味道呢？噢，怪不得人们常说"饿了吃糠甜如蜜，饱了吃蜜也不甜"哪！当初我是饿急了，可今天这汤怎么办哪？又一琢磨：这汤可是我找人做的，对！今天我得喝！不但我喝，让文武百官也陪我一块儿喝！

嘿！

满朝文武等这汤端上来一看，啊？这是谁出的主意呀？就这臭菜汤子还大宴群臣哪，这俩做汤的非千刀万剐不可呀，看皇上如何发落吧。

朱元璋往下一看可就恼了，心说：噢，你们就会跟我享福啊？得啦！今儿咱们一块儿尝尝吧！往起一站，说：

"众家爱卿，来！随孤家一同共饮'珍珠翡翠白玉汤'！"

一扬脖儿，一憋气儿，咕咚咕咚他先灌下去啦！大伙儿全吓愣了。

"年兄！"

"年弟！"

"啊，皇上他喝了！"

"那咱们也喝吧！"

赶紧端起来，跟着也往下灌，有的被这股子酸臭味儿勾引得差点儿吐出来，可当着皇上又不敢吐，怕有失仪之罪。没办法，憋着气儿一口一口地往下咽。甭管怎么样，大伙儿总算把这一小碗儿汤对付下去了。全冲着皇上亮亮碗底儿，那意思是：我们可喝完啦！

朱元璋一看，哈哈大笑：

"众家爱卿，孤家找人做的这'珍珠翡翠白玉汤'，滋味如何？"

大伙儿都恶心得说不出话来，只好伸出双手，高挑拇指，表示赞美。

朱元璋一看，忙说：

"既然如此，来呀！每人再赐两大碗。"

啊！受得了吗？！

（刘宝瑞述）

连升三级

今天说的这个故事，是明朝时候的事儿。

在山东临清有一家财主，家里有一个少爷，叫张好古。从小就娇生惯养，也没念过书。长大了，吃喝嫖赌，无所不为。天天儿吃饱喝足，提笼架鸟，满街遛。因为这个，大家伙儿都管他叫"狗少"。

有一天，张好古走在街上，看见一个相面的，围着一圈子人。他想看一看，刚往那儿一站，相面的一眼就看见他了，知道他是狗少，想要奉承他几句，蒙两个钱。假装看了看他，说："这位老兄，双眉带采，二目有神，可做国家栋梁之材。看阁下印堂发亮，官运昌旺，如要进京赶考，保您金榜题名，到那时我给您道喜。"张好古要是明白，当时能给他一个嘴巴。因为他不认字啊，连自己的名字都写不上来。上京赶考？拿什么考呀？可是他这狗少的脾气没往那儿想。他想："我们家有的是钱啊，要想做官那还不容易吗？"他不但不生气，反倒挺高兴，说："准能得中吗？""绝不奉承！保您得中前三名！""好！给你二两银子。真要中了，回来我还多给你。要是中不了，回来我可找你没完。"相面的心里说：等你回来我就走了！

张好古回到家里，打点行囊包裹，带了些金银，还真上北京赶考来了。他也不想想，你连自己的名字都不会写，就赶考？这不是浑吗！可是遇见那样社会就有那样事情。他动身那天就晚了，赶到北京正是考场末一天。等到了西直门，城门早就关了。事也凑巧，正赶上西直门进水车。明、清两代的皇上，都讲究喝玉泉山的水，叫老百姓半夜里由城外头往进拉水，还得是当天的。水车一到，城门开了。张好古也不懂啊，骑着马跟着水车就往里走，看城的也不敢问他，以为他是给皇上押水车的哪，就这样他进来了。

　　进了城，他不知道考场在哪儿，骑着马满处乱撞，走到棋盘街，看见对面来了一群人，当中间有个骑马的，前边有俩人打着气死风灯——这是九千岁魏王魏忠贤下夜查街。张好古这匹马眼神一岔，要惊，他一勒丝缰没勒住，这马正撞上魏忠贤的马。要搁在往日，魏忠贤连问都不问就给杀了，因为他是明熹宗皇上最宠信的太监，有先斩后奏的权力。今天魏忠贤想问问他，一勒马，说："你这小子，闯什么丧啊？"张好古也不知道他是九千岁啊！说："啊！你管哪！我有要紧的事。""嗬，猴儿崽子！真横啊！有什么要紧的事？""我打山东来，我是上京赶考的，要是晚了进不去考场，不就把我这前三名耽误了吗？""你就知道你能中前三名？""啊！没把握大老远的谁上这儿来呀？""现在考场也关了门啦，你进不去呀！""进不去我不会砸门吗？"魏忠贤一想，他就知道他能得中前三名，准有这么大的学问吗？不能！这是大话欺人，他这是拿学问唬我哪。随着说："来呀！拿我张片子，把他送到考场去。"魏忠贤要看看他的学问怎么样。可是魏忠贤也浑蛋，你要看看他的学问，你别拿片子送他呀，你就叫他自己去得了。他这一拿片子，张好古倒得了意啦，本来他不认识考场，这一来有了领道儿的了。

　　差人带着张好古来到考场，一砸门，把片子递进去。两位主考官看是魏忠贤的片子，赶紧都起来了，这个就说："这人是九千岁送来的，一定跟他有关系，咱们可得把他收下！"那个说："不行啊！号房都满了。""满了咱们也得想办法呀！你想九千岁黑更半夜送来的人一定是他的亲戚。依我说，赶紧给他腾间房。实在不行，哪怕咱们俩人在当院蹲一宿哪，也得把他留下。""好吧！那咱们就在当院蹲一宿吧！"这叫什么事！两位主考官把张好古让进来以后，他们俩人又嘀咕上了。那个就说："咱们给他送题去。"这个说："别去！咱们也不知道他温习的什么书啊，咱们要是给他一出题，他要做不上来，这不是得罪九千岁吗？""那么怎么办哪？""怎么办哪？这不是有卷子吗？干脆我说你写！"嘿！他们俩人全给包办了！写完了一想："这要是中个头名那可太下不去了，得啦！来个二名吧！"张好古一个字没写，弄个第二名！

　　到了第三天，凡是得中的人，都得到主考官家里拜老师，递门生帖。全去了，就是张好古没去。他不懂啊！两位主考官又嘀咕上了。这个说："张好古太不通人情了，虽然他是魏王送来的，要没有咱们哥儿俩关照他，说死他也中不了啊。怎么着？现在得中了，连老师都不拜，这也太不通人情了。""别那么想，咱们得冲着魏王。你想魏王黑更半夜拿着片子把他送来，这一定是魏王的亲支近派。将来他要是做了官，咱们还得仗着他关照咱们哪。他不是没来吗？没关系！咱们不会看看他去吗？"这倒不错，老师拜徒弟，倒了个儿了！

两位主考官见了张好古。说："那天要没有九千岁那张片子，这考场你可就进不来了。"张好古也不知道哪儿的事啊，就含糊着答应。等他们俩人走了以后，一打听，才知道九千岁是魏忠贤。心里说：哎呀！要没有这张片子，考场就进不来了。他可没想他不认字！又一想：我得瞧瞧九千岁去！买了很多的贵重礼物，到了魏王府，把名片、礼单递进去。魏忠贤一看名片，不认识。有心不见吧，一看礼单，礼物还很贵重。说："叫他进来吧。"张好古进去一说："那天要不是九千岁拿片子送我，我还真进不了考场。也是王爷福气大，我中了个第二名。"魏忠贤一愣：啊！真有这么大的学问？怪不得那天说那么大的话哪！既然有这么大的学问，将来我要是面南背北之时，这人对我有很大的用处啊。当时吩咐设摆酒宴款待。张好古足吃一顿，吃饱喝足，告辞，魏忠贤亲自送出府门。这下子，北京城哄嚷动了，文武百官都知道了，大家纷纷议论："咱们不论多大的官，谁进魏王府拜见也没送出来过呀？怎么新科进士张好古去了，魏王亲自送到门口哪？"那个说："他是魏王的亲支近派。""看九千岁把他送出来的时候，还是恭恭敬敬的，说不定张好古许是魏王的长辈。""既然是魏王的长辈，咱们应该大伙儿联名，上个奏折，保荐一下。将来他要做了官儿，一定对咱们有很大的关照。""对！"大家联名保荐新科进士张好古，说他有经天纬地之才，安邦定国之志，是国家的栋梁。皇上一听，说："既然有这样的人才，应该入翰林院啊。"他又入了翰林院了！

到了翰林院，这些翰林都知道他是魏忠贤的人，又听说他是大家联名保荐的，大伙儿谁敢不尊敬他呀？有写的东西也不让他写，不但不让他写，大伙儿写好了，反倒给他看："张年兄！您看这行吗？""行！很好！很好！"就会说这么一句。不管人家问什么，都是"很好！很好"，就这句话他愣在翰林院混了一年。

转过年来，魏忠贤的生日，文武百官都送很贵重的礼物。张好古除去送了很多贵重礼物之外，他打四宝斋纸店又买了一副对联，可没写，拿着就进翰林院了。大伙儿一瞧，说："张年兄，这是给魏王送的寿对儿吗？""是啊！"大伙儿打开一看。说："哟！没写哪？""可不是吗。"大伙儿说："您来了一年多了，我们就没看您写过字，想不到今天我们要瞻仰瞻仰您的墨宝。""不！你们写得很好，还是你们给我写吧。"大伙儿彼此对推，谁也不写，其中有一个人聪明。心里说：张好古别是不认字吧？当时他眼珠儿一转。说："我写！"就编了一副对子，大骂魏忠贤，说魏忠贤要谋朝篡位。写完了说："张年兄！您看行吗？"张好古一看说："行！很好！很好！"还好哪！

这一天，张好古拿着礼物给魏忠贤去拜寿。魏忠贤把礼物收下，把对子挂上，还没看明白什么词儿哪，皇上的圣旨、福寿字也到了。魏忠贤摆香案接圣旨去了。所有来拜寿的文武百官都看见这副对子了，可是谁也不敢说，因为魏忠贤这人脾气不好。比如，有人骂他，你要一告诉他，说："某人骂您哪。"他一听："噢！他骂我？杀！——他骂我他一个人知道啊，现在你也知道了，一块儿杀！"您想这谁还敢告诉他呀！就这样，这副对子溜溜儿地挂了一天，魏忠贤愣没看出来！

又过了几年，换了崇祯皇帝，在魏忠贤家里翻出来龙衣、龙冠，魏忠贤犯罪下狱，全家被斩，灭门九族，所有魏忠贤的人一律杀罪。就有人跟皇上说："翰林院有个学士叫张好古，也是魏忠贤的人。"皇上说："那也得杀！"旁边有一个大臣跪下了，说："我主万岁，张好古不是魏忠贤的人。"皇上说："怎见得呢？""因为某年某月某日魏忠贤办生日，张好古送给魏忠贤一副对子，那词句我还记着哪。上联：'昔日曹公进九锡'，下联：'今朝魏王欲受禅'。他拿魏忠贤比曹操啦！说他要谋朝篡位，这怎么能是魏忠贤的人哪？"皇上说："那不是啊！""不但不是，这是忠臣啊！""好！既是忠臣，死罪当免，加升三级。"

一群浑蛋！

（刘宝瑞述　孙玉奎整理）

对口相声

八扇屏

甲　您是？

乙　哦，我是相声演员。

甲　噢？相声的演员？

乙　对啦！

甲　我跟您不一样。

乙　那您是？

甲　我是文人。

乙　您是什么？

甲　文人哪。

乙　文人？哼哼，这我还真不理会。

甲　不理会吗？

乙　对啦。

甲　我没"闻"过您吗？

乙　哎……对啦，独让你"闻"哪？什么叫"闻我"呀？

甲　文人墨客。

乙　这对。

甲　每天我要读读书啊，阅阅报啊。

乙　学习嘛。

甲　操操琴哪，舞舞剑哪。

乙　好！

甲　作作诗啊，尿尿炕啊。

乙　啊？

甲　这个……写写账。

乙　他差点儿把实话说出来。

甲　啊，写写账。

乙　这写账也是您的工作呀？

甲　那当然啦！每天我要算一算我的收入多少，支出多少，能不能保持平衡。

乙　生活有计划。

甲　还经常到公园游玩游玩。

乙　哦，您喜欢到公园去玩儿去。

甲　对。这话在三月份吧！我还到北海去游玩。

乙　噢，您到北海玩儿去啦！

甲　游玩哪。

乙　哎？什么叫"游玩哪"？您说玩儿去不就得啦？

甲　您不知道，因为我这个人说话就爱走大音。

乙　你那么说多别扭？

甲　到北海去游玩儿。

乙　哎，游玩儿！

甲　那天的天气还是比较好，响晴白日！

乙　是啊。

甲　有点儿小风儿。这个风嘛，也不大。

乙　够几级风？

甲　也就在一二级左右。

乙　哎，不大。

甲　哎呀，我一看这个风景啊，非常的优美。

乙　是啊。

甲　我一看这个河水，也是非常的清亮。

乙　噢。

甲　当时我一看这河水这么清亮，我一高兴啊！

乙　怎么样？

甲　我就洗了个"枣"。

乙　哦……啊？

甲　洗"枣"……

乙　别说啦！要把你淹死怎么办呢？

甲　洗"枣"怎么能淹死人呢？

乙　怎么淹不死？北海那儿水深着呢，你脱了衣服下河里洗澡去，会淹不死你？

甲　冲你这么一说呀，你这个人一定没洗过"枣"。

乙　我怎么没洗过澡？

甲　洗"枣"我脱衣服干什么呢？

乙　废话！你不脱衣服怎么洗呀？

甲　我洗"枣"你懂不懂？

乙　懂啊。不就是脱了衣服，下河里头，洗澡去嘛。

甲　不，洗"枣"。

乙　你怎么个洗澡啊？

甲　就是地下有一个枣，我把它捡起来，到那儿洗了洗，然后我把它给吃啦！

乙　洗"枣儿"啊？

甲　啊，洗"枣"。

乙　咳，那得说洗"枣儿"。

甲　我已经跟您说了，我这个人说话就爱走大音嘛。

乙　你走大音？可吓我一跳呢，我还直怕把你给淹死哪。

甲　这是笑谈。

乙　别取笑。

甲　我那天确实是很高兴。河水是非常的清亮。这个小风刮得河水是一层一层的波浪。

乙　是啊。

甲　当时我一看这河水一层一层的波浪，我的诗兴大发。

乙　噢，你作了一首诗。

甲　作诗的时间来不及啦。

乙　那你作什么呢？

甲　当时我灵机这么一动，我就写了一副对联。

乙　哦，作了一副对子。那你这个对子以什么为题呀？

甲　以这个"风、水"为题。

乙　好！这对子你怎么作的？

甲　干什么？

乙　你念一念，我向你学习学习。

甲　念一念？在哪儿念？

乙　就在这儿念啊。

甲　在这儿念？这儿可不能念。

乙　怎么？

甲　这是什么地方？

乙　这是娱乐场所呀。

甲　娱乐场所，读书人之多，识字人之广，倘有一字说差，岂不被大家耻笑，我学生便如何是好呢？

乙　这是什么鸟叫唤哪？

甲　你看，要是大家耻笑我，那可怎么办呢？

乙　没关系，耻笑你呀，我替你兜着。这还不行吗？

甲　那我就给您念一念。我这个对子是以"风、水"为题。

乙　是啊。那您这个上联是怎么作的呢？

甲　上联是：风吹水面层层浪。

乙　哎，还真不错呀。呵呵！

甲　见笑，见笑。

乙　哎呀，哪里，哪里！您这个下联是什么呀？

甲　这是献丑啊，献丑！

乙　您太客气啦！那您这个下联儿是？

甲　惭愧，惭愧！

乙　您太谦虚啦！那您这个下联儿是？

甲　真是粗……

乙　你还有完没完啦？干什么呀？

甲　向您表示谦虚嘛！

乙　您甭谦虚啦！我问您哪，这个下联儿是什么呀？

甲　"风"就是刮"风"的那个风。

乙　哦，我没问这个"风"。我问您啊，下联儿。

甲　"风"的下边嘛，那就是"吹"。这个"吹"嘛，就是"口"字边，这边一个"欠债"的"欠"字。

乙　这个我认识！

甲　噢，这个认识？

乙　我问您哪，下联儿？

甲　下面就是"水面"，这个"水面"嘛，就当表面来讲。

乙　对，这我懂！

甲　哦，这个也明白！

乙　我问你呀！下联儿？

甲　再下边儿就是"层层"！

乙　他没有下联儿吧！

甲　这个"层层"嘛，当然就不是一层两层，而是很多——"层层"！

乙　对对，我知道这个。我问你呀！下联儿！

甲　紧下边儿就是"浪"。

乙　他是没下联儿。

甲　"浪"嘛，就是三点水加……什么意思？

乙　我问问你：就像你这样的文人，家里住那房子也安着门呢吗？

甲　这什么意思这是？那当然有门啦！

乙　哦！也有门。你们家的门，有门框没有？

甲　没有门框，那门往哪儿安呢？

乙　哦，也有门框！那比方说过节的时候，你们家贴对子，这边儿
　　上联儿你贴的是"风吹水面层层浪"，那么这边儿下联儿你贴什
　　么呀？

甲　哦！明白你的意思！

乙　明白啦？

甲　你说嘛，两个门框，这边贴上"风吹水面层层浪"。

乙　哎！

甲　这边儿贴什么？

乙　对！对子得有上下联儿啊！

甲　要不怎么说你这个人，脑筋太简单呢。

乙　哦，怎么？

甲　这个对子是死的，你这人是活的呀！你可以再写一张，再贴到这
　　边呀！那也没有什么关系嘛。

乙　咳！俩"层层浪"啊！

甲　仨也照样贴呀！

乙　没听说过！你那怎么念呢？

甲　我教给你呀！按我这么念：上联把音压下去！下联把韵挑起来。
　　你这么一听，它就是对子上下联儿啦！

乙　怎么念呢？

甲　上联儿是——"风吹水面层层浪"。

乙　下联儿呢？

甲　下联儿是——"风吹水面层层——浪"！

乙　呵呵！那横批？

甲　风吹水面！

乙　就这个呀？你什么文人哪？你纯粹是"捡枣儿"的！我认识你！我跟人各位一说，人就明白啦！不错！前些日子，他还真上北海玩儿去啦！明着是玩儿去呀，暗含着就是捡枣儿去啦！净听说那金丝蜜枣挺好吃的，可是没尝过。一想怎么办呢？哎！北海那儿游人多，保不齐那儿有掉枣的！如果有掉的呢！好捡起来尝尝，明儿个好跟别人说去！他正在河边那儿转悠哪！可巧前边有两个人，拿一大包子枣儿，人家是一边走一边吃。有一个人一看，那水波刮得挺好看的，就跟他旁边儿的这个人说："嘿，你看啊！真是'风吹水面层层浪'啊！"旁边儿那人一听，"哎，好！你这一句话呀，够个对子上联儿，咱给记下来吧！"哎，人家呢，就拿笔给记下来啦！不是人家记下来了吗？他在后头，他也给记下来啦！那个人说："你看，咱们有上联啦！还没下联呢，那多不好啊！我呀，再给你对个下联儿。"刚要对下联儿啊，一看手里拿那枣儿是坏的，人家一瞧是坏的就不吃了，"啪"一下子就给扔啦。他一看，这机会可来了，撒腿就追！等捡起这枣儿来了，没法吃。怎么？掉泥里头啦！那怎么办呢？他也有主意，他就上河边那儿去啦！干吗去啦？哎，就上那儿洗"枣"去啦！等洗完了这"枣"，吃完了，坏啦！人家那下联也念完了，他没听见。这合着你就拿一上联儿这儿唬我来了，是不是？那哪行啊？常言说得好啊！"天不言自高，地不言自厚，人不言自能，水不言自流！金砖何厚，玉瓦何薄？"自大念个"臭"！懂吗？哼！知道我是干什么的吗？

甲　演员哪。

乙　哎，对了。演员的肚是杂货铺，你买什么我这儿有什么。唬别人行啦！我呀？你差点儿。我说你可不能白说。今天呢，我要给你对上一个下联儿来。你记住啦，明儿哪，好再唬别人儿去！听见没有？

甲　好！

乙　那么你那个上联儿是什么呀？

甲　"风吹水面层层浪"！

乙　哦！上联有"风吹"，下联儿？我给你对"雨打"，对子嘛，嘿嘿！我给你对"雨打沙滩万点坑"！听明白没有？

甲　听明白啦！

乙　记住了吗？

甲　记住了。

乙　好！捡枣儿去吧！别这儿起哄啦！什么"文人"呢？真是！

甲　哎呀，您真是高才呀高才！

乙　哈哈，岂敢，岂敢。

甲　都说相声演员没有多大学问。

乙　哎，那是他们。

甲　您是不然。

乙　啊？

甲　您可称得起是乱石之中，有您这么一块无瑕的美玉。

乙　哎哟，不敢当，不敢当！

甲　乱草之中会有您这么一棵灵芝。

乙　啊，过奖，过奖，哈哈！

甲　这狗食盆子里头儿，会有您这么大块儿的坛子肉啊。

乙　您太……那我还是狗食啊！你这是夸我吗？

甲　夸你？我为什么要夸你呀？

乙　给你对上下联儿来啦！

甲　对上下联儿？你这下联儿怎么对的？

乙　"雨打沙滩万点坑"啊！

甲　"雨打沙滩万点坑"？怎么个讲法？

乙　当然有讲啦！

甲　你说说。

乙　我说下雨呀，下了一万个点儿，下到沙滩上了，把这沙滩呢，砸了一万个坑，这不叫"雨打沙滩万点坑"吗？

甲　哦，下雨？下了一万个点儿，你数着来着？

乙　我？没有。

甲　那你怎么会知道下一万个点儿呢？它就不许多下点儿？它就不许少下点儿吗？它就不许下九千九百九十九个点儿吗？它就不许下一万零一个点儿吗？怎么那么寸，就下一万个点儿呢？这一万个点儿全下沙滩上啦？

乙　啊。

甲　马路上没有？

乙　啊……没有。

甲　石头上也没下着？那么这雨点儿下到石头上没砸坑那怎么办呢？这得请石匠现凿？

乙　那多麻烦哪。

甲　那么这雨点儿要下到你脑袋上呢？那也得现钻眼儿？

乙　那我脑袋就成漏勺啦！

甲　那什么叫"雨打沙滩万点坑"？

乙　它这不比你没有下联儿强得多吗？

甲　你怎么会知道我没下联儿？

乙　那有下联儿，你怎么不念呢？

甲　还没容我念，我这儿刚想解释解释，你瞧这份儿催！下联儿，下联儿！我听见啦，我不爱理你！你知道不知道？

乙　那这么一说，你有下联儿？

甲　当然喽！没有下联儿能跟你这儿说来吗？

乙　那你这下联儿是什么呀？

甲　我这下联？唉，跟你那个也差不多。

乙　噢，一个样？

甲　一个样啊！那还说什么？当然是不同。

乙　那你这是？

甲　我这下联是"雨打沙滩点点坑"！

乙　"雨打沙滩点点坑"？我对的是"雨打沙滩万点坑"。

甲　一个样吗？

乙　哦，差着一个字儿不咧！

甲　嗯？一个字儿不咧？这一字入宫门，是九牛拽不出啊。比如说人该你十块钱，还你一块钱行不行？

乙　那哪儿行啊？

甲　哎，一个字儿不咧。

乙　那不成！还差九块呢。

甲　还是的，那你这叫什么"雨打沙滩万点坑"？你对错了对子，我还不恼你，你瞧刚才这一大套——"什么文人？纯粹是捡枣儿的！"你怎么知道我是捡枣儿的？

乙　我瞧你像，哼！

甲　瞧我像？我这錾着字呢？"捡枣儿的"？啊？您听这一大套！又什么"天不言自高"啊，"地不言自厚"啊，"人不言自能"啦，"水不言自流"！什么什么"金砖何厚，玉瓦何薄"？你这什么乱七八糟的。啊？又"自大念个'臭'"！那对吗？

乙　怎么不对呀？

甲　自大念个"臭"，自大一点儿才念个"臭"呐！你那点儿哪儿去啦？

乙　我那……点儿，不下到沙滩上了吗？

甲　像话吗？还又是"演员的肚杂货铺"？

乙　对，对。

甲　你那是杂货铺吗？

乙　啊，杂货铺。

甲　大杂货铺，小杂货铺？

乙　这个……小杂货铺。

甲　来包火柴！

乙　没有。

甲　买盒烟卷儿。

乙　不卖！

甲　卖什么？

乙　什么也不卖！今儿盘货。

甲　对对子的规矩，你都不懂！有数对有数，无数对无数啊。如果说现在的上联是"千层浪"，你下联可以对"万点坑"。我上联是"层层浪"，你为什么要对"万点坑"？啊？知道再对，不知道别胡对！那常言说得却好！你"知之为知之，不知为不知，是知也；不患人之不己知，患不知人也！求为可知也"！

乙　您听吧，他又来劲儿啦！

甲　完不了！我越想越生气，我有心打你一通吧！

乙　什么？打人？

甲　我……我又怕打不过你。

乙　你这不废话吗？

甲　我有心骂你。

乙　你敢骂街？

甲　有失我学生的身份！不打你，不骂你，难解我心头之恨，完不了。

限你三分钟，你要答复我！否则的话，我在你这儿抽风！

乙　别价！

甲　我还说抽就抽。

乙　哎，先生？你怎么真抽啊？

甲　完不了！我就问你什么叫"雨打沙滩万点坑"！

乙　您说我招谁惹谁了我？没法子，说几句好话呀，我给他央告走也就算完了。嘿嘿！

甲　完不了！

乙　你吓我一跳！您哪，消消气儿，别跟我一般见识！我这人呢，不会说话，您就拿我当个小孩子！

甲　啊，等会儿！你说你是什么？

乙　我就是个小孩子？

甲　"小孩子"？哼哼！你比不了！

乙　这"小孩子"我怎么比不了呢？

甲　那是一位古人。

乙　古人？我不知道。

甲　不知道？那好！我说说，你听听，在想——当——初——

乙　什么叫"想当初"？

甲　就是——不是现在的事情。

乙　哦，过去的事儿啦！

甲　大宋朝文彦博，幼儿倒有浮球之智；司马温公，倒有破瓮救儿之谋；汉孔融，四岁让梨，懂得谦逊之礼；黄香九岁温席奉亲；秦甘罗，一十二岁身为宰相；吴周瑜，七岁学文，九岁习武，一十三岁官拜水军都督，执掌六郡八十一州之兵权，施苦肉、献连环、借东风、借雕翎、火烧战船，使曹操望风鼠窜，险些命丧江南。虽有卧龙、凤雏之相帮，那周瑜也算小孩子当中之魁首。我说的这几个小孩子，阁下您比哪位呀？

乙　哪位我也比不了啊！对啦，你净说那好的啦！那尿炕的你一个没提呀？

甲　你说什么叫"雨打沙滩万点坑"？

乙　我没跟您说吗？别生我的气！我这人呢，什么都不懂，我就是这么一个粗鲁人。别跟我……

甲　你说你是什么？

甲　"粗鲁人"？你比不了！

乙　怎么这"粗鲁人"我也比不了啊？

甲　那又是一位古人。

乙　我不知道。

甲　不知道？那好。我说说，你听听，在想当初——

乙　还是过去的事儿。

甲　唐朝有一位粗鲁人。此人复姓尉迟，单字名恭，号敬德，保定阳王刘武周，日抢三关，夜夺八寨。自秦王夜探白壁关，敬德月下赶秦王，打三鞭、还两铜，马跳红泥涧。自降唐以来，征南大战王世充，扫北收复皮克能！跨海征东，月下访白袍。唐王得胜，班师回朝。那尉迟恭因救白袍，在午门外拳打皇亲李道宗，打掉门牙二齿。唐王大怒，贬至田庄，后来白袍访敬德。那尉迟恭独坐船头垂钓，忽听得身背后人又喊、马又叫："吾乃征东薛平傲，特地前来访故交，你我金殿去交旨，保你为官永在朝。"敬德言道："将军不要错认！我乃山野村夫，耕种锄耪一粗鲁人也。"粗鲁人——敬德！门神爷，你比得了吗？

乙　门神爷？我连兔儿爷也比不了啊？

甲　那你说！什么叫"雨打沙滩万点坑"？

乙　还记着这碴儿哪？您呢，消消气儿！我不说了吗？您千万别跟我一般见识！我这人呢，不会说话，就是这么一个莽撞人。

甲　等会儿，你说你是什么？

乙　咳，我是个莽撞人呢。

甲　"莽撞人"？你比不了。

乙　怎么"莽撞人"我也比不了啊？

甲　那又是一位古人。

乙　我不知道。

甲　不知道？那好！

甲
乙　我说说，你听听！在想当初——

甲　我倒霉就倒霉这"想当初"上啦！

甲　后汉三国，有一位莽撞人。自从桃园三结义以来，大爷，姓刘名备字玄德，家住大树楼桑；二弟，姓关名羽字云长，家住山西蒲州解梁县；三弟，姓张名飞字翼德，家住涿州范阳郡；后续四弟，姓赵名云字子龙，家住真定府常山县，百战百胜，后称为"常胜将军"。只皆因，长坂坡前，一场鏖战，那赵云，单枪匹马，闯入曹营，砍倒大纛两杆，夺槊三条，马落陷坑，堪堪废命。曹孟德在山头之上见一穿白小将，白盔白甲白旗号，坐骑白龙马，手使亮银枪，实乃一员勇将。心想：我若收服此将，何愁大事不成！心中就有爱将之意，暗中有徐庶保护赵云，徐庶进得曹营，一语未发。今日一见赵将军马落陷坑，堪堪废命，口尊："丞相莫非有爱将之意？"曹操言道："正是。"徐庶言道："何不收服此将！"曹操急忙传令："令出山摇动，三军听分明，我要活赵云，不要死子龙。倘有一兵一将伤损赵将军之性命，八十三万人马，五十一员战将，与他一人抵命。"众将闻听，不敢前进，只有后退。赵云，一仗怀揣幼主；二仗常胜将军之特勇，杀了个七进七出，血染长坂坡，这才闯出重围。曹操一见这样勇将，焉能放走？在后面紧紧追赶！追至在当阳桥前，张飞赶到，高叫："四弟不必惊慌，某家在此，料也无妨！"让过赵云的人马。曹操赶到，不见赵云，只见一黑脸大汉，立于桥上。曹操忙问夏侯惇："这黑脸大汉，他是何人？"夏侯惇言道："他乃张飞，一'莽撞人'。"曹操闻听，呀！大吃一惊：想当初关公在白马坡斩颜良之时，曾对某家言道：他有一结拜三弟，姓张名飞字翼德，在百万军中，能取上将之首级，如探囊取物、反掌观纹一般。今日一见，果然英勇。撤去某家青罗伞盖，观一观那莽撞人的武艺如何？青罗伞盖撤下，只见张飞：豹头环眼，面如润铁，黑中透亮，亮中透黑，颏下扎里扎煞一部黑钢髯，犹如钢针，恰似铁线。头戴镇铁盔、二龙斗宝，朱缨飘洒，上嵌八宝——云、罗、伞、盖、花、罐、鱼、长。身披锁子大叶连环甲，内衬皂罗袍，足蹬虎头战靴，跨下马——万里烟云兽，手使丈八蛇矛，站在桥头之上，咬牙切齿，捶胸愤恨，大骂："曹操听真！呔！今有你家张三爷在此，尔或攻或战、或进或退、或争或斗；不攻不战、不进不退、不争不斗，尔乃匹夫之辈！"大喊一声，曹兵吓退；大喊两声，顺水横流；大喊三声，把当阳桥喝断。后人有诗赞之曰："长坂坡前救赵云，吓退曹操百万军，姓张名飞字翼德，万古流芳莽撞人"！莽撞人——张飞！你比得了吗？

乙　您甭说张飞啦，我连咖啡也比不了啊？

甲　那你说什么叫"雨打沙滩万点坑"？

乙　你怎么还记着这碴儿啊？

甲　完不了！

乙　你说了半天，我不言语就算得啦！

甲　得啦？得啦，你还不吃去。

乙　你听哎！

甲　我听，你唱？

乙　你瞧哎。

甲　我瞧，你变！

乙　哟？

甲　幺翻过来是个六。

乙　嘀！

甲　喝？你带汤扒拉吧！

乙　别价！

甲　别价过得去吗？

乙　算啦，算啦！

甲　蒜辣吃韭菜呀？

乙　我说我算啦！

甲　我甭算啦！你属猴的。

乙　我不好！

甲　你不好请大夫瞧啊！

乙　您让我小。

甲　小也没欺负你呀！

乙　我岁数小。

甲　你说你岁数小。

乙　啊！

甲　还没满月哪！

乙　谁啊！

（高英培述）

夸住宅

甲　您说相声年头儿不少啦。

乙　也就十几年。

甲　您的事瞒不了我，您上辈不是说相声的。

乙　对啦。

甲　你们老家在通州，离北京四十里。到通州一打听 × 百万就是你父亲，称百万之富。你有个大爷叫 × 千顷；你叔叫 × 半城，趁半城买卖。你父亲老哥儿仨，跟前就你这么一个儿。真疼爱你，老哥儿仨爱你拿你当眼珠儿看待。

乙　不假。

甲　老哥儿仨就一个眼珠儿。

乙　俩瞎子，一个一只眼！

甲　不是。老哥儿仨就是你这么一个儿，拿你当眼珠儿。

乙　嗳，疼我就是啦！

甲　你们家那时称得起良田千顷，树木成林，米面成仓，煤炭成垛，金银成帑，票子成刀，现钱成堆，骡马成群，鸡鸭成栅，鱼虾成池，锦衣成套，彩缎成箱，簪环成对，好物成抬，美食成品，妯娌成恨，兄弟们成仇。

乙　都打起来啦？兄弟们和美。

甲　到北京一打听有个沈万三，外号叫"活财神"，跟你们一比也差点儿。你们家要不趁钱能住那么阔的房子？

乙　你说说。

甲　你们家的房子门口有一片槐树，真是古槐矗天，浓荫洒地，门庭壮丽，金匾高悬，大有官宦之风。前有高楼大厦，后有小院泥轩，金碧辉煌，千门万户，左龙右凤，横搭二桥，以通来往，操练水军，有意征南。

乙　这是我们家？

甲　这是三国曹操大宴铜雀台。

乙　你是怎么回事，你不是说我们家吗？

甲　是啊，铜雀台也没有你们家殿座儿高哇。

乙　你说说吧。

甲　殿宇重重，高阶银轩，七步一阁，八行一宫，外有千山万景，内有锦绣华堂。宫内摆设精奇：真是象牙为床，锦绫为幔，走穗提钩，绣金花帐。内有美女充庭，一个个霞帔霓裳，云鬟珠翠，貌美无双，粉水如渠，呵气成云，一阵阵香风扑面，翠滴滴娇音贯耳。

乙　嗳——这是我们家？

甲　这是秦始皇的阿房宫。

乙　又来啦？

甲　想当初，秦始皇南修五岭，北筑长城，东填大海，西建阿房。阿房宫比您家哪儿？阿房宫都不如您家花园阔。

乙　对啦，你说说我们家的花园吧。

甲　你们家是"绝地"。

乙　你们家是死地！

甲　那地方"绝"了。

乙　那叫绝妙之地。

甲　是啊。山不高而青，水不深而秀，花不多而艳，竹不密而屏，室不宽而雅，朋友不多而俊，行同管鲍，义似关张，未出茅庐先定三分天下，真乃武侯发祥之地。

乙　这是我们家的花园？

甲　这是卧龙岗。

乙　你还说我们家不说？

甲　说呀，卧龙岗的景致也赶不上您家的好哇。山石高耸，细水盘流。上有楼台殿阁，下有水榭凉亭，左右是爬山转角，抄手游廊。玉砌铜镶，花石为路，山虎爬墙，藤萝绕树。玉带桥竹栏护岸，月牙河碧水沉流，一望无边，恰似"水晶世界"，大有"仙府之风"。

乙　这是我们家？

甲　这是《红楼梦》的大观园。

乙　你别理我啦!

甲　怎么啦?恼啦?这头里先说的这些都不如您家,这是比一比。这回我准说您家的住宅。

乙　你要不说呢?

甲　我要不说您家,我不好价。

乙　什么叫不好价?

甲　要不我好价。

乙　好价也不像话呀!

甲　我要是不说您家呀,叫我撞气球儿上!

乙　撞气球儿上管什么用?

甲　怎么办呢?

乙　叫你撞汽车上!

甲　对,我不说您家叫我坐汽车上!

乙　坐汽车上!干脆你说我们家不说吧?

甲　说。您家住宅真是远瞧雾气昭昭,近观瓦窑四溂,就跟一块砖抠的一样。门口有四棵门槐,有上马石、下马石,拴马的桩子。对过儿是磨砖对缝八字影壁;路北广梁大门,上有电灯,下有懒凳。内有回事房、管事处、传达处。二门四扇绿屏风洒金星,四个斗方写的是"斋庄中正";背面是"严肃整齐"。进二门方砖墁地,海墁的院子,夏景天高搭天棚三丈六,四个堵头写的是"吉星高照"。院里有对对花盆,石榴树,茶叶末色养鱼缸,九尺多高夹竹桃,迎春、探春、栀子、翠柏、梧桐树,各样鲜花,各样洋花,真有四时不谢之花,八节长春之草。正房五间为上,前出廊,后出厦,东西厢房,东西配房,东西耳房。东跨院是厨房,西跨院是茅房,倒座儿书房五间为待客厅。明摘合页的窗户,可扇的大玻璃,夏景天虾米须的帘子,冬景天子口的风门儿。往屋里一看,真是画露天机,别有洞天。

乙　您再说说屋里的摆设。

甲　迎面摆丈八条案,上有尊窑瓶、郎窑罐、宣窑盖碗儿,案前摆硬木八仙桌,一边一把花梨太师椅。桌上有文房四宝:纸、笔、墨、砚,宣纸、端砚、湖笔、徽墨、《通鉴》、天文、地理、欧、柳、颜、赵名人字帖。墙上挂着许多名人字画,有唐伯虎的美人儿,米元章的山水儿，刘石庵的扇面儿，铁宝的对子，板桥的竹子，松中堂的一笔"虎"字，闹龙金匾，镇宅宝剑，绿鲨鱼皮鞘，金什件、金吞口，上挂黄绒丝绦。有一丈二的穿衣镜，一丈二的架几案，五尺多高的八音盒儿，珊瑚盆景儿，碧玺酒陶，风磨铜的金钟，翡翠玉磬，有座钟、挂钟、带刻钟、子儿表、对儿表、寒暑表……

乙　光表就那么些样儿。

甲　你爸爸的表最多，要讲究戴表，戴不过你爸爸。

乙　那是啊。

甲　你爸爸戴表上谱，腰里系个褡包从左边戴起：要戴浪琴、欧美迦、爱尔近、埋个那、金壳套、银壳套、铜壳套、铁壳套、金三针、银三针、乌利文、亨得利、人头狗、把儿上弦、双卡子、单卡子、有威、利威、播威、博地，左手拿提梁子，右手提溜八音盒，头顶大座钟，怀揣小闹表。未曾走道儿是叮当乱响。

乙　这是我爸爸戴表？

甲　这是给钟表铺搬家！

乙　搬家呀！

（马敬伯　王宝童整理）

夸讲究[*]

甲　想当初您不是这行。

乙　对。

甲　家里头有钱。家大业大，骡马成群，金银有库，米面成仓。堂上一呼，阶下百诺。

乙　老街旧邻全知道。

甲　你爸爸吃喝穿戴没有一样儿不讲究。

乙　对呀，要将就就别讲究，要讲究就别将就嘛。

甲　首先，你爸爸对于卫生上讲究。

乙　那是主要的。

甲　每天早晨，你爸爸用两瓶滴滴涕冲半斤卫生球把它喝了。

乙　这是讲卫生？

甲　这是烧耗子。

乙　跑嘴里烧耗子去啦！

甲　完事之后要喝三碗汤。

乙　第一碗要喝什么汤？

甲　要喝木香汤。

乙　这为什么哪？

甲　分分气。

乙　对，清气上升，浊气下降。多进饮食。

甲　第二碗要喝燕窝汤。

乙　这为什么哪？

---

[*]　《夸讲究》是张寿臣 20 世纪 30 年代后期的作品。

甲　补补气。

乙　光分不补也不成啊，第三碗？

甲　要喝迷魂汤。

乙　这为……

甲　咽了气。

乙　玩儿完。

甲　要喝人参汤。

乙　为什么哪？

甲　助助气。

乙　对。

甲　你爸爸吃饭可讲究。

乙　怎么讲究？

甲　三餐成桌，顿顿成席。哪顿也离不开山珍海味。

乙　山珍？

甲　猴头、银耳、焦梨、火枣、虎脯、驼峰、熊掌、鹿尾、凤髓、龙肝、狼心、狗肺。

乙　不要这两样儿！海味哪？

甲　海参、燕窝、鱼翅、鱼腹、鱼肚、鱼头、鱼尾、鱼骨头、鱼刺。你爸爸蹲在桌子底下吃着美。

乙　这是我爸爸？

甲　猫。

乙　我说越听越不对哪！

甲　你爸爸穿衣裳也讲究。

乙　怎么讲究？

甲　穿的完全是湖绉、杭绉、花洋绉，春绸、潞绸、印度绸，法兰绒、华达呢、哔叽、礼服呢；没有那粗布、蓝布、缸靠儿布，月白、灰市、浅毛蓝，头蓝青市布、布头儿什锦白。

乙　瞧这两大套。

甲　讲究穿，一天三开箱。

乙　什么叫一天三开箱？

甲　就是说你爸爸一天要换三回衣裳。

乙　那怎么换哪？

甲　比如说冬景天穿灰鼠的时候，筒子是一样的筒子，面儿是一样的面儿，一天换三回。

乙　看不出来呀？

甲　要是菊花，全是菊花。

乙　那怎么分辨哪？

甲　早晨是个花骨朵，中午是大花朵。

乙　晚上哪？

甲　太阳一落，花是掉把儿的。

乙　多讲究！

甲　第二天再穿，筒子是一样的筒子，面儿是一样的面儿，花儿不一样了。

乙　嘿！

甲　你爸爸穿完了，把它叠起来，不穿啦，到了明年的今天哪……

乙　再穿。

甲　还指不定穿不穿哪。

乙　我爸爸衣裳多。

甲　怕活不到明年。

乙　要死啊？

甲　你爸爸睡觉也讲究。

乙　睡觉怎么讲究？

甲　要睡一夜五更被。

乙　什么叫一夜五更被？

甲　就是你爸爸睡一宿觉啊……要换五回被卧。

乙　那怎么换哪？

甲　比如夏景天吧，天气热。定更的时候你爸爸就睡了。

乙　养养神嘛。

甲　不铺怕硌得慌，不盖怕着了凉。

乙　那怎么办哪？

甲　定更的时候你爸爸铺竹席，身上盖个被单儿。

乙　噢。二更哪？

甲　换了，铺温州席，盖条毛巾被。

乙　凉点儿了嘛。

甲　三更又换了。铺巴拿马席，身上盖个洋绉夹被。

乙　越来越凉了。

甲　四更又换了。铺台湾席，席上铺绒线毯，身上盖厚夹被。

乙　夜深了。

甲　五更又换了。

乙　是啊？

甲　铺狼牙草席，席上铺厚绒毯，身上盖缎子棉被。

乙　我爸爸多讲究，睡一宿觉换五回被卧。

甲　讲究是讲究，你爸爸一宿没睡觉。

乙　怎么哪？

甲　净换被卧啦。

乙　这不是折腾嘛！

甲　这一折腾可坏了。

乙　怎么了？

甲　把你爸爸折腾病了。

乙　这不是自找嘛！

甲　你大哥赶紧请来中西医给你爸爸看病。你爸爸吃药全讲究。

乙　吃药怎么讲究？

甲　讲究吃地道药材。

乙　什么叫地道药材？

甲　你没看药铺门口那通天招牌上写着嘛。

乙　怎么写的？

甲　"本堂自制川广云贵各省地道药材"。

乙　对。

甲　要吃暹罗犀角、非洲羚羊、广西肉桂、吉林野山人参、关东鹿茸、云南豆蔻、四川黄连、贵州橘红、东阿贡胶、龙崖官燕、杭州菊花、西藏红花、东陵益母膏、外馆八宝坤顺、赵家妇女金丹、广东乌鸡白凤丸、一笑堂开胸顺气、刘家保赤一粒金、虎牌儿万金油、汀州眼药、长春堂避瘟散、德国六〇六、法国九一四。

乙　这全是治什么病的？

甲　你爸爸吃错药了！

乙　那还不吃错。

甲　一命呜呼，身归那世。

乙　死了。

甲　你大哥赶紧把你们叫到跟前，张罗着办白事。

乙　家有长子，国有大臣。

甲　爸爸生前讲究，死后还要继承他的遗志，接着讲究。

乙　对。

甲　衣衾棺椁就甭说了。搭这棚，讲究。

乙　怎么讲究？

甲　北京六合棚铺请来的技师，搭的是起脊大棚，一殿一卷，五脊六兽。过街牌楼过街棚，门口大鼓锣架，左梆右点，钟鼓二楼，肃静、回避，明镜大牌。每天有僧、道、番、尼四棚经对台念，有广济寺的和尚、白云观的老道、雍和宫的喇嘛、三圣庵的尼姑。停七七四十九天，待客不收礼。

乙　您听多讲究。

甲　对待亲友们周到。

乙　怎么周到？

甲　先说喝的茶，太讲究了。

乙　沏一壶大伙儿一喝，不得了嘛。

甲　那还叫讲究，讲究喝各省名茶。

乙　您说说。

甲　要喝杭州龙井、徽州六安、广东红茶、福建砖茶、云南普洱、铁叶大方、大叶小叶、雀舌、雨前、铁观音、大寿眉。亲友们爱喝什么喝什么。

乙　多讲究。

甲　抽烟也讲究。

乙　怎么讲究？

甲　抽关东台片、易州叶子、兰州水烟、福建皮丝、埃及吕宋、粉包儿、前门。亲友爱抽什么抽什么。

乙　多讲究。

甲　喝的酒也讲究。喝四川大曲、贵州茅台、陕西西凤、山西汾酒、衡水白干、浙江陈绍、金奖白兰地、莲花白、五加皮、茵陈露、葡萄酒、啤酒、汽水。爱喝什么喝什么。

乙　多讲究。

甲　席面上讲究。

乙　怎么讲究？

甲　六个人一桌。

乙　还是官席。

甲　所用的羹匙、酒盅、酒杯、酒斗；中间大盘、小盘、合碗、高脚碟、高脚碗，大件鸭池，整桌瓷器满是江西硬五彩一级官窑。

乙　美食不如美器。

甲　先上果子十六样儿。

乙　全有什么？

甲　深州蜜桃、沙营葡萄、北山苹果、河南鸭梨、西山白梨、南口沙果、山西柿子、蚌埠石榴、河南大荸荠、海淀果藕、广东荔枝、汕头蜜柑、福建橙子、南洋菠萝蜜、新疆哈密瓜、天津卫小刘庄的青萝卜。

乙　连萝卜全有。

甲　中间有个冰碗儿。

乙　都有什么？

甲　有万寿山的菱角、什刹海的鸡头米、北海莲蓬子儿、大扁儿杏仁儿、鲜核桃仁儿、乐陵小枣儿、八里庄的香瓜儿、郎家园的嘎嘎枣儿。

乙　嘿！

甲　有四干、四冷荤、四碟咸菜。

乙　四干？

甲　苏州瓜子、泰安蜜枣、湖南莲子、新疆葡萄干。

乙　四冷荤？

甲　四川腊肉、金华火腿、溏心松花、俄式灌肠。

乙　四碟咸菜？

甲　北京六必居的黑菜、东阳号的甜酱萝卜、铁门八宝菜、王致和的臭豆腐。

乙　臭豆腐也上席呀？

甲　再上点心十六套。

乙　有什么？

甲　正明斋月饼、致美斋焖炉烧饼、同聚成馅儿饼、同福居锅贴儿、鼎和居炒面片、穆家寨炒疙瘩、全芳楼奶卷羊羔、登瀛楼炸元宵、鹿鸣园烫面饺儿、杨村杜家糕干、耳朵眼儿的炸糕、永元德炸羊尾、北京南花市奶酪、都一处炸三角儿、十八街炸麻花儿、狗不理天津包子。

乙　亲友们吃饱了吧？

甲　这还没上席哪。

乙　是啊，上什么席呀？

甲　先说厨房用的菜也讲究。

乙　都有什么？

甲　有京西六郎庄的大毛豆、张家口的苤蓝、平地泉的土豆、马驹桥的山药、安徐大白菜、济南大葱、保定府的春不老、天津韭黄、八里庄的野鸡脖儿、南西门的黄瓜、豌豆、南苑蒜苗、四川冬菜、广东桂皮、川椒、广料、独流米醋、宏中酱油、豆瓣黄酱、营盘口蘑、小磨香油、绍兴酱豆腐、定兴疙瘩头、锦州卤虾小黄瓜、松江鲈鱼、镇江鲥鱼、海河刀鱼、卫河银鱼、台湾海参、吴淞凤尾鱼、胜芳大螃蟹、关东哈什蚂、烟台大虾扦儿。

乙　啧！这得花多少钱哪！

甲　席面才讲究呢！

乙　怎么个讲究法？

甲　全出奇了，你爸爸生前爱吃什么，今天给亲友们做什么。这不算，哪家饭庄子，哪家饭馆子，哪位大师傅做哪样菜最有名，把他请到您家来，单预备一间屋子，就做这样儿菜。这路菜就有二十四样儿。

乙　都有什么您说说。

甲　全聚德烤鸭子、稻香村红焖鸡、森春阳板鸭、普世斋筒子鸡、同兴堂糖醋鱼、致美斋烧鱼头、致美楼烩爪尖儿、丰泽园糖莲子、汇丰堂清蒸江米鸭子、新丰楼狮子头、砂锅居猪八样儿、会仙居炒肝儿、登瀛楼扒海参、天和玉九转大肠、白魁烘羊肉、同和轩它似蜜、两益轩锅烧半支、西城楼炖牛肉、馅饼周包焖、晋阳楼过油肉、泰丰楼烩三鲜、周家食堂全家福、六味斋素杂拌儿、万顺成的锅巴菜。

乙　还有锅巴菜呀。

甲　出殡那天讲究。门口亮北京永利杠房四十八人杠，到大街换六十四杠，杠夫剃头洗澡穿靴子，三十二人抬着大明镜，前头有僧、道、番、尼四棚经送殡。有秦琼、敬德、神荼、郁垒四大门神，羊角哀、左伯桃、伯夷、叔齐四大贤，开路鬼、打路鬼、喷钱兽、镇海牛，英雄斗志白鹤图，缰马单鞴，鹰狗骆驼。

乙　还是清朝的执事。

甲　开道锣，肃静、回避牌，催押旗。纸糊的烧活，中军、刽子手。全份儿的鼓手音乐。有飞龙旗、飞虎旗、飞熊旗、飞彪旗、飞鹰、飞鳌、飞狗、飞豹、二十四孝旗，影亭、魂轿，领魂大安儿车，八堂座伞全是湘绣的。有香伞、花伞、歪脖儿红罗伞，提炉、盘炉、戈林粉棍，二十四对金执事，金瓜、钺、斧、朝天镫，指、掌、拳、横四大掆，一双大手攥冰锛，砍刀、象刀、青龙偃月刀、三尖两刃刀，金灯、串灯、二十四对牛角灯，四十八对官衔牌，四十八对小男儿，前呼后拥。有松狮子、松亭子、松鹤、松鹿、松八仙、松幡、松伞、松轿子、花幡、花伞、花轿子。拉长了八里地，绕了四条马路，又给抬回来了。

乙　怎么不下葬啊？

甲　哈哈！没坟地。

（张寿臣述　笑暇　张立林整理）

夸讲究

对春联

甲　做一个相声演员也不容易，首先说得有文化。

乙　那是呀！你看我们天天都在学习嘛！

甲　你念过书吗？

乙　我念过两天。

甲　什么学校毕业？

乙　嗐！我念的还是过去那个经书哪。

甲　"五经""四书""十三经"啊。

乙　是呀！

甲　那些书我也念过，什么"三字文""百家经""千字姓"……

甲　不是……三眼井儿（北京地名）。

乙　还三里河儿哪！

甲　对啦！三里河儿（北京地名）。

乙　什么呀？"三百文""百千姓"……我也乱啦！《三字经》《百家姓》《千字文》。

甲　对啦！你说念完这几部书念什么？

乙　念念《大学》。

甲　念完大雪念小雪、冬至、小寒、大寒、立春、雨水……

乙　叫你在这儿背历书哪！

甲　你不是说念大雪吗？

乙　我说念《大学》。

甲　对……对。"大学之道在明明德"嘛！念完《大学》念什么？

乙　《中庸》。

甲　念完中用念不中用，等你念到废物点心就算毕业啦。

乙　那我就没用啦。我说念《中庸》。

甲　念完《中庸》，念《论语》《孟子》《礼记》《春秋》。

乙　对了。

甲　这些书光念不行，得会讲，不会讲就不能开笔做文章。比如你吟个诗，对个春联，都要从书中寻章摘句才行。

乙　那倒是。

甲　你看我这个人没了事儿最喜欢对春联，最近在家中我搜集到几副绝对儿。

乙　绝对儿？

甲　就是有上联没下联，谁也对不上来，我走过多少个地方，访问过多少个大文豪，结果一个对上来的也没有，这几副绝对儿太好了，我准备登报。

乙　登报干吗？

甲　征求下联儿。

乙　你这绝对儿是什么词句呀？

甲　怎么？你打算对呀！

乙　我不是打算对，我想听听。

甲　大文豪都没对上来，就阁下您听了有什么用啊？

乙　你可不能那么说，绝对儿碰巧了对得才妙呢！

甲　好，我说一说你听听，你可别胡对呀！

乙　当然啦。

甲　不明白就问我。

乙　当然向你请教。

甲　第一副"买卖兴隆通四海"。

乙　完啦？

甲　啊。

乙　我当什么绝对儿呢？（故意假谦虚）我给你对对行吗？

甲　我这儿正找不着下联儿呢？

乙　可我对得也不一定恰当。

甲　没关系，你对吧！

乙　你那上联是什么？

甲　"买卖兴隆通四海"。

乙　我给你对"财源茂盛达三江"。

甲　哎呀，高才。

乙　这也不是我的高才，过去我们家对过儿煤铺就贴这么一副对联儿。

甲　好，你再听这第二副，"根深叶茂"。

乙　"本固枝荣"。

甲　嗯，"开市大吉"。

乙　"万事亨通"。

甲　你听最后这一副。

乙　你说。

甲　"忠厚传家久"。

乙　"诗书继世长"。

甲　（无可奈何）我完啦!

乙　就这个呀，这叫什么绝对儿哪? 满都是对子本儿上的。

甲　这是开玩笑，我真喜欢对春联。

乙　对春联的规矩你懂吗?

甲　那我懂，对春联讲究是"一三五不论，二四六分清。天对地，雨对风，大陆对长空，雷隐隐，雾蒙蒙，开市大吉对万事亨通。山花对海树，赤日对苍穹，平仄平仄平平仄，仄平仄平仄仄平"。苏东坡有一句话："天下无语不成对。"

乙　当什么讲。

甲　任何一句话都可以做对联，只要你对得恰当巧妙，那再好也没有了。

乙　是是!

甲　譬如有这么两句俗语就是一副对联。

乙　哪两句?

甲　"清官难断家务事"，这就是上联。

乙　下联呢?

甲　"上梁不正底梁歪"。哎! 你听这两句虽然不够工整（摇头），可是很好玩（"玩"字念重音，表现出文绉绉的样子）。

乙　咱们两人联联句怎么样?

甲　可以呀。

乙　我出个上联儿。

甲　我对个下联儿。

乙　譬如我说"上"。

甲　我对"下"，有上就有下嘛！

乙　我说"天"。

甲　我对"地"。"天对地，雨对风，大陆对长空，雷隐隐，雾蒙蒙，开市大吉，万事亨通。"

乙　"言"。

甲　我对"醋"（甲把"言"误为"盐"了）。

乙　醋？

甲　啊！油盐酱醋，五味调和，你那是咸的，我这是酸的。

乙　"好"。

甲　我对"歹"，好好歹歹分得清楚。

乙　"事"。

甲　我对"炮"（甲把"事"误为"士"了）。

乙　炮！那对得上吗？

甲　你支士我拨炮，你跳马我出车。

乙　咱们这儿下象棋来啦！

甲　联句有什么啊！

乙　我这五个字凑在一块儿是对子的上联："上天言好事。"

甲　那我给你对："回宫降吉祥。"

乙　你等等，你刚才不是这么对的。我说"上"。

甲　我对"下"。

乙　我说"天"。

甲　我对"地"。

乙　我说"言"。

甲　我对"醋"。

乙　我说"好"。

甲　我对"歹"。

乙　我说"事"。

甲　我对"炮"。

乙　我这是"上大言好事"。

甲　我这是"下地醋歹炮"。

乙　你这当什么讲啊？

甲　谁叫你不一块儿说啦？你要说"上天言好事"，当然给你对"回宫降吉祥"。你一个字一个字往外蹦，我可不给你对"下地醋歹炮"吗？

乙　这还怨我啦。

甲　当然啦。

乙　好，你听这两个字的："笔筒"。

甲　在桌上放的笔筒。

乙　对啦。

甲　我给你对"箭囊"。

乙　就是装宝剑的那个。

甲　不！那是剑匣，我说的是拉弓射箭的那个皮囊子。

乙　我这笔筒是文的。

甲　我这箭囊是武的，一文一武咱们二位文武全才。

乙　我可不敢当，再听这个："羊肉"。

甲　我给你对"萝卜（luó bo）"。

乙　那对得上吗？

甲　羊肉氽萝卜焖干饭……

乙　这位没吃什么哪！"绸缎"。

甲　"萝卜"。

乙　萝……我们这是绸缎，你也对萝卜？

甲　啊！绸缎包萝卜。

乙　没听说，我那是穿的绸子和缎子。

甲　是呀！我说的也是穿的，"绫罗绸缎"的"罗"，"呢绒布匹"的"布"。"罗布"。

乙　噢！"罗布"听不出来就是"萝卜"，再听这个："钟鼓"。

甲　"萝卜"。

乙　我说是撞的钟打的鼓。

甲　我是敲的锣打的钹，"锣钹"。

乙　行了行了！你再听这个。

甲　（顺口而出）萝卜。

乙　我还没说呢？

甲　我先说下搁着。

乙　急性子。"马牙枣"。

甲　"大萝卜"。

乙　我这是仁字的啦。

甲　我这也仁字——"大萝卜"。

乙　我要四个字呢。你"好大萝卜"，我五个字，你"好大个萝卜"，你这筐萝卜全卖给我啦？不行，重对。

甲　你刚说的什么？

乙　"马牙枣"。

甲　我给你对"羊角葱"。

乙　我这儿有"马牙"。

甲　我这儿有"羊角"。

乙　"枣"。

甲　"葱"。

乙　我能加字。

甲　我能添字。

乙　"马吃马牙枣"。

甲　"羊啃羊角葱"。

乙　我这儿吃。

甲　我这儿啃。

乙　好哇！我这马牙枣是八月当令。

甲　我这羊角葱是二月当令。二八月春秋题，"虽不中不远矣"！

乙　你就别犯酸了。

甲　怎么样？

乙　行！听这个："山羊上山。"两头儿山。

甲　我给你对："水牛下水。"两头儿水。

乙　我能加字。

甲　我能添字。

乙　"山羊上山山碰山羊角。"

甲　碰脚啦？

乙　不！犄角。

甲　"水牛下水水没（mò）水牛腰。"没腰啦。

乙　我还能加字。

甲　我还能添字。

乙　"山羊上山山碰山羊角，（学羊叫）咩呀！"

甲　这是怎么回事儿？

乙　碰疼啦。

甲　"水牛下水水没水牛腰，（学牛叫）哞儿！"

乙　（学羊叫）咩呀！咩呀！

甲　（学牛叫）哞儿！哞儿！

乙　咱们到屠宰场啦。

甲　谁叫你叫唤来着？

乙　"三塔寺前三座塔，塔、塔、塔。"

甲　"五台山后五层台，台、台、台。"（学打小锣声音）

乙　他又开戏啦。"大大妈大模大样骑大马。"

甲　"老姥姥老夫老妻赶老羊。"

乙　"姥姥喝酪，酪落（lào）姥姥捞酪。"

甲　"舅舅架鸠，鸠飞舅舅揪鸠。"．

乙　"妈妈骑马，马慢妈妈骂马。"

甲　"妞妞轰牛，牛拧（nìng）妞妞拧（níng）牛。"

乙　啊！绕口令也来啦。

甲　你说什么我给你对什么。

乙　我说"南"。

甲　我对"北"。

乙　我说"东"。

甲　我对"西"。

乙　我说"上"。

甲　我对"下"。

乙　你听这个："北雁南飞双翅东西分上下。"

甲　你怎么都给占上啦。

乙　这叫抻练抻练你。

甲　好！你听下联："前车后辙两轮左右走高低。"

乙　你对得上吗？

甲　当然对得上。

乙　"北雁南飞。"

甲　"前车后辙。"

乙　"双翅东西。"

甲　"两轮左右。"

乙　"分上下。"

甲　"走高低。"高低即是上下，上上即是高低，"虽不中不远矣"！

乙　嘿！这份儿酸哪。

甲　这叫气气你。

乙　咱们不定谁气谁哪，听这个："墙上芦苇，头重脚轻根基浅。"

甲　嗬！我给你对："林内竹笋，嘴尖皮厚腹中空。"

乙　好！你再听这个："空树藏孔，孔进空树空树孔，孔出空树空树空。"

甲　什么呀，乱七八糟的？

乙　这是个孔子的典故，又是个对子上联儿。

甲　还有这么一个典故哪！

乙　孔子周游列国的时候，有一天走到某处。忽然天降大雨，上不着村，下不着店，没处躲，可巧道旁有一棵树里面是空的，孔子一想这里可以藏藏躲躲，这就叫"空树藏孔"。

甲　孔进空树呢？

乙　孔子进了空树啦，孔进空树。

甲　空树孔？

乙　空树里面有孔子，空树孔。

甲　孔出空树？

乙　雨过天晴，孔子由空树里面出来啦，孔出空树。

甲　空树空？

乙　空树里面就没有孔子啦，这就叫："空树藏孔，孔进空树空树孔，孔出空树空树空。"（做喘不上气来的样子）我差点儿没放炮。

甲　听我的："柔（rōu）、吧嗒、当、哗啦、扑腾腾、哎哟哟、嗖嗖嗖、吱吱吱。"

乙　我说你这是什么呀？

甲　你那是什么呀？

乙　我这是列国典故。

甲　我这是本人实事。

乙　典故可以对实事，可是你那有多少字啦？

甲　你那多少字啊？

乙　我这是十八言。

甲　咱们数数。

乙　"空树藏孔，孔进空树空树孔，孔出空树空树空。"十八个字儿。你呢？

甲　我这也十八个呀。

乙　我听着有三十多啦。

甲　不信你数着，"柔、吧嗒、当、哗啦、扑腾腾、哎哟哟、嗖嗖嗖、吱吱吱"。

乙　也十八个字，可是当什么讲啊？

甲　那年北京打仗，我正在床上躺着哪，就听柔……飞过来一个枪子儿。

乙　吧嗒？

甲　撞墙上啦，吧嗒。

乙　当？

甲　落院里一个炮弹，当。

乙　哗啦？

甲　房塌啦，哗啦。

乙　扑腾腾？

甲　我由床上掉下去啦，扑腾腾。

乙　哎哟哟？

甲　碰了我腰了，哎哟哟。

乙　嗖嗖嗖？

甲　当时掉了三根头发。

乙　吱吱吱哪？

甲　压死仨老鼠。

乙　嘿！

对口相声

158

（中央广播说唱团相声组整理）

满汉全席

甲　要说您伺候各位可有年头儿了。

乙　承蒙诸位的抬爱。

甲　您在各位驾前有人缘儿。

乙　不！不！主要是您的人缘儿好。

甲　客气，客气，您是高山上点灯——

乙　这话怎么讲？

甲　名（明）头儿大。

乙　哪里哪里。

甲　大海里栽花——

乙　什么意思？

甲　根基深。

乙　不敢，不敢。

甲　隔着门缝儿吹喇叭——

乙　什么话儿？

甲　名（鸣）声在外呀！

乙　过奖，过奖。

甲　隔年的兔儿爷——

乙　这是？

甲　老陈人儿啦。

乙　什么俏皮话啊？

甲　王母娘娘夸寿星——

乙　这？

甲　老宝贝儿啦！

乙　嘻!

甲　大海里漂来的木拉鱼儿——

乙　嗯?

甲　闯荡江湖的老梆子。

乙　不像话。

甲　我是说您见多识广。

乙　行了,您甭捧啦!

甲　不是我捧您,您说谁不喜欢听您的相声?

乙　其实大伙儿主要是爱听您说的相声。

甲　我自己也有这个感觉。

乙　嘿!真有这种人哪。

甲　不管听谁的,反正来的都是听相声的。

乙　多新鲜哪,要是买白菜的都奔菜场啦。

甲　所以咱们给各位说相声要卖力气。

乙　要不对不起各位。

甲　今儿个不但说相声要卖力气,为了报答各位多年的捧场,我想请请各位。

乙　请什么?

甲　听完了相声请吃饭。

乙　好!

甲　我请客。

乙　对。

甲　你掏钱。

乙　当然……不行!

甲　我请客,当然是我掏钱啦。

乙　您打算请我们吃什么呀?

甲　您打算吃什么呀。

乙　我喜欢吃烤鸭。

甲　到全聚德。

乙　涮羊肉也行。

甲　东来顺。

乙　还有炒肝儿。

甲　便宜坊。

乙　那个……

甲　行了，行了，说了半天还是找小店儿小吃儿。

乙　这还小哇？

甲　谁请客？

乙　您请客。

甲　对呀，我请客，能请各位吃这个吗？

乙　这怎么啦！

甲　太小气啦！这要是叫别人知道了，得当作笑谈，说咱吹牛说大话，我要落这么个名声还有何面目在各位面前现眼？

乙　现眼？

甲　献演，就是献艺演出。

乙　那按照您的意思您打算请我们吃什么？

甲　先别说吃什么，您就听听吃的这个场面儿，您就知道吃得怎么样了。

乙　吃要什么样场面儿？

甲　先要顶礼焚香。

乙　是啊！

甲　然后吹箫抚琴。

乙　噢。

甲　摆好金杯玉筷。

乙　嗬。

甲　然后钟鸣鼎食。

乙　够场面儿的。

甲　舞女们分两队出现，一个个婀娜多姿，轻舒长袖，移莲步如出水芙蓉，展身形似莺歌燕舞。

乙　怎么还打歌舞表演呢？

甲　这就得先由满族的习俗说起啦。

乙　您给介绍介绍。

甲　满族的祖先生活在白山黑水一带。

乙　我国的东北地区。

甲　清朝入关后，宫廷里有了专门的厨师和御膳房。

乙　哎。

甲　各种宴席名目繁多，有太和宫筵宴、乾清宫家宴、皇太后圣寿宴、皇后千秋宴、皇子成婚宴，以及康熙、乾隆时期的千叟宴。

乙　嚯！

甲　各种筵宴又有各种的礼仪。

乙　嘿！

甲　每宴开始，都是鼓乐喧天，笙管齐鸣。

乙　真有排场。

甲　先给您端上来的是头号五簋^①饭十件。

乙　够阔气的。

甲　顺序给您端上来的是二号五簋碗十件，细白羹饭十件，毛鱼盘二十件，洋碟二十件，热吃劝酒二十味，小菜碟二十件，枯果十撤桌，鲜果十撤桌……

乙　甭说吃了，就连这个吃法我都没瞧见过。

甲　不单你没瞧见过，就连你爸爸也没瞧见过。

乙　你提我爸爸干吗呀。

甲　这叫满汉全席。

乙　什么叫满汉全席？

甲　你不懂？

乙　我不懂。

甲　别说你不懂，就连你爸爸也不懂。

乙　又来啦！

甲　满汉全席起于清朝乾隆年间，特别是乾隆皇帝六次南巡发展到了全盛时期，满汉全席就正式定型了。

乙　真有年头啦。

甲　所谓满汉全席，也就是满族以烧、烤、煮、炖、蒸、炒见长的菜肴与汉族各地大宴席菜肴互相融合，共同促进的盛大宴会，也就相当于现在的"国宴"。

乙　您别说，咱还真没听说过。

甲　别说你没听说过——

乙　就连我爸爸也没听说过。

甲　这话你怎么说了？

乙　我不说你也得说。

---

①　簋（guǐ），古代盛食物的器具，圆口，有两耳。

甲　刚才给您介绍的是满席开宴。

乙　好！

甲　撤下去以后要给您换换口味儿。

乙　换什么？

甲　上汉席。

乙　汉席先上什么？

甲　四干、四鲜、四蜜饯、四冷菜、三甜碗、四点心。

乙　四干？

甲　黑瓜子、白瓜子、花生蘸、甜杏仁儿。

乙　四鲜？

甲　北山苹果、深州蜜桃、桂林马蹄、广东荔枝。

乙　四蜜饯？

甲　青梅橘饼、桂花八珍、冰糖山楂、圆肉瓜条。

乙　四冷荤？

甲　全羊肝儿、熘蟹腿儿、白斩鸡、烧排骨。

乙　三甜碗？

甲　莲子粥、杏仁茶、糖蒸八宝饭。

乙　四点心？

甲　芙蓉糕、喇嘛糕、油炸烩子、炸元宵。

乙　这是汉席？

甲　你忙什么哪？这是开头儿。

乙　后边儿还有？

甲　这叫老鼠拉木锨——

乙　我知道大头儿在后头哪！

甲　汉族历史悠久，菜肴更丰富。

乙　那是。

甲　操作中讲究炒、炸、爆、烩、烧、炖、煨、焖、熘、扒、蒸、烤、焖、塌等厨艺，各种菜讲究色、香、味、形，百菜百味。

乙　哎。

甲　这回让你开开眼。

乙　好！

甲　满汉全席全给你上。

乙　我听听。

甲　蒸羊羔、蒸熊掌、蒸鹿尾儿、烧花鸭、烧雏鸡儿、烧子鹅、卤煮咸鸭、酱鸡、腊肉、松花、小肚儿、晾肉、香肠、什锦苏盘、熏鸡、白肚儿、清蒸八宝猪、江米酿鸭子、罐儿野鸡、罐儿鹌鹑、卤什锦、卤子鹅、卤虾、烩虾、炝虾仁儿、山鸡、兔脯、菜蟒、银鱼、清蒸哈什蚂、烩鸭腰儿、烩鸭条儿、清拌鸭丝儿、黄心管儿、焖白鳝、焖黄鳝、豆豉鲇鱼、锅烧鲇鱼、烀皮甲鱼、锅烧鲤鱼、抓炒鲤鱼、软炸里脊、软炸鸡、什锦套肠、麻酥油卷儿、熘鲜蘑、熘鱼脯儿、熘鱼片儿、熘鱼肚儿、醋熘肉片儿、熘白蘑、烩三鲜、炒银鱼、烩鳗鱼、清蒸火腿、炒白虾、炝青蛤、炒面鱼、炝芦笋、芙蓉燕菜、炒肝尖儿、南炒肝尖儿、油爆肚仁儿、汤爆肚领儿、炒金丝、烩银丝、糖熘饹馇儿、糖熘荸荠、蜜丝山药、拔丝鲜桃、熘南贝、炒南贝、烩鸭丝、烩散丹、清蒸鸡、黄焖鸡、大炒鸡、熘碎鸡、香酥鸡、炒鸡丁儿、熘鸡块儿、三鲜丁儿、八宝丁儿、清蒸玉兰片、炒虾仁儿、炒腰花儿、炒蹄筋儿、锅烧海参、锅烧白菜、炸海耳、烧田鸡、桂花翅子、清蒸翅子、炸飞禽、炸葱、炸排骨、烩鸡肠肚儿、烩南荠、盐水肘花儿、拌瓢子、炖吊子、锅烧猪蹄儿、烧鸳鸯、烧百合、烧苹果、酿果藕、酿江米、余大甲、什锦葛仙米、石鱼、带鱼、黄花鱼、油泼肉、酱泼肉、红肉锅子、白肉锅子、菊花锅子、野鸡锅子、元宵锅子、杂面锅子、荸荠一品锅子、软炸飞禽、龙虎鸡蛋、猩唇、驼峰、鹿茸、熊掌、奶猪、奶鸭子、杠猪、挂炉羊、清蒸江瑶柱、糖熘鸡头米、拌鸡丝儿、拌肚丝儿、什锦豆腐、什锦丁儿、糟虾、糟蟹、糟鱼、糟熘鱼片儿、熘蟹肉、炒蟹肉、清拌蟹肉、蒸南瓜、酿倭瓜、炒丝瓜、焖冬瓜、焖鸡掌、焖鸭掌、焖笋、熘葵白、茄干儿晒卤肉、鸭羹、蟹肉羹、三鲜木樨汤、红丸子、白丸子、熘丸子、炸丸子、三鲜丸子、四喜丸子、余丸子、葵花丸子、饹馇丸子、豆腐丸子、红炖肉、白炖肉、松肉、扣肉、烤肉、酱肉、荷叶肉、一品肉、樱桃肉、马牙肉、酱豆腐肉、坛子肉、罐儿肉、元宝肉、福禄肉、红肘子、白肘子、水晶肘子、蜜蜡肘子、烧烀肘子、扒肘条儿、蒸羊肉、烧羊肉、五香羊肉、酱羊肉、余三样儿、爆三样儿、烧紫盖儿、炖鸭杂儿、熘白杂碎、三鲜鱼翅、栗子鸡、尖余活鲤鱼、板鸭、筒子鸡。

乙　好家伙！

甲　好吃不好吃？

乙　好吃。

甲　您想不想吃？

乙　想吃。

甲　爱吃不爱吃？

乙　爱吃。

甲　走——

乙　咱们吃去。

甲　咱俩参观去。

乙　光看啊！

（韩子康述　薛永年整理）

大保镖

甲　你看我往这儿一站，像干什么的？

乙　我看不出来。

甲　我是个练武的。

乙　练武的有你这么瘦的吗？

甲　这么一说你就外行啦！练武的就应当胖啦？

乙　那你也太瘦了！

甲　我这叫缩、小、绵、软、巧，懂吗？

乙　那你都练过什么？

甲　我练过兵刃和拳脚。

乙　你练过什么兵刃？

甲　兵刃有刀、枪、剑、戟、斧、钺、钩、叉、鞭、锏、锤、抓、镋、棍、槊、棒、拐子、流星，什么叫带钩的、带刃的、带尖的、带刺的、带峨眉针的，十八般兵刃我是样样……

乙　精通？

甲　稀松。

乙　稀松啊？

甲　稀松是他们，我是精通。十八般兵刃列摆在我的眼前，我一样一样都能把它……

乙　练喽？

甲　卖喽。

乙　卖喽啊？

甲　卖弄卖弄，拿得起来搁得下。

乙　拳脚你练过什么？

甲　拳脚分内家拳、外家拳。

乙　内家拳是什么？

甲　是无极、有极、太极、两仪、四象、形意、八卦。

乙　外家拳呢？

甲　少林寺弹腿、花拳、大红拳、小红拳、八仙拳、地趟拳、通背拳、罗汉拳。远了长拳，近了短打，小架子猴拳。

乙　嘿！

甲　练武讲究投名师访高友，要提起我的师父，他那家乡住处净是练武的！

乙　在哪儿？

甲　北京的西边，京西虎岭。

乙　哪儿？

甲　虎岭。

乙　虎岭啊？那地方净是卖粽子的，端阳节吃的粽子。

甲　噢，我们那儿净是卖粽子的？

乙　哎。

甲　请问你是哪儿的人？

乙　北京人。

甲　北京那儿净是说相声的。

乙　净是说相声的谁听啊？

甲　我们那儿净是卖粽子的，谁吃啊？

乙　他这儿等着我呢！

甲　就提我师父那是无人不知、无人不晓。

乙　你师父是……

甲　外号叫"江湖元老，武林圣杰"。

乙　名字呢？

甲　叫姜天龙。教了我们哥儿俩，我跟我哥哥。

乙　你们哥儿俩叫什么？

甲　我哥哥叫白糖的，我叫馅儿的。

乙　好嘛，俩小粽子！

甲　学三年满徒了，有一天，我师父闷坐前庭，叫我们哥儿俩："呀呀大徒弟，呀呀二徒弟……"

乙　叫徒弟干吗？

甲　我师父说："你们哥儿俩的功夫如何？"

乙　你呢？

甲　我说："师父，我们行啦！"

乙　行了？

甲　我师父一听："怎么着？行了？小小年纪，乳毛未褪，黄嘴牙子未干，就敢说行啦，我都没说行！"

乙　好嘛，你师父生气了！

甲　"你不是行了吗，我不教啦！"我师父要走，临走的时候，送我们哥儿俩每人一个雅号。

乙　你哥哥的雅号叫什么？

甲　"赛子龙"！

乙　好啊，把他比作赵子龙啦。你的雅号是什么？

甲　"赛狗熊"！

乙　这可不怎么样。

甲　我师父看我平时学习不用功，生气时说的。

乙　那是激发你今后应努力学习。

甲　我师父还嘱咐我们三件事。

乙　哪三件事？

甲　第一不准拦路打抢。

乙　第二呢？

甲　不准偷盗窃取。

乙　第三？

甲　不准给贪官污吏保镖护院。

乙　什么叫保镖？

甲　当初交通不便，有钱的人出门，带的金银财宝怕被人抢走，就得花钱请会武艺的壮士给护送，这就叫保镖。

乙　噢。

甲　我师父嘱咐完了我们，他是一溜火光，直奔东南……

乙　狐仙爷啊？

甲　这不是形容我师父有功夫嘛！

乙　干脆，你别形容啦！

甲　我师父走了，我们的功夫可不能搁下，天天照样儿练。有一天我们哥儿俩正练着呢，有人叫门，开开大门一看，这个人手拿拜匣跟我打听:“请问这儿有姜武圣高徒赛子龙、赛狗熊吗?”

乙　你这“赛狗熊”也名声在外了。

甲　我接过拜匣一看,里边有一请帖,北京前门外会友镖店李掌柜,请我们哥儿俩保趟镖,你说去不去?

乙　去呀!

甲　当时我说:“你先行一步,我们哥儿俩随后就去。”我们哥儿俩商量好了,转天收拾行囊包裹,带着随身家伙,直奔北京前门外。来到镖局子门口一看,老少英雄都出来迎接我们哥儿俩,都是三山五岳的英雄,四面八方的好汉,那真叫穿红的红似血,穿白的白似雪,穿黄的黄似蟹,穿黑的黑似铁,真叫粪脖梗,大脑瓜,粪腿肚子大脚丫,咳嗽都带二踢脚[①]的——喷儿,叭!

乙　嚯!

甲　当中闪出一位老达官,须发皆白,年过七旬,看见我们哥儿俩来了,赶步上前抱拳拱手:“不知二位壮士驾到,未曾远迎,当面恕罪!”

乙　你怎么说的?

甲　我说(学京剧花脸道白):“岂敢岂敢,咱家来得鲁莽,田大人你就恕个罪儿吧!”

乙　要唱《黄金台》啊!

甲　我们叙过客套,穿过二道门儿,迎面五间待客厅,八十三磴汉白玉台阶,老达官没走楼梯,冲我们哥儿俩一抱拳:“二位壮士,请楼上饮酒。”说完此话,再看这位老达官,一撩衣裳襟儿,使个“燕子钻云”——噌!上去啦!

乙　嘿!

甲　这叫抻练我们,我们要是再走楼梯上去,那就栽跟头啦!

乙　是啊。

甲　我哥哥站那儿没动,冲我一使眼色,那意思是叫我准备,他来个“旱地拔葱”,噌!也上去啦!

乙　就看你的啦!

甲　蹿高纵矮,我没拿这个搁在心上,当时我往后倒了三步,叭,叭,叭!打仨旋风脚,嗖,噌!劲大上房啦!

---

① 二踢脚,双响爆竹。

乙　人上房啦？

甲　我鞋上房啦！

乙　鞋上房啦？

甲　那鞋没钉鞋带儿。

乙　钉鞋带儿成大傻小子啦！

甲　我说："来人哪！搬梯子够鞋！"

乙　搬梯子？

甲　没人理我！结果我自己搬个梯子上去啦！进屋一看，摆了一桌全羊大菜。

乙　他净惦着吃呢！

甲　酒过三巡，菜过五味，老达官抱拳拱手："二位壮士，我有句话不知当讲不当讲？"我说："你有话请讲当面。"老达官说："这次把你们哥儿俩请来，还有趟镖没走，现今有东路镖、南路镖、北路镖都有人敢保，唯独西路镖，贼人太多，匪人太广，不知二位壮士可敢保否？"我说："你且住口，什么叫敢否？休长贼人威风，灭我们弟兄锐气，不就西边有贼吗？"

乙　啊！

甲　打东边走！

乙　打东边走啊！

甲　啊，打东往西走。

乙　那叫迎贼前往！

甲　说完此话，临下楼的时候，这老达官还抻练我们，他使个燕子三抄水——唰，唰，唰，就跟四两棉花似的下去啦。我哥哥也不含糊，站在楼窗上，脸朝里，背朝外，头朝下，脚朝上，使个"燕子投井"，离地三尺，来个"云里翻"的跟头，脚踏实地，上身不摇，下身不晃。

乙　这是功夫。

甲　我打上边一抱脑袋，叽里咕噜叭嚓！

乙　怎么啦？

甲　打楼梯上折下来啦！

乙　折下来啦？

甲　我这叫就地十八滚，燕青十八翻，全凭腕胯肘膝间。

乙　他老有词儿！

甲　下了楼，老达官说："请二位过过汗儿吧！"

乙　什么叫过过汗儿？

甲　就是看看我们武艺高低，当时我哥哥一看院子当中摆着十八般兵刃，他伸手拿起一杆大枪，可不能全叫枪，七尺为枪，齐眉为棍，大枪一丈零八寸，一寸长一寸强，一寸小一寸巧，大枪为百兵刃之祖，大刀为百兵刃之母，花枪为百兵刃之贼，单刀为百兵刃之胆，宝剑为百兵刃之帅，护手钩占四个字：挎、架、遮、拦。我哥哥练了一趟六合枪。

乙　什么叫六合枪？

甲　分内三合外三合。

乙　内三合？

甲　心、气、胆。

乙　外三合？

甲　手、脚、眼。

乙　嗯。

171

甲　有赞为证：一点眉间二向心，三扎脐肚四撩阴，五扎磕膝六点脚，七扎肩井左右分。扎者为枪，涮者为棒，前把为枪，后把为舵，大杆子占六个字：崩、拨、压、盖、挑、扎。练完之后，大家是拍掌赞贺！他练完了，看我的，我不能再练枪啦。

乙　怎么呢？

甲　我要再练枪，那叫"千人吃面"。

乙　啊？千人吃面，那得多大锅呀？那叫"千人一面"。

甲　对。我不练枪，伸手拿起一口单刀。单刀看手，双刀看肘，大刀看滚手。我来个夜战八方藏刀式（动作）。我这儿一拉架势……

乙　怎么样？

甲　该着我露脸。

乙　怎么？

甲　打头里来块云彩，唰，唰，下起雨来啦！

乙　那就别练了，黄土地儿，一沾雨水特别滑，你要滑个跟头怎么办呢？

甲　滑个跟头就没功夫啦，我有功夫。再说，练刀讲究风雨不透，我这趟刀练得行上就下，行左就右，光见刀不见人。我练得就跟刀山似的，顺着刀"哗哗"往下流水，再看我衣裳，连个雨点儿都没有！

乙　你在院里练刀哪？

甲　我在屋里避雨呢！

乙　避雨呢？刀呢？

甲　刀我扔院里啦！

乙　怪不得光见刀不见人呢！

甲　这样，大伙儿直叫好："好——"

乙　好刀法！

甲　"好避雨！"

乙　嗐！这是损你呢！

甲　我倒不理会！

乙　都损皮啦！

甲　练完刀，老达官说："请二位验验镖吧！"

乙　验验镖是什么？

甲　就是看看我们保的是什么。把我们让到后跨院，就看北房檐底下码着二十四垛黄澄澄的都这么大个儿（双手比划直径，一尺左右的样子）。

乙　金蛇子？

甲　老倭瓜。

乙　倭瓜呀！不用你们保，我挑着去。

甲　你看着是倭瓜，细瞧瞧这倭瓜是什么的？

乙　金的？

甲　面的。

乙　面的！水的不好吃。

甲　你看着是倭瓜，拿刀切开往里看——

乙　有金银珠宝？

甲　有倭瓜籽。

乙　还有瓢儿呢！

甲　你连籽带瓢儿都挖出去，再往里看——

乙　有金银珠宝啦！

甲　空倭瓜。

乙　废话！

甲　空倭瓜有用，拿珍珠、玛瑙、翡翠、钻石，最次的是金货，用红绵纸包好了，放在倭瓜里头，拿竹扦对上，黄土泥在外边腻了缝儿，这就叫倭瓜镖，这是暗镖的一种。知道的，我们是保镖的，不知道的，我们是卖倭瓜的。

乙　是啊。

甲　押镖车出彰仪门，下吊桥，走养济院、三义庙、五显财神庙、小井、大井、肥城、卢沟桥、长辛店、良乡、小十三、大十三、洪恩寺、窦店、琉璃河、宣平坡、下坎儿到涿州，天可就黑了，依着我哥哥打尖住店；我说，不行，头一次保镖，要落个好名声。

乙　干吗？

甲　连夜而行。出去涿州四十多里地，就看前边一带黄沙岗，有一片密松林，就听：咔叭！一声响箭，吱喽！一声呼哨，锵啷啷一棒铜锣响，可了不得啦！

乙　怎么啦？

甲　有了贼人劫镖车啦！

乙　那怎么办？

甲　落驮子打盘，趟子手看住镖车，我们哥儿俩越众当先。再看对面树林里，噌，噌，噌，蹿出四十多名喽啰兵，个个花布手巾缠头，十字袢，英雄带，兜裆滚裤，手拿短刀，当中为首的黑大个儿坐骑乌骓马，头如麦斗，膀大腰圆，手拿镔铁大棍，口念山歌。

乙　怎么说的？

甲　"呔！此山是我开，此树是我栽，有人从此过，留下买路财，牙崩半个说不字，一棍一个打死不管埋！"

乙　真厉害呀！

甲　他厉害？再看我哥哥坐骑白龙马，双脚点镫，手持亮银枪迎上去了。

乙　你哥哥行吗？

甲　不行能叫"赛子龙"吗？他套路会长拳、太极、南拳、剑术、枪术、棍术；对抗会散手、推手、长兵、短兵样样精通。

乙　好！

甲　我哥哥与黑大个儿大战三百回合，那黑大个儿只有招架之功，并无还手之力。

乙　好功夫。

甲　我哥哥见时机已到，用枪向他右侧一晃，黑大个儿用棍往右一挡；

我哥哥随手变招刺向他的左肩，将他挑落马下。

乙　好枪法。

甲　这时又上来一个黑小个儿。

乙　你哥哥还得跟他交手。

甲　我说："有事弟弟服其劳，杀鸡焉用宰牛刀？哥哥你为我观阵，看我'赛狗熊'的。"

乙　就别提你那"赛狗熊"啦。

甲　对，"拉过我的牛来……"

乙　唉，上阵骑马还嫌慢呢，你怎么骑牛哇？

甲　我骑牛比古，前七国孙庞斗智，孙膑不就是骑牛吗？

乙　人家那是什么牛？

甲　什么牛？

乙　那是神牛。

甲　我这是宝牛。

乙　怎么个宝牛？

甲　我把它喂饱啦。

乙　喂饱啦？

甲　"抬过我的扁担！"

乙　抬扁担干吗？上阵使刀、使枪。

甲　我使扁担又比古，水浒里的拼命三郎石秀，上阵不是使扁担吗？

乙　人家那扁担里有枪。

甲　我这扁担里也有枪。

乙　人家那里是亮银枪。

甲　我这里是火药枪。

乙　火药枪啊！

甲　我这里是一杆花枪。

乙　噢。

甲　我是骑着扁担拿着牛。

乙　啊？那叫拿牛骑扁担……我也说错啦！那叫骑牛拿着扁担。

甲　对，我来到两军阵前，抖丹田一声喝喊："贼呀！瞧爷爷与你大战三百回合！"

甲　这个狠心贼，不问名姓，劈面就给我一棍！

乙　你呢？

甲　当时我这扁担往上一架，来个"横上铁门栓"，就听"咔嚓"！

乙　你把棍磕出去啦！

甲　我扁担折了！

乙　坏了！

甲　好了，扁担折了，兵刃露出来了，花枪在手，跟贼人牛马一错镫……

乙　那叫二马一错镫！

甲　我不是骑着牛呢吗？

乙　啊，对！

甲　我们牛马一错镫，我就给他来个"回牛枪"。

乙　那叫回马枪……啊，你骑着牛哪！

甲　这个贼人久经大敌，是个惯手，他一回手让过枪头把我枪杆给攥住了，他往他那儿夺，我往我这儿抢，他说："拿来！"我说："给你！"

乙　怎么给他啦？

甲　我没他劲大！

乙　好嘛！

甲　我没兵器了，快跑吧！

乙　对！

甲　跑不了啦！贼人赶到了，搂头又是一棍，我一抱脑袋："唉，我命休矣！"

乙　等死啦！

甲　我又乐了！

乙　怎么？

甲　我背后还背着护背双刀呢，我一抱脑袋，正摸在刀把上，当时是双刀出鞘。倒了霉的贼，他没看见，我左手刀封住贼人棍，右手刀来个"海底捞月"。贼人一见不好，转身就跑。

乙　他怕你的双刀？

甲　我哥哥催马提枪上来了。

乙　怕你哥哥呀！

（马敬伯回忆整理　转载时略作改动）

大戏魔*

甲　我这个人最喜欢看戏。

乙　唔，你是戏剧爱好者。

甲　不但爱看，而且爱唱。不论干什么事儿，都要唱两句儿。

乙　那不成戏迷了。

甲　我是受你爸爸的传染。

乙　哦，我爸爸也是戏迷？

甲　比戏迷迷得厉害，外号叫"戏魔"。

乙　戏魔？我就知道我爸爸爱看戏，还不知道他叫"戏魔"。

甲　吃喝拉撒睡，行动坐卧走，全要唱几句，这叫"戏迷"。你爸爸是吃的、使的、用的，家庭一切东西都要带个戏名，这件东西如果找不到个戏名，连这件东西扔了不要。这我都知道，你爸爸叫"戏魔"。

乙　你知道我们在哪儿住？

甲　你们家住《太平庄》。

乙　这就是一出戏。

甲　周围有《渭水河》《渡银河》《孟津河》《阴阳河》四面护庄河。

乙　好嘛！我们家一出门就过河。

甲　过河有桥。东西南北有《金雁桥》《金水桥》《洛阳桥》《当阳桥》吊桥四座。那道庄墙虽然不如《万里长城》，也赛过《徐策跑城》《冀州城》。四面还有四个关口。

乙　哪四道关口？

---

* 张寿臣在 20 世纪 30 年代初期创作了相声《五百出戏名》，本篇即其传本。

甲　《牧虎关》《独木关》《高平关》《凤鸣关》庄门四处。庄南有《武家坡》《白马坡》《长坂坡》;庄西有《景阳冈》《通天犀》《蜈蚣岭》《神亭岭》，紧挨着《摩天岭》。

乙　山不少哇。

甲　庄南有一片《黑松林》《野猪林》。林内有《伍员哭坟》《打侄上坟》《小上坟》。庄北有一道《黄泥岗》，当中有《断密涧》《卧虎沟》《塔子沟》，还有一片《打瓜园》，常见《小放牛》《贩马记》来往不断，四面八方，还有几个村子。

乙　哪几个村子？

甲　《四杰村》《恶虎村》《霸王庄》《东皇庄》《溪皇庄》《善宝庄》《祝家庄》《李家店》《扈家庄》《三家店》《殷家堡》《薛家窝》《曾头市》《招贤镇》《朱仙镇》，还有《七星庙》《虮蜡庙》寺院数处。庄西有一座大庙叫《斗牛宫》，里边有《佛门点元》《大登殿》《长生殿》。每年七月七开庙门，真是热闹非常，有《大逛庙》《小逛庙》，善男信女都上那里去赶会。

乙　全有什么会？

甲　《盂兰会》《英雄会》《群英会》《父子会》《母女会》《双摇会》《蟠桃会》《古城会》《桑园会》，各会的弟子都上那里去走会。

乙　还真热闹。

甲　会上有《打花鼓》的，《卖符》的，《请医》的，《定计化缘》的，《卖一匹布》的，《卖胭脂》的，《卖绒花》的，《也是斋》在那儿卖鞋，《双铃记》在那儿《卖线》，《小磨房》在那儿卖面，七十二行，行行都有。进庄门有一条大马路。

乙　叫什么？

甲　《华容道》。

乙　好嘛！在那儿挡曹操哇！

甲　走过《三门街》《三岔口》《失街亭》《汉津口》，到了你们的住宅。真是《顶花砖》修一片《连环套》的《汉阳院》，路北有个大门叫《南天门》。门上有《巧连环》《连环计》一对门环。门框上还有个牌子。

乙　叫什么？

甲　《假金牌》。门洞两旁放着《演火棍》，左右《黄金台》《白蟒台》上下马石，《摇钱树》门槐四棵，《一缕麻》晃绳上拴着牲口:

《盗御马》《卖黄骠》《千里驹》《红鬃烈马》，还有一条"告状"的"黑驴"。

乙　嘿！还真齐全。

甲　隔壁是大车门，里边有《挑滑车》《打囚车》汽车两辆。进大门，上有四言门心的对子。

乙　上联是？

甲　"出将入相。"

乙　下联是？

甲　"讲古论今。"

乙　横批是——

甲　"准演不谎。"大门道，上面挂着《七星灯》，下放两条《背板凳》，迎门影壁一面《忠孝牌》，再往里走就进你家院子了。

乙　叫什么？

甲　《乌龙院》。

乙　怎么叫这名字？

甲　乌龙院里有几座高楼。

乙　哪几座楼？

甲　有《黄鹤楼》《白门楼》《望儿楼》《艳阳楼》《狮子楼》《贾家楼》《赵家楼》《富春楼》，到客厅门前还有副对联。

乙　上联？

甲　"门迎二簧魁生旦净末文武丑"。

乙　下联？

甲　"堂前三大王富英连良周信芳"。

乙　横匾？

甲　上写《文殊阁》。进客厅迎门摆着丈八《双包案》，上摆《完璧归赵》《长寿星》，左右古铜《举鼎》，《朝金顶（鼎）》《对金瓶》一对，墙上挂着《百寿图》一张中堂，两边有《疯僧扫秦（琴）》，一口《鱼藏剑》《铁弓缘》《一箭仇》《辕门射戟》《雌雄镖》的镖囊，八仙桌上摆着文具，一块《击曹砚》，一支《春秋笔》，《朱砂痣》的印色盒装《双狮图》图章，里边几桌椅凳全是硬木镶大理石，天然的花样，《龙虎斗》《胭脂虎》《罗四虎》《麒麟豹》。靠东墙摆着一条很长的案子。

乙　叫什么？

甲　《铡美案》。

乙　怎么叫这个名字。

甲　案子上摆着三颗大印《取帅印》《血手印》《状元印》。再看三面墙上字画不少，画的山水儿，满带山名。

乙　全有哪些山？

甲　有《二龙山》《铁龙山》《牛头山》《牧羊山》《双锁山》《九里山》《四平山》《丁甲山》《百草山》《云蒙山》《银空山》《大香山》《青石山》《马鞍山》《五台山》《璿球山》《剑峰山》《芒砀山》《九里山》《飞虎山》《火焚绵山》……三八二十四条山水儿，名人字画。还有八张美人儿。

乙　哪八张美人儿？

甲　《黛玉葬花》《嫦娥奔月》《太真外传》《木兰从军》《佳期拷红》《尼姑思凡》《晴雯撕扇》《天女散花》，全是唐伯虎的笔体。有《采石矶（鸡）》《蝴蝶梦》《鸿雁捎书》翎毛花卉。《麒麟阁》一张中堂，有武侯出师表，靠西墙有张《沉香床》，床前六面围屏，床上挂着《闯帐》，两边拴着《盗钩》，床下放着《捉放曹》的灰槽子，床上铺着《金钱豹》豹皮两张。你爸爸喜欢躺在床上看书，床前有一盏《宝莲灯》，有一部《清官册》、一部《三国志》、一部《济公传》、一部《水浒传》。你爸爸正看到《武十回》《宋十回》《林冲夜奔》。

乙　我爸爸就喜欢看书。

甲　不但爱看书，你爸爸还喜欢看报。

乙　全看的什么报？

甲　《奇冤报》《贪欢报》《天雷报》《妻党同恶报》。

乙　哪儿找这个报馆去？

甲　往左一拐，就到书房了。门前有副对联。

乙　书房是有对联。上联是？

甲　"家无别韵，西皮、二簧、原板、三眼、四平调"。

乙　下联呢？

甲　"庭有余音，长锤、纽丝、住头、起霸、紧急风"。

乙　横批是：

甲　"嗯嗻，打台"！

乙　开戏了。

甲 书房里请位教员，还是位女士。

乙 谁呀？

甲 三娘，在你家《教子》。

乙 全跑我们家去了。

甲 往西一拐，是个大花园。

乙 那花园可不小。

甲 花园门前还有副对联。

乙 我们家爱贴对子，上联是？

甲 "梅兰芳遍地芙蓉草"。

乙 下联呢？

甲 "程砚秋开放牡丹花"。

乙 横匾？

甲 《御果园》。花园子山石亚赛《花果山》，底下通着《水帘洞》《洪羊洞》《盘丝洞》《无底洞》。周围一片《白水滩》，里边开着《大莲花》《铁莲花》，那真赛过《莲花湖》。湖边有《上天台》，可以在那里钓鱼。走过《御河桥》，《跑坡》到山顶，有一座《万花楼》，楼上有棋盘，左右《凤仪亭》《御碑亭》《青风亭》《风波亭》。当中一座《李陵碑》。《扫松》一片，《折柳》数株，山上花草有《盗灵芝》《戏牡丹》《红菊花》《白菊花》，招来了《花蝴蝶》《红蝴蝶》飞来飞去，那天是你爸爸《生辰纲》，又是《嫁妹》的日子。请亲友入府拜寿，实在不少。

乙 全有谁呀？

甲 有《三进士》《四进士》各位官员，有《泗水驿》《辛安驿》《临江驿》的驿丞，有《郿邬县》《钱塘县》《中牟县》《新野县》的知县。

乙 全是县官。

甲 还有《潞安州》《泗州城》的知州。

乙 州官。

甲 还有《嘉兴府》《大明府》的知府。

乙 知府也来了。

甲 还有两位大军阀，一位"打"过"登州"、"镇"过"潭州"、"破"过"洪州"、"取"过"荥阳"、"取"过"洛阳"、"取"过"金陵"；那一位"闹"过"江州"、"战"过"宛城"、"战"过"北原"，还"刀劈"过"三关"。从《让成都》之后，就《回荆州》安居了。还来了把关口的大将不少。

乙　全哪些？把过哪些关？

甲　《山海关》《雁门关》《泗水关》《南阳关》《文昭关》《草桥关》《临潼关》《界牌关》《葭萌关》《天水关》十几位镇守使。又来了《查头关》税务局的局长、《白帝城》特别市的市长、《水淹七军》的总司令、《三岔口》的保长、《法门寺》的和尚，《蚂蜡庙》的喇嘛都来了。还送了不少的寿礼。

乙　寿礼？全送些什么？

甲　有送《十万金》的，有送《拾黄金》的，有送《马蹄金》的，有送《千金全德》的，有送《千金一笑》的，有送《蝴蝶杯》《对银杯》的，还有送《富贵长春》寿匾的。寿幛子不少，幛文新鲜，有三个字的有四个字的。

乙　三个字？

甲　《喜荣归》《忠孝全》《三世修》《双官诰》。

乙　四个字呢？

甲　《天官赐福》《加官进禄》《麻姑献寿》，等等不一。老夫妻欢迎亲友，你爸爸头戴一顶《破毡笠》。

乙　怎么戴一顶破帽子？

甲　别看帽子破，上边安着一颗《庆顶珠》。身穿一件《斩黄袍》，上绣《龙凤配》，腰系一根《乾坤带》，足蹬《借靴》，左手拿着《黑风帕》，右手拿着《芭蕉扇》。

乙　这是什么打扮呀？

甲　你母亲打扮得漂亮，头戴《荆钗记》，插着朵翠花，耳戴《玉玲珑》的耳环，身穿《狄青借衣》，内衬《嗑指换袄》，外套《珍珠汗衫》，左手拿着《盗宗卷》，右手拿着《桃花扇》，鞋上绣着《双珠凤》，手腕戴着《拾玉镯》。

乙　刘媒婆。

甲　开席了。男宾入《琼林宴》，女宾入《鸿门宴》。大家落座，来了小丫鬟《宝蟾送酒》，大家端《九龙杯》《日月杯》《温凉盏》，同饮《岳阳楼》《吕洞宾》的长生寿酒。

乙　光喝酒，怎么没有菜呀？

甲　菜品是《雅观楼》的全席，有《刘全进瓜》《偷桃盗丹》《佛手橘》《太公钓鱼》《时迁偷鸡》《送馎馎》《送盒子》，《黄一刀》的酱肉,《混元盒》《抱妆盒》《斩窦娥》《斩蔡阳》,上来一碗"羊肚汤"。

乙　怎么上这个汤?

甲　又换一碗《审头刺汤》。唱的曲是《断臂说书》。那天亲友们都喝醉了,端起酒来碰杯,你爸爸喝得《醉打山门》,你母亲也有点儿《贵妃醉酒》。

乙　别喝了!

甲　为给你爸爸祝寿,唱一出戏。你母亲说:"我点一出戏好不好,唱出《杀子报》。"

乙　大喜日子,怎么唱这个戏?

甲　这出戏不吉祥。对,换出《活捉三郎》。

乙　这戏也不好。

甲　你爸爸说:"我来唱一出《双沙河》。"他演的人是驸马张天龙。

乙　唱得怎么样。

甲　唱得不错,亲友们直叫好,大家《三击掌》。本当见好就收,他又唱了一出《丑表功》。结果把句子唱错了,成了《花田八错》。大家叫倒好,你爸爸脸上挂不住。急得周身发烧,似《烧骨计》一般,出了一身的《楚汉(汗)争》。气得你爸爸直骂街。

乙　他骂谁呀?

甲　他《骂城》《骂殿》《骂杨广》《骂毛延寿》。又拿出一条五花棒乱打下人,《打金枝》《打金砖》《打龙袍》,跑到厨房《打砂锅》《打面缸》,把灶王也打了,《打刀》《打店》《打棍出箱》,老妈儿劝他,他给老妈儿一个嘴巴,《老妈儿辞活》也走了。你爸爸气得要《碰碑》《三上吊》。

乙　怎么没有人给劝劝?

甲　他的把兄弟《五人义》《八义图》也没劝好。外祖母来《探亲》,正赶上他《三气周瑜》。你母亲过来《打狗劝夫》,也算白说。最后还是我用戏名劝住了他。

乙　你劝得好。

甲　我说,您本当是《渔家乐》,就是唱了《错中错》,何苦去找那《苦中苦》,为这点事何必生气呢?结果你爸爸还真给我面子啦。

乙　你给劝好了。

甲　他跳河自杀了。

乙　啊！赶快救哇！

甲　大家用绳子往上拉，刚拉到一半，你爸爸高兴了。他说："这是一出好戏。"

乙　什么戏？

甲　《钓金龟》。

（康立本整理）

铡美案

甲　俗话说得好……

乙　怎么说的？

甲　好走东的不走西，好骑马的不骑驴，好打牌的不下棋，好吃西瓜
　　的不吃香蕉皮……

乙　多新鲜哪！

甲　这几样我都不喜欢。

乙　您喜欢什么？

甲　我喜欢听戏。

乙　爱看戏好哇。

甲　我跟别人看戏不一样。

乙　有什么不同？

甲　我用眼睛看。

乙　没有用鼻子闻的。

甲　我最不爱跟你讲话。

乙　我怎么啦？

甲　才疏学浅不说，还专门儿露怯。

乙　露怯？

甲　说白了就是四六不懂！

乙　我呀！

甲　我说用眼睛看是看在眼里，听在耳里，印在脑里，记在心里。我
　　不光是爱听爱看，还爱研究。

乙　不容易。

甲　不管是老生戏、小生戏，还是花旦戏、青衣戏，我都有研究。

乙　了不起。

甲　不过我最喜欢研究的是花脸戏。

乙　花脸戏分为铜锤花脸和架子花脸，不知道您对哪个有研究。

甲　铜锤花脸。

乙　铜锤花脸唱出来讲究龙吟虎啸，像什么《二进宫》中的徐彦昭，《草桥关》里的姚期……

甲　可惜这几个角色我都不喜欢。

乙　你喜欢什么角色？

甲　头顶青天、脚踏大地、胸中装着黎民百姓的清官包文正包公。

乙　包公戏很多，像什么《赤桑镇》《陈州放粮》《遇皇后》《打龙袍》《探阴山》《秦香莲》……

甲　也叫《铡美案》。

乙　看来您专演包公戏啦。

甲　"活包公"嘛。

乙　又吹上啦！

甲　小看人儿，我对包公真下过功夫，我问你，你说说包公这脸为什么是黑的？

乙　象征铁面无私。

甲　不全面，我是问你包公的脸怎么会是黑的。

乙　怎么会黑……反正他就黑了。

甲　不像话！

乙　传说呀包公……

甲　打住，不用编故事，没那么复杂。

乙　那你说包公这脸是怎么黑的。

甲　不知道了吧？

乙　不知道。

甲　找我来吧！

乙　不找您找谁呀？

甲　知道我有能耐？

乙　有能耐。

甲　我有什么能耐？

乙　吃得多！

甲　我是饭桶？

乙　我知道你有什么能耐？

甲　有学问！

乙　您有什么学问？

甲　刚才你问什么问题？

乙　包公这脸是怎么黑的？

甲　这就是学问，你既然问我，找我来啦，我就得告诉你，但是你可不能当耳旁风，要千万记住喽！要听在耳骨之内，记在脑海之中，日后不管你走到天南海北，一旦有人说起此事，问起你来，提出在梨园行中千年的不解之谜，包公的脸怎么会是黑的，那算来着啦，更不用犹豫，立马儿脱口而出，还要滔滔不绝，振振有词，妙语连珠，一气呵成，当当当当就把这问题当众给他回答上来，让所有在场的、站脚的、立威的……

乙　我怎么听着像在天桥里边儿。

甲　我就是打天桥儿里出来的！

乙　怪不得听着耳熟呢！

甲　别说话，蹲下！

乙　还真是天桥里边儿的！

甲　你还学不学？

乙　学，我要不学我怎么知道包公这脸怎么是黑的呢。

甲　废话少说。

乙　你一点儿都没少说。

甲　我还得托付托付，有一句话你可要牢牢地记在心中，没有人问你也就罢了。如果有人问将起来你怎么会有这么大学问，你可不能隐瞒真相，你要一五一十、老老实实、原原本本地告诉对方，你的能耐、你的知识、你的学问全是天桥儿里边说相声的（指甲）×××教给你的，别忘了传名啊！

乙　还在天桥儿里边"画锅"哪。

甲　好了，你不是问包公的脸怎么是黑的吗？

乙　啊！

甲　它是演员用笔画的！

乙　出去！

甲　来个抢"板凳头儿"的。

乙　谁不知道是画的。

甲　知道你还问我。

乙　废话！我问你真包公的脸儿为什么是黑的。

甲　这你就是外行啦，其实包公本人的脸不是黑的。

乙　那是什么脸？

甲　包公是宋朝的人，离现在可有年头儿啦，谁也没看见过，所以我也不知道，但是据我所知，在开封、在合肥都有包公的像，是净面长须不是黑脸。

乙　那为什么一演包公就是黑脸儿呢？

甲　这就是我国戏曲脸谱艺术的魅力，里边儿可有讲头儿。

乙　有什么说法？

甲　你比方说红脸代表忠义，像关公关云长就是红脸儿。

乙　白脸儿呢？

甲　奸诈，像曹操，曹孟德就是大白脸，我看你就是个大白脸。

乙　我才不是大白脸哪！

甲　小白脸儿？

乙　有完没完？

甲　这不是跟你解释白脸吗？

乙　紫脸呢？

甲　孝顺，孙权孙仲谋就是紫脸。

乙　黑脸？

甲　正直，包公怎么样？

乙　那还用说，刚直不阿。

甲　对喽，不光包公是黑脸，这么跟您说吧，自古以来所有的清官全都是……

乙　黑脸。

甲　那也不见得。

乙　还是的。

甲　就拿秦香莲这出戏来说吧，在这里边包公是正义的化身，他的黑脸是表示他铁面无私、公正廉明、忠于职守的精神。

乙　您能不能把剧情仔细地说说。

甲　可以是可以，那就要看是长说还是短说。

乙　长说怎么讲？

甲　没个千儿百年说不完。

乙　我没那么长的命。

甲　短说也得几十年。

乙　说完啦?

甲　也就刚开个头儿。

乙　嚯! 没日子说啦你?!

甲　这么办吧, 为了节约时间, 咱们掐头去尾……

乙　好!

甲　不说当间儿。

乙　那就别说啦!

甲　就说当间儿。

乙　精彩之处。

甲　注意啦……嗳, 怎么样?

乙　我什么也没听见。

甲　我还没说呢。

乙　那你问我干吗?

甲　我怕你走神儿。

乙　我这儿盯着哪!

甲　话说陈世美辞别了妻儿老小, 告别了乡里乡亲, 一个人踏上了进京赶考、求取功名的艰难坎坷之路。他是个幸运儿, 也搭着老天开眼, 他是金榜题名, 得中了头名状元。万岁在金殿之上一看陈世美不错, 要文才有文才, 要人才有人才, 那真是鼻子是鼻子, 脸儿是脸儿, 要人样儿有人样儿, 要模样儿有模样儿, 人模狗样儿……

乙　什么眼神儿。

甲　万岁爷一高兴把公主许配给他了!

乙　招为驸马。

甲　陈世美这个美呀!

乙　那还不美。

甲　早就把二老爹娘、妻子儿女抛脖子后头了。

乙　秦香莲不是带着儿女进京找陈世美来了吗?

甲　没错儿, 可是秦香莲万万没有想到, 陈世美这小子是王八吃秤砣……

乙　什么意思?

甲　他铁了心啦!

乙　是啊!

甲　王八吃甲鱼……

乙　怎么回事儿?

甲　他绝了情啦!

乙　咳!

甲　王八吃人参……

乙　这个?

甲　没有人味儿呀!

乙　什么乱七八糟的。

甲　最可气的是他不但不认秦香莲母子,反而差韩琪令他在天齐庙内让她母子三人死于刀下……

乙　这是杀人灭口!

甲　秦香莲遇到了好人了,韩琪是个有血有肉、是非分明的好汉,听秦香莲哭诉了缘由之后,不由得气从胆边生、怒火心中烧,不仅没有杀了秦香莲母子,反而自己拔刀自刎,嘱咐秦香莲拿着这口带血的刀,去开封府的路上拦轿喊冤。包公一看这把刀,认识,这是当朝驸马陈世美的"使手家伙"……

乙　天桥撂地呀!

甲　这可不是一件小事,二话没说立马给陈世美打了个电话……

乙　那阵儿有电话吗?

甲　老电话!

乙　没听说过,得下请帖。

甲　对,下了请帖,要在开封府当面过问这件事。

乙　表现了包公办案疾恶如仇。

甲　怎么样才能把这件事和陈世美挑明了呢?

乙　得想个办法。

甲　包公一琢磨,得咧,就再来回重操旧业。

乙　干什么?

甲　包公过去算过卦,相过面,看过手相……

乙　我怎么没听说过?

甲　全都知道,这是公开的秘密。

乙　新鲜!

甲　我问你老百姓都管他叫什么？

乙　包青天。

甲　那是后来，开始呢？

乙　包相爷。

甲　对呀，包相爷，包相爷，包公是相命的爷。

乙　相命的爷？

甲　相命相得好，有能耐，北方人管有能耐的人都尊称爷。

乙　真的？

甲　唱词儿里有哇。

乙　怎么唱的？

甲　（唱）"包龙图打座在开封府，尊一声驸马公细听端详，曾记得端午日朝贺天子，我也曾与驸马相过面皮……"听明白了没有，"相过面皮"，这意思就是说包公不单会相命，而且还会相皮，他是多才多艺呀……

乙　是这么解释吗？

甲　（唱）"我观你左眉长来，你的右眉短，左膀高来，你的右膀低……"这毛病就来了。

乙　什么毛病？

甲　陈世美被招为驸马，应当说是人有人才，貌有貌相，才貌双全，不然的话皇上怎么会把公主嫁给他呢？

乙　当驸马没有不漂亮的。

甲　可是让包公这么一唱，陈世美就成了水蝎子——不咋蜇。

乙　不怎么样。

甲　左眉长，右眉短，左眉这么长，右眉才这么短，左膀高，右膀低，这就是驸马，走起路来就这模样儿。

乙　驸马要是成了这模样儿，那公主也好看不了！

甲　那公主就得这样了。

乙　那皇上还不得这样……全残疾啦！

甲　下面还有词哪，（唱）"眉长眉短有儿女，膀高膀低定有前妻。劝驸马认香莲是为正理，祸到临头你后悔迟……"

乙　包公的意思让他赶紧把秦香莲母子认下来。

甲　陈世美不这样，他是王八吃扁担——横了心啦！

乙　光俏皮话儿。

甲　王八喝墨水——黑了心啦！

乙　嗯。

甲　王八擦胭脂——变了心啦！

乙　哟。

甲　王八挨枪子……

乙　什么话儿？

甲　他死了心啦！

乙　嘿，怎么琢磨出来的？

甲　陈世美有几句唱："包公讲话理太浅，本宫言来表一表家园哪……"最后一句是："本宫东床招驸马，一无女来二无男，你叫我招认为哪般？"

乙　说什么也不认。

甲　（唱）"驸马公不必言讲，现有凭据在公堂，人来看过爷的香莲状……"

乙　有告你的状纸。

甲　（唱）"陈驸马近前看端详，上写着秦香莲三十二岁，状告当朝驸马郎，你欺君主瞒皇上，后婚男儿招东床，欺君灭子把良心丧，你逼死韩琪在庙堂，将状纸压在了爷的大堂啊上……"

乙　好！

甲　（唱）"咬紧牙关你为哪桩？"

乙　看你还有什么话说！

甲　（唱）"既然有人将我告，何不升堂问根苗？"有能耐你升堂啊，你审案哪！

乙　哟，他还较劲儿啦！

甲　（唱）"劝某升堂有你的什么好？霎时儿叫你的魂魄消，人来与爷站堂道……升……堂（鼓声）咚……咚……咚……哦——"

乙　你有毛病？

甲　我这儿升堂啊，表现了包公的正气和威风。

乙　您是威风啦，我可扫地啦！

甲　（唱）"带过来秦香莲叫她认夫豪。"

乙　该秦香莲啦。

甲　她这儿有两句唱："忽听相爷一声唤，急忙上前问根源。"

乙　包公怎么说的？

甲　（唱）"那旁坐的陈世美，看他把你怎么开销。"你去认他去，看他敢把你怎么样？别害怕，有我哪！

乙　包公给秦香莲做主。

甲　既然有包公做主，秦香莲胆子也变大啦，什么也不怕啦，也敢打架啦！

乙　打架？

甲　不！也敢说话啦。

乙　这还差不多。

甲　（唱）"走上前去把夫认。"

乙　陈世美呢。

甲　（唱）"一步踏你地上尘。"

乙　够狠的。

甲　（唱）"二次上前把夫认。"

乙　真不容易。

甲　（唱）"一足踏你命归阴。"

乙　真气坏了！

甲　秦香莲不顾生死，只是苦苦地哀求。俗话说得好，人心都是肉长的，陈世美也不例外，看看自己的结发之妻，瞧瞧自己亲生的一对儿女，慢慢地他也受到了触动，心肠也开始软了下来，准备当众接受这苦命的娘儿仨。

乙　陈世美回心转意了。

甲　（唱）"本当上前将她认……"

乙　这就对啦！

甲　倒霉就倒霉在校尉身上啦！

乙　校尉怎么啦？

甲　他们早不喊"威武"，晚不喊"威武"，偏偏在陈世美悔悟的时候，也就是他动了心啦，要认秦香莲母子的时候他们喊起了"威武"，这一声"威武"可就坏了大事啦！

乙　坏了什么事？

甲　陈世美想起了击掌的事，那还了得，一旦认下来是必死无疑呀，荣华富贵没了不说，连命都搭上！不行，王八耍大刀——太悬了。我不能干这赔本儿的生意。

乙　做买卖哪！

甲 陈世美终于下定决心，不仅不认，一狠心、一咬牙、一跺脚，噌，从太监手里夺过了尚方宝剑，要亲手将秦香莲母子刺死于大堂之上。

乙 他要杀人灭口！

甲 包公一看，哟呵，好小子，跟我来这手儿，你吓唬谁呀？你也不打听打听，我姓包的是干吗吃的？今儿个我让你开开眼，我要不把你弄死，我就不是包公！

乙 是什么？

甲 包子！

乙 还馅饼哪！

甲 包公的脾气你是知道的。

乙 我怎么知道？

甲 他不是铡过你吗？

乙 没有！

甲 包公心里想，陈世美呀陈世美，你太不是玩意儿啦，你是一箭双雕哇！杀死秦香莲你来个杀人灭口，弄得我在皇上面前死无对证，无法交代，革职是小，这几条性命可就白白地丢掉啦。开封府大堂是干什么用的？岂能容你胡作非为？说话这工夫，陈世美的宝剑可就举在手上啦，开封府怎么会有屈魂冤鬼，万万不可。包公一看来不及啦，必须争取时间，要抢在陈世美下手之前把他制伏喽！说时迟，那时快，包公也顾不得许多了，一撩袍带，从腰里掏出了手枪，不许动！

乙 放下！

甲 怎么啦？

乙 那阵儿有手枪吗？

甲 老手枪！

乙 没听说过！

甲 少见多怪。包公走上前抓住陈世美的手（白）"驸马你忒莽撞了！"（唱）"你差韩琪行霸道，杀妻灭口为哪条？"

乙 陈世美怎么说的？

甲 （唱）"我差韩琪谁知晓？"

乙 他不认账。

甲 （唱）"现有你府上的杀人刀。"

乙　对，有刀为证。

甲　（唱）"为何有刀无有鞘？"

乙　嗬，陈世美可够损的。

甲　（白）"这个……"

乙　怎么啦？

甲　包公没词儿啦。

乙　是呀！

甲　这叫王八坐轿子——没想到哇。

乙　这多急人。

甲　你还别说，到底是妇道人家的心细，秦香莲给解了围。

乙　她有什么办法？

甲　（唱）"刀鞘现在韩琪腰。"

乙　对呀，在韩琪身上挂着哪。

甲　（白）"王朝。"

乙　在。

甲　（唱）"土地庙内取刀鞘。"

乙　越快越好。

甲　王朝心想，时间紧迫，骑马是来不及了。

乙　那怎么办？

甲　一出大堂，没去马棚，得喽奔车库，骑上摩托车，嘟——

乙　站住，那阵儿有摩托车吗？

甲　哎，老摩托车啦！

乙　您还是骑马吧！

甲　就依你，王朝骑上快马，不一会儿的工夫就把刀鞘带回来啦。
　　（唱）"取来刀鞘相爷瞧。"

乙　这回是刀也有啦，鞘也有啦。

甲　（唱）"大堂之上刀对鞘，件件事事你还不招！"

乙　看你还有什么话说。

甲　他心虚啦。（唱）"大堂之上刀对鞘，倒把本宫的魂魄销，人来与
　　爷忙顺轿……"

乙　他想溜。

甲　王八上钩——跑不了啦。（白）"哪里去？"

乙　上哪儿去？

对口相声

甲　（唱）"你我一同见当朝。"

乙　噢，见皇上。

甲　皇上啊，"天杠"我也不怕。

乙　推牌九哪！

甲　呸！

乙　冲我干吗？

甲　让你捡了个便宜。

乙　我呀！

甲　（唱）"开封府有人将我告，当朝的驸马你怎么开销？"听明白了，我是驸马，不是蛤蟆！

乙　还摆谱儿哪！

甲　（唱）"慢说你是驸马到，就是那凤子龙孙我也不饶！"

乙　蛤蟆秧子也不行。

甲　（唱）"头上打掉乌纱帽，身上再脱儿的蟒龙袍。"哎哟，完啦！

乙　什么事儿？

甲　鞋开绽啦！

乙　没把台板跺个窟窿就是万幸。

甲　这时候包公命人把铡刀抬到了陈世美的跟前儿，想最后再问他两句话，看他有没有悔改之意。

乙　难得。

甲　（白）"陈驸马。"

乙　多客气。

甲　（白）"包明公。"

乙　有门儿。

甲　（白）"陈世美！"

乙　直呼其名。

甲　（白）"包炭头！"

乙　黑炭！

甲　倒霉就倒霉这句话上了。

乙　可不！

甲　你想啊，包公本来就长得黑，他还管他叫"炭头儿"，那炭头儿跟煤核有什么区别？

乙　值不了几个子儿。

甲　包公听完了能不生气吗？能不生火吗？能不铡他吗？

乙　水煮都不解恨，只剩下铡（炸）了。

甲　（白）"开——铡——"喊里咔嚓……

乙　铡啦？

甲　没有！俗话说得好，无巧不成书嘛，公主来啦！

乙　公主住在深宫内院里头，她怎么知道的？

甲　有人给她报了个信儿。

乙　谁呀？

甲　跟陈世美一起的小太监。他一看这事儿闹大啦，趁人不注意，他就偷偷儿地溜出了开封府，一溜小跑进了宫向公主禀报。

乙　公主呢？

甲　公主一听，这还了得，开什么玩笑？

乙　啊！

甲　（花旦腔）"哟，怎么着，要铡驸马呀？那驸马能随便铡的吗？他是真明白还是装糊涂，驸马要是他妈的完了，我不就成小寡妇啦？"

乙　谁让他犯法啦。

甲　不行，我得找他去，找他要我们家爷们儿！

乙　什么词儿啊？

甲　"三轮、三轮，开封府去不去？"

乙　去不了，那阵儿有三轮吗？

甲　哎……

合　老三轮儿啦！

甲　你怎么说啦？

乙　我不说你也得说。

甲　这不为快嘛。

乙　那也得坐龙车凤辇。

甲　对，坐的是龙车凤辇，戴的是凤冠霞帔，穿的是黄龙凤袄，锦衣卫前呼后拥，旗锣伞盖鸣锣开道，丫鬟、扇子、提香、拎灯左右伺候，那派头儿大了去啦！

乙　威风不了多大会儿啦！

甲　可不是吗？到了开封府，她拿包公也没辙。

乙　没理呀。

甲　开封府门前人山人海。

乙　都来看热闹。

甲　就在这个时候，太后也来啦，皇上的圣旨也到了！

乙　包公的压力可够大的！

甲　包公一看这个阵势，如果不当机立断，赶快解决了陈世美，万岁爷真要来到了开封府，秦香莲的冤屈将会石沉大海，甭想再报了。想到这儿，包公把帽子一甩，那头上的小辫儿"噌"就立起来了。

乙　下决心了！

甲　一指老太后，（河南话）"你这个老杂毛！"一指公主，（河南话）"你这个丫头片子！"

乙　怎么变味儿啦？

甲　（河南话）"今天我豁出去官不当，命不要，老爷我也要把陈世美这个龟孙子给宰喽！常言说得好，当官不为民做主，不如回家烤红薯，小的们，开铡！"

乙　真是大快人心，铡得好！

甲　这时候人群中有人带头喊起来了："向包公学习！"

乙　向包公学习！

合　向包公致敬！

◆

◆

（韩子康述　薛永年整理）

地理图*

甲　听您说话的口音不是本地人吧？

乙　我是北京人。

甲　咱们同乡。我离北京不远。

乙　您上这儿干什么来了？

甲　来找个人。

乙　您找谁呀？

甲　找我哥哥。

乙　您找着了吗？

甲　我找了一个多月了，也没找着。

乙　您的哥哥在什么地方呀？

甲　我把地名儿忘了。

乙　那可没法找，天津地方儿大了。

甲　我着急呀，想跟您打听打听。

乙　您跟我打听，没有地名儿也没办法。您要记个大概我还能帮忙。令兄哪行发财呀？

甲　我哥哥是个厨子。

乙　是什么字号？或者在哪个会馆？

甲　全不是，我哥哥在庙里。

乙　天津的庙可多了。叫什么庙名儿您记得吗？

甲　我记得好像有个"宫"字。

乙　有个"宫"字儿啊，有"宫"字儿的庙我知道几个。我给您想想，

198

---

*　《地理图》是张寿臣 20 世纪 20 年代后期的作品。

北马路有个万寿宫。

甲　不是。

乙　西北角有个文昌宫。

甲　不是。

乙　东马路有个崇仁宫。

甲　也不是崇仁宫。

乙　这庙全带"宫"字儿啊，您是什么宫？

甲　大概是尉迟恭。

乙　尉迟恭？那您找敬德去。尉迟恭，没这个庙啊！

甲　要不就是出大恭。

乙　出大恭，您上茅房啊？没地方找去！出大恭、尉迟恭不是庙啊。
　　哎，庙有什么迹址没有？

甲　迹址呀，我哥哥跟我提过，说这个庙啊，有卖金鱼儿的，有卖花
　　儿的……

乙　啊，行了，行了。这您算找着了。您说庙里有卖金鱼儿的，有卖
　　花儿的，还有卖抖的那个"空竹"。

甲　对，对了。

乙　那怎么叫尉迟恭、出大恭哪？那个庙叫"娘娘宫"。

甲　哎，我上娘娘宫。您受点儿累告诉我吧。

乙　这没什么。您打这儿奔东马路，东门北边儿有个袜子胡同，进了
　　袜子胡同一直走，就瞧见这个庙了。对着庙有个戏楼，庙在路西，
　　有两根大旗杆，那就是娘娘宫。门口儿可写着"天后宫"。

甲　谢谢，谢谢！我哥哥也这么说过，有旗杆，有牌楼，还有俩铁狮
　　子，铁狮子脑袋上有犄角。

乙　错了，错了，您这么绕远儿怨谁。您说有牌楼，铁狮子头上带犄
　　角的，那不是娘娘宫，那叫"玉皇阁"。

甲　哎，我上玉皇阁。

乙　您上玉皇阁啊？

甲　我上玉皇阁。

乙　玉皇阁也打那儿走，您到娘娘宫对过那戏楼，过那戏楼有个水阁
　　大街，您往北走，门口有大牌楼，这个庙正对着大口，大口就是
　　海河。

甲　对，这庙在高坡上头，四处是大坑注，听说是四月里开庙。

乙　又拧了！您说这庙在高坡上头，四月二十八祭药王？

甲　对呀。

乙　那叫"蜂窝庙"。

甲　哎，我上蜂窝庙。

乙　您到底上哪儿？

甲　我上蜂窝庙啊。

乙　怎么我说哪儿你上哪儿？

甲　您受点儿累吧！

乙　好，告诉你，南门外一直往南，过八里台儿、李七庄子还往南，庙在高坡上头，那里供着药王爷。

甲　对，庙里供着阎王爷。

乙　那儿没阎王爷，药王爷！

甲　怎么没阎王爷呀？十殿阎王爷哪，还有七十二司，后头有寝宫。庙热闹着哪！

乙　（冲观众）嘿，又给搬家了。啊，您说那庙里有阎王爷，有城隍殿，后头是寝宫，挨着自来水公司……

甲　对，老年间还过皇会，城隍还出巡。蛮对。

乙　那叫"城隍庙"。

甲
乙　（合说）哎，我上城隍庙。

乙　走！你这不是成心起哄吗？我说哪儿你上哪儿，搅和了半天。天津的庙多了，这还有完哪？

甲　先生，您这可不对。

乙　我怎么不对呀？

甲　这个找人哪，最着急。找我哥哥找了一个多月了，我也没找着，皆因听您这口音咱们是同乡，跟您打听城隍庙，您要是认得劳您驾告诉我，不认得我再跟别人打听。我跟您打听城隍庙，您让我上蜂窝庙干什么去？又娘娘宫了，玉皇阁了，您这不是拿我开涮吗？我哪儿有闲工夫跟您逛庙啊？

乙　我倒带你逛庙了！这么一说，我倒不是东西了？

甲　我可没那么说。

乙　好啊，我说的。你是真找人哪，还是开搅啊？

甲　什么叫开搅啊？我找我哥哥呀。

乙　那么你哥哥到底在哪儿?

甲　城隍庙啊,您不认得吗?

乙　我认得呀。你还上别处去不去了? 这儿还有个大悲院你去不去?

甲　我上大悲院干什么去?

乙　天齐庙你去不去?

甲　让诸位听,这不是拿我开心吗? 我上天齐庙找谁去?

乙　那么我要是告诉你,还跟别人打听不打听?

甲　你告诉我,干吗还打听啊?

乙　好了。要不是遇见我呀,再打听半年你也打听不着。打这儿出门儿,雇车也行,上电车、汽车全行,您奔老车站。

甲　老车站?

乙　买张票一直上北京。

甲　我上北京干什么?

乙　是啊,你不是上城隍庙吗? 你要是不上北京怎么能到西北角啊?

甲　我上天津城隍庙。

乙　啊,天津城隍庙啊,你认得?

甲　不认得呀,认得就不打听了。

乙　你要认得你就去,不认得跟别人打听。

甲　这不跟您打听吗?

乙　这不是告诉你抄近道儿嘛!

甲　好,劳您驾吧!

乙　你还省俩钱儿,丰台下火车,奔长辛店、良乡县、窦店、琉璃河,奔涿州。

甲　这才到。

乙　(拉长声)早着哪! 这连十分之一还没走呢! 你要忙跟别人打听。

甲　不忙了,我上城隍庙,都到涿州了,我还忙什么哪?

乙　听你这话你是认得?

甲　不认得,您慢慢说吧。

乙　你奔松林店、高碑店、定兴、徐水、保定府、石家庄、太原府,过黄河到陕西,过甘肃、新疆,有八百里地旱海,自带干粮自带水。

甲　不带干粮不带水?

乙　渴也把你渴死,饿也把你饿死。过了旱海有个火焰山,过了火焰山你上飞机，一直往西北，走四十七个礼拜，下飞机您就瞧见了，那儿有一个小庙儿，匾上写着仨字："城隍庙"。

甲　我劳您驾，我这双鞋到得了到不了？

乙　有主意呀，你把它脱下来，提溜着走，回来还是这个样儿。

甲　您这主意好，磨脚不磨鞋。

乙　甭费话了，赶紧赶路要紧。

甲　我找位就伴儿的，您这儿还有去的没有？

乙　您甭找就伴儿的，我们这儿全认得。我刚打那儿来。走吧，走吧！

甲　这么说，咱们哥儿俩……

乙　回来见。

甲　下辈子见。

乙　见不见的没关系。

甲　（转脸走到台口）

乙　图什么的！

甲　（走回）先生。

乙　冤魂不散！

甲　我跟您说两句呀，世界上不怕没好事，就怕遇见不好的人。

乙　世界上净好人。

甲　好人有是有，少啊！没德行的人太多！我打听城隍庙不是一天了，打听一个多月了，没人告诉我。

乙　别人不认得，怎么告诉你呀？

甲　今天遇见您这么一位有德行的人。

乙　这是您说我有德行。

甲　您的德行大了。诸位您瞧，这德行全出来了。

乙　这是什么话？我这儿散德行哪！

甲　您想啊，打听道儿费您多少话，耽误您多少时间。

乙　这没什么。

甲　昨天我也打听这个道儿来着。就在您这个地方，遇见这个人可没德行。

乙　怎么个长相儿？

甲　跟您长得不差什么的。

乙　这么说就是我呀？

甲　不，不是您，绝对不是您。可是那个人穿的衣裳跟您也仿佛，可不是您哪。他没德行，您有德行；他不是东西，您是东西。

乙 这是什么话？

甲 他不是玩意儿，您是玩意儿。

乙 怎么您出口不逊骂人哪？

甲 我可不敢骂人，我是为了让您给评评理。我找我哥哥找不着着急，我跟他打听道儿，他要是说不认得也没关系，他让我绕远儿。您想我能对他说好话吗？我能不骂他吗？

乙 噢，您骂那个让您绕远儿的？那倒是……

甲 可骂不可骂？

乙 那……那……您就骂吧。他怎么告诉您的哪？

甲 头一句就不像话，您头一句让我奔哪儿！

乙 我让您奔老车站哪？

甲 诸位您听听，上城隍庙奔老车站，多有德行！那小子让我奔北大关！

乙 哎呀，远了，北大关远了！

甲 远了不是？

乙 绕大远儿了，远多了！

甲 远多了？哈哈，你这也不近！

乙 （皱眉）还走哪儿？

甲 奔北大关，走河北大街，大红桥，杨村、蔡村，河西务，安平，马头，张家湾，奔通州八里桥，进北京齐化门，出北京德胜门。

乙 还怎么走哪？

甲 走清河，沙河，昌平县，南口，青龙桥，康庄子，怀来，沙城，保安，下花园，辛庄子，宣化府，沙岭子，榆林，张家口，柴沟堡，西湾，天镇，阳高县，聚乐堡，周氏庄，大同，孤山，宏赐堡，丰镇，苏集，集宁，三岔口，十八台，卓资，三道营，旗下营，陶卜齐，呼和浩特，西包头，甘肃兰州，西凉，凉州，永昌，甘州，嘉峪关，安西，哈密，吐鲁番，新疆乌鲁木齐，精河，伊犁，温宿，进西藏。聂拉木，里拉，扎多木，扎什，拉萨，伦布，墨竹工卡，巴塘、理塘、雅砻江，四川成都府，岷江，简阳，重庆，丰都，宜昌，荆州，沙市，汉阳，汉口，孝感，武胜关，河南信阳县，郾城，许昌，荥阳，洛阳，渑池，陕县，灵宝，陕西华阴县，长安，西安，渭水，渭南，到山西。平遥，太原府，寿阳，平定州，井陉，石家庄，新乐，望都，河北保定府，深、武、饶、安、河间府，沧州，南皮，东光，德州，平原，禹城，山东济南府，党家庄，张夏，万德，界首，泰安，东北集坡，大汶口，吴村，曲阜，兖州府，梅城，沙沟，韩庄，利国驿，柳泉，茅村，徐州府，固镇，新马桥，曹老集，蚌埠，门台子，安徽凤阳，临淮关，小溪河，石门山，张八岭，担子街，浦镇，浦口，过江到南京。龙潭，下蜀，高资，镇江府，新丰，丹阳，吕城，常州，石塘湾，无锡，苏州，外跨塘，正仪，昆山，陆家滨，安亭，南翔，大场到上海。

乙　还怎么走？

甲　走松江，浙江嘉兴、绍兴、宁波、台州、温州、福建福州、南平、江西南昌，湖南长沙、常德，贵州贵阳、安顺，云南昆明、开远，广西桂林、梧州，广东广州、佛山，奔雷州半岛、海南岛，过北部湾，走越南河内、高棉、寮国、泰国，缅甸仰光，印度新德里，再到阿富汗。

乙　到外国了！

甲　京城喀布尔，巴基斯坦，不丹，锡兰，伊朗德黑兰，阿拉伯半岛出红海奔欧罗巴洲，走土耳其，俄罗斯莫斯科，冰岛，芬兰，丹麦，荷兰，比利时，挪威，瑞典，德意志，奥地利，瑞士，亚得里亚海，意大利，法国巴黎，西班牙，葡萄牙，英国伦敦，罗马尼亚布加勒斯特，捷克布拉格，阿尔巴尼亚地拉那，保加利亚索非亚，匈牙利布达佩斯。

乙　嘿！

甲　出欧洲地中海，奔阿非利加洲，走埃及开罗，阿尔及利亚，莫三鼻给，埃塞俄比亚，突尼斯，摩洛哥，奔大西洋到美洲，走纽芬兰魁北克，加拿大渥太华，美国旧金山、圣弗兰、落基山、密执、纽约、华盛顿，墨西哥，古巴，马那瓜，巴拿马，亚马逊河，巴西，苏克雷，蒙得维的亚，拉巴拉他河。

乙　这都什么地名儿啊？

甲　出美洲奔澳大利亚洲，走新西兰，印度尼西亚，南洋群岛，菲律宾，吕宋，台湾，朝鲜汉城，琉球，奔日本，对马、横滨、大阪、名古屋、北海道，库页岛，回东北黑龙江。

乙　这才往回走。

甲　齐齐哈尔，哈尔滨，双城堡，蔡家沟，虎市，布海，朱城子，长春，范家屯，陶家屯，刘房子，公主岭，郭家店，四平街，泉头，双庙子，昌图，马仲河，金沟子，开原，铁岭，八里庄，新城子，虎石台，沈阳，皇姑屯，裕国站，马三家子，兴隆店，巨流河，新民县，大虎山，高山子，青堆子，赵家屯，沟帮子，大凌河，双羊店，锦州，女儿河，高桥，塔山，锦西县，兴城，白庙，沙后所，绥中县，前所，山海关。出喜峰口，奔赤峰州，走热河，巴沟，喇嘛庙，草地，库伦，买卖城。穿过西伯利亚到了北冰洋，坐飞机再走十七个星期，这才到天津城隍庙！（少数地名改用今称）

乙　才到啊！

（张寿臣述　张立林　笑暇整理）

庙游子

甲　您是什么地方人哪？

乙　我是北京人。

甲　好啊，北京这个地方是首善之区，五方杂处，哪省都有在这儿做事儿、开买卖的。

乙　可不是嘛。

甲　我哥哥就在您这地方做点儿小事由儿。

乙　他在这儿做什么事儿？

甲　说出来怕您笑话。

乙　我们可不敢笑话人。他在这儿做什么事呀？

甲　给人支使着。

乙　这不算寒碜呀！在哪个馆呀？

甲　不在公馆里头，在庙里头。

乙　噢，伺候当家的。在哪庙里头？

甲　这个庙名让我给忘了。所以我到这儿就没找着他。

乙　那可不好找，北京这个地方庙很多，分庵、观、寺、院、宫。

甲　不错，是个带"宫"字的庙。

乙　雍和宫？

甲　不是。

乙　九天宫？

甲　不是。

乙　万寿宫？

甲　不是。您等我想一想……叫上了工。

乙　那是有事了。

甲　不对，叫……下了工。

乙　那您就卷铺盖吧！

甲　叫出大恭。

乙　那您上厕所，哪儿有叫这名儿的？您说说这庙有什么特点，在什么地方？我也许能知道。

甲　我听我哥哥说过，说这个庙每年在三月初一开，开到初五，三月三是正日子，庙里供着一个老太太，叫什么娘娘？

乙　噢，我知道啦！您说这个庙，每年是三月初一开，开到初五，三月三是正日子，庙里供着是王母娘娘，有天兵天将，挂着九头鸟，庙里头有卖眼药的，庙外头有茶棚子，有杂技场，有跑车跑马的，是这个庙不是？

甲　对！就是这个庙。

乙　这庙叫蟠桃宫。

甲　哎，我上蟠桃宫。

乙　您去吧！

甲　我不认识呀，劳您驾您告诉我吧。

乙　好吧。您起这儿出哈德门，下吊桥顺着河沿儿一直往东，您多咱瞅见便门了，就到了这个庙。

甲　对，这庙在便门外头。

乙　不，在便门里头。

甲　在便门外头！路北的大庙。

乙　不，路南的小庙。

甲　七层殿哪。

乙　两层殿。

甲　七层！这庙每年是正月初一开开到十九，是个老道庙。十八舍馒头，燕九儿会神仙。

乙　好嘛，我让他奔东便门，他奔了西便门了。您说这庙是个老道庙，庙里头有窝风桥、避风洞，老猪、老羊，挂着整部的西游灯，邱祖得道在那儿，还有老人室；掌钱打金钱眼，打着有造化，打不着没造化，对不对？

甲　对！

乙　这庙不叫蟠桃宫。

甲　这庙叫什么？

乙　这庙叫白云观。

甲　哎，我上白云观。

乙　那您出西便门，过了铁道往西北走，您就瞅见这个庙了。在庙的后头，有一对瓷瓦山，在山上有个小白塔儿。

甲　不错，有个大白塔。

乙　不，小白塔。

甲　大白塔，听说这塔底下是个海眼，这塔还裂过一回，让鲁班爷下界给铜上了，铜大家伙嘛。

乙　又拧了，您说这庙那不叫白云观了。

甲　这庙叫什么？

乙　这庙叫白塔寺。

甲
　（合说）哎！我上白塔寺。
乙

乙　您又上白塔寺了？

甲　啊！

乙　那您起这儿奔西四牌楼，往西，过了帝王庙那个牌楼，就是白塔寺。

甲　不错，有座牌楼，是个瓷牌楼。

乙　不，木头的。

甲　瓷的。上头还有四个大字："永延帝祚"。庙里头有七十二司，速报司、现报司，铜骡子、铜马、大算盘。供着"黄飞虎四太子"，"东岳天齐"嘛！

乙　这位满市街这么一扑忙子。您说这个庙那不叫白塔寺。

甲　您说这庙叫什么？

乙　这庙叫东岳庙。

甲
　（合说）哎，我上东岳庙。
乙

乙　我说上哪儿你上哪儿呀，又东岳庙了？

甲　是呀。

乙　那您出齐化门，哎，这道儿我倒都认得。出齐化门一直往东，庙在路北里，紧对着神路街。

甲　不错，有神路街，一步三市嘛！有鸽子市、肉市、鸟市，庙里头有卖玉器的，有花儿厂子，庙后头还有杂技场。不错，就是那儿。

乙　嘿！又进城啦！您说这个庙是个喇嘛庙，每月逢九逢十开，一、二号有加庙，对不对？

甲　对呀。

乙　这庙不叫东岳庙。

甲　这庙叫什么？

乙　这庙叫隆福寺。

甲
　（合说）哎！我上隆福寺。
乙

乙　走！

（郭启儒述）

庙游子

四大名旦

甲　您是说相声的？

乙　对啦。

甲　听说干您这行什么都懂。

乙　不敢这么说。

甲　那就是什么都不懂啦！

乙　听着别扭。

甲　那您说应当怎么讲哪？

乙　不，干脆您想问什么得啦。

甲　我就是想请教一下您什么是享受。

乙　就这个呀。

甲　啊。

乙　吃。

甲　吃？

乙　对，吃就是享受，一个人能吃，想吃什么吃什么，这还不是享受？

甲　有什么根据？

乙　俗话说得好，吃、喝、玩、乐嘛，这"吃"字首当其冲就在头一个，可见吃的重要性。

甲　不然。

乙　然。

甲　什么毛病。

乙　俗话说得好，好吃不如饺饺，享福不如倒倒，谁都知道享受就是吃，吃得好，吃得开心，吃得尽兴，吃得随意，吃得不想再吃了……

甲　你没日子吃了是怎么着？

乙　俗话说得好……

甲　你俗不俗哇！

乙　民以食为天，何为食，食乃吃也……

甲　行啦，行啦，合算你就知道吃。

乙　那你说离开了吃还有什么享受？

甲　准确地讲，应当是唱。

乙　唱？

甲　对，唱乃歌也。

乙　我知道。

甲　你知道什么？

乙　我……

甲　你就知道吃。

乙　我呀！

甲　人一高兴就喜欢唱两口儿，这就是享受嘛，而且是非常高雅的享受。

乙　有这么一说。

甲　为什么说唱是享受呢？

乙　人高兴了才唱啊！

甲　这只是一方面，还有一方面是唱的人不仅自己享受了，而且也给他人带来了享受。

乙　你指的是听主儿。

甲　对喽，这就不仅是个人享受，而且是大众共享。

乙　有道理。

甲　你看下班儿了几位朋友没事儿，大伙儿一约，老哥儿几个晚上有事儿吗？

乙　没事儿。

甲　好，咱们到中国大戏院听马连良先生唱的《甘露寺》，我请客。

乙　好。

甲　您说听马先生唱是不是享受？

乙　多会儿都是享受。

甲　没听说有这样儿的，一下班儿几位没事干，大伙儿一约，老哥儿几个今儿晚上有事儿吗？

乙　没事儿。

甲　那好，有一个算一个，咱们到国民大饭店看吃饭去……

乙　啊？

甲　我请客。

乙　不去！

甲　所以我这个人最喜欢的莫过于唱。

乙　您喜欢唱？

甲　何止喜欢，而是醉！

乙　喝醉了再唱。

甲　什么都不懂！醉就是如痴如醉。

乙　是呀，没错儿啊，不吃怎么喝，不喝怎么会醉呢？

甲　嘻！哪跟哪儿呀？就是迷的意思。

乙　噢，您唱得着了迷。

甲　你只说对了零点儿五。

乙　零点儿五？

甲　也就是二分之一。

乙　二分之一？

甲　就是一半儿。

乙　早这么说不得了嘛！

甲　我着迷没什么，不就是喜欢唱吗？要命的是听我唱的人比我还迷。

乙　这么爱听您唱？

甲　街面儿上流传着这么一句话，您听见过没有？

乙　什么话？

甲　三天不吃盐，也得听听王树田。

乙　盐哪！

甲　别小看了盐，人要离开了盐可不能活。

乙　是啊，吃多了盐还齁儿的慌哪！

甲　你什么意思？

乙　吹牛呗！

甲　我问你，梅、尚、程、荀、王你知道吗？

乙　干吗我知道？在座的都知道，你说的是四大名旦。

甲　梅？

乙　梅兰芳。

甲　尚?

乙　尚小云。

甲　程?

乙　程砚秋。

甲　荀?

乙　荀慧生。

甲　王?

乙　不认识。

甲　王树田先生。

乙　日本人!

甲　你才法国人哪!

乙　中国人的名字都是三个字,复姓也没超过四个字,您这都五个字啦还不是日本人。

甲　告诉你,王树田先生就是我。

乙　你也配和他们四位在一起。

甲　弄明白喽,不是我非要和他们在一起,是他们非要和我在一起!

乙　又吹上啦!

甲　你掰着指头算算哪,这是梅先生(指大拇指),这是尚先生(指二拇指),这是程先生(指三拇指),这是荀先生(指四拇指),这是王先生(指小拇指)……

乙　就数你露脸。

甲　(指小拇指)您瞧我待这地方。

乙　你也就在这儿。

甲　甭管在哪儿,没有我行吗?

乙　那是,少了你成残疾啦!

甲　这是跟您开个玩笑。

乙　说真格儿的。

甲　四大名旦我最佩服。

乙　他们是中国戏曲旦角行当中四大流派的创始人。

甲　早年有同光十三绝。

乙　了不起。

甲　可是咱们没看见。

乙　对。

甲　这四位艺术大师可让我们给逮着啦！

乙　那叫有幸耳闻目睹。

甲　常言说得好，"内行听门道，外行看热闹"。

乙　有这么一说。

甲　咱可不是听听而已，要听出板眼，听出韵味，听出滋味儿，听出咸淡……

乙　还得尝出口轻口重来。

甲　吃上啦？

乙　咸淡不就是放的盐多盐少吗？

甲　整个儿一个白痴。

乙　你才白喝哪！

甲　我说你是外行。

乙　那你说咸淡是什么意思？

甲　是指唱腔的轻重缓急，抑扬顿挫，一个牌子、一个调门儿，一个板槽儿、一个字儿、一个疙瘩腔儿，拐弯儿抹角儿、犄角旮旯儿，没有地方不给您唱到的，讲究一段唱下来，不漏汤不洒水儿，原汁原味儿、可心可口儿地奉献给听主儿。

乙　别说他还真是有点儿研究。

甲　没研究能称得上是梅、尚、程、荀、王吗？

乙　行啦，行啦，瞧脑袋……

甲　什么意思。

乙　别挤扁喽！

甲　我知道挤也挤不进去。

乙　那你还挤什么劲儿？

甲　我蹭蹭行不行？

乙　什么人都有。

甲　四大名旦各有各的艺术特点。

乙　各有各的流派风格。

甲　就说梅派吧。

乙　四大名旦之首。

甲　梅先生不仅有厚实的唱念做舞四功的基础，而且还不断开拓创新，发扬光大，他演出的剧目永远给人以雍容华贵、赏心悦目的享受。

乙　要不怎么会被称为梅氏体系呢？

甲　梅派代表剧很多，像什么《贵妃醉酒》《宇宙锋》《洛神》《霸王别姬》《生死恨》……

乙　梅派艺术不仅表现了京剧的博大精深，而且还体现了高尚的爱国主义精神。

甲　梅先生台风精美，唱腔绝伦。

乙　独一无二。

甲　您就拿《贵妃醉酒》来说吧！

乙　这是一个重唱做的剧目。

甲　对，您瞧那扮相，那两步走，穿那么多，戴那么多，可人家一点儿不显，甭管怎么舞蹈，包括许多高难度的动作，他身上的那些佩饰，愣都单摆浮搁，纹丝儿不动。

乙　那是功夫！

甲　你看你爸爸醉酒。

乙　也纹丝儿不动。

甲　稀里哗啦连桌子都搁了。

乙　提他干吗呀？

甲　特别是舞着扇子，咬着酒盏，那个下腰的动作，您说人家那腰是怎么练出来的？简直就跟面条儿一样。

乙　那么柔软。

甲　别说，看了梅先生的下腰，我自个儿在家也练了练，总觉自己这腰跟梅先生也差不多少。

乙　噢，也跟面条儿一样。

甲　对，面条。

乙　软面条？

甲　干面条！

乙　甭练了，再练就断了！

甲　断了我倒不怕。

乙　你怕什么？

甲　我怕落个病根儿，一辈子直不起腰来！

乙　有这可能。

甲　还有那手伸出去都有讲究。

乙　对，叫"兰花指"。

甲　咱这手怎么伸怎么不像"兰花指"。

乙　那像什么呢?

甲　酱萝卜!

乙　腌菜!

甲　那身儿上的玩意儿是功夫,功夫是练出来的。

乙　多明白呀!

甲　我练的是唱功。

乙　您能唱?

甲　小看人儿,我不单能唱,而且底气足。

乙　是啊?

甲　每天一大早儿我在先农坛那儿喊嗓子。

乙　名角儿都在那儿练。

甲　这么跟您说吧,我没去的时候还能听到他们喊嗓子的声音,等我一喊,你猜怎么着?就听不见他们的声音了,别说声音了,连人都看不见啦!

乙　换地方啦?

甲　躲起来啦!

乙　越说越玄啦!

甲　不信你问去呀!

乙　这么着好不好,您当着大家的面儿,喊两嗓子我们听听怎么样?

甲　张口儿就来。(轻声试练)"啊……"(关照乙)别害怕!

乙　不定什么声儿哪!

甲　(逐渐声高)"啊……啊……哦啊……哦啊……哦啊……"

乙　驴叫哇?!

甲　喊什么!

乙　你……

甲　咱俩谁喊哪?

乙　你喊哪!

甲　还是的,你喊什么呀?

乙　你那是喊嗓子?

甲　正好儿有一辆驴车打这儿过去!

乙　你瞧这巧劲儿!

甲　干脆我给你学两句唱得啦。

乙　好!

甲　梅先生的唱那可是王母娘娘咬蟠桃——天下头一口儿。

乙　俏皮话儿还不少。

甲　你听好了，在《生死恨》中，有这么几句唱："耳边厢又听得初更鼓响，思想起当年事好不悲凉。遭不幸掳金邦身为厮养，遇程郎成婚配苦命的鸳鸯……"（欲做身段）

乙　您要干吗？

甲　我想在这儿来个"卧鱼儿"。

乙　我体会错了。

甲　你以为呢？

乙　趴这儿卧槽哪！

甲　还是驴呀！

乙　要说您唱的还真有味儿。

甲　这是梅派。

乙　尚派呢？

甲　尚小云哪。

乙　尚派的特点您知道吗？

甲　废话！你还不知道吧，人家都说我长得像尚小云。

乙　谁？

甲　小云。

乙　不是我当面儿捧您，您比小云漂亮多啦。

甲　我要是扮上还真有点儿不服。

乙　所以您不是小云哪。

甲　我是……

乙　小妾。

甲　走！拿我开心是不是？

乙　就您这腰比锅炉还大一号，您好跟尚先生比？

甲　没跟您说吗，主要是听唱。

乙　尚派戏您也能唱？

甲　专门研究，尚派戏的特点，音域高昂宽亮，音色峭拔刚健，音律铿锵遒劲，音量一气呵成。

乙　行啊，你还真有两下子。

甲　干吗两下子，三下子我都有。

乙　又来劲儿啦！

甲　尚派的代表剧也很多。

乙　您给介绍介绍。

甲　《双阳公主》《昭君出塞》《十三妹》《失子惊疯》。

乙　《乾坤福寿镜》。

甲　特别是边舞边唱边跑圆场太精彩了。

乙　您给我们跑跑圆场怎么样?

甲　圆场不行!

乙　您?

甲　散场可以。

乙　送客呀!

甲　尚先生的跷功堪称一绝。

乙　踩跷。

甲　我胖咕囵墩儿二百来斤儿,我怎么跑? 跑趴下你背我。

乙　嘟……背不动。

甲　这不结了吗。

乙　刚才您说的是尚派。

甲　程派更不同啦。

乙　程砚秋先生。

甲　程派戏的唱腔如天河之水由高处而来,恰似丝绸锦带盘旋回婉,雨打芭蕉如泣如诉,涓涓流水绕山滴石,若断若连,既有低谷之韵,又有金石之声。

乙　太妙啦。

甲　《锁麟囊》《春闺梦》《六月雪》《荒山泪》……

乙　这都是程派的代表剧目。

甲　学程派戏的人很多,可是学像了的……

乙　一个也没有。

甲　也不是那么绝对,据我所知就有一位。

乙　谁!

甲　我!

乙　你呀!

甲　别磕头。

乙　我没跪下!

甲　我是学得像,不信我给您学一段儿,您闭上眼睛听,跟程先生唱得一模一样。

乙　睁开眼睛呢？

甲　满不是那么回事儿。

乙　我说呢。

甲　唱得像也不容易呀。

乙　学像了也要下功夫。

甲　程先生每一句唱腔中的每一个字，特别是每一个甩腔儿，委婉低沉，黯然悲凉——跟你这么说吧，你听他的唱腔儿，好像没完没了一样有魅力。

乙　越听越爱听。

甲　还告诉你，散场回到家里边儿，什么时候想起来，那腔儿还在你耳根子旁边儿晃悠。

乙　余音绕梁。

甲　不信我给你学一句，这出戏叫《荒山泪》。

乙　这是程先生的拿手戏。

甲　嗳，冲我这个头儿，这身量儿，这长相儿，像不像程砚秋？

乙　哪位？

甲　砚秋。

乙　你不像砚秋。

甲　我像？

乙　泥鳅。

甲　刺激我是不是？

乙　你也不拿镜子照照自己。

甲　我要是神经了你负责。

乙　死了少一个南郭先生。

甲　俗话说得好，人争一口气，佛争一炷香，不蒸馒头争口气！今儿个我就争争这口气，当着大家的面，我唱一段儿。我要是唱得不像，打今儿起我就不唱了，让程先生一个人唱。

乙　没人搅和啦。

甲　《荒山泪》里边儿的几句唱。

乙　好！

甲　闭眼！

乙　你才咽气哪。

甲　跟你说话真费劲，我让你闭眼是让你好好地品品程味儿。

乙　陈味儿？醋哇！

甲　这是哪位带来的这么一个缺心眼儿的？你把他领回家好不好？

乙　是你说陈味儿啊？

甲　程先生唱的味儿。

乙　行，你唱吧。

甲　"哭"……我该给你唱是怎么着！

乙　你不是会唱吗？

甲　"哭——"会唱我不唱行不行！

乙　是你要唱的。

甲　"哭——"你要不听我干吗唱啊？

乙　你还有完没完？

甲　我看你那样儿我有气。

乙　别看我呀，现在我们都看您的。

甲　"哭，婆婆哭得我，泪珠满面，尊一声二将爷，细听奴言，我家有八十岁的老母亲三餐未曾用饭，眼睁睁地饿死在那那那那……席棚的外边……"

乙　这腔儿拖得可够长的。

甲　到北冰洋啦！

乙　嚯！

甲　这就是程派的风格，气足音沉。

乙　学得像。

甲　其实我学得最好的还是荀派。

乙　荀慧生先生。

甲　"贤姐姐怎知我，心头悔恨，悔当初太不该我嫁与侯门……"

乙　真好听。

甲　"门……"

乙　真有味儿。

甲　"门……"

乙　真讨厌。

甲　没人跟你交朋友，说翻脸就翻脸。

乙　你往下唱啊！

甲　我想往下唱，可我唱不了啦。

乙　为什么？

甲　我就会这么一句。

乙　就会一句还往外抖搂哪？

甲　有一句像了就不容易。

乙　那倒也是。

甲　荀派戏讲究媚气，他演的许多主人公活泼可爱，纯情天真，个个都充满了个性魅力，青春光彩。

乙　看荀先生的戏，甭管多大岁数，看完以后都变年轻了。

甲　这就是荀派艺术的效应。

乙　荀先生在舞台上浑身都是戏。

甲　俗话说得好，一身之戏在脸上。

乙　面部表情丰富。

甲　一脸之戏在眼上。

乙　眼睛是表现内心世界的窗户。

甲　荀先生的眼睛会说话，在舞台上人家那一对眼睛滴溜溜地一转，能把你给转晕喽！

乙　那是练的。

甲　我也练。

乙　练转眼？

甲　练现眼。

乙　你也就这能耐。

甲　咱这眼能跟荀先生的比吗？荀先生那眼都有名堂。

乙　叫什么？

甲　媚眼、慧眼、眯眼、笑眼、利眼、情眼、恨眼、睡眼……我这眼……

乙　叫什么？

甲　二五眼。

乙　呆眼！

甲　这么着，我给你表演一段荀先生的用眼功夫的戏怎么样？

乙　太好啦！

甲　荀派代表剧目很多，像什么《勘玉钏》《霍小玉》《红楼二尤》……

乙　全是悲剧。

甲　《红娘》《金玉奴》……

乙　这是喜剧。

甲　咱们就演《金玉奴》得啦！

乙　可以。

甲　《金玉奴》这出戏一开场有几句念白，主要是让你看荀先生一双水汪汪的大眼睛怎么转动，转得怎么好看。我这眼不行了，人家那杏核眼，我这是老花眼，人家那眼睛一转、回眸一看那叫秋波留慧，我这眼只能迎风流泪。

乙　不怎么样。

甲　人家那眼叫飞眼儿，讲究飞出去还能回来。

乙　你这眼呢？

乙　估计飞出去就回不来啦！

乙　跑哪儿去啦？

甲　挂电线杆子上了。

乙　成灯啦！

甲　我这儿就剩下眼眶子啦。

乙　瞎子？！

甲　你到底看不看？

乙　看哪！

甲　那你起什么哄呀！

乙　开始！

甲　（右手拿手绢儿，表演花旦动作）怎么样？像不像荀先生？

乙　谁？

甲　（摆姿势）荀先生。

乙　我看你不像荀慧生。

甲　（亮相）我像——

乙　寻短见。

甲　你才要死哪。倒霉鬼，挨千刀的，德行——

乙　好嘛，天津话也出来啦！

甲　敢情闹了半天，梅、尚、程、荀我都不像。

乙　要不怎么说你是"四不像"呢！

甲　你才怪物呢！

乙　你还演不演？

甲　君子一言，驷马难追。说演就演，小姑娘一出场，有四句道白，念到最后一句的时候，我这儿有个动作，把右手中的手绢儿向空中一抛，左手接住了，叉腰，右手兰花指向前一点，这儿有个亮相。最关键的动作就是那个千金一笑的飞眼儿，这是荀先生特别设计的一个特技，太漂亮了！通过这个动作表现了那个时代的少女天真活泼、纯朴可爱，向往幸福生活的真实情景。

乙　这戏全在这眼睛上啦！

甲　注意，我的眼睛："啊哈——"

乙　"得得令令得——"

甲　"奴家整二八，生长在贫家，露窗空洁静，空负貌如花。"（手绢向空中一抛做摸瞎状）

乙　嗳嗳，你找什么呀？

甲　我找手绢哪！

乙　在我这儿呢！

（据王树田演出本　薛永年整理）

戏剧杂谈

对口相声

甲　您对唱戏怎么样？

乙　哎，不行。

甲　嗓子不大行。

乙　哎，对了嘛。

甲　我最喜欢唱戏。

乙　您喜好唱戏？

甲　哎，专门研究戏剧。

乙　是啊？

甲　哎，戏剧专家嘛。

乙　噢，都成了专家啦？

甲　啊，您没注意？

乙　没有嘛。

甲　常听人说，专家来啦。

乙　嗯。

甲　那就是说我呢。

乙　哎哟，这位还真了不起啊！

甲　专门喜欢研究戏剧。

乙　是啊？

甲　从小就爱看戏。

乙　噢。

甲　我在小学念书的时候，没事儿就去看戏。

乙　噢。

甲　学两手，回来就唱。

乙　哎，哪儿唱啊？

甲　教室里唱。

乙　您在教室里头唱戏？

甲　啊，教室里方便啊，有台有桌子的。有几个小同学跟我一块儿唱
　　起来。

乙　嘿，这倒热闹啊！

甲　我们老师很喜欢我。

乙　还喜欢你？

甲　啊，对我非常注意。

乙　啊。

甲　每天都让我罚站。

乙　这，是得让你罚站啊，有在教室里唱戏的吗？

甲　是啊，最喜欢唱戏。

乙　嗯。

甲　我到中学念书还是这样。

乙　是啊？

甲　每逢假日就去看戏。

乙　你喜好这个嘛！

甲　学校里要是办个游艺会，我是主要演员。

乙　您爱好艺术啊。

甲　最怕考试。

乙　怎么？

甲　一考试就得弄小抄。

乙　要不弄小抄呢？

甲　那不及格啦。

乙　你素常不用功啊？

甲　可也分考什么，要是考音乐唱歌儿我准得一百分。

乙　噢。别的课程哪？

甲　那就差了。

乙　啊。

甲　什么历史啊，地理啊——

乙　啊。

甲　顶多六十分儿。

乙　六十分儿？

甲　嗯。

乙　那将将及格啊！

甲　算术最糟糕。

乙　多少分儿啊？

甲　三十分儿。

乙　三十分儿？

甲　啊。

乙　那不及格啊！

甲　是啊，后来大学毕业了。

乙　嗯。

甲　我就从事戏剧。

乙　噢。

甲　一直到现在。

乙　是。

甲　研究戏剧这么五十多年。

乙　噢。

甲　所以我对戏剧……

乙　哎，等会儿吧。您研究了戏剧有多少年？

甲　五十多年。

乙　啊，五十多年？

甲　哎，所以我对戏剧……

乙　哎，我这儿跟您说个话儿，您今年多大岁数啊？

甲　三十八了。

乙　三……

甲　所以我对戏剧啊……

乙　哎，您别说了，你今年三十八岁，怎么会研究戏剧五十多年呢？

甲　啊。

乙　这怎么意思啊？

甲　他这个……

乙　啊，啊。

甲　这差点儿。

乙　差点儿？这差多了！

甲　啊，是啊。你听这话，有点儿奇怪是吧？

乙　是嘛。

甲　是……是吧，连我都奇怪。

乙　这像话吗？

甲　这倒是个问题，值得讨论。

乙　还是的。

甲　这个……三十八岁的人为什么研究戏剧五十多年呢？是吧。

乙　对啊，我就说你三十八岁的人，为什么研究戏剧有五十多年？您这笔账啊，我算不上来。

甲　啊，那什么，那我给你算。

乙　那好啦，你算吧。

甲　我研究京戏是七年。

乙　噢，七年。

甲　研究话剧是八年。

乙　八年。

甲　这多少年？

乙　七年加八年，这十五年哪，七八一十五嘛！

甲　不，七八五十六啊！

乙　噢，乘法呀！

甲　噢，你按加法那么算啊？

乙　可不加法嘛！

甲　所以你就搞乱喽。

乙　我搞乱啦？难道说加法跟乘法你都闹不清吗？

甲　所以啊，我那算术才考三十分儿啊。

乙　嘻！你这算术也就考三十分儿。

甲　我这个人喜欢艺术，不大喜欢算术。

乙　这不像话。

甲　这是说笑话。

乙　嗯。

甲　我研究戏剧有十几年。

乙　你研究了十几年，那就很不错啦。

甲　哎，还不错。

乙　嗯。

甲　在外国留学的时候。

乙　噢。

甲　得一个博士学位。

乙　哦，什么博士？

甲　戏剧博士。

乙　噢，戏剧博士。

甲　哎。

乙　哎呀，您要得个博士学位，那可不简单啊！

甲　当然啦。

乙　那么您必须要发表一篇论文哪。

甲　啊，是呀，博士论文嘛。

乙　噢，发表过了吗？

甲　在外国留学的时候，发表了一篇论文，四万余言。

乙　噢。

甲　那是我费了三个月的脑筋。

乙　哎呀。

甲　发表了以后，那些戏剧专家一看，真是盖世奇文。

乙　嗬，您那篇论文的题目是什么？

甲　哦，题目啊？

乙　啊。

甲　是《戏剧与水利的关系》。

乙　嘻，戏剧与水利可有什么关系啊？

甲　哎，有密切的关系。

乙　怎么？

甲　唱戏唱时间长了，你必须得喝点儿水。

乙　噢，就喝水啊，在舞台上这不是"饮场"吗？

甲　是啊，这就是个问题啊！

乙　这怎么是个问题呢？

甲　"饮场"是过去的，有这么一件事。

乙　啊，是啊。

甲　过去在舞台上演戏，不管哪个角色唱完一段儿，后台来个穿大褂儿的给送水。

乙　对啊。

甲　跟那剧情一点儿关系没有，破坏了艺术的完整。

乙　嗯。

甲　不论什么戏都"饮场"。

乙　是啊。

甲　比如演《武家坡》，王宝钏出来了。王宝钏的丈夫投军去了十八年，
自己在家里没饭吃，就在武家坡那儿挖苦菜。

乙　是啊。

甲　你说她穷得那样儿，谁给她送水呢？

乙　唉。

甲　可是她唱完一段儿，后台也来个穿大褂儿的，给送水喝。

乙　噢。

甲　中国人看习惯了，倘若有外国朋友看呢？

乙　嗯。

甲　人家一定要问问翻译："给王宝钏送水的这个人——"

乙　嗯。

甲　"是王宝钏的什么人？"

乙　那个翻译就得告诉人家呀。

甲　翻译怎么说？

乙　嗯。

甲　只好说："送水的这个人啊……"

乙　是谁呀？

甲　"是王宝钏他们邻居的二哥。"

乙　嗐，这不像话。

甲　就说是不合理嘛！

乙　哎。

甲　现在你看演京戏，台上还有"饮场"的吗？

乙　没有了。

甲　哎，艺术完整了吧？

乙　对呀。

甲　是由于我那篇论文的影响。

乙　哎呀，起了作用啦。

甲　还分析了很多事。

乙　噢。

甲　关于舞台剧，有很多它的艺术手段和处理手法不同。

乙　嗯，那您可以说一说。

甲　话剧和京戏，同是舞台剧。

乙　是啊。

甲　有很多地方不同。

乙　什么地方不一样？

甲　道具。

乙　噢，道具。

甲　哎，话剧演这个戏，四幕四景。

乙　嗯。

甲　一定要有四堂道具。

乙　那是啊。

甲　短一样儿也不行。

乙　它是应用的。

甲　京戏就简单了。

乙　京戏呢？

甲　三张桌子、几个椅子完全代替了。

乙　噢，就全行了。

甲　这桌子用处大啦！

乙　这桌子还有什么用处啊？

甲　不一定当桌子用啊！

乙　还能当别的吗？

甲　那边儿搁个椅子，这边儿搁个椅子，从上边儿走过去。

乙　嗯。

甲　这就是桥。

乙　噢。

甲　"待我登高一望。"往桌儿上一站，这就是高坡儿。

乙　嗯。

甲　"下得马来，上山道。"走几步，上桌子一看（模仿京戏花脸登山远眺动作）。

乙　嗯。

甲　这就是山。

乙　噢，高山。

甲　三张桌子摞起来，一跟头往下翻。

乙　这是什么？

甲　这就是房。

乙　噢，房……

甲　这房可比山高。

乙　啊，房比山高？

甲　哎，过去就为看这技巧，翻跟头。

乙　噢。

甲　现在这种表演不合理，没有了。

乙　对。

甲　布景也不同。

乙　布景呢？

甲　演话剧一定得有立体布景。

乙　是啊。

甲　在台上搭一个小房子。

乙　哎。

甲　后台那是门儿。

乙　对。

甲　人物出场的时候一敲门儿。

乙　嗯。

甲　拉门进屋里来，也就是人物出场，和观众见面了。

乙　对。

甲　从门儿里出来啦？

乙　哎。

甲　京戏没门。

乙　没门？

甲　哎，就这样一个台帐。

乙　哎。

甲　由打边幕那儿溜达出来。

乙　对。

甲　你看着非常自然。

乙　是啊。

甲　不妨碍他的舞蹈啊！

乙　噢。

甲　出来亮相。

乙　哎。

甲　多好看啊！

乙　哎。

甲　比如说赵云。

乙　武将。

甲　哎，上台这样："来也！"吭切来吭切仓。

乙　嗯。

甲　一亮相，好看吧？

乙　好看。

甲　哎，你要来个立体布景，这儿弄个门儿，开门儿再出来亮相，没劲了。

乙　怎么啦，不好看啦？

甲　那当然啦。

乙　怎么个动作？

甲　这样来。

乙　嗯。

甲　"来也。"吭切来切……

乙　怎么啦？

甲　怎么这也不行。

乙　好嘛，这倒不好看了。

甲　是吧？

乙　是嘛。

甲　你看京戏台上不是没门吗？

乙　对啊。

甲　哎，有的时候戏里面要描写门。

乙　噢，戏里头有门。

甲　没有怎么办呢？

乙　怎么办？

甲　他必要的时候伸手一抓他就抓出个门来。

乙　一抓能抓出个门来？

甲　哎。

乙　什么戏里头有这个动作?

甲　比如《三娘教子》。

乙　哎。

甲　老薛保一看天色不早了,要出去看看小东人回来没有。

乙　噢。

甲　这儿有开门、出门的动作。

乙　怎么个姿势?

甲　是这样(学裘派老生走法,做开门、出门的动作,边念边做):"天到这般时候不见东人到来,待我出门去看。"

乙　哎。

甲　注意啊,要抓门啦。

乙　噢。

甲　(边说边做)上扦关儿。

乙　嗯。

甲　下扦关儿,拉门,门分左右,撩大带,迈门槛儿,走出来,再瞧后边儿。

乙　怎么样?

甲　什么也没有。

乙　可不没什么嘛!

甲　你看着非常自然。

乙　对。

甲　还有的时候,特别需要门。

乙　还怎么样?

甲　没有啊,搬把椅子,放这儿,也算个门。

乙　噢,椅子也能够当门。

甲　哎。

乙　什么戏上拿着椅子当门?

甲　《乌龙院》。宋江走了以后,阎婆惜搬把椅子往那儿一坐,就是个门。

乙　对。

甲　《武家坡》进窑那点儿,王宝钏也是搬把椅子。

乙　哦,就是跑坡那点儿。

甲　这点儿。(学青衣、老生动作,边唱边做)"前面走的王宝钏","后面跟的薛平贵"，"进得窑来把门掩……"（平贵拴马转身，看，愣住）他进不去了。

乙　噢，进不来啦！

甲　其实把椅子拿过去就行了。

乙　那不行啊，那就是门嘛。

甲　还有的地方不同。

乙　噢，还有什么地方不一样？

甲　吃喝也不同。

乙　表演吃喝。

甲　啊，你看话剧、电影都真吃真喝。

乙　噢。

甲　有时候你看电影里边儿吃饭哪，那都是真吃。

乙　噢，真吃。

甲　其实拍电影儿的时候，演员一点儿不饿。

乙　那干吗要吃啊？

甲　哎，为的是拍出来真实啊！

乙　噢。

甲　有的时候不定吃几次啊！

乙　怎么？

甲　一个镜头不定照几次。

乙　啊。

甲　比如说，拍这吃饭镜头。

乙　嗯。

甲　饭菜都准备好。

乙　嗯。

甲　导演一看都齐备了，喊一声："预备，开始！"

乙　嗯。

甲　这儿赶紧吃，吃，吃，吃，导演一看，感情不对："停住，添饭，重吃！"

乙　重……这还得吃啊！

甲　啊，拍几回就吃几回。

乙　那就吃吧。

甲　要不怎么电影演员差不多都有胃病呢？那都是吃的。

乙　哎，不是！

甲　不是啊？

乙　哎，要是吃，真吃。

甲　喝也真喝。

乙　喝呢？

甲　拿起酒杯来。

乙　噢。

甲　"诸位朋友们，祝你们身体健康。来，我们干一杯吧！"（喝酒动作）真喝。

乙　对，真吃真喝。

甲　京戏里边儿也有吃喝场面。

乙　是啊。

甲　一表而过。

乙　噢。

甲　说得挺阔气。

乙　怎么说啊？

甲　"酒宴摆下！"其实什么也没有。

乙　噢。

甲　每人一木头酒杯，拿那木头酒壶，一斟就满啦。"请！"（学念曲牌子，边念边做）吭切吭不隆咚里格隆咚——"告辞了。"

乙　怎么呀？

甲　饱啦！

乙　饱啦，吃什么啦？

甲　什么也没吃啊，这就饱了。

乙　怎么不真吃啊？

甲　真吃有什么意思啊？

乙　啊。

甲　真来四菜一汤，来一香酥鸡，来一红烧海参。

乙　哎。

甲　老生把胡子摘下来吃海参？

乙　哎。

甲　吃完嗓子也哑了，甭唱了。

乙　唱不出来啦！

甲 是不是？

乙 对，这是表演吃喝。

甲 哭笑也不同。

乙 哭笑不一样。

甲 京戏的这个哭，是用了夸张的手法。

乙 噢。

甲 跟我们生活中的那个哭啊，有很大距离。

乙 对。

甲 老生一哭，是这样。

乙 哎。

甲 "哎，娘啊——呃——"

乙 是这么哭。

甲 青衣、花旦是这样儿："呜依呀——"

乙 对呀。

甲 这也就舞台上，马路上没有这样的。

乙 马路上也没有哭的呀？

甲 马路上要过个出殡的有这么哭的吗？

乙 哦，那得哭啊。

甲 是啊，也没有这么哭的呀？

乙 对呀，没瞧见过这么哭的。

甲 在马路上几个人抬着棺材。

乙 嗯。

甲 孝子打着幡儿。

乙 嗯。

甲 孝子一看见棺一难过："唉，娘啊——"后边那几位妇女："呜依呀——"

乙 嘿。

甲 怎么样？

乙 这倒热闹。

甲 热闹？

乙 啊。

甲 走到马路上就得卖票。

乙 卖票？买票瞧出殡的？

甲　是不是这样？

乙　对。

甲　话剧、电影里头的哭……

乙　啊。

甲　跟它的手段就不同。

乙　噢，不一样啦。

甲　不但没有把生活里的哭给夸张，而且把它给缩小了。

乙　怎么倒缩小了？

甲　让观众感觉到这个角色在哭就够了。

乙　噢。

甲　不能真哭和大哭。

乙　哎，怎么不能大哭啊？

甲　大哭它不美呀。

乙　哎，大哭显得真实啊。

甲　哎，破坏了艺术的美。

乙　怎么？

甲　大哭？

乙　啊。

甲　就像北京男人那哭法？

乙　啊。

甲　亲戚死个老头儿，进门儿就嚷："唉——二大爷——"

乙　这样哭当然是不美了。

甲　那哪行？

乙　哎。

甲　对吧？话剧、电影里哭啊，就是真实。

乙　哎。

甲　你看电影《白毛女》。

乙　啊。

甲　喜儿在哭的时候，观众看到那儿，心里都觉得沉闷。

乙　可不是嘛！

甲　那就行了。

乙　哎。

甲　那就真实。

乙　对喽。

甲　解放以后的戏剧啊，是好。

乙　啊。

甲　以前有一部分演员啊，他那种形式主义的表演，使人不够满意。

乙　是啊？

甲　他哭的时候没有真实感情。

乙　噢。

甲　说话有那么一种舞台腔。

乙　噢。

甲　哭的时候你觉得可笑。

乙　怎么哭？

甲　他这味儿——

乙　嗯。

甲　"妈，您的儿子刚有一点儿颜色你就死去啦，苦命的妈！嗷，妈！"完啦。

乙　完啦？

甲　啊，就这样。

乙　这样哭是不真实。

甲　这还是男演员。

乙　那么女的呢？

甲　女的那一哭更受不了啦。

乙　怎么？

甲　她就"嗷"的那么一声。

乙　怎么哭啊？

甲　这样："想不到把我抛弃到这样，我的精神太苦恼了，我的心里太难过啦，嗷！"

乙　就这么哭啊？

甲　哎，这就是哭啦！

乙　你说人有这么哭的？

甲　是啊，中国人没有这毛病呀！

乙　是呀。

甲　还有这擦眼泪，我看着也别扭。

乙　啊。

甲　眼泪是由眼窝这儿出来的。

乙　对啊。

甲　应该是这么擦吧？擦眼窝。

乙　啊。

甲　她不价。她擦鼻子底下。

乙　怎么擦啊？

甲　哎，总是这样。

乙　啊？

甲　嗷，嗷，嗷，嗷……（动作）

乙　您等等，您等等。

甲　啊？

乙　她不是擦眼泪吗？

甲　啊，是呀，眼泪刚流出来在眼窝这儿她不擦，她在半道儿上等着它。

乙　跟眼泪这儿约会儿啊！

甲　据我想啊……

乙　啊。

甲　不能擦。

乙　怎么不能擦呢？

甲　她化妆抹的那个油彩啊，黑眼窝，黑眼圈啊……

乙　是啊。

甲　一擦就坏。

乙　怎么？

甲　你要真这么擦，"嗷，嗷"（用手背擦揉），揉完了你再看啊……

乙　啊？

甲　成熊猫了。

乙　好嘛，俩黑眼圈儿。

甲　那绝对不好看。

乙　对。这是表演哭。

甲　笑也不同。

乙　笑呢？

甲　话剧、电影里的笑和普通人的笑没什么分别。

乙　哎，这倒是差不多。

甲　京戏的笑是夸张的。

乙　噢。

甲　你看那小生一笑是这样的。

乙　怎么笑?

甲　"哈哈，啊哈，啊哈——"（学京戏小生乐）

乙　嗯，是这样，小生是这样笑。

甲　这也就是台上，台下没人这样笑。

乙　啊。

甲　我们这儿说相声，大家都笑了，有这么笑的吗?

乙　噢，全场人全这么笑。

甲　有一位也受不了啊!

乙　怎么?

甲　那位在台下那儿坐着:"哎，侯宝林说的有意思啊。"（学小生笑）"哈哈，啊哈，啊哈——"

乙　这位倒是笑了。

甲　别人就都吓跑啦!

乙　说的是哪，这也就限于在舞台上。

甲　哎，台步也不同。

乙　噢，表演台步。

甲　哎，话剧、电影也演古装的。

乙　是啊。

甲　也穿厚底儿靴子。

乙　啊。

甲　走起路来是直步。

乙　噢。

甲　京戏呢，它是方步，走起来这样（学台步）。

乙　对。

甲　啊，美呀!

乙　好看。

甲　在舞台上显着美。

乙　是。

甲　可是要在马路上，也不怎么样。

乙　噢，在马路上要这么走啊……

甲　啊。

乙　哎，那也好看哪。

甲　那好看？

乙　嗯。

甲　马路上，我们这儿散戏以后，出去都这样？

乙　哎，全那么走。

甲　那恐怕天亮也到不了家。

乙　就是慢点儿。

甲　舞台上不但人走道儿迈方步……

乙　噢。

甲　连马走道儿都迈方步……

乙　马还迈方步？

甲　啊，没有真马呀。

乙　那以什么代表？

甲　就是一条马鞭儿。

乙　噢，马鞭子。

甲　没上马以前那样儿走，上马以后还是那样儿走。

乙　怎么个动作？

甲　你看，（学京戏韵白）"家院，带马！"走过来。

乙　哎。

甲　到这儿接鞭儿，扳鞍、纫镫，骗腿儿骑上，再瞧这马。

乙　走。

甲　还这样。

乙　可不还这样嘛！

甲　啊。

乙　对。这是骑马。

甲　还有坐车。

乙　戏台上有真车吗？

甲　没有，就那么俩旗子。

乙　那叫车旗。

甲　啊，推车的人在旁边这儿等着，举着这旗子。

乙　上车的姿势。

甲　那好看啊！

乙　您学一学。

甲　这样。

乙　啊。

甲　"辞别贤妹上车辆。"一扶这旗子。

乙　哎。

甲　这就算坐车啦。

乙　啊。

甲　可是还得自己走。

乙　可不自己走嘛！

（侯宝林述）

黄鹤楼

甲　我呀，最喜欢戏嘛的。

乙　噢，戏嘛的？

甲　嗯。

乙　戏不就是戏吗？

甲　啊。

乙　还带"嘛"字干什么呀？

甲　戏呀嘛的呀。

乙　噢。这不像话！比方说：我会唱戏，我喜欢唱戏。这才行。

甲　戏剧。

乙　哎，不要那"嘛"，一带"嘛"字儿好像别的您也喜欢似的。您喜欢戏剧？

甲　我打小时候就爱听戏。

乙　不但您爱听啊，人人都爱听。您爱听戏？

甲　我还喜欢研究戏剧。

乙　喜爱研究？

甲　爱，爱听。

乙　是爱听啊，是爱研究哇？

甲　我爱听啊！由打爱听发展到爱研究这儿啦。

乙　哦，会唱不会唱哪？

甲　我还敢说会唱吗？反正……差不多吧！

乙　差不多呀？

甲　眼面前儿的戏呀，都知道点儿，我也不是专业净唱戏。

乙　不是专业？

甲　不是唱戏，好玩儿，喜爱，在北京啊，我净跟这个这个……唱戏的见面儿，跟他们一块儿玩儿。谭富英你认识吗？

乙　认识啊。

甲　我们没事儿净在一块儿研究，我给他呀说说身段嘛的，研究研究唱腔儿呀，我们……

乙　您给谭富英说说身段？

甲　啊，盛戎啊……

乙　盛戎？

甲　裘盛戎，他很尊敬咱。

乙　他？

甲　哎。谁他们……世海他们，认识吗？

乙　世海？

甲　啊，少春他们。

乙　您怎么这么大口气，净说名字，不说姓？

甲　说出姓也可以，袁少春他们。

乙　哎……袁少春哪？

甲　袁……

乙　袁世海。

甲　对，袁，袁世海。

乙　李少春。

甲　对，李少春。

乙　干吗呀？

甲　张春华、张云溪，知道吗？

乙　知道。

甲　我们都很熟哇。在一块儿研究戏剧什么的，我给他们讲一讲，说一说。

乙　我怎么不认识您，没听过您的戏？

甲　我不是唱戏的，在北京我净走票，我是票友儿。

乙　您贵姓啊？

甲　我呀？

乙　啊。

甲　姓马。

乙　台甫？

甲　三立。

乙　马三立就是您哪？

甲　对啦。知道我的外号吗？

乙　不知道嘛。

甲　外号我叫"叫官儿"。

乙　什么？

甲　叫官儿。

乙　叫官儿？

甲　嗯。

乙　扑克牌里有一张一个小人骑自行车的，不是那个叫"叫官儿"吗？

甲　我也叫"叫官儿"——他们大伙儿送我的外号。

乙　怎么给起这个名儿哪？

甲　我呀，在票房的时候，也有清排，也有彩排呀，只要我去啦，瞧见我啦，什么戏都能开得了，什么戏都能唱，所以叫"叫官儿"。你说短什么角儿？短老生，我来。老生有啦，缺花脸，我来。花脸有啦，短个老旦，我来。短小花脸，我来。我全行！

乙　噢，合着一有您嘛，这出戏就开啦？

甲　生、旦、净、末、丑，神仙、老虎、狗。

乙　满会？

甲　全有点儿。

乙　你瞧呀！

甲　你要学，我教给你点儿？

乙　我……

甲　你学吗？你要学我给你来，武功！

乙　干吗，干吗？

甲　先给你窝窝腿。

乙　好模当样儿给我窝腿干吗呀？

甲　唱戏用功啊。

乙　嘻！别说还没商量好跟您学戏呀；学戏，我四十多岁啦，也不学武啦！窝腿？这腿一窝不折了吗？

甲　你打算学？

乙　不学武的，就学文唱。

甲　我教给你。

甲　那好。

甲　想学文的还不贵。

乙　哎？

甲　打今儿起呀……

乙　您先等等……

甲　头一天……

乙　您甭头一天，我不干！这还不贵？

甲　嗯。

乙　不贵一定是贱啦，贱了您要多少钱哪？嗯？

甲　你那意思是打算少花钱哪，对不对？

乙　少花钱哪！一子儿不花还不定学不学哪！我也不知道您有什么能耐，坐在那儿一说您会唱戏，我也没见您的戏，不知道怎么样我就花钱，我什么毛病，我？

246

甲　你多会儿学，我教，不要钱。

乙　不要钱？那行。

甲　你嗓音儿怎么样？

乙　嗓子不很好。

甲　等哪天你唱两句我听听。

乙　干吗等哪天哪？我跟您这么说，叫官儿呀！

甲　啊。

乙　这不像话，没有叫这名儿的！今天借这个机会，我请您唱一段儿行不行？

甲　哪儿唱？

乙　这儿。

甲　这儿不行。

乙　您不是票友儿吗？

甲　我不能清唱，我是彩排。清唱差点儿事。

乙　清唱不行？

甲　我非得穿戏服嘛的。

乙　什么？穿戏服？

甲　嗯。

乙　就是唱戏穿的那衣裳？

甲　啊。

乙　嗜，那不叫行头吗？

甲　对，行头。

乙　那怎么叫戏服哇？

甲　我怕你不懂。

乙　嗜，我们不管怎么外行，唱戏穿的那叫行头我们还不懂吗？

甲　懂不更好吗？得穿上行头唱。

乙　行头可不现成，这么办，虽然是穿便服不是吗？咱们也带点儿身段，好像跟彩唱一样。

甲　带点儿身段？

乙　哎。

甲　我先听你的，你先来个身段我听听。

乙　什么叫来个身段我听听？

甲　我听听你的身段怎么样？

乙　身段还能听听？那是舞台上的做派呀！

甲　我先听听你的做派。

乙　做派听得见吗？那不得看吗？

甲　先看看你的做派！

乙　看看我的做派干吗哪？打算唱的话，你说要唱哪出戏，咱们哥儿俩研究一出。你喜欢唱哪出？你说！

甲　干吗呀？

乙　唱啊。

甲　你跟我唱？

乙　啊。

甲　你这不是打镲吗？显见你是拿我糟改呀！

乙　怎么？

甲　我这么大的票友儿，我跟你唱？跟着你砸锅呀？你哪儿成啊？

乙　嗜，虽然说我不行，你的意思不是打算看我的身段，听听我的嗓音吗？

甲　啊。

乙　我借这个机会呀，为的是跟你学学，你看我可以深造，将来我再往深里研究。

甲　你会哪段儿？我先听听。

乙　你说呀。

对
口
相
声

甲　我别说呀。

乙　怎么？

甲　我会好几百出戏哪，我说？你会呀？你先拣你会的。

乙　噢，你会好几百出戏哪？

甲　啊。

乙　那可你会得多。

甲　你会什么呀？

乙　我会的可不多。

甲　你会哪个，唱哪个得啦。

乙　我出主意？

甲　啊。

乙　哎，这倒好。咱们哥儿俩唱回《黄鹤楼》，怎么样？

甲　什么戏？

乙　《黄鹤楼》哇。

甲　……黄什么楼？

乙　《黄鹤楼》，行吗？

甲　这戏你会吗？

乙　嘻，我不会我就出主意啦！

甲　哎，这戏可生点儿呀！差不离儿戏园子都不贴这戏。

乙　别人不唱，咱们唱不新鲜吗？

甲　黄什么楼？

乙　《黄鹤楼》哇！

甲　《黄鹤楼》？

乙　啊。

甲　唱哪一点儿？带"大审"不带？

乙　啊？带"大审"不带？

甲　啊。

乙　不带"大审"。

甲　不带"大审"，起"庙堂"来。

乙　起"庙堂"来？

甲　嗯。

乙　嘻！您说"大审""庙堂"啊，那是《法门寺》。

甲　你对！

乙 我们唱的这是《黄鹤楼》！

甲 《黄鹤楼》哪一点儿？

乙 《黄鹤楼》就是"刘备过江"啊！

甲 "刘备过江"，你就说"刘备过江"得了嘛，要不你这人怎么让人恨哪，就这样！

乙 怎么？

甲 你说"刘备过江"啊，说"刘备过江"我早知道啦，还调侃儿——《黄鹤楼》啦！

乙 调侃儿？《黄鹤楼》这是戏名字，这是调侃儿吗？

甲 你就说"刘备过江"我不就早知道了吗？

乙 这你会唱啊？

甲 会唱，我走票这么些年啦，我到哪儿总是这个——"刘备过江"，总唱这个"劝千岁"那可不是？

乙 "劝千岁"？

甲 （唱）"劝千岁杀字休出口，老……"

乙 您先等等吧。

甲 （唱）"老臣……"

乙 您先等等儿唱吧，这是什么戏呀？您唱的那是"刘备过江"啊？

甲 我去那张果老。

乙 张果老啊？

甲 "刘备过江"我去找张果老。

乙 哎，您那是《甘露寺》，那叫乔国老，那是"刘备过江"招亲啦。

甲 乔国老？

乙 啊。

甲 对对，乔国老。

乙 我说这"刘备过江"啊，是黄鹤楼赴宴。

甲 按你这路了是唱赴宴这点儿？

乙 什么叫按我这路子呀？这是两码事，《甘露寺》是《甘露寺》，这是《黄鹤楼》。

甲 随你吧。《黄鹤楼》，你有啊？

乙 啊。

甲 有咱就唱这个。

乙 那么你有吗？

甲　你就甭管啦。

乙　甭管啦？

甲　我叫"叫官儿"呀！

乙　噢，"叫官儿"，这意思是会啦？咱唱《黄鹤楼》啦，您去谁，您挑角儿吧！

甲　我先别挑。我要什么角儿，可巧你也会那一点儿，这怎么办哪？你先说，你会哪一点儿，你来。不成的你就甭管啦。

乙　这倒对，那么我挑角儿啊，我去刘备。

甲　嗯。

乙　我刘备。

甲　好啦！

乙　您哪？

甲　我去什么呀？

乙　您说呀。

甲　不，问你。

乙　去谁也问我？

甲　哎，我不说，就听你的，你来。

乙　哎呀，您横是不会吧，先生？

甲　怎么不会呀？

乙　让您挑哪出戏您也不挑，让您挑哪个角儿，"听您的"，你别马马虎虎不清头吧？

甲　什么不清头哇，我们大大方方儿地听你派！你派哪个角儿我唱哪个角儿，怎么叫不清头哇？真是！你说吧！

乙　我说，你来个诸葛亮行吗？

甲　你就甭管啦。

乙　甭管？您倒是会呀，不会呀？

甲　你就甭问啦，那有什么呀。

乙　行啊。

甲　不是我去诸葛亮吗？

乙　哎，对对。

甲　歇工戏，歇工戏。

乙　我再来个张飞。

甲　张飞？

乙　哎。

甲　去俩？

乙　分包赶角儿嘛。

甲　嗬，行啊你！

乙　你也得去俩。

甲　我来个什么呀？

乙　你再来个鲁肃。

甲　鲁肃？

乙　嗯嗯。

甲　鲁大夫。

乙　对。

甲　鲁子敬？

乙　哎，对啦，对啦。

甲　嘿。（唱）"鲁子敬在舟中……"我来，先来鲁肃后来诸葛亮，"借风"那点儿我来。

乙　"借风"？

甲　我来！（唱）"学天书，玄妙法……"马连良学的是我这路子。

乙　哪管唱多好，不对！

甲　啊？

乙　这是哪儿的事呀？您唱的这是《借东风》呀，我们说的是《黄鹤楼》。

甲　《黄鹤楼》带《借东风》好不好？

乙　啊？那怎么唱啊？

甲　你说把这点儿抹啦？

乙　什么叫抹啦？原本就没有《借东风》哇！

甲　"学天书"这点儿我有啊。

乙　您有，跟我们这出用不着哇！

甲　小点儿声唱行不行？

乙　您那儿小声唱啦，我这儿怎么办哪？

甲　按着你这路子吧。我鲁肃什么时候去？

乙　您也甭去鲁肃啦，您就去诸葛亮得啦。

甲　先去诸葛亮。

乙　哎，分包赶角儿，完全是我的。

甲　那你可累点儿啦。

乙　那没办法呀，还有一样儿，您得受点儿累。

甲　什么呀？

乙　咱们没"场面"。

甲　没场面就清唱，不打家伙。

乙　那太素净啦，使嘴打家伙。

甲　拿嘴学？

乙　哎。我去刘备上场，您打家伙。

甲　我来。

乙　您上场我打家伙。

甲　好。

乙　我是刘备，我先上场。

甲　我呢？

乙　您打家伙。

甲　可以呀。

乙　"馄饨。"

甲　（秧歌锣鼓）仓仓七仓七，仓仓七仓七……

乙　您等等，您等等，扭秧歌？

甲　不是你告诉我说的打家伙吗？

乙　刘备扭秧歌，那怎么唱啊？

甲　这么打家伙不是热闹吗？

乙　热闹？那不乱吗？唱二黄啊，打小锣儿。

甲　小锣怎么打呀？

乙　台台……

甲　好，再来！

乙　"馄饨。"

甲　台，台，台，搭搭台。

乙　"啊，先生。"

甲　"啊，先生。"

乙　俩大夫啊？

甲　你管我叫先生嘛。

乙　嘻！我叫你先生，你别叫我先生。

甲　我管你叫什么呀？

乙　管我叫"主公"。

甲　"主公"是什么玩意儿？

乙　嗐，什么玩意儿？"主公"啊，我就是皇上。

甲　皇上的脑袋剃这么亮啊？

乙　嗐，这不是假的吗？做派嘛。

甲　好，皇上。

乙　"啊，先生。"

甲　"皇上。"

乙　什么叫皇上啊？

甲　什么？

乙　"主公。"

甲　"主公！"

乙　别忙啊，我还没叫你哪。"啊，先生。"

甲　"主公。"

乙　"此一番东吴赴宴，你把孤王害苦了！"

甲　呸！

乙　这是怎么个话儿？

甲　你气我嘛。

乙　怎么？

甲　我怎么害你啦？

乙　没说你呀！

甲　那你怎么说"害苦了"？

乙　我说的是诸葛亮。

甲　找诸葛亮去呀？

乙　我哪儿找去呀！

甲　那你冲我说吗？

乙　"刘备过江"不是你出的主意吗？

甲　我多咱出主意啦？

乙　嗐，你让我去，我不乐意去呀。

甲　那你就甭去呀。

乙　哎，那就甭唱啦！

甲　好，不唱算啦！

乙　算啦？到这儿就完啦？

甲　你说不唱了嘛。

乙　没说你本人儿，我说你这个角儿把我这个角儿给害啦！

甲　我什么词儿哪？

乙　你打家伙就行啦，仓来七来仓来七来……

甲　噢，这样儿。

乙　"啊，先生。"

甲　"主公。"

乙　"此一番东吴赴宴，你把孤王害苦了！"

甲　仓来七来仓来七来仓来七来仓。

乙　（唱）"心中恼恨诸葛亮。"

甲　好！

乙　别叫好啦！

甲　仓。

乙　"立逼孤王过长江。"

甲　仓。

乙　"龙潭虎穴孤前往。"

甲　仓来七来仓来七来仓来七来仓。

乙　"啊？"

甲　啊。

乙　"啊？"

甲　（学驴叫）啊……

乙　你怎么学驴叫哇？

甲　配音。

乙　配音？哪儿来的驴呀？

甲　骑驴打酒去嘛。

乙　啊？

甲　你骑驴打酒去，我把你一家子都杀啦。

乙　那是什么戏呀？

甲　《捉放曹》。

乙　这不是《黄鹤楼》吗？

甲　那你不骑驴打酒去？

乙　没有驴。我这一"啊"是纳闷儿。

甲　你有什么可纳闷儿的哪？

乙　因为得让你说话，我好唱啊。

甲　什么词儿呀？

乙　"山人送主公。"

甲　"山人……"

乙　你别忙，忙什么呀。（唱）"龙潭虎穴孤前往。"

甲　仓来七来仓来七来仓。"山人送主公。"

乙　"唉。分明是送孤王命丧无常。"

甲　"送主公。"

乙　"免。"

甲　"送主公。"

乙　"免。"

甲　"送主公。"

乙　"免。"

甲　"送主公。"

乙　你把我送哪儿去呀？

甲　送你过江。

乙　送那么远干吗呀？送一句就该你唱啦！

甲　对对，下啦。

乙　哎，你别下呀，我下啦。该你唱啦。

甲　我唱？

乙　哎。

甲　站这边儿唱。

乙　哎，对对。仓来七仓来七来仓。

甲　（唱）"心中恼恨诸葛亮。"

乙　仓。

甲　"立逼孤王去过江。"

乙　仓。

甲　"龙潭虎穴孤前往。"

乙　仓来七来仓来七来仓。"山人送主公。"

甲　"啊？"

乙　合着刘备送刘备呀？

甲　你让我唱嘛。

乙　我让你唱，你不是诸葛亮吗？

甲　啊！

乙　你得唱诸葛亮那词儿呀。

甲　诸葛亮哪个词儿呀？

乙　你不会呀？

甲　废话，我干什么的？

乙　会你就得唱啊！

甲　会就唱啦！

乙　还是不会呀！

甲　我是"叫官儿"，怎么不会呀？

乙　你倒是会，倒是不会呀？

甲　可说哪。

乙　什么叫可说哪？

甲　反正会倒是会。

乙　忘啦？

甲　也没忘。

乙　唱吧。

甲　想不起来啦。

乙　还是跟忘了一样啊？

甲　不新鲜。

乙　一句没唱就忘啦，还不新鲜？

甲　唱戏忘词儿不算包涵。

乙　没听说过，您一句没唱就忘啦还不算包涵？

甲　我也不是满忘啦，头一句想不起来嘛！这戏我们都好些年没唱啦。

乙　甭净说年头儿多少，您一句还没唱就忘啦？

甲　你一提我就知道。

乙　我告诉你，"主公上马心不爽。"

甲　哎，可不是这个嘛。

乙　会啦？

甲　有哇，"主公上马"什么？

乙　"心不爽"。

甲　有哇。

乙　好，有。仓来七来仓来七来……

甲　哎，好些句儿哪？五句吧？

乙　哎，共合四句呀。

甲　四句啦？

乙　啊。

甲　"主公上马心不爽。"

乙　啊。

甲　二句不够辙。

乙　怎么？

甲　二句是"发花"。

乙　谁说的？"山人八卦袖内藏。"

甲　够辙。

乙　多新鲜哪！

甲　三句我改新词儿。

乙　改新词儿？

甲　听我的三句。

乙　那可不成，改新词儿那怎么唱啊？

甲　原有的那不像话呀。

乙　谁说的？"将身且坐中军帐。"

甲　这是第四句。

乙　三句。

甲　四句哪？

乙　啊……合着一句不会呀？

甲　得得，已经都说出来啦。

乙　"等候涿州翼德张。"

甲　来。

乙　仓来七来仓来七来仓。

甲　（唱河南坠子）"主公上马呀心不爽啊，心呀心不爽啊，有山人哪八卦在袖内藏。"

乙　（学拉坠子过门）

甲　"将身我且坐中军宝帐啊。"

乙　（学拉坠子过门）

甲　"等候涿州翼德张，按下了诸葛亮咱不表。"（学拉坠子过门）

乙　"后面来了我翼德张。"

甲　（学拉坠子过门）

乙　"将身儿来在了中军宝帐。"

甲　（学拉坠子过门）

乙　"见了那诸葛亮我细说端详。"

甲　说！

乙　说什么呀？怎么唱上河南坠子啦？

甲　你唱的这不也是坠子吗？

乙　我……我让你带到沟里去啦！

甲　我应当唱什么调？

乙　应当唱什么调都不会？

甲　我应当唱什么腔儿？

乙　嘻！（唱）"主公上马心不爽。"

甲　仓。

乙　你唱啊。

甲　"主公上马……"

乙　打家伙。

甲　仓来七来……

乙　我打家伙呀！

甲　怎么这么乱呀！

乙　仓来七来仓来七来仓。

甲　"主公上马心不爽。"

乙　仓。

甲　"山人八卦袖内藏。"

乙　仓。

甲　"将身且坐中军帐。"

乙　仓来七来仓来七来仓。

甲　"等候涿州翼德张。"

乙　仓，七来仓。

甲　……

乙　报名啊！

甲　嗯？

乙　报名啊！

甲　学徒马三立……

乙　马三立干吗呀？

甲　报谁的？报你的？

乙　报我的也不对呀。

甲　报谁的？

乙　诸葛亮啊。

甲　学徒诸葛亮，上台鞠躬。

乙　嘿！诸葛亮倒和气，有说这个词儿的吗？

甲　怎么报？

乙　"山人诸葛亮，等候翼德张。"

甲　这句呀？

乙　啊！

甲　早就会。

乙　会怎么不说哪？

甲　会，不知道这句搁哪儿。

乙　那不跟不会一样吗？

甲　"山人诸葛亮，等候翼德张。"

乙　"走哇！"

甲　怎么话儿？怎么话儿？

乙　怎么啦？

甲　你嚷什么呀？吓我一跳！

乙　嘻，这不是张飞来了嘛！

甲　张飞来啦？

乙　啊。

甲　我给来个不见面儿。

乙　躲账啊？

甲　张飞来啦，我什么词儿呀？

乙　我叫板，"走哇！"你打家伙，张飞上场。

甲　噢，来来。"山人诸葛亮，等候翼德张。"

乙　"走哇！"

甲　台，台，台，台，台搭搭台。

乙　好嘛，这是张飞他妹妹。我怎么唱啊？

甲　你不是说打家伙吗？

乙　打家伙别台台地打呀，这是花脸，你得打快家伙呀！

甲　怎么快呀？

乙　仓仓仓……

甲　噢，这样儿啊。"山人诸葛亮，等候翼德张。"

乙　"走哇！"

甲　仓仓仓……唱啊！仓仓仓仓仓……

乙　干吗？这是过电啦怎么着？

甲　这玩意儿有规矩没有？

乙　有哇。

甲　打多少下？

乙　家伙都不会打？

甲　你说明白了。

乙　这叫什么"叫官儿"呀？我一叫板，你打一个【四击头】：仓仓叭崩登仓！出来一亮相儿，改快的：仓仓仓……崩登仓！"哇呀——"

甲　哪儿"哇呀"？

乙　崩登仓。

甲　"哇呀"完了？

乙　打家伙：仓米七来仓来七来仓。

甲　仓来七来仓完了哪？

乙　唱。

甲　我就唱？

乙　你别唱啊，我唱。

甲　来。"山人诸葛亮，等候翼德张。"

乙　"走哇。"

甲　仓仓叭崩登仓！仓仓仓……崩登仓！"哇呀——"

乙　我"哇呀"。

甲　那你不说明白了！我当我"哇呀"呢。

乙　我"哇呀"呀。

甲　"哇呀"呀？

乙　"哇……"我得哇呀得出来呀？

甲　仓来七来仓来七来仓。

乙　（唱）"心中恼恨诸葛亮。"

甲　仓。

乙　"做事不与某商量。"

甲　仓。

乙　"怒气不息……"

甲　大仓。

乙　"宝帐闯。"

甲　仓仓仓……仓。

乙　"快快还某大兄王。"

甲　仓七仓。

乙　"可恼哇！"

甲　大仓。

乙　"可恨！"

甲　要死呀？

乙　怎么要死呀？

甲　干吗龇牙咧嘴，可恼可恨？

乙　该你说话啦。

甲　"送主公。"

乙　"送主公！"这是张飞呀！

甲　"送张飞。"

乙　又给送啦？

甲　什么词儿呀？

乙　一句不会嘛！"三将军进得宝帐怒气不息，为着谁来？"

甲　这句呀？

乙　啊。

甲　早我就会。

乙　会怎么不说哪？

甲　不知道这句搁哪儿？

乙　这跟不会一样啊。

甲　不知道什么时候说。

乙　就这时候说。

甲　就这钟点儿说。

乙　哎。

甲　再来。

乙　"可恼哇！"

甲　大仓！

乙　"可恨！"

甲　"啊，三将军，进得宝帐怒气不息，为着谁来？"

乙　"先生啊！"

甲　啊，怎么着？

乙　"老张就为着你来！"

甲　噢，你为我来？

乙　"正是！"

甲　这个……我不惹你呀！

乙　这像话吗？

（马三立　张庆森述）

关公战秦琼

甲　您看今天哪，这个观众啊，在哪儿演出都是这样。

乙　是吗？

甲　啊。

乙　嗯。

甲　啊，秩序良好。

乙　哎。

甲　不像我小时候，那戏园子里那么乱。

乙　啊。

甲　那真受不了。

乙　过去那戏园子。

甲　哎，大戏园子还好点儿，什么吉祥、长安还好点儿。

乙　哎。

甲　你要到天桥那个小戏园子……

乙　啊。

甲　嗬，乱极了！

乙　哦，是乱。

甲　哎，你首先说门口儿这卖票的，就这嚷劲儿就受不了。

乙　他干吗嚷啊？卖票就在售票室里头卖呀！

甲　小戏园子不登报，没广告，就指着门口儿那儿搁个人嚷。

乙　噢。

甲　你听他嚷的那个词儿："看戏吧，看戏吧，要看戏嘛，有男角儿，有坤角儿，有文戏，有武戏啊，又翻跟头，又开打，真刀真枪，玩儿了命了！"

乙　玩儿命了？！

甲　两毛一位，两毛一位。

乙　好嘛。

甲　花两毛钱，看玩儿命的。

乙　真是，你说这叫什么玩意儿呢？

甲　就说是。

乙　啊。

甲　这是戏园子外边儿，就这么乱。

乙　这么说里边儿好一点儿了。

甲　更乱。

乙　啊，里边儿怎么更乱了？

甲　戏园子里边儿有打架的。

乙　戏园子里头有打架的？

甲　嗯，你爱听这个演员，他爱听那个演员，因为叫好，俩人打起来了。

乙　因为这个在戏园子就打架？

甲　有时候，楼上跟楼下还能打起来呢。

乙　这可真奇怪了，楼上楼下，谁挨不着谁，怎么会打起来了？

甲　他那阵儿楼啊，它没有那护楼板，都是一根一根的栏杆。

乙　哦，是啊。

甲　什么东西都往下掉。

乙　噢。

甲　你掉个戏单儿，掉个手绢儿，不要紧呀。

乙　哎。

甲　什么东西都往下掉。

乙　噢。

甲　掉茶壶，给那位开了。

乙　那还不打起来呀！

甲　就说是呀。

乙　嗯。

甲　里边儿有什么带座的，找人的，沏茶灌水儿的，卖饽饽点心、瓜果梨桃的。

乙　嗯。

甲　还有卖报的、卖戏单儿的。

乙　哦。

甲　最讨厌，就是那扔手巾板儿的。

乙　扔手巾板？

甲　其实夏天人出汗……

乙　是啊。

甲　擦擦毛巾是好事儿。

乙　对。

甲　这来回扔啊，弄得你眼花缭乱。

乙　哎，影响人家看戏呀。

甲　就说是嘛！

乙　嗯。

甲　十几条毛巾，搁在一起，拿开水一浇。

乙　哎。

甲　把它拧干了。

乙　对。

甲　上边儿洒点儿花露水儿。

乙　嗯。

甲　这个角儿一个人，那个角儿一个人。

乙　怎么呀？

甲　这么老远扔。

乙　扔？

甲　往起扔，扔得很高啊。

乙　啊。

甲　这玩意儿，也是技术。

乙　还技术哪？

甲　哎，你别看扔那么高，上边儿什么东西都碰不着。

乙　噢。

甲　哎，扔的这主儿，这个姿势。

乙　怎么扔？

甲　日（学扔的动作）。

乙　噢，扔过去了。

甲　接的那主儿满不在乎。

乙　唔唔。

甲　嘣，你瞧。

乙　噢，就这么准。

甲　哎，准。

乙　噢。

甲　有时候楼上楼下离得近了，也扔。

乙　也扔。

甲　离得近还花样儿呢！

乙　什么花样儿？

甲　扔的这主儿来个"张飞骗马"。

乙　哦。

甲　日——上去了。

乙　接的主儿呢？

甲　来个"苏秦背剑"。

乙　嗯。

甲　嘣。

乙　你瞧。

甲　有时候弄散了呢？

乙　嗯。

甲　还来个"天女散花"。

乙　嘿，什么花招全都有啊！

甲　你再听听卖东西、找人的。

乙　哦嗯。

甲　（学各种声音）"里边瞧座。""跟我来您哪，这儿四位！"

乙　嗯。

甲　"给这儿续水啊，这儿拿个垫儿，这儿添个碗儿啊。"

乙　嗯。

甲　"口香糖瓜子儿烟卷儿了，面包点心。""看报了，看报了。""当
　　天儿的戏单。"（学女人喊声）"哟，二婶儿，我在这儿哪。"

乙　这份儿乱噢！

甲　坐下就好好听戏吧。

乙　嗯。

甲　坐下聊天。

乙　哦，还聊。

甲　台上你唱你的，开场戏没人听。

乙　啊。

甲　这儿聊上了。

乙　哦。

甲　"二婶儿，您怎么这么晚才来！""可不是嘛！家里有点儿事儿！"

乙　啊。

甲　"要不然我早就来了。"

乙　嗯。

甲　"您看今儿这天倒是不错，响晴薄日的。"

乙　嗯。

甲　"哟，这挺好天儿，怎么下雨了？"

乙　怎么下起来了？

甲　"嘻，楼上，你们那孩子撒尿了！"

乙　嗬，你看这就快打起来了。

甲　你说受得了受不了？！

乙　是嘛，太乱。

甲　就这样，这戏有的时候花两毛钱买个票，看不成了。

乙　哦，怎么？

甲　戏回了。

乙　回戏？

甲　哎。

乙　因为什么回戏呀？

甲　台上戳个大牌子。

乙　嗯。

甲　写着"今日堂会"。

乙　噢，有堂会。

甲　堂会就是上人家去唱去。

乙　是啊。

甲　那阵儿有钱有势力的人哪，家里办喜寿事。

乙　哎。

甲　把艺人找到他们家去唱。

乙　对。

甲　这叫堂会戏。

乙　不错。

甲　他就为了摆谱，为了铺张。

乙　是，是。

甲　不是懂艺术。

乙　噢。

甲　所以堂会戏呀，比戏园子里还乱。

乙　哦，比戏园子还乱。

甲　什么笑话儿都出。

乙　是啊。

甲　有一次我在山东济南府。

乙　噢。

甲　在韩复榘他们家里头。

乙　哦。

甲　看了一次堂会戏。

乙　韩复榘？

甲　啊。

乙　就是过去那个大军阀呀？

甲　对呀。

乙　啊。

甲　给他爸爸办生日。

乙　是啊。

甲　哎。

乙　噢，那儿有堂会戏。

甲　那天戏可不错。

乙　啊，都什么戏呀？

甲　头一出是《百寿图》。

乙　噢，办寿的戏。

甲　二一出是《玉杯亭》大团圆。

乙　吉祥啊！

甲　三一出是红净戏。

乙　什么戏呀？

甲　《千里走单骑》，过五关斩六将。

乙　这戏可好啊！

甲　是啊。

乙　文武带打。

甲　唱念做打哪样都好。

乙　嗯。

甲　韩复榘他爸爸头一排，弄个大沙发往那儿那么一坐。

乙　嗯。

甲　台下不断喝彩。

乙　那是唱得好嘛。

甲　可是这寿星佬不愿意听。

乙　嗯。

甲　听着听着站起来了："别唱了！"

乙　哟嗬。

甲　（学韩父，山东话）"你们这是嘛戏呀？"

乙　怎么听了半天不懂啊？

甲　（学韩父）"都上后边去。"

乙　给轰下去啦。

甲　（学韩父）"把你们那管事儿的叫来。"

乙　你听。

甲　演员不知道怎么回事儿呀！

乙　嗯。

甲　他跑下台去了。

乙　下去吧。

甲　管事的来了："哟，老太爷您有什么吩咐啊？"

乙　嗯。

甲　（学韩父）"你们唱的这是嘛戏呀？"

乙　"《千里走单骑》呀！"

甲　（学韩父）"这是红净戏呀？"

乙　啊，对呀。

甲　（学韩父）"那红脸的是谁呀？"

乙　噢，听了半天不知道这是谁。

甲　这是关公。

乙　哎，关云长。

甲　（学韩父）"关公，是哪儿的人？"

乙　山西的人哪！

甲　（学韩父）"山西人为嘛到我们山东来杀人？"

乙　你这都什么呀？这是……

甲　（学韩父）"有我们的命令吗？嗯，你知道他是谁的人不？"

乙　他，谁的人哪？

甲　（学韩父）"他是阎锡山的队伍。"

乙　什么乱七八糟的，这个。

甲　（学韩父）"为嘛不唱我们山东的英雄？"

乙　关云长也是英雄啊。

甲　（学韩父）"这里有好汉秦琼秦叔宝，为嘛不唱？"

乙　噢，爱听秦琼戏。

甲　"老太爷，不知道您喜欢听什么戏。那好吧，请您点戏吧。"

乙　对。

甲　（学韩父）"我问问你。"

乙　嗯。

甲　（学韩父）"是这个关公的本事大，是那个秦琼的本事大？"

乙　那谁知道啊？

甲　（学韩父）"他们俩没比过。"

乙　是啊。

甲　（学韩父）"今天让他们比比。"

乙　啊，比比？

甲　"来个关公战秦琼。"

乙　这可真新鲜了。

甲　那怎么唱？

乙　你怎么唱啊？

甲　哪儿有这么一出啊！

乙　不是一个朝代的事儿啊！

甲　管事的也不敢说你不懂戏呀。

乙　啊。

甲　就说："哼，那什么，老太爷您点个别的戏吧？"

乙　嗯。

甲　"这个戏我们不会。"

乙　嗯，是呀。

甲　（学韩父）"嘛？我点的戏你们不会呀，那全别唱了。"

乙　啊。

甲　（学韩父）"我不给钱啊，你们也全别走了，在这里饿你们三天，不管饭吃！"

乙　这叫什么行为呀？

甲　（学韩父）"看你们会不会！"

乙　嗬。

甲　管事的害怕了。

乙　嗯。

甲　"这、这什么，哦，老太爷您别生气，我、我到后边儿去问问他们。"

乙　问问谁去？

甲　问演员哪！

乙　啊。

甲　"诸位老板哪，咱们这戏唱砸了。那寿星佬不愿意了，不愿意听这个戏。"演员一想哪，反正也惹不起他……

乙　那是啊。

甲　"听什么戏？"

乙　嗯。

甲　"他说什么咱们唱什么，点了一出那个关公战秦琼。"

乙　你们谁会吧。

甲　"你吃多啦？撑糊涂啦，哪有这么出戏呀？"

乙　是啊。

甲　"关公是汉朝的。"

乙　啊。

甲　"秦琼是唐朝的，差着好几百年，能搁在一块儿吗？""他说不会也得唱。要不唱全别唱，也不让走，饿三天不管饭吃。""饿三天，他饿一年这、这也不会呀。""咱们来这么些人，这回真要饿死几个，这咱们怎么办哪？"演员一想啊……

乙　怎么呀？

甲　他不是不懂戏嘛……

乙　啊。

甲　他不是点这出嘛，那就给他唱。

乙　噢，就唱这出啊。

甲　关公还是原来的关公。"我还来这关公。"

乙　关公。那么秦琼哪？

甲　"谁来秦琼？"谁敢来呀？

乙　谁来？

甲　没这么出戏呀，得上去现编词儿啊。

乙　说的是啊。

甲　"老生吧。"

乙　嗯。

甲　"谁来？"

乙　嗯。

甲　"哎，那个刘备，把你那套儿脱了。"

乙　哎。

甲　扮个秦琼。

乙　赶紧换那个青箭衣。

甲　啊。

乙　戴罗帽。

甲　干吗呀？

乙　秦琼啊。

甲　哪个秦琼？

乙　卖马呀。

甲　照着卖马那么扮？

乙　啊。

甲　那哪儿行啊。

乙　不行啊。

甲　卖马是秦琼最倒霉的时候啊！

乙　那么怎么个扮相啊？

甲　扮元帅。

乙　噢，大元帅。

甲　哎，照着瓦岗寨上那么扮。

乙　你扮个元帅。

甲　嗯，扎硬靠，斜蟒，戴帅字盔。

乙　嗬。

甲　赶紧给他扮。

乙　嗬。

甲　这大伙儿给他扮戏。这老生着急："我扮也不行呀，我没词儿啊！"

乙　说的是啊。

甲　"没词儿上台现编。"

乙　哦，现编词儿。

甲　"你给我出点儿主意啊。""我现在一点儿主意也没有了？""你呀，先来个坐大帐点将。"

乙　噢。

甲　"我来个小过场。"

乙　嗯。

甲　"咱们俩一碰面就开打，你把我打跑了不就完了吗？"

乙　就这么唱啊？

甲　当场面打吧。

乙　哎。

甲　照这么打。（学动作，走得特别慢）吭且、吭且、吭且吭且吭、吭且、噗瞠——且吭。

乙　嗯。

甲　吭且且且且。

乙　秦琼出场。

甲　演员心里想啊。

乙　怎么想啊？

甲　这叫什么玩意儿啊？

乙　是啊。

甲　且且且。

乙　透袖，哎，正冠来，嗬，捋髯，这个做派。

甲　吭且吭且吭且。

乙　你快点儿走啊。

甲　不成啊。

乙　嗯？

甲　他想词儿哪。

乙　哦，对呀，没词儿。

甲　哎，吭且吭且吭目吭且吭。"将士英豪，儿郎虎豹，军威浩，地动山摇，要把狼烟扫。"吭且且且……

乙　"点绛"是完了。

甲　下边儿词儿还没有呢！

乙　对了，还没词儿呢。还要作定场诗呢！

甲　定场诗也现编的。他不像话。

乙　哦，怎么编的？

甲　"大将生来胆气豪。"

乙　嗯。

甲　"腰横秋水雁翎刀。"

乙　好嘛，明朝的词儿。

甲　"我本唐朝一名将，不知何事打汉朝。"

乙　好嘛！嗒嗒嗒瞠，吭里且里吭。

甲　"本帅"——

乙　嘚呛。

甲　"姓秦名琼字叔宝。"

乙　嘚呛。

甲　"混世魔王驾前为臣，官拜天下督诏讨兵马大元帅之职，奉了魔王御旨，带领一哨人马，大战汉将关羽。"

乙　嗯，这多新鲜。

甲　"众将官。"

乙　"有。"

甲　"起兵前往。"

乙　哦。

甲　当不咧且、吭且、吭且呛。这场戏下去了。

乙　他下了。

甲　关公上来了。

乙　噢，关公上。

甲　一手拿着刀。

乙　噢。

甲　一手托着靠胎。

乙　是。

甲　他是打扮儿扎巾软靠。

乙　对呀。

甲　"水底鱼"上。

乙　哦。

甲　（学打"水底鱼"锣鼓）吭台吭不来台、一台、一台、吭不来台、吭不来台、一台——吭。

乙　嘚呛。

甲　"关云长。"

乙　吭台。

甲　"不知为了何事，秦琼犯我边界，军士们。"

乙　"有。"

甲　"迎敌者。"

乙　噢。

甲　咕噜噜噜……一家镗鼓。

乙　哎。

甲　秦琼上来了。

乙　上了。

甲　俩人一碰面。

乙　嗯。

甲　秦琼摆开了双锏。

乙　哎。

甲　关云长一横大刀。

乙　嗯。

甲　谁瞧谁都别扭。

乙　是别扭，不是一个朝的人。

甲　从没见过面。

乙　是嘛。

甲　"来将通名？""唐将秦琼。你是何人？""汉将关羽。"

乙　嗯。

甲　"为何前来打仗？"

乙　嗯。

甲　这你问他。

乙　啊？

甲　坏了。

乙　怎么？

甲　他本来心里就火着呢！

乙　嗯。

甲　咳！

乙　怎么意思啊？

甲　他生气呀。

乙　生气儿了。

甲　这一下坏啦。

乙　啊。

甲　戏台上有规矩，这样是叫板起唱。

乙　噢。

甲　打鼓的一听，嗯，还有唱儿呢？吭不来台、吭来、且来——吭。拉胡琴儿的一听，还有我的事儿呢？

乙　这份儿乱啊。唱吧！

甲　现编词儿吧！

乙　是啊，怎么唱的？

甲　这么唱的："我在唐朝你在汉，咱俩打仗为哪般？"

乙　对。

甲　"听了——"

乙　吭来、吭来且来吭。

甲　"叫你打来你就打，你就打，你要不打……"一指那老头儿——

乙　嗯？

甲　"他不管饭。"

乙　嘻！

（原作张杰尧　侯宝林整理）

汾河湾

乙　这场啊，我给您说段相声。

甲　（唱）"这一件蟒龙袍，真正是合体，它本是你丈母娘亲手儿
　　绣的。"

乙　唱得还真有点儿味儿。

甲　知道我唱的是什么戏吗？

乙　河北梆子《打金枝》。

甲　哎呀，行啊。

乙　我也喜欢唱河北梆子。

甲　是呀，梆子这个剧种，形成的历史比较悠久。随着地区的不同，
　　"梆子"的种类也很多。

乙　都有哪些种类呢？

甲　刚才，我唱的那个是河北梆子。

乙　对。

甲　还有河南梆子、山东梆子、山西梆子、陕西梆子、中路梆子、莱
　　帮子、鞋帮子，（指乙）你是老帮子。

乙　老帮子呀！

甲　您是唱老调梆子的。

乙　你把那"调"字带出来呀！

甲　提起唱"梆子"来，我正经坐过科，学过艺哪。

乙　是啊？

甲　要说我，您可能不太熟悉，要提起我师傅来，您可能有个耳闻。

乙　谁呀？

甲　金香水儿呀。

乙　金香水儿？那可是著名的河北梆子表演艺术家。

甲　我师傅一辈子就收我们两个徒弟，一个是筱香水儿，一个就是我了。我们全犯这个"水"字。

乙　那人家叫筱香水儿，您叫——

甲　自来水儿。

乙　自来水儿？哎呀，您跟我一样。

甲　您也是自来水儿？

乙　我是下水道。

甲　下水道——听您这话茬儿，您是讽刺我呀？

乙　什么叫自来水儿呀？

甲　今儿个这么办！

乙　怎么办？

甲　当着各位观众的面儿，我帮您唱一出河北梆子戏，让您看看我自来水儿的水平。

乙　您真能唱？

甲　那当然啦！

乙　好，那咱就唱，您挑戏吧。

甲　您挑戏。

乙　您挑。

甲　您挑。

乙　您挑。

甲　我是金香水儿的学生我挑戏，那不是欺负你寡妇失业的吗？

乙　那倒是。——我多会儿守的寡呀？

甲　噢，你有爷们儿。

乙　嗨，有爷们儿我也把他掐死，你怎么说话呢！

甲　让您挑戏。

乙　既然这样，那我就不客气了。

甲　别客气。

乙　那咱俩唱一出《游龟山》。

甲　又叫《蝴蝶杯》，哈哈，哈哈……

乙　就唱这出——

甲　我不会。

乙　不会你乐什么？

甲　我笑你外行。

乙　怎么哪？

甲　《游龟山》这出戏，人物太多，台上就我们两个人，赶得过来吗？

乙　可也是的，那咱们唱《大登殿》。

甲　算粮登殿，"金牌调来呀，银哪牌宣，王相府来了我王氏宝钏。"

乙　就唱这戏——

甲　我就会这一句。

乙　一句？这回干脆，我再挑出戏，会唱就唱，不会唱咱各干各的，两便。

甲　哪出戏？

乙　《汾河湾》。

甲　可以。《汾河湾》是几个人物？

乙　很简单，就两个人物。

甲　都有谁呀？

乙　一个是薛仁贵，一个是柳银环。

甲　您扮演谁呀？

乙　我是唱"老生"的，我来那个薛仁贵。

甲　那我哪？

乙　您是金香水儿的学生自来水儿，当然就得扮演柳银环了。

甲　柳银环和薛仁贵是什么关系？

乙　夫妻关系，两口子。

甲　那我——

乙　你是我媳妇儿。

甲　那我可得跟你声明。

乙　声明什么？

甲　（不好意思地）我们俩这种关系，可是暂时的啊。

乙　嗨，长久的我也不要你！

甲　我也不跟你呀！

乙　现在就开始，咱们把桌子搭后边去。为了区别人物，您得简单地化化装，我去准备道具（乙从侧幕搬来一把椅子）。

甲　（从桌上拿过手绢叠成的三角巾），演员不化装，您瞅着不好看，等化完装您再瞧——

乙　好看了。

甲　指不定什么模样了。

乙　去你的吧！

甲　（用三角巾包头）您看怎么样？

乙　我看还可以。

甲　您知道我师傅为什么收我吗？

乙　不知道。

甲　告诉你吧，唱旦角儿的得符合条件。

乙　什么条件？

甲　您拿我来说吧，个头儿不高不矮，不胖不瘦，具有线条美。

乙　呀！还线条美哪！

甲　特别是脸形标准。

乙　什么样？

甲　长瓜脸，尖下巴颏，高鼻梁，大眼睛，扮出那个角儿来，您瞧，像不像那电影明星？

乙　明星您可不像。

甲　我像——

乙　贼星！

甲　你打击我的情绪！

乙　我看咱们别耽误时间，开始演戏。

甲　现在就开始。

乙　我跟您交代一下场面。

甲　可以。

乙　这是上场门儿，这是下场门儿，这儿是台口，又叫九龙口。您上场我打家伙，我上场您打家伙。

甲　这叫"分包赶角儿"。

乙　您现在是闷帘儿叫板。

（乙用扇子当门帘儿挡住甲的脸，甲不理解，用手推开乙的扇子，共三次）

甲　（生气地）你干吗呀？拿扇子挡住我的脸，干吗？噢，你看我扮相漂亮，你嫉妒我呀？

乙　嗐，就这模样还漂亮哪？跟您说，原来戏台上有门帘，您哪在门帘儿里边叫板。

甲　您这扇子——

乙　代表门帘儿。

甲　我误会了，我应当在门帘里边叫板？

乙　对啦。（重新用扇子遮住甲的脸）

甲　"叫板！叫板！叫板——"

乙　你别叫了。

甲　怎么了？

乙　就这么叫哇？你得有词儿。

甲　我问你，这么大出戏，我知道你从哪儿开呀？那叫板的地方多着哪！

乙　就从那儿开——"丁山儿该来了。"

甲　你说明白喽。"丁山儿该来了。""丁山儿该来了。""丁山儿该来了！"

乙　他来不了啦！我说你这么叫不嫌干得慌啊？

甲　我不是自来水儿吗？

乙　别提那自来水儿啦！噢，你就这么叫哇？

甲　那得怎么叫哇？

乙　你应当有韵。

甲　（误把"韵"听成"孕"了）什么？

乙　你得有韵。

甲　办不到！我们的关系刚定下来，就叫人家有"孕"哪！

乙　嘻！什么"孕"哪？

甲　那你说的什么"孕"哪？

乙　我说的是"戏韵"的"韵"。

甲　戏韵的"韵"，什么味儿呀？

乙　什么——噢，金香水儿的学生自来水儿，愣不知道"叫板"什么味儿？

甲　什么话呢，你是"内江派"，我是"外江派"。我们俩的风格不统一嘛！

乙　他还老有说的！就这么唱："丁山儿哟该来了。"

甲　还是那老调。

乙　告诉他，又老调了。

　　（甲、乙重新归到上场门儿）

甲　（唱）"丁山，儿哟——（用右手摸乙的头）——该来了——"

（乙拿下甲的手）"该来了——"（又摸乙的头，乙又拿掉）"该来了——"（又摸乙的头）

乙 （生气地）你是什么毛病？

甲 怎么了？

乙 你唱就唱呗，摸我脑袋干什么？

甲 我问你，你讲理不？

乙 怎么不讲理了？

甲 （拉过乙拿扇子的手）我问你，你这扇子代表什么？

乙 门帘呀。

甲 啊，我这不是扶门框哪嘛！

乙 没门框，拿脑袋当门框啦？

甲 没门框，你那门帘吊在哪儿呀？

乙 你甭管，没门框！告诉你说，你要再扶门框，别说我拿扇子搂你呀！

甲 好，好，好，没门框。（接唱）"丁山，儿哟，该来了——"

乙 （伴奏）台，台，台个令台一个令台。咚里根儿隆，咚里根儿隆咚里根儿，咚根儿隆咚里根儿隆的咚，咚根儿里根儿咚根儿隆的咚。

甲 （随着音乐走到台口）我——（不会唱词，返回上场门儿重新叫板）"丁山，儿哟，该来了——"

乙 （无奈，重复伴奏）

甲 我——"丁山，儿哟，该来了——"

乙 （生气地重复伴奏，节奏比较快）

甲 我——（又往回跑）

乙 （用扇子打甲的头）你是什么毛病？往回跑什么呀？

甲 我问你，过去，我们俩同台演出过没有？

乙 没有哇。

甲 上场前，排练过没有？

乙 也没有哇。

甲 还是的！你说这要不对对台词儿，一旦唱错了，是你错了，还是我错了？

乙 噢，这里有个责任问题，那你的意思呢？

甲 对对台词儿。

乙　唱到半截腰儿对台词儿？对吧。

甲　我问你，这儿一共有几句唱儿？

乙　四句唱儿。

甲　第一句是什么？

乙　"我的儿汾河湾前去打雁。"

甲　（故做思索地）这句还凑合，第二句呢？

乙　"天到了这般时不见回还。"

甲　也勉强吧，第三句？

乙　"将身儿坐至在窑门以外。"

甲　你看，多亏对对不是。错了！这是第四句。

乙　第三句。

甲　第四句。

乙　第三句嘛！

甲　第四句呢？

乙　第四句——唉，他一句不会！

甲　废话！不会能帮你唱吗？

乙　会？

甲　会不早唱了吗？

乙　忘了？

甲　没有。

乙　唱啊？

甲　想不起来了。

乙　那不是一样吗？

甲　您给提个醒儿。

乙　第四句是："等我儿他回来好把饭餐。"

甲　"餐"是什么意思？

乙　"餐"就是吃的意思。

甲　噢，吃、餐一样。对好台词儿就好唱了。

乙　这位！

甲　（唱）"丁山，儿哟，该来了——"

乙　（伴奏）台台，台个令个台台一个令令台，大齐令台。咚里根儿隆，咚里根儿隆根儿隆咚里根儿隆的咚，咚根儿隆咚，隆根儿里根儿咚。

甲　"我的儿汾河湾前去打雁，天到了这般时不见回还，将身儿坐至在窑门以里——"

乙　以外！

甲　外边太冷！（根据演出时实际天气而论）

乙　冷也得出去！

甲　以外就以外。

乙　他倒挺和气。

甲　（接唱）"等我儿他回来好把饭哪吃呀。"

乙　那叫"餐"。

甲　吃、餐不一样吗？

乙　就得说"餐"！

甲　依着你，"吃西餐哪！"

乙　瞧那脑型，还吃"西餐"哪！（唱）"马来！"（甲误以为《走麦城》是关老爷上场叫马童呢）

甲　大台，呛、呛、才来呛隆才来呛！

乙　什么戏？

甲　《走麦城》。

乙　（用扇子打甲的头）走！《汾河湾》里唱出来《走麦城》啦！

甲　啊，"马来！"你这不是关老爷上场叫马童呢吗？

乙　什么呀？我这是薛仁贵上场啦！

甲　噢，您扮演的角色上场了？

乙　啊。

甲　那我怎么办呢？

乙　你打家伙呀！

甲　你说明白喽哇，（重新坐在椅子上）"再来一餐哪——"

乙　嗳，他又对付一顿儿。"马来！"

甲　台，台，台个一个令台，大齐大台。咚里根儿隆，咚里根儿隆咚里根儿咚，隆根儿隆咚里根儿隆的咚，咚根儿隆咚，你冷不冷？

乙　我汗都下来了！（唱）"薛仁贵做事太短见哪——"

甲　噢，好！

乙　别叫好哇！

甲　我起个带头作用啊。

乙　唱："射死了顽童染黄泉。儿想娘来难得见，娘想儿来哟要见面难哪呀嘿——"

甲　（哭学伴奏）达里根儿隆的咚。

乙　什么缺德弦儿，（唱）"正催马，用目观，见一大嫂坐窑前。前影儿好像柳氏女，后影好像柳银环，甩镫离鞍下了马，见了大嫂哇礼当先。"

甲　（伴奏）大大大大大台。

乙　（白）"大嫂请来见哪礼。"

甲　（上下打量乙）哼！（转过身去）

乙　什么毛病！（绕到左边）"大嫂请来见哪礼。"

甲　（又转向右边）

乙　这位受风了怎么着？（又转回右边）"大嫂请来见礼。"

甲　（一撇嘴）缺德！

乙　（用扇子打甲的头）谁缺德？

甲　你缺德！你缺德！

乙　我怎么缺德了？

甲　我问你，想当初那年头儿，男女授受不亲，你说你挺大个老爷们儿，围着我们转悠什么？

乙　嗐！他什么也不明白！我那不是跟您见礼吗？

甲　噢，您那是见礼哪？

乙　啊。

甲　我领会错了。

乙　你以为——

甲　向我求爱呢。

乙　去你的吧！就这模样儿，我还向他求爱呢？

甲　那我怎么办呢？

乙　你得说话呀。

甲　（唱）"啊，儿呀——"

乙　就说这个？

甲　说什么呀？

乙　你应当说："啊，还礼，还礼，这位军爷，放路不走，施礼为何？"

甲　"啊，还礼——"

乙　坐下。

甲　"啊，还礼——"

乙　你忙什么？"大嫂请来见哪礼。"

甲　这阵儿说吧？

乙　你别问哪！

甲　（白）"啊，还礼，还礼，这位军爷，放路不走，施礼为何？"

乙　"借问大嫂，此处什么所在？"

甲　"沈阳市。"（可根据演出地点更名）

乙　沈阳市？

甲　沈阳市，我在这儿住了二十多年了，没错儿！

乙　噢，《汾河湾》里有沈阳市？

甲　《汾河湾》是什么词儿？

乙　"龙门郡。"

甲　"啊，龙门——"

乙　坐下。

甲　"啊，龙门——"

乙　你忙什么！

甲　我受管制了！

乙　"大嫂请来见哪礼。"

甲　"还礼，还礼，这位军爷，放路不走，施礼为何？".

乙　"借问大嫂，此处什么所在？"

甲　"龙门郡。"

乙　"此庄呢？"

甲　"俱乐部！"

乙　俱乐部？

甲　我们在俱乐部演出，没错儿呀？

乙　《汾河湾》那年头儿有俱乐部？

甲　《汾河湾》那年头儿是什么呀？

乙　那叫"大王庄"。

甲　"啊，大王——"

乙　坐下！

甲　"啊，大王——"

乙　你忙什么！

甲　（生气地）哼！

乙　"大嫂请来见哪礼——"

甲　（急赤白脸地）"还礼，还礼，这位军爷，放路不走，施礼为何？"

乙　他还急了？"借问大嫂，此处什么所在？"

甲　"龙门郡。"

乙　"此庄呢？"

甲　"大王庄。"

乙　"大王庄打听一人，大嫂可曾知晓？"

甲　"有名的不知，无名的不晓！"

乙　他全不认识！

甲　啊，不认识呀。我们大门不出，二门不迈，买根冰棍我们都不敢出去，认识谁呀？

乙　你得说认识。

甲　"啊，有名的便知，无名的便晓。"

乙　嗳，他又全认识了！

甲　啊，我们群众关系好，你管不着！

乙　嘻！你得说："啊，有名的便知，无名的不晓。"

甲　"啊，有名的——"

甲
乙　你坐下！

甲　"啊，有名的——"

甲
乙　你忙什么？

乙　他都会了。

甲　这是怎么说的呢！

乙　"大嫂请来见哪礼。"

甲　不嫌麻烦。"还礼，还礼，这位军爷，放路不走，施礼为何？"

乙　"借问大嫂，此处什么所在？"

甲　"龙门郡。"

乙　"此庄呢？"

甲　"大王庄。"

乙　"大王庄打听一人，大嫂可曾知晓？"

甲　"有名的便知，无名的不晓。"

乙　"提起此人，是大大的有名。"

甲　"但不知是哪一家呢？"

乙 "就是那柳员外之女，薛仁贵之妻，柳氏银哪环！"

甲 （假做吃惊地）"噢——"

乙 （吓一跳）

甲 "你问那柳银环么——"

乙 "正啊是。"

甲 "她看电影去了。"

乙 去你的吧！

（冀世伟述）

改　行

甲　现在演的这个节目啊……

乙　啊。

甲　有很多都是演员自己创作的。

乙　是啊？

甲　能写。

乙　噢。

甲　过去呀，你像相声这一行啊，多是街头艺人。

乙　可不是嘛！

甲　撂地儿。

乙　哎，没有上舞台的。

甲　没有多大学问，不会写字儿。

乙　哎。

甲　解放以后，学文化。

乙　是。

甲　学政治。

乙　哎。

甲　不但人翻身，艺术也翻身了。

乙　是嘛！

甲　啊。现在曲艺界里边儿，也有了作家。

乙　作家？

甲　不简单啊。

乙　嗯。没有。我们这里头哪有作家啊？

甲　有。

乙　谁啊？

甲　我。

乙　你？你不就是一个演员吗？

甲　嗯，不仅是演员，还是作家。

乙　你瞧，这我倒没注意。

甲　没注意？

乙　嗯。

甲　我净在家里坐着。

乙　噢，家里坐着呀！

甲　啊。

乙　你就这么个作家啊？

甲　我正在家里坐着呢。

乙　你得说啊，正在家里写着呢。

甲　啊，写着呢，写作嘛。

乙　哎，写作。

甲　今天是有这个条件。

乙　是嘛。

甲　你要过去哪行啊！

乙　过去？

甲　过去艺人，啊，天桥儿，撂地儿。

乙　可不是嘛！

甲　累一天。

乙　啊。

甲　挣这俩钱儿，也不够买两棵白菜的。

乙　收入啊，就那么少。

甲　就是啊。

乙　哎。

甲　后来有些人上剧场了。

乙　哎。

甲　剧场也分不了多少钱啊。

乙　那一定是生意不太好啊。

甲　生意不错。客满，总是满座儿。

乙　既然总是客满，我们的收入就多啊。

甲　收入也不多啊。

乙　怎么？

甲　买票的主儿少。

乙　买票的主儿少。

甲　哎，规矩人、老实人买票。

乙　噢。

甲　凡是那有钱有势力的那都不买票，净是"摇头儿票"。

乙　什么叫净"摇头儿票"啊？

甲　那阵儿剧场里不是查票吗？

乙　是啊。

甲　到时候下去查票……

乙　啊。

甲　"先生，您这儿有票吗？"

乙　嗯。

甲　你看他这劲儿。一翻眼——

乙　噢。

甲　一摇头儿。完啦！

乙　这是怎么意思哪？

甲　这说明他有势力，不买票。

乙　怎么连句话他都不说啊？

甲　他不说还好啊，他一说你更倒霉啦！

乙　怎么？

甲　他说话？

乙　啊。

甲　"先生，您这儿有票吗？"

乙　啊。

甲　"嗯，全是我带来的。"

乙　全是他带来的啊？

甲　就拿手这么一指啊，这一大片都不买票了。

乙　那就全白听啦？

甲　那年头儿就这样。

乙　嗯，您说那年月，没有穷人的活路。

甲　这还说我们这一代，比我们更老的那一代，更倒霉了。

乙　怎么呢？

甲　你像刘宝全啊，白云鹏啊，金万昌啊，那些老前辈，他们赶上帝制了。

乙　帝制是有皇上的时代。

甲　有皇上的时候，那时候名演员呢，进宫当皇差。

乙　对呀。

甲　给皇上家唱去。

乙　是啊。

甲　啊，特别是那个西太后。

乙　哎。

甲　给她唱去。

乙　对。

甲　今儿要是瞧你不高兴，一句话就把你发喽。

乙　发了？

甲　发了。

乙　那么演员犯什么罪了？

甲　什么叫犯什么罪，瞧你长得别扭。

乙　噢，这就给发了。

甲　这什么样儿啊？黑了咕唧的，发了！

乙　这玩意儿，就发了。

甲　你看还不说皇上家。

乙　嗯。

甲　你就说做大官儿的家里头。

乙　嗯。

甲　他家有喜寿事，叫堂会把艺人叫到家里去唱。

乙　是啊。

甲　进门儿先得问什么字儿。

乙　啊。

甲　有不许说的字儿可别说。

乙　噢，这叫什么"忌字儿"。

甲　哎，忌讳。

乙　噢，忌讳。

甲　哎，老爷的名字那叫官讳。

乙　那能说吗？

甲　不能说啊。

乙　噢，不能说。

甲　哎，忌讳嘛。

乙　噢。

甲　什么死啊，亡啊，杀啊，剐啊，这都不吉祥，不许说。

乙　噢，这也不能说。

甲　哎。

乙　说相声那就难了。

甲　难了，拿谁逗哏啊？

乙　是啊。

甲　拿自己开玩笑吧！

乙　也就那样儿啦。

甲　这回咱们俩说段儿相声。

乙　好啊。

甲　说不好啊。

乙　哎。

甲　咱们反正卖卖力气。

乙　对。

甲　谁不卖力气啊，谁是小狗子。

乙　这话儿没错的。

甲　老爷生气了。

乙　这怎么生气啊？

甲　老爷小名是狗子。

乙　这谁能知道啊？

甲　就说是啊。

乙　嘿。

甲　那年头儿做艺更难了。

乙　是吗？

甲　一般相声演员啊，都是在道边儿上画个圈儿，这就说起来。

乙　噢，道边儿上。

甲　说半天快要钱了，那边儿官儿来啦。

乙　噢。

甲　看街的一喊："闲人让开，大老爷来喽！"稀啦呼噜全跑了。

乙　噢，这人全都散了。

甲　官儿来了，谁不怕？

乙　那么没有给钱的呢？

甲　谁能跑出八里地给你送钱来呀？

乙　这话对呀。

甲　就是这样的生活。

乙　嗯。

甲　平常还不能天天演。

乙　怎么？

甲　皇上家有忌日。斋戒辰，禁止娱乐。

乙　禁止娱乐，怎么样？

甲　歇工。

乙　他有他的忌日，咱们说咱们的，唱咱们的，歇工干吗？

甲　那年头儿专制，就这个制度。

乙　噢，就得歇工？

甲　哎，皇上要死了，你就更倒霉了！

乙　啊？

甲　皇上死了有国服。

乙　就是皇上死了。

甲　哎。

乙　死了倒好啦，死了就死了呗。

甲　哎，你倒蛮大方啊，死了就死了吧。那年头儿说这么句话，有罪了，杀头！

乙　这怎么有罪了？

甲　轻君之罪。

乙　怎么啦？

甲　皇上死了，不能说死。

乙　说什么？

甲　单有好的字眼儿形容他的死。

乙　那死叫什么？

甲　死了叫"驾崩"。

乙　"驾崩"？

甲　哎。

乙　这俩字怎么讲啊？

甲　"驾崩"啊？

乙　啊。

甲　大概就是架出去把他崩了。

乙　架出去崩了啊？！

甲　反正是好字眼儿吧。

乙　嗯，是好字眼儿。

甲　啊。

乙　嗯。

甲　光绪三十四年，光绪皇上死了。

乙　死了啊？

甲　一百天国服。

乙　噢，就是禁止娱乐。

甲　人人都得穿孝。

乙　那是啊。

甲　男人不准剃头。

乙　噢。

甲　妇女不准擦红粉。

乙　挂孝嘛。

甲　不能穿红衣服。

乙　那是啊。

甲　梳头的头绳儿，红的都得换蓝的。

乙　噢，干什么？

甲　穿孝嘛。

乙　噢，挂孝。

甲　家里房子那个柱子，是红的，拿蓝颜色把它涂了。

乙　这房子也给它穿孝啊？

甲　那年头儿就这么专制。

乙　太厉害了。

甲　卖菜的都受限制嘛！

乙　卖菜受什么限制啊？

甲　卖茄子、黄瓜、韭菜，这都行。

乙　噢。

甲　卖胡萝卜不行。

乙　胡萝卜怎么不行啊？

甲　红的东西不准见。

乙　那它就那么长来着。

甲　你要是卖也行，得做蓝套儿把它套起来。

乙　套上？我还没见有套上卖的呢！

甲　那年头儿吃辣椒啊，都是青的。

乙　没有红的？

甲　谁家种辣椒，一看红的，摘下来，刨坑儿埋了，不要。

乙　别埋呀，卖去啊。

甲　不够套儿钱。

乙　对了，那得多少套儿啊！

甲　商店挂的牌子，底下有个红布条儿。

乙　啊。

甲　红的，换蓝的。

乙　也得换蓝的。

甲　简直这么说吧，连酒糟鼻子、赤红脸儿都不许出门儿。

乙　那可没办法，它这是皮肤的颜色啊！

甲　出门儿不行。

乙　啊。

甲　我听我大爷说过。

乙　啊。

甲　我大爷就是酒糟鼻子。

乙　啊，鼻子是红的？

甲　出去买东西。看街的过来，啪，给一鞭子。赶紧站住了。"请大人安。""你怎么回事啊？"

乙　打完人了，问人家怎么回事？

甲　"没事儿，我去买东西。""不知道国服吗？""知道，您看，没剃头。"

乙　噢。

甲　"没问你那个，鼻子什么色儿？""这鼻子是红一点儿，可它是原来当儿，不是现弄的。"

乙　有把鼻子弄红了的吗？

甲　不让出去。"不让出门儿不行啊，我妈病着，没人买东西啊。"

乙　是啊。

甲　"出来也行啊，把鼻子染蓝喽。"

乙　染了？

甲　那怎么染？

乙　那没法儿染。

甲　就是啊，你弄蓝颜色把脸涂了，更不敢出去了。

乙　怎么？

甲　成窦尔敦啦。

乙　好嘛。

甲　那年头儿吃开口饭的，全歇工了。

乙　全歇了？

甲　很多艺人，有名的艺术家，改行了，做小买卖，维持生活。

乙　改行了？

甲　嗯。

乙　那么您说一说，都什么人改行了？

甲　唱大鼓的刘宝全，唱得好不好啊？

乙　好啊。

甲　那年头儿不让唱。

乙　改行了？

甲　改行了。

乙　干吗去了？

甲　卖粥。

乙　卖粥？

甲　北京的早点嘛，粳米粥，砂锅熬的粳米粥……

乙　噢。

甲　烧饼、麻花儿、煎饼果子。

乙　下街卖粥。

甲　哎，就在口儿上摆摊儿。

乙　瞧瞧。

甲　嗯。

乙　得会吆喝。

甲　就是啊。

乙　这真难！

甲　你说，这吆喝就不容易。

乙　是吗？

甲　艺术家他哪会吆喝？

乙　不会。

甲　你想这些日子，因为禁止娱乐……

乙　嗯。

甲　嗓子都不敢遛。

乙　啊。

甲　借这机会遛遛嗓子。

乙　干什么？

甲　自己会编词儿。

乙　啊。

甲　把所卖的东西看了一下，编了几句词儿，合辙押韵。

乙　嗯。

甲　吆喝出来跟唱大鼓完全一样。

乙　是吗？

甲　嗯。

乙　唱大鼓它得有鼓啊。

甲　这不有这砂锅吗！

乙　嗯，砂锅就当鼓。

甲　哎。

乙　打鼓的，这个鼓槌子呢？

甲　没有，有勺儿啊。

乙　那么这鼓板呢？

甲　没板，拿套烧饼果子。

乙　他倒会对付。

甲　一和弄这粥……

乙　嗯。

甲　（唱三弦过门）"吊炉烧饼扁又圆，那油炸的麻花脆又甜。粳米粥贱卖俩子儿一碗，煎饼大小你老看看，贱卖三天不为是把钱赚，所为是传名啊，我的名字是叫刘宝全哪。"咚，哗……啦……

乙　怎么啦？

甲　砂锅碎了！

乙　锅碎啦？

甲　要怎么说外行干什么都不行。

乙　为生活挤对的嘛。

甲　是啊！

乙　啊。

甲　唱京戏的也有改行的。

乙　哪位啊？

甲　唱老旦的龚云甫。

乙　噢，龚云甫。

甲　老旦唱得最好啊。

乙　是啊。

甲　听说拿手戏是《玉后龙袍》。

乙　不错啊。

甲　后台一叫板："苦啊！"

乙　就这句。

甲　可堂的彩声。

乙　真好听！

甲　那年头儿不让唱了。

乙　也改行了？

甲　卖菜去了。

乙　卖青菜去了？

甲　嗯。

乙　哎呀，那可不容易。

甲　是嘛。

乙　头一下说，你得有那么大力气啊。

甲　哎。

乙　是不是？

甲　过去北京卖菜的都讲担挑。

乙　啊。

甲　担这一副挑啊，二三百斤菜。

乙　对啊。

甲　走起来这个人得精神。

乙　是嘛。

甲　不但人精神，连菜都得精神。

乙　菜怎么还精神呢？

甲　内行卖菜嘛，先到水井那儿上足了水，泥土冲下去。

乙　是啊。

甲　上足了水，你看这个菜它精神。那韭菜多细呀，一捆儿，啪，往这儿一戳。

乙　嗯。

甲　你看韭菜那个相儿。

乙　嘿嘿，倍儿挺。

甲　你不信晒它俩钟头儿。

乙　嗯。

甲　全趴下了。

乙　那可不。鲜鱼水菜嘛！

甲　卖菜的还得会吆喝。

乙　那是啊。

甲　北京这个卖菜的，那吆喝出来跟唱歌一样。

乙　啊。

甲　那个好听啊！

乙　是啊？

甲　十几样二十几样菜一口气吆喝出来。

乙　您学一学怎么吆喝？

甲　吆喝出来这味儿的。

乙　啊。

甲　（学叫卖声）"香菜辣青椒，沟葱嫩芹菜呀，扁豆茄子黄瓜架冬瓜卖大海茄。卖萝卜，红萝卜卞萝卜嫩芽的香椿啊，蒜儿来好韭菜。"

乙　吆喝得好听。

甲　这玩意儿外行哪干得了啊！

乙　是啊。

甲　龚云甫是位艺术家。

乙　对呀。

甲　老旦唱得好。

乙　啊。

甲　干这不行。

乙　外行。

甲　没办法。弄个挑子，买了几样菜。

乙　啊。

甲　走在街上，迈着台步（学老旦台步）。

乙　怎么还带着身段哪？

甲　习惯了。

乙　噢。

甲　遛了半天儿，没开张。

乙　怎么会没人买哪？

甲　人家不知道他给谁送去。

乙　原因是什么呢？

甲　他不吆喝。

乙　那哪儿开得了张啊？

甲　他一想我得吆喝吆喝。

乙　那是啊。

甲　自己也会编词儿。

乙　噢。

甲　一看所卖的菜。

乙　噢。

甲　编了几句。吆喝出来跟他唱戏一样。

乙　您学一学。

甲　"唉！"（小锣"凤点头"）

乙　还带着家伙呢。

甲　走道儿的都奇怪了，卖菜的怎么还要开戏呀？

乙　是呀。

甲　吆喝出来好听。

乙　怎么吆喝的？

甲　（唱二黄散板）"香菜芹菜辣青椒，茄子扁豆嫩蒜苗，好大的黄瓜你们谁要，一个铜子儿拿两条。"

乙　还真没有这么吆喝的哪。

甲　真出来一买主。

乙　噢，开张了。

甲　出来一老太太，买黄瓜。

乙　啊。

甲　"卖黄瓜的，过来！买两条。"

乙　嗯。

甲　他一想买两条黄瓜，能赚多少钱哪？

乙　那也得卖给人家呀。

甲　总算开个张。

乙　对呀。

甲　北京这老太太买黄瓜麻烦。

乙　怎么？

甲　不说给完钱拿起就走，她得尝尝，掐一块搁嘴里头。

乙　她干吗尝尝啊？

甲　不甜她不要。

乙　噢。

甲　"过来买两条啊。"

乙　哎。

甲　"把挑儿挑过来。"

乙　哎。

甲　一放。

乙　嗯。

甲　他一扶这个肩膀这个疼啊。

乙　压的嘛！

甲　他想起那个叫板来啦。

乙　哪句啊？

甲　"唉，苦啊！"老太太误会了。

乙　怎么？

甲　"黄瓜苦的，不要了！"

乙　嘻！好容易出来个买主儿，这下子又吹了。

甲　还有一位唱花脸的也改行了。

乙　哪位啊？

甲　金少山。

乙　那花脸可好。

甲　唱得好！

乙　哎。

甲　吭头儿也好，架子也好。

乙　是啊。

甲　那年头儿不让唱，改行啦。

乙　他干吗去了？

甲　卖西瓜。

乙　卖西瓜？

甲　嗯。

乙　卖整个儿的？

甲　门口儿摆摊儿。

乙　摆摊儿是卖零瓣儿。

甲　是啊，人家常年做小买卖的有这套家具。

乙　是啊。

甲　手推车儿。

乙　哎。

甲　往这儿这么一顶。

乙　对。

甲　上边儿搭好了板子，铺块蓝布，拿凉水把它潲湿了。

乙　瞅着这么干净。

甲　草圈儿把西瓜码起来，你看着就凉快。

乙　是啊。

甲　切西瓜刀，一尺多长。

乙　对。

甲　二寸多宽。

乙　啊。

甲　切开这个西瓜一看，脆沙瓤。

乙　嗯。

甲　先卖半个。上边儿搁半个做广告。

乙　噢。

甲　那你走这儿一瞧，嗬，这西瓜好啊！

乙　嗯。

甲　吃两块儿。

乙　哎。

甲　切开这西瓜一瞧，生了，塞下边儿。

乙　那就不要了。

甲　天黑以后才卖那个呢。

乙　噢，蒙人哪？

甲　拿把扇子总得轰着苍蝇。

乙　怕苍蝇踪着。

甲　（学叫卖）"吃来呗，闹块咧，杀着你的口儿甜咧，俩大子儿咧，吃来呗，闹块尝啊。"

乙　哎，就这么吆喝！

甲　这是内行。

乙　哎。

甲　这位唱花脸的，外行啊。

乙　这金少山先生。

甲　做小买卖不行啊。

乙　是吗？

甲　门口儿买八个西瓜。

乙　噢。

甲　把家里铺板搬出来摆摊儿。

乙　刀哪？

甲　就是家里用的切菜刀。

乙　切菜刀切西瓜。

甲　哎，切出来有块儿大，有块儿小。

乙　他不会切。

甲　应该卖完一个再切一个呀。

乙　是呀。

甲　他一块儿八个全宰啦。

乙　他倒急性子。

甲　唱花脸的架子。

乙　啊。

甲　攥着切菜刀，往这儿一站，看着西瓜这样。

乙　嗯，嗬。

甲　走路的人都不敢过去了。

乙　是吓人。

甲　走他跟前儿吓一跳。

乙　这位愣住了。

甲　怎么回事？

乙　嗯？

甲　"卖西瓜的要跟谁玩儿命？"

乙　哼哼。

甲　"攥刀子直瞪眼。绕着点儿走吧。"

乙　怎么，绕着走了？

甲　没事的人老远就看着他。

乙　嗯。

甲　"这是怎么回事？他跟谁？"

乙　不知道。

甲　"他跟前儿没人。"

乙　是啊。

甲　"大概是对门儿的。"

乙　这位还胡琢磨。

甲　他站这儿这么一看……

乙　嗯。

甲　老远好几十人。

乙　嗯。

甲　怎么不过来吃啊？

乙　过来吃？

甲　"你那样谁敢过去？"

乙　说的是哪。

甲　他想啊，他们爱听我的唱，我给他们唱几句他们就吃了。

乙　唱？

甲　叫是卖西瓜的词儿，一叫板是这样。

乙　怎么样？

甲　"哼……"

乙　这儿叫板哪？

甲　"咱往后点儿吧。"

乙　躲开吧。

甲　（学京剧"播板"）"我的西瓜赛砂糖，真正是旱秧脆沙瓤，一子儿一块不要谎，你们要不信请尝尝！"（白）"你们吃呀……"

乙　吃！

甲　全给吓跑了。

乙　那还不跑吗？

（侯宝林述）

戏迷游街

甲　每个人都有自己的爱好。

乙　那是。

甲　不过您好什么都可以，可千万别过分。

乙　对，一过分就不好啦！

甲　过去我有一个街坊，老两口跟前有个儿子，知道这小伙子好什么
　　吗？

乙　好什么？

甲　京剧。

乙　他特别爱看。

甲　不光爱好看，而且爱好唱。

乙　噢，还是个票友。

甲　票友也没他那样的。

乙　怎么哪？

甲　他是行、动、坐、卧、走，吃、喝、拉、撒、睡，完全离不开京
　　剧。就连走路都打家伙点儿。

乙　好嘛，生活戏剧化了。

甲　一走路就这样……

乙　您给学学。

甲　（学）仓七，台七，仓七，台七……你要和他说话。

乙　他怎么样？

甲　他得把家伙点儿切住。仓七，台七，仓七，台仓。

乙　好嘛！整个儿一戏迷。

甲　是啊！人家都叫他戏迷。"戏迷，你这是干吗去呀？"

乙　他怎么说?

甲　（京剧道白）"啊，今日闲暇无事，不免去至大街走走，仓七，台七，仓七，台七……"他走了。

乙　有点儿意思!

甲　人家都说他是戏迷啊! 我开始还不太相信，正好那天我没事，就对他进行了仔细的观察。

乙　观察得怎么样?

甲　不观察不知道哇! 他这一天从打早上起来就一直没闲着，是处处没离开京剧。

乙　是吗?

甲　早上起来一睁眼，先来个"撕边儿"……

乙　撕边儿?

甲　"嘟，仓!"

乙　怎么意思?

甲　把被窝掀开了。

乙　是啊!

甲　穿衣服打"四击头"! "大台，仓，仓，大巴，仓，仓，台来仓。"（动作）

乙　这怎么回事?

甲　裤腰带系上了!

乙　好嘛!

甲　下地打个"五锤"，"大台，仓，台，仓，台，仓!"

乙　可算下地了!

甲　下地之后，早上起来一般都是洗脸刷牙。

乙　那是。

甲　这戏迷也是。洗完了脸，把牙刷拿起来，"吧嗒"!

乙　"吧嗒"怎么回事?

甲　蘸上牙粉啦!

乙　嘿!

甲　然后把牙刷往嘴里一放叫"水斗锣"，"大大一大仓，仓，仓，仓，仓，大大一大仓，仓，仓，仓，仓……大大一大仓，仓，仓，仓，仓，噗!"

乙　怎么还"噗"?

甲　腮帮子捅一窟窿。

乙　使那么大劲儿干吗呀？

甲　戏迷他妈过来了，"你呀！刷牙你都不老实！"

乙　可真是。

甲　"怎么啦？腮帮子捅一窟窿？我和你说，你这也是冰冻三尺，非一日之寒哪！"

乙　好嘛，敢情这位天天这么捅！

甲　得了，上点儿药，赶紧吃饭吧！

乙　吃什么呀？

甲　烙饼炸丸子。

乙　饭还真不错。

甲　吃饭这戏迷还不老实，这手拿饼，那手拿筷子夹了个丸子，"大，台！"

乙　怎么地？

甲　进去一个。

乙　嘿，好！

甲　"大，台！"

乙　又进去一个！

甲　"大，台，大，台，台台台台一台台，台台台台一台台！"再看这盘丸子——

乙　啊！

甲　全"台"进去了。

乙　这回饱了！

甲　饱是饱了，你想他光吃丸子，不吃饼，多咸哪！

乙　那是咸。

甲　咸了怎么办呢？干脆喝点儿凉水吧！来到水缸旁边拿水瓢舀了一瓢凉水……

乙　喝吧！

甲　喝水他也不好好喝，喝出来个"三眼枪"！

乙　"三眼枪？"

甲　就像戏台上喝酒一样，"干！""仓七仓个来台仓才一来仓！"

乙　干了！

甲　这一瓢凉水下去以后可坏了。

乙　怎么了？

甲　你想那咸丸子加上凉水，这肚子能受得了吗？

乙　是受不了！

甲　戏迷也觉得不好受，一捂肚子，打一冷锤，"仓！"

乙　什么意思？

甲　肚子疼。

乙　要闹肚子！

甲　戏迷冲他妈一拱手(学京剧道白)："哎呀，妈妈呀！孩儿腹内疼痛，要出大恭，速速给儿一张手纸。"他妈鼻子差点儿没气歪了，上厕所你也上戏韵哪？

乙　可真是！

甲　他妈也没办法，不给不行，给他吧！"给你！""接旨（纸）！"

乙　圣旨？

甲　手纸！

乙　手纸也接啊？

甲　接过手纸，打着"水底鱼"，"大台，仓台，仓个来台—台—台，仓个来台—台—台……"奔厕所就去了。

乙　他也不嫌累得慌。

甲　来到厕所一看，"哼……"

乙　怎么意思？

甲　全蹲满了！

乙　蹲满啦？

甲　他一看蹲满了，他在外边叫"乱锤"。

乙　乱锤？

甲　"大台……仓，仓仓仓，仓，仓仓仓！"

乙　这干吗呢？

甲　憋得直转悠。

乙　好嘛！

甲　等了半天，好容易起来一个……

乙　那就蹲那儿吧！

甲　他不价，他先唱。

乙　还唱？唱什么呀？

甲　拉屎的词，京剧的调。

乙　怎么唱的？

甲　（学京剧老生）"霎时间只觉得腹内疼痛，将身儿来至在厕所中，用手解开裤腰带，蹲在此处，我出大恭。"（使劲）

乙　这怎么了？

甲　他那儿拉上了。

乙　嘻！

甲　拉完屎再一看旁边的人，全走了。

乙　都吓跑了。

甲　别说里头那坑还蹲了个老头。

乙　还有一位。

甲　他一看老头，想起一出戏来。

乙　什么戏呀？

甲　《碰碑》。

乙　他拿这厕所？

甲　当庙了。

乙　拿那老头呢？

甲　当碑了。

乙　好嘛！

甲　他一指老头那脑袋，（京剧道白）"这庙是苏武庙，这碑是李陵碑。"老头一听，得，我要倒霉。

乙　可真是！

甲　"令公吾至此，是卸甲又丢盔，待我碰死了吧！""崩登仓……"

乙　怎么啦？

甲　把老头撞粪坑里了。

乙　嘻！

甲　他一看不好，撒腿就跑！

乙　你倒把老头拽上来呀？

甲　他不管了，慌慌张张跑到马路上。

乙　也知道自己闯祸了？

甲　正巧前边来了个小姑娘，手里捧了一盆白面，戏迷没注意，撞小姑娘身上了，把小姑娘一盆白面全给弄撒了。

乙　好嘛！又惹祸了！

甲　小姑娘一看白面全撒了，能不哭吗？在那儿"呜呜"哭上了，他一看满地白面，小姑娘在那儿哭，又想起一出戏来！

乙　哪出？

甲　《走雪山》。（唱）"小姑娘啼哭坐土台，点点珠泪洒下来，自幼未出阁门外，鞋弓袜小步难挨，思父想娘俱不在，头上取下金钗来，缠足带，忙松解，轻轻刺破红绣花鞋，老奴与你把路带，一步一步往前挨。"

乙　别说这戏迷唱得还真不错！

甲　戏迷正唱着呢！这时候来了一个警察："什么事儿，什么事儿？"戏迷一看这警察，又想起一出戏来。

乙　又哪出？

甲　《铡美案》。这回好，拿那警察当陈世美了，拉着警察手就唱上了。

乙　怎么唱的？

甲　"驸马。"警察说："你什么毛病？谁驸马呀？"

乙　可说呢？

甲　（唱）"驸马爷不必巧言讲，现有凭据在公堂，人来看过了香莲状，驸马爷近前看端详。上写着秦香莲三十二岁，状告当朝驸马郎，他欺君王，藐皇上，悔婚男儿招东床，杀妻灭子良心丧，逼死韩琪在庙堂，将状纸押至在了爷的大堂上……"警察说："合着我这陈世美当定啦！"

乙　可不是吗？

甲　"咬定了牙关你为哪桩？"

乙　他还唱哪！

甲　这警察心说："噢，我还非承认不可？"得了，你跟我走一趟吧！

乙　要抓戏迷？

甲　戏迷有功夫，一挣警察的手跑了。

乙　又跑哪去啦？

甲　跑回家去了！

乙　回家啦！

甲　他爸一看："哟，回来啦？上个厕所这么半天，这又不一定上哪儿唱去了？去吧，给我打酒去！"

乙　那就去吧。

甲　戏迷拿着酒壶打酒去啦！到了杂货铺打酒，老板娘问："打多少钱的酒哇？"老板娘一问多少钱，戏迷又想起一出戏来。

乙　什么戏？

甲　《武家坡》。（唱）"这锭银，三两三，拿回去把家安，买绫罗和绸缎，做一对风流的夫妻咱们过几年哪！"掌柜的一听怎么的，我媳妇归你啦？

乙　误会了！

甲　掌柜的胳膊粗，力量大，什么也不怕呀？我揍你小子吧！正好旁边有一个搓衣板，掌柜的操起搓衣板，按住戏迷，照着戏迷屁股，啪！啪！啪！啪！就是四板儿，打完说："走吧，看你还占便宜不？"

乙　这回戏迷挨打啦！

甲　挨打可是挨打，戏迷又想起一出戏来。

乙　哪出？

甲　《四进士》。他去宋士杰："你叫我走？"掌柜的说："怎么我不叫你走，你还叫我走哇？连我媳妇带杂货铺都归你呀？"

乙　哪有那好事？

甲　"走哇！公堂之上受了刑，好似鳌鱼把钩吞，悲切切出了都察院……仓啷台来，仓啷台来……"一边走一边摸屁股。

乙　打疼啦！

甲　回到家一进门，看见他爹、他妈，接着往下唱，这乐儿可大了去啦！

乙　怎么唱的？

甲　"只见杨春与素贞……"

乙　好，得！

甲　这回，拿他爹、他妈当他干儿子、干姑娘了。他爹说："这是什么辈儿啊？"

乙　真是！

甲　"我为你挨了四十板。"他爹说："活该，到哪儿都唱戏找便宜，能不挨打？""我为你披枷戴锁边外去充军，可怜我年迈人哪！"这于一扶他妈，那于一扶他爸，"杨春，杨素贞啊！谁是我披麻戴孝人哪？"

乙　嘿！

甲　给他爹气的，合着你是我长辈长定了，这一会儿半会儿还变不过来了，我成你的披麻戴孝人了？我哪有你这不孝的儿子，我打你吧！他爸操起顶门杠就要打戏迷。

乙　这戏迷又要挨打。

甲　戏迷一看不好，撒腿就跑，他爸在后边就追，追来追去，追到前边有条河，河里有条船，戏迷"噌"上船了，他爸一看这你还往哪跑，拿着顶门杠也上船了，照着戏迷就打，戏迷有功夫，眼疾手快，把顶门杠给抓住了。

乙　真不简单。

甲　他爸说："你撒手！"戏迷说："我不撒，我一撒手，你就打我。"

乙　多新鲜啊！

甲　他爸说："你给我！"戏迷说："我不给。"两人在船上一抢，船这么一晃悠，戏迷又想起一出戏来。

乙　哪出？

甲　《落马湖》。（唱）"海水滔滔波浪翻，山高万丈遮满天，落马湖好一似森罗宝殿，三面是水一面近靠山，上有铜网，下有铁锁链，有的是劲弓、药箭、硝石，埋伏它们藏在水里边，大头于亮江边打探，打探这假扮买卖、客商、赃官'施不全'。这才是苍天这不称了某的愿……大七，大七，咚！"

乙　怎么回事？

甲　把他爸爸踹河里去了。

乙　是啊？！

（金涛述　新纪元整理）

阴阳五行

甲　我喜欢听您的相声。

乙　哦，您喜欢听啊？

甲　啊，说得不错。

乙　哎，也是才学乍练。

甲　你是个艺术家。

乙　啊。

甲　哎，说相声，咱们是一家子。

乙　哦，您也是艺术家？

甲　我是个——科学家！

乙　科学家跟艺术家怎么会是一家子啊？

甲　都有"家"嘛！

乙　嗐！那么个一家子啊！

甲　啊，您不也有家吗？

乙　啊，我有个家，没宿舍！

甲　您是这个——

乙　表演相声艺术。

甲　表演艺术家？

乙　嗯，您是——搞科学工……

甲　哎！对对对。

乙　噢。

甲　您知道有个中国科学院啊……

乙　哦，您在那儿工作？

甲　我从那门口走过。

乙　哎，走过，你说它干吗呀？我也常从那门口路过呀。

甲　你说的，什么意思？

乙　我是说，你在中国科学院里面工作。

甲　那我，不行！

乙　啊？

甲　您不懂！

乙　怎么啦？

甲　科学院以下呀，有很多所。

乙　是啊。

甲　有语言研究所，有心理研究所、文学研究所、考古研究所……

乙　对呀。

甲　每一个所里面又有很多人。

乙　很多同志在一起研究。

甲　大家研究一门……

乙　哎，研究一门科学。

甲　你说研究出来成绩算谁的呢？

乙　你这怎么说话呢？！

甲　所以我跟他们研究不到一块儿。

乙　是啊？

甲　哎，我这科学家是个单干户。

乙　哦，你还单干呢？

甲　哎，我研究的是——综合科学。

乙　什么叫综合科学？

甲　具体地说吧。

乙　啊。

甲　万能科学。

乙　哦，你研究的门儿多？

甲　哎，包罗万象！

乙　您都研究什么呀？

甲　那可多了。

乙　您谈一谈。

甲　自从混沌初分，海马献图，一元二气，两仪四象生八卦。

乙　嗯。

甲　八八六十四卦，阴阳五行，金木水火土……

乙　行啦，行啦，您休息休息吧，不要再谈啦！

甲　怎么？

乙　你这个科学家啊，再过五年以后，你还得单干！

甲　这个看法正确！

乙　什么呀，你研究这，太老啦！

甲　怎么？

乙　倒回五个世纪去啦，还混沌初分呢！

甲　你不懂。

乙　现在我们什么时代啊？

甲　嗯。

乙　我们进入了原子时代。

甲　我懂！现在研究原子。

乙　哎。

甲　电子、离子。

乙　核子。

甲　核子、包子。

乙　包子啊？包子我就吃了。

甲　这是一种元素啊。

乙　是啊？

甲　还没有发现的元素。

乙　那你说它有什么用啊？

甲　怎么，这些东西都是在我那个研究的范围以内，其中的一点而已。

乙　哎呀，这么说，你研究的这个面太广啦！

甲　哎，对对对。

乙　哦。

甲　你看阴阳五行你不懂。

乙　是啊。

甲　哎，古代的科学嘛，医学上，我们祖先不是创造了这个理论啊，五行啊……

乙　什么理论啊？

甲　你比如说……

乙　啊。

甲　就拿你说吧！

乙　拿我说？

甲　你这里有肝儿吧？

乙　谁没有肝啦？

甲　心什么的都有啊？

乙　连肺头都有。

甲　全套啊？

乙　全套？好嘛！

甲　对了。

乙　五脏六腑嘛，五脏谁都有。

甲　心、肝、脾、肺、肾。

乙　啊，五脏？

甲　哎，这就属五行。

乙　哦，五脏为五行？

甲　金、木、水、火、土啊！

乙　怎么啊？

甲　心属于火。

乙　哦，心占一火字。

甲　肝属于木，肾属于水，肺属于土。懂吗？

乙　哦，这个五脏就占金木水火土？

甲　哎，春天木旺，春天人爱发脾气，就这么个原因。

乙　说这人犯肝气呢？

甲　哎，对了，为什么叫肝气呢？怎么不叫肺气呢？

乙　哟，倒是有点儿意思。

甲　夏天火旺。

乙　这是——

甲　人心着急。

乙　心里老起急。

甲　是不是啊？

乙　心占一火？

甲　哎，秋天……

乙　啊，秋天。

甲　秋天金旺。

乙　金旺呢？

甲　脾属于金。

乙　噢。

甲　天一凉快，要不怎么人就吃得多呢？这道理就在这个地方。

乙　胃口消化就很好了。

甲　到秋天吃得多嘛。

乙　噢。

甲　金旺嘛！冬天水旺，肾属于水。

乙　哦，金木水火土。

甲　这不四时嘛。

乙　啊。

甲　这不五行嘛。

乙　你瞧。

甲　肺属于土。

乙　哦。

甲　土旺于四时。

乙　对。

甲　一时旺十八天，四时，不是——三个月为一时嘛。

乙　啊。

甲　三个月是九十天啊。

乙　是啊。

甲　哎，其中有土旺十八天。

乙　哦。

甲　四时呢？四个十八天，懂吗？

乙　懂啊。

甲　四个四十，四八三十二，合七十二天。

乙　对。

甲　每一时去十八天，还合七十二天，你看。

乙　这是怎么算的？

甲　怎么跟我这手不一样呢？

乙　多新鲜呢！

甲　这玩意儿，我不是大夫，这……这……这，我是这个，它是包罗万象啊！

乙　反正这门你有研究。

甲　哎，懂了这个意思了吗？

乙　因为您研究的是全门嘛。

甲　你比如说，我说这么几个字。

乙　啊。

甲　阴阳金木水火土。

乙　这么几个字怎么样？

甲　包罗万象！

乙　哦。

甲　世界上一切的事情，都离不开我这几个字。

乙　一切万物也离不开你这个"阴阳金木水火土"？

甲　要不怎么说是万能科学家？道理就在这个地方。

乙　哦，全都能说上来。

甲　当然喽！

乙　那——我看也不见得。

甲　怎么？

乙　什么什么都有啦？

甲　啊。

乙　就这阴阳五行？

甲　嗯。

乙　哎，这桌子，您说说，它有阴阳、有五行吗？

甲　有啊。

乙　您说这桌子哪儿为阴，哪儿为阳啊？

甲　包罗万象嘛！没有还行吗？

乙　那您给我讲一讲。

甲　桌子啊？

乙　嗯。

甲　桌子面儿，就为阳，阳光能照到的地方就为阳。

乙　哦，桌子面儿为阳。

甲　哎。

乙　因为太阳能晒得着。

甲　哎，照到阳光，它就为阳。

乙　照着阳光了。

甲　哎。

乙　那阴呢？

甲　里儿，里儿，就是阴。

乙　桌子里儿为阴。

甲　晒不着哇。

乙　那太阳不会上里头晒去？

甲　你要晒行，把它翻过来。

乙　哦，脑筋比我灵活得多！

甲　是啊。

乙　那个阴阳有了。桌子哪来的"金"啊？

甲　金木水火土嘛。

乙　就是啊，五行啊，这金，怎么会有金啊？

甲　金啊？

乙　啊。

甲　这桌子？

乙　是啊，桌子有金吗？

甲　桌子啊？

乙　啊。

甲　桌子它是木头的，是吧？

乙　多新鲜啊，我问你"金"。

甲　你听着，我这想办法啊！

乙　啊？

甲　并不是我不知道啊，因为我想办法给你通俗地讲，讲深奥了你
　　不懂。

乙　是啊。

甲　你没研究过科学，不懂！

乙　哦，您尽量照顾我，听得明白。

甲　哎。

乙　那还是好意呢。哦，您讲，桌子哪儿有金？

甲　桌子，桌子它原来是，是木材。

乙　哎。

甲　木材嘛，它做了桌子了。

乙　是啊。

甲　当然它也可以做椅子啦，是吧？

乙　做凳子也行啊。

甲　它这个……这个，这个桌……桌子。

乙　啊。

甲　桌子它是……木工做的。

乙　是啊，木工同志做桌子啊。

甲　是啊。

乙　啊？

甲　它这个，木工他需要有工具了。

乙　拿手他怎么做啊？

甲　哎哎，工具是什么东西？

乙　工具离不开锛凿斧锯什么的。

甲　锛凿斧锯？

乙　哎。

甲　是什么的？

乙　锛凿斧锯是铁的呀！

甲　对，"铁"字怎么写？

乙　那还不好写？"铁"字是金字边儿，这边一个"失"字。

甲　有"金"啦！

乙　简写啊……

甲　有"金"了吧？

乙　怎么会有"金"啦？

甲　金字边嘛！

乙　哦，金字边也算啊？

甲　什么金字边也算啊？金嘛，金银铜铁锡，最早的元素啊！

乙　哦，金字边儿就是有金啊！

甲　对不对？

乙　倒是金木水火土那金。

甲　是吧。

乙　木呢？

甲　木头的。

乙　哎，对了，我也糊涂啦，桌子可不是木头的吗？

甲　是。

乙　水呢？桌子有水吗？

甲　怎么，怎么没倒杯水来？

乙　倒杯水啊？那不行，这桌子本身没水。

甲　有啊！

乙　哪儿有水？

甲　没水，当初那树它怎么长？

乙　对了，那原料那树它得经过雨水。

甲　对嘛。

乙　不浇水，长不了。

甲　是嘛。

乙　哎，火呢？桌子有火没有？

甲　火啊？

乙　啊。

甲　是啊，它这个……火是不是？

乙　是啊，这桌子有火吗？

甲　桌子这个东西啊！

乙　啊。

甲　这个……这个……

乙　这是得很好地给我想，得容易让我听得明白。想啊！

甲　对，是……是……是，是这个道理。

乙　这个桌子哪来的火？

甲　桌子它用几年就坏了，坏了就没用了。

乙　怎么办？

甲　劈了烧火吧。

乙　烧火啊？您这倒舍得，我们说这桌子本身哪来的火？你劈了烧火
　　不行。

甲　桌子本身啊？

乙　哎。

甲　当然有啦！

乙　哪来的火？

甲　木能生火呀，树老自焚啊，古代我们没有火柴，我们祖先创造了
　　钻木取火，有没有火？

乙　啊，钻木取火这句话我听说过。

甲　哎，事实也是这样啊，古代你没赶上啊。

乙　你也没赶上！

甲　是啊，我们是科学家，当然知道喽。

乙　哦，他倒逮着理了！

甲　是嘛。

乙　木能生火，有火啦。

甲　嗯。

乙　那么，这桌子它有土吗？

甲　树在哪儿长着？

乙　树在地下呀！

甲　没土吗？

乙　哎，土地。

甲　金木水火土嘛！

乙　阴阳金木水火土，你全说上啦。

甲　给你讲，比较麻烦。因为什么？讲深奥了，你不懂，你没研究过科学，这得通俗地给你讲，这叫普及科学嘛。

乙　嘿，你老有的说啊！啊，普及科学。

甲　对对对。

乙　您这个普及科学啊，只能说说桌子而已。

甲　啊不！

乙　其他的说不上啦。

甲　包罗万象。

乙　啊？

甲　什么事也离不开我这几个字。

乙　是吗？

甲　嗯。

乙　吃的也行啊？

甲　那看你吃什么？

乙　我吃了一个苹果，这苹果你说有没有阴阳金木水火土？

甲　那当然有了。

乙　水果。

甲　你看那苹果，你买来一看，啊，这面是红的，这面是青的。

乙　是啊。

甲　这，这就阴阳分出来啦。

乙　那怎么会分出阴阳来啦？

甲　红的这面它就属阳，阳光一照，吸收了紫外线，它就红啦。

乙　太阳给它晒红啦？

甲　哎，青的这面没晒着，它就属阴，懂了吗？

乙　懂了，这道理跟那桌子差不多。

甲　嗯。

乙　阴阳有了，这个苹果有没有金啊？

甲　有啊。

乙　啊？

甲　苹果。

乙　哪儿来的金？

甲　这个这个这个这个……

乙　我说您这什么毛病啊？说话怎么"这个这个这个……"干吗呀？

甲　帮助思考。

乙　哎哟，这玩意儿还很麻烦啊。

甲　这个，这个金，是吧？

乙　哎，苹果有金吗？

甲　苹果，是吧？

乙　啊。

甲　苹果它是在树上长着喽。

乙　是啊，苹果树啊。

甲　这个苹果，苹果熟了。

乙　啊。

甲　你得把它摘下来呀。

乙　哎，到时候把它取下来。

甲　对呀，你拿什么把它摘下来呢？

乙　哦，摘苹果，拿剪子往下一铰。

甲　对。

乙　就摘下来啦。

甲　剪子是什么的？

乙　剪子是铁的呀！

甲　"铁"字怎么写？

阴
阳
五
行

乙　金字边儿……

甲　有金啦。

乙　哦，又有金啦？

甲　金。

乙　没错，他这对，一有铁器就金字边儿，这字倒是有。

甲　对呀。

乙　好，苹果有金啦。木呢？苹果有木吗？

甲　苹果树啊，是木头的。

乙　对啊，苹果树是木头的。

甲　哎。

乙　苹果有水吗？

甲　苹果的水啊？

乙　啊，苹果的水在哪儿？

甲　一咬就流水。

乙　没水那成苹果干啦。

甲　对吗？

乙　对。那火呢？苹果有火吗？能不能说钻苹果取火？苹果本身就生火，这不像话，这个！苹果啊，没火啦！

甲　哎呀，真是个奇异的想法。

乙　嗯？怎么能够钻苹果取火呢？我根据钻木取火来的嘛，嘿，没有火！

甲　哎，这个——苹果的火啊……

乙　啊，它不存在，没有火。

甲　这个这个这个……

乙　又思考上啦！

甲　火啊？

乙　啊。

甲　是啊，他这个人爱吃苹果嘛。

乙　是啊，谁都爱吃。

甲　为什么吃苹果呢？

乙　那为什么？败败心火吧！

甲　有火啦！

乙　打我嘴里出来啦！

甲　对！对！对！

乙　他倒省事啦。

甲　你看看，有的时候，不懂科学，他也能说出个道理来。

乙　哟嗬，实在是怨我没学问，对对对，苹果有火。土呢？

甲　土啊？苹果树啊，在地里生啊。

乙　地是土地？

甲　对，对。

乙　阴阳金木水火土，你都说上来啦。

甲　全有嘛。

乙　我很同意你这种说法。

甲　哈哈，你看怎么样？

乙　苹果很对。哎，刚才我吃了一山里红，您说这个，山里红这个东西，它有没有阴阳金木水火土啊？啊？

甲　哎，应该是一事通，百事通，举一反三嘛，它也属于水果嘛，它跟苹果的意思一个样啊。

乙　因为我这人脑筋笨，你得一样一样地给我解释。

甲　这个……山里红，是吧？

乙　山里红啊。

甲　它呢，红的这面。

乙　哎。

甲　它就……

乙　它就为阳啊，啊，是吧？你找什么呢？

甲　这个是山里红，是不是呀？

乙　对，天津叫红果，北京叫山里红。

甲　山……山……山……山里红。

乙　啊。

甲　对，山里红……山……

乙　啊。

甲　这个山里红……

乙　山里红啊！

甲　山里红这个东西，它奇怪。

乙　怎么奇怪呢？

甲　山里红嘛，它在山里它是红的。

乙　哎。

甲　到山外头呢？

乙　啊。

甲　它也是红的。

乙　多新鲜哪！到山外头变黑啦？那是黑枣！

甲　啊，对对，就说这黑枣吧。

乙　没说黑枣，说山里红！

甲　啊，这个山……山……山里红。

乙　哎，山里红它有阴阳吗？

甲　山……山……山里红，它红的，它就属阳啊。

乙　这个我清楚啦，您说山里红的阴在哪儿？

甲　山里红，是吧？

乙　啊，哪儿为阴啊？

甲　那个——掰开，你瞧里面什么色？

乙　里面是白的啊。

甲　属阴！

乙　嘿！外边没词儿了，跑里面对付去了。阴也找上来了。

甲　对吗？

乙　山里红有金吗？

甲　当然有喽！

乙　啊？

甲　山里红也是长在树上的啊。

乙　对。

甲　熟啦。

乙　熟啦。

甲　你怎么把它取下来呢？

乙　到时候一定得摘啊！

甲　是吧，用什么摘它呢？

乙　到时候啊，拿竹竿儿往下打呀，拿这个竹竿一打，就全打掉啦。这回我不动铁器，我看他怎么办，拿剪子一铰又金字边儿。我用竹竿把它打下来啦，这山里红有没有金？

甲　啊，这个……这个意思我明白啦。

乙　懂了吧？

甲　问那金，是吧？

乙　就是嘛。

甲　山里红它熟了。

乙　哎。

甲　熟了以后，你就拿个铜杆儿把它打……

乙　不——您这个嘴儿音还不准呢！竹竿啊！竹竿，不是铜杆！竹子的竹竿。

甲　竹竿打下来。

乙　啊，把它打下来啦，那个山里红有金吗？

甲　当然有喽，我这科学它包罗万象嘛！

乙　您是普及科学，我知道。

甲　这个……这个，山……山里红啊！

乙　是啊。

甲　山里红这个东西，这个酸啊！

乙　我没问你酸甜。我就问你山里红有没有金。

甲　是啊，你要知道……

乙　啊。

甲　它得从酸这块儿说。

乙　哦。

甲　这道理你就明白啦。

乙　是啊。

甲　因为这个酸的东西，它大人吃就差点儿。

乙　怎么啦？

甲　一吃牙倒了。

乙　对了，容易倒牙。

甲　这是由于大人，成年啦，年纪大啦，你这牙磨耗的年头多啦，那个珐琅质就坏啦，他那骨头就露出来啦，所以他一吃酸的，他就刺激。

乙　嘿。

甲　牙倒了。

乙　是啊。

甲　小孩儿不怕，小孩儿吃山里红啊，有时到厂甸儿买一大挂山里红挂脖子上，哎，明白——

乙　哎，小朋友爱吃。

甲　对啦，这意思你就懂了。

乙　怎么啦？

甲　你看那个，你看拿那绳儿穿起来一大挂。

乙　大挂山里红？

甲　对！对对对，你说，他拿……拿个什么东西穿过去的呢？

乙　哦，你说那个大挂山里红？

甲　对呀。

乙　中间有条线儿。

甲　哎。

乙　那个线儿是拿什么穿过去的。

甲　哎。

乙　我拿竹扦捅过去的。山里红有金吗？

甲　竹扦捅过去？

乙　是啊。

甲　那个……那个竹扦你拿什么修的呢？

乙　哦，竹扦啊，它到时候拿玻璃碴儿刮哧，随便刮哧可以嘛。这个
山里红有没有金啊？

甲　是啊，刮哧是吧？

乙　哎，刮哧。

甲　那什么……它那尖儿，你拿什么修的呢？

乙　那个尖儿啊？

甲　啊。

乙　那个尖儿是在石头上蹭来着。山里红有没有金啊？

甲　当然有喽。

乙　您给讲一讲。

甲　这个……这个山里红，是吧？

乙　啊，大概还得思考思考。山里红有没有金啊？

甲　山……山里红它也可以做糖葫芦啊。

乙　有做糖葫芦啊。

甲　是不是啊？

乙　有啊。

甲　还有的加馅儿，哎，带馅儿的，拉开一口儿，掰开，里面搁馅儿。

乙　搁瓜子仁。

甲　哦，对呀，那个口儿，你怎么拉的呢？

乙　拉口儿，那容易！山里红那口儿，它到时，拿线来回勒的啊。对啦，拿线勒的，山里红有金吗？

甲　是啊，糖葫芦，你得蘸糖啊。

乙　没糖就不叫糖葫芦啦。

甲　你那个糖拿什么锅熬的呢？

乙　那糖——我拿沙锅熬的啊！

甲　沙锅熬的？

乙　哎，对了，沙锅熬的。

甲　"沙"字儿怎么写啊？

乙　"沙"字儿，一三点水儿，一个年少的"少"字。

甲　"锅"字儿呢？

乙　"锅"字儿是金字边儿……

甲　有金啦！

乙　嗐！

（侯宝林述）

歪批《三国》

对口相声

乙　这回呀，我说这么一段相声。

甲　噢，您是表演相声？

乙　哎，对啦，对啦。

甲　好。您念过书吗？

乙　我呀？

甲　啊。

乙　我才上了四年学。

甲　上了四年学？

乙　可不是。

甲　那您比我还强哪。

乙　噢！您念了多少日子书哇？

甲　唉！我才上了二年学。

乙　这个二年要是勤学呀，也够用啦。

甲　勤学是够用的呀。

乙　嗯。

甲　可是上了二年学，没有完全得到读书的机会。

乙　怎么样哪？

甲　闹了些日子病。

乙　病了多少日子？

甲　病了一年零十一个月。

乙　才念了一个月的书哇？

甲　啊，还逃了二十九天的学。

乙　好嘛，念了一天。

甲　赶上那月又是小尽。

乙　一天没念哪！那你说它干吗呢？

甲　您当我真一天没念哪？

乙　啊。

甲　反正，念过几年书。

乙　那你就能认识不少字。

甲　您哪，上了四年学。

乙　可不是嘛。

甲　也够用的了。

乙　啊，您客气。反正啊，眼面前的字我全认识，书报杂志啊，拿过来我也能瞧瞧。

甲　那就得了。

乙　哎。

甲　哎，您都喜欢看什么书哇？

乙　噢，我喜欢看的那都是——古典文学呀。

甲　噢？是《红楼》哇，《水浒》呀？

乙　《三侠剑》。

甲　《三侠剑》？那叫古典文学呀？

乙　不是吗？

甲　您别起哄啦。

乙　啊。

甲　《三侠剑》那是荒诞书，不怎么样。您最喜欢看的，应当是《三国》《红楼》《水浒》，这叫古典文学。

乙　是啊，《三国》我也常看哪。

甲　《三国》？

乙　嗯，经常看《三国》。

甲　哎呀，还真看不透。

乙　嘿，不要生气呀！

甲　常看《三国》？

乙　哎，对啦。

甲　那好，咱们谈一谈。

乙　可以研究研究嘛。

甲　我也喜欢看《三国》。

乙　噢，你也喜欢《三国》。

甲　你既然常看《三国》——

乙　嗯。

甲　你说《三国》这一部书里头，数谁的能耐最大？数谁有能耐？

乙　这个问题嘛，很简单。

甲　简单？

乙　哎。

甲　你说说。

乙　你要问这个《三国》里边儿，数谁能耐最大呀？

甲　啊。

乙　这部《三国》里能耐最大的……那就得说是司马懿啦。

甲　司马懿？

乙　司马懿有能耐。

甲　司马懿有什么能耐呀？

乙　你瞧，《三国》嘛。

甲　是啊，《三国》呀。

乙　三国完喽，三分归一统，归谁啦？

甲　三分归一统，归晋啦。

乙　晋是谁呀？

甲　司马家。

乙　司马家。司马家的后辈做了皇上啦。

甲　啊，啊。

乙　这不是司马懿有能耐嘛。

甲　嘿嘿嘿，啊，你说。

乙　哎。

甲　司马懿的后辈做了皇上啦，那么就数司马懿有能耐。

乙　对喽！

甲　那也不对。

乙　怎么？

甲　司马懿要有能耐的话，他为什么中了诸葛亮的空城计了呢？他知道是空城啦，然后又要往回打，可是半道儿，碰上赵云啦，让赵云就给吓跑啦。有能耐为什么让赵云吓跑了哇？

乙　对，让赵云给吓跑了。

甲　啊。

乙　这么一说，那是赵云有能耐呀。

甲　赵云有能耐？

乙　啊。

甲　赵云有能耐，长坂坡——他干吗让张飞给他断后哇？

乙　嗯。

甲　长坂坡要没有张飞，那赵云不就完了吗？

乙　是啊，张飞断后，张飞喝断了当阳桥。

甲　啊。

乙　那是张飞有能耐。张飞有——能耐！

甲　张飞有能耐？

乙　啊。

甲　张飞有能耐，虎牢关三英战吕布，干吗哥儿仨打人一个儿呀？

乙　对嘛，哥儿仨都没打过人家。

甲　还是的。

乙　三英战吕布。那就是吕布——有能耐呀。

甲　吕布有能耐，白门楼他怎么死在曹操手里头啦？

乙　曹操有能耐！

甲　曹操有能耐，火烧战船，怎么让诸葛亮烧得望影而逃啊？

乙　啊，是啊。

甲　说——呀！谁有能耐呀？

乙　那就是你有能耐啦。

甲　我有什么能耐呀？

乙　你把我问住啦！刨根儿问底儿呀，这个！

甲　我把你问住像话吗？哼！你说不上来啦。

乙　我说不上来呀？

甲　嗯。

乙　哼！你也说不上来。

甲　啊？我要不知道，我取跟你说吗？

乙　好好。

甲　当然我知道了。

乙　你说你说！你说《三国》里谁有能耐？听你的。

甲　你这，你这什么态度哇？这是。

乙　本来，你知道嘛！

甲　干吗哪，这是？好好，你说你说！怎么意思啊？抬杠长学问？这样我能告诉你吗？

乙　你不是知道吗？

甲　我知道我就这样告诉你：你知道，你说你说！你要问路就这么问："前门往哪么走？你认识，你说你说！"人说："往北走。"越走越远，到后门啦。

乙　挑眼了还。

甲　我说你这人说话一点儿规矩都没有。

乙　好好，同志，啊，您说这《三国》里头谁有能耐啊？

甲　哎，这样人家好告诉你。

乙　啊，是是是。

甲　你记着。

乙　哎哎。

甲　往后哪，说的讲的谈的论的，人一问郭全宝看过《三国》？看过。《三国》谁有能耐？你这么一说，人这么一听，嗬！罢了。郭全宝看这部《三国》，看得真细致，好！总得落这么一个。

乙　为了研究这个。

甲　哎——

乙　是是。

甲　这是学问，知道吗？

乙　您说《三国》谁有能耐啊？

甲　记着。

乙　哎。您说谁有能耐吧？

甲　济公长老。

乙　啊？

甲　济公长老，济天僧，嗬！能耐可大了，用手一指：哎——吃了嘿——他能把华云龙给定住。

乙　行啦！您就别说了，这是《三国》吗？

甲　啊。

乙　这是《济公传》！宋朝的事情。

甲　啊对，我提的是宋朝《三国》。

乙　没听说过！有宋朝的《三国》吗？这家伙儿！

甲　这是跟您说笑话。

乙　哎，不要效尤。

甲　说真的你也不知道。

乙　说真的我怎么不知道哇？

甲　你研究研究——

乙　啊。

甲　这个《三国》这部书，它为什么起名儿叫《三国》？怎么个意思？

乙　这个问题嘛，您问得很对。值得研究。

甲　你瞧。

乙　为什么它叫《三国》啊？

甲　为什么叫《三国》？

乙　就是因为呀，魏蜀吴，这三个国。

甲　魏蜀吴？

乙　魏蜀吴争汉鼎嘛。

甲　由打这儿起，名儿叫《三国》？

乙　啊。

甲　那不对吧？

乙　怎么还不对啊？

甲　魏蜀吴叫《三国》？那么十八路诸侯讨董卓——怎么不写《十八国》呢？

乙　那不成啊。

甲　怎，怎么不成？

乙　那阵儿不是还没成事呢吗？

甲　噢，诸侯没成事呢。

乙　啊。

甲　成事的算。降孙皓三分归一统啦，他凭什么不叫《一国》哪。

乙　我哪儿知道哇！你这不是抬杠吗？不是。那您说，这部书它因为什么，它叫《三国》哪？

甲　这里头大有意义。

乙　您给我解释解释。

甲　告诉你。

乙　嗯。

甲　为什么单起名儿叫《三国》哪？

乙　怎么个意思啊？

甲　它是这个三国呀……

乙　啊。他也没准谱儿。

甲　怎么会没准谱儿哪？

乙　是，您说。

甲　起名儿叫《三国》的原因，就是因为呀……

乙　啊。

甲　这个《三国》上，净是"三"。

乙　啊？

甲　哎，故此叫《三国》《三国》啦。

乙　啊，净是"三"嘛就是《三国》啦？

甲　对啦。

乙　这不对。

甲　啊对。

乙　怎么回事净是"三"？

甲　目录里头带"三"字儿的目录很多。

乙　噢。

甲　明扣儿暗扣儿里头有很多的带"三"字儿的事情，故此叫《三国》。

乙　是吗？

甲　那当然啦。

乙　这《三国》里都有什么带"三"字儿的事情哪？

甲　很多。

乙　啊。

甲　我先给你说说带"三"字儿的目录，你听听。

乙　看看有多少？

甲　哎。

乙　都有什么带"三"字儿的目录？

甲　头一个目录就是带"三"字儿的。

乙　噢，第一回。

甲　你瞧"宴桃园豪杰三结义"，这有没有？

乙　不错，这倒是有"三"。

甲　噢。是这个"虎牢关三英战吕布"，有没有？

乙　有"三"。

338

甲　是——"陶恭祖三让徐州城"。

乙　有。

甲　噢，"曹孟德会合三将"。

乙　有。

甲　是——"援曹各起马步三军"。

乙　有。

甲　"刘玄德三顾茅庐"。

乙　有。

甲　"未出茅庐定三分"。

乙　有。

甲　"公子刘琦三求计"。

乙　有。

甲　"三江口曹操折兵"。

乙　有。

甲　是——"三江口周郎纵火"。

乙　有。

甲　"三气周瑜"。

乙　有。

甲　"三擒孟获"。

乙　有。不不不，没有。差点儿没让他蒙过去。

甲　怎，怎么蒙过去呀？

乙　三擒孟获啊？那是七擒孟获——

甲　几擒？

乙　七擒孟获。

甲　七擒哪？

乙　哎。

甲　你糊涂啊！

乙　怎么？

甲　有七擒必然有二擒哪。

乙　为什么哪？

甲　不能打二就跳到四上啦。

乙　他这也倒对。

甲　对不对啊？

乙　噢，是是。

甲　三擒孟获。

乙　好嘛。

甲　诸葛亮智取三郡。

乙　有。

甲　是这个……诸葛亮三出祁山。

乙　啊，不是六出祁山吗？

甲　你糊涂，不是二三得六吗？

乙　好嘛。

甲　姜伯约三发中原。

乙　九发中原哪。

甲　是呀。

甲
乙　三三三见九嘛！

乙　我就知道嘛，小九九也上来啦。

甲　是不是。

乙　哎，带"三"字儿的目录倒是不少。

甲　里头还有很多带"三"字儿的事情呢。

乙　您说都有什么事情是带"三"哪？

甲　带"三"字儿的事？

乙　啊。

甲　有。《三国》里头有这么……三不名。

乙　噢，这一部书里头嘛，三国有三不名。

甲　有这么三个人哪——

乙　啊。

甲　是有姓无名，有名无姓，还有一个是无名无姓。

乙　这得研究研究。

甲　您研究吧。

乙　您说头一个，这个有姓无名的这是谁啊？

甲　有姓无名啊？

乙　啊。

甲　东吴的乔国老，有姓无名嘛。乔国老姓乔，他叫什么呀？

乙　那怎么会有姓无名啊？

甲　怎，怎么？

乙　他不是有名字了吗？

甲　乔国老叫什么？

乙　姓乔——名国老嘛。

甲　姓乔，名国老？

乙　就是字表国老。

甲　你呀，就甭字表啦！

乙　啊？

甲　人有叫"国老"的？那"国老"是官衔，那像话吗？你父亲叫国老？你哪，起名儿叫"国舅"？

乙　谁呀！

甲　这不是起哄吗？

乙　乔国老是官衔哪？

甲　哎。他是官衔。

乙　没有名字啊？

甲　没有名字。

乙　不！他有名字。

甲　有名字，叫什么？

乙　我听过京戏呀，在唱大戏里头，这乔国老他就有名儿嘛。

甲　叫——

甲
　　乔——玄。
乙

乙　哎，对对对！你也听过这出戏？

甲　我听过，当然我听过。

乙　《甘露寺》嘛。

甲　不对。

乙　啊？

甲　《三国》那原文上没写着。

乙　原文上没有？

甲　哎。京戏《甘露寺》乔国老起名儿叫乔玄，因为这乔国老，他去的是正角儿。

乙　正角。

甲　正角儿出来他得报名儿。

乙　嗯。

甲　到这儿："俺乔国老——"你是谁的国老啊？

乙　倒是别扭。

甲　别扭。故此呢，他得起个名儿叫乔玄。

乙　嗯，为什么单叫乔玄哪？为什么呢？

甲　《三国》原文没有，现在哪儿查也查不出来，不知道乔国老叫什么。乔玄，还……还在悬案呢。

乙　啊？

甲　故此叫乔玄。

乙　还没实在下来。故此嘛叫乔玄？

甲　对。

乙　头一个这是有姓无名。

甲　有姓无名乔国老。

乙　第二一个，有名无姓的，这是谁呀？

甲　王司徒巧使连环计。

乙　王允哪。

甲　王允的歌姬貂蝉——有名没姓。

乙　哎，这个不对。

甲　啊？

乙　不对。她有姓啊。

甲　貂蝉？

乙　貂蝉嘛。

甲　姓什么呀？

乙　姓貂名蝉，字丫鬟哪。

甲　字，字丫鬟！

乙　啊。

甲　这家伙真可乐！

乙　对不对？

甲　没听说过！她就叫貂蝉。

乙　没有姓？

甲　没有姓。你说姓王，姓王也不对。她是王允的歌姬。

乙　那么《三国》原文上有没有？

甲　原文上没有。

乙　噢。

甲　人说按这个《元曲》上说呀，有姓。

乙　《元曲》说她姓什么叫什么呢？

甲　貂蝉姓任。

乙　姓任啊？

甲　她是这个山西任安之女，名唤任红昌。

乙　任红昌。

甲　可是《三国》原文上没表。

乙　《元曲》上表了。王允的这个歌姬。

甲　哎，貂蝉。

乙　噢。还有一个没名儿没姓的那个，他是谁呀？

甲　没名儿没姓儿？

乙　啊。

甲　张益德怒鞭督邮，知道吧？

乙　知道。

甲　哎，就是这个督邮。也没名字，也没姓。

乙　督邮怎么回事？

甲　督邮他不能姓督叫邮啊。

乙　啊。

甲　督邮，那是一个汉朝的官衔儿。

乙　噢，官衔啊？

甲　哎，汉朝的官衔儿。不能说姓督名邮，是不是？

乙　对，对。

甲　也没名，也没姓。

乙　这三个？

甲　哎。

乙　三不名。

甲　要不怎么《三国》这一部书，人家一想，数这个督邮窝心哪。

乙　他怎么会窝心？

甲　他白让张飞揍了一顿，也不知道姓什么叫什么。以后也不提这茬儿啦，合着这人就为挨打来的。

乙　因为后边儿表不着他啦。

甲　对。

乙　这是三不名。

甲　哎。

乙　《三国》里还有什么带三的事情？

甲　啊，那多得很哪。

乙　那你给讲讲。

甲　《三国》里还有三……哎，对啦，《三国》里头有三匹驴——

乙　噢，《三国》里面有三匹驴。

甲　无论什么事都骑马呀。

乙　啊。

甲　哎，唯有三匹驴。

乙　是呀？

甲　你瞧。

乙　头一匹驴，您说说，怎么回事？

甲　您听过京戏《捉放曹》？

乙　噢，公堂。

甲　吕伯奢骑驴沽酒，戏上那么唱的，书里原文也那么写。

乙　噢——

甲　头一匹驴，吕伯奢骑驴沽酒，有没有？

乙　有一匹驴。

甲　噢。

乙　这是一匹啦。第二匹驴呢？

甲　第二匹驴就是这个，刘玄德——

乙　嗯。

甲　二顾茅庐未遇，遇见诸葛亮的岳父黄承彦——骑着一匹驴。正赶上下雪，他不是作了一首《梁父吟》，就那个——

乙　什么词儿？

甲　就那个："一夜北风寒，万里彤云厚。长空雪乱飘，改尽江山旧。仰面观太虚，疑是玉龙斗。纷纷鳞甲飞，顷刻遍宇宙。骑驴过小桥，独叹梅花瘦。"骑驴过小桥，那儿有一匹驴。

乙　噢，这是第二匹。

甲　哎。

乙　那么第三匹驴呢？

甲　这不就三匹了吗？这人，什么脑筋啊？这是。

乙　什么呀？这不是刚两匹吗？怎么会第三匹驴？

甲　怎么会两匹……这不是三……你算算哪！

乙　可以算哪，你算。算吧。

甲　那个……《捉放曹》。

乙　啊。吕伯奢骑驴沽酒，这是一匹驴。

甲　啊，对，对呀。

乙　啊，二顾茅庐未遇。

甲　刘玄德二顾茅庐未遇，遇见黄承彦。

乙　遇见黄承彦。

甲　一匹驴。

乙　这是两匹驴。

甲　啊。

乙　第三匹驴哪？

甲　两匹啦？

乙　啊。

甲　第三匹……啊！诸葛亮岳父家里还一匹驴哪。

乙　那就完啦。哎——诸葛亮岳父不就是黄承彦吗？

甲　噢，对啦。

乙　这不是绕乎人吗？

甲　不是诸葛亮的岳父，这个第三匹驴就是……啊，对！就是诸葛亮。

乙　诸葛亮骑驴来的！

甲　不是骑驴来的。

乙　啊。

甲　你还没听完呢，你就着急。

乙　嗯。

甲　诸葛亮有个哥哥，叫诸葛瑾，知道吗？

乙　嗯？有这么个人吗？

甲　大号叫诸葛子余。

乙　啊。

甲　在孙权那头儿当谋士。

乙　是啊。

甲　对吗？

乙　对呀。

甲　因为诸葛瑾这个人，他长的是大脑袋，长下巴颏儿……

乙　嗯。

甲　也不怎么，他长得……像驴，所以呀，就……就算一匹。

乙　这不像话呀，完了哪还？长得像驴就一匹驴呀？像话吗？

甲　不是，他净长得像驴也不行。

乙　嗯。

甲　他那地方真有一匹驴。

乙　怎么会有一匹驴？

甲　诸葛瑾有个儿子，叫诸葛恪，竖心儿一各字儿，有念略的。

乙　对。

甲　诸葛恪那年才七岁。

乙　嗯。

甲　有一天哪，孙权请这文武百官宴会。大伙儿吃喝。

乙　吃饭。

甲　那么有人哪，就跟诸葛瑾玩笑。

乙　噢。

甲　酒席宴前哪，拉来一匹驴，在驴这脑袋上啊，拿笔，白粉子啊，写了四个字。

乙　写的是什么？

甲　"诸葛子余"。

乙　噢。

甲　大伙儿谁不乐呀。

乙　对。

甲　本来他长得长脑袋，长下巴颏儿，像驴。驴脑袋上写他名字，诸葛子余。

乙　玩笑。

甲　大伙儿都乐啦。大家这么一乐哪——

乙　嗯。

甲　诸葛瑾挂不住啦。

乙　诸葛子余怎么样？

甲　当众受窘。

乙　没主意。

甲　窘到这儿，可没办法。

乙　哼。

甲　可是他儿子——诸葛恪在座。

乙　他儿子在那儿？

甲　诸葛恪那年才七岁。

乙　嗯。

甲　一看他爸爸当众受窘，一声没言语，拿这个白粉笔，在这四个字底下又添了俩字。

乙　添的是什么字？

甲　"之驴——"

乙　噢，添这么俩字儿。

甲　添完了大伙儿再一念，好听了。

乙　再一念呢？

甲　"诸葛子余之驴"。这驴是他们的了。

乙　吧！

甲　爷俩儿赴完宴哪，把驴给骑跑了。

乙　骑跑啦？

甲　还没事。

乙　得一匹驴！

甲　是不是三匹驴？

乙　噢，这么着嘛三匹驴。

甲　哎。

乙　哎，这还可以。您说《三国》还有什么带三的事情？

甲　很多，很多。

乙　还有什么呢？

甲　《三国》里还有三……三奇。

乙　三奇？

甲　出奇，奇怪。

乙　怎么着为三奇？第一奇是怎么回事？

甲　一个人。

乙　噢，这还是一个人的事儿。

甲　诸葛亮一个人，就占三奇。

乙　他一个人能占这三奇？

甲　三奇，出奇嘛。

乙　你说他占这头一奇，怎么回事？

甲　头一奇呀？

乙　嗯。

甲　他是这个武乡侯。

乙　武乡侯。

甲　汉丞相。

乙　丞相。

甲　代管三军司命，上阵打仗。

乙　是啊。

甲　应当穿这个军服啊。

乙　啊。

甲　他不价。

乙　他呢？

甲　老弄个八卦袄衣穿着。

乙　嗯。

甲　老道的打扮儿。

乙　对。

甲　谁做官穿老道衣裳？你说奇不奇？

乙　这个嘛，占一奇。

甲　哎。

乙　第二奇呢？

甲　上阵打仗他指挥。

乙　啊。

甲　指挥，起码你得带把宝剑哪。

乙　啊。

甲　指挥啊。

乙　是呀。

甲　他不价。无冬历夏老拿把扇子。

乙　对。

甲　你说这奇不奇？

乙　阴阳八卦扇。

甲　哎。

乙　这个占一奇。

甲　占一奇。

乙　三奇呢？

甲　第三奇就是这个……诸葛亮的派头大。

乙　派头大？

甲　出门就坐汽车。

乙　嗯，嗬！汉朝那时候就有汽车啦？

甲　啊，那个，是……老汽车。

乙　没听说过！老汽车也没有哇！

甲　怎么会没有哇？

乙　那时候能有汽车吗？

甲　你想想，那时候他怎么有这个……木牛、流马，那不是也是机器吗？

乙　那也不见得是汽车啊！

甲　怎么不见得哪？你没听过这个……《失空斩》？

乙　我听过啊。

甲　还是啊，失街亭的时候，诸葛亮上来，念那句大引子——

乙　那词儿我知道哇！

甲　啊，怎么念哪？

乙　（韵白）羽——扇——纶——巾——

甲　羽扇纶巾。

乙　（唱）四轮车——快似风云——

甲　这，这不就证明了吗？

乙　不有这词儿吗？

甲　是啊，这不是坐汽车是什么呀？

乙　噢，这个嘛叫坐汽车？

甲　羽扇纶巾，扇子、衣服、帽子。四轮车，四个轱辘，那不是汽车是什么呀？

乙　四个轱辘嘛，那就是汽车？

甲　废话，短一轱辘那个成三轮儿了吗？

乙　啊！抬杠啊！那也不见得它就是汽车呀！

甲　那么后头那句呢？快似风云，你想想，什么东西能赛过风云哪？

乙　那么快。

甲　刨去飞机之外，不就是汽车吗？

乙　噢。

甲　快似风云，就是那么快。也是机器，不过那当儿那个汽车呀，跟现在这汽车呀，构造上不同。

乙　有区别？

甲　有点儿区别。

乙　噢。

甲　那个，那个……司机……同志那个地方……地位不同。

乙　也不一样。

甲　现在开汽车嘛，都是坐到前边儿，一个人开。

乙　噢——

甲　那当儿是俩人。

乙　在后边开。

甲　哎，在后头推着。

乙　推——着呀？

甲　也就那么个意思。

乙　那你说它干吗呀？

甲　是呀，他不推得走得了哇。

乙　噢，这么个三奇呀。

甲　哎，三奇。

乙　《三国》里还有什么带三的事？

甲　噢，都多得很。

乙　嗯。

甲　《三国》里还有三……哎，对啦，《三国》里还有——仨不知道。

乙　《三国》里有三个不知道？

甲　仨不知道。

乙　噢，您说这个头一个不知道——

甲　头一个不知道——

乙　啊。

甲　问问你——

乙　嗯。

甲　周瑜姓什么？

乙　啊，周瑜嘛，姓周名瑜，字表公瑾。

甲　嗯。那么这个……周瑜他姥姥家姓什么呢？

乙　他啊……不知道！

甲　噢，一个不知道了。

乙　好，这就一个不知道哇！

甲　瞧！问你，你不知道了嘛。

乙　这倒好。第二个不知道哪？

甲　诸葛亮姓什么？

乙　复姓诸葛，单字名亮，字孔明，道号卧龙啊。

甲　对。

乙　啊。

甲　那么那……诸葛亮他姥姥家姓什么呢？

乙　哎，你怎么净找他姥姥家呀？不知道，这个。

甲　俩不知道了。

乙　这就俩不知道。三不知道呢？

甲　张飞姓什么？

乙　姓张名飞，字表翼德啊。

甲　啊，字翼德。

乙　嗯。

甲　张飞他姥姥家姓什么？

乙　这——不知道，这个。

甲　仨不知道了。

乙　这就是仨不知道哇？我看这够六个不知道。

甲　怎么六个不知道啊？

乙　你瞧，我不知道。

甲　啊。

乙　这就四个啦。

甲　啊。

乙　问你，你也不知道。

甲　啊。

乙　这就五个啦。观众也都不知道，这就六个不知道啊。

甲　没那个事，你说得好笑。

乙　你问他姥姥家姓什么，谁知道哇。

甲　我不知道？你想，我能跟你说吗？

乙　噢，您知道？

甲　啊，那要是一问我，我说不上来，那，那多难为情呀！

乙　哎，这值得研究研究。那么您说这个周瑜他姥姥家姓什么？

甲　当然我知道。

乙　您说。

甲　告诉你。

乙　嗯。

甲　周瑜他姥姥家，是不是？

乙　啊。

甲　记着。周瑜他姥姥家——对了，就姓既。

乙　姓既？

甲　让你记着嘛，就姓既。

乙　噢，记着，就是既。

甲　哎——

乙　那么诸葛亮他姥姥家姓什么哪？

甲　诸葛亮他姥姥家姓何——

乙　姓何？

甲　嗯——

乙　《三国》原文上有吗？

甲　怎么没有哇？你是看书不注意呀。

乙　哪点表明这个啦？

甲　哪点儿？

乙　啊。

甲　周瑜命丧巴丘——

乙　哎，这段儿我看啦。

甲　啊，周瑜临危的时候，要死的时候，对天长叹，说了两句。

乙　说什么来着？

甲　说"既生瑜而——何生亮"！

乙　嗯。

甲　既氏老太太生的周瑜，何氏生的诸葛亮。

乙　啊——这位好，醉雷公，胡劈呀！不对！

甲　啊？

乙　那是周瑜呀，气话。

甲　气什么呀？

乙　他说，既生我周瑜啦，何必再有个诸葛亮跟我作对。

甲　嗯——

乙　啊？

甲　那是错误，这是正讲儿。

乙　他那倒正讲啦！那么您说说，这张飞他姥姥家姓什么啊？

甲　嘿！这个大有深奥。

乙　噢，这里头深奥啊？

甲　哎——

乙　您说说，怎么回事？

甲　张飞他姥姥家，谁也不知道。你问谁，谁也不知道。

乙　我查《三国》原文哪。

甲　《三国》原文哪？你就把《纲鉴》搬出来，也找不到。

乙　查不着？

甲　我知道。

乙　噢，您怎么知道的哪？

甲　你想，我呀？

乙　啊。

甲　练达人情皆学问哪。

乙　啊。

甲　我走到街上，看见两个人吵嘴打架，那个人说了一句话，我这么一研究，这里大有深沉。结果我一揣摩，我知道，应验在张飞身上了。

乙　应验张飞身上啦？

甲　我才知道张飞的姥姥家姓什么。

乙　您说说，您怎么知道的？

甲　张飞姥姥家？

乙　啊。

甲　姓吴。

乙　姓吴？

甲　哎，吴。

乙　怎么见得他姓吴呢？

甲　两人一吵架，旁边儿那人说了一句话。

乙　啊。

甲　咳咳，你们俩吵什么呀？这不是无事生非——吴氏老太太生的张飞。

乙　噢，这么回事啊！

（刘宝瑞述）

天文学*

甲　您念过书吗？

乙　您问过去还是现在？

甲　当然是解放以前啦！

乙　解放前我们哪有资格念书呀？要是有钱念书就不说相声啦！

甲　看您说话倒像个有学问的样子。

乙　我上台还没张嘴哪，我说什么啦？

甲　我一看您这外表就有学问。

乙　那是您夸奖，说相声的也就是记问之学。

甲　这就不容易。懂得天文、地理吗？

乙　啊？说相声的懂得天文、地理呀？没那么大的本事。

甲　我就懂得天文学。

乙　噢，您既懂得天文学，那我倒要向您领教领教。

甲　可以，有不明白的只管问。

乙　啊？好大的口气呀！那我请教您，（看窗外）今天为什么是晴天呀？

甲　就是这个呀！（不屑地）今天为什么是晴天你都不知道。

乙　废话！要是知道我还问您吗？

甲　您问我，我也不知道。

乙　啊？

甲　不，不！我要是不知道还能叫天文学家吗？

乙　呦！这会儿又成了天文学家啦！那我请教天文学家，今儿为什么
　　是晴天？

---

* 本篇系借"天文学"引起甲、乙对话，内容与天文学科无关。

甲　噢，你问今天为什么是晴天呀？记住，这是学问。记在心里。改天，高的桌子，矮的板凳，说得，讲得，评得，论得。

乙　是。今天为什么晴天呢？

甲　今天晴天，不就因为（"为"字音拉长）——

乙　因为什么呀？

甲　不就是——

乙　是什么呀？

甲　它是——

乙　您也转腰子呀？

甲　（肯定地）今天晴天呀！

乙　啊！

甲　因为有太阳。

乙　啊？就是这个呀？

甲　今天要是下雨呀……

乙　（接口便说）那就是阴天呀！

甲　瞧瞧，学问见长不是？

乙　这就学问见长啦！您走吧！

甲　这是拿您开心。今天晴天呀，就是没云彩。云彩就是水蒸气。怎么说云彩多了就要下雨呢？它把天能给挡住。天就怕云彩，云彩最厉害啦！

乙　噢，云彩是厉害。

甲　云彩还不算最厉害，云彩怕风呀！

乙　云彩怎么会怕风呀？

甲　风卷残云散嘛！来阵大风一刮，把云彩全刮散啦！雨也下不成啦！天也挡不住啦！

乙　这么说风最厉害啦！

甲　风也不算最厉害。

乙　怎么？

甲　风怕旮旯儿呀！

乙　风怎么怕旮旯儿呀？

甲　刮大风，在一片平川，那它刮着多痛快呀！万一有个旮旯儿，它使足劲这么一刮，"嗵！"把脖子给扭啦！再找伤科先生看，麻烦啦！

乙　啊？风还有脖子呀？

甲 当然有哇！你没听着京戏《黑风帕》^① 吗？

乙 听过呀！

甲 您听高旺唱的那几句：（唱）"抓风头，让风尾，细算分明。"抓风头，让风尾。风有头，那能没脖子吗？没脖子那头长在什么地方啊？

乙 好嘛！（盲从地）照您这么一说，那旮旯儿最厉害啦！

甲 旮旯儿也不算最厉害。

乙 您不是说风怕旮旯儿吗？

甲 是呀，旮旯儿还怕耗子哪！

乙 哦？

甲 多好的墙，没耗子就甭说啦；要是耗子在旮旯儿那儿一捣洞，得！上重下轻，这堵墙早晚得塌了。

乙 这么说耗子最厉害啦！

甲 耗子还不算最厉害。

乙 那耗子怕什么呀？

甲 耗子怕猫呀！

乙 对啦！是猫就逼鼠，猫最厉害。

甲 猫也不算最厉害，猫怕狗呀！

乙 噢，狗最厉害啦！

甲 狗也不算最厉害。

乙 怎么？

甲 狗怕大师傅呀！

乙 狗怎么怕大师傅呀？

甲 您看，解放前有钱的大宅门儿养狗，大多数都是大师傅喂，这个狗要是讨大师傅喜欢呀，它就能吃点儿好的。

乙 它怎么讨大师傅喜欢呢？

甲 大师傅买菜回来，它摇摇尾巴呀！大师傅不在厨房的时候，狗往门口儿一趴，猫不敢进来偷嘴啦！要是狗不讨大师傅喜欢，大师傅买菜去啦，它也遛弯儿去啦！大师傅回来一看：嘿！有意思，碗也翻啦，碟子也碎啦，刚炸好的丸子一个也没啦！

乙 哪儿去啦？

---

① 京剧《黑风帕》，通常用名为《牧虎关》。

甲　猫给吃啦！大师傅这个气呀："他妈的！光吃饭不看家呀！"本来给狗买了二两猪肝，这一气呀，"嗵！"

乙　怎么啦？

甲　扔沟里去啦！

乙　得！吃不上啦。

甲　要不怎么说狗最怕大师傅哪！

乙　这么说，大师傅最厉害啦！

甲　大师傅也不算最厉害，大师傅怕老妈儿呀！

乙　大师傅怎么会怕老妈儿呀？解放前不是都被人家看作底下人吗？

甲　嗨！您不知道，大师傅这饭碗都在老妈子手里哪！老妈子要是跟他对劲呀，他这个差事就算干长啦！老妈子要是跟他不对劲呀，他一天也干不了！

乙　怎么？

甲　您想呀，大师傅做好了菜，往上房里端，是谁端呀？

乙　老妈子端呀！

甲　对啦！比方说这两天太太胃口不太好，一吃这炒肉丝："呸，什么味儿呀？这大师傅越来越不像话啦！菜做得这么难吃呀！"老妈子要是跟大师傅对劲呀，一句话就没事啦！

乙　哦？

甲　"太太，要是叫我看哪，咱们这大师傅就算不错，手底下又干净，做的菜又得味儿，买菜还不赚钱，真难得。今儿这肉丝炒得多嫩呀！您刚才吃着不好吃呀，这是乍吃头一口，您多吃两口就是味儿啦！这炒肉丝不比大腌儿萝卜香吗？"太太又来了一筷子："嗯！是比大腌儿萝卜好吃点儿。"

乙　嘿！老妈子会说话啊！

甲　大师傅这饭碗保住啦！

乙　要是老妈子跟这大师傅不对劲呢？

甲　甭多，几句话，大师傅就得卷铺盖开腿。

乙　是吗？

甲　太太夹起一筷子炒肉丝："呸！什么味儿呀？怎么这么难吃呀？""嘻，太太，别提啦！不是我多嘴，咱们这大师傅可用不得，买一块钱的菜他就赚六毛，您看这肉丝炒的，成了锅巴啦！甭说您吃着不是味儿，连我们都不愿意吃。再说他那份儿脏啊，就甭提啦！俩月都不剪指甲，仨月都不爱推头，烧饭做菜他又净抓脑袋。上回您吃那酸辣汤，浮皮儿那一层您以为是胡椒面儿呀？那就是头皮屑。""哇……马上叫他走！"

乙　大师傅的饭碗砸啦！

甲　要不怎么说大师傅最怕老妈子哪！

乙　那老妈子最厉害喽！

甲　老妈子也不算最厉害，老妈子怕太太。

乙　噢！

甲　您看雇老妈儿辞老妈儿都是太太一句话。老爷对这事没多大争执。

乙　对！那就是说太太最厉害。

甲　太太也不算最厉害，太太怕老爷。

乙　噢！

甲　您看，解放前，贪官污吏、地主、资本家要是喜欢这位太太呀，行啦，要什么有什么！要是不喜欢这位太太呀，不但要什么没什么，再娶两房姨太太，气也得把太太气死！

乙　嗯，有道理。那老爷最厉害啦！

甲　老爷也不算最厉害，老爷怕上司。

乙　对！过去官大一级压死人嘛！那上司最厉害啦！

甲　上司也不算最厉害呀，上司怕皇上啊！

乙　皇上管百官，是官都属他管。皇上最厉害啦！

甲　皇上也不算最厉害。

乙　皇上怕谁呀？

甲　皇上怕玉皇啊！

乙　噢，玉皇最厉害啦！

甲　玉皇也不算最厉害，玉皇怕天。

乙　玉皇怎么怕天哪？

甲　玉皇在天上坐着，天要是不捣他的乱，他坐得稳稳当当的；天要是捣他的乱呀，一裂缝，玉皇就得掉下来摔死。

乙　那天最厉害啦！

甲　天也不算最厉害，天怕云彩，云彩一来把天挡住啦！

乙　那云彩最厉害啦！

甲　云彩怕风，风卷残云散。

乙　（醒悟）噢，那风最厉害啦！

甲　风怕旮旯儿呀！旮旯儿怕耗子，耗子怕猫，猫怕狗……

乙　您怎么又回来啦？您这叫天文学呀？

甲　我这叫罗圈儿怕。

乙　你走吧！这是起哄呀！

甲　怎么起哄呀？我真懂得天文学，您不信我懂的您就不懂。

乙　行啦！像你刚才那罗圈儿怕我都懂。

甲　都懂。那我问问您，这地离天有多高？

乙　它……这……这我不太清楚。

甲　不太清楚！您还说全懂哪！您问我，我就知道。

乙　噢，您知道。这地离天究竟有多高呀？

甲　五千二百五十华里。

乙　您也就是这么随便一说呀！没有考较呀？

甲　没考较还行吗？不但有考较，还有见证人。这个见证人自己就上过天，他回来一算："嗯，不错！地离天是五千二百五十华里。"

乙　上过天？谁呀？

甲　灶王爷。

乙　啊？灶王爷会说话，他告诉你："×××（逗哏者的名字），这地离天有五千二百五十华里。"

甲　当然他不会说话啦！你给他计算呀，这儿就用上算术啦！

乙　噢，还得用算术？

甲　当然呀！

乙　怎么算呢？

甲　我问你，灶王爷是多咱上天呀？

乙　腊月二十三哪，糖瓜祭灶嘛！灶王爷二十三上天。

甲　对啦！腊月二十三祭灶，有的人家就祭得早，有的人家就祭得晚，所以二十三就走不成啦，二十四一早儿走。

乙　嗯！

甲　灶王爷多咱回来呀？

乙　大年三十儿呀！

甲　对呀！您算算吧：灶王爷二十四一早就走，（用手指计算）二十四一天，二十五一天，二十六，二十七，二十八，二十九，三十儿回来。一来一去是七天对不对？

乙　嗯！不错。

甲　那就是说：去三天半，回来三天半。

乙　对！

甲　您记住这个茬儿：灶王爷上天，去三天半，回来三天半。我再问问您，从北京到沈阳是多远哪？

乙　里七外八，一千五呀！山海关里边七百，山海关外边八百呀！

甲　火车走多久呢？

乙　整整一天一夜，二十四小时。

甲　这就对啦！灶王爷上天，去是三天半。灶王爷二十四一早儿奔火车站上车。

乙　啊？还有火车呀？

甲　当然呀！天地线铁路嘛！

乙　呦！车站在哪儿呀？

甲　嗐，您就别那么刨根儿问底儿啦！无线铁路，您看得着吗？

乙　好嘛！

甲　灶王爷上天去三天半，回来三天半，火车一天走一千五百里，三天呢？

乙　四千五百里呀！

甲　半天走多少呀？

乙　七百五十里呀！

甲　对啦！四千五加七百五，不是五千二百五吗？所以地离天有五千二百五十华里呀！

乙　噢，这么算的呀！

甲　对啦！

乙　（自己算）火车一天走一千五，去三天半，回来三天半，这……这不对呀？

甲　怎么不对呀？

乙　它要是那年小尽，二十九过年呢？

甲　这……不是还有趟特别快车呢嘛！

（叶利中述　叶利中　张继楼整理）

梦中婚

甲　现在是无论什么都在变化，并且变化得还挺快，一天一个样儿。您就拿我们这相声说吧，今天您听是这样儿，明天再听又是一样儿啦。

乙　怎么呢？

甲　改啦。人的思想也是一样，您就拿我说吧，过去我净想发财，现在我就不那么想啦，这就是变啦。

乙　对！

甲　过去那个想法就不对，净想发财，这叫什么思想呢？

乙　就是嘛。

甲　发财的思想我可没有。

乙　你比他们强。

甲　还是钱多点儿好！

乙　你还不如他们哪！

甲　就你们这种思想，要不要两可！

乙　也就你有这种思想！

甲　提起这发财来是个笑话。

乙　怎么？

甲　我发过一回财。这话在前二十多年了，大栅栏三庆戏院散夜戏，我捡了个手提大皮包。打开皮包我这么一瞧啊，中、交票子有五十多万！我是陡然而富，平地一声雷，转眼富家翁。在旧社会有了钱讲究什么哪？讲究吃穿，讲究排场。穿衣裳得讲究，您想，我有了钱，一定要讲究。

乙　那是呀，您会穿吗？

甲　您算算，六月十三我就把西皮筒皮袄穿上啦。

乙　您先等等！六月十三穿皮袄不热吗？

甲　不热，使夏布吊面！

乙　那也不凉快呀！

甲　里边还有一身拷纱小棉袄裤哪。

乙　纯粹是搬汗哪！

甲　我一个人戴十七顶礼帽，老远一瞧跟烟筒成精一样。

乙　大串儿糖葫芦。

甲　我的包月车仨脚铃。

乙　人家都两个呀？

甲　我仨！一边一个。

乙　当中间那个哪？

甲　使文明杖戳着。我坐着比拉车的还累得慌。

乙　是呀！你手脚不识闲儿嘛。

甲　早饭吃烧鸭子蘸点儿臭豆腐。

乙　有那么吃的吗？

甲　喝冰激凌，凉的不敢喝，得回勺热热，来点儿芝麻酱，加仨卫生球儿，搁四个鸡子儿，端上来……

乙　你把它喝了？

甲　我把它倒了，它不是滋味儿！

乙　没法儿是滋味儿。

甲　闹得我神经错乱，我跑到上海去了。

乙　你上上海干吗去了？

甲　到上海住在黄浦滩那儿最大的饭店，每天每间就六十块钱。我一个人留了八间。

乙　有两间还不够用的？

甲　不！八间都有用。饭厅一间，客厅一间，沐浴室一间，厕所一间，这就占去四间。

乙　还有四间哪？

甲　那四间轮流着睡呀。

乙　一屋睡一宿。

甲　不！这屋睡五分钟，那屋睡五分钟。睡的时候，拿着表。进门铺被卧，脱衣裳，钻进去。一看表还差一分钟，赶紧穿衣裳，叠被卧，"嗞溜"再跑那屋去。

乙　纯粹折腾！

甲　天天儿这儿走走，那儿逛逛。全好，就是一样不好，不懂方言。

乙　噢！不懂当地话。

甲　身在他乡思故土，到了上海又想北京。哎！遇见北京一个熟人，也是咱们说相声的，这人您认识。

乙　谁呀？

甲　×××，这人心都坏了！

乙　怎么？

甲　那年他困在上海，走到广西路碰见我了："××，我到这儿找我们亲戚来了，没找着，他们搬了，我困在这儿啦，你能给我找个事吗？"我说："我哪儿给你找事去呀？连我还在这儿住闲哪。你不就为吃饭吗？没关系，走！上我店里去。"当时给他剃头洗澡换衣裳，由头上换到脚下。

乙　够朋友！

甲　"你先来个狐腿儿皮袄。"

乙　这是几月呀？

甲　六月二十几儿。

乙　六月二十几儿穿狐腿儿皮袄啊？

甲　我这儿捂着，也叫他陪着我捂着。

乙　俩汗包！

甲　我把店里人全叫过来了。"我给你们介绍介绍，××先生是我至近的朋友，他的即是我的，我的即是他的，出入谁也不准限制。"让您说，咱们交朋友怎么样？

乙　不含糊！

甲　唉！慈心生祸害。

乙　怎么了？

甲　那天我出去了，等我回来一瞧啊，我那屋里什么都没有了！我问店里的人，人家说："您问不着我们哪，您说过，他出入不准限制他。"我问他上哪儿了？店里人说："他把户口销了，说您有信儿要回北京。"嗐！这句话，我是说不出来，道不出来，夹气伤寒！手里剩了无几俩钱儿，那么大的饭店还住得起？

乙　怎么办哪？

甲　搬吧！搬到旅馆。旅馆也住不起了，搬到公寓。公寓也住不起了，搬到小店。后来一落千丈，跟乞丐同眠。先生，我都不愿意说了，说出来我心里难过！

乙　说出来也没关系。

甲　转眼间腊月二十几儿啦，我就穿着一件空心大棉袄。

乙　是啊！六月你都把皮袄穿过去了！

甲　那倒甭提。应名儿是棉袄还是三样儿。

乙　怎么三样儿？

甲　前边是夹袍，后边是大褂儿，就是袖口上有二两棉花。

乙　这种衣裳我都没瞧见过。

甲　哪儿都有好人，店里掌柜的看见我了："×××呀，看你这个样子，还是赶快回北京吧。"我说："掌柜的，您净知道说了，我身上无衣，肚内无食，手里分文无有，我怎么回去呀？""早就给你预备好了。"一开保险柜给我拿出两个大数儿。

乙　二百元？

甲　两毛钱！

乙　两毛钱哪！

甲　人家哪是给我钱哪，比打发要饭的强点儿。咱们在外边跑了会子这事还不明白？我说："掌柜的你先等等，你给我两毛怎么算哪？噢，你拿我当要饭的了？告诉你，姓×的有钱的时候挥金似土，仗义疏财，三百五百我不在乎，你别瞧我，人穷志不短！"一咬牙，一跺脚，一狠心："不就你那两毛钱吗？"

乙　不要？

甲　"我拿着吧！"

乙　拿着啦？

甲　外行。到那时候一分钱谁给呀？买点儿烤白薯吃也是好的呀。

乙　这时候知道钱是好的了？

甲　你说人要倒霉吃白薯都不捧场。

乙　怎么？

甲　越吃越少！

乙　是啊，再吃还没有了哪！

甲　往北走走了好几天，下着大雪，上边淋着，底下踏着。身上无衣，肚内无食，冻得我上牙打下牙，前思后想越想越难过，我还活着干吗？不如跳井一死！你说人要倒霉，说话就应验，说跳井就有井。

乙　哪儿没井啊。

甲　一上土坡是个菜园子，当中间这么大一眼井（手势），三个人往里跳谁也碰不着谁。

乙　好大的一眼井呀！

甲　旁边儿有个窝棚，窝棚里有两个人正睡觉哪，甭问，一定是看菜的了。我一瞧四外没人，趁这时候人不知鬼不觉的——

乙　跳里啦？

甲　不能跳！

乙　怎么？

甲　你想，咱们是明人不能做暗事。我把看菜的叫醒了一个，我跟他商量商量，他让跳，我就在他们这儿跳；他不让我跳，我上别处跳去，没关系。

乙　我都没听说过，叫醒了人跳井啊？

甲　"二哥醒醒。""你买嘛呀？""什么也不买，借您光，跳井。"吓得他颜色都变了，拉着我不撒手："有什么为难事你只管说呀！我们这村子三百多口子就指着这眼井活着呢！你一跳里就完了。"他越拉我，我是越跳。

乙　真想死嘛！

甲　谁真死呀？我这是吓唬吓唬他，他一害怕，给我对付几十块钱，我不就活了吗？

乙　您听，这叫什么行为！

甲　一嚷嚷，那个醒了："第二的，嚷嚷嘛呢？""哥哥你快来吧，你看这人要跳井。""撒手！要跳早跳了，还有叫醒了人跳井的！"

乙　人家这位明白。

甲　"我说，谁要跳井呀？""借您光，我！""就是你一人，还有别人没有？"这话可三青子，为跳井还拜盟把兄弟呀？"就是我一个人。""就你一个人好办，咱这是自己的园子自己的井，开了三十多年了，一个跳主儿还没有哪。没别的说的，大兄弟你给开个张吧！"

乙　看你这回跳不跳！

甲　这地方他可厉害，他让我给他开张！"不为给你开张啊，还不叫你哪！死，就为死在明处，你说实话，这井甜水苦水？"

乙　你问这个干吗？

甲　找台阶儿好走。

乙　他说甜水？

甲　甜水我不死，我是苦命人不能逆天行事，我找苦的去。

乙　他说苦水？

甲　苦水我不死，我是苦命人，苦了一辈子，临死还不喝口甜水。

乙　嘿！他都有的说！

甲　别管他怎么说我也不死。他冲我一乐："你问咱这水？"

乙　甜的苦的？

甲　"半甜不苦！"

乙　喝什么有什么。

甲　二性子水。哪是二性子呀？你这是三青子！见死不救，你敢立逼人命？光脚的还怕你们穿鞋的？说好的不行了，我可真急了！

乙　打他们？

甲　我就给他们跪下了！跪在那儿跟他们说横话。

乙　说什么横话？

甲　"我饿了三天没吃什么了，您有什么剩吃儿给我点儿吃，我活了绝忘不了您的好处。"

乙　这叫横话呀？你这是央告人家哪！

甲　就把那俩唬回去了！

乙　人家那是心软了！

甲　"年轻轻的学点儿好，早说这个呀。拿跳井吓唬我们？第二的，给他拿去。"一会儿工夫给我拿来两个贴饼子，半砂锅小米粥。"得了，您连这锅给我得了！"

乙　要这锅干吗呀？

甲　要饭好有家伙呀。

乙　这回是饿怕了。

甲　又给我一捆柴火，半盒洋火。"去，上北边土地庙忍着去吧，那是我们公共的地方。"来到土地庙把隔扇开开，掸掸供桌上的尘土，把柴火点着了，赶赶庙内的寒气。把锅坐上，吃完贴饼子，粥热了，把粥喝了。又把柴火灰搂扒搂扒搂在砂锅里头，抱着砂锅，把棉袄往身上一围，脑袋枕着香炉，我正在这么三睡不睡——

梦
中
婚

367

乙　似睡不睡。

甲　这怨我，我漏了一睡（税）！

乙　你漏税罚你！

甲　正在这儿似睡不睡，就听门外汽车响，噔！站住了，打汽车上下来两个人，一个说："找找！"那个说："你甭着急，他走不远，一定是进庙了！"

乙　没准儿是逮贼的。

甲　要是逮砸明火的，回头再把我枪毙了！一害怕，跳下来钻在供桌底下往外瞧着，进来这俩人不像当官差的。

乙　像干吗的？

甲　都是跟班的打扮，穿着皮外褂子，手里拿着电棒儿："照照——在这儿呢不是，出来！"我说："不是我。"这俩人一拥而上，就——

乙　把你捆上了？

甲　就给我跪下了！叫得我这份儿好听就甭提了。

乙　叫你什么？

甲　"姑老爷，谁又把您得罪了？老太太给了我们三天限，今天是第二天，明天再要找不着您，非把您送县里不可！姑老爷，您跟我们回去吧！"

乙　您在这儿有亲戚呀？

甲　谁有亲戚呀？

乙　那怎么叫您姑老爷呀？

甲　人家认错了人啦。

乙　对啦。

甲　我得给个台阶儿："您细细地看看有我这模样的姑老爷吗？"那个跟班的搭茬儿了："姑老爷，我这话值您个嘴巴，由一小儿我把您抱大的，剩了皮连骨头我都认得。"这两人纯粹是认错人了。

乙　唉！

甲　他认错了人，你说我跟他去不跟他去？

乙　那就跟他去。

甲　跟他去呀？看他找什么了，找儿子、侄子能跟他去，到那儿一瞧不是，你们凭什么白找呀？怎么也得给几块。一说找姑老爷，到那儿一瞧不是，你瞧这顿打轻得了吗？

乙　那你就甭去。

甲　甭去？非饿死在这庙里头不可。

乙　你还有准主意没有？

甲　跟他打听打听，他们家男的多我就不去，男的打上没轻下儿，女的多没关系，打两下一央告一跑就完了。

乙　你这都不像话，你是人家姑老爷不知道人家有什么人？

甲　这地方就用着生意口了，拿我的话套他的话："既然你们哥儿俩来了，回去跟他说，我绝没有自杀的心！"

乙　根本你也没打算死呀！

甲　"你们看，我的衣服褴褛，就这样儿回去，你说我对得起谁呀？等明天我找同学换件衣裳再回去！"那个跟班的搭茬儿了："姑老爷，您可真糊涂，您算算家里还有谁？老太太，是您的老家儿；小姐是您的人；其余我们都是您奴才，每月吃您稀的拿您干的，谁敢笑话您呀？"想不到是寡妇老太太带一个姑娘（露出很得意的样子）。

乙　你要干什么？

甲　头里走。夹着砂锅上汽车。

乙　您就把砂锅扔了吧！

甲　外行。扔了啊？到那儿一瞧，不是，轰出来再要饭去没家伙了！

乙　这回是给饿怕了。

甲　汽车开得还真快，拐弯儿到了。路北里广梁大门，四棵门槐，上下马石，拴马桩子。门口的电灯泡子这么大个儿（手势），都是八万四千六百多度的。

乙　有那么大度数的吗？

甲　照得跟白天似的。跟班的下车往里一喊："接姑老爷！"由里边出来二百多口子。大做活儿的，小做活儿的，传达处，使唤丫头，老妈子，站这么两溜，闹得我不敢下汽车了。

乙　怎么？

甲　土地庙里黑，两个人四只眼睛，怎么都好蒙。这一说二百多人，四百多只眼睛，有一个瞧出来："这不是咱们姑老爷呀！"麻烦了！不下？汽车到门口儿了！

乙　怎么办哪？

甲　我得要要派头，一夹那砂锅就跟夹着皮包似的，一甩袖子，一挡脸："不要这个样子！"进去了！手一抡，把袖口儿那二两棉花给

　　　　抢出去了！

乙　这回成夹袄了。

甲　一进二门，瞧见本家老太太由上房出来了。

乙　你认识？

甲　我不认识。

乙　那你怎么知道？

甲　有理由呀，俩老妈儿当中搀着的那位准是本家儿老太太。没有吃完饭老妈儿搀老妈儿满院遛的。

乙　没听说过！

甲　到门口一跪，用手一捂脸："妈呀，我回来了！"

乙　你还害臊哪？

甲　谁害臊呀？

乙　那你挡脸干吗？

甲　我怕她瞧出来！

乙　对了。

甲　老太太说："唉！再有两天找不着，你非倒卧在外边不可，早晚你得把我气死。屋里去吧！"没瞧出来！在外头冻得我直哆嗦，进屋就一身汗。

乙　怎么？

甲　四周围是暖气管子，八个大火炉子，都是这么高，这么粗，这么大炉盘，这么大炉眼（手势），八吨煤倒里头才半下儿！火苗子一冒九丈多高！

乙　嚯！那房呢？

甲　房上都有窟窿！

乙　没有窟窿就全着了！

甲　一照镜子，就牙是白的。"带姑老爷上沐浴室沐浴沐浴去。"

乙　家里还有澡盆？

甲　人家给我拿过六块胰子来，我吃了三块，洗了三块。

乙　干吗吃三块呀？

甲　这名叫"里外见光"。

乙　这……洗肠子哪？

甲　洗完澡，这边有个小门儿，上头写着"更衣室"，进去打开箱子我这么一瞧呀，里边都是湖绉、扣绉、花洋绉、咔啦、哔叽、鹅缎绸、宫宁绸、摹本缎；里边没有粗布、蓝布、大白布、月白、灰市、浅毛蓝。

乙　这份儿贫哪！

甲　穿衣裳咱们会穿，穿出去不能叫人家笑话。

乙　当然了。

甲　软梢儿裤褂穿三身，夹裤夹袄穿三身，毛衣毛裤穿三身。穿上五丝罗大褂，纺绸大褂。驼绒袍，衬绒棉袍，棉袍外边穿大衣。大衣外边穿皮袄，皮袄外边套马褂，马褂外边穿坎肩。系褡包，戴草帽，穿毡趿拉。

乙　什么德行？

甲　我往沙发上一坐，老太太这份儿夸我就甭提了。

乙　还夸你哪？

甲　"真是人是衣裳马是鞍，姑老爷不捯饬不好看，这一捯饬——"

乙　好看了？

甲　"成狗熊了！"

乙　是成狗熊了！

甲　"吃饭了吗？"来到自己家里说话还不逛着点儿？

乙　吃了！

甲　"我三天都没吃什么了！"

乙　你倒是逛着点儿呀！

甲　它饿得难受哇。"给姑老爷摆西餐。"这可要了命了！

乙　怎么？

甲　西餐里没有筷子，净是刀子叉子，我也没使过。拿刀子在嘴里一和弄，把舌头也弄破了。

乙　你倒留点儿神哪。

甲　我正要喝酒，老太太叫老妈儿："去！给小姐送个信儿去，说她女婿回来了，让他们见个面儿。"这可是个好机会，我得瞧瞧小姐。长得要是好看哪，我就跟她那儿忍着；要是长得还没我好看哪……

乙　那你就走？

甲　我也忍着啦！

乙　怎么也忍着了！

甲　这儿吃什么呀！

乙　就瞧见吃啦？

甲　一会儿的工夫，四个小丫鬟挽着小姐来了，一拉风门，嗬！我一瞧这位小姐呀！长得气死四大美人。

乙　您说说。

甲　笑褒姒，恨妲己，病西施，醉杨妃。沉鱼落雁，闭月羞花，长得是摩其登，漂其亮，剪其头，烫其发！

乙　你还有法儿贫哪？

甲　一脚在门槛儿里头，一脚在门槛儿外头。瞧见我是先喜后忧，这劲儿让我难学！

乙　您学学？

甲　"噢！密司特儿××回来了？"

乙　这里还有英文哪？

甲　"谁把你得罪了？一来你走了，两来你走了，老太太在世还顾全咱们，老太太一死我们非跟你现眼不可！看你这路人，真是不堪造就，恬不知耻。讨厌得很，很讨厌，你太讨厌了！"

乙　你是够讨厌的！

甲　老太太说："都别废话了，过年给你们完婚。"过年？八年都等！那个老妈儿在旁边给我说好话："老太太，您可真是越老越糊涂了。姑爷一来一走也为了不完婚，小姐一来一病也为不完婚。您不如抓早儿办了就完啦。"老太太说："好！查查皇历。"一查皇历，丁是丁，卯是卯，今儿的日子就好，就今儿了（露出得意的样子）！

乙　你要干吗？

甲　我又换了一身衣裳，十字披红双插花。大门二门悬灯结彩，拜完天地入洞房。到洞房我这么一看，糊的是四白落地，床上是闪缎褥子，闪缎被卧，倚枕、靠枕、鸳鸯枕。小姐坐在床上，"扑哧"冲我一笑。我往床上一迈步，可了不得了！

乙　怎么？

甲　使的劲儿太大了，"咔嚓"的一下子，我由供桌上掉地下了，砂锅也碎了，棉袄也着了，把脖子也窝了！

乙　您不是完婚了吗？

甲　哪儿呀，我在庙里那儿做梦哪！

乙　做梦啊！

（高德明述）

开粥厂

甲　听您说话这口音像北京人哪？

乙　对啦！我是京里人。您贵处是哪儿？

甲　您听说京西有个馒头包，我是那儿的人。

乙　您是馒头包！那咱们哥儿俩一样。

甲　您也是馒头包？

乙　我是糖三角。吃上啦！

甲　不，我是京西"人头狗"。

乙　我"把儿上弦"。钟表呀！这不是乱弹嘛！京西有个门头沟。

甲　对啦！对啦！我是门头沟的人。

乙　您那贵处煤窑多，解放前净出财主！

甲　财主是人家！

乙　您呢？

甲　我是靠天吃饭，量地求财，土里刨粮食吃。

乙　噢！您是一位农民？

甲　对啦！对啦！

乙　您解放前种着多少地呀？

甲　不能说，说出来怕您笑话。

乙　哪儿的话您哪！种得再少也比我们过去说相声强多啦！

甲　我种那点儿地，收了粮食换成钱，还不够您抽根烟卷儿的哪！

乙　您太客气啦！您种着多少地呀？

甲　我们家种着九千九百九十九顷九亩地。

乙　嚯！我抽多长的烟卷儿呀！

甲　要说九千九百九十九顷九亩地，又不够九千九百九十九顷九亩地。

乙　怎么不够呀？

甲　靠山种着四千四百四十四顷四亩地，靠河种着五千五百五十五顷五亩地，共凑一块儿这才够九千九百九十九顷九亩地。

乙　好嘛！您这是绕口令呀！我们说相声的专门讲究说绕口令，不信我说给您听听：您家种着九千九百九十九顷九里地。

甲　九里地？

乙　不是，九千九百九十九顷九亩地。是有点儿绕脖子啊！要说九千九百九十九顷九亩地，又不够九千九百九十九顷九亩地。靠山有七千七百七十七顷七亩地，靠河有六千六百……这，嗐！反正您地不少就是啦！

甲　说不上来啦不是？

乙　不行您哪！

甲　您别看地多，收下来的粮食还不够喂牲口哪！

乙　您那儿养着多少牛、马、驴、骡呀？

甲　我们那儿不养活牛、马、驴、骡！

乙　养活什么？

甲　养活骆驼。

乙　养活多少个骆驼呀？

甲　骆驼不论个儿。

乙　论什么呀？

甲　五个为一串儿，六个为一贯儿，七个为一把，八个为一帮。

乙　您是串儿、贯儿、把、帮？

甲　我这儿把着哪。

乙　唉！我这儿也没落子！

甲　我这儿拴着把子哪！

乙　您那儿有多少骆驼呀？

甲　我们家养着八千八百八十八把子大骆驼。

乙　又来啦！

甲　要说八千八百八十八把子大骆驼，又不够八千八百八十八把子大骆驼！

乙　怎么？

甲　上山驮煤去了四千四百四十四把子大骆驼，我家后院拴着四千四百四十四把子大骆驼，共凑一块儿才有八千八百八十八把子大骆驼。

乙　这个比地可好说。

甲　您说说。

乙　您家种着有九千九百……

甲　八千八百。

乙　噢噢！您家种着八千八百八十八把子大骆驼。

甲　什么？种骆驼？我哪儿找骆驼种去呀！

乙　不不！您家拴着八千八百八十八顷八亩地。

甲　拴着地，干吗？怕跑了啊？

乙　不不！您家拴着八千八百八十八把子大骆驼。

甲　哎！这还差不多。

乙　要说八千八百八十八把子大骆驼又不够八千八百八十八把大马猴！

甲　大马猴？

乙　不不！大骆驼。上山驮煤去了四千五百九十……这您爱有多少有多少吧！

甲　我说你说不上来不是！

乙　您既然有这么多的产业还不在家里享福？解放前我碰到过您一次，您上北京干什么来啦？

甲　是啊！来这儿看看生意。

乙　噢！您北京还有几个买卖！

甲　对啦！有几个小商店。

乙　哪个买卖是您的呀？

甲　生意太小，也就是卖点儿零七八碎儿的。

乙　什么字号？

甲　小得不能提。

乙　您就甭客气啦！贵宝号是？

甲　总号在天津，分店在北京。

乙　噢！是……

甲　中原公司。

乙　（讽刺地）干吗呀？

甲　我的！

乙　（咬牙说）中原公司是你的？

甲　你咬牙干吗呀？

乙　我听着有点儿新鲜。

甲　照您这么一说仿佛不是我的？

乙　干吗仿佛呀，简直就不是你的。

甲　你不信。

乙　当然不信。

甲　你要不信，你不是人养的。你信不信？

乙　信，信！

甲　中原公司谁的？

乙　您的，您的！

甲　这回你怎么信啦？

乙　是呀！不信我不是人养的嘛！

甲　别看我有这么大的生意，过去我一年都不查一回账。

乙　噢！买块手绢查人家的账呀！你查得着吗？

甲　账房我向来都不进去。

乙　您一进去人家就报抢案。

甲　那中原公司着那么大的火，我在马路对面站着，连心疼都不心疼。

乙　是呀！有你的什么呀？

甲　照这么说你还是不信呀？

乙　我信，我信！

甲　还有几个小布店。

乙　什么字号？

甲　瑞蚨祥、瑞林祥、广盛祥、义合祥、谦祥益，这几个小布店。

乙　干吗呀？

甲　我的！

乙　噢，你的！

甲　还有几个小饭馆儿：全聚德、便宜坊、同和居、砂锅居、那家馆儿、厚德福、东来顺、西来顺、南来顺、萃华楼、丰泽园，这几个小饭馆儿，都是我的。

乙　您的，没错！

甲　还有几个小煤铺。

乙　噢！

甲　鸿义永、义和成、同兴号，这几个小煤铺，我的。

乙　对！您的。

甲　还有几个小客店：远东饭店、六国饭店、东方饭店，这几个小客店……

乙　您的！

甲　还有几个小药铺：庆仁堂、永仁堂、怀仁堂、西鹤年堂，都是我的，就连那东西南北四家同仁堂……

乙　您的！

甲　乐家的！

乙　这回您怎么不要啦？

甲　都知道是乐家的，我就不要啦！

乙　好嘛！（旁白）差点儿也归他！

甲　你就拿街上跑那电车来说，那都是……

乙　您的！

甲　电车公司的。

乙　这不是废话吗？

甲　我说那电车是电车公司的，上边那电线，下边那轨道……

乙　那是您的！

甲　他们一事儿。

乙　走！（旁白）他要给电车公司分家。

甲　怎么样？生意不少吧！

乙　（讽刺地）倒是够瞧的。甭拿别的说，就拿那几家大绸庄来说，您就吃不尽喝不尽喽！

甲　当然啦！

乙　那甭说，您穿呢绒绸缎甭花钱啦！

甲　那还用说吗？打个电话就送几匹。

乙　既然打个电话就送几匹，（看乙大褂）哎呀！您这大褂怎么不换一件呀？

甲　这个……嘿嘿！我不是不爱捯饬嘛！

乙　是呀！再爱捯饬就光眼子啦！

甲　这个绸缎庄是我的你不信呀？你不信可是……

乙　我信，我信！鸿义永那几个煤铺都是您的？

甲　啊！

乙　那您烧煤甭花钱啦！

甲　当然啦！一个电话就送几吨，硬煤、烟儿煤，随便烧。

乙　好！既然您烧煤不花钱，怎么没解放那会儿我看见您拿个小簸箕买一毛钱的煤球儿呀？

甲　啊？

乙　啊什么呀？

甲　不，不是。有人跟我说，我们煤铺卖的那煤球儿有点儿掺假，不经烧，我买一毛钱的回去试验试验。

乙　您要试验，试验一天呀！您怎么天天试验呀？

甲　这……啊！我不还没试验好哪！

乙　对啦！试验好啦您那窝窝头怎么熟呀？

甲　这几个煤铺是我的你不信？

乙　我信！（笑）那些饭馆儿也是您的喽？

甲　那还用说吗？

乙　您吃饭甭花钱啦！

甲　当然啦！山珍海味，鱼翅海参随便吃，吃完了一抹嘴就走，连账都甭记。

乙　既然吃饭不花钱，怎么解放前我老看见您在天桥吃老豆腐呀？

甲　啊？我不……我不是天天吃鸡鸭鱼肉嘛，吃点儿老豆腐换换口味儿。

乙　噢！换换口味儿。那人家掉了块白薯皮你怎么捡起来啦？

甲　这……我以为是块陈皮哪！

乙　那怎么地下有个青果核你给捡起来啦？

甲　我以为是个藏青果哪！

乙　那有个烟头儿你怎么也捡起来啦？

甲　噢！全让你看见啦！

乙　我跟着您哪嘛！

甲　你跟着我干什么呀？照这么说你还是不信呀？

乙　您别着急，我信，（自言自语）好嘛！我不信，我不是人养的呀！您到北京来光为着看看生意呀？

甲　不！顺便还买点儿东西！

乙　买什么东西呀？

甲　买点儿汽车。

乙　噢！买辆汽车！

甲　买两打。

乙　啊！您要开运输公司呀？

甲　干吗开运输公司呀？自己还不够坐的哪！

乙　自己坐那么多的汽车？

甲　阴天下雨上个茅房不得坐汽车吗？

乙　上茅房坐汽车！您府上有多大呀？

甲　我那周围方圆八百里。光住的房子就有八万多间，院子中间修的
有公路，花园里的龙睛鱼赛过叫驴，蛤蟆骨朵儿比骆驼个儿大。

乙　我都没听说过。

甲　我们那儿种的玉米棒子都有一丈多长。

乙　那怎么吃呀？

甲　两人扛着，中间一个人昂着脖子啃。

乙　这是吃棒子呢吗？简直受罪哪！

甲　高粱都十丈来高，高粱粒儿跟柚子差不了多少，走在高粱地里您
得留神，万一不小心，掉下个高粱粒儿来，把脑袋就能打个包。
二天您到我们那儿可以注意嘛，您看见脑袋上有包着纱布的，那
就是……

乙　撞伤了的。

甲　高粱粒儿砸的。

乙　啊？

甲　蚂蚱比狗都大，不留神叫蚂蚱咬一口得歇仨月。我们那儿逮蚂蚱
不用网。

乙　用什么？

甲　用机关枪扫射。二天您到我们那儿去听见机关枪响，那就是……

乙　打靶哪！

甲　逮蚂蚱哪！

乙　嚯！邪啦！哎！我问您，过去您那儿这么大的地势，住八万多间
房，有多少人呀？

甲　八万多人，每人一间。

乙　府上有八万多人？

甲　不！我家里就我一个人，八万多人都是难民。我那儿开了个粥厂，
施舍。

乙　噢！这么说您过去还是个善人。您那粥厂也是天天舍粥呀？

甲　我那儿不舍粥，一天三顿，早晨炖肉烙饼，中午炸酱面，晚上包

饺子。初一十五吃犒劳，八个人一桌燕菜席。吃完了，会打麻将的，给二十块钱打八圈麻将。不会打麻将的，坐着飞机遛个弯儿再回来。

乙　嚯！

甲　这是平常日子，逢年过节还要单舍。

乙　是呀！您五月节舍什么呀？

甲　五月节呀！舍点儿应节的东西，八万多难民每人一份。

乙　都有什么？

甲　江米粽子一百个。

乙　嗯！

甲　蒲子两把儿，艾子两把儿。

乙　噢！

甲　黑桑葚儿一盘，白桑葚儿一盘，带把儿甜樱桃一蒲包，山樱桃一蒲包，大杏儿一百，雄黄二两，五毒饽饽四盒，玫瑰饼、藤萝饼一样儿五斤，"山海关"汽水两打，两打灵丹，两打双妹牌花露水，还有三十五斤大头鱼，这凉水……那您就自己挑去吧。

乙　行了您哪！舍得还是真不少。

甲　什么话呢！

乙　六月间舍什么？

甲　六月天热啦！一人两套纺绸裤褂儿，一件横罗大褂儿，巴拿马草帽一顶，三双缎儿鞋。

乙　是呀？七月呢？

甲　七月天下晚儿有点儿凉啦！每人一套软梢儿夹裤夹袄，一件春绸大夹袍儿，倒换着穿。

乙　噢！那八月呢？

甲　八月麻烦啦！

乙　八月怎么麻烦啦？

甲　八月中秋节，普天同庆嘛！

乙　您还得单舍。

甲　当然啦！

乙　八月节您都舍什么？

甲　八万多难民每人一份。

乙　都有什么？

甲　五斤一个的团圆饼两个。

乙　有一个就行啦！干吗舍俩呀？

甲　一荤一素，有那吃斋念佛的咱们不落包涵。

乙　嘿！想得真周到。

甲　白素锭一股。

乙　噢！

甲　大双包一封。

乙　啊！

甲　三十自来红，五十自来白，鸡冠花一对，毛豆枝儿一支，白花儿藕一支，蜜桃、苹果、石榴、柿子、槟子、白梨、虎拉车一样五个，甜梨、沙果、沙果梨一样儿十斤，一斤樱桃枣，二斤嘎嘎枣，二斤红葡萄，五斤白葡萄，三白西瓜一个，老白干儿、状元红、葡萄绿、莲花白一样儿五斤，螃蟹八斤半，大个团脐满是活的，外有姜汁一盘，这醋……您就自己打去吧！

乙　噢！一个子儿的醋谁还打不起呀？您九月舍什么？

甲　天冷啦！每人一件驼绒袍儿，一套棉袄棉裤，全是丝棉的。

乙　噢，十月呢？

甲　该穿皮袄的时候啦！每人一件皮袄，可没什么很好的。

乙　也就是老羊的。

甲　狐腿的凑合着穿。

乙　啊？狐腿的还凑合着穿哪！十一月呢？

甲　每人一件礼服呢水獭领子的大衣。

乙　噢！腊月呢？

甲　忙啦！过年啦！

乙　净舍什么？

甲　从腊八儿那天起。

乙　噢！您那儿还熬腊八儿粥？

甲　熬？八万多难民每人一份，甭说多，每人一碗，我哪儿找那么大锅去。

乙　那怎么办呀？

甲　舍点儿粥米，自己拿回去熬去。

乙　噢！都有什么？

甲　米豆一份。

乙　嗯!

甲　粥果全份,小米儿一斤,黄豆一升,江米半斤,豆角半斤,大麦米半斤,五斤小枣儿,三斤栗子,半斤桃脯,半斤莲子,四两乌豆,四两白豌豆,薏仁米、荔枝肉、梭子葡萄干儿一样儿二两,青丝、红丝两样儿二两,瓜子仁、榛子仁一样儿二两,金糕二两,半斤冰糖块儿,三斤黑糖,五斤白糖,玫瑰蜜供一样儿二两,高香一股,随带二十三祭灶供礼一份。

乙　噢!真不少。还是真全乎。行啦!您这一年到头总算舍完啦!

甲　完啦?过年还没舍哪!

乙　过年还要舍呀?

甲　什么话呢!圣人有云(晃脑):"君子遵道而行,则能耐其善,半途而废,乃力之不足也。"

乙　行啦!您别晃啦!再晃就散了黄啦!

甲　这叫什么话?

乙　过年您还舍什么呀?

甲　八寸宽五尺高蜜供五盒。

乙　噢!

甲　圆子苹果二十五个为一堂。

乙　啊!

甲　面筋五盒,素菜五盒。

乙　是!

甲　红罗饼二十五斤,神祇老佛供、天地供、灶王供一样儿三碗,祠堂供三堂,大千春橘二十五个为一堂,白蜜供五碗为一堂,佛花一对,金橘一对,大殿香一把,檀香四两,降香四两,炭饼二十五个,万寿香无数,白素锭五封,五斤通宵蜡一对,套环白蜡一对,大双包四对,小双包四对,钱粮对四副,万字鞭一挂,五把儿麻雷子,五把儿二踢脚,挂钱一百张,街门对、屋门对、灶王对、横批、福字、春条全份,黄白年糕共十斤,硬煤三百斤,煤球五百斤,两包白米,四袋白面,五百馒头,猪头一个,鲤鱼一尾,红公鸡一只,五十斤猪肉,六十斤羊肉,二十斤牛肉,四只肘子,两挂大肠,五斤猪油,下水全份,三斤羊肚,五斤肺头,五香作料一包,十只小鸡,十只鸭子,一对野鸡,一只野猫,汤羊肉二十斤,黄牛肉二十斤,鹿肉十五斤,野猪一口,鹿尾一对,冰鱼一包，五只冰鸡，淮河银鱼一斤，半斤鱼骨，四两鱼肚，五两江瑶柱，五十鸡子儿，三十鸭子儿，十个松花，二十个鸽子蛋，半斤口蘑，一斤贡蘑，四两黄花儿，四两木耳，四两金针，四两鹿角菜，四两大虾米，五斤供菜，一斤胡椒面儿，半斤芝麻酱。

乙　可完啦！

甲　一斤紫菜。

乙　还有哪！

甲　半斤片碱。

乙　噢！

甲　二两白矾，一斤海带。

乙　是！

甲　三十张油皮儿，三十粉皮儿，香干儿、方干儿五百块，面筋五十条，软筋三十块，饹馇五十块，二十块鲜豆腐，五十块冻豆腐，五斤大盐，一斤磨盐，五斤黄酱，二斤黑酱，一斤白酱油，二斤黑酱油，一斤料酒，十斤米醋，十斤香油，五百斤白菜，两百把儿菠菜，青椒五十斤，青蒜二十把，老蒜三挂，一斤鲜椒，十斤山药，五斤芋头，豆角儿、豌豆苗儿一样儿半斤，两篓酱菜，五斤萝卜干儿，三十块酱豆腐，五十块臭豆腐，一副麻将牌，两筒老炮台。

乙　嚯！可真够瞧的，照这么看您一天开开门，没有个千儿八百的，可过不去呀！

甲　可不是嘛！那年把钱给花秃噜啦！

乙　噢！

甲　没办法！我把我那裤子当了五毛钱。那年头钱可真不经花！吃了顿饭，买了盒烟卷，没啦！

乙　嗨嗨嗨，您不是施舍吗？

甲　我打算那么舍，可我还没发财就解放啦！

（马三立　张庆森述）

三性人 *

甲 人的脾气秉性不一样，有脾气暴的，有脾气柔软的，还有好贪小便宜的。今天早上起来，我就碰见一个脾气暴的，这个脾气暴的又遇见一个脾气柔软的。脾气柔软的踩了脾气暴的脚啦，脾气暴的说："你往哪儿踩？"脾气柔软的说："我没看见。""你踩了我了，你说你没看见，你若碰上电车呢？"脾气柔软的说："我也不往电车上撞啊！"脾气暴的说："你踩了我，你就白踩了吗？""那若不白踩，鞋踩坏了再给你买一双，脚踩破了到医院给你上药。"脾气暴的气得说了一句话，我听着都乐了。

乙 他说什么呀？

甲 "我告诉你吧，你也就踩了我了吧。"

乙 要是踩了别人呢？

甲 "也白踩呗。"这是脾气暴的和脾气柔软的。还有一种好贪小便宜的。我就有这么个朋友，昨天我上他家串门儿去了，他死乞白赖地叫我在那儿吃饭。留我吃什么呢？热汤面。面做好了，他一看缺点儿小作料：香油、酱油、醋。按理说应该拿个瓶和碗去打，他没有，拿个砂锅子去打。到了小铺就问："你有香油吗？"掌柜的说："有。你打多少钱的？"掌柜的把砂锅接过去，这贪小便宜的说啦："你给打一分钱的吧！"掌柜的一合计：香油八九角一斤，有心不卖吧，又一条街住着，卖给他就卖给他点儿吧。掌柜的拿起提斗来，给他打半两。贪小便宜的用手接了去，像那个你拿砂锅就走吧，他不走，端着砂锅向掌柜的晃摇，把半两香油全晃砂

---

* 这个段子是单口相声《日遭三险》的变体，又名《爱便宜》。

锅里去了。贪小便宜的说啦："我打错了，我打酱油，你给我换换吧。"掌柜的接过砂锅一看哪，这点儿香油全晃进砂锅里去了。掌柜的没法子，又给他打了二两酱油，倒在砂锅里，香油又漂上来了。像那个你就走吧，还不走，又跟掌柜的说："你把醋再给我少弄点儿。"嗬！一分钱他对付三样儿。

乙 哈哈！这主儿可真够找小便宜的了。

甲 你说谁乐意跟他交朋友！新社会没有得意这三种人的，旧社会还真有得意这三种人的呢。

乙 谁得意这三种人呢？

甲 旧社会有个知县得意这三种人。他叫两个衙役来，知县说："今天叫你们不为别的事，就是叫你俩给我抓三个人，要一个脾气暴的，一个脾气柔软的，一个好贪小便宜的。限你们三天，拿来每人赏十两银子；拿不来每人重责四十大板！"

乙 这倒不错，有赏有罚。

甲 二人一听，说："好！"到街上找去了。从那边来个人就问："你是不是好贪小便宜？"那人翻了："你怎么看我好贪小便宜？我买谁东西没给钱？"二人一听：认错人了。到三天头上一个没拿着。老爷一听，生气了："打四十板子！"屁股全打开花了。老爷说："再限三天！"这俩人愁起来了，不好逮呀！小偷好逮，这人的脾气在身上带着呢，上哪儿逮去呀？二人一合计，咱们逮不了，找个酒馆去喝酒，喝醉了找个地方一睡，到三天头上不就是四十板吗？俩人正在吃酒之时，一看大街上的人特别多，把跑堂的叫过来，问："今天街上咋这么热闹？""你不知道哇，城外唱野台子戏呢，今天头一天开戏。你们怎么不去看看戏呢！"二衙役一听，说："好，咱俩看戏去。"在戏台前边，找个得看的地方，往那儿一站。正在看戏，戏台下面打起来了。

乙 谁和谁？

甲 一个十二三岁的小孩儿，抱住一个三十来岁的大人的大腿，在那儿又哭又叫："爸爸！你快回家吧！咱家着火啦。二间房子着了一间半了！"一般人一听这话准跑回家救火去，这主儿不着急，问："怎么啦？"小孩说："咱家着火啦！"这主儿不紧不慢地说："不要紧，等咱爷儿俩看完戏，再一块儿回家救火去。"这句话还没说完，就从他身后挤过来一个人，扯着他的脖领子，就给他个大嘴巴。挨了打他还不着急，捂着腮帮子看着打人的那位乐："咱俩也不认识，你凭什么打我呢？"那人说："我还得打你呢！你家着火了，你为啥不去救火，还在这儿看戏？"这主儿说："我家着火碍你啥事？你管得着吗？我乐意去就去，不乐意去就不去。你打我嘴巴，白打了吗？"二衙役一听不像话，过去问："你们因为什么打架？"那个挨打的说："我家着火了，我儿子叫我回家救火去，我说看完戏再去……"二衙役问："你们家着火，你听见不着急吗？""也别说我们家着火呀，我们家出八条人命我也不着急呀。"二衙役问："你为什么不着急呢？""我就这么一个慢性人嘛。"二衙役一听高兴了，慢性人在这儿呢。"行了，你在这儿等一等吧。"二衙役又问那个打人的："你为什么打人一个嘴巴呢？""二位，他家失火他为什么不去救火呢？我这脾气哪受得了这个，我打他出出气。"二衙役一听乐得了不得，急脾气在这儿呢。再逮一个贪小便宜的就够了。"行啦！你二位跟我们走一趟吧！"正走着，又碰见一伙打架的。

乙　为什么打架？

甲　一个做小买卖的，卖个糖块、小镜子什么的。有一个人买一块糖，偷两面小镜子，叫掌柜的看见了。掌柜的说："你买一块糖，为啥偷两面小镜子呢？""掌柜的你别嚷了，这两面小镜子我挺爱的。"掌柜的说："你爱，花钱买呀！"这个人说："我不是舍不得钱嘛！"掌柜的说："那你是什么脾气呢？""唉，我就是爱贪小便宜啊。"二衙役一看可乐了，贪小便宜的在这儿呢。"行啦，你跟我们走一趟吧！"把三个人带回来，报告知县老爷："三个人全拿来了。"老爷说："赶紧升堂！"把三个人带了上来，三个人跪下。老爷在上边问："你是怎么个事呀？"这主儿说："我的脾气最暴，沾火儿就着。"老爷又问第二个："你呢？""我是慢性子，火上房也不着急。"老爷又问第三个："你是怎么回事？""我爱贪小便宜，买什么东西都不爱给人家钱。"老爷说："你们这三个人是认打认罚吧？"三个人说："认打怎么讲？认罚怎么讲？""认打每人打五百板子，认罚都给我当差，你们干不干？"三个人说："我们愿意认罚。"老爷说："你是急脾气，你伺候我，给我跟班。"

乙　为什么叫他跟班呢？

甲　因为急脾气的人办事爽快，不能误事。叫慢脾气的给老爷看小孩儿，叫他看孩子，孩子怎么闹他也心不烦。老爷有两个小孩，一个五岁的，一个三岁的。那个好贪小便宜的，叫他管买东西，为的是不能吃亏，碰巧还许偷点儿回来。

乙　不用说这老爷也贪小便宜。

甲　这天老爷把急脾气叫来了："你到后院把马给我鞴好，鞴好马咱俩一块儿出城会客。"急脾气的说："好吧。"到马棚一看，马在那儿拴着，拿过马鞍子要鞴，这马眼生，不让他鞴，直刨蹶子，把急脾气气火儿了，拿刀把马脑袋削下来了，说："我看你还刨不刨蹶子？"老爷更完衣出来一看就火儿了，问："你怎么把马杀了？"急脾气说："我不把它杀了，它不叫我鞴呀！"老爷一听，说："这回它可叫你鞴了。我骑死马到哪儿去呀？"急脾气说："我不知道。"老爷说："你多耽误事。告诉外边给我抬轿！我乘轿去。"老爷坐着轿，急脾气在后边跟着。出城不远，在前边有条河，过不去了。河有多深呢？深的地方没腰。老爷说："急脾气，你耽误多大事？咱们若是骑马来，蹚河过去了，这坐轿能蹚河吗？"急脾气说："老爷，您别着急，我背您过去吧。"老爷下轿，急脾气把老爷背起来就下河了。蹚到河当腰，老爷一看，心就软了：人家身上都湿了，我能叫他白背吗！想到这儿就说："回去的时候，我赏你五两银子。"急脾气一听就乐了，把老爷扔河里，就跪在水里给老爷请安。老爷说："你怎么把我扔河里了？"急脾气说："我不是得谢赏吗？"老爷说："衣裳都湿了，怎么会客呀，你把我再背回去吧！"

乙　客没会成。

甲　是呀。老爷坐轿回来，一进大门，看见慢脾气在门口站着呢，就问："你站这儿干什么，不领少爷玩儿去？"慢脾气说："哪个少爷？""二少爷呀！""跟他妈吃奶去了。""大少爷哪？""掉井里啦。"

乙　啊！

甲　老爷一听着急了："赶紧去捞吧！"慢脾气说了："还捞啥呀，都掉里四个多钟头了。"老爷说："你怎么不早说呢？"慢脾气说："你是问得急呀，要不价我合计明天才告诉你呢。"老爷说："你耽误多大的事？赶紧捞去吧！"捞上来一看，浑身都泡肿了。老爷说："贪小便宜的，赶紧到棺材铺买口棺材去。"贪小便宜的拿五两银子就去了，到棺材铺就问掌柜的："这口棺材要多少钱？"掌柜的说："八两五。""嘻，哪值八两五，给一两五吧！"掌柜的说："你买什么东西都还价呀？少一点儿不卖。你图贱，买那个吧！""哪个？"掌柜的挑过来一个，板挺厚，钉得还挺结实，就是杨木的。"这个多少钱？""少五两不行。""好，不给你还价，就来这个。"掏出五两银子，交给掌柜的。掌柜的接过银子上账房去称，看看银子够不够分量。贪小便宜的一看掌柜的可漏了空子，旁边有个小的，就套在大的里头了。心里话：还价不行，我偷你的。把盖盖好。掌柜的从账房出来说："你的银子不多不少，正好。"贪小便宜的扛起棺材就走，到家了，放在老爷面前，说："老爷，你看看，挺好。"老爷看外边挺好，不知道里边怎样，掀开盖一看，里边还有一个小的，老爷火儿了，"贪小便宜的，我叫你买一个，你怎么给我买俩呢？"

乙　是呀！看他怎么回答？

甲　他说："老爷，那你着什么急，等二少爷死了，不省得买了吗？"

乙　他还贪小便宜哪！

（杨海荃述）

丢驴吃药*

甲　相声是一门艺术。

乙　对。

甲　可是有的人管我们叫"生意"。

乙　我们根本不是生意。

甲　我们怎么能是生意呢？我们是真正的艺术。

乙　那你说有没有生意？

甲　有哇。

乙　干什么的是生意？

甲　算卦的那才是真正的生意。

乙　算卦的是生意，怎么有时候也灵哪？

甲　那是蒙上的，你要不信，我给你举个例子。

乙　你说说吧。

甲　有这么一个算卦的，他久站北京天桥，在旧社会这家伙可了不得，
　　都说他算卦灵。你就听他这外号吧！

乙　外号叫什么？

甲　这个人姓王，外号叫"王铁嘴"，后来还有个外号叫"王半仙"，
　　这个家伙，都说他有半仙之体。

乙　现在哪？

甲　现在快成半身不遂啦！

乙　怎么啦？

甲　没人信他那套啦。你说他由哪儿成的名哪？

＊　这个段子是单口相声《小神仙》的变体，对口相声《丢驴吃药》亦流传较广。

乙　我不知道，你说说吧！

甲　他就由一卦成的名。有一天，有这么个人到他那儿算卦去啦。

乙　这个人是干什么的？

甲　是个开药铺的，他的药铺离这卦摊儿不到一百步。这药铺掌柜的不信这套。这天早晨，他喝了点儿酒，到那就把卦盒抄起来了："嘿！认识我吗？"

乙　这是成心怄气去了。

甲　这摆卦摊儿的有一样儿好，不管什么事不着急，能沉住气。抬头一看："认得，你不是药铺掌柜的吗？"

乙　他怎么认识他？

甲　他常上他那儿抓药去，还不认识！"认识好办，给我算一卦行吗？""我这卦谁都能算！""灵吗？""分谁算，要是你算哪，我要是算错一个字儿，你把我卦摊儿砸了！"

乙　这口气多大！

甲　"好！算灵了你要多少钱给多少钱；算不灵，明人不做暗事，要砸你的卦摊儿。"

乙　纯粹是怄气！

甲　"你摇吧！"这主儿拿起卦盒摇了六回。"你算吧！"他看了半天。"你问什么事儿？""你呀，算算我这药铺今天卖多少钱。"

乙　这卦哪儿算得出来。

甲　要搁别人就栽了；他就由这儿出的名。

乙　他怎么说的？

甲　"哈哈哈……小事儿，这点儿小事可以算。可以算是可以算，不过我要告诉你，干什么的有干什么的规矩。我们算卦的规矩是不算绝卦。你这为绝卦。可是，我要是不给你算，你说我没能耐；我要是给你算呢，又破坏了我们的规矩。这么办吧：我不给你算一天，给你算一个时辰。现在早晨不算，算今天中午时，就是正午十二点。你柜上有表没有？""啊！有，我们柜上有个钟。""好！你就瞧你那座钟，十二点准进去一个买药的，买一块钱的药。他要是买九毛九的，你就摔卦盒；他要是买一块零一分的，你就砸卦摊儿。他要是十一点五十九分进去，就算我栽跟头；他要是十二点过一分进去，我倒出北京城！""好！这可是你说的，十二点进去买药的算你卦灵；十二点要没人去买药，我就砸你的卦摊。多少钱？""先不要钱，算灵了，给我送钱来！""好，再见！"

乙　这位药铺掌柜的干什么去啦？

甲　回药铺啦。这个家伙真听话，到药铺打后屋把座钟抱出来，往柜台上一搁，两眼瞅着这钟。那意思是到十二点不进来买药的，我就砸他去！

乙　那摆卦摊儿的哪？

甲　他还算他的卦，不一会儿，又来了一位。

乙　干什么的？

甲　是一个豆腐坊掌柜的，到他那儿算卦去啦。到那儿把卦盒拿起来，问了他一句："你不是叫'王铁嘴'吗？""对，我叫'王铁嘴'。""好，我算一卦。""摇吧！"六爻摇完了。"你问什么事啊？""我丢了东西啦，你看能找着不？""丢了什么？""丢了个驴。""丢了个驴？多咱丢的？""昨天晚上。""这个驴能找着。不过，你得吃服药。""你说什么？我驴丢了，吃服药，这也挨不着啊！""你甭管挨着挨不着，你既然找我算卦，你就得信服我。我这卦就这么算，你抓服药吃，吃完药，你不用找驴，今天晚上它自己就回来。今天晚上这驴要到不了你家，明儿早晨我赔你个驴！"

乙　这位能信吗？

甲　"你说的是真的吗？""真的可是真的，别的药铺可不灵。"

乙　哪个药铺？

甲　"你得上那个药铺抓药去。"

乙　噢！那个药铺。

甲　就把他支到那个药铺去了。"告诉你，什么时候去，今天的正午十二点。他柜上有钟，瞅他那钟去，大小针到一块儿那就是正午十二点，你就进去买药。买多少钱的，我告诉你，你买一块钱的药，你要买一块零一分的可不灵，你要买九毛九的也不灵。你要十二点过一分进去，那驴就过去啦，你要早一分钟去，那驴到不了你门口，记住了没有？""啊，记住啦。吃完药我那驴要回不来哪？""明儿早晨你来，我赔你个驴！""好！"

乙　这位上那儿去啦。

甲　这位打腰里掏出一块钱，就围那药铺转圈儿。

乙　他怎么不进去?

甲　进去早了驴回不来!

乙　这人真死心眼儿!

甲　在门口转了半天,腿肚子都遛直啦!隔着玻璃往里边一看,看着那大针还差三分就十二点啦。里边那位,眼瞅着钟,把眼睛都瞅花啦:"哼!快啦!"外边这位一看:"这可差不多啦!"

乙　这俩人可真有意思,跟这个钟摽劲!

甲　三分钟还不快吗?一、二、三,到啦。大针刚一到十二点,里边那个"哎!"那意思到点啦。外边那个推门进来啦:"掌柜的!买一块钱的药。"这药铺掌柜的纳起闷儿来啦。

乙　他纳什么闷儿?

甲　一看那钟一分钟也不错,回头看看这人不认识。"干吗?""买药。""治什么病啊?"

乙　这位治什么病?

甲　"没病!"他什么病也没有。"买什么药?""你看着办吧!""看着办?"买药还有看着办的?药铺掌柜的说:"治什么病的?""我没法说啊!"

乙　怎么没法说呢?

甲　是没法说,能说把驴丢了吗?那也不像话呀!"哎!有病不避先生,说,治什么?"把这位挤对得没主意啦,脸也红啦,脖子也粗啦:"我治驴!"

乙　治驴?

甲　药铺先生一听治驴,搁脑筋一琢磨:"噢!"

乙　这位明白啦?

甲　整个寻思错啦!

乙　他寻思的是什么?

甲　大概他长花柳病啦!

乙　好嘛!

甲　可能他是抓大败毒,抹不开说。

乙　这哪儿和哪儿呀!

甲　"好啦!我明白啦!这服药得一块五!""一块五不行,我要一块钱的。""噢!买药没有还价的!大概你没带那些钱吧!那你先抓半服,给七毛五!""七毛五干吗?我就要一块钱的!"真有这死心眼儿的，行啦，我真佩服这算卦的。"拿钱吧！"把一块钱接过来，把这药就给抓了。我可不知道在座的哪位是药铺先生，大败毒里有五毒。

乙　哪五毒？

甲　长虫、蜈蚣、蛤蟆、蝎子、蛐蜒。有这五毒还不算，里边还有一味最厉害的药。

乙　什么药？

甲　芒硝！这芒硝是泻肚的。

乙　那个打肚子可快啦！

甲　这东西要吃多了能跑三天。你猜这服药里有多少芒硝？

乙　那能有多少？

甲　四钱五！

乙　嚄，可不少。

甲　可够这老头子呛！包了这么一大包子："拿去吧！"这位接过药包回去啦，到家一进门："老婆子！"（学女人声回答）"做什么？""熬药去！""你治什么呀？""治驴！""怎么治驴呀？""别说啦，我今天上'王铁嘴'那儿算卦去啦，'王铁嘴'说啦：'你要打算找着这个驴，得吃服药。'我要把这服药吃了，我这驴今天晚上自个儿就回来。去，快给我熬药去！"这老婆子不敢不去熬哇！

乙　怎么呢？

甲　知道老头子脾气不好，不熬又得跟老头子打架。熬去吧！到厨房打开一看，把老婆子吓了一跳。

乙　怎么吓一跳？

甲　别的她不认识，那长虫她还不认识吗？一看又是蜈蚣，又是蝎子，老婆子一看，这什么药啊？我要是都给熬了，这老头子非折腾死不可。这老婆子心眼儿也快！

乙　怎么快！

甲　她把这五毒都偷出去啦，找张纸，包了一包装兜里啦。她那意思是这草药不怕，吃多少也没关系，可是那芒硝她没挑出来，那玩意儿她不认识。把芒硝给熬里头啦！这下可热闹啦，这么大一碗糨糨糊糊的，老婆子端过去："吃吧。"老头子一捏鼻子，咚咚咚……一大碗都喝下去啦。漱漱口，坐炕上等着去啦。

乙　等什么？

甲　等着驴。你可别说，天刚一黑还真来啦。

乙　驴来啦。

甲　屎来啦！老头子那肚子叫这芒硝给打开啦。老头子坐那儿都这个相儿啦！

乙　怎么个相儿？

甲　"哎呀！我的娘啊！老婆子，拿手纸来，我得拉呀！"他住这地方也不怎样！

乙　什么地方？

甲　他住一条死胡同，这条胡同就八个门，可都独门独院，他在这面第二个门住，这八个院就一个茅楼。

乙　这茅楼在哪儿？

甲　在胡同外边。他要开开门到外边去，就拉裤子里啦。

乙　那他怎么办哪？

甲　"老婆子！拿手纸去，我在门口拉吧！明儿早晨再撮了！"开开门蹲在门口，哧——一泡！刚要进来，不行！又来啦，哧——又一泡，没两个钟头……

乙　拉几泡？

甲　六十八泡。

乙　受得了吗？

甲　老头子可拉坏啦。拉得都起不来啦。蹲在门口都这个相儿啦："老婆子！你睡去吧，看这意思我一宿完不了啦！"这老头子可拉得够呛。你说这驴丢了没有？

乙　这驴丢啦。

甲　没丢！

乙　没丢哪儿去啦？

甲　这驴头天晚上溜缰跑啦。

乙　跑哪儿去啦？

甲　跑他们斜对门那院去啦。对门那院住一家坏人。

乙　怎么个坏人？

甲　两口子都抽白面儿。一瞧进来个驴，这爷儿们就把门插上啦。跟娘儿们商量："嘿！娘儿们，这驴我认识，是斜对门豆腐坊的。他不找咱装不知道，白天咱一天别出去，天黑了，他再不找，我就把这驴拉汤锅去，能卖二十多块，够咱俩抽半个月的。你先喂喂它！"娘儿们说："没有草呀！""你拆个枕头！"

乙　这主意可真不错！拿枕头喂驴。

甲　拆个枕头把驴喂啦，好容易盼到天也黑啦，这两口子忍得也够呛啦，爷儿们对娘儿们说："去门口听听有人没有！没人就往外拉驴。"这娘儿们的耳朵刚往门上一贴，就听对面老头儿骂街……

乙　骂什么？

甲　"拉！王八蛋！我看你怎么拉！明天早晨我非告你去不可，你把我可害苦啦，拉吧，我看你怎么拉！……"对过这娘儿们一听，"完啦，拉不出去啦，这老头儿堵门口骂街哪！"回来说了句话差点儿把爷儿们没吓死。

乙　怎么哪？

甲　贼人胆虚呀！"行啦，你别想好事儿啦，你等着打官司吧！""怎么？""人家老头儿堵门口骂街哪！人家说啦，看咱们怎么拉，明儿一早要告咱们去，你说怎么办吧？"爷儿们说："那怎么办哪？"打发娘儿们："你再听听去！"就这第二回可乐，这娘儿们的耳朵刚往门上一贴，你猜老头儿说什么？

乙　说什么？

甲　"哼！又来啦，好哇！我看你怎么拉！明儿早晨我非告你去不可！拉吧，我让你拉一宿……不拉啦？不拉啦我先进去，多咱拉我多咱出来。"你说这几句话说得多恰当！

乙　这老头儿是骂那偷驴的吗？

甲　他哪是骂偷驴的！

乙　他骂谁哪？

甲　他是骂那算卦的。他说话都是跟自己肚子说啦："拉！看你怎么拉！"那意思是两个多钟头，拉六十多泡还拉哪。"明天早晨我就告你去！"

乙　告偷驴的？

甲　不，告那算卦的去。那意思是我驴丢啦，叫我吃药，把我折腾这样。"我让你拉一宿！"他是跟自己肚子说："我让你拉一宿！""不拉啦。"这阵儿肚子不疼啦。"不拉啦我先进去，多咱拉我多咱出来。"他是说多咱拉屎多咱出来。对过娘儿们听完啦，赶紧回去跟爷儿们说："哎！这老头儿他不乐意打官司，给咱个台阶，他说咱不拉啦他先进去！咱们多咱拉人家多咱出来！"这爷儿们说："把驴给他轰出去吧！"这娘儿们说："它白吃咱们一个枕头！驴没到手，枕头没一个，怎么着咱别赔本儿啊。"这娘儿们真厉害！看这驴戴个笼头，一把把那驴的笼头抹下来啦，她那意思是卖了笼头够枕头钱，别赔本儿。一开门，当！一脚把这驴给踢出去啦，这驴溜溜达达回家啦。

乙　这驴还认槽！

甲　这驴到槽子那儿吃草去啦，老头儿坐炕上正骂街哪："王八蛋！我驴丢了叫我吃药！我药吃完了，我这驴……"他拿耳朵听驴槽子那儿有动静："老婆子，有门儿啦，我去看看。"开开门一看，老头儿蹦着就出来啦："哎！驴回来啦！我说'王铁嘴'这卦灵嘛，一服药就回来啦。驴是回来啦，我差点儿没拉死！"过来摸摸这驴："驴呀！驴呀！你哪儿去啦？你可把我想死了！要没'王铁嘴'这服药你回不来了。"摸来摸去，摸到驴脑袋那儿啦："老婆子！驴是回来啦。怎么笼头没回来哪？"老婆子多说一句话。

乙　说什么？

甲　"行啦，那笼头不回来就不回来吧，吃半服药换一整条驴也算够账啦！我要把那药都搁里你还不得拉死呀？"老头儿一听急啦，上去给老婆一杵子。"王八蛋！为什么不都搁里？你要都搁里那笼头不也回来了吗？"

乙　你别挨骂啦！

（佟雨田述　田维整理）

哭笑论

甲 相声不但要有丰富的内容，而且还要有健康的笑料。笑对人是有好处的，常言说得好："笑一笑……"

乙 十年少。

甲 你说什么？

乙 笑一笑，十年少。

甲 你这话不正确，什么叫笑一笑，十年少哪？

乙 就是这个人笑一笑，就能"少相"十年。

甲 笑一笑就减去十岁？

乙 不错。

甲 你今年多大岁数？

乙 我今年三十六岁。

甲 就说你四十岁好啦。

乙 哎？为什么给我添四岁哪？

甲 你要嫌岁数大可以笑一次："哈哈……"减去十岁，四十岁去十岁，你不就三十岁啦吗？

乙 三十岁还大。

甲 那你再笑一次："哈哈哈……"二十啦。

乙 二十岁好啦，正在青年。

甲 你如果再笑一次："哈哈哈……"可就十岁啦。

乙 嘿！儿童时代啦，更好。

甲 你可不能再笑啦。

乙 怎么？

甲 你再一笑："哈哈哈……"没啦！

乙　哪儿去啦？

甲　把你笑化啦。

乙　不像话啦。

甲　应该说："笑一笑，少一少；愁一愁，白了头。"笑，对身体的健康是有帮助的。

乙　对人有什么帮助？

甲　听几段相声，哈哈一笑，能够清气上升，浊气下降，二气均分，能够增加饮食，强壮体格，补助精神之不足。

乙　噢！比吃顺气丸都好，有这么大好处。

甲　笑与笑不同，要分多少种笑。

乙　那笑又有什么区别？

甲　仅我个人知道的，有真笑、假笑、文笑、武笑、冷笑、美笑、哄堂大笑、似笑不笑，还有一种是想笑又不敢笑。

乙　你说这话好有一比。

甲　比从何来？

乙　比作蛤蟆跳井——

甲　此话怎讲？

乙　不懂（扑通）！

甲　我可以给你解释。

乙　那我问你什么是真笑？什么是假笑？

甲　真笑是发自肺腑，打心里笑出来的叫真笑；假笑是装出来的。唱京戏大花脸的笑，那完全是假笑。"哈哈！哈哈！啊哈哈……"干打哈哈他不笑。

乙　噢！这就是假笑。什么是文笑？什么是武笑？

甲　文笑有笑无声，有笑没什么动作；武笑是动手动脚，我要是武笑，你在我旁边，顶少也得挨我两巴掌。

乙　怎么笑哪？（甲笑着打乙）你别打人哪！这武笑我受不了。什么是美笑？

甲　美笑，姐儿俩说话，说了两句笑话，姐儿俩都笑啦，那是美笑。

乙　怎么美哪？

甲　好比你是我姐姐，我是你妹妹，咱俩学学你看看（二人学女子笑动作）"哟！这不是姐姐吗？"

乙　"是我，妹妹呀，你干吗去？"

甲　"我上百货公司买牙膏去。"

乙　"哼！哪儿是上百货公司去，又是找你爱人去。俩人还没结婚哪，总找人家干吗？"

甲　"哟！你这是干吗呀？"

乙　"这怕什么呀，说着玩儿哪！"

甲　"你这干吗？这是？"（二人对笑）

乙　噢！这就是美笑。什么是冷笑哪？

甲　就是你不佩服我，我不佩服你，两个人有意见互相不提，心里都憋着气！那种笑，是冷笑。

乙　怎么笑哪？

甲　"嘿嘿！嘿嘿！……"

乙　这就快打起来啦。为什么是这样笑哪？

甲　这里面有一句话没能说出来，说出来就打起来啦！

乙　可以说出来吗？

甲　我说出来咱俩就打起来啦！

乙　你说吧，不要紧。

甲　"你干吗？瞧你这德行！"

乙　"啊！怎么着？打架你行吗？"

甲　"嘿！他妈的！"

乙　"你他妈的！"

甲　你看怎么样？这就快打起来了吧。这就是冷笑。

乙　这笑，有特定的笑。这笑要换一换行不行哪？

甲　不行，你要换过来，把冷笑和美笑换换，应该冷笑的美笑，那打不起来啦。你不信试试："干吗呀？你瞧你这德行！"

乙　"你的德行好！干吗呀？打架你行吗？"

甲　"哟！"（二人美笑）

乙　这好看吗？

甲　好难看。

乙　什么是哄堂大笑？

甲　哄堂大笑的时候笑出来快，回来的时候慢。就是说突然地笑出来，哈哈大笑，笑声没啦，笑容得一点儿一点儿地收回来。

乙　那怎么笑？

甲　我学学你看。（学哄堂大笑）

乙　嗬！这么麻烦。这笑来得这么快，回去得这么慢吗？

甲　对啦。要是回来得跟笑得一样快，那就不好看。

乙　你学一学，来得快，回去得也快。（甲笑两头都快）这是有精神病。

甲　可是也没有这么笑的。

乙　你对笑上真有研究。

甲　当然有研究啦。我来问你，笑从哪儿来？

乙　这很简单，从脸上来。

甲　脸在哪儿长着呢？

乙　这就是脸。

甲　那是腮帮子。

乙　噢，这是脸。

甲　那是鼻子。

乙　这是脸？

甲　那是下巴。

乙　哎，我脸哪儿去啦？

甲　你都没脸啦！

乙　你才没脸哪！

甲　怎么你连脸都找不着啦？

乙　可说呢，哪儿是脸哪？

甲　整个面部叫脸。笑并不是打脸上来。

乙　你说打哪儿来呀？

甲　打嘴犄角和眼犄角。笑，嘴犄角往上，跟眼犄角往一块儿凑合；哭是眼犄角跟嘴犄角往下耷拉。你要不信，你注意我的脸，看我的嘴犄角和眼犄角，我先笑后哭，笑就好看，哭就不好看。

乙　你学学我看看。（甲先学笑后学哭）这哭是不好看。

甲　这哭也分多少种。我个人知道的有真哭，有假哭，有嚎，有泣，有悲，有恸，还有悲恸交集。

乙　什么是真哭？

甲　女人哭丈夫是真哭，要是北京人哭出来还有腔有调。因为这是风俗习惯。

乙　有什么腔调？

甲　三眼一板，三唉唉一个后钩儿，要哭丈夫不哭夫，哭天。"我的

　　　　天哪！"

乙　怎么哭哪？

甲　丈夫的灵在那儿停着，女人在那儿守灵哭，把腿一盘，手里拿块手绢，托着下巴颏，这手拍着膝盖。（学哭）"我的天儿呀！唉……唉……唉……（一个后钩）"

乙　就这味儿呀。

甲　这个后钩，就得搁在后面，要搁前边，把人都吓跑啦，那个唉唉就要三个。

乙　不能多吗？

甲　多了就不像哭啦。"我的天儿呀！唉……唉……唉……唉……唉……"这成唱啦。

乙　什么是假哭？

甲　拿脑袋撞棺材，看着好像真哭，其实是假的。

乙　什么人撞棺材哪？

甲　好比你妈死啦。

乙　为什么单说我妈死啦？

甲　这是个比方。

乙　你这么比方可不好。

甲　你别着急，我给你学这个假哭。你妈一死，你姐姐在婆家那头儿听着信儿啦，要回来祭奠。可是娘儿俩感情并不太好，那么你姐姐哭哪，不能显出来娘儿俩不好，撒泼打滚地一哭，拿脑袋一撞棺材，就哭起来啦。

乙　你学学怎么哭的？

甲　你姐姐坐三轮由婆家来到了娘家，下了车一进门就哭："我的妈呀！你死不给女儿我送个信儿哟！三轮车钱还没给哪，账房把车钱给了！狠心的妈呀，你这一死不要紧，撇下了女儿依靠谁？茶房给我倒碗茶来！"（学哭音）

乙　嗬！还要喝碗茶。

甲　"找难见的妈呀！谁有烟卷给找一支！"

乙　还抽烟哪！

甲　"妈呀！火柴，给我点着。"

乙　这个麻烦。

甲　"你这么一死不管我，撇下了我，闪下了他。你要有灵有圣，把孩儿我也带去吧！" 当！脑袋往棺材上一撞，可巧棺材头前有个劈碴儿，把头发挂住啦。她以为她妈真打棺材里伸手抓她来啦，一害怕把实话说出来啦："哎呀！妈呀！我先不去啦！"

乙 不去？别说好不好！什么是悲恸交集哪？

甲 悲恸交集可就不好讲啦，我举个例子来说：夫妻两个人感情挺好，他们自由结婚，结婚后不到四年生了两个孩子，大的刚会走，小的还没有择奶。婚后这几年俩人甭说打架，连脸都没红过，男的外边工作，女的料理家务，抚养孩子，互助互爱，甭提多和美啦。女的很不幸，突然得急病死啦。这时男的悲恸交集，悲的是两个孩子没人照看，恸的是这么好的爱人死去啦。可是心里头多么难过，也不能哭出声来，你多会儿见女的死啦男的大哭大叫："老婆子呀——" 没这么一个，虽然不哭出来，可是那滋味儿比哭还难过。眼泪在眼圈儿里转，怀里抱一个孩子，手里领一个孩子。死去的爱人在床上停着，又正是秋天，树上的叶子不断落下来，天再下着蒙蒙细雨。桌上的药方子有一大摞，床上搁着没补完的袜子，没织完的毛衣，男的在屋子里走来走去，嘴里自言自语地叨念："三寸气在千般用，一旦无常万事休！你要是早死一年，没有这第二个孩子；你要晚死几年，把这俩孩子全拉扯大了。你今天死，叫我一个孤苦伶仃的单身汉带着两个孩子，怎么生活下去？" 正说着哪，大孩子说："爸爸，我要妈妈！" 他听了这句话，那心里有一种说不出的难过，可是还要哄孩子："你不要找你的妈妈啦，你妈上你姥姥家啦。"

乙 上哪个姥姥家去啦？

甲 猛然抬头，看见墙上那张订婚照片，这个时候脑子里就回忆他们在恋爱的时候啦，嘴里说："你还记得，有一天，我们两个在公园一起玩儿，你在前边跑，我在后边追，你跑得非常快，我就紧紧地追呀，追呀，想不到今天把你追死啦。" 在眼前又发现一样东西。

乙 什么？

甲 结婚的相片。"你看你这姿势摆得多么好，在我们结婚那天，很多亲友来贺喜，大家要求你讲我们的恋爱经过，你始终不开口。等大家都走啦，我问你，平常你不是又能说又能唱，说得流利，唱得好，为什么今天那样难为情？你回答了我一句很合理的话，你说：'没有经验。'你的话多幽默。"这时候门外有人叫门。

乙 什么人?

甲 把兄弟老二,不知道嫂子死啦:"大哥,开门!"他一听门外有人叫门,赶紧把眼泪擦干,害怕朋友看出来,把门一开,老二一看:"哎呀!哥哥……眼睛怎么都红啦?眼泡都肿啦?""兄弟,你嫂子她死啦!""啊?怎么嫂子死啦?哎呀,这是怎么说的?哥哥你可千万别难过,她死了你要注意你的身体。两个孩子还要靠你抚养,千万不要哭坏了身子。"不劝还好,一劝他心里更难过了。可是心里难过嘴里还要说漂亮话,这个表情可难看啦:"兄弟,你放心吧,她死了是救不活的,我哭也是没用,再说我也不能哭,我要哭恐怕人家笑话,我哪能哭哪?兄弟!你看我这是哭吗?"

乙 这不是哭是什么?

甲 "哥哥,好啦!我到里边看看去。"到里边一看,果真是死啦。什么时候最悲最恸?就是棺材来了一入殓,棺材盖往上一盖,刚要掩灵,这时候最难过,嘴里说话都变了味儿:"别忙!我再看她最后一眼。"把棺材盖打开,抱着两个孩子,走到棺材跟前,拿出手绢先给两个孩子擦擦眼睛,然后再给死人擦擦眼睛:"好吧!你去吧。先别盖!兄弟,那床上有一套被褥,给她装棺材里,让她带去吧,免得路上冷。别忙!床底下有一双皮鞋,箱子里还有两双高腰丝线袜子,那是她跳舞穿的,她死啦,不能跳舞啦,给她装在棺材里让她带去吧。这些东西我不能看,将来我看了就要想她。别忙,还有哪,那抽屉里有一个口琴,没事的时候,她吹着,我唱着,她吹得才好哪,12345……可是现在她一死,这个东西我也不要,让她带去。墙上还有一把胡琴,我拉她唱,这东西给她装上。皮箱里还有两件旗袍,是她最爱穿的,也给她装里头。还有一件大衣,也给她装棺材里。门外还有辆自行车……"

乙 也装进去?

甲 太大,装不进去。

(金涛 张乃勤整理)

大娶亲

甲　咱哥儿俩老没见啦！

乙　可不是嘛。

甲　您府上都好啊？

乙　承问承问。

甲　您那儿老爷子好？

乙　托您福。

甲　他今年高寿了？

乙　还小呢！

甲　还没满月呢？

乙　你爸爸还没洗三哪！

甲　你不是说小呢嘛！

乙　我这是一句谦恭话儿。

甲　谦恭画在哪儿挂着？

乙　哪儿也没挂着，这是一句俗语儿。

甲　俗雨儿几日下？

乙　多咱也不下。就是我爸爸呀……

甲　啊！

乙　他先抄一个去。六十啦。

甲　六十啦？哎呀一晃儿都六十啦？

乙　一晃儿？晃的时候儿还没你哪！

甲　他成家了吗？

乙　没哪！

甲　您给张罗着。

乙　我哪儿给他张罗去！

甲　你不是说他没成家哪嘛！

乙　你这小子也糊涂，我爸爸不成家我打哪儿来呀？

甲　你打你们家来呀！

乙　多新鲜哪！我可不打我们家来嘛！他成家啦。

甲　老太太好啊？

乙　好！

甲　她今年高寿了？

乙　跟我爸爸同庚。

甲　一块儿下夜去啦？

乙　好嘛！一个梆子一个锣啊。同庚就是一般儿大。

甲　噢！双棒儿啊！

乙　双棒儿？你爸爸跟你妈是一母所生啊？

甲　这么一说老太太也六十岁了？

乙　对啦！

甲　她出门子了吗？

乙　你这像话吗？我爸爸成家跟我妈出门子那是一档子事。

甲　搁到一块儿办为的是省钱？

乙　不省钱也得一块儿办。

甲　办事了吗？

乙　办了！

甲　办事了？我可要挑您的眼。

乙　我哪一点儿不对，您只管说。

甲　咱哥儿俩过份子不过？

乙　过呀！

甲　您家有个大事小事儿，我给您落（là）下过没有？

乙　没有啊！

甲　还是的，为什么你爸爸成家，你妈出门了这么大的事，你不请我？你这是瞧不起我呀。

乙　没有的话。这得请您原谅，我实在是落礼。因为事情办得不成样，所以没敢惊动亲友。我本应该去请您去……我哪儿请您去！

甲　你上我家请我去呀！

乙　我知道你在哪儿住啊！

甲　我家你不是常去吗，你怎么不知道啊？

乙　嘻！那会儿还没我呢！

甲　那么那会儿你上哪儿去啦？

乙　我哪儿也没去！他是事先没我。

甲　噢！事后让被告儿给拉出来啦！

乙　干吗？这儿打官司哪！

甲　你这么一说我是天亮下雪……

乙　此话怎讲？

甲　明白了。

乙　你不明白我也不说了。

甲　想当初你爸爸是独立成家，因为是上无父母，下无兄弟，光棍儿一个人儿，有个媒婆儿看你爸爸很不错，二十多岁儿，长得也不寒碜，是个漂亮小伙儿，也能挣钱，她打算给保荐这门子亲事，她好从中渔利。有这么句话么："媒婆儿媒婆儿，两头儿说合儿，不为赚钱，就为吃喝儿。"到你爸爸这头儿说，某处某处有个大姑娘，就说的是你妈，长得怎么好看，那真是头儿是头儿，脚儿是脚儿，裤子是裤子，袄儿是袄儿，真是晓三从知四德，德言功貌，怎么手巧儿能做活儿，那真是炕上一把剪子，地下一把铲子，炕上这把剪子能够大裁小剪描龙画凤，地下这把铲子能做煎炒烹炸焖炖熘熬。你爸爸这么一听，很满意。然后她又到你妈这头儿跟你姥姥说：某处某处有个小伙儿，就说的是你爸爸，姓什么叫什么，长得怎么漂亮，怎么能挣钱，那真是个养家汉儿；如果您把姑娘给了他，绝对受不了罪，管保过门就当家。你姥姥一听啊，也很高兴。简短截说，这事就算成了。你爸爸要办事儿了，赶紧到杠房讲杠。

乙　出去！娶媳妇儿有上杠房的吗？应当上轿子铺去讲轿子。

甲　对！上轿子铺，一进门儿："辛苦掌柜的，我们家出点儿逆事。"

乙　你们家让人勒死六个，这像话吗？应该说要办喜事。

甲　哎！对，要办喜事。掌柜的说："您都用什么？""我用三十二人大亮盘儿，对儿尺穿孝，丧鼓锣鼓杆三件儿。"

乙　嘿！还是死人的那一套儿。应当用八人大轿，满汉执事，金锣九对儿，金灯，银灯，吉祥如意灯。

甲　对！讲完了轿子又到棚铺去讲棚。

乙　讲的是席棚啊是布棚啊？

甲　席棚，高搭起脊大棚，钟鼓二楼，过街牌楼。

乙　你把它拆了吧！你们家死惯了人啦？有搭起脊大棚的吗？

甲　那搭什么棚啊？

乙　应当高搭平棚，托仰扇，满挂花活，有彩墩子、彩架子、迎门盅儿、拦门盅儿。

甲　迎门盅儿里头不能空着。

乙　那是啊！

甲　里头摆着闷灯五供儿、香炉蜡扦儿、一碗倒头饭、一个盒子、一口杉木十三圆儿。

乙　嘿！他又给停上了。你们家是死惯了人了。

甲　那里头应该摆什么？

乙　里头摆置着厄壶暖嗉、令杯令盏、椅帔椅垫、鹅笼酒海、一张弓、三支箭。

甲　在这个时候进来九个和尚。

乙　接三来了？

甲　出份子来了。

乙　怎么那么巧，九个一块儿来呀？

甲　你爸爸说："齐了吗？"外边答应一声："齐了。"那就发引吧！

乙　出殡了？发轿！

甲　吹吹打打，鼓乐喧天。轿子抬到你姥姥这头儿，你姥姥听说轿子来了，把大门一关，说："不给了。"

乙　嘻！那是关门哪，避避姑娘的兴。

甲　对！怕你妈犯性咬人。

乙　你妈才是狗呢！是"吉兴"之"兴"。

甲　里边儿有人隔着门缝儿要包儿，外边几人说："没包儿了，你吃烫面饺儿吧！"

乙　怎么跑堂儿的也来了？

甲　外边的人把包儿递进去，吹鼓手的吹打一个《荷叶井门》，把大门一开，轿子抬进去！你舅舅把你妈抱上了轿，抬回你爸爸这头儿。你爸爸也不对呀！

乙　怎么啦？

甲　把大门一关说："不要了。"我说："那不要紧，抬我那儿去。"

乙　去你的吧！那是避一避煞神。

甲　不错，还放了一挂鞭炮。送亲的人手拿一把小铜钱儿，往上一撒，这叫"满天星"。瞧热闹的小孩儿就抢，小孩儿没抢着还直骂街。

乙　铜钱不都撒出去了吗？

甲　上头拴着绳儿，又拖回来了。

乙　嘿！

甲　吹鼓手照样儿吹打了一个《荷叶开门》，门分左右！大门一开，把轿子抬进去，新人下轿贵人搀，铺红毡，倒红毡，脚不沾尘，迈马鞍子，上头有一个苹果。

乙　这是干什么？

甲　为的是平平安安。再往前走迈火盆，地下搁着一个铁盆，里头有木炭，把它点着了，迈的时候旁边站着一个茶房，拿着一杯酒往上一泼，趁着火苗一起，迈过去。

乙　这又是干什么？

甲　为的是火火炽炽旺旺腾腾的。

乙　哪儿这么些论儿？

甲　你爸爸一看，赶紧跑到喜房把衣裳一脱……

乙　干吗？

甲　换新的呀。

乙　吓我一跳。

甲　穿戴好了靴帽袍套，手拿一张弓三支箭，往外就跑。亲友们瞧你爸爸出来了，大伙儿冲你爸爸哈哈一笑，你爸爸一低头，脸一红，又跑回去了。

乙　害羞了。

甲　没穿裤子。

乙　嗐！

卖估衣

甲　您看这说的没有什么辙口，也没有什么韵调。

乙　可不是嘛，没辙，没调。

甲　要是唱可就要有韵调啦。

乙　讲究"五音""六律"嘛。

甲　甭说这个唱，就是做买卖的吆喝也是如此。

乙　对，也得讲究韵调。

甲　有点儿味儿好听啊。

乙　是喽。

甲　大买卖也一样，当行也得上韵。

乙　还上韵？

甲　带韵调。

乙　怎么呢？

甲　一抖搂这衣裳。（慢吆喝）"破布旧补小夹袄一件，当钱两元（拉长音）。"

乙　哎，干吗说这么慢呢？

甲　他为的是那写票的得写。

乙　噢，好写。

甲　要是说得挺快，这儿也写不过来呀。

乙　不错，不错。

甲　估衣行也上韵。

乙　估衣行也上韵哪？

甲　你听"乐（lào）亭"估衣。（吆喝）"卖这个两块六哇。"

乙　哎，真是这味儿。

甲　他不光是在拦柜里边是这味儿，就是出了柜台还这味儿。

乙　还这味儿?

甲　哎，三句话不离本行。

乙　真有这事?

甲　前些日子我给人家随礼去啦，吃饭的时候挨着俩上座的老者。

乙　噢。

甲　这两位老者一个估衣行，一个当行。

乙　怎么知道一个估衣行，一个当行呢!

甲　其实我也不知道，可是这两个人这么一说话我听出来了。

乙　噢，闲说话。

甲　当行的问这估衣行拉着长音儿说:"老兄，今年高寿? "这估衣行的回答:(吆喝)"这一位还小呢，六十六哇。"

乙　哎，这可真热闹。

甲　本家儿过来啦:"我说您二位外边去吧。这么连当带卖我可受不了。"

乙　这是实话。

甲　"一会儿我这屋子非干净了不可。"

乙　可不是吗。

甲　可是估衣行也都不一样。

乙　样式也很多?

甲　方才我说的是乐亭估衣。

乙　是啊。

甲　还有一种京估衣。

乙　京估衣?

甲　吆喝皮袄好听。

乙　是吗?

甲　旁边一个小徒弟搭腔说"不错"。

乙　是吗?

甲　哎，您哪帮忙去个小徒弟。

乙　我去个小徒弟说"不错"。

甲　好。(吆喝)"谁买这一件皮袄啊原来当儿的啊! "

乙　"不错。"

甲　"黢的油儿的黑呀，福绫缎儿的面呀。"

乙　"不错。"

甲　"瞧完了面儿，翻过来再瞧里儿看这毛。"

乙　"是呀！"

甲　"九道弯亚赛罗丝转儿呀。"

乙　"不错。"

甲　"上有白，下有黄，又有黑，起了一个名儿呀三阳开泰的呀。"

乙　"不错。"

甲　"到了'三九'天，滴水成冰点水成凌，别管它多冷，穿了我这件皮袄，在冰地里睡觉，雪地里去冲盹儿吧，怎么会就不知道冷啦。"

乙　皮袄暖和——

甲　"早给冻挺啦。"

乙　哟，冻挺啦！是不知道冷啦。

甲　还有一种叫"喝风放屁"的估衣。

乙　怎么叫"喝风放屁"呢？

甲　他吆喝老往里吸气，工夫一大就放屁啦。

乙　是啊，那他怎么吆喝？

甲　喝风啦！（吆喝）"这一件咋，大马褂咋，卖您多少钱？嘟……"放啦。

乙　谁让你喝风来着？

甲　马褂明摆着，卖您两块钱，吆喝半天绕半天吧，还是两块钱。

乙　噢，净耍贫嘴啊！

甲　他这么吆喝。（吆喝）"这一件咋，大马褂咋，卖您两块，两块，四个五毛，八个两毛五。"

乙　这不是废话吗？

甲　绕了半天还是两块钱。

乙　纯粹耍贫嘴的。

甲　还有一种冤人的估衣。

乙　怎么叫冤人的估衣呢？

甲　他专门冤"老赶"，乡下人。

乙　啊！

甲　仿京估衣的味儿，他还学不好。

乙　是呀！

甲　这么吆喝。（吆喝）"狐脑门的皮袄哇，十六个子儿呀……"

乙　十六个子儿？

甲　这位怯大爷一听便宜，说："掌柜的您替俺包上吧。"（吆喝）"后边还有一个零儿的，六十块咋。"那位一听："俺不要啦。"

乙　真冤人。

甲　好嘛，这零儿比大价还贵呢。还有天津估衣。

乙　天津估衣什么味儿呀？

甲　天津估衣他这么一吆喝哪，能把自己给卖喽。

乙　怎么呢？

甲　他这么吆喝。

乙　您吆喝吆喝。

甲　（吆喝）"这一件，紫棉袄，罢了罢了就卖了吧！"

乙　噢。

甲　"卖了我也去。"你去干吗去？

乙　好嘛。

甲　他也要跟着人家去。

乙　噢，这是天津估衣。

甲　还有南边估衣。

乙　南边估衣怎么个味儿呀？

甲　（上海话吆喝）"这一件，皮袍子呀！"

乙　哎，你慢点儿，我没听明白是什么？

甲　皮袄，就是皮袍子。

乙　噢，皮袍子。

甲　（上海话吆喝）"这一件，皮袍子呀，吆喝卖，三十六块一毛嗯哇！"

乙　这都是什么乱七八糟的？

甲　他说的是这一件皮袍子三十六块一毛五哇。

乙　哎，我怎么没听见那"五"哇？

甲　这"五"它走鼻音。

乙　走鼻音？

甲　（学用鼻子）嗯哇！

乙　嗯呢？

甲　（吆喝）"这一件皮袍子呀，吆喝卖，三十六块一毛嗯哇！"

乙　哎，真从鼻子这儿出来的。

甲　是走鼻音不是？

乙　对。

甲　还有一种山东估衣。

乙　山东估衣？

甲　找小山东吆喝。

乙　噢。

甲　这个小山东儿呢，他吃饱了食儿，趴在那儿睡着啦。掌柜的一看这做买卖的，他跑这儿睡觉来啦。过去给了一嘴巴："哎（山东话）！小力笨儿，跑这儿吃饱了打盹啊，吆喝去！"小徒弟说啦："二大爷，俺不会吆喝。""什么？"掌柜的说啦："来了好几个礼拜还不会吆喝，去吆喝去！"

乙　让他吆喝去。

甲　没法子吆喝吧。他吆喝这衣裳不知道多少钱，这怎么办呢？

乙　是啊。

甲　也有个研究。

乙　什么研究？

甲　他在纽襻上拴个布条，写上号头。

乙　噢！

甲　写明卖多少钱。

乙　对啦。

甲　在那儿拴个活扣儿，小力笨儿好找号头。

乙　有办法。

甲　他心里委屈，一边抖搂衣裳，一边叨咕："刚来，俺一点儿不会吆喝，掌柜的非叫俺吆喝。"

乙　吆喝吧。

甲　（哭）"卖这个啊，大马褂啊。"（抖搂）

乙　别抖搂啦。

甲　（哭）"卖多儿钱卖多儿钱……"

乙　卖多少钱呢？

甲　他找不着号头儿啦。

乙　别挨骂啦！

卖
估
衣

413

（郭全宝　郭启儒演播稿　苏连生录）

论捧逗

甲　曲艺的特点就是短小精悍，一段儿一个内容，一场一个形式，我们这场形式比较简单，也不用什么道具，两个人往这儿一站就说起来。虽然是两个人，但是观众要听主要得听我。

乙　那么我呢？

甲　你呀？你只不过是聋子的耳朵。

乙　怎么讲？

甲　配搭儿。娶媳妇打幡儿，跟着凑热闹。

乙　这叫什么话呀？对口相声嘛，你是逗的，我是捧的，这场好坏得咱负责。

甲　你负什么责呀？责任全在我这儿，你看我往这儿一站，嘴里滔滔不断老得说，捧哏的有什么呀，站那儿就说几个词儿，嗯，啊，是，哎，哟，噢，嘿，最后说一句"别挨骂啦"，下台鞠躬，就算你胜利完成任务了。

乙　啊！你说的那"别挨骂了"是旧的表演方法，现在不适用啦。

甲　你不就是老一套吗？有什么新鲜的。

乙　噢，合算我说了这么些年相声，就会一句"别挨骂了"。

甲　那可不。捧哏的还有什么了不起的。

乙　有什么了不起的，咱俩这场相声就好比一只船，你是那个拨船的，我是那个掌舵的，我叫你往哪儿走，你就得往哪儿走，没有我这个掌舵的，你就打转悠去吧。

甲　你这个例子举得很恰当，咱们这场相声好比是一只船，我是那个拨船的，你是那个掌舵的。

乙　对啦。

甲　那么你说是拨船的主要，还是掌舵的主要呢？

乙　当然是掌舵的主要了。

甲　不见得。我认为，还是拨船的主要，有这么一出戏，可以说明这个问题。

乙　什么戏？

甲　《打渔杀家》，你看那老英雄萧恩站在那儿拨船，他女儿桂英在那儿掌舵，你说谁主要？

乙　你说的那个是什么船哪？那是打鱼小舟啊，真要是河驳、对槽，大船，桂英那小女孩儿可就掌握不了啦，掌舵的得要有丰富的经验。换句话说，我这捧哏的得有高度的艺术修养。

甲　哟……就会一句"别挨骂啦"还修养哪？要谈到艺术修养的话，得说我这逗哏的。

乙　可是我也不是不会逗哏哪。

甲　你是会逗，一学徒的时候你不也学逗哏吗？可是为什么又捧哏了呢？因为逗哏的要求条件高，学了好几年啦，他不够这逗哏的条件，怎么办呢？让他改行卖耗子药去，怪对不住他的。得啦，就把他列入捧哏吧。反正这么说，凡是捧哏的，全是不够材料。

乙　捧哏的不够材料？哎哟，老先生说的话你全忘啦？

甲　老先生说什么来着？

乙　三分逗七分捧。你占三成，我这捧哏的占七成。

甲　我不同意这种说法，要按比重来说，我这个逗哏的占百分之九十九点九。

乙　那么我这捧哏的呢？

甲　占百分之零点一……弱！

乙　还弱？

甲　捧哏的除去蒸馏水就没嘛儿了。

乙　你要是这么说，我占百分之百，你连点儿蒸馏水全没有！

甲　你着急干吗？

乙　个是我着急，我没见过这么说话的。

甲　也难说，你是得说捧哏的重要，你不是就会捧吗？你能逗吗？

乙　谁说我不能逗啊？一个相声演员能捧就能逗，没有逗哏的基础，他也捧不了。

甲　我打认识你那天，也没看见你逗过哏。

乙　咱们说话可要实事求是，我准没逗过哏吗？过去的事咱甭提，前年在天津人民剧场，我没逗过一段吗？你想想。

甲　嗯！你要不提我还真忘啦。日记本上记上了吗？

乙　我记那干吗？

甲　哎！得记上点儿。这是在你历史上光荣的一页。一辈子就逗过这么一次哏，能不记上点儿吗？将来好往家谱上誊写呀。你们的子孙后代长大了，打开家谱一看哪，嗬！我们老祖先说相声，敢情还逗过一次哏哪，感到骄傲自豪。

乙　也不至于呀！这逗哏我就光宗耀祖啦。

甲　再者说，你逗那次哏也不露脸哪。

乙　那现眼啦？

甲　那天的惨状你全忘啦？

乙　什么惨状？

甲　那天你往逗哏这儿一站，当时脸也白啦，嘴唇也青啦，说话也不利落了，浑身这哆嗦，就跟踩电门上一样，观众看着这个别扭。你说走吧，还等着听下一场，不走吧，看着他难受，观众也有主意，有的出去凉快去啦，有的到吸烟室吸烟去啦，也别说，前排坐着一位没走。

乙　怎么？

甲　这位有严重的精神衰弱症，夜里睡不着觉，大夫给安眠药片，一顿吃三十片全睡不着。那天他一逗哏，那位打上呼噜啦，催眠的相声，这叫什么艺术哇？

乙　嘿！你说话可太损啦，我也不跟你辩白，我今儿在这儿再逗一回。

甲　您千万可别逗。

乙　怎么？

甲　待会儿您往这儿一站，观众全走了，怎么办？

乙　敢！

甲　啊！

乙　有一位走的，当时我自杀！

甲　行啦，那就没人走啦。你想谁能忍心看你死到这儿，再说你大小也是个性命吧。

乙　甭废话，我逗哏，你站那儿，给我捧！

甲　你非逗不可啦？

乙　当然啦。

甲　可是一切后果归你负责!

乙　有什么后果呀?

甲　你逗可是逗,可得把观众说乐了。

乙　多新鲜哪?说不乐人,那叫什么相声!

甲　您说这段儿可得有内容!

乙　当然啦!

甲　可得说那对口的!

乙　对口相声嘛,我说一人一句的。

甲　可是让我说话多了也不行。

乙　你现在话就不少,你有什么话,一块儿全说出来,趁着明白。

甲　干吗?我要死呀!

乙　没什么说的啦,我可要逗啦。

甲　逗吧。

乙　您辛苦?

甲　嗯!

乙　昨天我到您家啦!

甲　啊?

乙　到您家一打门,从里面出来一个人。

甲　噢!

乙　我一瞧不是外人。

甲　哎!

乙　是您媳妇,我大嫂子。

甲　嗯!

乙　问你,说你没在家。

甲　噢!

乙　我可就走啦!

甲　嗯!

乙　我走啦!

甲　你走吧。

乙　你也走吧!

甲　哎!你怎么不逗啦!

乙　我没法儿逗,你这儿全要出殃啦!我跟死鬼一块儿说相声,谁能乐呀？

甲　捧哏的不就是这个吗？嗯，哎，噢，是，别挨骂了！

乙　就这个？捧哏的非常重要。捧哏的往那儿一站，全神贯注，两只眼睛时刻得盯着逗哏的，根据逗哏的叙述故事的起、承、转、合，来配合不同的感情。捧哏的虽然说话少，得起到画龙点睛的作用，你不信我要是给你这样捧，你也说不乐观众！

甲　同志呀，你还是没能耐！

乙　那么要是有能耐呢？

甲　不在捧哏的好坏，我要是逗哏，还甭说旁边有个活人给我捧，就是有根电线杆子，我也能把观众说乐了。

乙　噢！那么我比那电线杆子怎么样？

甲　干吗还比呀！你就是电线杆子！

乙　好！我捧你逗，我先问问你说哪段儿？

甲　还是这段儿，得把观众说乐了。

乙　好，我看你这乐由哪儿来！

甲　您辛苦？

乙　嗯！

甲　昨天我到您家了。

乙　啊！

甲　一打门从里边出来个人。

乙　噢！

甲　我一瞧不是外人。

乙　是。

甲　是你媳妇，我大嫂子。

乙　哎。

甲　问你，说你没在家。

乙　噢！

甲　我就走啦。

乙　你别挨骂啦！（鞠躬）

甲　哎……你怎么走啦？

乙　我完成任务啦。

甲　哪儿你就完成任务啦？

乙　"别挨骂啦"，我说完啦！你不是刚说的吗？捧哏的说完"别挨骂啦"，就算胜利完成任务啦吗？

甲　你完成任务啦。我这儿还没完哪！

乙　我管你干吗？

甲　这叫什么话呀！你虽然就会一句"别挨骂啦"，也不能逮哪儿哪儿用啊？我这儿说了没两句，你来句"别挨骂啦"，让各位听听，这像话吗？

乙　那怎么办呢？

甲　你还得继续给我捧啊！

乙　再捧还是"别挨骂啦"，我不会别的呀！

甲　你不能总说这一句呀，我有上句，你得有下句，起码你回答我的话得像话才行！

乙　噢！光说这一句"别挨骂啦"不行？

甲　那当然啦！

乙　好，你逗吧。

甲　你没在家，我就走啦。

乙　你走，走吧！

甲　我就拐弯啦。

乙　拐弯儿，拐弯儿吧！

甲　我碰见你爸爸啦。

乙　不能！

甲　怎么？

乙　我爸爸死啦！

甲　死……死啦？死啦，我也碰见啦！

乙　你碰见死尸啦！

甲　不！我不是现在碰见的。

乙　多咱碰见的？

甲　在两月以前我碰见的。

乙　我爸爸死了一百多天啦！

甲　你怎么记得这么清？

乙　我今天早上刚上完坟。

甲　噢！我碰见的不是你爸爸。

乙　谁呀？

甲　你大爷。

乙　噢！我说的呢？大高个儿？

甲　哎！

乙　两小眼，坐哪儿冲盹儿，会弹琵琶。您说"我大爷"？

甲　对！就是他！

乙　我爸爸行大。

甲　你没大爷？

乙　没有。

甲　那你刚才说得这么热闹，那是谁呀？

乙　那是侯宝林他大爷！

甲　噢！我碰见的是你叔叔。

乙　我爸爸哥儿一个。

甲　你舅舅！

乙　我妈妈娘家没人！

甲　你岳父！

乙　我还没结婚哪！

甲　你姑父。

乙　没有！

甲　你姨夫。

乙　没有！

甲　哎……是你干老儿。

乙　我没事认干老儿干吗？

甲　那就是你哥哥啦！

乙　我没哥哥！

甲　你有哥哥。

乙　没有！

甲　你假装说有。

乙　这叫什么话！没哥哥我说有，一查户口，我们家短口儿人。我虚报户口！

甲　人家全说你有哥哥嘛！

乙　他们全跟我开玩笑。

甲　哎！反正你们家得有人哪！

乙　没人，我们家三亲六故全没有，养活一个黄雀，前天还飞啦！

甲　噢，我碰见谁没谁？

乙　没有。

甲　你听这像话吗？

乙　怎么不像话？

甲　想办法，你得给我拆兑一个！

乙　我哪儿给你拆兑去？

甲　碰见谁没谁，我怎么逗哇？

乙　你不是有能耐吗？

甲　多大能耐也不行啊！

乙　那怎么办哪？

甲　我碰见谁，你得说有谁！那才行哪，你得顺着我说。

乙　噢！得顺着你说？

甲　对了，你只要顺着我说，我就能把观众说乐了。

乙　好……我顺着你说。

甲　我碰见你兄弟啦，你有兄弟对不对？

乙　我还真有个兄弟。

甲　啊！我碰见你兄弟啦。

乙　你光说碰见啦不行，你得说得上来我兄弟什么模样儿，什么长相，
　　穿什么衣裳，多大岁数，说对了，才算你碰见了。

甲　碰见了，不就完啦吗？

乙　完啦，不行！

甲　啊！既然碰见，我就说得上来！

乙　好，你先说说我兄弟什么模样儿？

甲　你兄弟这模样，反正他有模样儿！

乙　多新鲜哪，人么，没模样儿！

甲　你兄弟他是长方脸。

乙　啊？

甲　不，那个圆方脸！

乙　嗯！

甲　那个……长圆……

乙　长圆？鸭蛋哪！我兄弟脑袋跟鸭蛋一样，这像话吗？

甲　反正他那脸膛我知道！

乙　什么脸膛？

甲　黑脸膛。

乙　嗯？

甲　那个……白净子……

乙　啊？

甲　那个……蓝不唧唧的……黄不唧唧的……

乙　噢！外国鸡呀！我兄弟坐那儿没事变颜色！

甲　不是……你兄弟反正是……他有麻子……

乙　啊？

甲　可没长着！

乙　这不是废话吗？

甲　你兄弟他有脑袋！

乙　多新鲜哪！没脑袋，有满街跑腔子的吗？

甲　废话！你兄弟前边走，我看个后影，我知道他是什么模样儿？

乙　噢！没看清楚。

甲　对了。

乙　你说说我兄弟穿什么衣裳？

甲　穿着一个拷纱皮猴。

乙　啊！

甲　有穿拷纱皮猴的吗？

乙　谁说的呀？

甲　穿着一件拷纱大褂，可也不是大褂……反正挺短的……跟夏威夷式一样……又像西服……反正跟中山服差不多……那个……他披着毛巾被，哎，对了……他没穿衣裳。

乙　啊！

甲　我在澡堂子里碰见的！

乙　嘿！没词儿他跑澡堂子去啦！

甲　他那儿正洗着澡，我知道他穿什么衣裳？

乙　您瞧这寸劲！你说说我兄弟多大岁数？

甲　七十多岁。

乙　啊？

甲　旁边那老头儿七十多岁。

乙　我问那老头儿干吗？

甲　你问谁呀？

乙　问我兄弟！

甲　你兄弟他……二十七……

乙　嗯。

甲　不，三十八……他七八不要九。

乙　还天地跨虎头哪！

甲　嗨，虎头！

乙　什么虎头？

甲　他长得虎头虎脑的。

乙　我问他岁数！

甲　你多大啦？

乙　你问我干吗？

甲　你兄弟比你小！

乙　多新鲜哪，比我大是我哥哥。行啦，你别胡说八道啦，我有个兄弟，你碰不见！

甲　我怎么碰不见？

乙　他才八个月，还不会走道儿，你上哪儿碰见去！

甲　这你就不对啦！

乙　怎么？

甲　既然你兄弟不会走道儿。你让我碰见他干吗？

乙　谁叫你碰见的？

甲　你这不是成心窝人吗？我开头没说两句，你来个"别挨骂啦"，我碰见谁没谁，好容易碰见你兄弟啦，你又告诉不会走道儿，有你这么捧哏的吗？照你这样捧哏，我这逗哏的，活得了活不了？

乙　是呀！有你那么轻视我的吗？你这么轻视我，我活得了活不了？

甲　怎么轻视你了？

乙　你说我是聋子耳朵配搭儿，娶媳妇打幡儿跟着凑热闹，合算我天天跟着你就凑热闹？啊！你占百分之九十九点九，我这连点儿蒸馏水都没有？我就会一句"别挨骂啦"，我最恼你的就是拿我比电线杆子，电线杆子是木头！

甲　那不是跟你闹着玩儿吗？

乙　有这么闹着玩儿的吗？

甲　我哪儿知道你这人不识逗啊，我要知道你这样，以后咱们别闹啦！

乙　我跟你闹吗？

甲　再者说啦，我说两句笑话，能把您的艺术成就给抹杀了吗？

甲　当然是不能啦。

乙　要谈到艺术，他们谁能比得了您哪？

甲　这话倒对。

乙　您的艺术可以说是炉火纯青，自成一家。

甲　这可不敢。

乙　具体地说，您的语音清脆，口齿伶俐，表演生动，捧逗俱佳，说学逗唱，无所不好，您可称得起是一位全才的相声艺术家！

甲　您可太捧我啦！

乙　不是捧您，全国的相声演员谁不尊重您哪，您是相声界的权威。

甲　哪里哪里。

乙　您是相声泰斗！

甲　不行不行！

乙　幽默大师！

甲　好嘛！

乙　滑稽大王，现在您的艺术就这么高，您要是很好地肯定优点，克服缺点，发扬您艺术上的独特风格，甭多了，再有三年……

甲　怎么样？

乙　你就赶上我啦！

甲　噢！还不如你呀！

　　　　　　　　　　　　　　　　（苏文茂　朱相臣　纪希整理）

文章会

甲　我们祖国的艺术真是丰富多彩呀。

乙　哎，多种多样。

甲　除去舞台艺术以外，我们中国还有手工艺品。

乙　哦，您提的就是工艺品。

甲　对，对对。这个质量很高啊。您像"风筝魏"糊的风筝；"泥人儿
　　张"塑造的泥人儿，那在国际市场上颇受好评。

乙　享有盛名啊。

甲　就是嘛。再有就是雕刻，雕刻那可太吃功夫了。

乙　是啊！

甲　我们能在芝麻粒儿大点儿地方刻字。

乙　噢？

甲　能在一根头发粗细的地方，刻一首诗。

乙　要我这眼神儿还麻烦啦。

甲　要欣赏这种艺术啊，必须得拿五百倍的显微镜来欣赏。

乙　肉眼看不见？

甲　对，对。再有就是我们祖国的书画。我们的墨笔字在世界上占
　　一绝。

乙　书法嘛。

甲　对。我们天津写好墨笔字的不少。

乙　对。

甲　大家都知道，天津有五大家。这五大家呀……

乙　您先等会儿！

甲　啊？

乙　天津写好字的几大家？

甲　啊，五大家。

乙　嘿嘿，四大名写家。

甲　不，您遗漏了一位。

乙　华、孟、严、赵啊。

甲　不，华、孟、严、赵、苏！

乙　"苏"是谁呀？

甲　华世奎、孟广慧、严修、赵元礼、苏文茂，五大家。

乙　啊，您也是一位名写家？

甲　当然啦。

乙　怎么没见您写过字啊？

甲　我写的字很少。你要是到天津，和平路那是最热闹、最繁华的地方，两侧商店林立。您一看这个匾：噢！这个是华世奎写的，这是孟广慧写的，净是他们写的！

乙　对呀！

甲　全天津市您找去，哪块匾是我苏文茂写的？

乙　还真没有。

甲　它值钱就值在这儿呢。

乙　啊？怎么哪？

甲　它缺者为贵。

乙　嗬！这叫"缺者为贵"呀？

甲　你看要是市场上堆积如山的东西，小白菜儿就五分钱一堆啦。

乙　您这是值钱的？

甲　当然是了。我不但能写，我还能画。

乙　画什么呢！

甲　国画呀！

乙　国画家！

甲　我们中国的国画家很多，像古代的画家唐伯虎、米元章、郑板桥、赵子昂，这全是古代的画家。我们近代的画家，像齐白石老先生。

乙　对。

甲　张大千、溥心畬。

乙　"南张北溥"嘛！

甲　哎，这全是名画家。他们是各有所长。唐伯虎的美人儿画得最

426

好!

乙　对。

甲　米元章的山水，最佳！郑板桥的竹子，一绝！

乙　各有特点。

甲　对啦，他们是各抱一角，我跟他们比，我比他们强。

乙　您呢？强在哪儿？

甲　我全行！

乙　全能画？

甲　对啦。您说是山水儿、人物、草虫、花卉，工笔的、写意的，甚至梅、兰、竹、菊，没有我不能画的。

乙　全才呀！

甲　这就是我最大的优点。

乙　不简单。

甲　可……但是我也有缺点。

乙　一个人的缺点总是难免的。

甲　不过，我的缺点……我认为还是很小喽！

乙　您的缺点是？

甲　画什么，不像什么。

乙　不会呀？夸了半天自己，不会画！

甲　这个人敢情不懂得客气。这不是客气吗？

乙　这是客气话？

甲　哪能是画什么真不像什么？有时候我画个美人儿，让您这么一看……

乙　像个美人儿？

甲　像周仓！

乙　还是不会呀？

甲　这是说个笑话。我从小就喜欢画画儿。

乙　您哪？

甲　我过去是美术系的学生，后来由于条件的关系呀，又给我转到中文系去了。

乙　您还是个学生？

甲　啊，学生。

乙　在哪儿上学呀？

甲　我呀？北大。

乙　北大照相馆？

甲　照……照相馆干吗？

乙　不是北大吗？

甲　北大！北京大学。

乙　谁呀？

甲　我呀。

乙　您是"北京大学"的学生？我先问问您吧，这个"北京大学"在哪儿啊？

甲　这位对我还抱有怀疑的态度。

乙　不是这意思，跟您打听打听！

甲　其实在哪儿我还不知道吗？"北京大学"在北京啊。

乙　你这不都废话嘛！"天津大学"还在天津呢。我问你具体地点。

甲　具体地点？北京，离后门不远，这个地名儿叫"沙滩儿"。

乙　这地方说得倒对。

甲　这是我的母校。

乙　啊，您这个……北京大学的校长是哪位呀？

甲　校长？这我不能提。

乙　为什么呢？

甲　因为徒不言师，说出来太不尊重。

乙　没有那么多规矩，您不提出来，别人不知道。你可以提提这个北大校长。

甲　我们校长姓周，名德山，号叫"蛤蟆"（演出时念 hǎ mò）。

乙　蛤蟆？哪俩字呀？

甲　"蛤"就是"虫"字边儿，一个"人一口"的"合"字儿，蛤。

乙　蟆哪？

甲　"蟆"就是"虫"字边儿，一个"莫"名其妙的"莫"。周蛤蟆。

乙　周蛤蟆呀？要命嘛。

甲　周校长。

乙　别……别！还鞠躬哪？礼节还够深的。别说啦！人家各位老观众都知道，周蛤蟆是我们说相声的。北大校长姓蔡，叫蔡元培。

甲　啊，您说那是前任校长；我说是我上学的时候，我们校长就是周德山，周蛤蟆。

乙　周蛤蟆还当过校长？

甲　那没错。

乙　那可能是同名同姓。

甲　嘿。我在我们学校是高才生。

乙　您哪？

甲　啊，我给我们全学校都露过脸。

乙　这是什么时候呢？

甲　哎呀，提起这话可早啦！您知道有一位著名的文学家，姓康，叫康有为，听说过吗？

乙　太听说过啦！人称"康圣人"。

甲　对，我就在这位老先生面前露的脸。

乙　露过什么脸呢？

甲　康有为先生由打日本回来，回到中国要到各都市、各学校参观。明则参观，暗含着是检阅，就来到北京大学。我们校长一听康有为来了，要亲身迎接，让到里边，分宾主落座。这时候，开始跟我们校长谈话。

乙　康有为是怎么谈的呢？

甲　康先生说："贵校校长，一共有多少名高足？"

乙　这"高足"是什么？

甲　就是有多少学生。

乙　你就说有多少学生就得啦！

甲　我们校长回答："共有五百六十名蠢徒。"

乙　这"蠢徒"还不少哪。

甲　"他们每天全有什么功课呢？""每天除去专门功课以外，每到星期六的下午，还要让他们各位学生做一篇八股文章。"康圣人一听，很不满意。

乙　为什么呢？

甲　废除八股文章那是康有为的主意。

乙　对呀。

甲　现在我校又提倡八股，这好像在学术上跟康先生有点儿反对。

乙　那个……康先生是怎么表示的呢？

甲　康圣人虽然心里不乐意，但是脸上并没有带出来。

乙　有学问的人。

甲　还是满面带笑。"哦，贵校校长，既然你说到这儿；康某不才，要在贵校献丑。我出个题目，让他们各位学生做一篇八股文章，是否可以？"

乙　康圣人要出题？

甲　应当呢，我们校长给拦下了。

乙　为什么呢？

甲　康圣人？那是多大的学问！

乙　就是啊。

甲　他出的题目我们准做不上来呀！可是我们校长没拦，就坡下啦。

乙　你看看。

甲　"好，那就请康先生出题吧！"康圣人很不满意。

乙　那是啊。

甲　拿起粉笔在黑板上，"唰唰唰"，如插柳塞花一般，我们各位学生定睛一看——就愣啦！

乙　怎么呢？

甲　题目太深。

乙　什么题目啊？

甲　春秋题。

乙　真是够难的。

甲　春秋题是最难的。还甭说我们，那在清朝的时候，那赶考的举子最怕春秋题。

乙　就是。

甲　您算这橘子（举子）都怕春秋题，何况我这酸梨啦！

乙　我这波罗蜜就更不行啦！什么橘子啊？赶考的举子。

甲　对。进贡院的文武举子。

乙　对。

甲　不但是春秋题，其中还有三个要求。

乙　提出哪三个要求啊？

甲　第一，要二十五分钟交卷。

乙　时间可够紧的。

甲　第二，不准交头接耳。

乙　怕你们作弊呀。

甲　对。第三，作文的时节，不能使铅笔，不能使钢笔。

乙　使什么？

甲　利用毛笔作文。

乙　为什么呢？

甲　刚才我说了，墨笔字最吃功夫。你写文章如果滴答上墨点儿，文章写多好，这也不行，这叫"黵卷儿"。

乙　多严肃啊！

甲　不但要看看我们写的文章好坏，还要看看我们笔法如何。说话把卷子撒出去，开始作文。到了二十五分钟一收卷儿。

乙　怎么样？

甲　发出去是五百六十张卷子，收回来的才八十二张。

乙　其余那些个呢？

甲　全是白卷儿。

乙　没敢写？

甲　没敢动笔。

乙　多难哪！

甲　题目太深。可是这八十二张呢，我们校长还要挑选一下。

乙　挑什么呢？

甲　有哪个不及格的，不能给外人看。

乙　怕人笑话。

甲　校长拿过这篇这么一看，这篇词句不佳。

乙　词儿不怎么样。

甲　这篇字体不妙。

乙　字写得不好。

甲　哎，这篇不错。哎呀，可惜，美中不足啊！

乙　怎么呢？

甲　有一个字落一笔！

乙　哪个字落一笔呀？

甲　"人"字儿短一捺。

乙　嗬！哎呦，一共两笔还落了一笔。什么学生这是？

甲　哎？这谁画一小王八哎？

乙　啊？卷子上画王八？

甲　这位一忙把图画交上来啦。

乙　瞧这帮学生。

甲　选来选去呀，八十二张卷子只选拔五张比较好的，您可听明白啦，五张之内可有敝人。

乙　“敝人”是谁？

甲　就是我。

乙　噢，你毙过一回？

甲　什么叫“毙过一回”呀？敝人，这是跟你客气。就是我。

乙　这不胡来吗？你跟我客气，我哪儿懂啊？那天我在马路上看布告，问人什么事儿，人说：“毙人。”我还以为是你哪。

甲　嗐，你说那叫枪决。敝人——这是客气。

乙　是是。

甲　五张之内有我。这五张嘛，要选拔三张好的，三张之内又有我苏文茂。

乙　那是。

甲　三张要选拔一张最好的，也就是全校的代表作。一看这张，词句也佳，字体也妙，也没黵卷，一瞧下款是——苏文茂！

乙　我就知道得是你！哈哈！

甲　我们校长拿着这篇卷子，非常爱护，双手递给康老夫子，“请康先生过目。”

乙　噢，让康圣人看看。

甲　康圣人接过卷子一看，当时就大吃一惊。

乙　是啊？

甲　就这个意思——呜呼呀！

乙　这是吃惊哪。

甲　大惊。当时拍案称奇：“文章奇哉！”

乙　嘿。

甲　“文章妙哉！文章奇妙而绝哉！”

乙　先来“三灾”，就短“八难”啦！

甲　“校长，请看令高足这篇大作。康某平生闻所未闻，见所未见。由始至终一气贯通，笔力之精神，行如游云，倏如闪电，下笔之处，一笔不拖，恰似凤舞龙飞一般；文中之妙句，并无半言抄袭前人，寻章摘句。字字乃珠玉之价，可称千金难易一字矣。常云：‘唐诗、晋字、汉朝文章’，公有高足一人，三代兼全矣。我国文章，史有唐宋八家，至今诗文之人无不效仿，无不羡慕。今有令高足后起之秀这篇盖世之奇文，空前绝后之奇才，我恐那唐宋两代古人，身价落千万丈矣！"

乙　这都什么乱七八糟的。

甲　好，我白费劲啦！

乙　您说这什么呀？

甲　嘿！这就是康先生夸我这篇文章写得好！

乙　他是怎么夸的呢？

甲　我们作古文嘛，必须得学"唐宋八家"。

乙　哪八家？

甲　唐朝有韩愈、柳宗元；宋朝有欧阳修、苏辙、苏轼、苏老泉、曾巩、王安石。

乙　对。

甲　这是古文专家。作古文嘛，必须得学这八家。

乙　就是啊。

甲　可是那是过去！我苏文茂写的这篇文章以后，后人再有作古文的，就不学"唐宋八家"了！

乙　那学谁呢？

甲　那就得学我苏文茂啦！

乙　那……那"八家"就算完啦！

甲　当然，这是康先生夸奖。我们校长一定要客气。

乙　那是啊！

甲　校长说："康先生过奖！小徒这篇陋文，词句不佳，字体不妙，难登大雅之堂，实不足污高人之目。先生过奖，我师生惭愧无地也。"

乙　这周蛤蟆还够酸的。

甲　说我比不了的意思。

乙　是是。

甲　康先生说："不然，不然！非也，非也！"

乙　开枪，开枪！

甲　开枪干吗？

乙　你飞个什么劲儿啊？

甲　嗐，这个"非也"就是不对。

乙　你就说"不对"就得啦！

甲　"据我康某看来，不但那唐、宋两代古人不及，就是那后汉诸葛孔明老先生，前、后《出师表》可称盖世之奇文。那武侯《出师表》中之妙句，也不过如此尔！"

乙　这又是什么意思啊？

甲　后汉诸葛亮的《出师表》怎么样？

乙　好啊！

甲　好的地方跟我一样。

乙　不好的地方呢？

甲　诸葛亮不如苏文茂。

乙　诸葛亮也完啦。

甲　当然，我们校长更要客气。

乙　是。

甲　"康老先生越发过奖，小徒蠢才，既不敢比唐宋两代古人，焉敢妄比后汉诸葛孔明老先生？那孔明先生身居卧龙岗，有'卧龙'之美称，孔明乃一龙，小徒草蛇不如，草蛇焉能与卧龙为伍？再一说孔明先生官拜'武乡侯'，后人以'武侯'称之。孔明乃'武侯'，小徒乃'眼儿猴'。"

乙　"眼儿猴"？

甲　"一二三等类。'眼儿猴'一二三，焉能搂'武侯'之注，岂能赢钱乎？"

乙　掷色子？噢，说这套话康圣人愣懂？

甲　当然懂啦！圣人嘛，圣人全得懂！这叫一事不知，是知耻也！

乙　甭问，康圣人也爱要钱。

甲　康先生说："今天幸会奇人之文，未会奇人之面。今日康某欲与高足一会，不知校长肯其赐教否？"

乙　康圣人还要见见你？

甲　我们校长给拦下了。

乙　怎么？

甲　"本应当命小徒专程拜谒，恐其礼貌不周，所以未敢造次。"

乙　不让见。

甲　"哎，焉有造次之理乎？如果大才子苏君文茂，若不见的话，康某就自杀而已。"

乙　这康圣人也是，一个苏文茂见不见有什么关系呀？

甲　我们校长一听要出人命，赶快见见吧！

乙　你得赶紧救他一条命啊。

甲　叫我："苏文茂！"我说："有！"冲我们校长一鞠躬。校长给我
　　介绍："见过康老夫子！""哦！康老夫子！"鞠完躬，抬起头来，
　　跟康先生一对面，康圣人一瞧我，他又吃一惊。

乙　前后"二更"，离天亮差不远啦！

甲　"哎呀呀！这位就是令高足苏君文茂？"

乙　这康有为也没见过这么"瘪"的人？

甲　这叫什么话？这是康先生见到本文的作者感到惊奇。

乙　啊，是啊！

甲　不是看到我"嘴瘪"而惊奇。这"嘴"是生理上的缺欠，不可污辱。

乙　还不可污辱！

甲　"这位就是令高足苏君文茂？"校长说："正是蠢徒！"康先生又
　　跟我谈话。

乙　跟你是怎么谈的呢？

甲　"方才那篇大作可是阁下大笔否？"

乙　问是你写的不是！

甲　我说："蛐蛐儿不才，然也！"

乙　蛐蛐儿啊？还油葫芦哪！区区不才！

甲　哦，对，我爱走小辙。

乙　你说的不是地方。

甲　"不错，是我做的。""你能否按原文再做一篇？"

乙　这什么意思啊？

甲　这个？怕有第二者参加。怕不是我一个人写的。

乙　那你敢写吗？

甲　那有何难？拿起笔来不假思索，挥笔而就。写完了，康先生拿这
　　张跟那张一对，分毫不差。是我一个人写的，怎么会差呢？

乙　就是。

甲　就是题目太深——春秋题。

乙　我说，打刚才你就说题目太深，也仗着我不懂这玩意儿。

甲　什么叫"这玩意儿"啊？这个人对古文还是不够尊重。

乙　不，您说这个题目深，您这样好不好？把你写的那个文章啊，在
　　这儿给我们念一念、读一读，大家欣赏一下。你看怎么样？

甲　在哪儿读啊？

乙　就在这儿啊。

甲　在这儿？

乙　啊！

甲　我想不必。

乙　怎么呢？

甲　知道这是什么地方？

乙　演出剧场啊。

甲　此乃是娱乐场所，念书的居多，识字的居广，知道我们哪一位老先生是前清的翰林？

乙　这您放心！翰林没工夫往这儿来。

甲　也许在座的有进士。

乙　进士没有。备不住有近视眼。

甲　说现在嘛，就是某学校的教授、文学家、艺术家。

乙　这难免。

甲　我在这儿还甭说把文章读错啦，就是我把字音念倒了，各位一摇头于我无妨啊，于我们周校长脸面上，不大好看。

乙　看来这爷儿俩还都够酸的。你呀，放心念，有错我给你担着。再说也没有笑话人的啦！

甲　那好，既然这样的话，我就在这儿读一读。

乙　可以在这儿念一念。

甲　春秋题啊。我读可是读啊，你哪点要是不懂的话，马上提问。

乙　那是当然。

甲　千万不要不懂装懂。

乙　我哪能那样！

甲　我……这个，不但是你喽，在座的各位观众……当然，如果说您是学文学专科的程度，您许理解我这文章的意义。如果说您是初中、高中的程度，这恐怕是理解不深。

乙　那我算完了，我才小学三年级。

甲　这么办吧，哪一位听着要是有不懂的地方，您可以举手，提出来以后咱们互相研究。

乙　行行！

甲　各位您要原谅我。非是我学生话大，这是康圣人出的题目，太深——春秋题。

乙　是，是。

甲　这个"春"嘛，就是以正月为春。

乙　怎么还"正月"呀？

甲　"春正月"嘛。

乙　啊？是是是。

甲　有这么几句。

乙　那您念念，我听听。

甲　"正月里来正月正。"

乙　嘿，哈哈！

甲　请我们大家要保持严肃！

乙　不不！没法儿严肃！还严肃呢？

甲　"我请小妹逛花灯。"

乙　嘿！

甲　"花灯是假的，妹子是真情！妹子妹子依呼呀呼嘿！"

乙　嘀！

甲　哪一位要是不懂的话，您举手！

乙　去去！还甭各位，连我都懂！就冲这"妹子妹子"，我就明白了。

甲　这个"秋"嘛，就是以"八月"为秋。

乙　怎么写的呢？

甲　有这么几句——"八月秋风阵阵凉，一场白露一场霜，小严霜单打独根草，挂大扁儿甩籽荞麦梗儿上，也！"

乙　怎么还"也"呀？

甲　无"也"不成章啊。

乙　这是您的大作呀？

甲　不，这我跟他们唱大鼓的学的。

乙　哪段啊？

甲　《王二姐思夫》。

乙　《摔镜架》。康有为愣不懂这个？

甲　他哪儿见过这样的文章啊？康先生拿着我这篇文章，那真是爱如珍宝，赞不绝口。最后他夸我，说了一句满洲话。

乙　哎？不对呀！康有为是汉人，怎么说满洲话呀？

甲　他在清朝的时候做过官哪。

乙　是啊？

甲　啊，啊！

乙　这满洲话我懂两句。

甲　是吗？

乙　康有为怎么夸你的？

甲　他说："哎呀，这样的学生能做如此的文章，可称'叭胡撸'。"

乙　好，康有为这是夸你哪。

甲　是啊？

乙　"巴格卢"就是好的意思。

甲　不，您说那"巴格卢"是好的意思，他说我可称"叭胡撸！"

乙　叭胡撸？

甲　那"叭"是"叭"，"胡撸"是"胡撸"，两个意思。

乙　怎么讲法呢？

甲　康圣人过来照我这个地方，"叭！"啊，疼得我这么一"胡撸"，这不是"叭胡撸"吗？

乙　打上啦？

甲　然也！

乙　还转哪！

（苏文茂　马志存演出本）

朱夫子

甲　一个人要是有学问，冷眼一打量就能瞧得出来。

乙　是吗？

甲　您看我这穿着打扮，言谈举止，像不像胸藏锦绣、口吐珠玑？

乙　胸藏锦绣、口吐珠玑，你倒不像。

甲　我像——

乙　满肚子大粪，胡吹牛皮！

甲　嘻！有你这么说话的吗？

乙　有你这么吹牛的吗？一个说相声的有什么学问？不过是一点儿"记问之学"。

甲　那是你们，我真念过书。我们那会儿念的还是私塾呢。

乙　您在私塾念了几年？

甲　六年。

乙　不算少，够用的了。

甲　说六年不够六年，我得了五年病。

乙　念一年。

甲　说一年不够一年，我请了十一个月假。

乙　才念一个月呀！

甲　说一个月不够一个月，我逃了二十九天学。

乙　就念一天呀！

甲　那个月还是小尽。

乙　走！合着你一天书没念过。

甲　别看我没念过书，我可捐馆教过私塾。

乙　蒙事啊！

甲　不管怎么说，我非教不可。

乙　为啥呢？

甲　气的。

乙　气的？怎么回事儿？

甲　我哥哥是个穷秀才，学问底子挺厚，在村里教私塾。我没结婚那阵儿，住在哥哥家里，夏锄秋收打短工，农闲就跟哥哥学几个字儿。

乙　是啊。

甲　离我们村三十里，有个苟家庄。庄上有户大财主，老员外叫苟轼。他人性臭，大家伙儿都管他叫"狗屎"。

乙　这名字不怎么样！

甲　有年冬天，"狗屎"打发人把我哥哥请去了："久闻先生大名，过年就不要在村里教私塾了，请到敝庄教诲我的两个犬子，如能使他俩功成名就，我绝不忘先生的大恩大德！"

乙　"台"！你要开戏呀！

甲　"狗屎"说得很好："我亏待不了先生。一年束脩五十块现大洋，三餐顿顿两个碟子两个碗儿。"

乙　待遇蛮不错。

甲　"狗屎"又说了："咱们丑话说在头里，得有几个条件。"

乙　都有什么条件？

甲　"一、必须教满一年，不许中途辞馆，不准托故请假，否则一个子儿不给。二、年终我摆宴送行，席间考先生几个字儿，认识，束脩加倍，不认识，还是一个子儿不给。"

乙　这条件够厉害的了。

甲　我哥哥不怕。他想：我没病没灾，教满一年一点儿问题也没有。再说，"狗屎"一家三辈子没有念书人，他能考出什么出奇的字儿来？我《康熙字典》都背烂了，还能不认识他那几个字儿？行，年终过了考字关，束脩可就从现大洋五十块变成一百块了。

乙　太好了！

甲　转年，我哥哥高高兴兴地去了。两个孩子拜了师，我哥哥劝勉了几句，散了午学，开上饭来，我哥哥一看……

乙　这个乐呀！

甲　这个骂呀！

乙　骂……不是两个碟子两个碗吗？

甲　那倒是。一碟黄洋洋的……

乙　熘肉段儿。

甲　酱腌大萝卜。那一碟红扑扑的……

乙　樱桃肉。

甲　盐腌胡萝卜。

乙　好么！两碟咸萝卜。

甲　再看那两碗儿，黄澄澄的……

乙　油焖鸡。

甲　小米粥啊！

乙　嗐！

甲　我哥哥心里说，"狗屎"啊"狗屎"，我五十多岁的人了，你给我咸萝卜就小米粥吃，你够损的了！

乙　要不怎么叫"狗屎"呢？

甲　他一想，也许头一顿来不及准备，下晚饭菜一定错不了。

乙　下晚换饭菜了？

甲　外甥打灯笼——照旧（舅）。这么说吧，上顿咸萝卜小米粥，下顿小米粥咸萝卜，一连半拉月没换样儿。吃得我哥哥一天小便七十六次，嗓子眼儿倒齁，都快变檐蝙蝠了。

乙　是够受的！趁早别干了。

甲　别干了？中途辞馆，一个子儿不给，白教半拉月。多憋气呀！

乙　是憋气。

甲　硬挺吧。没过了两天，"狗屎"又来事儿了。

乙　什么事儿？

甲　先生，您的功课挺紧，孩子也学得挺来劲儿，时间可就显着不太够用的了。这么办吧，打从今儿起，咱们加开夜课得了？

乙　小米粥咸萝卜还开夜课呀？

甲　我哥哥也这么想啊。他说："咱们的条件上可没有夜课。再说，我这嗓子也受不了。"

乙　嗓子怎么了？

甲　都齁哑了！

乙　好么！

甲　"狗屎"说："别呀。我知道，这几天伙食不好。这么办，明天您加开夜课，咱每餐给您多加两碟菜。"

乙　那就四个碟子两个碗了。

甲　我哥哥也是咸萝卜吃怕了，盼着换样淡点儿的菜。"狗屎"答应加两碟菜，他也就同意开夜课了。第二天开饭，还真是四个碟子：一碟酱腌大萝卜，一碟盐腌胡萝卜，一碟盐面蘸萝卜，一碟酱油泡萝卜。

乙　萝……噢，加的两碟还是萝卜啊？

甲　可不。我哥哥这个气呀。好，咸萝卜我也不让你省下！他一狠心，四个碟子都吃空了。

乙　跟咸菜拼命啊！

甲　吃完这顿饭，我哥哥连躺带喘也上不来气儿了。

乙　都躺坏了。快请假休息几天吧。

甲　休息？托故休假，一个子儿不给。就哑着嗓子对付教吧！

乙　这"狗屎"也太厉害了。

甲　年底拿钱的时候，"狗屎"就更厉害了。这天过晌，说是给我哥哥送行。我哥哥走进上房，看那八仙桌上……

乙　摆满了酒菜。

甲　连个水碗也没有啊。

乙　怎么？

甲　"狗屎"说："咱们是先考字后开席。"他一指柜盖："看见没有？那里搁着一百块现大洋，您认识我考的字儿，全归你了。酒宴之后，明儿早晨套车送先生回家。你若不认识我考的字儿，这一年白教，我可是一个子儿不给。"

乙　当初就是这么讲的。

甲　"狗屎"在纸上写了一个挺大的"门"字。他问我哥哥："这'门'字里边搁一个'人'字念什么？"

乙　念"闪"啊。

甲　"错了。"

乙　错了？你说念什么？

甲　"念过。"

乙　怎么念"过"呢？

甲　"那么大个门，一点儿遮挡都没有，一个人走道儿还用得着躲躲闪闪啊？出来进去你就随便'过'吧！"

乙　没听说过！

甲　"再考你第二个字：这个'门'字里边搁两个'人'字念什么？"

乙　念……没见过这个字。

甲　"不认识吧？"

乙　不认识。

甲　"告诉你，这个字才念'闪'。"

乙　为啥？

甲　"有道理呀。门里边的人要出去，门外边的人要进来，俩人同时走到门口儿了，这个往左一闪，那个往右一闪，都过去了。这不念'闪'吗？"

乙　我听着都新鲜！

甲　"再考你第三个字：'门'字里边搁三个'人'字念什么？"

乙　念……还是不认识。

甲　"告诉你：这个字念'堵'。三个人儿一块儿过门口儿，这个往左一闪，那个往右一闪，第三位想从当间儿挤过去，你想啊，房门再大也容不下三个人呀，嗙！都挤一块儿了。这不把门给'堵'住了吗？"

乙　好嘛！

甲　"再考你第四个字：这'门'里边……"

甲　（合）搁四个"人"字念什么？
乙

乙　我倒霉就倒在这门里搁人上了！干脆你说念什么吧？

甲　"念'撞'。四个人一块儿过门口儿，这个往左一闪，那个往右一闪，第三位往当间儿一堵，对面又来了一位，哪！跟当间儿这位撞脑门儿了。这不念'撞'吗？"

乙　难为他怎么琢磨来着！

甲　我哥哥不认识他这四个字，"狗屎"可逮着理了："好啊！我考你四个眼面前的字儿，你一个全不认识，就你这学问也敢来教书，这不是误人子弟吗？得了，一年白教，找一个子儿也不给，送行宴你也没脸吃了，明儿早晨我也不套车送了，你现在就给我走吧！"就这么着，愣把我哥给撵出来了。

乙　"狗屎"这小子可真不是东西！

甲　我哥哥白干一年，一个子儿也没落着，还挨了一顿臭骂，回家就气病了。

乙　是真可气！

甲　我说："哥哥，您别生气，明年我去！"

乙　你要去？

甲　我哥哥说："你可别去，我这学问都教不了，你更不行了。"

乙　是啊。

甲　不，"狗屎"那儿的学生，就我这学问才能教。第二年我去了，一谈，待遇跟我哥哥一样。

乙　顿顿咸萝卜小米粥。

甲　留着他那咸萝卜小米粥吧！他得给我换饭。

乙　他换吗？

甲　咱有主意呀，我让学生跟我一块儿在书房里吃，"狗屎"怕他儿子饿着，就得换样儿，我也就跟着借光了。

乙　孩子干吗？

甲　我会变戏法，头一天见面，就来了一手"仙人摘豆"，把两个孩子都看呆了。我说："此后咱们天天变戏法，不能在念书的时候变，咱在吃饭的时候变。你们不跟我一块儿在书房里吃饭，可就看不着了。"俩孩子回上房就闹，"狗屎"只好答应。等到开上午饭一看——

乙　换了？

甲　六碟咸菜六碗小米粥！

乙　没好使唤啊！

甲　好办。孩子吃完咸菜，我就鼓动他们多喝水，每人喝了四十八碗。

乙　灌大肚啊！

甲　晚上好了，俩孩子一块儿往炕上尿。尿透了两层褥子，连炕毡都像水捞的似的。

乙　发河了。

甲　"狗屎"老婆把他骂了个死去活来。这小子还真怕老婆，第二天就把饭给换了。我也跟着借光，扔了咸菜碟稀粥碗，吃上馒头炒肉了。"狗屎"一门儿哀告我："先生，我把饭给换了，您千万别再鼓动孩子喝四十八碗白水了。"

乙　好嘛！

甲　换饭了，咱就开课。俩学生拿着《三字经》过来了，让我给上书。

我指着第一行，告诉他们："这念'人之初'，回去背去。"

乙　就一句呀？

甲　背会了这句再教下句。俩学生一会儿就背下来了。我一看，不行，照这么教下去，我认识这几个字也混不了一年啊。

乙　那怎么办？

甲　有办法。"第一句念'人之初'，这第二句？初，初——出门在外！"

乙　啊？

甲　俩学生说："不对呀，头年那先生教我们念'性本善'。"

乙　本来就念"性本善"嘛！

甲　"什么？头年那先生连你爸爸考他四个字都不认识，他教的能对吗？听我的，没错！"

乙　还没错啊！

甲　俩学生又问了："这念'出门在外'？哎，先生，三个字怎么读四个音啊？"

乙　问得对呀，为啥仨字读四个音啊？

甲　是啊，这音是音，字是字，仨字读四个音有什么稀奇，还有仨字读五个音的呢！

乙　外国话呀！

甲　好好学，别捣乱！"人之初，出门在外，外边有狗，狗屎没人踩，采野菜，菜是咸的……"

乙　怎么是咸的？

甲　它不是腌萝卜吗？

乙　这也有啊？

甲　有！"菜是咸的，地里产粮，凉了再热，热了打扇，善——性本善！"

乙　才到这儿！

甲　这一套，俩学生背了五天。这下子背会了，又来找我上书。我问他俩："你们这两句会背了吗？"

乙　会背了。

甲　会倒着背吗？

乙　倒……不会。

甲　回去，练习倒着背。

乙　啊！

甲　俩学生又背了半个月，愣没背下来。

乙　这叫什么学问啊！

甲　"狗屎"不放心，趴在窗外听学生一背书，他乐了：这先生真有学问，书里还有我的外号"狗屎"呢？

乙　还有咸萝卜呢！

甲　两个月过去，"狗屎"又要开夜课了。

乙　开吧。

甲　开什么？不光不开夜课，还得让他放假。我问狗屎："你知道孩子为啥尿炕吗？"

乙　让四十八碗白水催的。

甲　"不对，那是得罪龙王爷了。那天是龙王爷生日，你硬让孩子念书，还不尿炕啊？"

乙　怎么办？

甲　"放假。不光龙王爷生日得放假，火神爷生日也得放假，不价，你们家着大火！"

乙　快放假。

甲　"不光火神爷生日得放假，王母娘娘生日更得放假，不价，死老婆！"

乙　快放假。

甲　"这么说吧，三节五犒劳，外加立春、雨水、惊蛰、春分、清明、谷雨、立夏、小满、芒种、夏至、小暑、大暑、立秋、处暑、秋分、寒露、霜降、立冬、小雪、大雪、冬至、小寒、大寒这二十四节气，要是有一天不放假，你们全家就都得遭瘟灾！"

乙　嚯！

甲　这么一放假呀，可就混到一年了。走，到上房找"狗屎"算账去。

乙　还得考字啊？

甲　还是那四个门里搁人，我全认识。我哥哥早告诉我了。

乙　对呀。

甲　我一看"狗屎"没词儿了，赶紧从柜盖上把那一百块现大洋抓过来揣到怀里，这下子连我哥哥那份儿都捞回来了。我说："明儿早晨您也甭套车送我了，我现在就走，咱们回见吧。""狗屎"赶紧拦我："不能，不能。我一定按讲明的条件办，晚上摆宴送行，明儿早套车送先生回家。"

乙 "狗屎"还挺讲信用。

甲 讲什么信用！他心疼那一百块钱，想招儿要夺回去。

乙 是啊？

甲 不大会儿，"狗屎"请了两个人来。

乙 谁？

甲 大姑老爷，二姑老爷，一个是举人，一个是秀才。我一想，别遭了暗算，得扫听扫听他们要干什么。

乙 对。

甲 我溜到上房窗根底下一听，正合计我呢。

乙 怎么合计的？

甲 大姑老爷说："《三字经》里怎么还有'狗屎没人踩'呢？这先生别是蒙事的吧？"二姑老爷说："他是什么先生？我早先在城里听他说过相声，这两年又跑乡下打短工来了。"

乙 他怎么知道？

甲 他跟我住一个村儿。

乙 泄底怕老乡啊。

甲 他们合计，等会儿在席上出难题考我，我要是答不上来，他们不光要夺回一百块钱，还要把我扭送县衙门，告我个招摇撞骗！

乙 这可糟了。

甲 不怕，我来个先发制人。先进上房，只见满桌酒菜，谁也没动筷。我冲大姑老爷一抱拳："小可有一事不明，要在大姑老爷台前请教一二。"大姑老爷见我谈吐文雅，不敢怠慢，赶紧站起来了："先生有话请讲当面，何言请教二字？"

乙 您问他什么来着？

甲 "请问大姑老爷：昔有齐人卖黍稷，追而复返，适遇二黄争骨，陈公怒，一担而伐之。但不知此事出在秦始皇以前乎，以后乎？"

乙 瞧这酸劲儿！

甲 大姑老爷让我问得都不会说人话了："这……那……哪……哎呀我的妈呀！"

乙 德行！

甲 他红着脸直作揖："敝人才疏学浅，不知，不知。"我一看大姑老爷蔫了，转过身来，冲着二姑老爷又一抱拳："小可我还有一事不明，要在二姑老爷台前请教一二。"二姑老爷一听，吓坏了："先

447

生，您甭问我，我统统统统不知道的大大的！"

乙　日本话都上来了！

甲　越害怕，我越得问："请问二姑老爷：昔有朱夫子生子九儿，五子在朝尽忠，三子堂前侍奉老母，唯有一子逃奔在外，至今未归，但不知此子流落何方乎？"一下子把二姑老爷也问住了。

乙　您真有学问！

甲　没学问，这是让他们逼的。

乙　你这满肚子里都是典故啊！

甲　什么典故，都是家门口的事儿。

乙　家门口儿……你们家门口还有"齐人"？

甲　什么齐人？

乙　不是齐国的人吗？

甲　不是，我们邻居有个姓齐的二流子，有一天他去赶集卖黍子，顺手偷我们家一只老母鸡。

乙　二流子偷鸡呀！那"追而复返"呢？

甲　他偷只鸡跑了，我追了二里地才把他撵回来。

乙　"适遇二黄争骨"？

甲　正赶上两条狗争一块骨头。

乙　狗抢骨头啊！"陈公怒，一担而伐之"呢？

甲　挑水的老陈头看见狗打架，他来火儿了，抢起扁担就一下子，愣把狗打跑了。

乙　那秦始皇——你们家还有秦始皇啊？

甲　什么秦始皇？

乙　不是"六王毕，四海一"吞并六国的秦始皇吗？

甲　哪儿是那个秦始皇？我是说我嫂子。

乙　秦始皇是你嫂子？

甲　我嫂子娘家姓秦，都管她叫秦氏。

乙　旧社会都这么叫。

甲　她那年得了急性肝炎，这病也叫黄病，秦氏得黄病，还不是"秦氏黄"吗？

乙　这么个"秦氏黄"啊！

甲　我问大姑老爷，陈老头抢扁担打狗这码事，是出在我嫂子得黄病以前，还是以后？他哪儿知道啊？

乙　是没法儿知道。哎，你问二姑老爷那个"朱夫子"，也是你们家的事吗？

甲　当然了。

乙　你们家还有朱夫子？

甲　哪个朱夫子？

乙　不是宋朝理学家朱熹朱夫子吗？

甲　哪儿呀，我们家有口老母猪，我天天喂它麸子，"猪麸子"。

乙　老母猪吃麸子啊！"生子九儿"呢？

甲　生了九个小猪崽儿，都是公的，"生子九儿"。

乙　"五子在朝尽忠？"

甲　有五个小猪卖给老晁家，全宰了！

乙　"三子堂前侍奉老母？"

甲　没卖出去那三个小猪天天跟老母猪转悠，还会给老母猪搔痒痒，"三子堂前侍奉老母"。

乙　"唯有一子逃奔在外，至今未归？"

甲　那年炸了圈，蹿出一个小猪跑丢了，直到今儿也没找回来。我是问二姑老爷，我们家那口小猪跑哪儿去了？他哪儿知道啊？

乙　那倒是……哎，万一他要知道呢？

甲　那就更好了！

乙　怎么？

甲　让小子赔我那口猪啊！

（佟雨田述　田维整理）

山西家信

甲　从前我有个朋友。

乙　干什么的？

甲　开杂货铺的。

乙　您怎么跟他交上朋友啦？

甲　有一天我到他那儿去赊账。

乙　您赊什么东西？

甲　我家灯泡坏啦，去赊一根蜡烛，他拿粉笔应当在黑板上写上"蜡烛"两字。

乙　他写上啦？

甲　他光画了一竖。

乙　这是什么意思？

甲　我明白啦，这一竖代表一根蜡烛。

乙　他不会写字？

甲　过几天我又去赊了一盒香烟。

乙　这回怎么写的？

甲　他在一竖底下画了一个四方块。

乙　一竖代表一根蜡烛，四方块代表一盒烟。

甲　对，这四方块就画在一竖底下！过几天我去还账。

乙　对，下回好赊。

甲　我说："掌柜的，您看看账，我短您多少钱？"他一看黑板上画着一竖底下一个四方块，回头对我说句话，把我吓了一跳。

乙　他说什么？

甲　"你不短柜上钱。"

乙　不是画着一盒烟，一根蜡烛吗？

甲　"你就短柜上一件东西。"

乙　什么东西？

甲　"你借去一把铁锹啊。"

乙　怎么变成一把铁锹啦？

甲　一根蜡烛他当成铁锹把啦。

乙　那个四方块？

甲　他当成铁锹头啦！

乙　没文化多耽误事啊，你就给买一把铁锹吧！

甲　我知道他这是开玩笑，他是个好开玩笑的人，我没给他买。后来我们就交上朋友啦。

乙　好哇。

甲　从此以后，我要是有一天不到他柜上去，他就吃不下去饭。

乙　这才叫朋友呢。

甲　可是说相声的哪儿都去呀。在山西太原府，有一家办寿，请一场相声让我去。您说挣钱的事我能不去吗？

乙　得去呀。

甲　去，我舍不得朋友。

乙　那也就几天，您可以跟他说说。

甲　我上他柜上告诉他："大哥，我要走啦。"

乙　他说什么？

甲　他哭啦。

乙　他怎么哭啦？

甲　他舍不得我呀，我给他个放心话。

乙　什么放心话？

甲　"多说走十天，少说走五天。"他问我到什么地方去，我说：山西太原府。

乙　他说什么？

甲　他乐啦："山西太原府是咱们老家呀！"我赶紧问他："老家在山西太原府什么地方？"他告诉我："在太原城西。咱们老爷子名叫'辛干'，到那儿一打听'辛干'都知道。""你这么告诉我是有什么事情吗？""我有十几年没回家啦，你要走给我带一封家信去。"

乙　朋友嘛，这个事应当管。

甲　你当光带信哪?

乙　还带什么?

甲　还有钱哪。

乙　多少钱!

甲　五十块现大洋。

乙　现大洋是银子的,沉哪。

甲　五十块钱,拿报纸卷上,半尺多长,我不能搁口袋里。

乙　您放什么地方?

甲　掖到裤腰扣里。我走那天他送我上车告诉我一句话。

乙　他告诉你什么?

甲　连信带钱交给本人,"到家有一个年轻的女人,她就是我媳妇,你嫂子"。

乙　嘱咐得挺详细。

甲　我上了火车奔太原去,坐时间长了闷得慌,心想临走带点儿解闷儿的东西就好啦。

乙　是啊!谁让你没带哪。

甲　我把带的那封信打开,看看都写的什么?

乙　私看书信,这可不好。

甲　朋友,没关系,我打开一看哪……

乙　怎么写的?

甲　信上没写字。

乙　没字呀?

甲　在信上画了七个大骆驼,一棵大树,树上落了两个苍蝇。树的那边还画着四个王八,两把酒壶。

乙　这是什么信?

甲　我也不知道啊。我到了太原府,刚进城,见有一个老头儿,我过去鞠个躬,打听打听,我说:"老大爷,请问附近有个叫'辛干'的吗?"

乙　老头儿说什么啦?

甲　老头儿反过来问我:"你找'辛干'有什么事?"

乙　你就跟他说吧。

甲　"我打北京来。有一个朋友托我办点儿事,往家里带封信,还捎俩钱来。"老头儿说:"你跟我来吧。"走不远,就把我让屋里去啦。

給我找個座我就坐下了。老頭兒就說話啦："有話你就對我說吧，我就叫'辛干'。"

乙　真巧，碰見本人啦，你就把錢和信交給他吧。

甲　我說："給您這封信，還有五十塊錢。"老頭兒樂呵呵地拆開這封信，看看信瞧瞧我："噢，你跟我兒子是把兄弟呀！"

乙　信上不是沒寫字嗎？

甲　我也納悶兒，我趕緊問他："你兒子在信上說我們是把兄弟嗎？"他說："是呀，你看這信上有七個駱駝，我們山西人養駱駝，五個為一串，六個為一掛，七個為一把兒，這不就是把兄弟嗎？"我一聽，我們倆全變駱駝啦！

乙　把兄弟可不是一把子嘛！

甲　老頭兒看完信，跟我說："一點兒不錯，信上寫得明白是五十塊錢。""您怎麼知道是五十塊錢？"

乙　他怎麼知道的？

甲　"你看這樹上落兩個蒼蠅。"

乙　樹上有倆蒼蠅是怎麼回事？

甲　"我們山西人，把蒼蠅叫蠅子，花的洋錢也叫銀子，可是山西人說銀子，也叫蠅子。"

乙　那麼，蠅子在樹上落著是怎麼回事？

甲　"蠅子代表銀子，就是銀子，銀子有數（樹）的。"

乙　噢，怎樣知道是五十塊錢呢？

甲　老頭兒說："這兒畫著四個王八，兩把酒壺，你算算，四個王八，四八三十二；兩把酒壺，二九一十八。十八加三十二，共計五十塊。"

乙　這麼回事呀！這比甲骨文還難認呢！

甲　老頭兒說："今天你別走啦，咱爺兒倆初次見面，得喝兩盅。"我說："我光會抽煙不會喝酒。""好辦，給你灌兩瓶醋吧！"

乙　喝醋啊？！

甲　醋拌山西刀削麵。吃完飯老頭兒跟我說："你回北京給我帶封回信。"我說："行。"

乙　這應當。

甲　過幾天，我演出完了，他把信也寫出來啦。臨走那天，我到他家拿信去，一進門看見有個年輕的婦女，這是我大嫂子，她也交我一封信。

乙　一共两封信。

甲　老头儿交给我说："这大信封是我给儿子的，这小信封是你嫂子给你大哥的，小夫妻都是知心话，你走到半路上可千万别拆开看！"

乙　人家怕你拆开看。

甲　辞行，登程，我坐在火车上怪闷的。

乙　看看书，看看报吧。

甲　哎，我想起来啦，这儿有两封信，再拆开看看。

乙　您就别拆开啦！

甲　非拆不可，先看大信封的信，拆开一看。

乙　写的什么？

甲　信上还是没有字，信上画了个水筲，这水筲底儿朝上，筲把儿朝下，在水筲底上落着俩苍蝇。

乙　这是什么意思？

甲　我明白，苍蝇大概又是银子，可是水筲底朝上，我不明白，还画着一个大圈一个小圈，大圈里头画着一个二踢脚，就是过年放的爆竹，小圈里头画一个蚕。

乙　什么蚕？

甲　吐丝的蚕，这封信很简单。看完封好，收起来，再看我嫂子这封信。

乙　人家夫妻的信，你别看。

甲　打开一看，画着一块藕，藕可断开啦，里头的丝可没断开。挨着那块藕，有一块炭，就是生炉子用的炭，块儿太小啦。还画着两个鸽子、一个鸭子。

乙　还有什么？

甲　还画着一头象，象鼻子上卷着一把刀，这象正回头，那刀尖从鹅脖子上扎进去了，鹅顺着脖子流血。我看完了，也不明白是怎么回事。

乙　是不好明白。

甲　看完信，闲劲儿难忍，一想，有了，我在嫂子这封信的后面，我也画点儿东西。

乙　你画什么？

甲　乱画，画什么好呢？对，我来个自画像。

乙　那怎么画？

甲　我掏出一面小镜子，对镜子画，画一个小人儿嘴叼着烟卷儿。画完把信封好，一天一宿车到了北京。

乙　下车您就回家吧。

甲　先把朋友的事办完再回家。我就一直奔到柜上去啦。

乙　见着了吗？

甲　他正在门口站着呢，一看我回来啦，这个亲热劲儿："兄弟呀！你可回来啦！一路上你可辛苦啦！"

乙　真近乎！

甲　沏上茶，洗洗脸："你在柜上吃完饭再回家吧！"

乙　你怎么样？

甲　我把信交给他："这个大信封是我们老爷子的，小信封是我大嫂给你写的，我把钱交给老爷子了。"

乙　他说什么没有？

甲　他说："兄弟不用多说，咱们哥儿们我还信不过，要是见不到钱，这封信也来不了。"

乙　人家比你明白。

甲　他把大信封拆开，看完了信他就说啦："兄弟，这个钱，咱们老爷子见着啦。"我说："你怎么知道的？""这儿有个水筲，有两个苍蝇，山西人管苍蝇叫蝇子，带的那个大洋也叫银子，这水筲底朝上，就是银子捎（筲）到（倒）啦。"

乙　这个大圈和小圈是怎么回事？

甲　"大圈是饭碗，小圈是茶碗。"

乙　大碗为什么搁了二踢脚，茶碗为什么搁个蚕？

甲　"你不明白，这是老爷子想我。茶思（丝）饭想（响）。"

乙　你嫂子这封信呢？

甲　他把信拆开一看就哭啦。我赶紧就问："你先别哭。这藕断开啦，这丝没断，这木炭又这么短这是怎么回事？"

乙　怎么回事？

甲　"这是你嫂子想我啦：长思（丝）短叹（炭）。"

乙　这两个鸽子、一个鸭子，两个鸽子、一个鸭子，那又是怎么回事？

甲　"你不知道啊，兄弟，你这个嫂子是我的亲表妹，从小就叫我哥哥，我们结婚后一直这么叫，这就是你嫂子叫我呢。"

乙　两个鸽子、一个鸭子，两个鸽子、一个鸭子，为什么就是叫你呢？

甲　"这就是：哥哥呀！哥哥呀！"

乙　这象鼻子卷一把刀，刀尖扎进鹅脖子，还直流血是什么意思？

甲　"这就是：哥哥呀！哥哥呀！想（象）煞（杀）我（鹅）啦！"

乙　就是想死我啦！

甲　对呀，他一翻过信一看，就瞧见我画的那个自画像啦。

乙　这回他说什么？

甲　"哎呀！兄弟，这画的是我儿子不学好，叼上烟卷啦！"

乙　啊！去你的吧！

（白银耳述　冯景顺整理）

传代钱

甲 （学三弦，用怯口）"咣一个令咣一个令咣。"

乙 （对观众）怎么啦，这位？

甲 （唱）"闲来没事儿，我出趟城西。"

乙 这位唱上了！

甲 （唱）"闲来没事儿，我出趟城西。"

乙 去吧。

甲 （唱）"出城西，到城西，你说我到城西干吗去？"

乙 我哪知道？

甲 "咣一个令咣一个令咣。"

乙 还弹弦子哪。

甲 （唱）"出城西，到城西，往西往西还是往西……"

乙 你直接上西天得了！

甲 （唱）"我看见了，一个蝈蝈一个蛐蛐它把大话提。"

乙 有下句了？

甲 "咣一个令咣一个令咣。"

乙 没忘弹弦子哪！

甲 （唱）"这个蝈蝈说，我在东山上吃了一匹马。"

乙 啊？蝈蝈吃了一匹马？

甲 （唱）"这个蛐蛐说，我在西山上吃了一头大叫驴。"

乙 都够能吹的。

甲 "咣一个令咣一个令咣。"

乙 你就别弹弦子啦！

甲 （唱）"两个孽障正在说大话。"

乙　怎么样？

甲　（唱）"从那边飞过来一只芦花大公鸡。"

乙　麻烦了。

甲　"哐一个令哐一个令哐。"

乙　别弹了。

甲　（唱）"公鸡说，你们两个在这儿说大话，我今天先吃大的后吃小的。"

乙　哟？

甲　"哐一个令哐一个令哐。"

乙　行啦！

甲　（唱）"公鸡一扇翅膀飞过去，它把蝈蝈吞在肚子里。"

乙　那还不吃了？

甲　"哐一个令哐一个令哐。"

乙　你没完了？

甲　（唱）"小蛐蛐一见它就生了气，骂声公鸡不是东西。"

乙　骂上了。

甲　（唱）"在南山你吃了我的亲娘舅，在北山你吃了我的姑表姨。今天你落在我姓蛐的手，咱俩分个上下论个高低。四两棉花纺一纺，蛐爷爷我不是好惹的，说着恼，带着怒，嘟嘟嘟，只见它蹬了蹬腿儿，捋了捋须往前一蹦——"

乙　怎么样？！

甲　（唱）"……也喂了鸡！"

乙　你外头凉快凉快去吧！

甲　你往外撵我干什么？

乙　不叫你在这儿唱。

甲　我哪儿唱去？

乙　那边唱去。

甲　好，（和乙拉开一段距离）"哐一个令哐一个令哐。"

乙　……你回来唱吧。

甲　（回来）"哐一个令哐一个令哐。"

乙　真唱？别唱了！

甲　你这个人，这儿也不叫唱，那儿也不叫唱，我上哪儿去呢？

乙　哪儿也不能唱！

对口相声

甲　凭什么？这戏园子是你们家的？

乙　不是。

甲　你赁的？

乙　也不是。

甲　那为什么不许我唱呢？

乙　我们这儿说相声呢。

甲　你说你的，我唱我的。

乙　那观众怎么听啊？

甲　观众愿意听唱的就听我的，观众愿意听说的就听你的。

乙　那不乱套了吗？你不能唱。

甲　我今天还非唱不可！我这个人就有这个毛病，你越不叫我唱，我就偏唱，你要好好说，我还兴许不唱。

乙　怎么说？

甲　你过来鞠个躬："先生，你唱得真不错，太好咧，我代表观众烦您多唱几句好不好？"我这么一听，哟，你这是寒碜我，一害臊我就不唱了，你不叫我唱我是非唱不可！"哐一个令哐一个令哐。"

乙　什么人都有。"先生，您唱得真好……"

甲　不客气。

乙　"我代表观众烦您多唱几句怎么样？"

甲　你说的这都是真话？

乙　真话。

甲　非叫我唱不可？

乙　非唱不可。

甲　好！"哐一个令哐一个令哐。"

乙　真唱啊！

甲　你不是叫我唱吗？

乙　你不是有毛病，叫你唱你不唱，不叫你唱你非唱不可吗？

甲　这个毛病现在又改过来了。

乙　改过来了也不能唱。

甲　我偏唱。

乙　你唱就不行。（欲打甲的意思）

甲　你敢说三句"不许我唱"？

乙　三句？三十句也敢说！

甲　你说？

乙　不叫你唱！不叫你唱！还是不叫你唱！

甲　那我不唱。

乙　这位欺软怕硬！

甲　（自言自语地）什么玩意儿？

乙　谁什么玩意儿？

甲　我！我什么玩意儿，你管得着吗？

乙　那我管不着。

甲　不是东西！

乙　谁不是东西？

甲　我！我不是东西，你管得着吗？

乙　我管不着。

甲　小舅子！

乙　谁小舅子？

甲　我小舅子，你管得着吗？

乙　管不着！

甲　我是你爸爸。

乙　谁呀？

甲　我呀，我是你爸爸，你管得着吗？

乙　我管不……我管着了。

甲　这回你怎么管着了？

乙　你是我爸爸，我还管不着吗？

甲　多咱？

乙　刚才，没有，刚才也没有。

甲　我是跟您开玩笑。我知道您是说相声的，听完你这相声给我们多少钱？

乙　给你多少钱？你得给我们钱！

甲　给多少钱？

乙　多少钱都可以。

甲　不就是要钱嘛！（掏钱状）给……哟，这个还不能给你。

乙　为什么？

甲　当票儿。

乙　跑我这赎当来了。

甲　不，我带着钱了。（半天掏出来）一块钱少吧？

乙　一块钱也不嫌少。

甲　那我就走啦？

乙　走吧。

甲　别送了？

乙　不送。

甲　那个钱怎么直看我？

乙　你看它是它看你？

甲　走咧。

乙　走吧。

甲　一块钱哪，再见吧！（往台下走）

乙　您说这叫什么人哪？您还是听我说相声。

甲　（在台前，先做找钱状，后哭，越哭越痛）我钱没了！我钱没了！我的妈呀！要了我的命了！哇！

乙　哎，先生，你回来！你回来！

甲　（回来仍做哭状）先生，你说你的吧，我哭我的。

乙　我说得下去吗？您怎么啦？

甲　我钱没了！

乙　多少钱？

甲　一块钱。

乙　这不是您给我了吗？我再给您吧！

甲　你看你这个，我那钱给你怎么还能往回要呢？

乙　那你哭什么？

甲　这钱不是我的。

乙　跟谁借的？

甲　也不是借的。

乙　那么这钱是哪儿的呢？

甲　这钱，是我爷爷的钱。

乙　你爷爷的钱怎么到你手里啦？

甲　别提了，我爷爷辛辛苦苦一辈子，就挣这么一块钱。

乙　一辈子才挣一块钱？

甲　我爷爷临死的时候，把我爹就叫过来了，说："儿子啊！"

乙　啊！嗻！

甲 我都这模样了，你还占我的便宜哪？

乙 我吃着亏哪！

甲 我爷爷说："儿子啊！"

乙 啊！

甲 你怎么又来了？

乙 我嘴也甜。

甲 我爷爷叫我爹："儿哇，我这一辈子没留下什么财产，只留下一块钱，我把它留给你吧。等你有了儿子再传给你儿子……"说完了我爷爷就死了。

乙 是啊？！

甲 后来我爸爸就有了我了。到他老人家临死的时候，又把我叫过去了："儿子啊，我这一辈子也没留下什么，只有你爷爷传给我的一块钱，现在我把它传给你，等你有了儿子再传给你儿子吧！"说完也咽气了。

乙 唉！

甲 我爹也是个老糊涂。

乙 怎么？

甲 你连媳妇都没给我娶，我上哪儿有儿子去？这一块钱我怎么办呢？

乙 是啊？

甲 干脆，我把它传给你吧！

乙 我不要。

（于春明述 新纪元整理）

训　子

甲　有这么句老话，叫"妻贤夫祸少，子孝父心宽"。

乙　一点儿不假。

甲　我一看您乐乐呵呵的，家里肯定顺心。

乙　是，家庭和睦。

甲　妻子贤惠，儿子孝顺。

乙　你不也一样吗？

甲　我和您可比不了。

乙　怎么呢？

甲　这不今天一早起，就和我媳妇怄了一肚子的气。

乙　因为什么呀？

甲　刚早晨七点，我正在被窝里躺着呢，我媳妇就开始难为我。

乙　怎么难为呀？

甲　唉，七点了，快起来吧！别睡懒觉了！

乙　叫你起来！

甲　一听这话当时我就火了，我说我起呀？我似想起，我似不想起，我又想起了我又想不起。您说她这不是难为我吗？

乙　这可不是难为你，这是关心你。

甲　关心我？那您说我是起我是不起？

乙　困你就睡，不困你就起。

甲　唉！我媳妇说啦："困你就睡，不困你就起。"

乙　您等会儿，这话谁说的？

甲　我媳妇说的！

乙　和我说的一样。

甲　让您给赶上了！您多包涵。

乙　没什么！没什么！

甲　起来之后，她还是难为我。

乙　又怎么难为了？

甲　茶给你沏好了，你快喝茶吧！

乙　叫你喝茶！

甲　我说我喝，我似想喝，我似不想喝，我又想喝茶了我又想不喝。您说她多难为我？

乙　这怎么是难为你呢？

甲　您说我是喝，我是不喝？

乙　你呀，渴就喝，不渴你就别喝。

甲　对，我媳妇说啦："你呀，渴就喝，不渴你就别喝。"

乙　噢！

甲　我媳妇说："噢！"

乙　嘿！

甲　接着她还难为我，说："饭给你做好了，你快吃饭吧！"

乙　叫你吃饭。

甲　我说我吃，我似想吃，我似不想吃，我又想吃了我又想不吃。您说哪有这么难为人的？

乙　（不言语）

甲　您说我是吃，我是不吃？

乙　（不言语）

甲　我吃？

乙　（不言语）

甲　要不我不吃？

乙　（不言语）

甲　你说这不找着怄气吗？我媳妇一赌气，她不理我啦！

乙　（推甲）你可太可气了！我怎么着好哇？

甲　你说我是吃，我还是不吃？

乙　我问你，这里还有你媳妇的事吗？

甲　没有啦！

乙　没有啦，好，我告诉你，"你就趁热吃点儿，多好！"

甲　我媳妇……

乙　你媳妇怎么的？

甲　她没言语。

乙　唉！

甲　我儿子过来了："爸爸，你就趁热吃点儿，多好！"

乙　你到外边凉快凉快去吧！这像话吗？

甲　太不像话啦！你这个孩子怎么能和大人学话呢？

乙　这又开始教训儿子啦！

甲　这孩子你就得管，"棒打出孝子，恩养无义儿！"

乙　对，"养不教，父之过"嘛。

甲　你不管他，他以后能有出息吗？

乙　那不能！

甲　你看有的人，看那孩子早上背书包上学去了，晚上背书包又回来了，他连问都不问。

乙　有这样的！

甲　这就不行，那马、牛，那么老实，为什么还给它拴个缰绳啊，戴个鼻环啊？

乙　为什么？

甲　怕它没有方向，走错路。

乙　是！是！

甲　你看我那儿子……

乙　你也给他戴鼻环啦？

甲　这叫什么话？你那孩子拴缰绳啦？

乙　那没有。

甲　我对儿子教育就从来不放松，每天我都教训我那儿子。

乙　您要求严。

甲　每天一放学回家，我先叫他："站住。"

乙　干吗"站住"？

甲　你不叫他站住，他就进去了。

乙　这不废话吗？

甲　"站住。"

乙　（左瞧右瞧）你这叫谁哪？

甲　叫谁呢？叫你哪！

乙　叫我？

甲　我叫我儿子呢！

乙　你别冲我说呀？

甲　"站住。"

乙　（不言语）

甲　怎么我跟你说话，你装没听见哪？

乙　还是我呀？

甲　我叫我儿子，你别捣乱，你和小孩儿说话，不能嬉皮笑脸的！

乙　唉！我不捣乱。

甲　你把作业给我拿出来。

乙　（拿着扇子）要作业啦！

甲　你把作业拿过来呀！

乙　拿过来吧！

甲　叫你把作业拿过来，你听见没？

乙　这又叫谁呢？

甲　还叫谁？就叫你呢。你把作业拿过来这不就完了吗？（把乙的扇子抢过来）

乙　还是我呀！（用眼睛瞪甲）

甲　不愿意是吧？你还用眼睛瞪我。

乙　你走吧你。

甲　怎么啦？我这儿叫我儿子呢，和你没关系。

乙　是啊！我也不想有关系啊？

甲　你这小子最大的毛病就是不老实，你还跟我装相，你说你上学是不老淘气？你气老师，打同学，骂校长，还反了你了，怎么地？

乙　说他那孩子呢？

甲　说什么孩子，我就说你呢？

乙　我说你到底说谁呢？

甲　我没说你，我说我儿子呢！

乙　老这么别扭。

甲　你们老师都找我谈了，一上课你就捣乱，拽女同学小辫儿，摸男同学屁股蛋儿，你说你老实过吗？

乙　我没这毛病。

甲　你还敢跟你爸撒谎。

乙　谁撒谎呀？

甲　你怎么老说话？我说话你就装听不见，行不行？

乙　那行。（梗脖子）

甲　你梗什么脖子？我知道我一说你，你就不愿意，我一说你，你就不愿意，昨天我给你那钱，你干什么啦？

乙　这不是说我？

甲　你老往外支什么？我就说你？

乙　我说你到底说谁呢？

甲　我说我儿子呢？

乙　啊！怨我，我装听不见，你说吧！

甲　（打开扇子）看你这作业，就写这个字？我一看你这作业，就来气，再写这样的字，我把你屁股打烂。（一扔扇子）

乙　（不言语，瞧扇子，左右看）

甲　你干什么回头回脑的！

乙　啊？

甲　"啊"什么？爸这儿跟你说话呢！

乙　说他儿子呢？

甲　我教训你，不是为了你好吗？

乙　为他儿子好。

甲　我这是望子成龙，你得明白这个道理。你要学好了，爸爸能生气吗？

乙　这位教训孩子可真严。行啦，您也别生气了！（把扇子捡起来）

甲　对，把作业捡起来，这才是爸的好儿子哪！

乙　还是我呀？！

（杨振华述　新纪元整理）

打灯谜

甲　我最喜欢听您说相声。

乙　是啊？

甲　因为您吐字清楚，声音洪亮，表情优美，外观大方，赠送亲友，最为相当。

乙　我成礼品啦！

甲　不，我是说您聪明，脑子来得快。咱们打开看看！

乙　不成。

甲　那我是不是可以化验化验您。

乙　可……化验我呀？

甲　就是我说个灯谜，叫您猜猜，看您脑子怎么样？化验化验您。

乙　啊，那叫智力测验，考验考验我。

甲　对，考验您。

乙　咱们不能白来，挂点儿赠品。

甲　行，一盒香烟怎么样？

乙　好，你说一个我猜。

甲　你听着："一棵树落着十只鸟，用枪打死一只，还有几只？"

乙　还有九只。

甲　不对，一只也没有了。

乙　怎么？

甲　全飞了。

乙　……

甲　依着您，打死一只，那九只不动，"喂，再给我来一枪怎么样？"这鸟缺心眼儿。

乙　你这是绕人，我思想没做准备。

甲　好，这个不算。

乙　对，再说一个。

甲　"鱼缸里有十条鱼，用棍儿打死一条，还有几条？"

乙　一条也没有了。

甲　怎么？

乙　全飞了。

甲　鱼会飞吗？

乙　对，我糊涂了！这还有九条。

甲　怎么还有九条哪？

乙　您想呀，鱼缸里十条鱼，打死一条，剩下九条了。十减一等于
　　九嘛。

甲　不对，还是十条。

乙　十条？

甲　啊，死的那条，还在上边漂悠着哪。

乙　捞出去，扔掉！

甲　没来得及捞哪。

乙　你让各位听听，像话吗？

甲　好，我再说一个。

乙　说有意思的。

甲　这是智力测验。"嫌短去一块。"

乙　短了。

甲　长了。

乙　他这玩意儿都新鲜。嫌短去一块——倒长了？

甲　费费脑子，好好猜猜。

乙　比如，我这条裤子，嫌短去一块，那更短了。

甲　不，长了。

乙　怎么能长呢？

甲　你把哪儿去一块？

乙　裤子去一块。

甲　不，你把腿去一块，裤子就长了！

乙　腿可瘸了！

甲　这好吧？

乙　好什么呀？干脆，我说一个你猜："越刮哧越粗。"

甲　越刮哧越粗？这支铅笔铅粗，越刮哧越细呀。你说错了，应该是越刮哧越细。

乙　不，越刮哧越粗。

甲　这我猜不着了。

乙　认输了。

甲　这是什么呢？

乙　农村挖土井的。你看先挖一个土坑，人跳进坑里，用铁锹往外刮哧，越刮哧越粗，越刮哧越粗……

甲　往外刮哧呀？

乙　那你刚才说去腿，我也会。

甲　好，你再听这个："一个西瓜，一刀切捂半拉。"

乙　你这刀准有毛病。一般的刀切两个半拉，这把刀三个刃，能切五个半拉。

甲　你净胡猜。就是普通的刀，就切捂半拉。

乙　怪了，我猜不着，你说说这五个半拉怎么切的？

甲　你看看，一个西瓜，一刀切开，我这儿捂着半拉。

乙　用手捂呀？

甲　哎。

乙　你听这个："一个西瓜一刀切捂大瓣儿拾小瓣儿。"

甲　这是怎么切的？

乙　你猜呀。

甲　猜不着。

乙　听着：一个西瓜，一刀切开，我这捂着大瓣儿。

甲　十小瓣儿哪？

乙　小瓣儿的掉地下了，我把它拾起来，拾小瓣儿。

甲　捡起小瓣儿的。

乙　对。

甲　怎么掉地下啦？

乙　我没捂住呀！

甲　您这可不怎么样！

乙　我跟你学的。

甲　这回我说个好的。

乙　你有好的吗？

甲　你听啊："远瞧是电车，近瞧是电车，电车是电车……"

乙　"就是不动窝"，破电车。你这个，有黄花鱼那年就有。这叫什么呀？

甲　你这嘴太损了，哪年有的黄花鱼？

乙　就是说你这玩意儿全老掉牙了。

甲　你这不对。我说的是新的，你猜着我就认输呀！

乙　是这话？你敢说我就敢猜。

甲　你猜呀！

乙　这次我们的赠品不是一盒香烟，改成一条儿香烟。

甲　十条也成。

乙　你说吧。

甲　"远瞧是电车，近瞧是电车，电车是电车，就是不动窝。"

乙　破电车。

甲　不对，没电！

乙　没电啊？你再说。

甲　"远瞧是电车，近瞧是电车，电车是电车，就是不动窝。"

乙　破车、没电，正赶上红灯，司机没在……

甲　全不对！

乙　你这是……

甲　卖票的没按铃哪！

乙　你走吧！这是什么呀？儿童游戏！

甲　真要猜，我说个有意思的。

乙　你会吗？由一上台你就没正经的。

甲　说个好的，你费费脑筋。

乙　说吧！

甲　"二人见面忙握手。"这是七个字，扣一个字。

乙　这是扣字儿。

甲　你用心猜猜。

乙　"二人见面忙握手。"……我好好考虑考虑，二人见面……这字一定念"好"。走街上两人一拉手："你好啊？"那位回答"好！"换个字，难听。见面拉手："你还没死哪？"非打起来不可，我猜着了，这字念"好"。

甲　不，不念"好"！

乙　念"好"。

甲　不念"好"。

乙　我也别说念"好"，你也别说不念"好"，咱俩承让承让。

甲　打灯谜，承让什么？

乙　咱俩人见面一拉手，谁一说"好"，就算输。

甲　不说"好"哪？

乙　算赢啊！

甲　行，来吧！

乙　哎，你好哇？

甲　你输了！

乙　怎么？

甲　你说好了！

乙　嘿！瞧我这倒霉劲儿的……哎，这灯谜谁说的？

甲　我说的！

乙　谁猜呀？

甲　你猜。

乙　还是的，我猜念"好"，你说不念"好"，咱俩才成样。我说一千个"好"，一万个"好"，全不算输，你说一个"好"就为输，为的是用我说的"好"，引出你的"好"。你就是"好不好"，把"不"字去掉，还有"好"字。跟你说吧，什么"好""不好""好冷""好热""好家伙""耗子药"……这都不成。

甲　一沾"好"字音就算输？

乙　对。

甲　那我认输了。

乙　怎么？

甲　从现在问我到明天，准得说出来。

乙　限定个时间，五分钟。

甲　五分钟内说出"好"字？

乙　那为输。

甲　五分钟以外说出来。

乙　你爱怎么说，怎么说。

甲　来吧！

乙　哎，你好吗？（握手）

甲　我不认识你！

乙　不认识我？我吃饱了上街瞧谁跟谁握手，像话吗？得认识！

甲　认识？可以。

乙　（握手）你好啊。

甲　哑……

乙　哑巴！你没法说出来！

甲　哑巴就不准交朋友啦？

乙　得会说话！

甲　成！

乙　（握手）你好啊？

甲　托福，托福！

乙　家里都好？

甲　托福托福！

乙　老爷子好？

甲　托福托福！

乙　吃饭没有？

甲　托福托福啊！

乙　你老托福啊？

甲　我托福五分钟就得了！

乙　不成，得我有来言，您有去语，老托福受得了吗？

甲　行！

乙　你好啊！

甲　还那样儿！

乙　嘿！不好不坏！家里都好？

甲　看你问谁啦。

乙　老爷子好？

甲　死了！

乙　老太太好？

甲　病着哪！

乙　大哥？

甲　枪毙了。

乙　大嫂子好？

甲　嫁人啦。

乙　孩子们好？

甲　我们一家子就是孩子们……

乙　好。

甲　全长疥哪。

乙　……嘿，他们家没人啦！

甲　你输了！

乙　不到五分钟，我再问问，您是？

甲　还那样儿。

乙　还那样儿就是……

甲　对付。

乙　对……老爷子？

甲　死了。

乙　什么时候没的？

甲　去年。

乙　死那年他……

甲　七十六。

乙　我听说这几年他身体就不好。

甲　落炕了。

乙　炕上吃，炕上拉，我看他死了倒比活着……

甲　舒坦。

乙　这舒坦大劲儿啦！老太太？

甲　病着哪！

乙　什么病？

甲　七十二了，老病。

乙　没请大夫看看？

甲　请了，打个方子，抓服药，吃完了，出点儿汗，这病……

乙　怎么样？

甲　更厉害了！

乙　找哪个大夫看好？

甲　王大夫。

乙　王大夫可没有李大夫……

甲　个头高。

乙　个头高管什么呀？

甲　有能耐！

乙　在哪儿抓的药？

甲　口外小药铺。

乙　那不成，小药铺没有 ×××……

甲　给得多！

乙　药给得多能治病吗？

甲　材料真。

乙　对，××× 比小药铺……

甲　药材全！

乙　大哥？

甲　枪毙了！

乙　为什么？

甲　倒卖人口。

乙　我听说，大哥这人最近几年不……

甲　不太……怎么样！危险！

乙　大嫂子？

甲　嫁人了。

乙　对，守着也没什么守头儿，嫁的那头儿比你们家……

甲　强！

乙　大嫂子那人？

甲　不错。

乙　听说，她手巧。做的鞋比外边买的还……

甲　美观。

乙　外边买的不如她做的……

甲　结实。

乙　她做的比外边买的……

甲　坚固！

乙　外边买的不如她做的……

甲　禁穿！

乙　她做的可比外边买的……

甲　你怎么老问这句，问点儿别的！

乙　孩子们？

甲　长疥了!

乙　没买点儿药擦?

甲　买了,×××疥药,擦上算是……

乙　怎么样?

甲　止痒。

乙　再擦?

甲　见轻。

乙　再擦点儿?

甲　定痂了。

乙　过几天……

甲　就没了!

乙　对!我也没问的啦!嘿,你脑子真好使,甭说五分钟,就是三个钟头,你也说不出……

甲　那个字呀!

乙　哪个字?

甲　女字边,一个了字。

乙　这念什么?

甲　这念……我不认识!

乙　行咧,我输了,我没带烟卷。走,你等我买了还你,怎么样?

甲　好啊!

乙　哎!

（于连仲整理）

绕口令

甲　（方言）您这是做嘛的？

乙　我们是说相声的。

甲　噢，说相书的，知道。说书的老先生，说个《三国》呀，《列国》呀；说个宋朝的《杨门女将》，佘太君、老令公、杨宗保、穆桂英、烧火的姑娘杨排风；《西游记》，孙悟空保着唐僧去取经，还有《三打白骨精》。说书的！

乙　您没听明白，您说的那是说长篇书的，我们这是说相声的。

甲　噢，笙啊！吹笙的，好艺术，这我可懂得，吹个《送公粮》，吹个《新货郎》，各种曲调。

乙　您说得不对，您说的那是民间乐器，笙、管、笛、箫，我们不会那种艺术，我们说的是相声，这是大家喜欢的一种艺术形式。哎，简单说吧，就是逗乐的。

甲　逗乐的。怎么乐呀？是大乐是小乐，是文乐是武乐？是一点儿一点儿地乐呀，是一次全乐完呀？有个乐样子么？你拿出来我看看。

乙　没地方给你找乐样子去。

甲　你没乐样子，我怎么就乐了呢？

乙　我们说到可乐的地方，自然你就乐了。

甲　噢，自然找就乐了。乐完了对找有嘛好处吗？

乙　当然有好处啦！

甲　虱子不叮，跳蚤不咬？有臭虫蚊子往别的屋里跑，不咬我了？

乙　他拿我当蚊香了。

甲　哎，你不说有好处吗？

乙　有点儿小好处，比如说，您有点儿闷得慌……

甲　我怎么闷得慌？

乙　好比你心里烦。

甲　我怎么烦了？

乙　您不高兴。

甲　我为嘛不高兴了？

乙　你跟人家抬杠了。

甲　我跟谁抬杠了？

乙　你跟我抬杠了！怎么说他也不明白，比如说，你吃完饭出来了……

甲　我吃嘛了？

乙　怨不得他这么大火儿哪，敢情还没吃饭哪。可没吃您就得说吃了。

甲　噢，没吃我得说吃了。

乙　还得说是吃好的，吃的包饺子、捞面。

甲　噢，没吃我说吃了，还得说吃包饺子、捞面。

乙　哎，对了！

甲　我对得起我肚子吗？

乙　这位还真实心眼儿。不管你吃嘛儿没吃嘛儿吧……你呀，短人家二十元钱。

甲　什么？我短谁二十元钱？你要反了！我在这儿站了没十分钟就短了人家二十元钱。是你给借的？是你的保人？账主子在哪儿啦？你找出来我问问他！

乙　你先别着急。实际上你不短人家钱，假装短人家钱。

甲　我吃饱了撑的，找个账主子追着我玩儿？

乙　没人跟你要。

甲　要我得给呀？

乙　没这么回事！

甲　那你说它做嘛呀？

乙　你不是不明白吗？

甲　我明白了，钱就没了。

乙　你先别言语……

甲　你这儿是法院？

乙　你先听我的。

甲　你是原告呀？

乙　你这儿打官司来了。你先听我说这意思。你该人家钱，还不起人家……

甲　还不了当初别借呀！

乙　他比我还明白。你呀，不短人家钱，假装短人家钱。人家老追着你要，你没钱还给人家，你心里就腻味，出来哪，上我这儿来了……

甲　你给我还了。

乙　我呀？没听说过，你听我一段相声，我还管还账哪。我们这相声是逗乐的，你听我们一段相声，哈哈这么一乐，就把短人家钱这事给忘了……

甲　噢，你这么一说我明白了。

乙　可明白了。

甲　我不短人家钱，假装着短人家钱，人家老找我要呀，我还不了人家，心里腻味了没地方去，上你这儿来了，听你两段相声，逗得我把短人家钱这档子事就忘了……

乙　哎，对了！

甲　我出了门，账主子还等着我哪！

乙　你还人家钱去吧。听一段相声还管你一辈子？

甲　我知道您这是说相声的，这不是跟您说笑话嘛。我这么聪明的人，不知道您这是说相声的？

乙　你还聪明？

甲　我还聪明？我就是聪明。

乙　看不出来。

甲　我打小儿就聪明。

乙　由哪儿表现你聪明？

甲　我五六岁的时候，玩儿小孩儿玩意儿，就是那一上弦就跑的小汽车，刚买来，我就把它拆了，一件一件摆在那里，全看明白了。

乙　再把它装上？

甲　装是装不上了。

乙　你那叫聪明？你那叫拆。说句不好听的你是败家子儿。

甲　这是怎么说话？那不是小的时候嘛，长大了还是这么聪明。不管嘛事，一看就明白，一听就懂。街坊邻居夸俺：这个孩子真是个大聪呀！

乙　没叫你大蒜呀？

甲　什么叫大蒜？

乙　你不说叫大葱吗？

甲　大了聪明。现在六十多了，老了……

乙　你是老葱了。

甲　那你是干姜了。你这是怎么说法，谁是老葱？

乙　你着什么急呀，这不是跟你说句笑话嘛！

甲　噢，这是跟我说笑话？

乙　就许你跟我说笑话，不许我跟你说笑话？我还告诉你，我们这个行业，讲究说个笑话儿，说个大笑话儿、小笑话儿、字意儿、灯谜、反正话儿、俏皮话儿，告诉您，最拿手的是说绕口令。

甲　绕口令？我懂得。

乙　说什么他懂什么，他又懂得。

甲　什么叫又懂得？我就听过嘛，绕口令嘛。"玲珑塔，塔玲珑，玲珑宝塔第一层。一张高桌准有腿……"

乙　多新鲜哪，没腿儿那是面板。你说的那是西河大鼓唱的那个绕口令。

甲　对呀，我听过。

乙　那是唱，我们这是说，说得比唱得难。

甲　有嘛儿难的，没嘛儿。

乙　你老是没什么，看着容易做着难。我说一个你就学不上来。

甲　你说一个我要是学不上来，我拜你为老师傅。

乙　好，你听着。

甲　这难不住我。你别瞧不起人……（自己叨念）

乙　你听我说这个："打（音 jiě）南边来个白胡子老头儿，手拄着绷（bèng）白的白拐棒棍儿。"

甲　说！

乙　说完了。

甲　你说什么了？

乙　他没听见。我这儿说，你那儿唠叨，那还听得见？这回你可听着啊！"打南边来个白胡子老头儿，手拄着绷白的白拐棒棍儿。"

甲　说呀！

乙　说完了！

甲　就这个，来个老头儿拄拐棍儿，你说它做什么呀？这有什么新鲜的？到了年岁拄个拐棍儿这有什么呢？

乙　我们说的这是绕口令，甭管他年岁，你说！

甲　行，你听着。打哪边来的？

乙　他还没听清楚。打南边。

甲　说打南边来个白胡子老头儿，白胡子老头儿……白胡子老头儿有八十多岁了吧？

乙　你管他多大岁数干吗？

甲　我想它这个意思呀，白胡子老头儿八十多岁，他要是黑胡子，不就五十多岁吗？

乙　你甭解释了。

甲　打南边来个白胡子拐棍儿，拄着个绷白老头儿。这有嘛儿。

乙　啊？拐棍拄老头儿，受得了吗？

甲　你不是这么说的吗？

乙　我说的是老头儿拄拐棍儿，你说的是拐棍儿拄老头儿。

甲　噢，我给反个儿了。再来，说打南边来个白胡子老头儿，手拄着奶油冰棍儿。

乙　什么奶油冰棍儿，奶油的，还有水果儿的哪？

甲　水果的三分，奶油的五分，你来个奶油的吧。

乙　什么的我也不吃。不对！手拄着绷白的白拐棒棍儿。

甲　拄的是拐棍儿，不是冰棍儿。打南边来个白胡子老头儿，白胡子老头儿的棍儿，白胡子老头儿拄着，手拄着绷……老头儿蹦……蹦，老头儿蹦三蹦。

乙　老头儿吃多了，消食哪？没事他蹦什么？

甲　老头儿练过太极拳呀。打南边来个白胡子老头儿，白胡子老头儿拄着蹦……棍……蹦，老头儿蹦，拐棍蹦，老头儿蹦起来给你一棍儿。

乙　我招他惹他了，给我一棍儿？

甲　老头儿尽力蹦，还不着急！给你来一棍儿吧！

乙　说你不行吧！听着容易，说不上来。你要说上来，我可真拜你为师。

甲　这可是你说的呀，听着："打南边来个白胡子老头儿，手拄着绷白的白拐棒棍儿。"说上来了吧？收你这个小徒弟。

乙　这算你蒙上来的，我再说一个你就说不上来了。你听啊！"截着墙头扔草帽，也不知草帽套老头儿，也不知老头儿套草帽。"你说这个。

甲　他哪来这么些老头儿呀？你听着：截着墙头扔老头儿……

乙　什么，扔老头儿？那不把老头儿摔死了？

甲　扔什么呀？

乙　扔草帽。

甲　还截着墙头。截着墙头扔墙头。墙头怎么扔啊？截着墙头扔砖头……

乙　好嘛！没把老头儿摔死，拿砖头也把老头儿开了。截着墙头扔草帽。

甲　截着墙头扔草帽，草帽不戴老头儿，老头儿不戴草帽。

乙　为什么不戴哪？

甲　穿皮袄戴草帽，像样子吗？这是什么月份啦？怪冷的，戴个皮帽子得了。

乙　他说不上来老有词儿。说皮帽子就不绕嘴了。

甲　非得草帽？你听着：截着墙头扔草帽，草帽扔过去，老头儿一看草帽过来了，往后一退步，往前一探身，两膀这么一晃，脖子这么一挺，奔儿，草帽就戴上了。

乙　您这不是戴草帽，这是练杂技。

甲　对了，这是杂技团的老头儿，要不他这么大的功夫。得了，你再说个别的吧。

乙　看事容易做事难。说不上来了吧？再听这个："南门外有个面铺面冲南，面铺挂了个蓝布棉门帘，摘了蓝布棉门帘，瞧了瞧，面铺还是面冲南，挂上蓝布棉门帘，瞧了瞧，面铺还是面冲南。"你再说说这个。

甲　好，听我的！南门外有个面铺面冲南……南门外有个面铺面冲南，你这个艺术不值钱了。

乙　怎么不值钱了？

甲　我问问你，南门外大街是怎么个方向？

乙　南北大街呀！

甲　对呀，南北大街，它这个面铺怎么冲南呀？盖在马路当中了？汽车怎么过呀？拆了得了。

乙　这倒干脆，他说不上来胡挑毛病。南门外地方大了，就南门外大街呀？我说的是南门外往西拐过去菜桥子那儿的面铺。

甲　还是的，你说明白喽。菜桥子是往西拐的，往西这么一拐不是有个小百货店吗，百货店旁边就是豆腐坊，豆腐坊旁边有个小酒馆，酒馆门口还有个摆鲜货摊的，对过儿还有个修拉锁的，修拉锁的旁边是那个面铺了。

乙　对，可找着了。

甲　说南门外菜桥子的小百货店，百货店旁边豆腐坊，豆腐坊旁边的小酒馆，酒馆门口摆个鲜货摊，对过儿修拉锁，旁边那个面铺……

乙　你听，这乱不乱呀？

甲　够乱的，差点儿转了向了，这该咋办哪？

乙　你甭添那么多零碎儿，就南门外。

甲　好，就南门外吧。南门外有个面铺面冲南……单的？夹的？棉的门帘子？

乙　棉的。

甲　南门外有个面铺面冲南，面铺挂了个蓝……棉……蓝、帘、蓝蓝蓝的棉，挂个蓝的多难看，你挂个红的吧！

乙　哪个商店挂个大红帘子？就要蓝的。

甲　南门外有个面铺面冲南，挂个蓝布棉门帘，摘了南门脸儿，你看难不难？

乙　南门脸儿？那是够难的。摘了棉门帘。

甲　噢，摘门帘，不是门脸儿。南门外有个面铺面冲南，面铺挂了个蓝布棉门帘，摘了个蓝布棉门帘……挂了蓝布棉门帘……摘了挂，挂了摘。你老摘它做嘛儿呢？没挂坏全让你摘坏了。

乙　这不都是你说的吗？

甲　挂上蓝布棉门帘，瞧了瞧，面铺还是面向南，摘下面铺……不是，摘下面铺棉门帘，瞧了瞧，面铺里有三袋面，八元钱，掌柜的唉声叹气真为难，眼看这个买卖就算完。

乙　他把这买卖给说黄了！得了，别费这劲儿了，你再听我说一个："一平盆面烙一平盆饼，盆平饼，饼平盆。"

甲　烙饼多费事呀，蒸锅馒头不完了吗？

乙　你甭管吃什么，你说！

甲　说一盆皮面……

乙　什么叫一盆皮呀？一平盆。

甲　说一平盆面，烙一平盆饼……你这玩意儿不合乎情理了。

乙　又来了。怎么不合乎情理哪？

甲　你想啊，一盆面和好了，连半盆也烙不出来，甭说烙一盆了，那怎么会平盆了哪？

乙　你甭管烙多少，叫你说绕口令。

甲　行，多少甭管它了。说一平盆面烙一平的饼，饼、盆、饼、平、饼盆平、盆……盆的饼，烙饼……拿大顶。

乙　烙饼拿大顶？得，练杂技的又来了。

甲　你再说个别的吧。

乙　再说别的你也说不上来。去年腊月，我买几块豆腐放在院子里，我忘了，第二天一看，全冻上了。我就拿这冻豆腐说了个绕口令："你会炖我的炖冻豆腐，来炖我的炖冻豆腐，你不会炖我的炖冻豆腐，别假充会炖我的炖冻豆腐，胡炖，乱炖，炖坏了我的炖冻豆腐啊！"

甲　闹两块豆腐，瞧这个麻烦劲儿的。你会炖我的炖冻豆腐，来炖我的炖冻豆腐，你不会炖，你，你不会，你别动我的豆腐。

乙　谁动你豆腐了？

甲　你会炖我的炖冻豆腐来炖我的炖冻豆腐，你不会炖我的炖冻豆腐，我炖我的炖冻豆腐，你不会炖……炖我的炖冻豆腐，你不会炖，我炖，你炖，我炖，这两块豆腐全折腾碎了。

乙　谁叫你折腾了？

甲　你会炖我的炖冻豆腐来炖我的炖冻豆腐，你不会炖我的炖冻豆腐……又到这儿啦，你不会炖我的豆腐，你别动我的豆腐，你假充会炖我的炖冻豆腐，你不会炖，我炖我的炖冻豆腐，你不会炖，我炖，我会炖，你不会炖、炖炖，顿顿炖豆腐，你非得炖，你不会熬着吃吗？

乙　又改了熬豆腐了。

甲　你再说个别的吧。

乙　又说不上来了，你再听这个，有一个挑水的扁担，有一条坐的二人凳。

甲　就是两人坐的二人凳。

乙　对，长条的，用这两样东西说个绕口令："扁担长，板凳宽，扁担没有板凳宽，板凳没有扁担长，扁担绑在了板凳上，板凳不让扁担绑在了板凳上，扁担偏要扁担绑在了板凳上。"

甲　你绑它做嘛儿呀？吃饱了撑的，一边坐会儿去多好啊。扁担是长的，不用你说，哪位全明白，板凳当然是宽的喽！说扁的长……什么叫扁的？还圆的哪。

乙　不全是你自己说的？

甲　扁担，说扁担长，板凳宽，扁担没有板凳宽，扁担绑（音 biǎng）绑，绑在了扁担上，扁担不让扁担绑在了扁担上，扁担偏要扁担绑在了扁担上。

乙　怎么净是扁担了，板凳哪？

甲　板凳搬走开会去了。

乙　搬回来。

甲　板凳搬回来哪！

乙　你就别嚷嚷了！

甲　扁担长，板凳宽，板凳没有扁担长，扁担绑在了……绑得了绑得了绑，闲言碎语不要讲，表一表好汉武二郎……

乙　好嘛，改山东快书了！你呀，别受罪了，我说一个好说的给你转转面子，你就走吧！

甲　我怎么了？我走不了，绷白的白拐棒棍儿，我没说上来？

乙　那是蒙的。你再来这个吧！"吃葡萄不吐葡萄皮儿，不吃葡萄倒吐葡萄皮儿。"

甲　哎呀，俺娘啊，这叫绕口令呀？俺街坊邻居小孩儿也会说这个。

乙　你甭管你们街坊小孩儿，你说个试试。

甲　你听着：说吃平头……

乙　什么吃平头，还吃背头哪！

甲　说吃背头……

乙　什么吃背头？

甲　不是你说的吗？

乙　吃葡萄。

甲　吃葡萄？这个月份有葡萄吗？

乙　你管它有没有哪。

甲　葡萄可贵哪，苹果贱，你来二斤苹果吧！

乙　苹果干吗？葡萄。

甲　噢，就葡萄，你再说说。

乙　"吃葡萄不吐葡萄皮儿，不吃葡萄倒吐葡萄皮儿。"

甲　噢，行了。说吃皮条……吃皮条咬得动吗？说吃葡萄不吐葡萄皮儿，不吃葡萄来包仁果仁。

乙　哪来的仁果仁呀？葡萄皮儿。

甲　你再来来。

乙　你仔细听着啊，我说多少遍也是这么利索："吃葡萄不吐葡萄皮儿，不吃葡萄倒吐葡萄皮儿。"

甲　这个意思我明白了，得琢磨这个意思，吃这个葡萄，葡萄皮别吐出去，在腮帮那儿撂着……

乙　这是个猴儿呀，腮帮子有个嗉子。

甲　吃下一个，呸！这个皮儿吐出去了，这是一个跟着一个走。"吃葡萄不吐葡萄皮儿，不吃葡萄倒吐葡萄皮儿。"喏，说上来了。嘴皮子这么一绷劲儿，就说上来了："吃葡萄不吐葡萄皮儿，不吃葡萄倒吐葡萄皮儿。"对吧？"吃葡萄不吐葡萄皮儿，不吃葡萄倒吐葡萄皮儿。"

乙　行了！

甲　这好说："吃葡萄不吐葡萄皮儿，不吃葡萄倒吐葡萄皮儿。"

乙　好说就没完了。我再说一个难说的，让你下不了台！

甲　把我吓傻了？我是半身不遂了？把你那压箱底的拿出来，你把我难住。

乙　好，你听这个："打南边来个喇嘛……"

甲　喇嘛是什么？

乙　这是口外的出家人，喇嘛僧。

甲　噢，出家人——喇嘛。

乙　手里提拉着五斤鳎目。

甲　什么是鳎目？

乙　鳎目鱼。

甲　怎么不说鳎目鱼哪？

乙　说鳎目鱼就不绕嘴了。

甲　鳎目鱼好吃吗？

甲　你管好吃不好吃呢？

甲　带鱼可好吃，来五斤带鱼吧。

乙　甭带鱼，就鲷目鱼。"打南边来个喇嘛，手里提拉着五斤鲷目；打北边来个哑巴……"

甲　哑巴？就是那不会说话的，啊……啊……

乙　你就别学了。打北边来个哑巴，腰里别着个喇叭。喇嘛、鲷目、哑巴、喇叭，要说个绕口令。

甲　听你的。

乙　"打南边来个喇嘛，手里提拉着五斤鲷目。打北边来个哑巴，腰里别着个喇叭。南边提拉鲷目的喇嘛要拿鲷目换北边别喇叭的哑巴的喇叭，哑巴不乐意拿喇叭换喇嘛的鲷目，喇嘛非要换别喇叭的哑巴的喇叭。喇嘛抡起鲷目抽了别喇叭的哑巴一鲷目，哑巴摘下喇叭打了提拉鲷目的喇嘛一喇叭。也不知提拉鲷目的喇嘛抽了别喇叭的哑巴一鲷目，也不知别喇叭的哑巴打了提拉鲷目的喇嘛一喇叭。喇嘛炖鲷目，哑巴嘀嘀嗒嗒吹喇叭。"

甲　明儿见吧！

乙　哎，别走啊！

甲　怎么这么长啊？

乙　全像"吃葡萄"那个敢情好说了。

甲　没什么！这还吓得住我呀？听着，打……打哪边来的？

乙　吓傻了，打哪边来的全不知道了。打南边来的。

甲　打南边来个喇嘛，提拉七八斤鲷目……

乙　七八斤干吗呀？五斤！

甲　五斤够吃的吗？

乙　你管它够吃不够吃的！

甲　你着什么急呀，不多不少，就五斤。

乙　就五斤。

甲　行，依着你。打南边来个喇嘛，提拉着五斤哑巴……

乙　啊？

甲　哑巴让提拉着吗？哑巴打北边来的。打南边来个喇嘛提拉五斤鲷目，清楚不？打北边来个哑巴，腰里别着个喇——叭，南来提拉鲷目换哑巴……不，换哑巴的这个喇叭，哑巴不乐意换呀……

乙　为什么呢？

甲　他那鳎目不够五斤哪。

乙　噢，哑巴看出来了？

甲　看出来了。哑巴不乐意换……哑巴不乐意换……你看忘了吧！

乙　怎么办呢？

甲　打头儿来吧。打南边来个喇嘛，手里提拉着五斤鳎目，打北边来个哑巴，腰里别着个喇叭。南来提拉鳎目的喇嘛要拿鳎目换哑巴的这个喇——叭。哑巴不乐意换，喇嘛抢起鳎目抽了别喇叭的这个哑巴这儿一鳎目，哑巴拿喇叭打了喇嘛一鳎目……一喇嘛……一喇叭。

乙　好嘛，打起来了。

甲　喇嘛这个性子太暴了，哑巴也死心眼儿，你换给他不就完了吗？哑巴非不换，喇叭非要换，喇嘛这个意思你知道？

乙　我哪儿知道啊！

甲　喇嘛……喇嘛……你看又忘了吧。

乙　嘿，瞧这劲费的！

甲　你老搭茬儿做嘛儿呢？

乙　他说不上来老怨我。得，我不言语。

甲　打头儿来吧。打南边来个喇嘛，提拉五斤鳎目，打北边来个哑巴，腰里别着个喇叭，南来提拉鳎目的喇嘛要拿鳎目换哑巴的喇叭。哑巴不乐意换，哑巴也死心眼儿，你换给他不就完了……

乙　又来了。

甲　哑巴不乐意换，喇嘛这个脾气太暴烈，喇嘛抢起鳎目照哑巴"叭"这么一鳎目，哑巴可就说了……

乙　啊？哑巴说话了。

甲　哑巴能说话吗？哑巴那意思想要说没说出来哪，心里说，我不换你打我做嘛儿呀？哑巴，哑……哎，你看又忘了唄！

乙　嚯——哦！

甲　再打头儿来吧。打南边来个喇嘛，手里提拉五斤鳎目，打北边来个哑巴，腰里别着喇叭，南来提拉鳎目的喇嘛要拿鳎目换哑巴的喇叭，哑巴不乐意换，哑巴不乐意换，喇嘛可就急了。喇嘛这个脾气太暴烈，喇嘛抢起鳎目照哑巴"叭"这么一鳎目，哑巴可没说，没说心里可不服呀，心里说，我不换，你打我做嘛呀？哑巴站在那里吹喇叭，喇叭在那炖鳎目吃……吃、吃、吃葡萄不吐葡萄皮儿，不吃葡萄……

乙　又来了！

（郭荣起整理）

绕口令

十八愁绕口令

乙　这回呀，我给您说回相声。

甲　您看我就喜欢您这个相声。

乙　噢，您是一位相声爱好者呀？

甲　可以这么说，可就是对于您这相声来说是个门外汉。

乙　您这是客气。

甲　一点儿也不懂，有时间您给我介绍介绍，您这相声讲究什么？研究什么？有什么规矩？

乙　相声讲究四个字。

甲　噢，抓、打、擒、拿。

乙　那是摔跤。

甲　摔跤您也会？好，摔摔，摔摔……您不是讲究这么四个字？

乙　抓、打、擒、拿干什么？

甲　讲究什么？

乙　相声四个字是说、学、逗、唱。

甲　噢，讲究这么四个字。

乙　对了。

甲　说，都是什么节目？

乙　哎哟，说的可太多了，我要是给您背一天，也背不完。

甲　您可别背一天。

乙　这么着吧，我简单地给您介绍介绍，您听听得了。

甲　您说我们听听。

乙　好。说的大笑话儿、小笑话儿、字意儿、灯虎儿、反正话儿、俏皮话儿；说个诗，对个对子，说个三列国、东西汉、《水浒》《聊斋》

《济公传》《大五义》《五女七贞》《西游记》、古董王糊驴、老师打砂锅。搋儿淘气、说点儿崩甭绷儿、蹦绷蹦儿、憋死牛儿、绕口令儿……这全是说的。

甲　噢，会说这么多节目哪！

乙　对了，老艺人了就得会得多一点儿。

甲　照您这么一说，别人哪？

乙　会不了这么些个，年限的关系。

甲　啊，别人不会这么多？就是您这么一位老艺人，所以您会这么多节目。

乙　对对对。

甲　那今天能不能烦您一段儿呀？

乙　来啦，来啦。什么叫烦哪？想听哪段儿尽管说，没问题。

甲　虽然是我烦您的吧，但是我能代表观众的愿望。今天各位相声爱好者全来到这儿来听您来，我代表各位观众热烈欢迎您，要求您给表演一段儿。您来回"崩甭绷儿"吧，我们各位热烈欢迎！

乙　对不起……我绷不了。

甲　别价。

乙　实在对不起，我绷不了。

甲　怎么？

乙　这段儿我老没说了，说起来不熟练，您要打算听没问题，给我一点儿时间到后台熟练熟练，我再上场给您说这段儿"崩甭绷儿"。对不起，对不起！

甲　噢，这就难怪了，因为这"崩甭绷儿"嘛，最近您总没"绷"。所以再"绷"起来就不太方便是吧？那不要紧，换个节目，您来回"蹦绷蹦儿"吧。

乙　"蹦绷蹦儿"……

甲　这"蹦绷蹦儿"就别客气了！

乙　我也"蹦"不了您老！

甲　来吧，蹦两下儿吧！

乙　一下儿我也蹦不了啦。

甲　您不是蹦得有两下子吗？

乙　没两下子，没两下子。

甲　这"蹦绷蹦儿"也不行？

甲　是。

甲　您再换个节目，您来回"憋死牛儿"。

乙　您外边遛遛去！成心找别扭吗？

甲　不是您说的吗？您会那崩甭绷儿、蹦绷蹦儿、憋死牛儿。

乙　嗨！您不懂啊！这叫"俏头"。

甲　什么俏头？

乙　到饭馆吃饭去，要个爆三样儿，那里头不就有俏头吗？葱花呀、蒜末儿呀、玉兰片哪……

甲　噢，这么说我明白了，您是那俏头。

乙　哎，我是那俏头干吗呀？

甲　噢，您是？

乙　爆三样儿。

甲　啊？

乙　嘻！爆三样儿干什么呀？全乱了。

甲　哎，究竟您会说什么吧？

乙　究竟我会说呀绕口令。

甲　您会说绕口令？

乙　啊。

甲　行了，今天我帮您说回绕口令。

乙　你帮我说回绕口令？

甲　我帮您说一回绕口令。

乙　你会说相声吗？

甲　相声我倒没学过。

乙　你这不就瞎胡闹吗？不会说相声，帮我说绕口令？

甲　就是会说绕口令。

乙　我们这是艺术。

甲　嗨，有嘴就能说！

乙　有嘴就能说？你这叫轻视我们的艺术。

甲　也没法儿重视！

乙　您看见我了吧，今年将近六十啦，我说了四十多年相声了，我的绕口令还都说不好哪！

甲　那你太笨了。

乙　这么一说你机灵？

甲　就是。

乙　你不是说你机灵吗？这么着，我说一个你跟着我说，你要是跟我说得一样喽，我跪倒磕头拜你为老师。

甲　行，收你一徒弟。

乙　哎，别忙！什么事就收我一徒弟呀？

甲　保证说得上来嘛！

乙　我说一个你说呀！

甲　行啊，您说俩都不要紧。

乙　听着。（拍醒木）

甲　噢，先拍一下。（拍醒木）

乙　你别拍。

甲　我跟您学嘛？

乙　别学拍木头。（拍醒木）

甲　（拍醒木）许你拍，不许我拍呀？

乙　不是不让你拍吗？

甲　我拍也响啊！

乙　响管什么用啊？这得受过师傅的传授，瞎拍不行。

甲　行，行，您拍吧。

乙　（拍醒木）说"起南边来个白胡子老头儿，手里拄着个绷白白拐棒棍儿"。你说这个。

甲　嗨嗨，我以为什么……说了半天就这个？

乙　啊。

甲　等我说完了，我说上来你磕头拜我为师，就说这个？

乙　对了。

甲　我怎么了我呀？我没别的事干了？我站着说这个？你拿我开玩笑呢！我这么大个子……哎，就我这么大个子说这个？我说上来有我怎么好看呀？这么大人我和你说这个？我这么大年纪……

乙　哪么大年纪你！二十来岁儿还那么大年纪，拍老腔哩，你美什么呀，你呀！

甲　就这个，这还叫绕口令？啊，这个太简单了，太省事了。您说那难的。

乙　行。

甲　您说那不好说的。

乙　好吧。

甲　您说那真正绕嘴的。

乙　行，难说的有的是，你先把这个说上来。

甲　这您就以为我说不上来啦？

乙　以为干什么？你说呀！

甲　听着点儿，说起来比你利索。说绕口令得有条件儿：嘴皮儿薄，薄片子嘴儿，说出来那么干净、利索，您看他这嘴唇儿，皇上他妈——太后（厚）。

乙　嗯？还有俏皮话儿哪！

甲　就这还说绕口令儿？哎，你再说一遍儿。

乙　他没听见吧，净跟着捣乱嘛！注意听着啊！

甲　我们得学对喽。

乙　（拍醒木）说"起南边来个白胡子老头儿，手里拐着个绷白白拐棒棍儿"。

甲　就这个？

乙　啊！

甲　听着吧，说起南边来个白头子老胡……

乙　白头子老胡！这是哪儿的话呀？

甲　不是你说的起南边来个白头子老胡吗？

乙　说起南边来个白胡子老头儿！

甲　起南边来个白胡子老猴。

乙　老猴？老猴干什么？老头儿。

甲　老头儿、老猴儿，反正都差不多。

乙　这差得太多了。

甲　说起南边来个白胡子老头儿，噢，就这个？

乙　啊。

甲　起南边来个白胡子老头儿，清楚吧？

乙　清楚。

甲　换新鲜的。

乙　哎。完了？这倒好，半句呀！后边还有半句呢。

甲　还有什么？

乙　还有手里拐着个绷白白拐棒棍儿！

甲　说起南边来个白胡子老头儿，手里拐着拐棍儿。

乙　啊，省事了，老头儿拄拐棍儿！

甲　他怕摔着。

乙　留点儿神嘛，手拄着绷白白拐棒棍儿。

甲　噢，合着你蹦，我这儿没蹦。

乙　对了。

甲　这不得了吗，说起南边来个白胡子老头儿……蹦起来给你一棍儿！

乙　我呀！给我一棍儿干什么？

甲　你踩他脚了。

乙　我多会儿踩他脚了？

甲　你不给人道歉人不梆你。

乙　我道哪门子歉哪？

甲　下回留点儿神。

乙　留什么神？手拄着绷白白拐棒棍儿，给我一棍儿干什么？

甲　不是蹦起来给你一棍儿？

乙　给我一棍儿干什么？

甲　说起南边来一个白胡子老头儿，手……手，手里拿着，手里拿着？

乙　手里拄着。

甲　手里拄着，说起南边来一个白胡子老头儿，手里拄着蹦……蹦……蹦了，老头儿过着磅。

乙　老头儿看他长肉没有，还过磅啊？手拄着绷白白拐棒棍儿！

甲　绷什么的？

乙　绷白的？

甲　手里拄着绷白的。说起南边来一个白胡子老头儿，手里拄着绷白白胡子老头儿。

乙　啊？！

甲　什么叫老头儿拄老头儿？这都像话吗这个？你说你，不琢磨琢磨学会了再说。什么叫老头儿拄老头儿啊？老头儿啊……

乙　哎，你等会儿，你等会儿，这老头儿拄老头儿谁说的？

甲　不是你说的吗？

乙　我多会儿说的？你说的！

甲　谁说老头儿拄老头儿？

乙　你说的。

甲　老头儿拄老头儿是我说的？

乙　啊。

甲　我说的老头儿拄老头儿？

乙　是啊。

甲　行，拄去吧！

乙　"拄去吧！"你这倒好，自己原谅自己。

甲　这我再不原谅怎么办呢？

乙　你得说对喽！

甲　这不就算对了吗？来的那是老头儿，拄的那是棍儿，对不对？棍儿不是普通的，是绷白的这么一种棍儿，这意思对没对？

乙　意思对。

甲　就算我说上来了。注意呀，说起南边来一个白胡子老头儿，手里拄着绷白的白冰棍儿！

乙　啊，老头儿拄冰棍儿？行了行了，就顶这儿吧。我说你说不上来，你说你说得上来，说上来了吗？我们这是艺术，不是听听就会！年轻轻的，说不上来啦，怎么下这台？怎么出这门儿？我说个简单的，把它说上来吧，啊，以后别说大话啦！（拍醒木）

甲　这就以为我真说不上来了？

乙　你就没说上来呀！

甲　不打算说，要说，马上说上来。

乙　你说。

甲　说"起南边来一个白胡子老头儿，手拄着绷白白拐棒棍儿"。就这我说不上来？

乙　好，你再听这个……

甲　"起南边来一个白胡子老头儿，手拄着绷白白拐棒棍儿"。多难说呀！

乙　好……

甲　说"起南边来一个白胡子老头儿，手拄着绷白白拐棒棍儿"。不好说。

乙　（拍醒木）……

甲　"起南边来一个白胡子老头儿，手里拄着绷白白拐棒棍儿；起东边来一个白胡子老头儿，手里拄着绷白白拐棒棍儿；起西边来一个白胡子老头儿，手里拄着绷白白拐棒棍儿。起四面八方来四个白……"

乙　……老头儿捣什么乱哪！还四个老头儿四个老头儿地来了，捣乱是怎么着？

甲　我说得上来呀！

乙　你说上来就说上来不就完了嘛！

甲　说起南边来一个黑胡子老头儿，手拄着绷黑的黑拐棒棍儿。这我也会。

乙　我说黑胡子老头儿了吗？

甲　黑胡子比那白胡子的年轻。

乙　年轻管什么用啊？

甲　要不起南边来一个黄胡子老头儿……

乙　黄胡子的？

甲　换换颜色。起南边来个绿胡子老头儿……要不起南边来个咖啡色胡子的老头儿，手里拄着绷咖啡咖啡色的拐棒棍儿？

乙　你这到颜料铺啦，配颜色来了？

甲　这比那难说。

乙　难说管什么用啊？说上来也不新鲜，我再说几个字儿你说说。

甲　你多说几个。

乙　你听这个，说"吃葡萄不吐葡萄皮儿，不吃葡萄倒吐葡萄皮儿"。

甲　就这个呀！听着："吃葡萄不吐葡萄皮儿，不吃葡萄倒吐葡萄皮儿。"行吗？

乙　行。

甲　"吃葡萄不吐葡萄皮儿，不吃葡萄倒吐葡萄皮儿。"怎么样了？

乙　行，行。

甲　"吃葡萄不吐葡萄皮儿，不吃葡萄倒吐葡萄皮儿。吃葡萄不吐葡萄皮儿，不吃葡萄倒吐葡萄皮儿。吃葡萄不吐葡萄皮儿，不吃葡萄倒吐葡萄皮儿。吃葡……"

乙　有完没完哪！啊，上满弦了是怎么的？

甲　我一口气能说七个。

乙　说七个管什么用？我没说那难说的，我要说难说的你就完了。你听这个：（拍醒木）说"会炖我的炖冻豆腐来炖我的炖冻豆腐，不……"

甲　你甭说了。

乙　"……不会炖我的炖冻豆腐……"

甲　你怎么还说呀！你坐这儿歇会儿。

乙　你用扇子扇我干吗？

甲　你不热吗？

乙　我这嘴热呀？有话你说话，你扇我干什么？

甲　这个绕口令谁不会呀？"会炖我的炖冻豆腐来炖我的炖冻豆腐，不会炖我的炖冻豆腐别胡炖乱炖炖坏了我的炖冻豆腐。"一块冻豆腐你折腾什么劲儿？

乙　我这叫折腾啊？

甲　不会炖你不会熬着吃吗？

乙　我不吃熬的。

甲　来吧，换个新鲜的！

乙　新鲜的？没有了。

甲　哟，别价，要不您还来那"崩甭绷儿"？您说那"蹦绷蹦儿"，您来个"憋死牛儿"？

乙　不会，不会，不会！你不是能说吗？你说一个，我照你那样说，我要是说不来，跪倒磕头拜你为师傅。

甲　那您现在磕吧。

乙　哎，什么事我就磕呀？

甲　你一定说不上来。

乙　你说说，我听听。

甲　您跟我来一回唱的绕口令，您会吗？

乙　唱的？唱的我也会。"玲珑塔来，塔玲珑……"

甲　你别唱。

乙　你怎么又扇上了？扇我干什么？

甲　你怎么还接着唱啊？这叫西河调，又叫西河大鼓，有弦子伴奏，鼓板随着。咱们唱的不是这个。

乙　你唱的是什么？

甲　没有弦子没有鼓，光用嘴来唱。要是伴奏的话，你这竹板儿也可以用一用。

乙　用什么你拿什么。

甲　唱两句你听听。

乙　唱两句听听。

甲　以后您再唱的时候，您唱这个绕口令。

乙　好，好。

甲　绕嘴，绕口令嘛，注意呀，学着点儿。

乙　好。

甲　（打板）……您听这怎么样？

乙　不怎么样！什么呀？您唱了吗？

甲　绕嘴不绕？

乙　什么就绕嘴不绕？

甲　多大功夫！

乙　唱了吗？

甲　合着我还没唱哪！唱两句您听听。

乙　哎，你唱唱给我听听啊。

甲　（边打板边数）"数九寒天冷飕飕，转年春打六九头，正月十五是龙灯会，有一对狮子……"

乙　嗨嗨……

甲　你怎么扇我呀？

乙　你扇我两回啦，该我扇你一回啦！怎么拦不住你呀？

甲　你拦我干什么？

乙　你唱这是什么？

甲　绕口令。

乙　绕口令？哪句绕嘴？

甲　哪句都绕嘴。

乙　还绕嘴哪？我听一回都会啦："数九寒天冷飕飕，转年春打六九头……"哪句绕嘴？有我们这个绕嘴吗？（唱）"玲珑塔来，塔玲珑……"怎么着，又扇我是怎么着？什么毛病这是？

甲　您别忙啊，我这不是刚唱吗？您往后听，一句比一句难唱，一句比一句绕嘴，是绕嘴的全在后头哪。

乙　噢，你就往后唱。

甲　您就往后听。

乙　好吧。

甲　（边打板边数）"数九寒天冷飕飕，转年春打六九头，正月十五是龙灯会，有一对狮子滚绣球。三月三王母娘娘蟠桃会，大闹天宫孙猴又把那个仙桃偷。五月端午是端阳日，白蛇许仙不到头。七月七传说是天河配，牛郎织女泪交流。八月十五云遮月，月里的嫦娥犯了忧愁。要说愁，咱们净说愁，唱一段儿绕口令的十八愁。狼也愁，虎也是愁，象也愁，鹿也愁，骡子也愁马也愁，猪也愁，狗也是愁，牛也愁，羊也愁，鸭子也愁鹅也愁，蛤蟆愁，螃蟹愁，蛤蜊愁，乌龟愁，鱼愁虾愁个个都愁。虎愁不敢把高山下，狼愁野心耍滑头，象愁脸憨皮又厚，鹿愁长了一对大犄角。马愁鞴鞍就行千里，骡子愁它是一世休。羊愁从小它把胡子长，牛愁本是犯过牛轴。狗愁改不了那净吃屎，猪愁离不开它臭水沟。鸭子愁扁了它的嘴，鹅愁脑瓜门儿上长了一个'奔儿喽'头。蛤蟆愁了一身脓疱疥，螃蟹愁的本是净横搂。蛤蜊愁闭关自守，乌龟愁的胆小尽缩头，鱼愁离开水不能够走，虾愁空枪乱扎没准头。说我咨，我倒咨，闲来没事我遛遛舌头。我们那儿有六十六条胡同口，住着一位六十六岁的刘老六，他家里有六十六座好高楼，楼上有六十六篓桂花油，篓上蒙着六十六匹绿绸绸。绸上绣六十六个大绒球，楼下钉着六十六根儿檀木轴，轴上拴六十六条大青牛。牛旁蹲着六十六个大马猴。六十六岁的刘老六，坐在门口啃骨头。南边来了一条狗，这条狗，好眼熟，它好像大大妈妈家大大妈妈脑袋、大大妈妈眼睛、大大妈妈耳朵、大大妈妈尾巴、大大妈妈家鳖头狮子狗。北边又来一条狗，这条狗，嘿！又眼熟，它好像二大妈妈家二大妈妈脑袋、二大妈妈眼睛、二大妈妈耳朵、二大妈妈尾巴、二大妈妈家鳖头狮子狗。两条狗打架抢骨头，打成仇。吓跑了六十六个大马猴，吓惊了六十六条大青牛，拉折了六十六根儿檀木轴，倒了六十六座好高楼，洒了六十六篓桂花油，油了六十六匹绿绸绸，脏了六十六个大绒球。南边来个气不休，手里拿着土坯头去砍着狗的头，也不知气不休的土坯头打了狗的头，也不知狗的头碰坏气不休的土坯头。北边来了个秃妞妞，手里拿着个油篓口去套狗的头。也不知秃妞妞的油篓口套了狗的头，也不知狗的头钻了秃妞妞的油篓口。狗啃油篓篓漏油，狗不啃油篓篓不漏油。什么上山吱扭扭？……"

乙　哟，还有哪？

甲　（数板）"什么下山乱点头？什么有头无有尾？什么有尾无有头？什么有腿家中坐？什么没腿游九州？赵州桥什么人修？玉石栏杆什么人留？什么人骑驴桥上走？什么人推车轧了一道沟？什么人扛刀桥上站？什么人勒马看春秋？什么人白？什么人黑？什么人

胡子一大堆？什么圆圆在天边？什么圆圆在眼前？什么圆圆长街卖？什么圆圆道两边？什么开花节节高？什么开花猫着个腰？什么开花无人见？什么开花一嘴毛？什么鸟穿青又穿白？什么鸟穿出皂靴来？什么鸟身披十样锦？什么鸟身披麻布口袋？双扇门，单扇开，我破的闷儿自己猜。车子上山吱扭扭，瘸子下山乱点头，蛤蟆有头无有尾，蝎子有尾无有头。板凳有腿儿家中坐，小船没腿儿游九州，赵州桥，鲁班修，玉石栏杆儿圣人留。张果老骑驴桥上走，柴王推车轧了一道沟。周仓扛刀桥上站，关公勒马看春秋。罗成白，敬德黑，张飞胡子一大堆。月亮圆圆在天边，眼镜圆圆在眼前，烧饼圆圆长街卖，车轱辘圆圆道两边。芝麻开花节节高，棉花开花猫着腰，藤子开花无人见，玉米开花一嘴毛。喜鹊穿青又穿白，乌鸦穿出皂靴来，野鸡身披十样锦，鹦丽儿身披麻布口袋。一道黑，两道黑，三四五六七道黑，八九道黑十道黑。买个烟袋乌木杆儿，抓住两头一道黑。二姐描眉去打鬓，照着个镜子两道黑。粉皮墙写川字儿，横瞧竖瞧三道黑。象牙的桌子乌木的腿儿，放在炕上四道黑。买个小鸡不下蛋，圈在笼里捂到（五道）黑。挺好的骡子不吃草，拉到街上遛到（六道）黑。姐儿俩南洼去割麦，丢了镰刀拔到（八道）黑。月窠儿孩子得了疯病，尽点儿艾子灸到（九道）黑。卖瓜子的没注意，唰啦撒了一大堆，笤帚簸箕不凑手，一个一个拾到（十道）黑。正月里，正月正，姐妹二人去逛灯，大姐名叫粉红女，二姐名叫女粉红。粉红女身穿一件粉红袄，女粉红身穿一件袄粉红。粉红女怀抱一瓶粉红酒，女粉红怀抱一瓶酒粉红。姐妹找了个无人处，推杯换盏饮刘伶。女粉红喝了粉红女的粉红酒，粉红女喝了女粉红的酒粉红。粉红女喝了一个酩酊醉，女粉红喝了一个醉酩酊。女粉红揪着粉红女就打，粉红女揪着女粉红就拧。女粉红撕了粉红女的粉红袄，粉红女就撕了女粉红的袄粉红。姐妹打罢落下手，自己买线自己缝。粉红女买了一条粉红线，女粉红买了一条线粉红。粉红女是反缝缝缝粉红袄，女粉红是缝反缝缝袄粉红。说扁担长……"

乙　哟，还没完哪？

甲　（数板）"板凳宽，板凳没有扁担长，扁担没有板凳宽。扁担要绑在板凳上，板凳不让扁担绑在板凳上，扁担偏要扁担绑在板凳上。"

乙　嘿！

甲　（数板）"出南门，面正南，有一个面铺面冲南。面铺门口挂着一个蓝布棉门帘。摘了蓝布棉门帘，看了看面铺面冲南，挂上蓝布棉门帘，瞧了瞧，哟，嗬！面铺还是面冲南。出西门走七步，拾块鸡皮补皮裤。是鸡皮补皮裤，不是鸡皮不必补皮裤。我家有个肥净白净八斤鸡，飞到张家后院里。张家院有个肥净白净八斤狗，咬了我的肥净白净八斤鸡。我拿他的肥净白净八斤狗赔了我的肥净白净八斤鸡。打南边来个瘸子，担了一挑子茄子，手里拿着个碟子，地下钉着个木头橛子。没留神那橛子绊倒了瘸子，弄撒了瘸子茄子，砸了瘸子碟子，瘸子猫腰捡茄子。北边来个醉老爷子，腰里掖着烟袋别子，过来要买瘸子茄子，瘸子不卖给醉老爷子茄子，老爷子一生气抢了瘸子茄子，瘸子猫腰捡茄子拾碟子，拔橛子，追老爷子，老爷子一生气，不给瘸子茄子，拿起烟袋别子，就打瘸子茄子，瘸子拿橛子就打老爷子的烟袋别子，也不知老爷子的烟袋别子打了瘸子茄子，也不知瘸子橛子打了老爷子烟袋别子。闲来没事出城西，树木榔林数不齐，一二三四五六七，七六五四三二一，六城四，三二一，五四三二一，四三二一三二一，二一一，一个一，数了半天一棵树，一棵树长了七个枝，七个枝结了七样果，结的是槟子、橙子、橘子、柿子、李子、栗子、梨！"

（王鸣禄　史文翰演播稿）

数来宝

甲　您说相声都讲究什么呀？

乙　说、学、逗、唱。

甲　唱能唱什么呀？

乙　唱的可多了，什么京戏、评戏、梆子、大鼓、数来宝……

甲　您还能说数来宝？

乙　啊！

甲　数来宝可不容易。

乙　那算什么呀，我全会！

甲　算什么？首先说，这七块板儿就不容易打。

乙　你会吗？

甲　会呀！

乙　你打一个。

甲　行。（打板）

乙　噢！他要过饭！

甲　你别瞧这要饭的玩意儿，你还打不上来呢！

乙　这算什么呀！（打板）

甲　噢！他也要过饭！

乙　嗬！这儿等着我哪！

甲　其实从前数来宝也不容易。

乙　怎么？

甲　它得讲究现编词儿，要三快。

乙　哪三快？

甲　眼快、心快，嘴也快。

乙　眼快？

甲　眼睛看见了。

乙　心快？

甲　心里立刻就编好了词儿了。

乙　嘴快？

甲　嘴里就唱了出来。您看，咱一进大街，不管有多少买卖，三百六十行，碰见什么全有词儿。

乙　你行吗？

甲　我最有把握了。

乙　好！这么办，你好比是那个数来宝的，我就来开买卖的大掌柜的，我开什么买卖你全有词儿吗？

甲　你开什么买卖我全有词儿。

乙　行了！由现在起，这个桌子就不是桌子了，它是开买卖的拦柜，我是掌柜的，不定开的什么买卖，你就是这个数来宝的。

甲　行！我是数来宝的，你是开买卖的少掌柜的！

乙　少掌柜的？

甲　内掌柜的！

乙　内掌柜的干吗呀？

甲　反正买卖是你们家的！

乙　不行！我是掌柜的！

甲　行！你开什么买卖我全有词儿。

乙　来吧！

甲　（打板）"打竹板儿，进街来，一街两巷好买卖。也有买，也有卖，也有幌子和招牌。金招牌，银招牌，哩哩啦啦挂起来。这二年，我没来，大掌柜的发了财！"

乙　走走走！

甲　"叫我走，不能走，走到天黑空着手，一分钱，也没有，今天我得饿一宿！"

乙　那你怎么单要饭哪？

甲　"掌柜的问我为什么单要饭，要饭不能把我怨。蒋介石，打内战，法币改成金圆券，由一百，到一千，由一千，到一万，我上街买了一斤面，票子用了二斤半！经济压迫民遭难，因此我才要了饭！"

乙　哎哎哎！

甲　"你也哎，我也哎，哎得我倒也呆呆，早知道掌柜的规矩大，不叫说话不说话！"

乙　我开什么买卖你要钱哪？

甲　"不是我，不害臊，你什么买卖我也要，天主堂，耶稣教，孔圣人的门徒也许我要，只要你开张有字号，今天我就要得着。"

乙　要得着哇！你看什么买卖？

甲　"从小儿我没念《三字经》，您这字号我认不清。"

乙　认不清啊！告诉你：杂货铺！

甲　"打竹板儿，迈大步，掌柜的开个棺材铺，您的棺材做得好，一头儿大，一头儿小，装里活人受不了，装里死人跑不了，装里病人养不好……"

乙　等等等！谁告诉你我开棺材铺，我开的是杂货铺！

甲　杂货铺？

乙　啊！

甲　那……您开棺材铺多好哇！

乙　好什么呀？

甲　棺材，棺材，您这买卖准发财。

乙　噢！发财？

甲　对啦。

乙　不开！

甲　你看……它这棺材铺的词儿我熟。

乙　噢，词儿熟？

甲　对。

乙　不开！

甲　你看！

乙　行了行了，没词儿了是不是？我改个别的。

甲　不用改，什么没词儿了？你开什么买卖？

乙　杂货铺。

甲　杂货铺算什么呀！你都卖什么？

乙　什么都卖，油、盐、酱、醋、青菜、杂粮。

甲　卖青菜？

乙　啊。

甲　卖葱不卖？

乙　卖。

甲　行了！

乙　有词儿了？

甲　"杂货铺儿，你卖大葱，一头白，一头青，一头儿地上长，一头儿土里生，一头儿实，一头儿空，一头儿吃，一头儿扔，掌柜的就卖一棵葱！"

乙　我这杂货铺关板儿了！就卖一棵葱啊？什么都卖！

甲　"不赖不赖真不赖，杂货铺还把棺材卖！"

乙　不卖！告诉你，什么都卖，就不卖棺材。

甲　什么都卖？

乙　啊。

甲　"叮叮叮，当当当，杂货铺里卖手枪！"

乙　没有！

甲　你说的，什么都卖。

乙　啊，什么都卖，就是不卖手枪。

甲　你到底卖什么？

乙　油、盐、酱、醋、青菜、杂粮。

甲　你听词儿吧："打竹板儿，迈大步，掌柜的开个杂货铺。杂货铺儿，货真全，红糖好，白糖甜，要买砂糖图省钱。买一包花椒张着嘴儿，买一包胡椒滴溜儿圆，小虾米，弯又弯，黄花、木耳上秤盘，筷子犯了什么罪？三道麻绳将它缠，二踢脚，三寸三，大年三十儿用火点，嘣——叭！上了天！"

乙　还有杂粮呢！

甲　"碾、盘、罗、柜不住磨，每一天都磨万石粮，荞面、白面、大米面，磨出米来似雪霜，粳米好，老米长，要吃小米金黄黄，黑豆黑，黄豆黄，粉红色的是高粱。掌柜的心狠似大老虎，往棒子面里掺黄土！"

乙　没有！告诉你，我不开杂货铺了，我改买卖了。

甲　"打竹板儿，迈大步，掌柜的开个棺材铺！"

乙　我还没开哪？

甲　这回您该开棺材铺了！

乙　不开！我呀，这回卖冰棍儿。

甲　卖冰棍儿？

乙　对了，有词儿吗？

甲　那算什么啊？卖冰棍儿啊！（打板）"打竹板儿……打竹板儿……"

乙　没词儿了！

甲　"打竹板儿，真有趣儿，大掌柜的你卖冰棍儿。"

乙　对！

甲　"您这冰棍儿真卫生，完全是开水白糖冻成的冰。吃冰棍儿……吃冰棍儿……"

乙　没词儿了。

甲　"您还得吃冰棍儿！"

乙　这么会儿我吃三根冰棍儿了！

甲　"吃冰棍儿，拿起来瞧，小豆、橘子，有香蕉，东西好，材料高，不怕晒，不怕烤，搁在火里化不了！"

乙　这是冰棍儿？

甲　火钩子！

乙　火钩子能吃吗？行了，这回又改了买卖了！

甲　"打竹板儿，迈大步，掌柜的开个……"

乙　又是棺材铺哇！这回我开澡堂子了！

甲　又开澡堂子了？

乙　啊！

甲　"打竹板儿，我走慌忙，掌柜的开个洗澡堂。您这个澡堂真卫生，完全是开水白糖冻的冰！"

乙　啊？好嘛！洗完澡都冻成冰棍儿了！

甲　"您这澡堂真卫生，手巾又白水又清。洗澡的，进门来，胰子香，手巾白，大毛巾，围当腰，就是不把脑袋包！"

乙　没听说包脑袋的！

甲　"有温水儿，有热水儿，越烫越美越咧嘴儿。有一个老头儿八十八，一进池塘笑哈哈，头又晕，眼又花，'呱叽'摔个大马趴！伙计一见往外搭。"

乙　怎么啦？

甲　晕堂子啦！

乙　那快搭出去吧！告诉你，这回我不开买卖了，我呀，娶媳妇儿！看你有词儿没有？

甲　你干吗?

乙　娶媳妇儿,有词儿吗?

甲　你听词儿吧:"打竹板儿,真有趣儿,大掌柜的要娶媳妇(fèn)儿……"

乙　不像话!

甲　"打竹板儿,真有点儿,大掌柜的娶媳(xì)妇(fǎ)儿……"

乙　我还娶魔术哪!

甲　"我来得巧,来得妙,掌柜的成家我来到,亲戚朋友把喜道,掌柜的堂前哈哈笑。前边儿铜锣开着道,后边抬着八抬轿。八抬轿,抬进门,伴娘过来搀新人。铺红毡,倒喜毡,一倒倒在喜桌前。有一对喜蜡分左右,喜字香炉摆中间;拜罢地,拜罢天,拜罢天地拜祖先,拜罢祖先拜高堂,夫妻对拜入洞房。入洞房,乐悠悠,新郎过去掀盖头,掀起盖头留神瞅,新娘子是个大光头!"

乙　秃子?

甲　"秃头顶,大眼珠儿,张嘴说话嗓门粗。"

乙　男的?

甲　"大胖子体重足有三百斤,掌柜的娶个鲁智深!"

乙　啊?我成小霸王啦!

(于春藻整理)

对坐数来宝

甲　这回该咱俩人表演了。

乙　对。

甲　咱们给大伙说点儿什么呀？

乙　我看今天哪，咱们给朋友们来个别开生面的表演。

甲　什么呀？

乙　多年不演的传统艺术——"数来宝"。

甲　说什么？

乙　数来宝！

甲　数来宝？

乙　怎么样啊？

甲　我的徒弟！

乙　哎……哎？等会儿。

甲　嗯？

乙　谁是你徒弟呀？

甲　当初我师傅就是这么叫我来的。

乙　那您别冲我喊哪？

甲　当初我就是这么站着来的。

乙　您哪，冲那边说。

甲　冲这边？

乙　哎，冲那边。

甲　"徒弟，数来宝啊，是咱们门儿里的绝技，我是头一代，你是第二代，记住喽啊，再有说数来宝的，（转头看乙）那都是第三代了。"

乙　这说了半天我还是他徒弟。

甲　数来宝你可不行！

乙　您哪，甭吹牛。

甲　怎么着？

乙　会唱数来宝吗？

甲　什么叫会唱"吗"呀？板儿我都带着哪！

乙　哦？

甲　看见没有？板儿都带着哪！

乙　您打两下儿？

甲　打两下儿你听听。

乙　听听是不是行家。

甲　听着啊！（打板）

乙　不过这个我可不服你。

甲　怎么呢？

乙　你这不是真正的东西，这是套子活。

甲　哦。

乙　比真本事吗？

甲　怎么比法？

乙　比真本事，今儿同着各位观众，咱俩来一回对唱数来宝，绕口令，你行吗？

甲　绕口令？

乙　啊。

甲　哼，徒弟！

乙　唉，又来了是不是？

甲　绕口令我告诉你，那是我的开蒙的活儿。一开始学的就是绕口令，比一比？

乙　来啊！

甲　咱搬两把椅子，怎么样？

乙　好，来来。来两把椅子。椅子搬来了，怎么着吧？

甲　咱们两个坐着唱。

乙　坐着唱？

甲　哎。

乙　这坐着唱，这怎么唱啊？

甲　看真功夫啊。

乙　还要怎么着？

甲　待会儿我唱你也唱，唱不上来，到时候就算输了。

乙　哦，唱不上来就算输了？

甲　哎，我唱着唱着，唱不过五句去，就能把你唱站起来，十句唱站起来还能唱趴下喽。就这么大能耐。

乙　你能把我唱站起来？

甲　哎！

乙　我告诉你，你真能把我唱站起来，我算服你了。

甲　真是这话？

乙　可有一样。

甲　怎么着？

乙　我要把你唱站起来呢？

甲　那我算输啦！

乙　咱就这么定了。

甲　咱俩来来呀？

乙　来吧！

甲　试试吧。（甲乙入座）

乙　您说他这不是胡说八道吗？我这么大人能让他把我唱站起来吗？

甲　哼哼。

乙　这不可能的事啊。

甲　哎哟，您不瞧瞧，就他这模样跟我比，您让大伙儿看看，往这儿一站，貌不惊人，言不成句，还没一米高呢，还惦着跟我比呢！

乙　谁说我没一米高啊？

甲　我说你没一米高啊。

乙　胡说！

甲　你站起来让大伙看看。

乙　您看看我能没一米高吗这个？（站起）

甲　哎，可站起来了！

乙　嗨，你诓我呀？

甲　怎么没唱呢就站起来了啊？

乙　去去去，诓我不算啊。你得拿真能耐把我挤对起来。

甲　我告诉你，真唱也照样把你唱站起来。

乙　你就开始吧。

甲　那咱就试试？

乙　来！

甲　待会儿我要问你几个问题，要提一提古人名你得回答得上来。

乙　可以呀。

甲　回答不上来可就算你输了。

乙　保证是对答如流。

甲　我有来言。

乙　我有去语。

甲　我有上句。

乙　我有下句。

甲　哦？来！

乙　您听着！

甲　听着！（数板）"×××（乙的名字），我问你，什么上山吱扭扭？什么下山乱点头？什么有头无有尾？什么有尾无有头？赵州桥，什么人修？玉石栏杆什么人留？什么人骑驴桥上走？什么人推车轧了一道沟？什么人举刀桥头站？什么人勒马看《春秋》？这些你要不明白，乖乖给我站起来。"

乙　就这个？

甲　哎。

乙　我可唱了。

甲　带动作的。

乙　带身段的？

甲　哎。

乙　我打竹板儿！（数板）"双扇门儿，单扇开，你那破闷儿我这儿猜，小车子上山吱扭扭，金鸡下山乱点头，蛤蟆有头无有尾，蝎子有尾无有头，板凳有腿家中坐，粮船无腿游九州，赵州桥，鲁班修，玉石栏杆圣人留，张果老骑驴桥上走，柴王推车轧道沟，周仓举刀桥头站，关公勒马看《春秋》。"嗯？怎么样？

甲　还给他鼓掌呢，你那什么动作呀？

乙　怎么了？

甲　周仓举刀桥头站，那不得站着举刀吗？

乙　哦，对对对，（刚要站起，又坐下）呵呵……哦，您说周仓举刀得站着？

甲　哎——

乙　哈哈哈……您示范一回？

甲　你看……你爱怎么举怎么举吧！

乙　胡诌八咧！

甲　（数板）"哎，说我诌，我就诌，闲来没事儿我遛舌头，我们那儿有六十六条胡同口，里边儿住着六十六岁刘老六，六十六岁六老刘，六十六岁刘老头这么老哥儿仨……"

乙　（数板）"家里有六十六座好高楼，楼里放六十六篓桂花油，篓上蒙着六十六匹鹅缎绸，绸上绣着六十六个狮子滚绣球，楼外栽着六十六根檀木轴，轴上拴着六十六头大青牛，牛旁蹲着六十六个大马猴。"

甲　（数板）"刘老六，六老刘，刘老头这么老哥儿仨，倒坐在门口啃骨头，打南边儿来了一条狗，嚯，这条狗，好眼熟，好像我大大妈家，大大妈的脑袋，大大妈的眉毛，大大妈的眼睛，大大妈的鼻子，大大妈的耳朵，大大妈的尾巴，大大妈家鳌头狮子狗。"

乙　（数板）"从北边儿也来了一条狗，这条狗啊，也眼熟，又好像，我二大妈家，二大妈的脑袋，二大妈的眉毛，二大妈的眼睛，二大妈的鼻子，二大妈的耳朵，二大妈的尾巴，二大妈家鳌头狮子狗。"

甲　（数板）"说两条狗，抢骨头，从南头儿，到北头儿，撞倒了六十六座好高楼，撞洒了六十六篓桂花油，油了六十六匹鹅缎绸，脏了六十六个狮子滚绣球。"

乙　（数板）"楼外砸倒了六十六根檀木轴，砸惊了六十六头大青牛，吓跑了六十六个大马猴。"

甲　（数板）"打东边儿来个气不休，手里边拿着一个土坯头，来打狗的头，也不知气不休的土坯头打了狗的头，还是狗的头撞坏了气不休的土坯头，咬破了气不休的手指头。"

乙　（数板）"从西边儿来了个秃妞妞，手里拿着个油篓口哇去套狗的头，也不知秃妞妞的油篓口哇套了狗的头，还是狗的头钻进了秃妞妞的油篓口，狗啃油篓油篓漏，狗不啃油篓，篓不漏油！"

甲　哦？唱得还可以。

乙　当然了!

甲　就是声音太小了。

乙　声音小?

甲　啊,你这太小了。

乙　哦,那怎么办呢?

甲　离老几位近点儿!

乙　往前挪挪?

甲　往前挪挪!

乙　哎!(欲起身又止,坐在椅子上往前蹭)呵呵……您看这回行了吧?

甲　哦?真注意了。

乙　光诓我呀?

甲　听着!

乙　来!

甲　"山前住着个颜圆眼……"

乙　住着谁?

甲　颜圆眼。

乙　这什么名字啊?

甲　说有一个姓颜的,眼睛是特别地圆,人给起名叫"颜——圆——眼"!

乙　嗬,您听这个啊?颜——圆——眼?

甲　对!

乙　够费劲。来吧!

甲　接着唱。

乙　啊。

甲　"山前住着个颜圆眼。"

乙　"山后住着个颜眼圆。"

甲　"二人山前来比眼。"

乙　"也不知颜圆眼比颜眼圆的眼圆,还是颜眼圆比颜圆眼的圆眼!"

甲　这就悬了啊!

乙　哎哟我的妈,我这句怎么这么费劲哪?

甲　这不赶到这儿了吗?

乙　赶到这儿了?

甲　哎。

乙　（冲观众）我也让他赶一回啊。

甲　接着唱！

乙　来呀。

甲　"山前住着个崔粗腿。"

乙　"山后住着个崔腿粗。"

合　二人山前

乙　来比腿！

甲　也不知崔粗腿比崔腿粗的腿粗，还是崔腿粗比崔粗腿的粗腿！

乙　哎呀，差点儿没背过气去！

甲　咱这嘴里就比你清楚。

乙　清楚什么呀！

甲　你要真行这么办，今天咱俩人在这儿啊，给大伙来一段玲珑塔，塔玲珑，转塔你行不行？

乙　哎哟，这可不好说。这得说出多少张桌子，多少条腿儿，多少和尚多少本经来？

甲　主要是看脑子得快，嘴里清楚。

乙　那没问题。

甲　这会儿唱得上来？

乙　啊。

甲　要唱不上来呢？

乙　我要唱乱了唱错了，我站起来规规矩矩地拜你为师。

甲　得了，收你这小徒弟儿。

乙　那你要唱乱了呢？

甲　也拜你为师啊。

乙　咱是君子一言——

甲　驷马难追。

乙　各位观众，我们比赛到了高潮了啊，您可注意听谁唱错了！

甲　听着！

乙　来！

甲　（打板）"高高山上，一老僧，身穿衲头几千层，若问老僧的年高迈，曾记得黄河九澄清，五百年，清一清，一共是四千五百冬，老僧倒有八个徒弟，八个徒弟都有法名。"（看乙）大徒弟叫什么你知道吗？

乙　哦，考我？

甲　啊。

乙　大徒弟名叫青头愣。

甲　二徒弟呢？

乙　二徒弟名叫愣头青。

甲　三徒弟？

乙　行了，我一块儿说出来得了。

甲　说呀。

乙　"三徒弟名叫僧三点儿，四徒弟名叫点儿三僧，五徒弟名叫崩葫芦把儿，六徒弟名叫把儿葫芦崩，七徒弟名叫风随化，八徒弟名叫化随风。"

甲　"老师父教给他们八宗艺，八仙过海，各显神通，青头愣，（冲乙）会什么？"

乙　"青头愣，他会打磬。"

甲　"愣头青？"

乙　"他会撞钟。"

甲　"僧三点儿？"

乙　"他会吹管儿。"

甲　"点儿三僧？"

乙　"他会捧笙。"

甲　"崩葫芦把儿？"

乙　"会打鼓。"

甲　"把儿葫芦崩？"

乙　"他会念经。"

甲　"风随化？"

乙　"会扫地。"

甲　"化随风？"

乙　"他会点灯。"

甲　"老师父叫他们换一换。"

乙　"哎，要想换过来不可能。"

甲　"老师父一见有了气，要打徒弟整八名。"

乙　"眼看着八个徒弟要挨打，从外面来了五位云游僧，他们共凑僧人十三位，那个去到后院数玲珑。后院倒有个玲珑塔，一去数单层啊，回来数双层，谁要能数过玲珑塔，谁就是个大师兄。"

甲　"玲珑塔，塔玲珑，玲珑宝塔，第一层，一张高桌四条腿，一个和尚一本经，一副铙钹一口磬，一个木了鱼子一盏灯，一个金铃整四两，风儿一刮响哗啷。"

乙　"哎，玲珑塔，隔过两层数三层，三张高桌十二条腿，三个和尚三本经，三副铙钹三口磬，三个木了鱼子三盏灯，三个金铃十二两，风儿一刮响哗啷。"

甲　"玲珑塔，塔玲珑，玲珑宝塔，第五层，五张高桌二十条腿，五个和尚五本经，五副铙钹五口磬，五个木了鱼子五盏灯，五个金铃二十两，风儿一刮响哗啷。"

乙　"玲珑塔，那个第七层，七张高桌二十八条腿，七个和尚七本经，七副铙钹七口磬，七个木了鱼子七盏灯，七个金铃二十八两，风儿一刮响哗啷。"

甲　"玲珑塔，塔玲珑，玲珑宝塔，第九层，九张高桌三十六条腿，九个和尚九本经，九副铙钹九口磬，九个木了鱼子九盏灯，九个金铃三十六两，风儿一刮响哗啷。"

乙　"这个玲珑塔，十一层，十一张高桌四十四条腿，十一个和尚十一本经，十一副铙钹十一口磬，十一个木了鱼子十一盏灯，十一个金铃四十四两，风儿一刮响哗啷。"

甲　"玲珑塔，塔玲珑，玲珑宝塔，到顶儿是十三层，十三张高桌五十二条腿，十三个和尚十三本经，十三副铙钹十三口磬，十三个木了鱼子十三盏灯，十三个金铃五十二两，风儿一刮响哗啷。"

乙　"玲珑塔，往回数那个十二层，十二张高桌四十八条腿，十二个和尚十二本经，十二副铙钹十二口磬，十二个木了鱼子十二盏灯，十二个金铃四十八两，风儿一刮响哗啷。"

甲　"玲珑塔，塔玲珑，玲珑宝塔，第十层，十张高桌四十条腿，十个和尚十本经，十副铙钹十口磬，十个木了鱼子十盏灯，十个金铃四十两，风儿一刮响哗啷。"

乙　"玲珑塔，塔玲珑，玲珑宝塔，第八层，八张高桌三十二条腿，八个和尚八本经，八副铙钹八口磬，八个木了鱼子八盏灯，八个金铃三十二两，风儿一刮响哗啷。"

甲　"玲珑塔，塔玲珑，玲珑宝塔，第六层，六张高桌二十四条腿，六个和尚六本经，六副铙钹六口磬，六个木了鱼子六盏灯，六个金铃二十四两，风儿一刮响哗啷。"

乙　"玲珑塔，塔玲珑，玲珑宝塔，第四层，四张高桌十六条腿，四个和尚四本经，四副铙钹四口磬，四个木了鱼子四盏灯，四个金铃十六两，风儿一刮响哗啷。"

甲　"玲珑塔，塔玲珑，玲珑宝塔，第二层，两张高桌八条腿，两个和尚两本经，两副铙钹两口磬，两个木了鱼子两盏灯，两个金铃整八两，风儿一刮响哗啷。"

乙　"老僧数罢了玲珑塔。"

甲　"抬头看。"

乙　"满天星。"

甲　"地上看。"

乙　"有个坑。"

甲　"坑里看。"

乙　"冻着冰。"

甲　"冰上看。"

乙　"有棵松。"

甲　"松上看。"

乙　"落着鹰。"

甲　"屋里看。"

乙　"一老僧。"

甲　"僧前看。"

乙　"一本经。"

甲　"经前看。"

乙　"点着灯。"

甲　"墙上看。"

乙　"钉着钉。"

甲　"钉上看。"

乙　"挂着弓。"

甲　"看着看着眯了眼，西北干天刮大风，说大风，是好大风。"

乙　"刮散了满天星，刮平了地上坑，刮化了坑里冰，刮倒了冰上松，刮飞了松上鹰，刮走了一老僧，刮翻了僧前经，刮灭了经前灯，刮掉了墙上钉，刮崩了钉上弓。"

合　"霎时间那只刮得，星散坑平冰化松倒鹰飞僧走经翻灯灭钉掉弓
　　崩一个绕口令！"

乙　（站起鞠躬）谢谢大家，谢谢大家。

甲　哎，站起来了。

乙　嗨！

（常宝丰　王佩元演出稿）

群口相声·双簧

扒马褂

乙　这回您二位帮我说一段。

甲　对，咱们仨人说一段。

丙　不！这回我唱一段。

甲
乙　（同拦丙）你唱什么呀？净是俗套子，还唱哪？

丙　这回我唱新鲜的。

甲　你有什么新鲜的，不就是太平歌词吗？

丙　不是老调儿的，是新调儿的。

甲　成啦！新调儿的也别唱了，只顾您嗓子痛快了，你知道人家耳朵
　　受得了受不了啊？你打算把大伙儿都气跑了是怎么着？

丙　合着我一唱就把人家气跑？好！我不唱了，我走啦！让你行不行？

甲　你走也没关系，我们俩人说！

丙　你也别说了，你也得跟我走！

甲　我不走！

丙　你不走？好！把马褂儿给我脱下来。（扒甲的马褂儿）

甲　嗳……你这是怎么回事啊？

乙　哎……二位，二位！有话慢慢说，怎么回事啊？（把二人分开）

丙　要马褂儿！

乙　你要他马褂儿丁吗呀？

丙　干吗？这马褂儿是我的。

乙　（问甲）这马褂儿是他的吗？

甲　是啊。

乙　那就给人家吧。

甲　你干吗，帮凶！

乙　什么叫帮凶啊？穿人家的衣裳为什么不给人家哪？

甲　我不能给他。

乙　为什么哪？

甲　我怕他卖喽！

乙　嗐！他扔了你也甭管哪！

甲　你说那个不行啊！我给他，我穿什么呀？

乙　这叫什么话呀？我问你这马褂儿是不是他的，是他的给他！

甲　啊，不错，是他的！我不是从他手里借的。

乙　跟谁手里借的？

甲　跟他妈手里借的。

乙　那也是他的东西呀！

甲　虽然是他的东西，咱不白穿啊！

丙　噢！你给拿过利钱？

甲　别看没拿利钱，可比拿利钱强。（向乙说）有一天，我出门儿有点儿事，想借他的马褂儿穿穿。我就上他那儿去了。我说："大哥在家吗？"他妈打里边出来了："噢！老二呀！你大哥不在家，有什么事儿啊？"我说："大妈，我想借大哥马褂儿穿穿。""噢！我给你拿去。"把马褂儿拿出来了，他妈跟我说："老二呀，你得照应你大哥点儿，他这人说话总是云山雾罩，没准谱儿，又爱说大话，一来就让人家问住。在外边怄了气，回到家也找寻我们。如果他要是叫人家问住的时候，你要是在旁边，你要想着给人家解释解释，想主意给往圆满了说。"这马褂儿怎么是白穿哪？这比给他拿利钱强啊！

乙　噢！是这么回事。（向丙说）人家穿你这马褂儿也不白穿啊，人家还帮你的忙哪！

丙　帮忙？我刚说唱一段，他说我打算把人家气跑了。

乙　说句笑话，您何必往心里去哪？这么办！您要愿意唱您就唱。

丙　唱什么呀？都叫他把我气晕了，说吧！

乙　嗳！说可是说，您可别云山雾罩！

丙　这叫什么话呀？就凭我这学问，怎么能云山雾罩哪？他刚才说我叫人家问住，那不是问住，因为我这人学问太大了，我说出话来，那些人不懂，成心要跟我抬杠。我一看那些人不懂哪，我赌气就不理他们啦，这样就好像我叫人家问住了，其实不是。再说，就凭我这学问，能叫人家问住吗？您说什么事情咱不知道啊？就拿昨天说吧，我说得刮风，结果半夜里就起风了。

乙　倒是有点儿风。

丙　有点儿风？风可大了，整刮了一宿啊。哎！我家里有一眼井您知道吗？

乙　不就靠南墙那个吗？

丙　是啊！您就知道那风多大了，一宿的工夫，把井给刮到墙外边去了。

乙　什么？

丙　把井给刮墙外边去了！夜里我正睡觉呢，愣叫大风给吵醒了，我听着"咣噔咣噔"的，溅了一窗户水。天亮我这么一瞧，院里井没了，开大门一瞧，井在墙外头哪！

乙　没听说过。

丙　这我能说瞎话吗？你要不信，你问他去。（指甲）

乙　（问甲）跟您打听点儿事，您说风要刮得太大了，能把井刮到墙外边去吗？

甲　像话吗？井会刮到墙外边去了？

丙　（扒甲的马褂儿）你把马褂儿脱下来吧！

甲　嗳！你不是不要了吗？

丙　不要啊？我家里那眼井刮到墙外边去了，你怎么说不知道哪？（要扒甲马褂儿）

甲　噢，（向乙说）他家里那眼井啊？

乙　是啊？

甲　不错，是刮出去了。

乙　是刮出去了？那就问你吧，怎么刮出去的？

甲　你听着呀，不是他家里那眼井吗？井，你懂吗？就是里头有水！

乙　废话！井里怎么会没水呀？我问你怎么刮出去的？

甲　怎么刮出去的？你听着呀！他不是……他这个……啊！他那个井啊！横是水浅了，压不住了，刮出去了！

乙　不像话！就算是干井也刮不出去呀？

甲　你说刮不出去，眼睁睁地刮出去了！

乙　怎么刮出去的哪？

甲　你听着呀！你不是问他家那井怎么刮墙外边去了吗？因为他家那墙太矮了！

乙　多矮也刮不出去呀？

甲　他家那墙不是砖墙。

乙　土墙也刮不出去呀？

甲　是篱笆墙，篱笆你懂吗？

乙　篱笆我怎么不懂啊！

甲　懂？啊！懂就完了！

乙　什么就完了？我问你这井怎么会刮到墙外边去了？

甲　还没明白哪？

乙　你说什么啦？

甲　你不是问这井吗？噢！是这么回事，因为他家那篱笆墙年头儿太多了，风吹日晒的，底下糟了，离着这井也就二尺来远。那天忽然来了一阵大风，篱笆底下折了，把墙鼓进一块来，他早起来这么一瞧，困眼蒙眬的："哟！怎么把我这井给刮到墙外边去了？"就这样给刮出去的。

乙　噢！这么回事？

甲　哎！你明白了吧？（点手叫丙）过来吧！你这是怎么说话哪？

丙　我说话不是爱抄近儿吗？

甲　你抄近儿？我可绕了远儿啦！你瞧出这脑袋汗。

丙　（指乙）这人也死心眼。

甲　也没有你那么说的呀！这马褂儿怎么样？

丙　你再穿半拉月。

乙　（自言自语）嗬！这马褂儿可真有好处，明儿我也得多做俩马褂儿。

甲　（向丙说）你说话可留点儿神吧。

丙　我知道啊！（向乙说）这不是说瞎话吧？墙进来了，井可不就出去了。

乙　没有像你这样说话的。

丙　修理修理这墙，花了好几十！这档子事刚完，跟着又一档子事！

乙　什么事哪？

丙　上月我买个菊花青的骡子，您大概听说了？四百多块！您说这不是该着倒霉吗，那天掉茶碗里给烫死了！

乙　是云山雾罩！那么大个骡子会掉茶碗里烫死啦？骡子多大，茶碗多大呀？

丙　大茶碗！

乙　大茶碗还有房子那么大的茶碗？没这个事！

丙　这我能说瞎话吗，有人知道啊！

乙　谁呀？

丙　他！（指甲）

乙　（问甲）哎！问你一档子事，菊花青的骡子，掉茶碗里烫死了，你说有这事吗？

甲　你还没睡醒哪？骡子会掉茶碗里……

丙　（扒甲的马褂儿）把马褂儿脱下来吧！

甲　嗳！……怎么回事？你不是说再穿半拉月吗？

丙　半拉月，半年都没关系，我那骡子掉茶碗里给烫死了，你为什么装不知道哪？

甲　噢！他那骡子掉茶碗里给烫死了，不错！有这么回事。

乙　这马褂儿劲头儿真足啊！有这么回事！好！那干脆问你吧，这骡子怎么会掉茶碗里烫死了？

甲　这我知道啊，我看见啦！

乙　怎么烫死的哪？

甲　是这么回事，你不是问他这骡子怎么掉茶碗里烫死的吗？告诉你！因为他那骡子讨厌，他也没留神，所以掉茶碗里烫死了！

乙　不像话！那茶碗多大？那骡子多大？那能烫得死吗？

甲　嘻！你这人真糊涂，它不是净烫啊，它是连淹带烫，这么死的。

乙　更不像话啦！那茶碗连个蹄子也下不去呀？

甲　这不是巧劲儿吗？

乙　没听说过！越说越不像话啦！

甲　你认为这不像话，那可就没办法啦！总归一句话，也是这骡子命该如此！

乙　什么叫命该如此呀？他那骡子掉茶碗里烫死了，你不是眼见了吗？我问你茶碗里怎么会烫死骡子？

甲　嘻！什么骡子呀！你听错了，他说的是螺蛳，那要掉茶碗里还不淹死啊？

乙　（问丙）噢！您说的是螺蛳？

丙 不是！是骑的那骡子哟！

甲 骑的那骡子掉茶碗里烫死了？

丙 啊！

甲 （自言自语）骑的那骡子？噢！我想起来了，什么茶碗呀，大概是唐山那边有个地方叫茶碗。

丙 不对！是喝水的那茶碗。

甲 嗬！真要命！喝水的那茶碗烫死骡子？

乙 怎么烫死的哪？

甲 它是这么回事，噢，我想起来了！对啦，这就对啦！

乙 什么对啦？怎么烫死的哪？

甲 您知道有个冯四爷吗？

丙 哪个冯四爷？

甲 草垛胡同冯家。

丙 我问你怎么烫死的骡子，你跟我说冯四爷干吗呀？

甲 你别忙呀！他这骡子与冯四爷有关系。那天，冯四爷办生日，（指丙）他去了，骑着他那新买的骡子。冯四爷说："噢！你来了，给车钱了吗？"他说："我骑着骡子来的。"冯四爷说："对啦！我听说你新买一个骡子挺好？"他说："脚程还挺快。"冯四爷说："我瞧瞧！"出来一瞧："嗬！这骡子好啊！"冯四爷这么一夸好，他这人也挺外场："好啊，四爷！您知道我干吗来了？就为给您送骡子来了，这算送给您啦。"冯四爷说："那可不成！君子不夺人之美，我不要。"他当时直起誓，冯四爷说："好！……那就这样办啦，我书房里的东西，你随便拿一样儿吧，你要不拿我可不要。"他这人也挺直爽："好！我拿一样儿。"到书房一瞧，桌上摆着一个蝈蝈儿葫芦，真是"沙河刘"本长儿，带金丝胆，里边这个大蝈蝈儿碧绿。"我就要您这个啦！"四爷说："你带起来吧。"他就揣起来了。吃完饭回家，走在半道上他渴啦，一瞧有一个茶馆儿，到里头沏了一壶茶，他倒上一碗。茶馆里什么人都有，也有养鸟的，也有养蝈蝈儿的，有一个人拿着一个蝈蝈儿："二哥您瞧我这蝈蝈儿，新买的，两块呀！您瞧瞧。"他在旁边瞧着直生气！心说："你那个干吗呀！瞧我这个。"把葫芦掏出来，一打盖儿，把里边的胆给带出来了，这蝈蝈儿在里头闷了半天啦，这一见亮，往外一蹦，正蹦到茶碗里。刚倒上的热茶，那还不烫死吗？就这样掉茶碗里给烫死啦!

乙　他说烫死的骡子!

甲　嗬!你这人可真糊涂,他拿骡子换的蝈蝈儿,烫死蝈蝈儿不就跟烫死骡子一样吗?

丙　哎!是这么回事,你明白了吧?

甲　(问丙)你这是怎么说的话哪?这叫我怎么说?

丙　行!你真有两下子!

甲　这马褂儿怎么样啊?

丙　再穿一个月!

甲　你说话留点儿神吧,别云山雾罩啦。

丙　好……(向甲说)您听明白了吧,我这人从来就没说过瞎话!就这骡子四百多块,刚买来就烫死啦!您说这不是倒霉吗?好在我也不在乎这个,咱们拿钱不当钱啊!

乙　当命!

丙　当命?你是没跟我一块儿走过,你是不知道,我前几天请客就花了一百多。

乙　你请谁呀?

丙　冯三爷、王四爷、李五爷、张六爷。

乙　这些位我都不认识呀。

丙　当然你不认识呀,你跟这些位交不到一块儿呀。我跟这些位是莫逆,常在一块儿吃吃喝喝,就前几天我们吃这顿饭,一百多,我给了。

乙　哪儿吃的?

丙　前门外,"都一处"。

乙　就是鲜鱼口把口路东那小饭馆呀?

丙　啊!

乙　吃一百多?

丙　花个百八十的倒没什么,那天怄了一肚子气。

乙　为什么哪?

丙　嗐!别提了!那天我们在楼上吃,正挨着窗户。我们坐下一瞧,楼窗关着哪,我让跑堂的把窗户打开,跑堂的不打,说"怕进苍蝇",说完了他就出去拿菜盘啦。赌气我把窗户打开了,大伙儿坐下想菜,正想着,就在这工夫,就听楼底下,扑棱扑棱!扑棱扑楼！顺着楼窗飞进一只烤鸭子来。啪！正落到桌上，我赶紧就按住啦，一瞧，好，没脑袋！大伙儿就说："嘻！这是飞来凤呀，吃吧！"一吃，还挺热乎。

乙　嗳……您先等会儿吃吧，烤鸭子会飞，我头一回听说，这像话吗？

丙　怎么不像话呀？要不信你问他去呀。（指甲）

乙　他知道？（指甲）

丙　当然啦！

乙　（问甲）哎！我问你，有几个人在楼上吃饭，顺楼窗飞进一只烤鸭子来，你说这是怎么回事儿哪？

甲　你这都是哪儿的事啊？烤鸭子？活鸭子也不会飞呀？

丙　（扒甲的马褂儿）脱下来！脱下来！

甲　嗳……怎么回事！不是说再穿一个月吗？

丙　再穿一年也没关系。那天，咱们跟冯三爷一块儿吃饭，顺着楼窗飞上一只烤鸭子来，你忘了？

甲　噢！你说咱们那天吃饭飞上一只烤鸭子来？不错！有这么回事。

乙　又有这么回事啦！那我问你吧，这烤鸭子怎么飞上来的哪？

甲　是这么回事，那天我们在……啊……（问丙）哪儿吃的？

丙　前门大街，"都一处"啊！

甲　哎！对啦！啊……你知道吗？"都一处"是在前门大街，一拐弯儿可就是鲜鱼口，口里不是有个卖烤鸭子的便宜坊吗？因为它那儿卖烤鸭子，是从它那儿飞出来的。

乙　没听说过！卖烤鸭子的就满处飞烤鸭子？卖烧饼哪，就满处飞烧饼？

甲　那您说这话不对，烧饼没翅膀，鸭子有翅膀呀！

乙　废话！烤鸭子也有翅膀？再说这鸭子没脑袋呀，没脑袋的鸭子能飞吗？

甲　您说它不能飞，现在它就飞上去啦！

乙　这更不像话啦！

甲　你一听就像话啦，这是个巧劲儿。

乙　巧劲儿？我问你怎么飞上去的哪？

甲　你听着呀！烤鸭子，这个……烤鸭子你看见过没有？

乙　废话！烤鸭子谁没看见过呀？

甲　烤的时候你看见过吗？

乙　不知道！我问你怎么飞上去的？

甲　告诉你，烤鸭子是这么一个炉，就跟小房子似的，上头是铁条，底下是火，这鸭子有拿钩儿挂着脖子烤的，底下一烧，把这鸭子烤得直流油啊，这鸭子烤得就这样啦，憋得出不来气儿了，这鸭子："哎哟！哎哟！……这可太热喽！实在受不了啦！"鸭子这么一想：我呀，飞了飞了吧！这不是就飞了吗？这您明白了吧？

乙　我呀？更糊涂啦！宰的鸭子，又煺了毛，已然是死的了，让你这么一说，烤着半截儿这鸭子又活了？哎呀！这马褂儿给人家在意点儿穿吧！（给甲掸马褂儿）

甲　你这人怎么这么死心眼儿啊？烤鸭子不是还是鸭子吗？

乙　就是鸭子，我问你，甭管死活，它没有翅膀，能飞不能飞？

甲　噢！是这么回事！那天我们坐到楼上还没要菜哪，楼底下就出了事啦。

乙　出什么事啦？

甲　施家胡同孙五爷家里在便宜坊叫了一只烤鸭子。烤熟了，小徒弟给送走，要是两只鸭子好办，用扁担挑着，这是一只鸭子就得拿小扁担窝着，小徒弟出了鲜鱼口往南一拐，没留神，这扁担又杵在人家腮帮子上啦。"哎！你往哪杵啊？""没看见，对不起！""没看见，你长眼是干吗的？"小徒弟也不会说话："啊！碰一下也不要紧啊！""什么叫不要紧啊？"袖子一卷，拳头一晃，朝小徒弟脑袋上打来。小徒弟急了，抢起扁担就打，他忘了，后边还挂着一只鸭子哪，他这么一抢扁担，鸭子脑袋掉了，把鸭子给抢出去了。我们这儿坐的那地方正是临街的窗户，顺着楼窗正把这只鸭子抢进来。啪！正掉在我们这张桌子上，还热着哪。大家就说："哎！烤鸭子会飞上来了！"你明白了吧？

乙　那怎么叫飞上来的哪？那是抢上来的呀！

丙　哎！对……就是这么回事！

甲　（拉丙）嗳……你这是怎么说话哪？烤鸭子会飞吗？越说越不像话了！

丙　你真成！

甲　这马褂怎么样啊？

丙　再穿仨月，没关系！

甲　那你说话也得留点儿神，干脆咱们走吧？

丙　这就走，再说两句。(向乙说)吃完饭，就回来啦，天热呀，夜里
　　睡不着，就听外边嘟嘟嘟儿！

乙　有蛐蛐儿叫？

丙　哎！你知道我爱玩儿蛐蛐儿呀，我赶紧起来，拿着扦子、罩子①，
　　到院里这么一听啊，嘟嘟嘟儿。

乙　在院里哪？

丙　没有，在门口儿哪！

乙　啊！

丙　开开门到门口儿这么一听，这蛐蛐儿嘟嘟嘟儿跑啦！

乙　跑哪儿去了？

丙　跑车站去了。追到车站，再一听，这蛐蛐儿嘟儿嘟儿到杨村了！
　　我们两口子又追，追到杨村，一听，这蛐蛐儿嘟儿嘟儿到天津
　　了！追到天津，一听，这蛐蛐儿嘟儿嘟儿到唐山了！追到唐山小
　　山那儿，就听嘟儿嘟儿在那儿叫哪。我们两口子借来镐头就刨啊，
　　刨呀，刨呀，一直刨到山海关，才把蛐蛐儿挖出来。这蛐蛐儿往
　　外一蹦，我一瞧啊，嚯！这个儿太大了！这脑袋，比这屋子小不
　　了多少！连须带尾够十四列火车那么长！(甲解马褂儿纽扣，一
　　边解一边听)这两根须，就跟两根电线杆子似的！俩眼睛，就跟
　　两个探照灯似的！

乙　结果怎么样哪？

丙　怎么样啊，逮着了！弄线拴回来了。(甲脱马褂儿搭在丙的肩膀
　　上，丙不知道还说)明儿您到我们家瞧瞧去，叫唤得可好听了：
　　嘟儿嘟儿。

乙　行啦，行啦！你说的这都不像人话了！哪儿有这事啊？

丙　不信问他呀，他知道！

乙　好，好，(向甲)还得问你。

甲　是不是有个蛐蛐儿，脑袋比这屋子小不了多少，连须带尾够
　　十四列火车那么长，两根须跟俩电线杆子似的，俩眼睛跟探照灯
　　似的。

乙　是啊。有这么回事呀？

────────

　　① 扦子、罩子，都是捉蟋蟀的工具。

甲　没有的事，胡说八道！

丙　（问甲）嗳！我说的。

甲　你说的也不知道！

丙　怎么哪？

甲　马褂儿给你啦！

（刘宝瑞　侯宝林　孙玉奎整理）

大审诓供[*]

甲　为人不当差，当差不自在，刮风也得去，下雨也得来。嗐！最近本地出了一件杀人案，老爷限我三天之内将凶犯拿到，眼看着三天期满了，连一点儿线索还没有，这……这……便如何是好？哎！有了，我如此这般，准能交上差。正是：只要交差了事，哪管他人受屈。（走圆场）哎，来到了，里边有人吗？（乙上）

乙　谁呀？噢，您来了。有事吗？

甲　哼！你是干什么的？

乙　我是说相声的。

甲　我们老爷过生日，想找个堂会，你们去吗？

乙　可以去，我们得要俩钱儿。

甲　可以，你要多少钱吧？

乙　一共几场？

甲　要五场女大鼓，一场戏法儿，一场河南坠子，一场双簧，一场相声。

乙　好啦，您给五十两吧！

甲　（惊奇）你要多少？五十两。

乙　我没多要啊。

甲　那我得还个价。

乙　你给多少？

甲　（用一个手指比量）

---

* 又名《大审案》。

乙　噢！给我们十两？

甲　不对！给你们一百两。

乙　哎？你这不是还价，你这是多给我们钱。这是什么意思？

甲　唉！你不知道，我是跑上房的，这钱我不花，是我们老爷花，所以我这是向着你，你心里还能糊涂吗？

乙　噢！这么回事儿。我再打听您点儿事：你们老爷是不是有什么忌讳？什么倒霉、丧气、别扭等等。

甲　哎！你还真挺聪明，我们老爷倒没忌讳，就是有几样话不许您说。

乙　哪几样？

甲　"我屈！""我冤！""我不知道。""我睡着了。""我没看见。"假使你说出来，不但不给你钱，还得包赔损失。

乙　那好，我记住了。

甲　记住就好，你跟我来吧。

　　（乙跟甲走圆场）

甲　到了。你先在门外等一会儿，我把我们老爷请出来。

　　（对内）有请老爷！

丙　（到桌子正中间一坐，像老爷过堂的样子）

甲　（用手绢把乙胳膊绑上拉着）

乙　哎，你绑我干什么？

甲　这不是绑你，这是袖标，要不人不认识你，怕不叫进去。

乙　噢，这是袖标，这不是绑我。

甲　你站起来，先领你到班房。

乙　哪儿？上堂会怎么先上班房？

甲　班房就是门房。

乙　噢。

甲　你先在旁边坐着等一会儿，我给你回禀一声。（甲向内请安）回禀老爷，×××叫我办着啦！

丙　你怎么去了这些日子？

甲　因为他没在本地。

丙　他跑哪儿去啦？

甲　他上趟上海，到了上海他就抢了两家银行，回到本地装模作样说相声，当时我没敢动手，不知道他带什么家伙。后来我追他到旅馆，翻出来两杆自来得，两箱子假钞票。老爷您甭动刑啦，他全都招啦。

乙　（害怕，要跑）

甲　哎！你上哪儿去？

乙　你别唬我啦，我全听明白啦，你不是找堂会，你是办案办不着啦，要拿我顶缸。

甲　你胡说八道，怎么拿你顶缸哪？

乙　你看你们老爷那神气，惊堂木一拍，你说："×××办着啦……"

甲　噢！你听错啦，我说×××我见着啦。

乙　怎么还说我"没在本地"？

甲　你不是出了趟门儿吗？

乙　怎么还"去趟上海"？

甲　你不是由本地到上海去了一趟吗？

乙　怎么还说我"抢了两家银行"？

甲　我说你到上海遇见两个同行。

乙　怎么还"当时没敢动手"？

甲　我说的是当时你很忙，我没能跟你接手——谈话。

乙　怎么还"不知道我带什么家伙"？

甲　你们管扇子不是叫家伙吗？

乙　怎么还追到我旅馆？

甲　我能说你蹲小店儿吗？

乙　怎么还翻出来两杆"自来得"？

甲　我说你会说流口辙。

乙　怎么还翻出两箱"假钞票"？

甲　我说你还会唱莲花落。

乙　怎么说"甭动刑啦"？

甲　唉！我说老爷您甭上"玉明"啦，不是有个玉明茶社吗？

乙　那怎么还说我"全都招啦"？

甲　我说我全都邀啦。

乙　我全听错啦！这多耽误事。——我说，这是堂会吗？

甲　是堂会，没错儿，没错儿！有错儿还有我哪。

乙　那可就没我啦。

甲　你等一会儿，我再去给你回禀一声吧。——回禀老爷，×××带到。

丙　（拍惊堂木）把他带上来！

甲　站起来，站起来，在外边那么精神，到这阵儿怎么傻啦？

乙　哎，这叫什么话啊？

甲　我说你在外边说相声多精神，到这儿说怎么没精神哪？跪下！跪下！

乙　怎么，还得跪下呀？

甲　哎，你浑蛋，我这是向着你，跪不能白跪，跪完了有赏钱。

乙　你赏钱也不行。

甲　（强迫的样子）你快跪下吧，浑蛋！

乙　哎？你怎么还骂人哪？

甲　唉！不是骂你，这是我心里骂我们老爷小气，跑坏鞋还得我自己买。

乙　噢！不是骂我，是骂你们老爷，下跪的可是我呢。

甲　跪下吧！

丙　（拍惊堂木，做察言观色样子）

乙　（回头叫甲）喂，我不干啦，这不是堂会，你们老爷把惊堂木一拍，我明白这个。

甲　唉，不是。我们老爷近视眼，不细看，看不出来是谁。

丙　（拍惊堂木）下面跪的是×××吗？

乙　是我。

丙　你好大胆子！

乙　不，我没胆子。（叫甲）出来，出来，怎么我上堂会还来个"好大胆子"？

甲　你不知道，我们老爷夸奖你。昨天找堂会找来×××，见我们老爷不敢说话，今天你敢说话，我们老爷夸奖你好大胆子。

乙　那我说什么呢？

甲　你得这么说："哟嗬，胆子小还闹不到你这儿呢。"

乙　这么说行吗？

甲　没事，有事都有我呢。

乙　有你就没我啦。

丙　你叫×××吗？

乙　是我。

丙　哈哈！你好大胆子。

乙　哟嗬！胆子小还闹不到你这儿呢。

丙　你抢过银行吗？

乙　没有。（叫甲）喂，出来吧，你们老爷怎么问我"抢过银行"呢？

甲　你听错啦。我们老爷问你找过同行吗？

乙　别忙，我合计合计："我抢过银行"，"我找过同行"，这字眼儿可别扭。找我们同行，那是我出的主意。

甲　那你就说"我出的主意呗"。

乙　噢，抢银行是我的主意？

甲　唉，找你们同行。

乙　我听这字眼儿老害怕。

丙　是你抢的银行吗？

乙　（对观众说）我听着还像抢银行。（对丙）啊，是我出的主意。

丙　现在你们有多少人马？

乙　净人没马。（叫甲）出来呗，怎么还闹出"人马"啦？

甲　对呀！我们老爷问你们有多少人？

乙　不是五场吗？那二十多人。

甲　别说五场二十多人，多说一个人多给一块钱车钱，你说"原先一百多人，现在还有五六十人"。

乙　干吗说这些呀？

甲　多说一个人不多给一块钱嘛。

乙　还点名吗？

甲　不点名。有什么错儿还有我哪。

乙　有你就没我啦。（转过脸冲丙跪）

丙　现在你们有多少人马？

乙　原先一百多人，现在还有五六十人。

丙　人马都在何处窝藏？

乙　都在你们家哪。（叫甲）哎，怎么"都在何处窝藏"？

甲　问你们住的哪个栈房？

乙　我不是住小店儿嘛。

甲　别说住小店儿，远点儿说多给路费。

乙　那我怎么说哪？

甲　你说"天津、北京、上海，沈阳抽冷子也来两回"。

乙　这么说行吗？

甲　行。有什么错儿都有我哪。

乙　有你就没我啦。（冲丙跪）

丙　人马都在何处窝藏？

乙　天津、北京、上海，沈阳抽冷子也来两回。

丙　你可是那个头儿啊？

乙　我是……（叫甲）出来吧！我才听明白，我成头儿啦。

甲　什么头儿，找堂会找的谁？

乙　找的我呀。

甲　还是的呀，你不是找的那个头儿吗，有什么不得朝你说吗？钱也交给你呀。

乙　噢！那我怎么说哪？

甲　你说"我就是头儿"。

乙　这么说行吗？

甲　没错儿，有事还有我哪。

乙　有你就没我啦。（冲丙跪）

丙　你可是那个头儿？

乙　啊，我就是头儿。

丙　老爷问你这话屈不屈？

乙　屈！（指甲）全都是他教给我的，怎么不屈哪。

甲　（过来）倒霉就倒到这句话上啦。方才我讲堂会，我不是告诉你，我们老爷忌讳这些字，什么"我屈"，"我冤"，"我不知道"……都不许说。你怎么说屈呀？这堂会你要多少钱？

乙　我要五十两。

甲　我给你一百两。我们老爷问你屈不屈，你一说屈，就不给钱了。

乙　那我怎么说？

甲　你得说"不屈"。我们老爷往下还得问你怎么不屈，你说"情实不屈"。

乙　什么叫情实不屈？

甲　就是情属实处不屈。我们老爷说"来人哪……"

乙　来人干什么？

甲　给你赏啊。

乙　噢，这就给钱。

甲　先给钱后听玩意儿。咱俩先试验试验吧。屈不屈？

乙　不屈。

甲　怎么不屈?

乙　情实不屈。

甲　来人哪!

乙　老爷赏钱。

甲　这不就对了吗?打头儿来吧。回禀老爷,×××叫我办着了。

丙　你怎么去了这些日子?

甲　因为他没在本地。

丙　他跑哪儿去啦?

甲　他上趟上海,到了上海他就抢了两家银行,回到本地装模作样说相声,当时我没敢动手,不知道他带什么家伙。后来我追他到旅馆,翻出来两杆自来得、两箱子假钞票。老爷您甭动刑啦,他全都招了。

丙　(拍惊堂木)把他带上来!

甲　跪跪跪!

乙　一跪老爷就给钱。(丙看乙)老爷眼神儿不好。

丙　下面跪的是 ××× 吗?

乙　是我。

丙　你好大胆子!

乙　哟嗬,胆子小还闹不到你这儿呢!

丙　你抢过银行吗?

乙　啊,是我出的主意。

丙　现在你们有多少人马?

乙　原先一百多人,现在还有五六十人。

丙　人马都在何处窝藏?

乙　天津、北京、上海,沈阳抽冷子也来两回。

丙　你可是那个头儿?

乙　啊,我就是头儿。

丙　老爷问你这话屈不屈?

乙　不屈。

丙　怎么不屈?

乙　情实不屈。

丙　来人哪!

乙　老爷赏钱。

丙　枪毙!

乙　（高声）屈!

（白万铭述）

大审诬供

滑稽双簧*

甲　这回是我们俩表演。

乙　对，我们俩给大家表演双簧。

甲　学双簧得有规矩。

乙　什么规矩？

甲　我在前面学，你在后面说。知道的是俩人说，不知道就像一个人说的。

乙　这叫双学一人。

甲　我还得打扮打扮（从兜里拿出小辫儿和两块大白粉。把小辫儿戴在头上，用两块大白粉抹在眼和嘴上，低头）。

乙　有道是：人是衣裳马是鞍，西湖景配洋片；人不打扮不好看，打扮好了您再瞧……

甲　更寒碜了（抬头）。

乙　哟（吓跑）！

甲　你跑什么呀？

乙　我看着害怕。

甲　废话，这地方灯这么亮，人这么多能好看吗？等待会儿人走净了，灯都关了，我这样儿往胡同里一站，你再看……

乙　就好看了。

甲　吓趴下几个。

---

* 双簧往往由相声演员兼演，亦以说、学、逗、唱为主要艺术手段，多半是和相声一起演出，可以视作相声的一个分支，而参加综合性曲艺演出时即作为单独的曲种。孙宝才是北京硕果仅存的双簧表演艺术家，本篇是他的代表性节目。

乙　那你还在这儿演吧！

甲　这回就瞧你的了，我一拍小木头（醒木）你就说，我就学。

乙　好，我说什么你学什么，可别我说的你学不上来。

甲　你说得出来，我就学得上来。（甲坐在桌后的椅子上，乙蹲在椅子后面，甲三次假笑后，一拍醒木，乙站起来面对观众）

乙　您看这一回他一拍木头就全听我的了，我叫他干什么他干什么。哪位观众不信，不信不要紧，我给您表演一下。（指甲说）站起来，站直了，把眼睛闭上，把手伸出来，伸出一个手指，往回指，把嘴张开，放在嘴里，咬，咬，使劲咬，把手指咬下来。

甲　（站起，离位）我不咬了。

乙　（站起）你不是听我的吗？

甲　听你的我这儿演一次，咬下一个指头，演十次我这手就成枯杈儿了！这不是演双簧，这是自杀！你有好的没有？给人家说词儿。你说的我演不上来，那叫没能耐。

乙　成，咱们重新坐下。（甲、乙重新回原位）开始啦：姐俩赶大车，赶着赶着上了房。六月六，春打六九头。萝卜快了不洗泥。一个萝卜四两，两个萝卜八斤半，不够来块烤白薯。老太太抱着三轮上汽车，没上去。吃冰棍蘸臭豆腐……

甲　（离位）演不了！

乙　你怎么又急了？

甲　你说了半天有一句人话吗？

乙　哪句不像话？你说！

甲　有老太太抱着三轮上汽车的吗？

乙　不是没上去吗？

甲　人家也不让你上呀！你们家吃冰棍蘸臭豆腐呀！

乙　我爱吃这口儿。

甲　嗬，你可真够气人的。（甲、乙重新回原位）

乙　众位观众先别忙，听我们俩人演双簧。双簧一上台，脸上抹点儿白，头上戴小辫儿，歪戴帽儿，斜瞪眼，出门到处找碴儿，瞧谁有点儿不顺眼，过去我就扒裤衩儿……

甲　（站起）我干吗那么缺德呀？

乙　×××（叫甲名）老实说你干过这事没有？

甲　我就干过一次。

乙　那抢的东西放哪儿了？

甲　放你们家了。

乙　我呀！我成窝赃犯了。

甲　谁让你胡说八道来着。（重新入座）

乙　有个结巴去放牛，结巴把牛拴在井台上。咚，一下把牛掉在井里头。结巴这才把人喊："我的牛，牛犊，犊，犊……"

甲　（站起）你这毒（犊）就不小了！

甲　这叫憋死牛。

甲　你多损哪！（重新入座）

甲　话说罗成正坐在中军宝帐，忽听探马来报，急忙顶盔挂甲，罩袍束带，拧枪上马。罗爷未曾出马先放三声号炮，这头一声，（学点炮）哧……当，哧……当，哧……（甲回头看乙，还没响，刚拿到眼前看看）当！

甲　（站起捂眼睛）嚯，这受不了。怎么这儿给一炮呀？

乙　对不起，这两天下雨炮药有点儿受潮。

甲　怎么全让我赶上了！

乙　请您坐下，这回没炮了。

甲　再这样儿我可不演了！

乙　话说罗成正坐中军宝帐，忽听探马来报，急忙顶盔挂甲，罩袍束带，拧枪上马。要说罗爷这匹马呀！它是（学马慢走声）咕嗒嗒咕嗒嗒……

甲　（起立回身打乙一下）我叫你咕嗒嗒，咕嗒嗒。

乙　你怎么又急了？这马你骑得多稳当呀！

甲　是稳当，我这屁股受得了吗？马得快点儿走。

乙　马快了，我怕你骑不了。

甲　谁说的？我有个外号叫"马膏药"。

乙　行，这回咱们快点儿，请坐下。话说罗成正坐中军宝帐，忽听探马来报，急忙顶盔挂甲，罩袍束带，拧枪上马，要说罗爷这匹马呀，他，噌——

甲　（摔下椅子）

乙　（乙马上过来抱着甲）×××（叫甲名）我说你骑不了快马吧，非要骑。说话，摔坏了没有？

甲　我心里慌。

乙　吃点药。

甲　慌得厉害。

乙　打打针?

甲　不成呀。

乙　要急救车?

甲　不成哟!

乙　这可怎么办哪?

甲　给我来两斤包子。

乙　哟,你又饿了。

甲　我说你这是马呀,还是火箭哪?这儿还没上去哪,你"噌"就蹿
　　出去了。

乙　我说你骑不了吧?这回咱换换,不骑马了。唱一段儿。(唱)姐儿
　　俩在房中哟,绣丝绒哪呀嘿,忽听门外有闹声,一个劲儿地直嗡
　　嗡嘿。嗡嗡,嗡嗡,嗡嗡……嘿,原来是两只苍蝇嘿!

甲　(站起)俩苍蝇跟我这儿折腾半天。你有好的没有?

乙　有,有,请坐下。爱国就要讲卫生,抓紧时间别放松,见了苍蝇
　　我就打,打死这些害人虫。这儿有一个,打(指自己左面打一下)
　　飞了,又落到了这边儿,打(指右边打一下)飞了,落在鼻子上
　　了,打!

甲　我不打。

乙　怎么不打?

甲　打完了就没法儿说相声了,鼻子瘪了。

乙　那照样儿说。

甲　那多难听呀!(学齉鼻子)今天我给大家说段儿相声,这好听吗?

乙　是不好听。但消灭苍蝇可人人有责。

甲　对。

乙　坐下听词儿。(唱)一呀一更里,月儿呀照窗台,情郎哥哥定下
　　计,今天晚上来呀。叫丫鬟忙打上四两酒哎,四个呀那菜碟摆呀
　　摆上来。一碟子腌白菜,一碟子腌白菜……一碟子腌白菜,一碟
　　子腌白菜……

甲　(站起)都是腌白菜呀?不会吃点儿别的?

乙　就是白菜,爱吃不吃,不吃拿走。

甲　行。(落座)

乙　（唱）二呀二更里，月儿呀照窗台，情郎哥哥定下计，今天晚上来呀。叫丫鬟忙打上四两酒哎，四个呀菜碟呀摆呀摆上来。（白）左等左不来，右等右不来，嗯，嗯，他怎么还不来呀？嗯嗯，他怎么还不来呀……

甲　（站起）他爱来不来，我腰受不了！

乙　他着急了。坐下听词儿。（唱）大年初一头一天，小妹跪在姐姐面前，姐姐伸手忙拉起，伸手掏出压岁钱，嗯哎呀嗯哟哎，自己的姐妹拜的什么年？（学锣鼓点，甲扭）锵锵——锵锵，锵锵——锵锵……

甲　我说你这儿耍狗熊哪！

乙　我瞧你跳得不错。这回咱学段评剧《玉堂春》，你学一个人。

甲　谁呀？

乙　白玉霜。

甲　学谁？

乙　白玉霜！

甲　你也不打听打听，白玉霜是谁？那是我姐姐。

乙　那你叫……

甲　黑胰子！

乙　黑胰子呀！这回前面看您的表演，后面听我唱。

甲　行，只要你唱得好，我就学得好。

乙　（唱）你本是宦门后啊上等的人品，吃珍馐穿绫罗百般地称心，想不到你落得这般光景，看起来呀我苏三命薄之人。人人说黄连苦苦到极点，我二人比黄连还要苦，苦，苦十分哪哎……哟我那苦命的郎呀！

甲　（哭出声来）我的妈哎……

乙　你怎么真哭呀？

甲　你快把我憋死了。

乙　去你的吧！

相声小段

黄白胖子

　　我初学相声的时候，老师教我学绕口令，练基本功，锻炼唇、齿、舌、牙、喉。

　　学第一段时没费什么劲儿，我就说上来了。

　　"凸玻璃比凹玻璃凸，凹玻璃比凸玻璃凹。""凸玻璃比凹玻璃凸，凹玻璃比凸玻璃凹。""凸玻璃比凹玻璃凸，凹玻璃比凸玻璃凹。"连说三遍没费劲儿，吐字清楚，发音准确。自我感觉良好。我觉得说"绕口令"也没什么。

　　教我学第二段时，可麻烦了，叫我说两个胖子，我怎么也记不住。越说越糊涂。一个黄胖子，一个白胖子。一个脸白，一个脸黄。黄脸的姓白，白脸的姓黄。黄胖子掰白棒子，白胖子掰黄棒子。比看掰多掰少，一个字不能错，要一口气说上来，这下子麻烦了。一说这段我就糊涂，今天再说一回试试。

　　"黄胖子，白胖子，背筐比赛掰棒子。黄胖子掰白棒子，白胖子掰黄棒子。黄白胖子可不能掰错了黄白棒子。黄胖子掰了半筐白棒子，白胖子掰了半筐黄棒子。黄胖子又掰了筐半白棒子，白胖子又掰了筐半黄棒子。黄、白胖子一共掰了八个半筐黄白棒子。黄胖子、白胖子掰完了棒子背棒子。黄胖子碰倒了白胖子，白胖子又绊倒了黄胖子，撒了一地的黄白棒子。黄胖子、白胖了，弯腰低头捡棒了。黄胖子捡白棒子，白胖子捡黄棒子。捡完了棒子抱棒子，抱完了棒子背棒子。背回家里扒棒子，黄胖子扒白棒子，白胖子扒黄棒子，黄胖子扒出黄棒子不噜噜噜噜噜就扔给白胖子，白胖子扒出白棒子，不噜噜噜噜噜就扔给黄胖子。黄胖子又扒了筐半白棒子，白胖子又扒了筐半黄棒子。黄白胖子，掰了棒子，抱了棒子，背了棒子，扒了棒子。黄胖子，白胖子，掰了，抱了，背了，扒了一共八个半筐黄白棒子。"

（康立本记）

劝 架

马瘦毛长蹄子胖，两口子睡觉争热炕。

老头儿要在炕头上睡，老婆儿还偏不让，

老头儿拿起顶门棍，老婆儿抄起擀面杖，

老两口乒噔乓当打了个大天亮，

炕也晾了个冰凉，谁也没摸着睡热炕。

这叫热炕诗一首。您说这值当得打架吗？一个要在炕头上睡，那老婆儿没让，就因为这么点儿事吵起来啦。我想这老婆子也不对，你就让他在炕头上睡不就完了吗，他不是外人。

在生活中，这个吵嘴打架很容易发生，也并不奇怪，但是通过双方的对话，里边存在着可笑的因素，也就是我们相声的素材。相声是个喜剧形式，是搞语言艺术的，为什么大家都爱听相声呢？因为相声是逗乐的，那么相声中的笑料由什么地方来的呢？笑料来自生活当中。在我们日常生活中，在一天二十四小时内随时都能发生可笑的因素，经过相声演员加工编写，就成为一段相声节目。作为一个演员什么都应该研究。你比方说：在大街上走道儿，因为蹬鞋踩袜子，俩人打起来啦。当然踩人那个理亏，挨踩的这个理直气壮，再赶上踩人那个一声没言语，踩完了抬脚走了，这个被踩的人当然有气，往回喊那个。（表演俩人）"嗨，站住！你走道儿怎么住脚上踩呀？"对方得马上表示歉意赔礼，就吵不起来了："哎哟，是呀？对不起，我……我走得慌，一时没留神踩您脚。这是怎么说的。来，我给您掸掸，您脚还疼吗？要疼得厉害，我陪您到附近医院去上点药。""好了好了，下回走道儿注点儿意。""是是，对不起。"完了。没听说对方直给赔礼道歉，这位还不依不饶的（学其中一部分话）："哎哟，真对不起，我一时走得慌，没留神踩您脚了。来，我给你揎揎。""你揎吧！揎完了我打你个兔崽子！"就怕遇上踩人那个是三青子，挨踩的这个是四愣子，那非打起来不可。踩人的那个踩完一脚，没言语走了，挨踩的这个指着后脑海就骂："嗨，孙子！抢孝帽子去！你踩我脚了，知道不知道？"您想踩人的那个是三青子脾气，他能听这套吗？把下巴颏往后肩膀上一扛（表演）："你嚷什么你，隔壁老太太发汗哪！""你这是怎么说话哪？""就这么说话。""你踩我脚啦！""我瞧准了你才踩的！我又踩你脚了，谁让你把脚搁地下的？你要在怀里揣着，我不就踩不着啦！还告诉你，不但踩你，过两年还娶你哪！"乒乒地准打起来！可是太和气了也不行。比方说，那位踩完脚走了，这位往回叫："站住！你怎么踩我脚？""哎哟，对不起！我没瞧见！来，来，我给您揎揎。""好啦，好啦。""我急着上医院挂号去，走得太慌踩您脚了。""好了，好了。""我一躲那自行车，这边踩您脚啦！""好了，好了。""因为前边那位老太太挡着道，我踩您脚了。""好了，好了。""旁边那小孩……""我说你还走不走了？你老这儿磨蹭没完，我也甭走了！"

　　还比如住杂院，特别是像斜对门的街坊。对门住着一家人，小两口儿，你这屋也是夫妻两个。对过儿那两口子因为一点儿小事打起来了。您想对门这家是邻居，哪能看着不管呢？得过去劝劝。敢情这个劝架有好些规矩，不仅要有口才，能说会道，还不能违反规矩。这里还有点儿偏向性，这要看你是男的过去劝还是女的过去劝，要是男的过去劝，他必然在语言之中偏向一点儿那男的，是这样（学人物语言）："嗬！你们这屋怎么回事？这是唱的哪出哇？倒真热闹！我们那儿听半天啦！不就因为两句话的事，谁少说一句不就过去啦，这是何必呢？咱们是对门的近邻，平时咱们都不错，看着你们俩人日子过得挺好，我们都高兴，你们俩要一怄嘴打架，连我这对门街坊心里都不好受。行了啊，谁也别说什么啦！咱们过得着，我才敢来劝，不是我说您，嫂子，你有时是屈枉人，大哥对您那是一百一不含糊，不在外边乱花一分钱，每次出差，哪怕再贵的东西，只要是您喜欢的，准给您买回来。一切为了你们家庭生活过得幸福。除去工作外，把心思全扑到你们这小日子上啦。您可不能再吵了，如果您要再吵，我可不答应您。大哥，走，上我那儿去，咱哥儿俩杀两盘，趁您气头上，我让您个车，也赢您！""走！"完了。如果要是女的过去劝，那话又变了

（学人物语言）："哟！你们这屋可真热闹！刚才还好好的呢，又说又笑，这会儿怎么变成又打又闹啦？因为两句话的小事，值当的吗？我们那儿听了半天啦。大哥不是我说您，这事怨您的不对。嫂子多么关心您哪，下班您晚回来五分钟，嫂子到门口外边，看了您二十七趟。知道您喜欢吃甜食，每顿饭炒菜都是南味的。您穿的这件毛衣，我嫂子用最新式样图案织出来的。我看嫂子可没半点儿对不起您的地方，如果您要再说什么，我们邻居可都不答应您了。嫂子别难过了，您是个明白人，平时您经常不断劝解我们，非常地热情，为这点儿小事儿，别想不开。大哥他当时也是在气头上，过后您当他就不后悔哪？走，上我那屋坐会儿去。你还得教我织毛活儿哪，那元宝针我老是织不上来，走！"拉去了。您看这劝架不光是语言会说就行，重要的是规矩不能违反。你比方说女的过去劝，必须要偏向女的，男的劝，必须向着男的。不信把男女一掉个儿，不仅劝不好，倒给劝麻烦了。女的过去这么说（表演人物）："哟，你们这屋可真热闹哇，吵什么呀？（冲着女的说）就你嗓门大，你能嚷，跟母老虎似的。瞧你那德行！（冲男的说）哥哥，别跟她生气了。还得是我疼你，走！上我那屋去，我给你煮牛奶喝！"啊？要是男的劝，向着那女的，非出人命不可。（表演）"哎哟嗬！你们这屋可真够热闹的啊，吵起来没完了。我越听越别扭，（指男的）你小子有什么了不起？你不就是欺侮嫂子这人老实吗？你瞧不上她，我瞧得上嫂子。甭怕，都有我哪！甭理他，咱们走，跳舞去！"跳舞去？

（郭全宝述）

白蛇传

《白蛇传》是一段儿描写青年男女自由恋爱的神话故事，内容非常动人。

在杭州啊，有个书生叫许仙，有一天逛西湖去可巧下雨了，正这时候来俩大姑娘——就是白娘子和小青——找他借伞。哎，从这儿起就交上朋友了，一来二去，俩人有了感情啦，后来就结婚成夫妻啦。您看多好！

要不现在有的小伙子一到下雨天儿，就夹把雨伞在公园湖边儿上溜达呢。那是干什么呢？那……那是憋着等白娘子哪！

其实啊，白娘子和许仙的媒人并不是雨伞，是小青！怎么见得是小青给做的媒哪？我有证据。您看现在市场上卖的酒当中有一种酒，叫"青梅酒"，哎，就可以说明这个问题，怎么？"青梅酒"嘛，青梅酒，青梅酒——小青为媒能长久！

那位同志说了，要是"红娘"给做的媒呢？那您就喝"红玫瑰"吧！为什么哪？红玫瑰，红玫瑰——红娘为媒才可贵哪！

嘿！

本来呀，许仙和白娘子夫妻俩感情挺好，生活得很幸福。可是这里边有人给破坏。谁呀？法海！法海是金山寺的和尚，许仙去金山寺烧香的时候，让他给截住了，说许仙面带妖气，家中有妖精。许仙不信哪，他让许仙在五月初五过端阳节的时候，给白娘子喝点儿雄黄酒。结果白娘子显露原形，变成一条大白蟒，把许仙吓死啦。

白娘子酒醒以后，一看：坏啦！赶紧去昆仑山盗来灵芝草，把许仙又给救活了；可是从打这儿起夫妻俩的感情就冷淡了，许仙老躲着白娘子，总疑心她是妖精。

这怎么办呢？后来呀，白娘子想了个主意。有一天，白娘子陪着许仙到后花园去游逛，来在一片草地，白娘子就说了：

"许郎，五月端阳，你瞅见一条大白蟒，就疑惑为妻我是妖精，好，你来看。"

说着话，由袖筒儿里掏出一条白手绢儿来，往草地上一扔，说了声：

"变！"

嗬！当时在草地上就盘起一条大白蟒，八丈多长，水桶粗细，眼如铜铃，血盆大口，三尺多长的芯子，突突乱窜！可把许仙吓坏了。白娘子笑了，说：

"许郎，别怕！"

用手一招，说：

"走！"

您再瞧，草地上这条大白蟒顿时踪影皆无。只见半空中飘落下一条手绢儿来，白娘子用手一接，塞到袖筒儿里了。

"许郎，这回你清楚了吧，那天为妻是跟你逗着玩儿哪。"

许仙看完以后，疑心病去掉了。当时说了一句话，把白娘子都给逗笑了。

"嗯，这回我明白了，你不是妖精，你是变戏法儿的！"

嗐！

（刘宝瑞述　殷文硕整理）

乖嘴衙役

　　这回我说段相声，那位（指观众）说啦：怎么你一个人说呀？啊，我这是单口相声嘛！别看一个人说，也得逗乐儿。那位说：我要是不乐呢？那……我就没法子啦！您不乐，我也不能挠您胳肢窝去！我过去一挠，您说您怀表丢啦，我赔得起吗？这是说笑话儿，哪有观众讹演员的？讹诈、欺负人的人都是仗着有势力。从前有这么个知县，就知道搂！专门刮地皮，坑害百姓，老百姓没有不骂他的。这衙门里有个衙役，姓乖，叫乖嘴。他对他的上司乖嘴，对老百姓就不乖啦，张嘴儿就骂，举手就打呀！这就叫"狐假虎威"，知县真得意他。为什么？因为这乖嘴衙役不但嘴乖，而且还会察言观色，见机行事。比如一看知县这两天不愉快，他就知道是缺钱花啦。怎么办呢？他就能帮着出个馊主意，敲诈老百姓的钱。这样儿整整三年光景，这知县总算任期满啦。临走那天，全城的百姓联名给知县送了一块匾，匾文是四个字："天高三尺"。那位要问啦，这么个贪官还配"天高三尺"的美称？这是一语双关，并不是说他比青天还高出三尺，而是说他是贪官。您想啊，天怎么会高出三尺呢？是因为他把地皮刮去三尺，天就显得高了三尺。知县上了官船，刚刚离岸，就见岸上有一伙儿人拾起砖头石块往船上扔。乖嘴衙役也站在人群里，一边扔砖头石块，一边指着官船破口大骂："你这个狗东西，把全县百姓都害苦啦！属螃蟹的——横搂哇！欺负百姓，勒索百姓的事都是你逼着我们干的……"众百姓一听，明白啦："噢，原来这个衙役是好人。"其实是一个味儿！乖嘴衙役越骂越起劲儿，"这回你可走啦！也该我们喘口气儿啦，滚你妈的蛋吧！"知县在船舱里这个憋气呀！心里说："好小子，等着吧，有朝一日咱再见着面，我剥了你的皮！"

事也凑巧。知县在别处三年任满，又回到这个县。全城百姓都愁眉苦脸，唉声叹气。乖嘴衙役知道自己把知县得罪苦啦，这次回来一定饶不了他。乖嘴料得不错，知县一上任，先叫人把乖嘴绑上啦。知县说："乖嘴啊，当年你骂得好痛快呀！你没想到我今天又回来啦！属螃蟹的——横搂。欺负百姓，今天我先欺负你，来呀！重打四十大板！"当时乖嘴衙役跪爬了半步："大人容禀，我料到您一定会回来的，当年我骂您，那是假的，是逢场做戏，您在本县任职，我是得吃得喝；您走这三年我什么外快也没捞着，我怕您不回来，就用话激了您几句……"知县一听："啊——原来是这么回事儿，来呀！给他松绑，赏他二两纹银。"他真能说呀！

（马敬伯整理）

乖嘴衙役

好　哇

甲　您是哪儿的人啊？

乙　我是北京人。

甲　噢！北京好哇！北京是首都，历代皇帝建都之地。那儿的气候好，不冷不热；里九外七皇城四，九门八锁一口钟。北京的景致也好哇！有名的"燕山八景""卢沟晓月""银锭观山"；北京是大邦之地，文化之区，别搬家，住着好！

乙　好哇，我搬了。

甲　搬哪儿去了？

乙　搬到天津去了。

甲　天津好哇！九河下梢天津卫，三道浮桥两道关。那儿是水旱两路的码头。天津有三宗宝：鼓楼、炮台、铃铛镉。别搬啦，住着好！

乙　我又搬到保定去了。

甲　保定好哇！那儿是河北省的省头。那儿也有三宗宝：铁球、面酱、春不老。您挣俩钱儿买两个铁球，没事揉着玩儿。别搬家，住着好。

乙　我又搬到山海关去啦！

甲　山海关好哇！万里长城东起山海关嘛！长城是秦始皇修的，有好几千年了，工程太大啦！天下第一关嘛！别搬家，住着好。

乙　我又搬到沈阳去了。

甲　沈阳好哇！沈阳城有三宝：人参、貂皮、乌拉草。沈阳是前清皇上的老家，古迹不少，有个故宫，里面有个大石面，十面能看着九面，很有意思！别搬啦，住着好。

乙　我又搬到张家口去了。

甲　张家口好哇！张家口有三宗宝：油面、蘑菇、大皮袄。那儿的皮货和牛羊肉便宜。别搬啦，住着好。

乙　好哇，我又搬了。

甲　你吃耗子药啦！又搬到哪儿去了？

乙　搬回北京去了。

甲　好哇！真是水流千遭归大海，故土难离嘛！您今年高寿？

乙　四十七啦。

甲　嗬！瞧您的面色可不像四十多岁的人了，长得少兴！跟前有几位少爷了？

乙　五个孩子。

甲　好哇！一个儿子一天给您挣一块，一天就是五块。您到了岁数往家一坐，老太爷子当上了。

乙　好什么啊！死了四个就剩一个了。

甲　好哇！好儿不用多，一个顶十个。一个儿子一天就许能挣十块。好哇！

乙　别提啦，这小子净偷人家——

甲　好哇！"宁养贼子，不养痴儿"嘛！您缺什么他给你偷点儿什么。

乙　前些日子叫公安部门给抓起来了。

甲　更好啦！替您教育教育，将来还是好人啊！

乙　出不来啦！

甲　怎么？

乙　得暴病死在里头了。

甲　好哇！除掉一个祸害。

乙　我们家的人也快死光了。

甲　好哇！省着挑费，您也省心。

乙　干脆连我也死了得啦！

甲　好哇，那就干净了。

乙　还好啊？

（于世德整理）

酒色财气

乙　（念定场诗）酒是穿肠毒药，色是刮骨钢刀，财是惹祸根苗，气是无烟火炮。

甲　您这四句定场诗不合事实，太夸大了。

乙　怎么夸大啦？

甲　您想啊！这四句本来是劝大家，不要对这四样儿贪而无厌。因此用"比"字合适一些，如果像您说的那样，"酒是穿肠毒药"，谁还敢喝酒哇？"色是刮骨钢刀"，就都甭娶媳妇儿了。

乙　怎么？

甲　比方说，你下礼拜结婚，咱俩在街面上碰见了。

乙　好吧。（两人做行路见面状）

甲　大哥您好哇？

乙　好哇！

甲　听说您下礼拜娶媳妇儿？

乙　是啊！请您一定喝酒去呀！

甲　这多好听。如果用您那定场诗上的词儿一说就热闹了。

乙　来试试看。

甲　大哥您好哇？

乙　好哇！

甲　听说您下礼拜娶个"刮骨钢刀"？

乙　啊？……啊，我请您喝"穿肠毒药"啊！

甲　俩死鬼！

乙　全完啦！

（于世德记）

罗圈怕

甲　我跟您打听点儿事，您知道吗？

乙　什么事？

甲　有时候刮风，刮着刮着就不刮了，这是什么原因？

乙　不知道。

甲　不知道吧？我知道。

乙　什么原因？

甲　风把脖子崴了。

乙　没听说过。风有脖子吗？

甲　怎么没有呢！京戏《牧虎关》您听过吗？

乙　听过。

甲　高旺游庄时候来了一阵风，他不是唱"让风头，抓风尾，细看分明"吗？

乙　是呀！

甲　头在哪儿长着？

乙　在脖子上……啊，对呀！那么它在哪儿崴的呢？

甲　在旮旯，风最怕旮旯。有这么句话，"刮风走小巷，下雨走大街"吗？这意思是说下雨走大街宽广，能挑着道儿走；刮风在胡同里走，是因为胡同旮旯多，风不敢进去。风要一进旮旯，"日——咣当"，撞着旮旯了，把脖子就撞崴了。

乙　噢！那旮旯怕什么呢？

甲　旮旯怕耗子。

乙　怎么？

甲　耗子捣洞都是找旮旯呀，日久天长旮旯就趴下了。

乙　耗子怕啥呢？

甲　耗子怕猫哇！

乙　对！是猫就避鼠。猫怕什么？

甲　猫怕狗。

乙　为什么？

甲　狗看猫抓耗子，它生气呀！所以猫一下房，狗就撵它。

乙　狗没怕的了吧？

甲　狗怕主人太太呀！家庭琐碎事一般都是大奶奶干哪！狗要是好好看家，大奶奶就能多喂点儿剩汤剩菜，狗要是不好好看家净偷嘴吃，大奶奶一生气，就拿开水秃噜它了。

乙　对呀！大奶奶没怕的了吧？

甲　大奶奶怕大爷。

乙　夫妻俩怎么还谈到谁怕准呢？

甲　旧社会不行啊！那时候男人都有男权思想，女人得讲究三从四德、夫唱妇随嘛！所以在旧社会大奶奶就得怕大爷。

乙　大爷怕什么？

甲　怕官儿！旧社会专讲究"只许州官放火，不许百姓点灯"嘛！

乙　官怕啥呢？

甲　官怕皇上呀！

乙　这回皇上没怕的了吧？

甲　皇上怕玉皇。过去皇上不都自称是天子吗？那意思就是玉皇的儿子。

乙　玉皇还有怕的吗？

甲　玉皇怕云彩呀！

乙　因为什么？

甲　他老得看着下界呀！如果有云彩，就把他的眼睛挡上了，什么也看不见了。

乙　云彩怕什么？

甲　怕风。

乙　风怕什么？

甲　风怕旮旯。

乙　旮旯呢？

甲

乙　（合）怕耗子，耗子怕猫，猫怕狗……

乙　噢！罗圈怕呀！

（于世德整理）

三言五语

甲　在旧社会，咱们说相声的多数是文盲。

乙　家里穷念不起书嘛！

甲　学艺时专讲究"口传心记"。

乙　那是。

甲　演出时候专讲善于灵活运用，这就得"心灵嘴巧"了。

乙　那当然了。

甲　所以说，一个相声演员首先必得聪明，心灵嘴巧。

乙　那是呀！您就拿我说吧，我这个人的最大特点就是聪明。

甲　我问你了吗？

乙　我这是自我介绍啊！为了叫大家都知道我的机灵劲儿。

甲　就是你真机灵，也不应当自己往外说呀！

乙　谁说呀？

甲　应当我给你介绍。

乙　那不是一样吗？

甲　那怎么能一样呢？比方说，您有优点，我给介绍就顺耳："您看我
　　们×××先生非常聪明……"

乙　您夸奖。

甲　我夸你干吗？

乙　没有吗？

甲　这是打比方，你当我真夸你哪？你本来就没这个优点嘛！

乙　我说我比他们强一点儿。

甲　那看强多少啦？

乙　强不了多少，也就是百分之九十五以上。

甲 您还不如说是强百分之百哪!

乙 那就显着不客气了。

甲 这你也没客气呀!

乙 客气着哪。

甲 要是不客气呢?

乙 要是不客气,我就要说比他们强百分之九十九点九。

甲 行啦行啦!我看您这不叫自我介绍。

乙 叫什么?

甲 自我吹牛了。

乙 我吹牛干吗?本来就机灵嘛!

甲 这么办,咱们当场试验。

乙 怎么试验?

甲 学话说你行吗?

乙 那怎么还不行呢!

甲 我说什么你学什么。

乙 不就是那绕口令吗?

甲 不是。咱们要学说普通话,不单你我说得上来,大家都能说得
上来。

乙 那更没什么了!

甲 还不用多学,就三句。

乙 咱们先来三十句……

甲 (急拦)您先等会儿再吹。

乙 这是表明我真机灵。

甲 三句都学对了我请客。

乙 你就准备好了钱吧!

甲 一个字也不许差的。

乙 就连高矮音、动作都能完全一样。

甲 由现在开始:我吃饭我也请你吃饭。

乙 我吃饭我也请你吃饭。

甲 我喝茶我也请你喝茶。

乙 我喝茶我也请你喝茶。

甲 错了不是。

乙 没有啊!

甲　重新来。我吃饭我也请你吃饭。

乙　我吃饭我也请你吃饭。

甲　我喝茶我也请你喝茶。

乙　我喝茶我也请你喝茶。

甲　错了不是。

乙　没有啊！

甲　我说咱们规定学几句？

乙　三句呀！

甲　还是啊！怎么第三句这"错了不是"你就不学呢？

乙　怎么，这也算一句呀？

甲　那当然啦！应当是我说"错了不是"，你也得说"错了不是"才对呢。

乙　我寻思我真说错了呢！

甲　我说你这个机灵劲儿好吗？

乙　刚才我是一时大意。

甲　下一回怎么样？

乙　这回精神集中了，不带错的。

甲　这回咱们学说五句。

乙　才加两句呀？

甲　这回是我问你答。

乙　你问什么我答什么？

甲　不！这回是要所答非所问。

乙　怎么叫"所答非所问"呢？

甲　比方说我问你"您贵姓"？

乙　我姓 ×。

甲　这就错了。

乙　我真姓 × 嘛！

甲　因为你答对了。

乙　答对了就是错了。

甲　对。

乙　行，打岔谁还不会？

甲　记住了，可是五句。

乙　没错儿。

甲　我要问啦?

乙　问吧!

甲　您贵姓啊?

乙　我吃饭啦!

甲　怎么刚吃饭哪?

乙　电灯够亮的了。

甲　干吗这么些灯?

乙　这是扇子。

甲　几句了?

乙　三句。

甲　又错了不是?

乙　怎会又错了呢?

甲　那还不错? 我问你:"几句啦?"

乙　啊,我说三句……噢! 这也是一句呀!

（于世德整理）

相声小段

蛤蟆鼓儿

甲　您这说相声的什么事全都知道，对吗？

乙　哎，一般的事我们倒是全都有个研究。

甲　那我问问你，蛤蟆你看见过吧？

乙　谁没见过蛤蟆呀？

甲　你说为什么它那么个小的动物，叫唤出来的声音会那么大呢？

乙　那是因为它嘴大肚儿大脖子粗，叫唤出来的声音必然大。万物都
　　是一个理。

甲　我家的字纸篓子也是嘴大肚大脖子粗，为什么它不叫唤哪？

乙　字纸篓是死物，那是竹子编的，不但不叫，连响都响不了。

甲　吹的笙也是竹子的，怎么响呢？

乙　虽然是竹子编的，因为它有窟窿有眼儿，有眼儿的就响。

甲　我家筛米的筛子尽是窟窿眼儿，怎么吹不响？

乙　因为是圆的，扁的不响。

甲　戏台上打的锣怎么响啊？

乙　它不是中间儿有个脐儿吗？有脐儿就响。

甲　我们做饭的锅也有脐儿，怎么不响？

乙　它是铁的，不响。

甲　庙里的钟也是铁的，怎么响？

乙　它不是挂着哪，钟悬则鸣。

甲　我家秤砣挂那儿了，咋没响过？

乙　十年也响不了，死固膛儿的不响。

甲　炸弹怎么响啊？

乙　炸弹里边不是有药吗？有药才响哪。

甲　药铺尽是药，怎么不响？

乙　往嘴里吃的不响。

甲　泡泡糖怎么响？

乙　因为它有胶性，能响。

甲　胶皮鞋怎么不响？

乙　它挨着地，那响不了。

甲　三轮车带放炮，怎么响了？

乙　那它里边有气呀！

甲　咱俩说这么半天，你有气没有？

乙　有气。

甲　怎么不响？

乙　我呀——

（老屈记）

反正话

甲　相声是一门语言艺术。

乙　对。

甲　相声演员最擅长说大笑话、小笑话、俏皮话、反正话什么的。

乙　这是相声演员的基本功。

甲　这回咱们俩说一回反正话。

乙　您先说吧。

甲　说"我的桌子"。

乙　说"我的桌子"。

甲　（不解地瞧乙）我的桌子。

乙　我的桌子。

甲　嘻！我们俩跑这儿抢桌子来啦！我说你会不会说反正话呀？

乙　会说呀。

甲　会说就这么说呀？

乙　那应该怎么说呢？

甲　我说"我的桌子"，你得把"桌子"翻过来。

乙　这回明白啦！您说吧。

甲　注意啦。说"我的桌子"。

乙　（动手翻前边的桌子）我把桌子翻过来……

甲　别，别翻桌子呀！

乙　你不是让我翻桌子吗？

甲　嘻，我是让你把"桌子"这句话翻过来。

乙　这回明白啦。

甲　注意开始啦，"我的桌子"。

乙　我的子桌。

甲　哎，对啦，对啦。

乙　你来吧。

甲　我的椅子。

乙　我的子桌。

甲　（瞪乙）我的灯泡。

乙　我的子桌。

甲　（急）我的钢笔。

甲

乙　（合）我的子桌！

甲　（推乙）你自（子）作（桌）自受去吧！

乙　又怎么啦？

甲　说什么你都"子桌"呀？

乙　那应该怎么办哪？

甲　我说什么话，你把什么话翻过来。

乙　我懂，这是成心跟你闹着玩儿。

甲　这回咱们俩正式开始。

乙　来吧。

甲　说"我的桌子"。

乙　我的子桌。

甲　我的椅子。

乙　我的子椅。

甲　我的灯泡。

乙　我的泡灯……嗐！

甲　我的钢笔。

乙　我的笔钢。

甲　我鼻梁子。

乙　我量（梁）鼻子，嗐，我量鼻子干吗呀？

甲　我眼眉。

乙　我没（眉）眼，嗐，我瞎子呀！

甲　这回咱们俩逛回花园，报一回花名，美着点儿。

乙　您来吧。

甲　说"咱们两个逛花园儿"。

乙　咱们两个花园儿逛。

甲　我是芍药花。

乙　我是花芍药。

甲　我是牡丹花。

乙　我是花牡丹。

甲　我是海棠花。

乙　我是花海棠。

甲　我是狗尾巴花。

乙　我是花尾巴狗——啊？！

甲　这回咱俩不逛花园儿啦，咱俩报一回古人名儿。

乙　报哪朝的古人呢？

甲　报一回唐朝《西游记》里的古人名儿。

乙　您来吧。

甲　说"我是唐三藏"。

乙　我是藏三唐。

甲　我是猪八戒。

乙　我是戒八猪。嘻！

甲　我是沙和尚。

乙　我是和尚沙。

甲　我是孙猴子。

乙　我是猴儿孙子。嘻，这都是什么呀？不说啦！

甲　咱们这回说点儿有意思的。

乙　再说"孙猴子"我可不干啦！

甲　这回咱们报回各朝的古人，带点儿动作，挺胸凸肚，扬眉吐气，
　　精神着点儿。

乙　这行，您来吧！

甲　说"我是姜子牙"。

乙　我是子牙姜。

甲　我是周武王。

乙　我是王武周。

甲　我是汉萧何。

乙　我是萧何汉。

甲　我是楚霸王。

乙　（带动作）我是王八（霸）杵（楚）——嘻，我呀！

（张权衡整理）

诸葛亮借旋风

甲　这场换您说了？

乙　对。

甲　要做一个相声演员，脑筋得好。

乙　不错。

甲　您就聪明。

乙　夸我哪！

甲　您想啊，八岁那年您就会抓挠了。

乙　我呀？我成大傻小子啦！

甲　那您会什么？

乙　我会尿炕，嘻！

甲　反正您是够聪明的了。

乙　哎，就是脑子来得快。

甲　我说个灯谜您能猜着吗？

乙　我这么聪明，肯定能猜着。

甲　您听着："一根棍，百根梁，不用砖瓦盖成房。"

乙　这我猜着了：雨伞。

甲　不对，旱伞。

乙　哦，旱伞！

甲　我再说这个，你还猜不着。

乙　你还说这个，我肯定能猜着。

甲　您听着："一根棍，百根梁，不用砖瓦盖成房。"

乙　雨伞、旱伞。

甲　全不对。

乙　那是什么？

甲　蘑菇。

乙　你还敢说不？

甲　我还敢说："一根棍，百根梁，不用砖瓦盖成房。"

乙　雨伞、旱伞、蘑菇。

甲　还是不对。

乙　这回又是什么？

甲　狗尿苔呀！

乙　你这叫什么呀？要猜就猜个好的。

甲　这回给你出个好的："诸葛亮借东风。"

乙　这个——这个可难啦！

甲　这个怎么样？三国典故："诸葛亮借东风。"

乙　这个猜不着。您说是什么？

甲　西瓜。

乙　怎么是西瓜？

甲　我问你，这东风往哪边刮？

乙　往西刮。

甲　这不是西瓜（刮）吗？

乙　有点儿意思！

甲　再给你出一个："诸葛亮借西风。"

乙　这我就知道啦，这是冬瓜（东刮）。

甲　你看这学问马上就见长。

乙　就长这学问？

甲　再给你出一个："诸葛亮借北风。"

乙　南瓜（南刮）。

甲　诸葛亮借南风？

乙　北瓜（北刮），就是倭瓜。

甲　你太骄傲啦！我说这个你就猜不着，"诸葛亮借旋风。"

乙　他这个，诸葛亮什么风都借呀？这个可猜不着啦！那您说是什么？

甲　告诉你，记住啦，"诸葛亮借旋风"这是（用手比画）角瓜（搅刮）。

乙　角瓜呀！

（常佩业述　新纪元整理）

下象棋

甲　你对下象棋有研究吗？

乙　没研究过，刚通点儿路。

甲　那棋盘上一共有三十二个棋子，分红、黑两方，一方十六个子。

乙　对。

甲　五卒二马配双车，双炮、士、相保一将。

乙　正好十六个子。

甲　两个人下棋这就有学问了。

乙　什么学问？

甲　分下文棋和下武棋。

乙　什么叫"文棋"？

甲　下棋双方都谦虚、客气："哟，大哥，今天休息吗？""可不是嘛。""咱俩摆一盘吧？""不行。我下不过你。""别客气啦！玩儿嘛！"边说边上啦。

乙　好。

甲　谁先走棋，这也要谦让一阵："大哥，你先走。""不，兄弟你先走。"眼看天要黑了，哥儿俩才商量好："要不咱俩红先黑后吧！"

乙　这耽误事不！

甲　拿红子那方还客气哪："兄弟，哥哥不恭啦，我先飞相。"

乙　可开棋啦！

甲　拿黑子那方说："我支士。"等快要见输赢的时候，那位说啦："大哥，我说我不行嘛，你偏让受罪。行啦，我输啦！""兄弟，你这还能走好几步呢。"边说边把步眼告诉人家，让人家提高棋艺。

乙　好！

甲　等那位把车放好啦，这位又说啦："兄弟，这车放得可不是地方啊！"

乙　怎不是地方？

甲　"你瞧瞧，这是我的马脚啊！"

乙　要丢车啊。

甲　人家先告诉他。

乙　多有交情。

甲　要是武棋就不一样了。

乙　怎不一样？

甲　听嗓门儿就能听出来。

乙　是吗？

甲　两人一见面先撸胳膊，挽袖子："老×，还敢跟我杀一盘吗？""来吧，我怕你呀！"

乙　要打架怎么的。

甲　"就你这个臭棋篓子，我五分钟能赢你八盘。"

乙　这位的嘴够损的。

甲　那位也不含糊："我让你一天不开和，下完棋让你找不到北朝哪儿。"

乙　嘿！

甲　"我先走，当头炮！""我跳马！""我飞相！""我出车！"

乙　是够快的了。

甲　他俩三分钟下了六盘。

乙　这是下棋呢吗？

甲　这是玩儿命呢！两个人越下劲儿越大，嗓门儿越高。

乙　我看要出事。

甲　前六盘中各胜三盘。这第七盘可是关键。

乙　决胜局嘛！

甲　这老×一眼没看到，车叫老×给吃了。

乙　这可要输棋。

甲　老×要悔一步，老×不干，把老×的车攥在手里，老×上来就抢。老×不让老×抢，就把老×的车放嘴里了。老×动手从老×嘴里往外抠车，老×一着急把车咽肚里去了。

乙　出事了不是？

甲　看棋的都着急了，赶快救人吧。大伙儿把老 × 抬到医院。大夫听后说：赶快进手术室，手术吧！

乙　开刀啊！

甲　老 × 一听要开刀，不干啊，忙向大夫请求说："大夫等一会儿动手术行不？"大夫说："你想干什么？""这棋我赢到家了，等我和他把这盘棋下完。"

乙　还想下呢！

（老曲整理）

当"字"

甲　做一名相声演员对任何事物都要研究。

乙　对啦!

甲　你看这人与人兴趣就不一样。

乙　你发现什么啦?

甲　好走东的不走西,好吃萝卜的不吃梨。

乙　是那样。

甲　有爱花的,有爱虎的,还有人爱吃糖葫芦蘸腐乳的。

乙　那没法吃。

甲　有爱听的,有爱看的,还有人爱吃汽水下挂面的。

乙　呀嗬!

甲　好骑马的不骑驴,好打扑克的不下象棋。

乙　那你爱好什么呢?

甲　书法。

乙　怎么你爱书法?

甲　你要吃人哪!

乙　没看出来。

甲　没瞧起我。告诉你吧,对书法我曾下过苦功夫。古今书法家都讲
　　究"心不厌精,手不忘熟"。

乙　那你呢?

甲　我是整天笔不离手,临摹欧、赵、颜、柳;什么隶书、行书、草
　　书、楷书全来。

乙　你练得怎样?

甲　成名了。都知道我是书法家。

乙　你练了多长时间？

甲　三个多月！

乙　三个多月就成名了？

甲　外行不是。常言道"书无百日功"嘛。

乙　有人求你题字吗？

甲　我能随便给谁题字吗？我的字一个字就值三十块大洋。

乙　有人要吗？

甲　怎没有？一般说我是不往外拿的。

乙　那你什么时候往外拿呢？

甲　去年三十儿，要过年了，我等钱用，就写了一个"福"字，送当铺去了。

乙　人家要吗？

甲　当铺掌柜的拿起来一看，问我当多少。

乙　你要多少？

甲　我要三十块大洋。掌柜的二话没说就答应了。

乙　他要了？

甲　不但要，还说："你的字很珍贵，我们给你三十块大洋。但你要把它好好包装起来我们才能收。"

乙　怎么包装呀？

甲　他让我取件新貉绒皮袄来包字。

乙　当皮袄呀！

（老曲整理）

579

万里云南

甲　说书唱戏，讲今比古，都是假的，可在人做。

乙　那是。

甲　听评书有扣子，听大戏有轴子。听评书不管多远路程，几个字一说就到。

乙　哪几个字？

甲　"饥餐渴饮，晓行夜宿，这一日来到了杭州。"到了。

乙　就这么快？

甲　可不。这就是说书的嘴，唱戏的腿。

乙　怎么叫唱戏的腿呀？

甲　你看唱戏的不管多远的路程，在台上一绕就到了。

乙　是啊。

甲　大家都听过吧，有这么一出戏叫《反云南》。

乙　对，这戏大家都听过。

甲　云南多远哪，万里云南。

乙　是不近。

甲　要是唱戏，在台上一转圈就到。

乙　是吗？

甲　可不。台上站着武生，拿着马鞭，跟打旗的说："众将官，兵发云南去者！"打旗的说："得令哦。"

乙　吓！热闹。

甲　台上一吹那个三节腔：隆咚呛、隆咚呛、隆咚隆咚呛……打旗的在台上一转，对着下场门站住喽。武生问："兵马为何不行？"打旗的回答："兵至云南！"

乙　这就到了?

甲　对了。就这么快,逢场作戏嘛,没听说真上云南的。要真上云南,那火车就没用了。

乙　怎么没用啊?

甲　你想啊,你要真上云南,你就看看报纸就行了。

乙　那干什么?

甲　在报纸上看看哪家唱这出戏,你买张票,扛着行李卷,在戏院前三排一坐,又抽烟,又喝茶,等这出戏一唱,你赶紧给人家茶钱,扛好行李卷做准备。等武生一说:"众将官,兵发云南去者!"你可别听了,扛着行李就上台,跟着打旗的转悠,台上一吹三节腔(念三节腔),站住了。你再看吧。

乙　到云南了?

甲　还在台上哪。

乙　还在台上啊!

581

甲　你琢磨琢磨那能到吗?不能仿真,真要仿真这戏没法儿唱。

乙　怎么?

甲　演武生的一发话:"众将官,兵发云南去者!"打旗的叽里咕噜都跑后台去了,洗脸的洗脸,打行李的打行李,买票的买票,都奔云南。他们是走了,听戏的不干哪。

乙　怎么?

甲　好,一个多钟头台上没人,听戏的火了:"嘻!服务员,台上怎么回事?"服务员说:"哎哟!我还忘告诉您了,他们都上云南了。""他们上云南了,我们怎么办?""怎么办?您过年再来接着听吧!要不您跟他们一块儿上云南听去。"

乙　这像话吗?!

（张嘉利整理）

找陈宫

甲　做一个相声演员，不容易。

乙　也没什么困难。

甲　首先要脑子灵活，见景生情，来得快。

乙　不能把对方的话掉在地下。

甲　你有来言，我有去语，有问必答。语言还要精练，不能拖泥带水。

乙　哎！

甲　要当好一名戏剧演员，更不容易啦。

乙　怎么呢？

甲　你们是说，人家是唱。说好说，唱要有韵调。

乙　那是有点儿困难。

甲　演员必须合作得好，要谦虚，要客气，互相尊重，才能把这出戏演好。

乙　那当然啰。

甲　有一次，我听了一出戏，俩演员就没合作好，闹出个大笑话来。

乙　什么戏呀？

甲　《捉放曹》。

乙　这是一出老戏。出什么笑话啦？

甲　扮曹操这位演员有点儿傲慢，看不起演陈宫的这个演员。

乙　哦！

甲　两个人扮好了戏，在上场门儿这儿一站。扮陈宫这个演员很客气，冲着曹操一抱拳说："您多辛苦。"曹操应当说"您托着点"就对了，可曹操没理他。

乙　这就不对了。

甲　台上吕伯奢唱完了，该他们上场了。曹操在前边，陈宫在后面，家伙点儿是"碰锤"："匡切……切。"曹操先唱一句散板："八月中秋桂花香。"陈宫接唱："行人路上马蹄忙。"曹接唱："坐在雕鞍用目望，是一老丈坐道旁。"

乙　对啦。

甲　那天曹操改词儿啦。

乙　怎么改的？

甲　曹操唱："八月中秋桂花开。"

乙　"江洋"辙改了"怀来"啦。

甲　陈宫这个演员有经验，他也改了词儿啦，接唱一句——

乙　他怎么唱的？

甲　唱："抛官丢印随他来。"

乙　改得好。

甲　曹操唱："坐在雕鞍用目睬。"陈宫唱："见一老丈坐土台。"台下满堂好。

乙　那还不叫好哇！

甲　是呀，台下叫好啦，俩演员到后台就吵起来了。

乙　是得吵。

甲　陈宫说："哎，你怎么改词儿啦？"曹操说："你不是也改了吗？"

乙　废话，他不改怎么下台呀！

甲　陈宫一生气，把胡子一摘，衣服一脱说："你这个演员，我不伺候了。"说完他走了。

乙　那怎么办？

甲　曹操不知道哇。到了"杀家"这场啦，曹操上场唱："自作自受自遭殃，小鬼怎当五阎王，宝剑一举往后闯。"右手把宝剑举起来，陈宫在后面接一句："陈宫上前拉衣裳。"

乙　对呀。

甲　陈宫没出来。

乙　哪儿去啦？

甲　他走啦。

乙　那怎么往下唱？

甲　曹操这个右手举着宝剑，一看陈宫没出来，他急了一头汗。台下要叫倒好。有个观众说："咱们都别叫倒好，看他这手怎么放下来。"

乙　这手儿够损的。

甲　这曹操也有经验，他现编了四句词儿，愣把倒好压下去了。

乙　他怎么编的？

甲　曹操唱："大叫陈宫太不该，为何这时不上台，听戏的观众多原谅，我找着陈宫再出来。"他下去啦！

乙　干吗去了？

甲　找陈宫去啦。

（杨松林记）

谁能耐大

甲　您喜欢看书吗？

乙　我最喜欢看书啦。

甲　您一天能看几部？

乙　一天看几部？

甲　啊。

乙　我看得慢，一天连一部也看不完。

甲　那您可不如我了。

乙　您一天能看几部？

甲　一个钟头就能看几部。

乙　那是什么书哇？

甲　小人书！

乙　小人书哇？那我还能看哪！

甲　这是闹着玩儿，我爱看《三国》呀，《水浒》……

乙　噢！您也爱看《三国》。

甲　啊！

乙　我也爱看《三国》呀！

甲　您也爱看？那我问问您，《三国》上属谁的能耐大？

乙　《三国》上？那属关云长能耐大呀！

甲　关云长有什么能耐呀？

乙　温酒斩华雄，斩颜良，诛文丑，过五关，斩六将，黄河渡口刀劈
　　秦奇，拖刀斩蔡阳，多大能耐呀！

甲　你怎么老提过五关斩六将啊！虎牢关三战吕布，你怎么不提呀？
　　但凡有能耐，哥儿仨打人一个？

乙　那……那是吕布能耐大呀!

甲　吕布有什么能耐呀?

乙　虎牢关,哥儿仨打人一个都没打过嘛!

甲　吕布要有能耐,白门楼为什么让曹操给逮住了?

乙　那是曹操能耐大!

甲　曹操有什么能耐呀?

乙　他把吕布逮住了。

甲　曹操要有能耐,长坂坡为什么让赵云杀了个七进七出,如入无人之境哪?

乙　赵云能耐大。

甲　赵云有什么能耐呀?

乙　长坂坡,七进七出,救阿斗哇!

甲　赵云要有能耐,为什么让曹操追得望影而逃,到当阳桥那儿为什么让张飞断后呢?

乙　那是张飞能耐大呀!

甲　张飞要是有能耐,为什么听诸葛亮的调遣哪?诸葛亮叫他干什么他得干什么!

乙　那是诸葛亮有能耐。

甲　诸葛亮要是有能耐,为什么错差马谡,失了街亭,那是多大的错误哇?

乙　那……

甲　说呀?

乙　啊……

甲　谁能耐大?

乙　你能耐大呀!

甲　我有什么能耐呀?

乙　你把我给问住啦!

（于世德整理）

太平歌词·开场小唱

劝人方*

那庄公闲游出趟城西，

瞧见了那他人骑马我就骑着驴。

扭项回头瞅见一个推小车的汉，

要比上不足也比下有余。

打墙的板儿翻上下，

谁又是那十个穷九个富的。

说是要饱还是您的家常饭，

要暖还是几件粗布衣。

那座烟花柳巷君莫去，

有知疼着热是结发妻。

人要到了难中拉他一把，

人要到了急处别把他来欺。

要远看青山一块石，

那近瞅松林长不齐，

十个指头伸出来有长有短，

在树木狼林有高有低。

在那山上石头多玉石少，

世间的人多君子稀。

劝君没有钱别卖您的看家狗，

---

*　本篇系自《人民首都的天桥》第四章移录。太平歌词是过去相声场地常能听到的，在
　　"说、学、逗、唱"中占一个"唱"字，曾演出的太平歌词目录约近百篇，以演唱太
　　平歌词著称的演员有王兆麟、吉坪三、常连安、大饭桶（佚名）、王本林等，《劝人方》
　　等都是太平歌词中习见的篇目，太平歌词在传统相声中应有一定的位置。

有了钱别娶活人的妻。
要屈死三分别去告状，
宁饿死别做犯法的。
有三条大道在当中间儿走，
曲曲弯弯使不得。
天为宝盖地为池，
人生世界上混水的鱼。
那父母养儿鱼拴着子，
有孝子贤孙水养鱼。
弟兄们要相和鱼儿帮着水，
妯娌们要和美水帮着鱼。
您要生了一个孝顺的子，
你叫他往东他不往西。
您要生了一个忤逆子，
你叫他打狗他去追鸡。
人要到了十岁父母月儿过，
人要到了二十花儿开了枝。
人要到了三十花儿正旺，
人要到了四十花儿谢了枝。
人要到了五十容颜改，
人要到了六十白了须。
那七十八十争了来的寿，
要九十一百古又稀。
那位阎王爷比作打鱼的汉，
也不定来早与来迟。
今天脱去了您的鞋和袜，
不知到了明日清晨提不提。
那花棺彩木量人的斗，
死后哪怕半领席。
空见那孝子灵前奠了三杯酒，
怎见那死后的亡人把酒吃。
您就空着手儿来就空着手儿去。
纵剩下万贯家财拿不的。

若是趁着胸前有口气儿在，
您得吃点儿喝点儿乐点儿行点儿好，
积点儿德为点儿人那是赚的。

（人人乐演出稿）

闹天宫

斗战胜佛胆量高,
孙行者在花果山上逞过英豪。
他拜师名叫菩提老祖,
勤学苦练得艺高超。
他学会了七十单招二变,
他学会筋斗云一跳找不着。
他学会隐身术多么巧妙,
他学会了呼风唤雨撒豆成兵能叫地动山又摇。
闹龙宫得来无价宝,
拿来了定海神针金箍棒一条。
闹地府把生死簿给撕掉,
他走时还把判官的脑袋敲。
天宫玉帝招安把他叫,
弼马温一怒犯天条。
二次召请封官号,
齐天大圣在桃园看桃。
这一日王母娘娘设下了蟠桃大会,
瑶池胜地把仙招。
聚仙幡挂在了南天门外,
来了那上八仙、下八仙、中八仙各路大仙来参朝。
孙大圣是散仙地位小,
因此不能把他召。
大圣一怒把天宫闹,

把蟠桃会闹得一团糟。

他把那仙桃仙酒吃了一个饱，

剩下的吃不了走时都带着。

灵霄殿摘走了玉皇冲天冠，

又拿走玉帝的黄龙袍。

他还在龙书案上撒了一泡尿，

走错路他又到兜率宫转了一遭。

他把老君仙丹盗，

拿着仙丹当豆嚼。

孙大圣回到花果山后，

高挑旗号把兵操。

一天要点三遍卯，

三天九遍把兵交，

头一卯不到打四十大棍，

二卯不到责打八十不轻饶。

连点三卯哪个不到，

推出洞门把头枭。

压下花果山我不表，

回头去说那天曹。

此时众仙都睡醒，

一个个忙忙跑出灵霄。

见玉皇光着头来赤着脚，

那龙书案上还挺臊。

玉帝大怒拍案叫，

传旨派兵去拿猴妖。

霎时间天昏地又暗，

天兵天将叫声高。

一万大仙空中走，

二刀小仙地里藏着。

托塔天王李靖为帅，

带着那金吒、木吒、哪吒下云霄。

马、赵、温、刘四员将，

五方揭谛四值功曹。

南北二神东西星斗，
二十八宿也跟着。
五瘟五岳东西摆，
六丁六甲过金桥。
南海观世音也来到，
调来了显圣真君二郎神才把兵交。
布下天罗与地网，
天兵天将围了几遭。
风婆雷公压阵角，
巨灵神抡锤骂声高。
孙大圣一见哈哈笑，
你们以多压少算哪条？
莫看你们是天兵天将，
不过是帽托、衣架、酒囊、饭袋一些无用的大草包。
来来来，战战战，
分个上下与低高。
好大圣抡棒冲上去，
把天兵天将吓坏了。
只打得巨灵神哇呀叫，
打跑了大毛和小毛，
打败揭谛与星宿，
打败了八大天君、四值功曹、金吒、木吒、哪吒、王禅与王敖。
杨二郎气得睁开三只眼，
高叫："猴头哪里逃！"
他偷偷放开哮天犬，
孙大圣一闪没咬着。
二郎抡刀往下剁，
美猴王铁棒往上撩。
刀对棒，棒对刀，
猴王用手拔猴毛。
吹了一口仙气说声变，
变了那八万八千八百八十八个小猴一般高。
手里拿着金箍棒，

专梆二郎神的脑瓜瓢。
二郎连声说："不好，
猴儿手段实在高。
幸亏我有护身法，
若不然我的脑袋成了漏勺。"
杨戬这里不怠慢，
扭项回头拔大毛。
朝着大毛吹了一口气，
变了那八万八千八百八十八个大老雕，
一个个把那小猴叼。
好大圣变了一个昆虫把二郎咬。
杨戬他变了个燕子把虫子抄。
孙大圣变了个鲤鱼来游水，
二郎变了个鱼鹰把他叼。
孙大圣鲤鱼跳三跳，
杨二郎用力叼三叼。
大圣身体多灵巧，
杨二郎差点儿闪了腰。
那杨戬变了波浪水，
孙大圣变了罗锅桥。
杨二郎涨水把桥漫，
不曾想水涨桥也高。
杨二郎鬼心使巧计，
这一手定能把猴头招。
变了一个美女多么俊俏，
都说猴子爱风骚。
二郎这里巧改扮，
变了个小媳妇上坟把纸烧。
她头戴着白来身穿孝，
三尺麻绳系在腰。
左手拿着千张纸，
右手拿着浆水瓢。
朝着前边吹了一口气，

变了一个新坟四尺高。
从怀里取出三宗宝：
火绒、火石、火链包。
噌嘚嘚打火点着了纸，
隐隐的青烟往上飘。
杨二郎把嘴一撇哭起来了，
哭得那么伤心，哭了一声天来叫了一声地，
哭了声："我那婆婆的儿子丈母娘的姑爷大姨子的妹夫小姨子的姐
夫小白脸的丈夫怎么死了？
你死之后不要紧，
抛下我年纪轻轻怎样守着？"
杨二郎这里正装蒜，
孙大圣把他瞧了又瞧。

我当你败阵早跑掉，
不想在这儿你放刁。
大圣摇身变了个小伙儿，
有一根扁担手中提着。
走向前来把大嫂叫，
未曾说话先哈腰。
"你死了丈夫是寡妇一个，
我死了媳妇是光棍一条。
你在年轻我在年少，
咱两个一起过那是没得挑。"
二郎一听说不好，
张张皇皇赶快奔逃。
好难拿的孙大圣，
拿不住怎见玉皇把旨交？
观世音使计二郎把桃卖，
引那猴子来吃桃。
也是猴王艺高胆大，
你敢卖来我敢吃桃。
故意吃桃招了祸，
锁心锁把猴王拿住了。

玉皇连说："快快快，
斩妖台前把猴头枭。"
削下一个长出俩儿；
削下两个长出四个。
老君说："把他放入八卦炉里，
红红的炉火把他烧。"
烧了个七七四十九日，
老君想猴头一定炼化了。
手把炉门望了望，
孙大圣踹倒八卦炉喊声高：
"你以为把我早烧掉，
你的毒计实在不高。
你瞧一瞧来看一看，
炼得我是铜头锡背钢腰铁胯金刚钻的脚指头永不长毛。
今天看你年纪老，
若不然定把你的胡子薅。
你们不服我再把天宫闹，
比一个上下与低高。"
这就是大闹天宫一个段，
祝各位阖家欢乐喜上眉梢！

（王本林演出稿　王双福整理）

老虎学艺

老虎生来脾气暴，
可是它蹿蹦跑跳没有招。
他想向猫去学艺，
胆大的狸猫把虎教。
老虎他蹿山跳涧全学会，
这一天他变心要吃猫。
那狸猫留下了防身法，
爬上了一棵松树把命逃。
老虎他又是蹿来又是跳，
怎么也没够着老狸猫。
老虎他假装老实忙跪倒，
叫声恩师您听着：
您上树的功夫可真好，
请您耐心把我教。
狸猫在树上哈哈笑，
无义的徒儿你听着：
上树的功夫我再教会了你，
我连骨头带肉不够你一口嚼。
你快走吧回到高山去，
我早知你过了河准会拆桥。

（杨海荃述 张久来记）

艺人忧

老杨我家贫不知愁，
从小学艺在外头。
天南地北任我走，
身无分文图风流。
不种麦子吃白面，
不种芝麻吃香油。
不种棉花穿新布，
不种高粱把酒搊。
南京收了南京去，
北京收了北京游。
四大京城遭荒旱，
黄河两岸度春秋。
别看我年轻力壮吃饱饭，
受罪的日子在后头。
一辈子无家无业满街遛，
等死后老骨头准填壕沟。

（杨海荃述　张久来记）

图书在版编目（CIP）数据

中国传统相声精品集 / 薛永年主编 .—北京：作家出版社，
2019.4（2023.4 重印）

ISBN 978-7-5212-0516-9

Ⅰ.①中…　Ⅱ.①薛…　Ⅲ.①相声—作品集—中国—
当代　Ⅳ.① I239.7

中国版本图书馆 CIP 数据核字（2019）第 080307 号

中国传统相声精品集

主　　编：薛永年
责任编辑：王　烨
特约编辑：李恩祥
装帧设计：Luke
出版发行：作家出版社有限公司
社　　址：北京农展馆南里 10 号　　　邮　　编：100125
电话传真：86-10-65067186（发行中心及邮购部）
　　　　　86-10-65004079（总编室）
E-mail:zuojia @ zuojia.net.cn
http://www.zuojiachubanshe.com
印　　刷：唐山嘉德印刷有限公司
成品尺寸：152×230
字　　数：580 千
印　　张：38
版　　次：2019 年 9 月第 1 版
印　　次：2023 年 4 月第 3 次印刷
ISBN 978 7 5212-0516-9
定　　价：65.00 元